Bernardo Atxaga
Ein Mann allein

metro wurde begründet
von Thomas Wörtche

Zu diesem Buch

Carlos, ehemaliger Anführer einer militanten Gruppe, führt mit Freunden ein Hotel bei Barcelona, in dem die polnische Mannschaft während der Fußballweltmeisterschaft wohnt. Ohne Wissen seiner Freunde versteckt er zwei Untergrundkämpfer, in Erinnerung an seine eigene aktive Zeit beim baskischen Widerstand. Doch im Hotel ist auch ein Verräter. Der Kreis von Polizisten zieht sich immer enger, die Bewachung der Polen wird zu einer Belagerung. Carlos will sich endlich von den bedrohlichen Schatten seiner Vergangenheit befreien und ein neues Leben beginnen – doch dafür muss er seine gesamte Existenz aufs Spiel setzen.

»*Ein Mann allein* entwirft das fein schattierte Porträt eines politischen Kämpfers, der seine Ideale verloren hat und keinen neuen Lebenssinn findet.« *Neue Zürcher Zeitung*

Der Autor

Bernardo Atxaga, mit eigentlichem Namen Joseba Irazu Garmendia, wurde 1951 im baskischen Ort Asteasu (Provinz Guipúzcoa) geboren. Er studierte Wirtschaftswissenschaften. Mit Romanen, Gedichten, Liedertexten und Kinderbüchern gewann er in seiner Heimat große Popularität. Sein Roman *Obabakoak* ist mit den höchsten Literaturpreisen Spaniens ausgezeichnet worden und wurde in mehr als dreißig Sprachen übersetzt. 2021 erhielt Atxaga für sein Werk den Premio Liber.

Im Unionsverlag ist außerdem lieferbar: *Obabakoak*.

Die Übersetzerin

Giò Waeckerlin Induni, in einer italienischsprachigen Familie in Zürich aufgewachsen, war Lektorin und Übersetzerin vorwiegend aus dem Italienischen, Spanischen und Englischen.

Mehr über den Autor und sein Werk auf *www.unionsverlag.com*

Bernardo Atxaga

Ein Mann allein

Roman

Aus dem Spanischen
von Giò Waeckerlin Induni

Unionsverlag

Die baskische Originalausgabe erschien 1993
Die spanische Ausgabe erschien 1994 in der Übersetzung von
Arantza Sabán und Bernardo Atxaga bei Ediciones B, Barcelona
Die Übersetzung aus dem Spanischen wurde unterstützt mit einem Beitrag
der Dirección General del Libro, Archivos y Bibliotecas
del Ministerio de Educación y Cultura de España

Im Internet
Aktuelle Informationen, Dokumente und Materialien
zu Bernardo Atxaga und diesem Buch
www.unionsverlag.com

Unionsverlag Taschenbuch 949
© by Bernardo Atxaga 1994
Originaltitel: Gizona bere bakardadean (span. El hombre solo)
© by Unionsverlag 2022
Neptunstrasse 20, CH-8032 Zürich
Telefon +41 44 283 20 00
mail@unionsverlag.ch
Alle Rechte vorbehalten
Die erste Ausgabe dieses Werks im Unionsverlag erschien 1997
Reihengestaltung: Heinz Unternährer
Umschlagmotiv: Imagewriter (Alamy Vektorgrafik)
Umschlaggestaltung: Sven Schrape
Satz: Greiner & Reichel, Köln
Druck und Bindung: CPI – Clausen & Bosse, Leck
ISBN 978-3-293-20949-7

Der Unionsverlag wird vom Bundesamt für Kultur mit einem
Verlagsförderungs-Strukturbeitrag für die Jahre 2021–2024 unterstützt.

Auch als E-Book erhältlich

Doch wehe dem, der allein ist!
Wenn er hinfällt, ohne dass einer bei ihm ist,
der ihn aufrichtet.
EKKLESIASTES, IV, 10

Der Mann, den alle Carlos nannten, wusste, dass das sich vor ihm ausbreitende Eismeer bloß ein sich langsam verflüchtigendes Traumbild war, und er wusste auch – weil eine Stimme in seinem Bewusstsein ihn daran erinnerte –, dass er vom Sofa aufstehen und möglichst schnell in den Hotelsaal hinuntergehen musste, um sich dort das Fußballspiel anzusehen, das die Mannschaften Polens und Belgiens um neun Uhr abends jenes Tages, des 28. Juni 1982, austragen würden. Doch das Meer in seinem Traum hüllte einen Teil seines Bewusstseins ein, der sich immer noch den Befehlen seines Verstandes entzog, und dieser losgelöste Teil flüsterte ihm ein, er solle die Augen nicht aufmachen, er solle sich nicht bewegen, er solle nicht ganz aufwachen, solle sich wohlig fallen lassen, das Gefühl genießen, das sich jetzt seiner bemächtigte und ihn in einen Stein verwandelte, der in seinem Fall auf die Eisschicht prallen und im Wasser versinken würde. Unten angekommen, blieb er jedoch knapp über der Meeresfläche in der Schwebe, sodass er zwei, drei in Dunst gehüllte Fische erkennen konnte, die zwischen den Eisspalten hin und her schwammen. Gleich darauf verwandelte sich der Stein in eine große Fledermaus, die über dem Meer flog, einem Meer, das nun, von oben betrachtet, wie eine riesige weiße Ebene aussah.

Er rollte sich auf dem Sofa zusammen und kehrte dem Fenster, durch das die Spätnachmittagssonne hereinschien, den Rücken zu. Er wollte nicht aufwachen, wollte die Traumbilder festhalten und für ein paar Sekunden jene Fledermaus sein, wollte einen flüchtigen Moment lang die Schwerelosigkeit und das Gefühl genießen, nicht er selbst zu sein. Sein Verlangen wurde durch die Orchestermusik noch verstärkt, die von weit weg, von irgendwo her in der weißen Ebene bis zu ihm drang und den an sich schon duftigen Bildern zusätzliche Zartheit verlieh.

Sein Wunsch erfüllte sich nicht. Die Musik wurde von der Stimme einer Frau überlagert, die einem Paläontologen namens Ruiz Arregui eine Frage stellte, und dieses Detail – seit er in Barcelona wohnte, ließen ihn baskische Namen unweigerlich aufhorchen – zwang ihn, die Augen aufzumachen und in die Wirklichkeit zurückzukehren. Er sah ein Fernsehgerät mit siebzehn Tasten vor sich und auf dem Bildschirm einen jungen Mann mit Brille, den Paläontologen, der die Frage der Moderatorin beantwortete.

»Selbstverständlich nicht. Wie bereits erwähnt, an der baskischen Küste können unmöglich Pterosaurier gelebt haben. Zudem, hätte es sie tatsächlich gegeben, hätten sie nicht fliegen können, weil diese Saurier – wie im Übrigen alle Saurier – Kaltblütler waren und daher nicht in der Lage waren, ihre Körpertemperatur zu regeln. Was bedeutet das? Nun, dass sie in Lethargie zwischen dem Eis verharrt hätten, was wiederum bedeutet, dass sie unmöglich fliegen konnten.«

»Was beweist«, pflichtete ihm die Moderatorin lächelnd bei, »dass es in jener Zeit, von der in dieser Sendung die Rede ist, keine Pterosaurier – Flugechsen also – gegeben haben kann und dass diese Saurier viele Millionen Jahre früher von der Erdoberfläche verschwunden sind. Und dass die Bezeichnung Fledermaus, wie ich diese urzeitlichen Tiere vorhin genannt habe, ebenso wenig gerechtfertigt ist, weil es sich eindeutig um einen Vogel handelt, genau genommen um ein Reptil. Fassen wir daher für unsere Freunde am Bildschirm zusammen: Beim Pterosaurier handelt es sich um ein Reptil, besser gesagt, um eine Flugechse, die lange, lange bevor sich die ersten Menschen in Höhlen ansiedelten, von der Erde verschwand.«

Es war eine populärwissenschaftliche Sendung, und sowohl die Moderatorin als auch der Paläontologe bemühten sich offensichtlich, ein zwangloses Gespräch zu führen. Carlos war etwas enttäuscht über den trivialen Ursprung seines Traumes. Er schaute auf die Uhr: noch eine halbe Stunde bis neun, eine halbe Stunde also, bis das Fußballspiel begann, das Boniek, Lato und seine Mannschaftskollegen gegen Belgien austrugen und das vom zweiten Sender übertragen wurde.

Sein Blick fiel auf die Sportzeitung, die neben dem Sofa auf dem Fußboden lag. *Boniek ist in Fußballkreisen eine Persönlichkeit* – las Carlos zerstreut, während er das Geschehen auf dem Bildschirm aus dem Augenwinkel verfolgte. *Er wird außerordentlich geschätzt; er wird bewundert, ja er wird vergöttert, wie wir in Barcelona immer wieder Gelegenheit gehabt haben festzustellen. Bei seinen Teamkollegen genießt er Hochachtung, denn in Polen vergisst niemand seine Geste zugunsten des Torhüters Mlynarczyk, als dieser in volltrunkenem Zustand am Flughafen von Warschau erschien. Die Verantwortlichen des Fußballverbands verlangten, dass Mlynarczyk zu Hause bleiben müsse, doch Boniek drohte, dass er in diesem Fall das Flugzeug ebenfalls nicht besteigen werde, und die Angelegenheit wurde schließlich dank Bonieks Intervention geregelt.*

Dann überflog er die Schlagzeilen der Tageszeitung, die ebenfalls auf dem Fußboden lag: *Gespannte Situation für die Palästinenser in Beirut. – ETA dementiert die Meldung, wonach das jüngste Bombenattentat, bei dem ein Kind schwer verletzt wurde, auf ihr Konto gehe.* Es waren die zwei erwähnenswertesten Nachrichten des Tages.

Auch wenn die heißeste Zeit des Sommers noch bevorstand, überstieg die Temperatur im Zimmer die fünfundzwanzig Grad. Carlos streckte den Arm aus und öffnete das Fenster, ohne vom Sofa aufzustehen. Er ließ die Abendbrise über sein Gesicht streichen und lag ganz ruhig da wie jemand, der Kopfschmerzen hat und sich vor der kleinsten Bewegung scheut: Er wollte nicht denken, er wollte das von den Traumbildern ausgelöste Gefühl noch ein bisschen genießen, bevor sich neue Bilder einstellten, die sich, durch die Schlagzeilen ausgelöst, in seinem Kopf drängelten, um Gestalt anzunehmen. Also schloss er die Augen und konzentrierte sich auf das Gezirpe, das von draußen ins Zimmer drang; ein regelmäßiger knirschender Ton, der Gesang von Insekten, die wohl seit

Zeit und Ewigkeit und für alle Zeiten die Erde bevölkerten. Ihre Anwesenheit störte ihn nicht, so wie es ihn nicht störte, dass die Söhne des Kochs mit ihren Montesas oder Derbys in der Gegend umherknatterten, ohne sich die Mühe zu nehmen, die Auspuffrohre mit Schalldämpfern zu versehen. Alle monotonen Geräusche beruhigten ihn. Ja, sie schläferten ihn ein. Doch heute durfte er dem Wunsch zu schlafen nicht nachgeben. Er musste endlich aufwachen und in den Saal hinuntergehen, um seine Versprechen einzuhalten und sich mit seinen Kompagnons und den Hotelangestellten das Fußballspiel anzusehen.

Noch ganz benommen vom Schlaf, ließ Carlos das Zirpen der Insekten auf sich einwirken. Die Regelmäßigkeit war wichtig und überdies wohltuend, nicht nur für den Körper, für die Magen- und Darmtätigkeit, sondern ebenso sehr für die Psyche. Wer in der Lage war, Geplantes zur geplanten Zeit zu erledigen, wer das Glück hatte, über die Monate und Jahre hinweg von brüsken Zwischenfällen verschont zu bleiben, der konnte auf ein erträgliches Leben zurückblicken. Ja, das Geheimnis lag in der Regelmäßigkeit. Hatte er seinem Bruder nicht immer wieder gepredigt, dass die Regelmäßigkeit einem hilft, schwierige Situationen zu meistern? Dass sie wie der Sand ist, den man unter das Rad streut, wenn es auf dem Glatteis schleudert?

Willst wohl nicht behaupten, dass es ihm viel genützt hat. Wenn ich mich nicht täusche, ist Kropotky heute in einer psychiatrischen Klinik, hörte er in sich eine Stimme sagen. Carlos verzog verärgert das Gesicht: Obwohl er es gewohnt war, Stimmen zu hören, obwohl er seit seiner Gefängniszeit auf diese Methode zurückgriff, um sich mit sich selbst zu unterhalten, vermochte er die Stimme nicht zu identifizieren, die eben in ihm gesprochen hatte. Es handelte sich offensichtlich nicht um jemand, den er kannte, um eine der Personen, die ebenfalls in ihm lebten und Menschen entsprachen, die er in seiner Vergangenheit gekannt hatte; die wie Schauspieler im gegebenen Moment auftraten, mit einer Stimme, zu der eine Gestalt und ein Gesicht gehörten. Manchmal hatte er den Eindruck, es handle sich vielleicht um eine Ratte, die zwischen seinen Eingeweiden groß und größer wurde und nichts anderes bezweckte, als ihn zu demütigen.

Carlos stand vom Sofa auf und stellte sich ans Fenster; er versuchte die Bemerkung der Rattenstimme hinsichtlich seines Bruders zu verscheuchen. Draußen atmete alles die nahende Nacht: Die Drähte in den Lichtbogenlampen um das Hotel herum glühten bereits; eine kleine Fledermaus, eine ganz andere als die aus seinem Traum, umflatterte das orange Licht. In der Ferne verdichtete sich die Dunkelheit wie der Bodensatz in einer Flasche; die Oliven- und Mandelbäume am Berghang waren nur noch verschwommen erkennbar und verschmolzen langsam mit dem Strauchwerk, das sich bis weit in die Ebene hinunterzog. Etwas weiter weg – ungefähr dreihundert Meter vom Hotel entfernt – blinkten an der Straße nach Barcelona bereits die roten und blauen Neonbuchstaben der Tankstellen. Dahinter erhob sich wie ein riesiger grauer Wall der Montserrat. Ja, es wurde wie jeden Tag Nacht, regelmäßig, unaufhaltsam. Eine Stunde später, wenn es ganz dunkel sein würde, würde man den Berg nicht mehr sehen, und die Kirche des Dorfes, zu dessen Verwaltungsbezirk das Hotel und alle Wohnsiedlungen in der Umgebung gehörten, würde hell beleuchtet sein. Dann war die Reihe wieder an den Insekten, bis auch sie verstummten; und auch der Verkehr würde nachlassen und schließlich ersterben. Vollkommene Ruhe würde herrschen, bloß die blauen und roten Lichter der Tankstelle würden bis zum nächsten Morgen blinken und einem das Gefühl vermitteln, dass das Leben weiterging und dass jemand da war, der es bewachte.

Carlos setzte sich wieder auf das Sofa und schlüpfte zerstreut in seine Sandalen. Was er eben vor dem Fenster gesehen hatte, war die Kulisse seines Exils: Berge, Häuser und Straßen, die wenig mit den Bergen, den Häusern und Straßen zu tun hatten, die er wirklich liebte. Dennoch, die hier herrschende Regelmäßigkeit half ihm, die in ihm wühlende und ihn demütigende Ratte zu besänftigen. Er wusste nicht, was die Zukunft ihm noch bescheren würde, doch was immer es sein mochte und selbst im schlimmsten Fall, würde er es nicht diesem Ort zuschreiben können.

»Ich denke schon. Abgesehen von Altamira und Lascaux gibt es wenige so interessante Höhlen wie die von Ekain. Zum einen bergen sie außergewöhnliche Wandmalereien, und zum Zweiten handelt es sich um bedeutende Fundorte. In Ekain wurden jede Menge Gegenstände gefunden, sowohl aus dem Paläolithikum als auch neolithische.«

Auf dem Bildschirm sah man jetzt eine Landkarte des Golfs von Biscaya und der angrenzenden Regionen. Ein roter Punkt in der Nähe der Küste bezeichnete die Lage der Höhle. Ein paar Sekunden später war die Landkarte verschwunden, und der rote Punkt hatte sich in einen vom Regen feuchten, moosüberwachsenen Felsen verwandelt.

Carlos konzentrierte sich auf den Bildschirm. Die Kamera zoomte den Felsen in den Vordergrund, bis er verschwand, dahinter erschien ein Buchenwald, dann kam ein sattgrüner Gipfel ins Bild; der Blick schweifte über weitere Berge, keine grünen mehr, sondern blaue, und dann leuchtete am Horizont der Saum des Meeres auf. Die Kamera überflog jetzt – wie die Fledermaus in seinem Traum – die Berge, die Häuser und Straßen, an denen sein Herz hing. *Dort sind meine Berge, dort sind meine Täler.* Er fand spontan die Worte zum Volkslied, das in einer Orchesterbearbeitung die Bilder begleitete. *Dort sind meine Berge, dort sind meine Täler, die weißen Häuser, die Bäche, die Flüsse. Ich stehe an der Grenze in Henday, und meine Augen füllen sich mit Tränen. O Baskenland ...*

Carlos wählte eine interne Telefonnummer, die Siebzehn. Er legte auf und wählte ein zweites Mal.

»Habt ihr den Fernseher an?«, fragte er, als jemand am anderen Ende der Leitung abhob. »Dann stellt das Zweite Programm ein, sie zeigen unser Land, die Küste von Zarauz und die ganze Gegend dort. Ihr habt bestimmt Heimweh, oder? Schließlich seid ihr schon über zwei Wochen weg.«

Carlos hatte seit mehr als einem Jahr das Land, das eben im Fernsehen gezeigt wurde, nicht mehr betreten; seine Bemerkung über das Heimweh war als Scherz gemeint. Doch die Frau auf der anderen Seite der Leitung schien sie überhört zu haben. Oder wollte sie nicht hören.

»Gut, wir schalten ein. Doch wenn du es genau wissen willst, was uns am meisten fehlt, ist das Essen. Wir haben die ständigen Konserven zum Kotzen satt«, sagte sie. Ihre Stimme klang verdrossen.

»Das vollkommene Glück gibt es nicht«, sagte Carlos und legte auf. Er wandte sich wieder dem Bildschirm zu.

Der Paläontologe kommentierte die Bilder; er schilderte die Menschen, die vor 40 000 Jahren in der Gegend der Höhle lebten. Sie hätten seltsame Bräuche gehabt; der vielleicht ungewöhnlichste habe darin bestanden, Mollusken zu sammeln, aber keine essbaren Mollusken, sondern schöne, möglichst bunte Muscheln, die sie zu Schmuck verarbeiteten, zum Beispiel die der Gattung *Nassa reticulata*. Im Übrigen müsse man sich vor Augen halten, dass das Meer in jenen Urzeiten sich nicht an der gleichen Stelle befunden habe wie heute, im 20. Jahrhundert, sondern viel weiter weg, mindestens zwanzig Kilometer weiter entfernt, und dass die Temperatur im Golf von Biscaya keineswegs die Temperaturen des diesjährigen Sommers erreichte, sondern mindestens vierzig Grad unter null betrug. War es also nicht erstaunlich, dass jene Männer und Frauen vor vierzigtausend Jahren das Bedürfnis hatten, sich zu schmücken? Man musste sich wirklich fragen, warum sie so viele Mühe und so viele Gefahren auf sich nahmen, nur um sich mit einem Muschelhalsband herauszuputzen.

Als der Paläontologe seine Ausführungen schloss, waren die Bilder der grünen und blauen Berge, die die Höhle einschlossen, bereits verschwunden, und auch die Bilder der Pferde und Auerochsen in ihrem Innern. Auf dem Bildschirm war nur noch das etwas nervöse Gesicht der Moderatorin zu sehen. Die weitschweifigen Ausführungen des Paläontologen hatten den Zeitplan durcheinandergebracht. Die Sendung musste schnell beendet werden.

»Man könnte also behaupten, dass sie ebenso raffiniert und eitel waren wie wir«, ergänzte sie abschließend seinen Kommentar. »Und jetzt, nur noch ganz kurz, weil unsere Zeit fast abgelaufen ist, zeigen wir Ihnen die Landkarte und die Lage von weiteren Höhlen an der Nordküste, wo man ebenfalls die Wandmalereien unserer Vorfahren bewundern kann. Wenn Sie in Ihrem nächsten Urlaub Kultur und Freizeit miteinander verbinden möchten, vergessen Sie nicht, sie zu besuchen. Ganz bestimmt ist ein Ausflug ins Baskenland von Mal zu Mal ...«

»Von Mal zu Mal mit mehr Schwierigkeiten verbunden«, kam der Paläontologe der Moderatorin zu Hilfe. »Die jüngsten Attentate fördern diese Art von Tourismus nicht unbedingt.«

»Trotzdem, wir dürfen nicht zu sehr schwarzmalen. Das wäre Wasser auf die Mühlen jener, die keine andere Sprache als die der Bomben und Maschinenpistolen verstehen«, fügte die Moderatorin abschließend hinzu.

Carlos schloss die Augen und versuchte, sich die Männer und Frauen vorzustellen, die vor 40 000 Jahren ein äußerst karges Leben geführt hatten, aber trotzdem die Höhlenwände mit Zeichnungen schmückten oder Halsketten aus Muscheln der Gattung *Nassa reticulata* trugen. Ein schönes Bild, ebenso schön wie das Eismeer aus seinem Traum; er überlegte sich, dass diese Geschichte keineswegs trivial war, überhaupt nicht, sondern eine Lehre enthielt, einen Fingerzeig, den er vielleicht möglichst schnell beherzigen müsste. Aber die jetzt auf der Landkarte flimmernden Namen – Biarritz, Zarauz, Guernica, Bilbao – weckten die Ratte in ihm, und seine Erinnerung, weit davon entfernt, ihm zu Hilfe zu kommen, ließ unangenehme Bilder aus seiner Vergangenheit an ihm vorbeiziehen. Carlos sah den Rathausplatz von Zarauz mit seinem Musikpavillon in der Mitte, dann eine enge gewundene Straße mit einem Kino. Im

Kino spitzten sich die von der Ratte geweckten Bilder zu, und sein Geist – sein Astralkörper, wie sein Bruder Kropotky gesagt hätte – schwebte weiter, zuerst bis zum Projektionsraum, dann von dort aus zu einem fensterlosen Raum – dem Dorfverlies – unter dem Kinosaal. Auf einer Pritsche saß der Geschäftsmann, den er entführt hatte; er schaute zu ihm auf, und sein Blick schien zu fragen: Was geschieht mit mir? Was wirst du mir antun?

Das Telefon klingelte, Carlos streckte den Arm nach dem Hörer aus. Er zögerte einen Moment lang, weil sein schwebender Geist – sein Astralkörper – ihn immer noch mit Bildern aus der Vergangenheit quälte: Er flog zuerst nach Biarritz, wo Carlos sich selbst sah, dreiundzwanzigjährig, in einem Sessel des Kino Daguerre, wo er sich mit Sabino, seinem besten Freund von damals, einen Pornofilm ansah. Dann flog er nach Guernica, wo er wiederum sich selbst sah, diesmal jedoch als Heranwachsenden, während er der Rede seines Bruders zuhörte, die dieser von einem Podium herunter an die auf einem Platz versammelte Menge richtete. Mit der für ihn typischen arroganten Selbstsicherheit deklamierte Kropotky – Carlos schämte sich bei der bildhaften Erinnerung an diese Szene – ein altes englisches Gedicht, das er für den Abschluss der Feier des »Tages der baskischen Heimat« ausgesucht hatte: »Baum Guernicas! Wie kannst du Blüten und Blätter tragen in dieser Zeit der Zerstörung? Welche Hoffnung, welchen Trost bringen die Sonne, die leichte Brise vom Atlantischen Ozean, der Morgentau, der sanfte Aprilregen?« Kropotky rezitierte mit steigender Inbrunst. Und er, Carlos, schämte sich immer mehr.

Es gelang ihm schließlich, die von der Ratte ins Rollen gebrachten Bilder aus seinem Geist zu verdrängen, und er hielt den Hörer ans Ohr. Zuerst hörte er Ugarte husten, dann Stimmen, die über Fußball diskutierten. Der Anruf kam aus dem Hotelsaal.

»Darrf man wissän, was ein Diirräktionsmitglied dieses Hotäls macht, anstatt in dän Salon hinuntärr zu kommen, wo wirr uns allä das Spiel anschauen? Odär bässärr gäsagt, darrf man wissän, was einärrr mäiner Kompagnons maacht, anstatt am brridärrlichen Fäst zwischän Arrbeitgäberrn und Arrbeitnähmerrn teilzunähmen?«, fragte Ugarte. Man konnte zwar nicht behaupten, er sei von Natur aus ein Spaßvogel, doch er redete seit Jahren nicht mehr in einem normalen Tonfall. Er brüllte herum, betonte zwei oder drei Wörter pro Satz, vor allem aber imitierte er ständig irgendwen.

Am anderen Ende der Leitung übertönte der Sportmoderator das Stimmengewirr im Saal: Er informierte über die Verletzung des Torhüters der belgischen Mannschaft, die dieser sich beim Training zugezogen hatte. Pfaff würde heute Abend also nicht spielen. Carlos schaute auf seine Armbanduhr. Es fehlten zwanzig Minuten, bis das Spiel zwischen Polen und Belgien angepfiffen wurde.

»Ich komme gleich. Muss nur in die Sandalen schlüpfen«, sagte er und schaltete gleichzeitig das Fernsehgerät aus.

Carlos hatte eine angenehme Stimme, geformt wie die eines Schauspielers, allerdings nicht etwa geschult, um die kleinste Schwankung seiner Gemütsverfassung oder Seelenstimmung auszudrücken, sondern, im Gegenteil, um nichts durchscheinen zu lassen, weder Ängste noch Zweifel noch Unruhe. Seine Stimme, die nichts ausdrückte – und daher ruhig und entspannt wirkte –, war, wie viele andere hervorstechenden Eigenschaften seiner Persönlichkeit, ein Relikt aus seiner militanten Vergangenheit im bewaffneten Kampf.

»Ja, bittä sährr. Komm zu uns hinuntärr. Solidarrität ist dringänd nötig. Arrbeitgäberr, Arrbeitnähmerr, alle värrsammelt, um die pallnische Mannschaft spielän zu sehän. Allä unsärrä Spielärrr zu untärrstitzen. Und natirrlich ist auch die Polizei da. Die spanischä Polizei bäfindet sich äbenfalls in diesäm Saal, um die pallnischen Spielärr anzufeiärrn«, schwafelte Ugarte auf ihn ein. Es war offensichtlich, dass der Alkohol in einem ziemlich überhöhten Prozentsatz durch seine Adern floss. Und es war ebenso offensichtlich, dass die heutige Imitation auf Danuta Wyca gemünzt war, die Dolmetscherin, die die polnische Mannschaft nach Barcelona begleitete.

»Ich komme gleich hinunter«, sagte Carlos und legte auf. Dann ging er zum Fenster und sperrte es weit auf.

Das Thermometer zeigte immer noch mindestens fünfundzwanzig Grad. Die Tausende von Insekten im Gebüsch oder in den Mandel- und Olivenhainen zirpten wie immer drauflos. Aber nicht alles war wie immer. Wie er aus dem abschließenden Kommentar Ugartes geschlossen hatte, waren die für die Sicherheit Latos, Bonieks und der übrigen Spieler der polnischen Mannschaft verantwortlichen Polizeibeamten nicht auf ihren Posten draußen, sondern im Hotel drinnen oder sonst wo, wo ein anständiges Fernsehgerät stand. Zumindest sah es so aus: kein einziger Polizist am Haupteingang des Hotels und ebenso wenig auf der Esplanade längs der Vorderfront des Gebäudes, und auch niemand in der Allee, die zur Hauptstraße hinunterführte. Ein Gedanke kam ihm: Er ging rasch zum Telefon. Er wählte wie vor fünf Minuten die Siebzehn, legte auf und wählte erneut.

»Ich habe eine Idee. Ihr habt bestimmt Lust auf ein anständiges Abendessen, oder? Ich glaube, ich kann euch eines besorgen«, sagte er. Seine Stimme klang trotz der Eile ruhig, beruhigend.

»Wenn es keine Schwierigkeiten gibt, nur zu. Ich habe die ständigen Konserven bis obenauf satt«, sagte die Frau am anderen Ende der Leitung. »Und der Freund neben mir ist gleicher Ansicht. Ich sterbe vor Lust nach etwas ordentlich Gekochtem.«

»Ich bringe euch etwas Fleisch vom Grill und was ich sonst noch in der Küche auftreiben kann. In weniger als einer halben Stunde bin ich drüben.«

Der Montserrat war jetzt fast unsichtbar, und die beleuchtete Kirche hoch über den Lichtern der Siedlungen und hoch über den Scheinwerfern auf der Autostraße nach Barcelona war der hellste Orientierungspunkt weit und breit. Gäbe es Fledermäuse wie die in seinem Traum – dachte Carlos – und hätten sich diese Fledermäuse am nächtlichen Himmel über ihm verirrt, würden sie ganz bestimmt ihren Flug nach jenem leuchtenden Punkt orientieren, um sich dann an eines der Dächer im Dorf am Fuß des Berges zu hängen. Carlos schloss seufzend das Fenster. In der Gegend war es meistens ruhig. Heute herrschte zudem spärlicher Verkehr, wie immer, wenn das Fernsehen ein Fußballweltmeisterschaftsspiel übertrug; die blinkenden blauen und roten Leuchtschriften blendeten einen fast. Die einzige Fledermaus in der Umgebung des Hotels schien allerdings unfähig zu sein, weiter zu fliegen als bis zu den Lampen längs der Esplanade.

Er riss sich von seinen Träumereien los. Als er eben das Fenster schloss, um anschließend in die Küche hinunterzugehen, hörte er die Tür gehen, und gleich darauf tauchte Pascal im Zimmer auf und hinter ihm Guiomar, mit dem er die Wohnung teilte. Der Kleine hielt einen Ball in den Händen; er warf ihn lachend vor seine Füße und kickte. Der Ball traf eine Lampe.

»Also, Pascal, wie stehts? Bist du lieber d'Artagnan oder Boniek?«, fragte ihn Carlos.

Aber der Junge lachte bloß ein bisschen hysterisch und kickte den Ball ein zweites Mal. Der Zeitungsständer neben dem Sofa bekam den ersten Treffer ab, der kleine niedere Tisch in der Mitte des Teppichs den zweiten.

»Elfmeter«, schrie der Kleine.

»Antworte, Pascal. Antworte auf Carlos' Frage«, mischte sich Guiomar ein. Er stand hinter der spanischen Wand, die den Flur vom Wohnzimmer trennte. Er war fast zwei Meter groß, die spanische Wand reichte ihm bis zum Brillenrand.

»Sag, welcher der beiden bist du? D'Artagnan oder Boniek?«, wiederholte Carlos. Doch der Junge war ganz aufgeregt, weil es ihm gelungen war, in die Wohnung seiner zwei »Onkel« einzudringen, und statt einer Antwort lachte er schrill weiter.

»Los, Pascal, antworte«, wiederholte Guiomar und trat hinter der spanischen Wand hervor. Er zündete sich eine Zigarette an. »Ich zum Beispiel bin einerseits d'Artagnan, daher trage ich das Schwert im Gürtel, bin aber gleichzeitig der Stellvertreter Bonieks und aller seiner Teamkollegen, daher kann ich es nicht zulassen, dass du einfach ruhig dasitzt, während die polnische Mannschaft in die Schlacht zieht.«

»Ich weiß, das Spiel beginnt in ein paar Minuten, aber ich habe noch zu tun, ich komme etwas später nach«, erwiderte Carlos und bückte sich, um rasch den Ball vom Teppich aufzuheben, bevor Pascal Zeit fand, ein weiteres Mal zu kicken.

»Was soll das heißen? Was ist mit dir los?«, fragte Guiomar überrascht.

»Was soll schon los sein? Nichts ist los.«

»Ich verstehe das nicht«, Guiomar schüttelte den Kopf. Er rückte seine Brille zurecht und richtete den Blick auf den Fußboden. »Es ist vielleicht kindisch von mir, aber ich bin der Ansicht, dass wir irgendwie kundtun sollten, dass die polnische Mannschaft bei uns logiert ist. Und zudem ist es eine gute Gelegenheit, ein bisschen zu feiern. Alle sind bereits im Saal unten, und der Tisch mit den belegten Broten und den Bierflaschen steht ebenfalls bereit. Nur du fehlst noch. Und das fällt auf. Schließlich bist du der Fußballfan in diesem Hotel.«

»Reg dich nicht auf. Ich weiß, dass das Fest deine Idee war und du dir viel Mühe gegeben hast, aber ich muss zuerst die Hunde füttern ...«

»Die Hunde können bis nachher warten, denke ich.«

»Ja, aber ich muss auch noch in der Backstube vorbeischauen. Die Hunde können zwar warten, der Brotteig aber nicht. Er muss im genau richtigen Moment geknetet werden und nicht, wenn man Lust hat.«

»Ich kann es nicht fassen. Ich kenne dich seit vielen Jahren und kann es trotzdem nicht fassen. Ich dachte, die Zeit der Geheimnisse sei vorbei. Ehrlich, Carlos.«

»Sei nicht böse, Foxi«, beschwichtigte ihn Carlos. Foxi, einer der Decknamen, die Guiomar in der Organisation geführt hatte, war eine Abkürzung von Foxterrier, denn er stand im Ruf, hartnäckig zu sein wie diese Hunderasse. Wenn er ihm keine überzeugende Erklärung gab, würde er tage-, ja wochenlang nicht aufhören, ihm Fragen zu stellen.

»Du wirst uns im richtigen Moment informieren. Wir sind auf unseren Posten«, seufzte Guiomar. Der Satz stammte aus einer anderen Zeit und bezog sich auf eine andere Situation, was den an Carlos gerichteten Vorwurf hinsichtlich seiner Geheimnistuerei noch verstärkte.

»Glaub mir, ich habe nichts zu verbergen. Ich habe bloß Lust, mir die Beine etwas zu vertreten, bevor ich mich zu euch geselle. Wir haben alle unsere Marotten, Foxi. Die einen sind starrköpfig und feiern gern Feste, die anderen sind lieber allein.«

»Der Ball«, bat Pascal weinerlich und streckte Carlos die Arme entgegen, doch der gab ihn nicht aus den Händen.

»Jeder sieht, dass du ein Geheimnis hast. Ich habe im Übrigen auch eines. Für den Fall, dass du es nicht wissen solltest, auch ich habe ein Geheimnis«, sagte Guiomar. Er nahm den Ball und reichte ihn dem triumphierend lächelnden Kleinen.

»Es steht geschrieben: Wir sehen den Strohhalm im Auge des Nächsten, aber nicht den Balken in unserem Auge«, fügte Carlos scherzend hinzu. Vielleicht plante Guiomar eine Reise nach Kuba, er redete schon lange davon, ein paar Monate in der Karibik zu verbringen.

»Meines und deines, das sind zwei verschiedene Paar Stiefel. Ich möchte dir gern erzählen, was mich beschäftigt, aber ich kann im Moment nicht. Morgen oder übermorgen bin ich vielleicht dazu in der Lage, doch heute nicht. Du aber willst gar nichts erzählen.«

»Das ist nun mal meine Art. Auch früher habt ihr nicht viel über meine Frauenbekanntschaften gewusst«, wich Carlos aus und betrachtete den Kleinen. Pascal zog quengelnd Guiomar am Gürtel auf die Wohnungstür zu.

»Ich weiß, Pascal, ich weiß, das Spiel beginnt in ein paar Minuten. Wir gehen gleich.« Guiomar fuhr dem Jungen mit der Hand über das Haar. Dann schaute er Carlos fest in die Augen: »Was ist los?«, fragte er flüsternd mit einem Seitenblick auf den Jungen: »Treibst es mit zweien gleichzeitig? Ich meine nur so, weil ich vorhin unten im Saal María Teresa gesehen habe.«

»Wo sie bestimmt belegte Brote serviert. Da liegt unter anderem das Problem. María Teresa macht die Arbeit von zwei Kellnerinnen, was dazu führt, dass sie kaum noch Zeit für mich hat. Übrigens, werden ihr die Überstunden bezahlt? Ich möchte nicht ...«

»Frage Ugarte. Ich bin nur für den Einkauf zuständig«, unterbrach ihn Guiomar. Carlos' Ablenkungsmanöver war zu durchsichtig. Dann wieder flüsternd: »Wer ist deine neue Freundin? Beatriz? *La nostra bellissima Beatriu?*«

Die schöne Beatriz arbeitete seit sechs Monaten an der Hotelrezeption. *La nostra bellissima Beatriu,* die Bezeichnung stammte aus einer erfolgreichen Operette, die vor fünf Jahren in Barcelona aufgeführt worden war – zu der Zeit, als Carlos und seine Freunde die Leitung des Hotels übernommen hatten.

»Vielleicht, wer weiß ...«

Gut gemacht, Carlos, Glückwunsch, hörte er die innere Stimme. Die Ratte konnte sich einen Kommentar nicht verkneifen. *Du bist unschlagbar, wenn es darum geht, deinen Nächsten hinters Licht zu führen. Brauchst dir keine Gedanken zu machen, nicht im Geringsten, Guiomar ist meilenweit davon entfernt, die Wahrheit zu vermuten. Und es ist besser, wenn das so bleibt, denn an dem Tag, wo er erfährt, was im Hotel wirklich vor sich geht, wird er sehr verletzt sein. Er glaubt, ihr zwei wäret enge Freunde und dass das Vertrauen zwischen euch beiden grenzenlos ist.*

Keine Sorge, Carlos, hörte er gleich darauf. Sein Gewissen sprach jetzt mit der Stimme Sabinos. Seit der Zeit in Biarritz, erst recht aber seit dessen Tod in einer Straße von Bilbao, war Sabino seine gute Stimme, die einzige, die sich der Ratte entgegenstellte. *Du tust das einzig Richtige, was du in deiner Situation tun kannst, um ihn nicht in die Geschichte zu verwickeln, und du tust gut daran. Guiomar wird dir dankbar sein, dass du dich ihm nicht anvertraust.*

»Nun also, erzählst es mir später«, sagte Guiomar nach kurzem Schweigen. »Komm, Pascal, gehen wir«, fügte er dann hinzu, legte dem Kleinen die Hand auf die Schulter und schob ihn zur Wohnungstür. »Beeilen wir uns, wer sich ein Spiel nicht von Anfang an anschaut, ist bloß ein fieser Fußballfan. Nicht wahr, Pascal? Du bist ganz bestimmt kein fieser Fan, oder?«

»Nein, nein«, rief der Kleine begeistert, verschwand dann treppabwärts hinter dem von Stufe zu Stufe hüpfenden Ball.

Das Hotel war ein weißes, nüchternes Gebäude; es bestand aus einem rechteckigen Flügel mit sechzig Zimmern, an den sich auf der einen Seite ein rechteckiger Turm anschloss, wo die Wohnungen der Hotelmitarbeiter, das Restaurant und andere Diensträume untergebracht waren. Carlos wartete, bis Pascals Ball im Treppenhaus nicht mehr zu hören war, dann ging er ins Erdgeschoss des Turmanbaus hinunter – er und Guiomar wohnten im dritten Stockwerk, im obersten – und am Restaurant vorbei in die Küche. Die Küche befand sich rechts neben der Treppe, gegenüber der Eingangshalle. Auch der große Saal, wo jetzt ganz offensichtlich das Fest in Fahrt kam, lag auf der anderen Seite.

In der Küche war niemand. Doro, der Koch, hatte jedoch den größten Teil seiner Arbeit bereits erledigt; die Platten mit Salat und Meeresfrüchten, die Vorspeise für das späte Abendessen der polnischen Mannschaft, reihten sich auf einem Regal; das Ganze sah eher aus wie eine Dekoration – wie ein funkelnder Altar in einer festlich geschmückten Kapelle. Carlos schürte rasch die Glut unter dem Grill, der die eine Ecke der Küche ausfüllte, und legte zwei große Fleischstücke darauf; dann untersuchte er den Inhalt der Schüsseln in der Kühlkammer und stellte eine Vorspeise zusammen, wie Doro sie für die Fußballer vorbereitet hatte. Er war mit seiner Arbeit fast fertig, als sich im Erdgeschoss des Turmanbaus Gebrüll erhob, das bis in die Küche herüberdrang. »Tooor! Tooor! Tooor!« Die Stimme des Reporters überschlug sich, und alle im Saal drüben Versammelten – und Pascal am lautesten – brüllten im Chor: »Tooor! Tooor! Tooor!« Boniek, Lato und seine Gefährten waren eindeutig im Begriff, sich das Bankett zu verdienen. Carlos wäre am liebsten hinübergegangen, um die Wiederholung des Tors zu sehen; stattdessen wandte er sich dem Grill zu, um das Fleisch zu wenden. Je schneller das Essen fertig war, desto besser.

Er deckte eben die zwei Tabletts mit Alufolie zu, als er plötzlich spürte, dass ihn jemand beobachtete. In der Tür zum Speisesaal stand Nuria, eine junge mollige Frau aus dem Dorf am Fuß des Montserrat, die Ugarte – unter dem Vorwand, ihr Mann sei arbeitslos – als Küchenhilfe eingestellt hatte. Carlos gefiel sie nicht.

»Ich weiß nicht, wie man so was tun kann«, sagte sie, rührte sich aber nicht von der Stelle. »So viel Armut überall, und Sie füttern die Hunde mit sündhaft teurem Essen. Das müsste verboten sein.«

Während er langsam auf sie zuging – die zwei Tabletts vor der Brust balancierend –, erinnerte sich Carlos an die Erklärungen, die Ugarte ihm und Guiomar gegeben hatte und die ihnen glaubhaft machen sollten, dass sowohl Nuria als auch ihr Mann ehemalige Linke waren, Leute, die während der Diktatur einer kommunistischen Gewerkschaft angehört hätten, Leute also, die es verdienten, dass ihnen geholfen wurde. Er fühle sich sozusagen verpflichtet ... Lügen, alles Lügen. Nuria redete nicht wie eine Kommunistin, sondern im unverwechselbaren albernen Stil der Katecheten.

»Sie kommen mir zum zweiten Mal mit der Geschichte vom Hundefutter. Beim dritten Mal entlasse ich Sie«, sagte er ruhig. Dann ging er ebenso ruhig an ihr vorbei und stieß mit einem energischen Fußtritt die Schwingtür auf. Das ging so schnell, dass die Frau keine Zeit hatte auszuweichen, und der Türflügel traf sie voll am Bein.

Sie fuhr mit der Hand über ihr Knie: »Ugarte hat mich eingestellt«, schimpfte sie.

Ohne sie eines Blickes zu würdigen, durchquerte Carlos den Speisesaal und trat durch die Drehtür auf die Terrasse hinaus. Nuria war eine dumme Person. Und Ugarte war immer noch der gleiche Lügner wie eh und je. Er kannte ihn seit vielen Jahren, er wusste genau, auf was für einer Art Frauen er scharf war. Er mochte dicke. Wie Nuria. Er hingegen – es fiel ihm erst jetzt auf – war viel zu nervös und hatte seine Reaktionen nicht unter Kontrolle. Er musste sich abregen. Er hatte vorhin eine Dummheit begangen.

Er setzte die Tabletts auf einem der Tische auf der Terrasse ab und kehrte in die Küche zurück. »Es tut mir leid. Ich wollte Ihnen nicht wehtun«, entschuldigte er sich. Sie aber tat so, als hörte sie ihn nicht; sie räumte das Stück Fleisch weg, das er neben dem Grill hatte liegen lassen, und verschwand in der Kühlkammer.

Carlos ging wieder auf die Terrasse hinaus und betrachtete einen Moment lang die für das Abendessen gedeckten Tische. Alles war an seinem Platz: die Lampen, die Blumen, die rot-weißen Papierfähnchen mit dem polnischen Wappen in der Mitte; über einem der Tische – dem langen, der für die Spieler reserviert war – wehte sanft die rote Fahne, die Danuta Wyca, die Dolmetscherin der Mannschaft, aus Polen mitgebracht hatte. Ja, Doro und seine zwei Söhne und Ugartes Frau Laura machten ihre Sache gut. Und auch er konnte mit sich selbst zufrieden sein. Die Gäste rühmten sein Brot, und überdies war es sein und Guiomars Verdienst, dass ein so hervorragender Küchenchef wie Doro für das Hotel gewonnen werden konnte, während Ugarte sich bloß um den eigenen Kram kümmerte und nichts Klügeres zu tun hatte, als dumme Personen wie Nuria einzustellen. Sobald gewisse Dinge geregelt waren, würde er mit ihm reden müssen. Oder mit seiner Frau.

Eine niedrige Mauer mit einem schmiedeeisernen Geländer trennte die Terrasse von der Esplanade. Carlos hob die Tabletts wieder auf, machte – wiederum mit dem Fuß – das Gittertörchen auf, ging die drei Stufen hinunter und dann auf den Lagerschuppen zu, wo seine zwei Jagdhündinnen untergebracht waren. *Nicht so hastig,*

Carlos, hörte er eine Stimme sagen. Es war Sabino. *Wenn sie dich mit den Tabletts sehen und sehen, dass du sogar fast rennst, werden sie Verdacht schöpfen. Vergiss den Zwischenfall von vorhin und verhalte dich ganz normal!* Das dumme Ding kann mir noch Ärger bereiten, dachte Carlos und zwang sich, langsamer zu gehen. Doch Sabino meldete sich nicht mehr.

Die kleine Fledermaus flatterte immer noch um die Straßenlampe, und das Gezirpe der Grillen erfüllte den Garten, die Oliven- und Mandelhaine in der Umgebung, zog sich um das Hotelgebäude herum bis zur Straße hinunter. Carlos ging unter der Straßenlampe mit der Fledermaus vorbei und bog dann in einen Fußweg ein, der hügelabwärts bis zur Lichtung zu einer zweiten Esplanade inmitten von Bäumen führte, wo sich der Lagerschuppen und das Backhaus befanden. Es war inzwischen Nacht geworden; Carlos blieb einen Moment stehen, um sich an die Dunkelheit zu gewöhnen, denn die Lichter des Hotels leuchteten nicht so weit. Greta und Belle, seine zwei Hunde, winselten aufgeregt. Sie rochen das Essen auf den Tabletts.

»Still, Belle«, flüsterte Carlos im Vorbeigehen, und der Hund, der ältere von beiden, verstummte auf der Stelle. Greta hörte kurz darauf ebenfalls auf zu winseln, aber eher etwas widerwillig.

Er war diesen Weg schon oft gegangen, und er schaffte es bis zum Backhaus, ohne dass die Teller auf den Tabletts herumrutschten. Als er auf die Tür des niedrigen Gebäudes zuging, roch er den Duft des Mehls und darüber – wie eine Stimme, die mit einer anderen verschmilzt – einen zweiten Duft: den des Brotes, das er am Nachmittag gebacken hatte. Er atmete tief ein. Es kam ihm vor, als ob die zwei miteinander verschmolzenen Düfte das kleine Haus einhüllten und beschützten, eine zweite Mauer darum herum errichteten, die, wenn auch unsichtbar, den Lärm und die Nöte der Welt aussperrte. Daher zog er das kleine Haus allen anderen Nebengebäuden des Hotels vor; weil diese Wand ihn beschützte, weil die Düfte – wie sein Bruder Kropotky gesagt hätte – ihm eine spezielle Aura verliehen. Fünf-, sechsmal am Tag ging er durch die weißgestrichene Holztür und widmete sich den verschiedenen Arbeitsgängen, die die hundert Brote erforderten, das tägliche Quantum für das Hotelrestaurant. Carlos mochte diese Arbeit fast so sehr wie die Backstube selbst; er passte sich ihr an, fügte sich in die Zeiten und Abläufe ein, die das Brotbacken erforderte, und erreichte dadurch, dass ihn die Ratte – der Teil seines Gewissens, den er sich als eine Ratte vorstellte – in Ruhe ließ.

Droben die kühlenden Höhn, die Schatten alle besuch ich und die Quellen; hinauf irret der Geist und hinab, Ruh erbittend; so flieht das getroffene Wild in die Wälder, wo es um Mittag sonst sicher im Dunkel geruht; aber nimmer erquickt sein grünes Lager das Herz ihm ... Das Blatt mit dem Gedicht – eine Stelle aus einem Brief, den sein Bruder ihm ins Gefängnis geschickt hatte, genauer gesagt – war mit Reißzwecken an der Innenseite der Tür befestigt. Jedes Mal, wenn er die Backstube betrat oder verließ, fiel sein Blick darauf, und Carlos las spontan die eine oder andere Zeile. Es gab Bilder, die ihn nicht losließen, ohne dass er genau wusste, warum. Wie vor einer Stunde das Eismeer in seinem Traum. Und wie der Hirsch, der in den Wald flieht, um sich auszuruhen.

Er wollte eben die Tür hinter sich zuziehen, als seine Gedanken von einem Geräusch aus dem nahe gelegenen Olivenhain unterbrochen wurden. War es das Knirschen eines Zweiges? Ja, es hörte sich an, als sei jemand auf einen Zweig getreten. Er machte das Licht in der Backstube aus und trat ins Freie. Er erkannte eine undeutliche Gestalt, die auf ihn zukam und anstelle eines Grußes die glühende Spitze einer Zigarette schwenkte.

»Ich habe die Hitze in dem Loch unten nicht mehr ausgehalten und bin ins Freie gegangen, um eine Zigarette zu rauchen«, sagte sie. Es war die Frau, mit der er vorhin am Telefon gesprochen hatte: eines der zwei Mitglieder des Kommandos, das die Madrider und die Barceloneser Presse *Jon & Jone* nannte. Der Duft ihres Parfüms vermischte sich mit dem des Brotes und des Mehls.

»Psst. Die Sicherheitsbeamten sind im Hotel und sehen sich die Übertragung des Fußballspiels im Fernsehen an«, antwortete Carlos reflexartig. Dass die Frau ihren Unterschlupf verlassen hatte, widersprach jeglichen Sicherheitsregeln. Er war überrascht.

»Auch Jon sitzt vor dem Fernseher, und das ist der zweite Grund, warum ich hinausgegangen bin. Ich hasse Fußball. Das Gebrüll der Reporter geht mir auf die Nerven. Ich finde es unerträglich. Es erinnert mich an die Sonntagnachmittage in der Francozeit.« Jone seufzte und blickte zum Himmel. Am Mittelmeerhimmel über ihnen funkelten die Sterne, doch der Mond war ganz blass; Carlos konnte die Züge der Frau nicht erkennen. Trotzdem, sie wirkte weniger jung als auf den von der Presse veröffentlichten Fotos. Sie musste um die dreißig sein, vielleicht sogar älter.

»Eine fadenscheinige Ausrede, das mit der Hitze im Keller. Ich habe nie den Eindruck gehabt, dass es dort besonders heiß ist.« Carlos war wütend.

»Im Fernsehen haben sie gesagt, dass der Juni noch nie so warm gewesen ist wie dieses Jahr. Sie wiederholen es hundertmal am Tag, und ich glaube es alle hundertmal. Die Hitze ist unerträglich, draußen und drinnen«, sagte die Frau. Sie warf den Zigarettenstummel weg und drückte ihn mit dem Fuß aus. Ihr Haar war ganz kurz geschnitten, sie trug ein eng anliegendes ärmelloses T-Shirt mit schmalen Trägern.

Carlos schwieg, als warte er, bis sich der Rauch aus dem Mund der Frau verflüchtigt hatte. Dann sagte er ganz langsam: »Meine Bedingungen sind nicht eingehalten worden. Ich habe dem Mittelsmann gesagt, dass ich bereit bin, euch eine Zeit lang zu verstecken, aber unter der ausdrücklichen Bedingung, dass ihr im Keller bleibt und dass wir uns nicht begegnen. Er hat mir versichert, dass ihr bestimmt keine Schwierigkeiten macht. Dass ihr euch daran haltet. Und wen treffe ich an? Ruhig unter einem Baum eine Zigarette rauchend wie eine Touristin auf einem Campingplatz? Ehrlich, ich begreife das nicht. Du bringst uns alle in Gefahr.«

Sie standen ganz nahe beieinander; der Parfümduft und der Schweißgeruch der Frau stiegen Carlos – er war groß gewachsen, fast so groß wie Guiomar, und überragte sie mindestens um zwanzig Zentimeter – direkt in die Nase.

»Leider, leider hast du recht«, pflichtete sie ihm bei, nachdem sie sich eine neue Zigarette angezündet hatte. Carlos stellte fest, dass ihr Brustansatz glänzte. Schweiß perlte zwischen den vom T-Shirt kaum verhüllten Brüsten. »Und dass man uns gesehen hat, ist noch viel schlimmer«, fügte sie mit einem »Verdammt« hinzu. »Vorgestern. Jon und ich sind gegen elf Uhr abends zum Brunnen hinuntergegangen, um etwas frische Luft zu schnappen, und dort hat uns ein etwa fünfjähriger Junge mit einer Taschenlampe ins Gesicht geleuchtet. Ich hätte ihn fast niedergeknallt, ehrlich. Um ein Haar.«

»Was meinst du damit? Dass du die Pistole mitgenommen hast?«

»Ich habe dir doch gesagt, dass ich nahe daran war, ihn zu erschießen.«

Sie entfernte sich fluchend ein paar Schritte von der Tür, verwünschte den Jungen, die Eltern, die ihn zu dieser Nachtzeit allein umherspazieren ließen, das Mittelmeerklima, das sie veranlasst hatte, die Sicherheitsregeln zu verletzen. Sie musste sich bezwingen, um nicht laut herauszuschreien.

»Der Junge, das ist Pascal, der Sohn von Freunden. Er ist das einzige Kind im Hotel, und weil es ihm langweilig ist, streift er den ganzen Tag durch die Gegend. Der Brunnen dort unten ist sein bevorzugter Spielplatz.«

Guiomar hatte den Brunnen *La Fontana de Derby* getauft, weil einer der Söhne des Hotelkochs einmal versucht hatte, sein Motorrad darin zu waschen. Doch die Erwähnung des Brunnens löste jetzt überhaupt keine komische Resonanz aus. Er hatte sich in einen Ort verwandelt, wo Jon und Jone Pascal begegnet waren. Carlos fragte sich besorgt, was für Folgen der Zwischenfall haben konnte.

Jone begann wieder über die Hitze zu jammern, in einem müden

Tonfall diesmal, und beharrte darauf, dass die Hitze im Loch, das sie nicht verlassen durften, nie unter fünfundzwanzig Grad sinke. Nachts sei es sogar noch schlimmer, denn die Wände des Kellergeschosses seien erwärmt und man könne nicht schlafen. Zu alledem mussten sie den engen Raum mit altem Trödel teilen, mit Kissen und Büchern und dem ganzen Zeug, wobei das »ganze Zeug« Jon, ihren Gefährten, miteinschloss.

»Und diese Scheißpresse behauptet, dass Jon und ich ein Liebespaar sind. Das stimmt überhaupt nicht, was die Dinge noch zusätzlich kompliziert«, schloss sie schimpfend.

Carlos folgerte daraus, dass die Frau sich auf die Schlagzeilen in der Boulevardpresse bezog – nach der Schießerei, die Jon und Jone sich vor ein paar Wochen mit der Polizei geliefert hatten –, auf denen sie mit Bonnie & Clyde verglichen worden waren. Trotzdem, ihre Geschichte war nicht ganz koscher. *Ihre Rechtfertigung war absolut überflüssig. Ich nehme an, dass sie dir eine Botschaft übermitteln wollte. Eine persönliche Botschaft,* sagte in ihm eine Stimme. Es war Sabino, und er hatte wahrscheinlich recht. Jone hatte vor Monaten die Gegend verlassen, die die Presse als das *französische Reservat der Terroristen* bezeichnete. Folglich hatte sie auch einen möglichen Freund vor Monaten dort zurücklassen müssen, zu lange für eine Frau, die unter ständiger Spannung steht.

Carlos stellte sie sich nackt vor, auf dem Rasen neben dem Derby-Brunnen ausgestreckt, und er sah ihre Brüste, ihren Bauch, ihre Scham, ihre weißen Schenkel... Doch gleich darauf verschwand das Bild, und an seine Stelle trat ein zweites, das das erste leicht korrigierte: Jone war immer noch nackt, doch sie stand jetzt, und er nahm sie am Arm und zog sie ein paar Meter von der Stelle weg, wo sie ihre Sandalen, ihre Hose, ihren Slip, ihr ärmelloses T-Shirt hingeworfen hatte, dann schob er seine Hand zwischen ihre Schenkel, umschloss kräftig ihre Scham, knetete sie ein bisschen...

Die Bilder erregten ihn. Er hätte am liebsten die Hände auf die Schultern der Frau gelegt, sie dann bis zu den schweißnassen

Brüsten gleiten lassen, die das ärmellose T-Shirt fast sprengten, doch die plötzliche Erinnerung an einen Grundsatz Sabinos hielt ihn davon ab. »Ein Untergrundkämpfer darf die Sicherheitsregeln nie vergessen«, las Sabino in einem Schulungskurs aus einem weißbroschierten Handbuch einem Dutzend junger Burschen vor, darunter Carlos, die sich kürzlich dem bewaffneten Kampf angeschlossen hatten. »Wenn er es tut, wenn er handelt, ohne die Regeln Punkt für Punkt zu beachten, gefährdet er sowohl seine Arbeit als auch die der ganzen Gruppe. Das ist der Fall, wenn jemand sich von Nachlässigkeit leiten lässt. Der nachlässige Untergrundkämpfer handelt schließlich nur noch improvisiert und chaotisch. Es gibt nichts Gefährlicheres als die Improvisation und das Chaos. Mit anderen Worten: Ein Kommandomitglied, das zu Nachlässigkeit neigt, schadet der Organisation mehr als ein Denunziant.«

Sabino lag schon seit mehr als fünfzehn Jahren auf einem Friedhof am Stadtrand von Biarritz; junge Aktivisten wie Jon und Jone konnten unmöglich von ihm geprägt worden sein. Die Frau wusste zu viel. Sie wusste, dass die Eigentümer eines Hotels sie versteckten, sie wusste, wie er aussah, sie wusste, wo in der Umgebung von Barcelona sie sich ungefähr befanden. Hinzu kam – und das war das Schlimmste –, dass Pascal Jone und auch die Pistole gesehen hatte. Wäre er noch am Leben, Sabino hätte niemals eingewilligt. Dass sich ein Kommandomitglied so nachlässig verhält, wäre für ihn undenkbar gewesen. Sabino brauchte bei jemand bloß einen Hang zum Alkohol oder eine gewisse Geschwätzigkeit festzustellen, um ihn auf der Stelle aus der Gruppe zu entfernen. Sabino ging jeweils vorsichtig vor – wie damals, als er Carlos' Bruder Kropotky aus der Gruppe entfernen musste –, vermied es, die Empfindlichkeit des ausgeschlossenen Schülers zu verletzen. Er wusste, dass ein verbitterter Mensch sehr gefährlich sein kann.

»Wie ist das mit dem Jungen schließlich ausgegangen?«, fragte Carlos.

»Ich weiß nicht, ob er uns geglaubt hat. Er hat uns gefragt, ob wir gekommen seien, um diesen polnischen Fußballspieler zu interviewen, Boniek oder ähnlich, und wir haben ihm gesagt, ja, aber niemand wisse etwas davon, es sei ein Geheimnis und er dürfe es niemand verraten.«

»Das kann ich mir kaum vorstellen. Wenn er einmal anfängt zu plappern, hört er nicht mehr auf. Zudem redet er mit jedermann«, seufzte Carlos. »Verdammt, ich verstehe euren Leichtsinn nicht. Die Sicherheitsregeln müssen immer und unter allen Umständen eingehalten werden ...«

»Behalte bitte deine Predigten für dich«, unterbrach sie ihn wütend. Dann bereute sie ihre Reaktion, legte die Hand auf seinen Arm und entschuldigte sich leise. »Ich habe ihm gesagt, ich hätte die Pistole auf der Wiese gefunden«, fügte sie ruhiger hinzu, »aber ich wüsste nicht, was damit anfangen, und würde sie begraben. Ich glaube, er hat mir geglaubt. Wie auch immer, diese Geschichte hängt mir langsam zum Hals raus.«

Carlos vermutete, dass sie sich wegen ihrer Unvorsichtigkeit mit Jon gestritten hatte und dass dies wahrscheinlich der Grund für ihre Gereiztheit war.

»Jon ist etwas nervös«, fuhr Jone nach kurzem Schweigen fort, als ob sie zu sich selbst spreche. Ein intelligentes Mädchen, dachte Carlos, sie hatte wohl seine Gedanken erraten. »Doch wen wunderts? Wir sind schon seit zwei Monaten von zu Hause weg, seit Anfang Mai, und die Campagne ist sehr hart gewesen. Es hat nicht viel gefehlt, und es hätte uns bei der Schießerei in Bilbao erwischt. Zudem hat es mit der Logistik nicht geklappt, und wir haben zehn Tage in den Bergen übernachten müssen, bis sie uns endlich hierhergebracht haben. Es ist sozusagen unmöglich, eine Wohnung zu finden, wo wir unterschlüpfen könnten.«

»Vielleicht machen wir uns unnötig Sorgen um den Kleinen. Ist nicht so schlimm«, beschwichtigte sie Carlos.

Hört, hört, ist wohl nur ein Scherz, die ganze Geschichte, was?, feixte die Stimme der Ratte; sie schleuderte ihm die Wahrheit ins

Gesicht, die er sich nur widerstrebend eingestand. Natürlich konnte der Zwischenfall mit Pascal schlimme Folgen haben. Er selbst gehörte schon seit Jahren nicht mehr der Organisation an; er war nur noch gelegentlicher Mitarbeiter, ein Kommandomitglied im Ruhestand, der sich zu einem Gefallen bereit erklärt hatte. Wenn die Frau oder ihr Gefährte lebendig gefangen genommen wurden – hier im Hotel oder sonst irgendwo später –, würde er das schwache Glied sein, das Element, das Jon und Jone opfern mussten, um die militanten Mitglieder der Organisation zu schützen. *Ehrlich, ich freue mich, dass du endlich merkst, wie der Hase läuft, dass du nämlich der Erste sein wirst, der für das zerschlagene Geschirr bezahlt. Ich weiß, ich weiß* – die Stimme der Ratte klang jetzt noch spöttischer –, *dass du vor nichts Angst hast und dass es dir egal ist. Aber sag, was ist mit Ugarte, Guiomar, Laura, Doro und allen anderen? Wenn die Polizei das Hotel schließt, was ist dann mit ihnen?* Vor Carlos tauchten die Gesichter seiner Freunde auf, schwarz-weiß wie auf dem Gruppenfoto, das im Vestibül des Hotels hing.

Jone trat ihre Zigarette aus.

»Ich glaube nicht, dass es Folgen haben wird«, beharrte sie. »Möglich, dass das Kind uns nicht geglaubt hat, doch selbst wenn es jemand davon erzählt, was könnte schon passieren? Wenn mir ein fünfjähriges Kind von Pistolen erzählt, ist das Letzte, woran ich denke, eine echte Pistole.«

»Du hast recht«, pflichtete Carlos ihr bei, dachte allerdings das Gegenteil. Das Schicksal hatte es so gewollt; es hatte keinen Sinn, den Vorfall zusätzlich aufzubauschen. Das Bild einer Pistole hatte sich dem Kind eingeprägt, und diese Tatsache brachte den Zufall mit ins Spiel. Würde dieses Bild an die Oberfläche von Pascals Bewusstsein steigen? Wenn ja, würde er jemand davon erzählen? Wem? Wann? Fragen, auf die es nur eine Antwort gab: auf der Hut sein und warten.

»Noch etwas«, unterbrach Jone nach einer kurzen Pause seine Gedanken, ihre Stimme klang jetzt vertraulicher, »ich glaube nicht, dass jemand weitere Fragen stellt, wenn der Junge erzählt, dass gestern Nacht ein Paar in der Nähe des Brunnens war, denn auf dem Gras lag ein Gummi. Jon hat gesagt, er sei gebraucht.«

Carlos hatte den Eindruck, dass die Frau die Lippen halb öffnete, »als ob sie Lust auf ein Lutschbonbon hätte«, würde Ugarte sagen. Bei der kleinsten Andeutung würde Jone mit ihm gehen. Er war wieder erregt beim Gedanken, sie an der gleichen Stelle in den Armen zu halten, wo er María Teresa vor zwei Tagen in den Armen gehalten hatte, denn genau das war die Erklärung für den Gummi im Gras. Auch wenn der Vergleich nicht ganz stimmte: María Teresa mochte es, sich still hinzugeben – reglos, nackt im Gras liegend –, während er sie im Lichtkegel einer Taschenlampe betrachtete und ihr Körper auf den kleinsten Stimulus reagierte. Mit ihr war es einfach. Mit Jone jedoch würde es nicht das Gleiche sein. Er ahnte, dass sie keineswegs passiv veranlagt war. Zudem war María Teresa eine zierliche Frau, Jone aber wirkte selbst in der Dunkelheit ziemlich kräftig. Sie schien muskulöse Schenkel zu haben wie eine Sportlerin. Carlos vermutete, dass die Frau eine Zeit lang im Gefängnis gesessen und sich ihre Muskeln dort antrainiert hatte, in der Gefängnisturnhalle. Wie auch immer, sie war nicht der Typus Frau, den er für seine Liebesspiele bevorzugte. Ja, es war vielleicht tatsächlich besser, wenn er das Ganze auf sich beruhen ließ.

Ein Aktivist kann verhaftet werden, wenn er es am wenigsten erwartet, hörte er gleich darauf sagen. In seiner Erinnerung tauchte wieder das Bild von Sabino im Ausbildungslager auf, der aus seiner weißen Broschur vorlas. *In einem solchen Fall verlangt die Sicherheit, dass die Kette sofort, auf der Stelle reißt. Der verhaftete Aktivist muss gegenüber der Polizei aussagen, dass er auf eigene Verantwortung handelt, dass er nie von irgendwelcher Organisation gehört hat. Wenn man ihn mit anderen Aktivisten in Zusammenhang bringt und ihm dann diesen Kontakt mittels Fotos oder Tonbändern beweist, wird er sich auf persönliche Probleme berufen, um sich zu rechtfertigen. Wenn die betreffenden Aktivisten ein Mann und eine Frau sind, werden sie sexuelle Probleme mit ins Spiel bringen. Kein Wort von Widerstandsgruppen und kein Wort von der Organisation, nur von Verliebtheit oder sexueller Anziehung.*

»Woran denkst du?«, fragte sie. Noch bevor er antworten konnte, drang Gebrüll aus dem Hotel. Nicht nur Pascal, sondern alle, die im Hotelsaal versammelt waren, bejubelten im Chor das zweite Tor der Polen.

»Sieht ganz so aus, als ob unsere Mannschaft in Fahrt kommt«, sagte Carlos und atmete tief die herübergewehte, vom Tor ausgelöste Fröhlichkeit ein.

Das Bild eines jungen Fußballspielers tauchte vor ihm auf: Der kaum sechzehnjährige Spieler lief auf eine der Seitenlinien zu, um den Ball aufzuhalten, der auf die Torauslinie zurollte; er umspielte einen Verteidiger – der ein grün-schwarzes Trikot trug –, ließ zwei weitere Verteidiger aussteigen und drang in den Fünfmeterraum ein, fixierte den Torwart, setzte blitzschnell zum Schuss an ... Eine Sekunde später landete der Ball im Netz, und die Menge im Stadion bejubelte das Tor. Der junge Spieler, der das Tor geschossen hatte, war er selbst. Und dank jenes Tors stieg seine Mannschaft auf. Er hörte den Applaus wieder, sah die geschwenkten Pullover und hinter dem Meer flatternder Pullover eine Fabrik mit einem riesenhohen Kamin, und aus dem Kamin stieg eine weiße Rauchsäule, und über dieser Rauchsäule wölbte sich der tiefblaue Himmel.

Die Erinnerung ließ ihn vor Freude erschauern; einen Moment lang verspürte er die gleiche Erregung von vorhin, als er das Eismeer in seinem Traum betrachtete. Er hatte das Gefühl, als sei die Luft dünner, das Zirpen der Grillen durchdringender, der Mond und die Sterne, die den Mond umringten, noch weiter entfernt.

»Sag, Yul Brynner ...«

Die junge Frau kam auf ihn zu. Carlos spürte ihren Körper; der Schweißgeruch und das Parfüm wurden intensiver, übertünchten den Duft der Backstube.

Die Frau deutete seinen durch die Erinnerung an den Fußballspieler bewirkten Stimmungswechsel eindeutig falsch, und seine erste Reaktion war, sie wegzustoßen. Das Gebrüll im Saal drüben hatte das Verlangen nach ihr zerstört – so plötzlich, wie ein Windstoß eine Seifenblase zum Platzen bringt. Doch er bezwang sich. Vielleicht war es besser, das Spiel zu spielen. Wenn etwas krummlief, würde er von sexueller Anziehung reden: »Jone ist mir von dem Moment an, als ich ihr Bild in den Zeitungen gesehen habe, als eine sehr attraktive Frau erschienen, und als man mich gebeten hat, sie zu verstecken, habe ich den Kopf verloren. Ich habe versucht, mich ihr zu entziehen, aber es war zu spät. Das Verlangen, mit ihr zu schlafen, war stärker als ich.« Es war nicht die beste Entschuldigung der Welt, doch – wie Sabino gesagt hätte – auch nicht die schlechteste. Die Polizei war gewissen Schwächen gegenüber nachsichtiger. Kam hinzu, dass er mit einer solchen Entschuldigung seinen Teilhabern viel Ärger ersparen würde.

»Mein Kopf ist immerhin nicht so glatt wie der von Yul Brynner. Mein Haar ist bloß etwas kürzer als deines«, flüsterte er. Dann legte er die Hände auf ihre Schultern und drehte sie um, bis sie ihm den Rücken zuwandte. Jones Kopf reichte ihm bis zum Kinn. Ohne nur einen Muskel in seinem Gesicht zu verziehen, ließ Carlos seine Hände über ihre Oberarme gleiten und packte ihre Brüste. Sie waren groß.

»Das Abendessen wird kalt«, keuchte sie.

»Komm mit zum Brunnen hinunter. Ich muss den Wasserkanister füllen. Ich nehme eine Lampe mit, und wer weiß, vielleicht finden wir einen weiteren Gummi im Gras. Einen ungebrauchten natürlich.«

Sie stieß ein heiseres Ja aus und suchte seine Lippen. Ein absurder Gedanke durchzuckte Carlos: Wenn er sich beeilte, würde er rechtzeitig im Hotel zurück sein, um die Wiederholung der spannendsten Spielminuten zu sehen.

Als die polnische Mannschaft das dritte Tor schoss, schlüpften die beiden wieder in ihre Kleider. Der Beifall im Hotel drüben war zwar weniger stürmisch als bei den zwei vorangegangenen Toren, doch die Frau zuckte trotzdem zusammen. Carlos betrachtete sie im Licht der dreistufig verstellbaren, an einem Olivenbaum hängenden Lampe: Jone stand mit nassem Haar neben dem Brunnen und rauchte finster die fünfte oder sechste Zigarette des Abends. Sie schien sich unbehaglich zu fühlen, oder vielmehr nachdenklich. Dachte sie an ihren Freund im französischen Reservat? Bereute sie das Vorgefallene? Wie auch immer, sie schien weit weg zu sein, jemandem ausgeliefert, der, obwohl nicht ganz fremd, in einer anderen Welt lebte als der ihren. Und das war schlecht, sowohl für sie als auch für ihn. Ein Untergrundkämpfer, und umso mehr, wenn es sich um ein Mitglied handelt, das sich mit Leib und Seele der Organisation verschrieben hat, muss sich immer innerhalb seines Kreises bewegen. Er muss mit seinen Gefährten essen, mit ihnen schlafen, mit ihnen reden. In den Kreis eintreten und aus dem Kreis austreten kommt einem ständigen Klimawechsel gleich; weder der Kopf noch das Nervensystem haben Zeit, sich anzupassen. Ja, Jone und ihr Gefährte mussten das Hotel so schnell wie möglich verlassen. Wenn nicht, würden sich die Fehler häufen.

Carlos wurde in seinen Überlegungen gestört. Jone gab ihm ein Zeichen mit der Taschenlampe, die sie vom Ast genommen hatte. Der Lichtstrahl leuchtete jetzt breiter.

»Warte einen Moment, ich muss den Wasserkanister füllen«, rief er ihr zu. Jone entfernte sich auf dem Pfad, der zum Backhaus hinaufführte.

»Wenn ich nicht zurück bin, bevor das Spiel fertig ist, wird Jon auf die unmöglichsten Gedanken kommen«, antwortete sie mürrisch.

Carlos musste wieder an die Sportübertragung denken. Während der Weltmeisterschaft wurden die Tore vier-, fünfmal wiederholt.

Sie wurden bei jedem Interview eingeblendet. Mit etwas Glück würde er die drei Tore der Polen doch noch sehen können.

»Du lässt mich ja im Dunkeln zurück«, schimpfte Carlos und hielt die Kanisteröffnung an die Brunnenröhre. Die Frau richtete wortlos den Lichtstrahl auf den Pfad und verschwand zwischen den Bäumen. Alles um den Brunnen herum versank in Finsternis, es gab keine Bäume mehr, keinen Pfad, keine Sträucher, nur noch Dunkelheit und das Plätschern des Wassers im Kanister. Ein verspieltes Plätschern, das sich ständig veränderte wie das Licht einer Kerze oder wie eine Arabeske. Carlos lauschte den Variationen dieses Geräusches, seinem Auf und Ab, dem Anschwellen, dem Rhythmuswechsel, und während die zehn Liter in den Kanister flossen, gelang es ihm, an nichts anderes zu denken.

Als er wieder beim Backhaus anlangte – immer noch entschlossen, an nichts zu denken –, konzentrierte er seine Aufmerksamkeit auf das Zirpen der Insekten, denn auch dieser Ton war wie der des Wasserstrahls, er veränderte sich ständig und war trotzdem immer gleich. *Bravo, sehr gut, mein Junge, möglichst alle Probleme verdrängen,* hörte er plötzlich sagen. Es war die Ratte. *Es wird dir nicht viel nützen, denn die Probleme kommen bereits auf dich zu. Ich will dich nicht beleidigen oder gar verspotten, ich möchte dich bloß daran erinnern, dass Pascal die Pistole deiner neuen Geliebten gesehen hat, und zwar ebenso deutlich, wie deine neue Geliebte deine Pistole gesehen hat, und es ist mehr als wahrscheinlich, dass er allen möglichen Leuten davon erzählt. Doch vielleicht hast du recht: Es ist vielleicht tatsächlich besser, dass du alles verdrängst, was dir bevorstehen könnte.*

Carlos schüttelte den Kopf, eine für ihn seit seiner Kindheit typische Geste. »Du schüttelst die unangenehmen Gedanken ab, als handle es sich um Wassertropfen im Haar«, pflegte sein Bruder zu sagen, wenn er ihn dabei ertappte. Doch jetzt zeitigte die Methode nicht mehr das gleiche Resultat.

Die Frau wartete vor der Tür des Backhauses auf ihn.

»Warum bist du einfach davongelaufen?«, fragte Carlos.

»Ich habe es dir doch gesagt? Ich wollte nicht, dass Jon nervös wird. Jetzt wärmt er das Fleisch im kleinen Ofen und ist ganz zufrieden, wie nicht anders zu erwarten war«, sagte Jone ungezwungen. Ihre Laune schien sich gebessert zu haben. Sie war nicht mehr die finster blickende Frau, die er am Brunnen unten beobachtet hatte.

»Da bin ich aber froh«, sagte Carlos und setzte den Kanister ab.

»Und zudem musste ich nachdenken«, fügte Jone mit einem aufrichtigen Lächeln hinzu.

»Ich auch, obwohl ich es schließlich doch nicht getan habe«, erwiderte Carlos ebenfalls mit einem Lächeln, das aber nicht das Gleiche bedeutete.

»Willst du den Kanister nicht hineinbringen?«, fragte Jone und machte die Tür auf.

Die Backstube war ein Raum von ungefähr dreißig Quadratmetern, mit zwei Fenstern in der Wand rechts von der Tür und einem alten eingebauten Auszugsofen an der rückwärtigen Wand. Die Mehlsäcke waren längs der Wand gestapelt, während der Marmortisch – eine Art Kammer mit drei Wänden –, unter dem Carlos das Brennholz lagerte und die fertigen Brote aufbewahrte, fast den ganzen Raum ausfüllte. Auf dem Fußboden und auf den Regalen links neben der Tür lagen die disparatesten Gegenstände herum, Radiogeräte, Waagen, Werkzeuge, die irgendwann nützlich gewesen waren.

Kaum hatte die Frau die Backstube betreten, lief sie sich, übermütig hüpfend wie ein Kind, hinter dem Marmortisch verstecken. Carlos glaubte die Wahrheit zu erraten: Sie schämte sich ihres Körpers, der – ohne den Mantel der Dunkelheit, der die Formen verhüllt – dem erbarmungslosen Licht der Fluoreszenzröhre ausgeliefert war, das die zu breiten Hüften enthüllte – als hätte sie schon viele Kinder geboren – und die ebenfalls zu breiten, unproportionierten Schenkel. Sie erinnerte ihn an das, was der Paläontologe im Fernsehen gesagt hatte, als er die Kälte und die Mühsal beschrieb, die die Menschen aus dem Paläolithikum auf sich genommen hatten, um die *Nassa reticulata* zu suchen, die sie für ihren Halsschmuck brauchten. Und er dachte, dass zwischen ihnen und ihr ein gewisser Zusammenhang bestand: Man konnte sich nur schwer vorstellen, dass Menschen, die vor 40 000 Jahren lebten, so eitel gewesen waren und ein so starkes Bedürfnis verspürt hatten, sich zu schmücken. Mit dieser Frau, die versuchte, die hässlichen Partien ihres Körpers hinter dem Tisch zu verstecken, verhielt es sich genauso. Wohl die wenigsten konnten sich ein solches Verhalten bei einer Frau erklären, die einer bewaffneten Zelle angehörte. Wenn jemand Jone gefragt hätte, warum sie sich der Organisation angeschlossen hatte, woher sie die notwendige Kraft nahm, um eine Zukunft in Kauf zu nehmen, die ihr höchstens das Gefängnis bieten konnte, den Friedhof oder die Verachtung eines Großteils der Gesellschaft, hätte sie sich wahrscheinlich auf die Ideale berufen: auf die Ideale, die in den Traktaten und Pamphleten der Organisation verkündet wurden. Doch welchen Platz nahmen in diesem Bild die Scham über ihren Körper und viele andere vordergründig banalen Gefühle ein? Wenn er seine persönliche Erfahrung Revue passieren ließ, kam es Carlos manchmal vor, als ob es keine Hierarchien gebe, als ob sich alles auf der gleichen Ebene bewegte. Oder dass alles wichtig war. Oder dass alles banal war. Wie viele Dinge in seinem Leben waren für ihn ebenso wichtig gewesen wie das Tor, das er mit sechzehn geschossen hatte? Wenige. *Vielleicht gibt es tatsächlich keine Hierarchien,* hörte er eine Stimme. Die Ratte wollte sich die Gelegenheit nicht entgehen lassen, sich über das Thema auszulassen. *Natürlich änderte sich der Preis der Dinge je nachdem. Es gibt Leute, die wenig bezahlen, und solche, die viel bezahlen. Was ist von den zehn Jahren geblieben, die du in der Organisation oder im Gefängnis verbracht hast? Und was passiert, wenn Jon und Jone verhaftet werden und du für weitere zehn Jahre ins Gefängnis wanderst? Nun, wir werden es bald erfahren. Ich glaube nicht, dass ihr dieses Spiel noch lange spielen könnt.*

»Ich habe noch nie gesehen, wie man Brot backt«, sagte die Frau. Carlos stand ihr gegenüber am Tisch und mengte dem Teig Wasser und noch etwas Mehl ein. »Was benötigt man für den Teig?«

»Ganz bestimmt keinen Rauch«, antwortete Carlos schroff, als er sah, dass sie sich eine weitere Zigarette anzünden wollte.

»Schon gut«, sagte sie und steckte die Zigarette wieder ins Päckchen. Sie rauchte blonden Tabak, Marlboro.

»Das ist überhaupt keine Hexerei.« Er hatte inzwischen auf dem Butangaskocher Wasser erhitzt, und während er redete, schöpfte er mit einer Kelle das warme Wasser aus dem Gefäß. »Ich bereite ihn auf ganz einfache Art und Weise zu, mische Mehl und Wasser, dann füge ich dem Teig etwas Teig vom Vortag als Treibmittel hinzu. Das ist alles. Das Geheimnis besteht aber nicht in den Zutaten, sondern im Überwachen des Vorgangs. Man muss ihn ständig überwachen. Ich zum Beispiel knete den Teig vier-, fünfmal am Tag.«

»Diese Arbeit gefällt dir also.« Sie schien sich darüber etwas zu wundern.

Wenn er in vielen schlaflosen Nächten den Lauf seines Lebens überdachte – alles, was ihm widerfahren war seit dem Tor, das er als Sechzehnjähriger geschossen hatte –, dünkte es ihn, dass das Einzige, das Bestand hatte, die fünf Jahre im Hotel waren und seine Arbeit, die ihm Spaß machte und die in erster Linie darin bestand, gutes Brot zu backen; Brot, das zusammen mit Doros Fischgerichten zu einer Spezialität des Hauses geworden war und dem Restaurant Kunden brachte.

Wunderbar, meldete sich die Ratte. *Kämpfst fast vierzig Jahre auf dieser Welt, und dann stellt sich heraus, dass das Resultat von so viel Schweiß und Blut das Brot ist, mit dem ein kleiner Spießer die Tomatensoße aus dem Teller auftunkt.* Doch die Meinung des negativen Teils seines Gewissens zu diesem Thema war ihm egal. Seine Arbeit machte ihm Spaß, und das war die Hauptsache.

»Sie behaupten, ich sei wie der Gute Hirte, doch ich würde anstelle von Schafen Brote hüten«, gestand er Jone, während er Wasser in den kleinen Krater goss, den er mit der Hand in den Teigberg auf dem Tisch gedrückt hatte. Der Satz stammte von Guiomar und enthielt einen Vorwurf an Carlos' Adresse, weil er sich jeweils erst zum Abendessen zu seinen Gefährten setzte, und selbst dies nicht jeden Tag. Wenn sie ihm deswegen Vorwürfe machten, entschuldigte er sich mit seiner Arbeit in der Backstube: Es handle sich nicht um irgendeine Arbeit, sie erfordere einen besonderen Stundenplan.

»Ich muss zugeben, das Brot, das wir in den letzten Tagen gegessen haben, schmeckt wirklich gut«, sagte sie und zupfte mit den Fingern ein bisschen Teig aus der Masse und steckte ihn in den Mund. Sie kam hinter dem Tisch hervor und schaute sich neugierig um. Ihre Laune schien sich aufzuheitern.

»Die Qualität des Wassers spielt eine große Rolle. Das aus dem Brunnen ist ausgezeichnet, ein Luxus, den sich wenige Bäcker leisten können«, erklärte Carlos zerstreut. Er war es leid, sich mit Jone zu unterhalten, und wollte ins Hotel zurück. Die Übertragung musste bald zu Ende sein. Er riss den Teigberg auseinander und begann zu kneten.

»Ich weiß, das Wasser ist tatsächlich sehr gut«, sagte sie und berührte mit den Händen ihr Haar. Es war durch die Wärme in der Backstube schon fast trocken.

Carlos knetete energisch den Teig durch. Wenn er allein war, verging die Zeit im Flug; er hing seinen Gedanken nach, verweilte beim einen oder anderen etwas länger, als seien sie Wolken an einem fernen Himmel hoch über ihm, ruhig dahinziehende weiße Wolken. Doch heute war es unmöglich. Die junge Frau klammerte sich an die Intimität, die zwischen ihnen entstanden war, und stellte Fragen über Fragen. Wie war er hier gelandet, als Bäcker in einem Hotel? Gab es einen besonderen Grund, dass er nicht mehr ins Baskenland zurückkehren wollte? Hatte er viele Jahre im Gefängnis gesessen? Und während sie redete, schaute sie sich neugierig um, nahm die Formen auf den Regalen in die Hand oder drehte die Kurbel des Auszugsofens.

Carlos zog die Hände aus der Teigmasse und wandte sich ihr zu. Er verstand ihr Verhalten nicht. Ihre Verachtung aller Sicherheitsregeln, selbst der elementarsten, war ungewöhnlich. Ihre Neugierde war absolut fehl am Platz.

Die Frau kam auf den Tisch zu. Carlos machte sich auf eine weitere Frage gefasst.

»Was hältst du von der Linie, die die Organisation in letzter Zeit eingeschlagen hat?«

Also doch. Ihm wurde schlagartig klar, was da gespielt wurde, als Jone mit ihrer Fragerei fortfuhr, und seine halb geschlossenen Augen blickten plötzlich wachsam. Die Geschichte, die er deutlich in den anderen Augen, in Jones Augen, las, verblüffte ihn. Die Geschichte besagte: »Es fehlt ganz wenig, und dieser Mann tritt wieder in die Organisation ein, daher ließ er sich dazu bewegen, Jon und mich zu verstecken. Wenn er diesen Schritt täte, käme uns das sehr gelegen, denn er verfügt über das beste Versteck der Welt: ein Hotel an einem abgelegenen Ort wenige Kilometer von Barcelona entfernt. Ein absoluter Glücksfall, der viele Infrastrukturprobleme lösen würde. Ich kann eine solche Gelegenheit nicht ungenutzt vorbeigehen lassen. Dank der Intimität zwischen uns beiden wird das Ganze viel leichter sein. Zudem ... «

Carlos las nicht weiter in ihren Augen, denn der fehlende Teil bezog sich auf die kleinen Lügen, die er ihr unten am Brunnen ins Ohr geflüstert hatte. Wie auch immer, er wusste Bescheid. Die Geschichte erklärte alles, ihre Fragen und ihre Vertrauensseligkeit. Und erklärte wahrscheinlich auch – dieser Gedanke überraschte ihn –, warum sie miteinander Sex gehabt hatten. Obschon er eigentlich den gegenteiligen Eindruck gehabt hatte, das heißt, dass sich das Mädchen die Geschichte auf dem Rückweg vom Brunnen ausgedacht hatte und nicht vorher und dass ihr plötzlicher Stimmungswechsel darauf zurückzuführen war. Er musste aufpassen. Ein Versteck wie das Hotel war für sie ungeheuer wichtig. Im Übrigen, was war mit ihm? Hatte er nicht gute Miene zum bösen Spiel gemacht, um gegenüber der Polizei ein Alibi zu haben? Ja, auch sie hatte bestimmt in ihrem eigenen und im Interesse der Organisation gehandelt.

»Ich glaube, dass euer gegenwärtiger Kampf absurd ist«, antwortete Carlos unwirsch. Er meinte es auch so, doch der bissige Ton hing mit den Gedanken zusammen, die ihm in diesem Moment durch den Kopf gingen.

Sie schwieg einen Moment lang, wusste nicht, was tun. Dann fischte sie eine Zigarette aus dem Päckchen.

»Schon gut«, sagte sie schließlich und zündete mit einer entschuldigenden Geste die Zigarette an.

Die Distanz zwischen ihnen beiden war plötzlich fühlbar. Carlos sah – wie aufgrund einer optischen Täuschung – die Frau zuhinterst in einem endlosen Tunnel. Sie konnten sich miteinander unterhalten, sie konnten miteinander im Gras schlafen, sie konnten die gleiche Herkunft, die gleiche Ausbildung und die gleichen Erfahrungen haben, doch all das genügte nicht, um die Entfernung zwischen ihnen zu verkürzen.

Sie zog an ihrer Zigarette und fragte dann: »Warum hast du uns dann versteckt? Hast mein Foto in der Zeitung gesehen und wolltest mich kennenlernen? Deshalb?«

Carlos hatte den Eindruck, als spreche sie tatsächlich aus der Tiefe eines Tunnels.

»Reden wir von etwas anderem«, sagte er barsch. »Ich verstecke euch, weil man mich darum gebeten hat und weil ich das Gefühl gehabt habe, ich müsse es tun. Doch das ist kein Entschluss für alle Ewigkeit. Vielleicht lehne ich das nächste Mal die Bitte ab. Schreibt euch das hinter die Ohren: Ich gehöre nicht zur Organisation. Es tut mir leid, aber es ist so.«

»Meinetwegen braucht es dir nicht leidzutun«, antwortete die Frau. Ihre Stimme klang ebenfalls barsch.

Die Verbindung zwischen ihnen war abgerissen, auch wenn sie an einem Ende des Tunnels war und er am anderen. Er ging zum Tisch zurück und begann wieder die Teigmasse zu kneten.

»Vielen Dank für das Abendessen. Wenn wir fertig sind, bringe ich die Tabletts hinauf«, schloss Jone. Dann klappte sie die Falltür im Fußboden unter dem Brennholzvorrat auf, ging die Holzstufen hinunter, die zum Versteck unter der Backstube führten.

»Wenn es etwas Neues gibt, rufe ich an«, rief Carlos ihr nach.

»Ist es nicht gefährlich, das Telefon?« Jone stieg wieder eine Stufe hinauf und streckte den Kopf aus der Luke. Ihr Gesicht war das Hübscheste an ihrem Körper, rund und mit einem schön geschwungenen Mund.

»Es ist ein interner Anschluss. Ich glaube nicht, dass die Polizei ihn überwachen kann.«

Das runde Gesicht seufzte, zwischen den vollen Lippen glomm eine Zigarette.

»Warten wir es ab, ob die Organisation sich meldet. Ich habe dieses Loch satt. Man kann nicht einmal rauchen wegen der schlechten Lüftung da unten.«

»Es ist nicht meine Schuld. Man hat mir gesagt, dass ihr allerhöchstens eine Woche bleibt, und jetzt sind es schon fast zwei.«

»Es hat bekanntlich viele Verhaftungen gegeben, also ...«, sagte das runde Gesicht. Die Lider senkten sich über die Augen.

»Und jetzt haben wir das Problem mit dem Kind. Die Zeit spielt gegen uns«, fügte Carlos hinzu und deckte die Teigmasse mit einem weißen Tuch zu.

»In Ordnung, Yul Brynner, ich warte auf deine Instruktionen«, sagte das runde Gesicht gelangweilt. Neben dem Gesicht tauchte ein gestreckter Arm auf, eine Hand, die nach der Falltür griff und sie hinunterzog, bis sie sich flach in den Fußboden unter dem Brennholzvorrat einfügte. Der Arm und das runde Gesicht verschwanden gleichzeitig.

Carlos legte ein paar Klötze auf den Holzplatz und verteilte den Staub und die Borkenabfälle gleichmäßig, die durch Jones Kommen und Gehen in eine Ecke geweht worden waren. Dann klopfte er sich das Mehl von den Kleidern und ging hinaus. *Droben die kühlenden*

Höhn, die Schatten alle besuch ich und die Quellen; hinauf irret der Geist und hinab – las er, bevor er das Licht löschte.

Greta und Belle mussten heute lange auf ihr Abendessen warten; als sie ihn vom Backhaus her kommen hörten, begannen sie leise zu jaulen.

»Etwas Geduld«, sagte er, als er am Schuppen vorbeiging. Dann eilte er auf das Hotel zu. Seine Uhr zeigte zwanzig nach elf. Mit etwas Glück würde er die Wiederholung der Tore am Schluss der Übertragung sehen.

Er hörte den Lärm im Saal – eine Mischung aus Lachen und Stimmen –, noch bevor er das eingezäunte Hotelgelände betrat, und einen Moment lang bereute er, dass er Guiomars Aufforderung nicht Folge geleistet hatte. Es handelte sich offenbar um ein richtiggehendes Fest. Der Eindruck wurde von der hell beleuchteten Terrasse und vom Geläute der Kirchenglocken am Fuß des Montserrat noch verstärkt. Er blieb einen kurzen Moment stehen: Was er sah und hörte, bestätigte die Richtigkeit seiner Überlegungen: In den Herzen der Menschen gab es keine starre Hierarchie; es gab keine grundlegend wichtigen oder grundlegend banalen Dinge, und niemand, der nach der Wahrheit forschte, konnte leugnen, dass der Sieg der polnischen Mannschaft für alle im Hotel oder für jene, die die Kirchenglocken läuteten, von Bedeutung war. Doch das stimmte wiederum auch nicht ganz, zumindest was die Glocken betraf, denn beim genaueren Hinsehen stellte er fest, dass der Anlass für das Kirchengeläute der rötliche Schein an der Autostraße nach Barcelona war, ein paar Kilometer vom Dorf entfernt. Es handelte sich um eine Feuersbrunst, eine von vielen, die, von der außergewöhnlichen Hitze dieses Sommers verursacht, in den Mittelmeerregionen wüteten. Die Zeitungen berichteten, dass der Brandruß manchmal bis ins Stadion Nou Camp geweht wurde und es in einen schwarzen Nebel hüllte, der während der Nachtspiele die Sicht behinderte. Vielleicht handelte es sich bloß um eine journalistische Übertreibung.

Die Luft in der Umgebung des Hotels jedenfalls war klar wie immer. Die Fledermaus, die die Straßenlampe auf der Esplanade umflatterte, schien keinerlei Schwierigkeiten zu haben.

Carlos ging mit langen Schritten auf den Hoteleingang zu. Bevor er durch die Tür ging, warf er einen Blick auf die Terrasse. Ja, all die Dinge, die zu einem Siegesbankett gehören, standen sauber und glänzend an ihrem Platz: die weißen Teller, die ebenfalls weißen Tischtücher, die dunkelblauen Servietten, die rot-weißen Fähnchen, die golden funkelnden Lampen, die rote Tuchfahne ...

»Wo steckst du denn?«, sagte jemand hinter ihm, als er am Empfangstresen vorbeiging. Noch bevor er sich umwenden konnte, spürte er zarte Lippen auf seiner Wange. »Keine Sorge, es hat uns niemand gesehen. Sie sind alle drinnen.«

Er wollte den Kuss erwidern, doch María Teresa war schon weg und verschwand mit einem mit Bier und Schinkenbroten beladenen Tablett im Saal. Er lächelte. Ja, sie war immer zu Scherzen aufgelegt, nervös, flink, in der Lage, in einer Viertelstunde zu erledigen, wofür einer von Doros Söhnen oder sonst einer der Kellner eine Stunde brauchte. Obwohl sie auf die vierzig zuging und Mutter eines Sohnes war, der demnächst auf die Universität ging, wirkte sie immer noch wie ein junges Mädchen, das Stöckelschuhe tragen muss, um erwachsen auszusehen. Carlos betrat hinter ihr den Saal und zwinkerte ihr zu.

»Nimm!« María Teresa reichte ihm ein kaltes Bier und verschwand in Richtung Küche.

Es war ein großer Raum mit fünfzig Sesseln, die wie in einem Theater oder in einem Kinosaal aufgereiht waren, und einem Podium davor, das üblicherweise für das Gewäsch benutzt wurde, das Manager auf ihr Fußvolk losließen. Doch mit der Ankunft der polnischen Mannschaft hatte sich sein Nutzungszweck verändert; auf dem Podium stand nun ein importiertes Fernsehgerät mit einem Großbildschirm, auf dem die polnischen Kicker die Spiele studierten, die ihr Trainer Piechniczek auf Videokassetten aufgenommen hatte. Abends stand der Saal allen offen, und die meisten Fußballfans, die sich im Hotel herumtrieben, versammelten sich dort, um die Austragungen zu verfolgen.

Kaum hatte Carlos den Saal betreten, verstummte das Stimmengewirr, und alle Anwesenden in ihren Sesseln starrten aufmerksam auf das Paar, das eben auf dem Bildschirm erschien. Links ein atemloser, verschwitzter, nach Luft ringender Piechniczek; Danuta Wyca, die Dolmetscherin, neben ihm wirkte wie ein Porzellanfigürchen, das zum Leben keine Luft braucht. Nach ein paar Minuten andächtigen Schweigens wandte sich Pascal – der mit Guiomar und den zwei Söhnen des Kochs in der vordersten Reihe saß – um und stieß einen seiner berüchtigten Schreie aus: Hatten sie Danuta Wyca auf dem Bildschirm gesehen? Ja, sie war es, ganz sicher. Carlos nutzte das durch die Bemerkung des Kleinen ausgelöste Gelächter und setzte sich ans eine Ende der hintersten Reihe. Am anderen Ende saßen die Polizeibeamten, ein Leutnant und fünf einfache Polizisten, die für die Sicherheit der Fußballer verantwortlich waren.

»Er hält Danuta für seine Oma. Schade, er ist wirklich nicht der Hellste«, seufzte Ugarte, der zwischen den Sesselreihen auf ihn zukam und sich im Plauderton an ihn wandte, als ob sie den ganzen Nachmittag miteinander verbracht hätten und es sich bloß um die Fortsetzung eines unterbrochenen Gesprächs handelte.

Während alle anderen, auch der Polizeileutnant, Bier tranken, hielt Ugarte ein volles Whiskyglas in der Hand. Die glänzenden Eiswürfel waren noch nicht geschmolzen.

»Warum sollte er der klügste Junge der Welt sein mit einem Vater wie dir?«, antwortete Carlos im gleichen Tonfall. Vor Pascal, gleich neben dem Podium, stand eine große, senkrecht aufgestellte Taschenlampe. Es handelte sich zweifellos um die gleiche, die Jones Pistole angeleuchtet hatte.

»Wenn er wenigstens etwas von mir hätte, aber unglücklicherweise gleicht er Laura«, beharrte Ugarte und zeigte mit dem Kopf in Richtung einer dunkelhaarigen Frau, die hinter Pascal saß. »Stell dir vor, er ist fünf und kann nicht einmal Danuta von seiner richtigen Oma unterscheiden.«

»Musst ihn halt zu seiner richtigen Großmutter schicken«, meinte Carlos, den Blick auf den gestikulierenden Piechniczek gerichtet. Doch in Gedanken war er mit Pascal beschäftigt. Was ging in Pascals Kopf vor sich? Oder besser gesagt: In welchem Winkel seiner Erinnerung schwebte das Bild der Pistole? Im tiefsten? An der Oberfläche?

»Du weißt gar nicht, wie gern ich das täte. Ich würde ihn auf der Stelle mit dem Auto, mit dem Zug, mit dem Flugzeug, mit dem Schiff, mit dem Heißluftballon, mit jedem erdenklichen menschenmöglichen Verkehrsmittel in unser geliebtes Baskenland schicken. Aber leider stehen sich zwei grundverschiedene Dinge im Weg: die Theorie und die Praxis. Wie die meisten Linken im Süden Europas gehe ich mit der Theorie einig und bin auch davon überzeugt, dass ein Vater sich um die Erziehung seines Sohnes kümmern muss. In der Praxis bedeutet das wiederum, dass ich derjenige bin, der sich um Pascals Erziehung kümmern muss, und damit bin ich natürlich nicht ganz einverstanden. Wirklich, ich komme mir je länger, je mehr vor wie ein echter linker Südeuropäer.«

Carlos lächelte über die übertriebene Schlussfolgerung. Aber Ugarte schien nicht getrunken zu haben. Den Betrunkenen spielen, um Wahrheiten von sich geben zu dürfen, die man Betrunkenen verzeiht, das war eine der bevorzugten Facetten seiner Persönlichkeit. Und was er eben gesagt hatte, war eine offenkundige Wahrheit. Seit die polnische Mannschaft im Hotel logierte, ließen sich Pascals Geschrei und sein pausenloses Geplapper nur mühsam ertragen. Selbst die Hunde, vor allem Belle, schlichen sich davon, wenn das Kind sich ihnen näherte. In ebendem Moment stand Pascal auf seinem Sessel und schrie sich die Kehle heiser und bat um Ruhe im Saal.

»Psst, seine Oma spricht«, flüsterte Ugarte.

»Lato hat heute sein hundertstes Spiel ausgetragen und die Farben Polens verteidigt«, übersetzte Danuta Wyca Piechniczeks

Antwort. »Der heutige Sieg ist für uns doppelter Anlass zur Freude. Zum einen haben wir gut gespielt, und das gibt uns Zuversicht für das Spiel vom Sonntag gegen Russland. Zum anderen hat Lato ein großartiges Spiel gespielt. Bonieks drei Tore verdanken wir seinem intelligenten Zuspiel.«

Sie sprach langsam und klar, rollte dabei aber das R etwas zu übertrieben.

»Komisch, seine echte Oma trägt ebenfalls grüne Ohrringe«, stellte Ugarte fest und zeigte mit dem Whiskyglas auf den Bildschirm.

»Siehst du, und du wunderst dich, dass Pascal sie verwechselt? Es tragen nicht alle Frauen grüne Ohrringe«, wandte Carlos ein. Die Wortgefechte mit Ugarte amüsierten ihn. Schon immer, seit sie sich in der Organisation kennengelernt hatten.

»Das tröstet mich«, fuhr Ugarte fort und klopfte ihm auf die Schulter. »Ein Vater ist für Trost immer empfänglich, aber mit Pascal ist jegliche Liebesmüh verloren. Weißt du, was er mich gestern gefragt hat? Ob Boniek sein zweiter Vater sei. Warum? Ganz einfach: Weil er in den Interviews Danuta immer an der Seite Bonieks sieht, glaubt er, dass Danuta Bonieks Mutter ist, und weil Bonieks Mutter seine Großmutter ist ... Ist doch logisch, oder? Ich hätte nie geglaubt, dass er überhaupt imstande ist, einen derart logischen Zusammenhang zu erkennen.«

War er ehrlich über den geistigen Rückstand seines Sohnes besorgt? Carlos wusste nicht, was von dem Ganzen halten. Hinter dem scheinbar unzusammenhängenden Geplauder seines Gefährten steckte immer etwas, was sich früher oder später als klare Botschaft erwies. Worauf wollte Ugarte hinaus?

»Es tut mir leid, Pascal«, fuhr Ugarte mit seinen Betrachtungen fort. »Es tut mir sehr leid«, wiederholte er nach einem Schluck Whisky, als führe er ein Selbstgespräch. »Doch du musst die Wahrheit erfahren, Pascal. Erstens, dass dein wirklicher Vater nicht 1,81 Meter groß ist und auch nicht 75 Kilo wiegt, sondern dass er

1,72 Meter groß ist und 60 Kilo wiegt. Zweitens, dass er nie aufgeboten worden ist, nicht einmal im Gefängnis für das alljährliche Spiel zwischen politischen Häftlingen und gewöhnlichen Sträflingen. Onkel Guiomar und Onkel Carlos ja, dein Vater aber nicht. Und drittens, dass für deinen Vater niemand die hundertachtzig Millionen bezahlen würde, die Juventus für Boniek bezahlen wird. Und dass dein Vater niemals die drei Millionen verdienen wird, die Boniek in dieser Meisterschaftswoche verdient, es sei denn...« Ugarte hob theatralisch die Arme, »... es sei denn, er findet Jon und Jone und zeigt sie an.«

Carlos war auf der Hut, doch er schaute unverwandt auf den Bildschirm. Ugarte bezog sich auf die Anzeige mit zwei ziemlich großen Fotos, die das Innenministerium in den auflagestärksten Zeitungen geschaltet hatte, in der von einer Belohnung von drei Millionen Peseten die Rede war für brauchbare Hinweise aus der Bevölkerung über den Aufenthalt der zwei Terroristen.

»Willst du etwas essen, Carlos?«, unterbrach Guiomar ihr Gespräch. Er trug den zappelnden Pascal unter dem Arm, mit der freien Hand zeigte er auf den Tisch an der hinteren Wand des Saals, wo die Platten mit den belegten Broten angerichtet waren.

»Du weißt nicht, was für ein Spiel dir entgangen ist«, fügte er hinzu, als Carlos verneinend den Kopf schüttelte. »Dumm von dir, nicht vorher zu kommen. Ein wirklich großartiges Spiel. Frag den Knirps hier, wenn du es nicht glaubst«, beteuerte Guiomar und hob Pascal in die Luft, bis der Kleine mit dem Kopf fast die Decke berührte.

»Boniek hat drei Tore geschossen«, bestätigte Pascal von seiner luftigen Höhe aus.

»Guiomar ist nicht nur der Größte, er ist auch der Beste, *un noi exemplar,* wie die Katalanen sagen. Er ist es immer gewesen«, nahm Ugarte das Gespräch wieder auf, als sie allein waren. »Er würde sich als Pascals Vater sehr gut machen. Als Lauras Ehemann, da bin ich mir nicht so sicher, du weißt ja, wie Laura ist, sie redet den lieben langen Tag von nichts anderem als von Lenin, und wenn es nicht Lenin ist, ist es die Kollontai oder Rosa Luxemburg. Nein, ich glaube nicht, dass er mich als Lauras Gatte schlagen würde. Als Vater jedoch ohne jeglichen Zweifel. Ehrlich, manchmal schäme ich mich sogar. Ich habe oft den Eindruck, dass Pascal sich den enttäuschendsten Vater der Welt ausgesucht hat. Deshalb habe ich ihm vor ein paar Tagen die Geschichte von Boniek erzählt. Damit er schnellstens seine Illusionen verliert. Damit er später nicht noch mehr enttäuscht ist. Das ist meine Sicht der Dinge, und ich finde sie gar nicht so schlecht. Ehrlich!«

»Ruhe«, schrie Pascal von Guiomars Schultern herunter und schwenkte ein Stück Schinken.

»Schaut, wie die spanischen Demokraten ihnen applaudieren«, meinte Guiomar und deutete auf den Bildschirm.

Auf den eingeblendeten Spruchbändern war SOLIDARNOŚĆ Y FREEDOM FOR WALESA zu lesen, und der Großteil der Zuschauer im Nou Camp – und auch ein paar Zuschauer auf der offiziellen Tribüne – überschüttete die polnische Mannschaft mit frenetischem Applaus. Im folgenden Bild lächelten Piechniczek und Danuta im Sportstudio dem Journalisten zu, der die Sendung moderierte.

»Sie und alle, die das Spiel gesehen haben, haben bestimmt festgestellt, dass das Spiel Polen gegen Belgien einen politischen Beiklang bekommen hat. Auf der einen Seite die Spruchbänder und auf den Stufen die Anwesenheit von ein paar leitenden Mitgliedern der Gewerkschaft Solidarność. Hinzu kommt, wie wir erfahren haben, die im Vatikan von Papst Wojtyla bekundete Anteilnahme. Wie es heißt, soll der Papst das heutige Spiel dank unserer Kollegen des RAI live mitverfolgt haben. Bevor wir weitermachen, was sagen sie dazu, Piechniczek?«

Danuta Wyca lächelte und übersetzte die Frage für den Trainer, der atemloser denn je wirkte. Im Studio musste es sehr heiß sein.

»Wir sind keine Politikärr, wirr sind äinzig und alläin des

Sporrts wägen gäkommen«, imitierte Ugarte die vorweggenommene Antwort.

»Wir sind nach Barcelona gekommen, um Fußball zu spielen, nicht um Politik zu machen«, übersetzte Danuta, rollte dabei die R viel weicher, als man der Karikatur nach hätte erwarten können.

»Schau, schau, wie nervös Piechniczek ist. Meiner Meinung nach hat er Höllenschiss vor der Oma. Wetten, dass Danuta Wyca die Mannschaft auf ihrem Ausflug als politische Kommissarin begleitet. Eine Agentin Jaruzelskis, und ob.«

Carlos musste über Ugartes Behauptung lächeln. Piechniczek war vielleicht gar nicht so nervös, und was Danuta anbelangte, sah sie wirklich aus wie eine Oma, vielleicht sogar mit einem Schuss aristokratischem Blut.

»Ja, ich mache mir aufrichtig Sorgen um meine Vaterrolle«, nahm Ugarte das Thema wieder auf, das ihn offenbar stärker beschäftigte als das, was sich auf dem Bildschirm abspielte. »Ich glaube, ich helfe ihm zu wenig. Wobei, ihm zu wenig helfen ist eine Sache, ihn einfach sich selbst überlassen etwas ganz anderes. Nehmen wir an, Carlos, ich benehme mich fahrlässig wie die Touristen, die zu dieser Jahreszeit den Montserrat besuchen, und mache neben dem Swimmingpool des Hotels ein Feuer. Einfach so. Und nehmen wir an, das Feuer breitet sich bis hierher aus und steckt das Hotel von oben bis unten in Brand, mitsamt deinem Backhaus natürlich, denn das Feuer ist blind. Was wäre dann? Die Versicherung würde bestimmt nicht zahlen, und Pascal, der *hereu,* wie man hier in Katalonien sagt, mein Erbe, würde mit leeren Händen dastehen. Für Pascal wäre das eine Enttäuschung, meinst du nicht auch? Ihn ein bisschen enttäuschen, das mag ja noch gehen, ihn aber zutiefst enttäuschen, das möchte ich niemals. Du weißt ja, wie das ist, enttäuschte Kinder schimpfen ihr Leben lang auf ihren Vater und nehmen ihre Enttäuschung der ganzen Welt übel. Erinnerst du dich an Guiomar damals? Den ganzen Tag redete er von nichts anderem als von seinem Vater, dass sein Vater ein Schwein war, dass er ein echtes

Schwein war, dass wir keine Ahnung hätten, was für ein Schwein sein Vater gewesen war. Ich will nicht, dass meinem Sohn so etwas widerfährt. Wenn Pascal eines Tages zornig auf die Welt sein will, dann bitte nicht meinetwegen.«

Carlos war auf der Hut. Er glaubte, das andere Ende des Fadens zu erraten. Ugarte hatte klare, präzise Gründe für seine Betrachtungen.

»Wenn du mir etwas mitzuteilen hast, so tu es bitte vor der Wiederholung der Tore. Ich finde, du schweifst zu sehr ab«, sagte er in seinem üblichen ruhigen Tonfall.

Ugarte trank einen Schluck Whisky und richtete sich in seinem Sessel auf.

»Ich freue mich, Carlos, dass du gemerkt hast, woher der Wind weht, ich freue mich wirklich, Carlos. Denn ich muss dir tatsächlich etwas erzählen. Etwas, was mir vorgestern passiert ist«, antwortete Ugarte plötzlich ganz nüchtern. »Ich sitze in meinem Büro und kontrolliere die Rechnungen, ja, da stutze ich plötzlich über die Menge Fisch, die für das Restaurant geliefert worden ist. Ich sage mir also, dass ja Freitag ist und Neptuno wie immer vorbeikommt und ich ihn danach fragen kann.«

Ugarte machte eine Pause und trank nochmals einen Schluck. Er meinte mit Neptuno den alten Gefährten aus der Organisation, der sie zweimal wöchentlich mit Fisch aus dem Baskenland belieferte.

»Ich habe seinen Kastenwagen gesehen, ihn selber aber nicht«, warf Carlos ein.

»Also rufe ich Neptuno herein«, fuhr Ugarte fort, »er kommt ins Büro, tja, und was soll ich dir sagen? Du weißt, wie Neptuno ist, der König der Meere, das schon, aber sonst mehr oder weniger wie Pascal, und zudem kann man nicht behaupten, dass Theaterspielen seine Stärke ist. Du weißt, wie gefährlich es war, sich mit ihm zu verabreden. Selbst wenn man sich in einer Sporthalle zum Endspiel der Basketballmeisterschaft verabredete, nahm ihn die Polizei sofort ins Visier, weil er die Mannschaft anfeuerte wie niemand sonst. Weiß der Kuckuck. Dass er die Mannschaft anfeuerte, obwohl er überhaupt nichts von Basketball verstand, genügte, um ihn verdächtig erscheinen zu lassen. Nun also, ich beherzige deine Kritik, ich sei zu weitschweifig, und fasse mich möglichst kurz: Neptuno ist ein bisschen erschrocken. Er dachte, ich wolle mich mit ihm über irgendetwas unterhalten, nur nicht über die Fischrechnungen, und je mehr er versuchte, sich gleichgültig zu geben, desto mehr war ich sicher, dass etwas nicht stimmt. Ich fragte mich also: Was mischeln Carlos und Neptuno? Warum, wohlverstanden, rückt Neptuno ohne die Zustimmung des *commandante* nicht mit dem Grund heraus? Seltsam, was?«

»Vielen Dank für den *commandante,* obwohl ich nicht weiß, worauf du hinauswillst. Was du mir da alles erzählst, ist sehr geheimnisvoll.« Carlos verschränkte die Arme und setzte sich bequem im Sessel zurecht.

»Kommen wir jetzt auf das Spiel zwischen Polen und Russland vom kommenden Sonntag, in genau einer Woche also«, sagte der Fernsehmoderator. Die Sportübertragung ging dem Ende zu.

»Ja, ja, mein Lieber, die Welt ist voller Geheimnisse«, nahm Ugarte hartnäckig den Faden auf und schwenkte sein Glas. Die Eiswürfel waren fast geschmolzen. »Warum das Hotel so gut rentiert? Auch das ist ein Geheimnis, was? Oder warum ich Laura geheiratet habe. Oder warum ein tatkräftiger Mann wie du in letzter Zeit wie ein Schlafwandler herumläuft, die eine Hälfte des Tages verschläft, die andere Hälfte in der Backstube knetet. Doch besagtes Geheimnis ist gar nicht so geheimnisvoll. Meiner Ansicht nach«, Ugarte senkte die Stimme, »hat Neptuno den Auftrag bekommen, die zwei berühmten Aktivisten mit dem Namen eines Musikduos im Baskenland abzuholen und sie in seinem Lieferwagen hierherzubringen. Entweder habe ich nie am bewaffneten Kampf teilgenommen, oder alles hat sich genau so abgespielt, wie ich es dir sage. Jon und Jone sind zwischen Fischkisten in dieses Hotel gebracht worden und treiben sich jetzt in der Gegend herum.«

»Neptuno ist nicht mehr in der Organisation. Und ich auch nicht. Das ist meine Antwort. Du hast eine blühende Fantasie.«

Carlos antwortete gelassen, fast etwas gelangweilt, wie ein Ochse, der stoisch die Mücken verscheucht. *Ruhig, Carlos,* flüsterte Sabino in ihm, *Ugarte spricht kaum mit seinem Sohn, ich glaube nicht, dass der Kleine Gelegenheit gehabt hat, ihm von der Pistole zu erzählen. Die Dinge müssten schon eine seltsame Wendung nehmen, damit das der Fall ist.*

»Mit anderen Worten, ich irre mich, und meine Folgerungen sind pures Alkoholikergeschwätz«, stellte Ugarte lakonisch fest.

»Ich glaube nicht, dass du Alkoholiker bist, doch die Jahre in der Organisation haben dir etwas zugesetzt. Mach dir keine Sorgen, es ist nichts dergleichen passiert.«

»Wie schade, dass ich meiner Frau die frohe Botschaft nicht mitteilen kann«, seufzte Ugarte und stellte das Glas neben dem Sessel auf den Fußboden. »Wenn sie nicht eben im Begriff wäre, den Polizeileutnant zu indoktrinieren, würde ich zu ihr hinübergehen und ihr auf der Stelle die gute Nachricht überbringen. Ehrlich, ich bin überglücklich, schade, dass ich meine Freude mit niemand teilen kann.«

Ugarte streckte das Kinn vor und blickte zu den Sesseln hinüber, wo die Polizeibeamten saßen. Er grüßte wie ein Betrunkener.

»Ich glaube kaum, dass du sehr viel mit Laura teilst. Hast du ihr von der unwiderstehlichen Anziehung erzählt, die diese Frau auf dich ausübt, die du als Küchenhilfe eingestellt hast? Du weißt doch, wen ich meine, oder? Jene Frau aus dem Dorf, von der du behauptet hast, sie sei Kommunistin. Nebenbei gesagt, ich glaube nicht, dass sie jemals Kommunistin gewesen ist, sondern von der Caritas kommt. Zumindest redet sie wie die von der Caritas.«

Seine Antwort war nicht nur von der Gereiztheit diktiert, die Carlos in diesem Moment spürte, sondern sie war gleichzeitig auch als Frage gemeint, um zu sondieren, was Ugarte wirklich wusste. Wenn die Frau in der Küche ihm von dem Essen erzählt hatte, das er vorgeblich den Hunden brachte, konnte Ugartes Misstrauen tatsächlich geweckt worden sein. Ugarte wusste genau, was Belle und Greta tatsächlich zu fressen bekamen.

»Nuria, meinst du? Die kleine Dicke? Weißt du, was? Meine Frau ist begeistert von ihr, weil sie so tüchtig ist und wegen ihrer außergewöhnlichen Ohren. Nurias Ohren halten alles aus. Nur damit du dir eine Vorstellung davon machen kannst: Vor ein paar Tagen hat ihr Laura erklärt, wie das Gesundheitswesen in Russland funktioniert, und Nuria hat alles über sich ergehen lassen, ohne den kleinsten Anflug von Erschöpfung. Ehrlich, ich freue mich für Laura. Ich glaube, sie ist noch nie so glücklich gewesen. Wenn sie Nuria nicht hat, hat sie einen Polizeileutnant, der ihr zuhört, und wenn sie weder die eine noch den anderen hat, hat sie Pascals Oma. Und die Oma widerspricht auch noch, denn Danuta ist bestens informiert; die zwei streiten sich ständig über Rosa Luxemburg. Natürlich redet meine Frau zu viel über Kommunismus, doch es ist nicht ihre Schuld, du weißt ja, dass sie als kleines Mädchen in den Sudkessel gefallen ist, in dem Lenins gesammelte Werke gemaischt wurden.«

Auf dem Bildschirm spielte Kupecewicz den Ball Lato zu, und der dribbelte an zwei belgischen Verteidigern vorbei in den Torraum. Dann passte er den Ball zurück, und Boniek trat blitzschnell und schoss das bejubelte erste Tor für Polen.

»Mit der Zeit ist Laura geworden wie ich«, fuhr Ugarte fort. »Sie ist eine begeisterte Anhängerin von Lenins Theorie, hat allerdings in der Praxis etliches daran auszusetzen. Sie möchte zum Beispiel den ihr zustehenden Anteil Eigentum am Hotel nicht verlieren, denn, zugegeben, dieser Teil hat sie viel Schweiß und viel Arbeit gekostet. Sie möchte den von ihr erschaffenen Wertzuwachs eines Tages Pascal zukommen lassen.«

»Was mich logisch dünkt«, pflichtete Carlos ihm bei, ohne den Blick vom Fernsehgerät zu wenden. Auf dem Bildschirm markierte Boniek mit einem perfekten Kopfstoß das zweite Tor.

»Aber im Hotel gibt es nicht nur Pascal und dich und mich«, beharrte Ugarte mit einer Stimme, in der Müdigkeit mitschwang. »Da ist auch Guiomar, unser dritter Teilhaber und dein engster Freund. Dann Doroteo, unser verehrter Küchenchef Doro, ferner seine zwei Söhne; natürlich weiß ich, dass sie stumm zu sein scheinen und ihre einzige Ideologie das Motorrad ist, aber sie sind trotzdem menschliche Wesen, und es wäre grausam, hätten sie eines Tages ihre Derbys oder ihre Montesas nicht mehr. Wir dürfen zudem die Angestellten nicht vergessen, María Teresa und Beatriz, vor allem Beatriz, die hübscheste Person im Hotel. Wie schade, wenn *nostra bellissima Beatriu,* wie Guiomar sie nennt ...«

»Weißt du, was ich glaube?«, fiel ihm Carlos ins Wort.

»Nein«, antwortete Ugarte trocken.

»Nun, dass du den Alkohol nicht mehr im Griff hast und dass deine Neigung, die Dinge zu übertreiben, sich verschlimmert. Wir wissen alle, dass die Schließung des Hotels für viele eine Katastrophe wäre. Nebenbei bemerkt, auch ich würde einiges verlieren, und desgleichen jemand anders, den du nicht einmal erwähnt hast. Doch diese Hypothese ergibt keinerlei Sinn, ich habe es dir bereits gesagt.«

Carlos verzog verärgert das Gesicht, als ob er ungehalten sei, dass er sich nicht auf den Bildschirm konzentrieren konnte, wo in ebendiesem Moment Boniek sein drittes Tor schoss. Doch was ihn vor allem ärgerte, war der letzte Teil von Ugartes spitzen Bemerkungen, dessen Zunge – wie eine Schlangenzunge – in seinem tiefsten Innern zwei kleine Verletzungen hinterlassen hatte: die erste dadurch, dass er den Namen seines Bruders ausgelassen hatte. *(Nebenbei bemerkt, auch ich würde einiges verlieren, und desgleichen jemand anders, den du nicht einmal erwähnt hast.)* Die zweite durch den hämischen Tonfall, mit dem er María Teresas und Beatriz' Namen ausgesprochen hatte. Nur Guiomar wusste etwas von seinem Verhältnis mit María Teresa; was Beatriz betraf, so handelte es sich bloß um einen kurzen Flirt, niemand im Hotel konnte davon erfahren haben. Dennoch, Ugartes Tonfall oder die Frage, die Guiomar vor ein paar Stunden in der Wohnung oben gestellt hatte – »Wer ist deine neue Freundin? Beatriz?« –, machte ihm plötzlich etwas klar, was er nicht einmal vermutet hatte: dass seine Teilhaber oft über ihn sprachen und ihn vielleicht sogar wegen seiner Art, sich abzusondern, heimlich überwachten.

Die Sportübertragung war zu Ende. Carlos stand auf und wollte den Raum verlassen.

»Ich sage es dir zum letzten Mal«, sagte er zu Ugarte gewandt und strengte sich an, seine Stimme möglichst gleichgültig klingen zu lassen. »Deine Vermutungen sind sinnlos. Vergiss es.« Er hätte eine Sekunde lang beinahe die Kontrolle verloren.

»Ich wäre überglücklich, wenn sie es wären.« Ugarte stand ebenfalls auf. »Wenn sie aber vielleicht doch nicht sinnlos sind, bitte sorg dafür, dass die zwei so schnell wie möglich von hier verschwinden. Sie sollen auf schnellstem Weg in ihre Schützengräben zurückkehren!«

Der Polizeileutnant und Laura unterbrachen ihr Gespräch und schauten zu ihnen herüber. Ugarte senkte die Stimme.

»Mach keine Dummheiten, Carlos«, fügte er hinzu. »Wenn etwas passiert und sie anfangen, hier herumzuschnüffeln, kann das schlimme Folgen für uns haben. Und nicht nur wegen Kollaboration mit einer bewaffneten Gruppe. Du weißt genau, dass wir ein zusätzliches Risiko eingehen.«

Ugarte sprach nun ohne den für ihn typischen übertriebenen Tonfall. Das mit dem zusätzlichen Risiko bezog sich auf die zwei Raubüberfälle, die sie, kurze Zeit nachdem sie aus dem Gefängnis entlassen worden waren, zwei Monate nachdem sie amnestiert worden waren, begangen hatten, um das Hotel zu kaufen. Das Thema war tabu, Ugartes Bemerkung hatte eine Regel gebrochen, die jahrelang strikt eingehalten worden war.

»Du redest zu viel«, sagte Carlos barsch. Ein paar Schweißtropfen traten auf seine Stirn.

»Gut, ich schweige. Hau mir keine runter«, antwortete Ugarte; er hob das Glas vom Fußboden auf und ging zum Tisch mit den Getränken und den Schinkenbroten.

Vom Saal bis zur Hotelrezeption waren es ungefähr zehn Meter, und ebenso viele von der Rezeption bis zum Haupteingang, doch wegen des allgemeinen Tumults nach Ende der Sportsendung kam Carlos die Entfernung endlos vor. Er musste dringend an die frische Luft; er fühlte sich, als ob er ein Dickicht durchquere, in dem auch die Erscheinungen nicht fehlten: zuerst Guiomar – eine freundliche Erscheinung –, der ihn fragte, ob er an der nächtlichen Siegesfeier teilnehmen werde, und ihm anschließend mitteilte, dass er die Absicht habe, morgen, Mittwoch, ein Tischtennisturnier zu organisieren, Polen gegen Basken. Dann Laura – eine unangenehme Erscheinung –, die ihm sein grobes Benehmen gegenüber Nuria vorhielt: empörend, ob er sich denn nicht schäme, empörend, einer wehrlosen Frau die Tür ans Bein zu schlagen ... Gleich darauf – eine angenehme Erscheinung – María Teresa, die ihm mitteilte, dass beim Fest zu Ehren der Fußballer wahrscheinlich getanzt werde und dass sie es sich nicht nehmen ließe, mit Boniek zu tanzen, er brauche aber deswegen nicht eifersüchtig zu sein, sie tue es bloß, um ihren Sohn zu beeindrucken. Zuletzt – eine echte Erscheinung, denn zu dieser Nachtzeit hielt sie sich für gewöhnlich nicht im Hotel auf – Beatriz. *La nostra bellissima Beatriu* hinter dem Rezeptionstisch warf ihm einen gleichgültigen Blick zu, aber vielleicht bildete er es sich nur ein. Unter ihrer weißen Bluse zeichnete sich deutlich der Büstenhalter ab.

Als er aus dem Dickicht ins Freie trat, ging er bis zur Straßenlampe, wo die kleine Fledermaus flatterte; dort blieb er einen Moment stehen, um tief Luft zu holen. Er fühlte sich wie ein Schwimmer, der zu lange unter Wasser geblieben ist. Doch weder die Luft noch die Stille auf der Esplanade vermochten ihn zu beruhigen. Er war wütend. Das Gespräch mit Ugarte hatte die Spannung, die sich vor Jones Hiobsbotschaft in ihm angestaut hatte, noch verstärkt; er fühlte sich schwindlig und hatte Kopfschmerzen.

Man muss gegenüber drei Sorten Mensch äußerst vorsichtig sein: der intelligenten, der sehr nervösen und der zu Geschwätzigkeit neigenden, hörte er sagen. Sabino mit der weißen Broschur in der Hand meldete sich in seiner Erinnerung wieder zu Wort. *Diese Art Mensch benimmt sich auffällig und plaudert früher oder später unweigerlich etwas aus.*

Carlos ging still vor sich hin fluchend zum Backhaus hinüber. Neptuno zum Beispiel, der ihnen den Fisch lieferte und der – wie Ugarte richtig vermutete – Jon und Jone hergebracht hatte, entsprach genau der Sorte Mensch, vor der Sabino warnte. Früher oder später würde Neptuno sich verraten, und nicht nur vor Ugarte. An der ganzen Geschichte war jedoch nicht Neptuno schuld, denn, wie Sabino ebenfalls zu sagen pflegte: beschränkte Intelligenz, beschränkte Verantwortung. Nein, die Schuld lag bei ihm allein, weil er sich bereit erklärt hatte, Neptuno bei einer Aktion zu helfen, die dieser auf eigene Verantwortung übernommen hatte. Neptuno hatte gesagt: »Wenn wir ihnen nicht helfen, wird man sie an der Wand zerquetschen wie Fliegen.« Und er, Carlos, hatte bloß gefragt: »Wie lange werden sie sich im Hotel verstecken?«

Und Neptuno: »Höchstens eine Woche. Ich verfrachte sie in meinen Lieferwagen und bringe sie – still und heimlich wie der Fuchs im Hühnerhof – hierher, bis sich die Lage in Bilbao beruhigt hat.«

Und er: »Wenn dem so ist, in Ordnung. Eine aufregende Woche zur Erinnerung an die alten Zeiten.«

Carlos fluchte wieder. Es mangelte ihm an Vorstellungskraft; er verhielt sich wie jemand, der sich die Finger verbrennen muss, bevor er etwas lernt. Und im Übrigen, was soll das? Eine aufregende Woche zur Erinnerung an die alten Zeiten. Lächerlich. Ein Witz, was? Dieser Satz konnte ihn teuer zu stehen kommen: vier Jahre Gefängnis wegen Kollaboration mit einer bewaffneten

Gruppe – und etliche Jahre mehr, wenn sich Ugartes Befürchtungen bewahrheiteten und die fünf oder sechs Jahre zurückliegenden Raubüberfälle ans Licht kamen. Was durchaus denkbar war. »Gott bewirkt keine Wunder zugunsten von bewaffneten Untergrundkämpfern. Wer nicht vorsichtig handelt und die Sicherheitsregeln missachtet, wird schließlich fallen.« Ja, Sabino hatte recht. Ja, auch auf dieser Aktion lag kein Segen: Statt der zugestandenen Woche waren Jon und Jone schon fast zwei hier. Wenn Neptuno sie nicht vor nächsten Sonntag aus dem Hotel schaffte, würden es fast drei sein. Von jeglichem Standpunkt aus betrachtet: zu lange. Pascal hatte die Pistole gesehen, und sein Vater – nur er? – hatte Verdacht geschöpft.

Als er das Licht in der Backstube anmachte, fiel sein Blick auf die Tabletts; auf dem einen waren nur noch Reste; das Essen auf dem anderen war kaum angerührt. Carlos nahm an, dass es das von Jone war. Neben dem Teller lag ein vervielfältigtes Blatt: *Diese Demokratie ist bloße Fassade,* lautete die Überschrift. Es handelte sich offenbar um eine Zusammenfassung der heutigen Grundsätze der Bewegung. Er steckte das Blatt in die Hemdtasche und verteilte die Reste und das unberührte Essen auf die zwei Teller. Eine Minute später schloss er die Tür des Schuppens auf und machte sich auf die stürmische Begrüßung seiner zwei Hunde gefasst.

Greta, eine kaum zwei Jahre alte Pyrenäenbracke, sprang stürmisch an Carlos hoch und stürzte sich dann auf ihren Teller. Belle, ein Setterweibchen, wartete, bis er ihr die Erlaubnis zum Fressen gab. Belle war disziplinierter als Greta, und nicht nur, weil sie älter war. Carlos hatte die Hündin in Frankreich gekauft, wo er sich nach der Entlassung aus dem Gefängnis eine Zeit lang mit seinen Gefährten zurückgezogen hatte.

»Los, Belle, friss«, sagte Carlos ungeduldig. Er wollte laufen gehen, im dichten Buschwald eintauchen, von dem das Hotelgelände umgeben war. Wenn er sich nicht müde lief, würden ihn die quälenden Gedanken nicht einschlafen lassen.

Belle schlang die Fleischbrocken hastig hinunter und war fertig, noch bevor Greta ihre Portion gefressen hatte; sie schnüffelte kurz an den Meeresfrüchteresten, ließ sie aber liegen.

»Was schaust du, Belle?«, fragte Carlos, als er feststellte, dass das Tier zu ihm aufsah. Belle liebte es, nachts durch Feld und Wald zu laufen, sich in die Büsche zu schlagen und den Duftfährten der Vögel zu folgen, die sich im Laubwerk oder in Baumhöhlen versteckten. Als Carlos einen Stock nahm, stürmte sie auf der Suche nach ihrer ersten Beute davon. Greta folgte ihr auf dem Fuß, jedoch eher ziellos.

Carlos marschierte ungefähr eine Stunde lang, ließ die Bäume hinter sich zurück. Abgesehen vom Mondlicht – wenig – und den Sternen – viele –, abgesehen vom hellen Lichtschein Barcelonas, der den Himmel dunkelgrau färbte, übte die Nacht in jener unbewohnten Gegend wieder die Macht vergangener Zeiten aus; es war eine Nacht, wie sie die Menschen vor 40 000 Jahren gekannt hatten. Manchmal, wenn sich in der Nähe ein Windhauch erhob oder wenn einer der Hunde unvermittelt mit ihm zusammenstieß, glaubte Carlos die Furcht der einsamen nächtlichen Wanderer zu verspüren, die mit ihren Steinäxten und ihrem Muschelhalsschmuck hier vorbeigezogen waren; es war die Furcht vor einer undeutlich geahnten Gefahr, die sich vor allem auf der Haut auswirkte. Ein Schauer lief über seine Haut, und das Flaumhaar sträubte sich. Die Gedanken, die sich in seinem Kopf drängten, rückten immer weiter in den Hintergrund, und sein Entschluss, die Stimme der Ratte zum Schweigen zu bringen, festigte sich in ihm. Er schritt kräftig aus, rannte fast, benützte seinen Stock wie ein Blinder, um sich einen Weg durch das Buschwerk zu bahnen und jedes Hindernis auf die Seite zu schieben, das sich ihm in den Weg stellte, konnte aber nicht verhindern, dass Disteln und Dornen seine Arme zerkratzten. Als er eine Steinmauer entlangschritt, stieß sein Stock plötzlich auf etwas Unbestimmtes; es war kein Ast und auch keine Borke, sondern es fühlte sich an wie ein weicher Knäuel. Carlos blieb abrupt stehen und lauschte. Kurz darauf hörte er Belle am Fuß der Mauer scharren. Noch bevor der Hund auf ihn zulief, begriff er, dass jenes Etwas, jener weiche Knäuel, ein Vogel war, den er mit seinem Stock genau in dem Moment getroffen hatte, als dieser aus dem Schlaf geschreckt aus dem Gras aufflatterte und davonfliegen wollte. Er nahm ihn Belle aus dem Maul und spürte die Wärme des Vogels. Doch der Vogel war tot, und die Haut seiner Hände erinnerte sich nicht mehr und konnte ihm nicht sagen, was ein Mensch vor 40 000 Jahren in einem solchen Moment getan hätte.

»Weg, Greta!«, rief Carlos und stieß den Hund weg. Doch die aufgeregte Bracke versuchte ihm die Beute zu entreißen. Schließlich legte er den Vogel auf die Steinmauer. »Streng dich nicht an, Greta, auch wenn du die ganze Nacht an der Mauer hochspringst, wirst du den Vogel nicht erwischen«, sagte er zu der Hündin und nahm seinen Fußmarsch wieder auf. Er wollte umkehren. Der Zwischenfall hatte ihm den nächtlichen Spaziergang verdorben.

Als die Lichter des Hotels in Sichtweite kamen, bog er ab und hielt auf einen Weiher zu, den man *La Banyera de Samsò* nannte – Samsons Badewanne –, mit der Absicht, sich ein nächtliches Bad zu gönnen. An der Abzweigung angelangt, von wo aus der Pfad hügelabwärts zum Weiher führte, hatte er plötzlich keine Lust mehr. Er pfiff die Hunde zurück: Nein, wir kehren um, wir gehen morgen baden, wenn die hundert Brote für das Restaurant fertig sind. Er verspürte in jenem Moment keine Lust mehr, ins Wasser zu tauchen und sich zu entspannen. Sein Atem und sein Herzschlag hatten sich inzwischen beruhigt, und seine Gedanken, obwohl immer noch düster, hatten sich in einzelne Wolken aufgelöst, denen er mühelos folgen konnte.

»Müde, was?«, sagte er zu den Hunden, als sie brav in den Schuppen hineingingen. Er schloss die Tür und wollte eben zum Hotel hinaufgehen, da hörte er zuerst den laufenden Motor eines Autobusses, dann laute Musik – Trommel und Klarinette – und Hurrarufe. Er wunderte sich über die ausgelassene Stimmung, erinnerte sich dann aber an das Fußballspiel und an Bonieks drei Tore. Natürlich, die polnische Mannschaft war, von einer Meute Journalisten und Fans begleitet, gerade ins Hotel zurückgekehrt.

Carlos mied den Haupteingang und ging um das Gebäude herum zum Lieferanteneingang. Bevor er die Küche betrat, wechselte er noch ein paar Worte mit Doros Söhnen. Sie waren in der Garage gegenüber damit beschäftigt, im Licht einer mit einem Drahtnetz versehenen Lampe den Motor einer Montesa auseinanderzunehmen.

»Ihr habt der Versuchung widerstanden, wie ich sehe; alle beim Fest, und ihr bastelt an einem alten Motorrad herum.«

»Es ist zwar alt, aber super. Vater hat es mir gekauft, für mich allein«, antwortete Juan Manuel, der ältere der zwei Brüder. Er war zweiundzwanzig und nicht der Hellste.

»Nicht schlecht, was? Das Motorrad gehört ihm, aber arbeiten tue ich. Was meinst du dazu?«, sagte der Jüngere. Er drehte kurz an einer Schraube, die er eben gelockert hatte, und schaute von seiner Arbeit auf. Er hieß Doro wie sein Vater. Er erinnerte Carlos an jemand aus einer anderen Zeit, an einen jener Burschen, die in den Bergen seines Heimatdorfs wohnten und nur zu Tal stiegen, um sich in der Hauptstraße das Haar schneiden zu lassen. Im Übrigen, weder Doro noch Juan Manuel gingen jemals nach Barcelona.

»Dass euer Vater euch zu sehr verwöhnt, wenn du es genau wissen willst«, antwortete er und ging auf die Küche zu.

»Das stimmt. Er hat uns heute freigegeben. Er meint, dass Laura und María Teresa vollauf genügen, um das Festessen zu servieren«, antwortete Juan Manuel lachend.

»Eine Ausrede, Carlos. Er wollte uns vom Bankett fernhalten, und das ist ihm auch gelungen«, fügte sein Bruder scherzend hinzu.

Carlos betrat die Küche, grüßte mit einer knappen Handbewegung und verschwand durch die Tür zum Treppenhaus, bevor Doro, Laura, Nuria oder María Teresa, die in der Küche beschäftigt waren, zurückgrüßen konnten. Er spürte Leere im Magen, doch er hatte keine Lust auf das Bankett. Er wollte nicht an der Siegesfeier teilnehmen. Die Fröhlichkeit von Doros Söhnen sagte ihm mehr zu, eine ruhige, bedächtige Fröhlichkeit, überlegte er sich, während er die Treppe zu seiner Wohnung hochging.

Er stand eine Zeit lang am Fenster seines Wohnzimmers, aß einen Apfel und ließ die Lichter auf der Esplanade in seine Augen und den von der Terrasse heraufsteigenden Lärm in sein Gehör sickern. Was sich draußen abspielte, war ihm jetzt, nach seinem Spaziergang, gleichgültig. Das Bild seines Bruders beherrschte alle seine Gedanken. Das war die einzige Wolke, der er folgen wollte.

»Im Hotel gibt es nicht nur Pascal und uns zwei. Da ist auch Guiomar, unser dritter Teilhaber. Dann Doroteo, unser Küchenchef, ferner seine zwei Söhne. Und María Teresa. Und Beatriz ...« Wie konnte Ugarte vergessen haben, was er seinem Bruder verdankte? Wie konnte er Kropotky vergessen haben, als er jene aufzählte, die durch die Schließung des Hotels betroffen würden? Eines war sicher: Wenn die Polizei Jon und Jone fand, würde es aus sein mit dem Hotel, denn eine gründliche Untersuchung würde die Herkunft der finanziellen Grundlage ans Licht bringen. Allerdings nur bei einer äußerst gründlich geführten Untersuchung – nur dann –, denn das Kapital, das sie nach der Amnestie durch Raubüberfälle zusammengetragen hatten, war gut getarnt. Und genau mit dieser Tarnung hatte Kropotky zu tun. Er war einer der maßgebenden Faktoren für das Gelingen ihres Vorhabens gewesen. Ugarte, euphorisch nach den zwei erfolgreichen Überfällen, hatte eines Tages verkündet: »Ich möchte euch jetzt einen Vorschlag unterbreiten, der mit der wirtschaftlichen Organisation unserer Gruppe zu tun hat. Carlos, du bist der König der Überfälle; du, Guiomar alias Fangio alias Foxi, du bist der König des Lenkrads; ich hingegen, ich bin der Finanzkönig. Also, wenn wir das Hotel kaufen wollen, ohne den leisesten Verdacht zu erwecken, so bin ich der Ansicht, dass wir als Erstes ... Ich rede ganz offen, Carlos, wenn du mit meinem Vorschlag nicht einverstanden bist, packe ich meine Unterlagen zusammen, und wir vergessen das Ganze ... Ich bin also der Ansicht, dass wir als Erstes deinen Bruder in einer psychiatrischen Klinik unterbringen müssen. Ja, Carlos, in einer psychiatrischen Klinik. Lass mich ausreden. Wir müssen ihn in eine Heilanstalt einliefern lassen, das heißt, dass wir ihn offiziell als geistesgestört erklären lassen müssen, verstehst du, Carlos? Ich weiß, dass dir das schwerfällt, doch du musst einsehen, dass Kropotky seit zwei oder drei Jahren ziemlich unzurechnungsfähig ist, er ist sogar seinen Yogafreunden unheimlich geworden. Er wird ein schlimmes Ende nehmen, wenn er so weitermacht. Ehrlich, ich bin überzeugt, dass wir ihm einerseits einen Gefallen tun, wenn wir ihn als geistesgestört erklären lassen und in einer Heilanstalt wie *La Rosaire* in Biarritz versorgen. Andererseits, und das ist für uns wichtig – ich komme mir vor wie ein Geier, doch ich muss trotzdem darüber reden –, nun, jemand, der offiziell als geistesgestört erklärt ist, kann nichts ausgeben, kann nicht mit Geld umgehen, kann keine Dokumente unterschreiben, kann also in Geldangelegenheiten nichts eigenmächtig unternehmen; wenn dies der Fall wäre, Carlos, müsstest also du seine vierzig oder fünfzig Millionen treuhänderisch verwalten, verstehst du?«

»Ich habe verstanden, Ugarte«, hatte er nach den umständlichen Ausführungen seines Gefährten geantwortet. »Ich weiß, worauf du hinauswillst. Willst das Geld, das wir den Banken geraubt haben, als Kropotkys und meine Erbschaft tarnen. Doch zum einen handelt es sich um sehr viel Geld, und zum anderen, diesbezüglich irrst du dich nämlich, ist Kropotky nicht verrückt. Ich jedenfalls habe nicht den Eindruck, wenn ich mich mit ihm unterhalte. Dass er ungesellig ist, einverstanden, und dass seine orientalistischen Ansichten hierzulande Befremden auslösen, ist nicht weiter verwunderlich, doch das allein bedeutet nicht, dass er verrückt ist. Ich habe nie ein Geheimnis daraus gemacht, dass ich schon seit einiger Zeit Probleme mit meinem Bruder habe, trotzdem ...«

Und wieder Ugarte: »Schau, Carlos, es geht um zweierlei, um etwas Leichtes und um etwas Schwieriges. Das Geld zu tarnen, dürfte leicht sein. Nehmen wir einmal an, Kropotky ist in der Heilanstalt und du verwaltest das ganze Familienerbe. Du verkaufst das Restaurant deiner Eltern, verkaufst das Haus und die Grundstücke, verkaufst die Bäckerei und den ganzen Rest. Und bei jedem Verkauf setzen wir zuerst einmal den Preis möglichst hoch an, dann einigen wir uns mit den Käufern und kommen ihnen entgegen unter der Bedingung, dass sie den Vertrag unterschreiben, den wir ihnen vorsetzen. Zählst das Geld deines Großvaters dazu – schließlich wissen viele in deinem Dorf von diesem Gerücht, dass dein Großvater Goldbarren in der Schweiz gekauft haben soll und sie in einer Truhe in seinem Schlafzimmer aufbewahrte. Natürlich könnte ich veranlassen, dass mir jemand tatsächlich ein paar Barren über die Grenze bringt, um die Legende zusätzlich zu bestätigen und die Höhe deines Erbes zu rechtfertigen. Mit alledem, mit dem, was dir tatsächlich gehört, und dem, was die Banken uns wohlwollend gespendet haben, sollten wir es meiner Schätzung nach auf hundert Millionen bringen. Und in Anbetracht der Situation so kurz nach der Diktatur ist es so gut wie unmöglich, dass jemand die Tarnung durchschaut. Es wird weitere zehn Jahre brauchen, bis der Staat sich organisiert und die notwendigen Kontrollorgane geschaffen hat. Von dieser Seite her also keine Probleme. Überlasst die Leitung der Operation ruhig mir. Habe ich euch nicht gesagt, dass ich als Finanzkönig aus dem Gefängnis entlassen worden bin? Der schwierige Teil allerdings, schwierig für dich, Carlos, besteht darin, deinen Bruder in eine psychiatrische Klinik einweisen zu lassen. Du behauptest, er sei nicht verrückt, bloß asozial und Anhänger kurioser Lehren. Die Leute sind da ganz anderer Meinung. Entschuldige, aber es ist so. Seit dem berühmten LSD-Experiment deines Bruders, das halb Obaba aus dem Takt gebracht hat, halten ihn alle für verrückt. Wenn er damals nicht im Gefängnis gelandet ist, dann nur, weil die Anwälte einen Anfall von Wahnsinn geltend gemacht haben, eine vorübergehende geistige Störung. Aber ich verstehe dich natürlich, schließlich handelt es sich um deinen einzigen Bruder.

Guiomar und ich müssen die Entscheidung dir überlassen. Doch ich wiederhole: Er wird sich in einer Heilanstalt wohler fühlen ...«

»Wohler fühlen, das möchte ich nicht behaupten, Ugarte«, war Guiomar ihm ins Wort gefallen. »Wie soll er sich in einer Heilanstalt wohler fühlen als in seiner gewohnten Umgebung? Sag lieber, dass er dort sicherer ist, das ja. Oder dass er dort vor den Tätlichkeiten der Leute geschützt ist, denn ich glaube, das ist die wirkliche Gefahr für Kropotky, dass die Leute ihn eines Tages lynchen. Erinnere dich, wie oft er unter dem Vorwand, es habe Streit gegeben, verprügelt worden ist. Sicherer ja, aber behaupte bitte nicht, dass er sich in einer Heilanstalt wohler fühlt. Bist kaum aus dem Gefängnis entlassen, und schon rühmst du die Vorteile einer repressiven Institution.«

»Ich rühme keineswegs die Vorteile einer repressiven Institution«, ereiferte sich Ugarte. »Schließlich hast du gesagt, dass er dort sicherer ist. Ist das ein Vorteil oder nicht? Gut, ich sage nichts mehr, denn sonst sieht es so aus, als ob nur ich es bin, der das Hotel kaufen will, dass nur ich hinter dem Geld her bin. Und das stimmt nicht. Auch wenn Laura schwanger ist und ich mir von jetzt an ernsthafter Gedanken um die Zukunft machen muss. Ich sage bloß, dass wir die Möglichkeit haben, den Rest unserer Tage sorgenfrei zu leben. Und dass aus diesem Grund vorher Kropotky als geistesgestört erklärt werden muss. Denn sonst sind wir auf seine Zustimmung angewiesen. Das liegt wohl auf der Hand, oder? Und ich traue ihm nicht. Erstens weiß ich nicht, ob er das Geheimnis für sich behält, und zweitens würde er in einem Jahr seinen Erbteil samt den wohlwollenden Spenden der Banken durchgebracht haben. Damit hat der Finanzchef geschlossen und überlässt die Entscheidung Carlos. Schließlich bist du immer für die Zelle verantwortlich gewesen.«

Fünf Jahre später schien sich Ugarte nicht mehr an Kropotky zu erinnern. Wie konnte er ihn vergessen haben? Was hatte das für Folgen? Wer würde sich um seinen Bruder kümmern, sollte er wegen dieser Geschichte mit Jon und Jone ins Gefängnis kommen?

Die Berichte aus der Klinik sprachen von einer Verschlimmerung von Kropotkys geistigem Zustand und von der zunehmenden Unansprechbarkeit, obwohl er physisch – auch das wurde im Bericht erwähnt – in einer guten Verfassung war und sich darüber zu freuen schien, ein Zimmer für sich allein zu haben und im Park spazieren gehen zu können. Wenn aber niemand mehr für seinen Unterhalt aufkam, würde man ihn in einer öffentlichen Anstalt unterbringen. Wie würde Kropotky darauf reagieren? Denn Kropotky wusste genau, was um ihn herum geschah. Dass er nicht sprechen wollte, war eine Sache; ob er geistesgestört war, eine andere.

Carlos betrachtete die blau und rot blinkende Leuchtreklame der Tankstelle und gleich darauf – als ob die Farbkombination der Schlüssel zur Wirklichkeit sei – sah er alle anderen Lichter: die beleuchtete Dorfkirche, die Scheinwerfer der auf der Straße vorbeifahrenden Autos, den Schein der Feuersbrunst, die an einem Ausläufer des Montserrat immer noch loderte. Und als auch sein Gehör nach und nach in die Wirklichkeit zurückkehrte, hörte er das Klappern der Teller, das von den Tischen auf der Terrasse bis zu ihm drang, und gleich darauf das Klingeln des Telefons. Nicht die Lichter der Tankstelle waren es gewesen, die ihn aus seiner Versunkenheit gerissen hatten, sondern das klingelnde Telefon. Zuerst dachte er, es sei Jone, dass sie und Jon vielleicht irgendwelche Schwierigkeiten hatten. Doch nein, in der Nähe des Backhauses war nichts Auffälliges zu sehen, im Übrigen war es viel logischer, dass der Anruf von Guiomar kam und keinen anderen Zweck hatte, als ihn zum schwarzen Kaffee auf der Terrasse einzuladen. Ja, Guiomar war ein treuer Freund. Was auch immer geschah, er würde sich um Kropotky kümmern. Doch Guiomar redete immer davon, nach Kuba zu gehen, also war auch diese Lösung ungewiss.

Als das Telefon verstummt war, ging Carlos in sein Schlafzimmer und ließ sich aufs Bett fallen. Seine Gedanken kreisten jetzt um den Zwischenfall auf seinem nächtlichen Fußmarsch. Der Vogel, den er mit seinem Stock getroffen hatte, war der zweite, den er in seinem Leben getötet hatte; der erste war ein Eisvogel gewesen. Fünfundzwanzig Jahre war das her. Die Stimme der Ratte, die Rechenschaft über die Geschichte mit seinem Bruder verlangte, lenkte ihn kurz ab: Er brauche nicht Ugarte die Schuld zuzuschieben; die Papiere für die Einlieferung Kropotkys in die Psychiatrische habe schließlich er selbst unterschrieben, und wenn Kropotky seinerzeit den Ruf eines Kains gehabt habe, so sei er, Carlos, der andere Kain. Doch Carlos war viel zu müde: Die Gedanken in seinem Kopf waren wie schwebende Federwolken, die Vorwürfe der Ratte wie durch eine Watteschicht gedämpftes Klingeln. Schließlich schlief er in den Kleidern ein.

Der *La Banyera de Samsò* genannte Quellweiher war ungefähr zwanzig Gehminuten vom Hotel entfernt. Bei flüchtigem Hinschauen wirkte er wie ein Regenwassertümpel inmitten von Bäumen und Büschen. Es war jedoch keineswegs ein ungefährlicher Ort, wie man aufgrund seines Aussehens und der Bezeichnung Banyera hätte schließen können. Wer sich durch das Gestrüpp einen Weg bis zu seinem Ufer bahnte, stellte fest, dass das Wasser schwach simmerte und ein ständiger Schauer die Oberfläche kräuselte. Dieser scheinbare Widerspruch – die Bewegung des Wassers auf einer umgürteten Fläche – verstärkte sich, wenn der Wanderer die aus der Tiefe aufsteigenden Blasen entdeckte und er feststellte, dass der Tümpel in Wirklichkeit ein Quellweiher war; und wenn derselbe Wanderer sich die Mühe machte weiterzuforschen, würde er den endgültigen Beweis finden: Der angebliche Tümpel war in Wirklichkeit kein geschlossener Kreis, sondern er öffnete sich an einer Stelle, und an dieser Stelle ergoss sich das Wasser durch eine enge Abflussrinne in die Tiefe, strudelte in einen Abgrund, von wo aus es nie mehr ans Licht der Sonne zurückkehrte. Es gab zwar ein Bachbett für dieses verschluckte Wasser, das sogar einen Namen hatte – *Riera Blanca* –, doch niemand konnte sich erinnern, es jemals voll gesehen zu haben. Wie auch immer, es kam selten vor, dass sich ein

Wanderer bis zum Weiher abenteuerte. Darin zu baden war verboten, und der Zugang war beschwerlich. Der Pfad von der Straße her war seit Jahren von Buschwerk überwuchert, und wer zur Banyera wollte, musste zwangsläufig das Hotelgelände durchqueren.

Carlos verbrachte Stunden am Weiher; er badete lieber dort als im Swimmingpool des Hotels. Die Banyera war für ihn – wie die Backstube und sein Schlafzimmer – ein stiller, geschützter, weltabgeschiedener Ort, wohin er sich gern zurückzog, wenn er die Backstube satthatte und sein Schlafzimmer satthatte und er niemand sehen wollte. Oder wenn ihm das Leben, das er in den letzten fünf Jahren geführt hatte, unsäglich monoton vorkam und er die Gefahr auskosten wollte, mit der das Schwimmen in der Nähe der Abflussrinne verbunden war. Und überdies schützte ihn die Banyera vor den Anschuldigungen der Ratte, denn er brauchte bloß den Kopf unter Wasser zu tauchen und dem Murmeln des Wassers in seinen Ohren zu lauschen, damit die innere Stimme fast unhörbar wurde.

Am Tag nach dem Sieg Polens über Belgien löste Carlos das Versprechen ein, das er während der nächtlichen Wanderung den Hunden gegeben hatte. Als er seine morgendliche Arbeit in der Backstube erledigt hatte, stieg er zum Weiher hinab. Er badete ungefähr seit einer Viertelstunde, als Belle und Greta zu bellen anfingen: Offenbar kam jemand den Pfad entlang. Obwohl er den Kopf fast ganz unter Wasser hielt – er lag flach auf dem Rücken und stellte sich tot – und das Bellen nur undeutlich hörte, wusste er gleich, dass die Hunde nicht Guiomar entgegenbellten und auch sonst niemand, den sie kannten. Das Bellen klang drohend.

Zuerst beschloss er, die Warnung unbeachtet zu lassen und nicht aufzutauchen. Doch Belles und Gretas Bellen wurde lauter und immer aggressiver, sodass ihm schließlich nichts anderes übrigblieb, als den Kopf zu heben, um zu sehen, was los war. Er erblickte eine Frau, die ihm vom Ufer aus zuwinkte und ihm bedeutete, er solle sich nicht stören lassen. Es war Danuta Wyca, die Dolmetscherin der polnischen Mannschaft, Pascals »Oma«. Sie trug ein weißes Baumwollkleid und einen breitrandigen Basthut zum Schutz vor der Sonne. Als Carlos keine Anstalten machte, aus dem Wasser zu steigen, zeigte sie ihm das Buch, das sie in der Hand hielt: Er solle ruhig im Wasser bleiben, sie würde sich am Ufer auf einen Stein setzen und lesen, bis er fertig gebadet habe ...

»Guiomar und Pascal kommen auch«, teilte sie ihm nebenbei mit. Sie schwenkte das Buch, um die Hunde fernzuhalten. Belles und Gretas Neugierde gefährdete das makellose Weiß ihres Kleides.

Guiomar und Pascal waren immer noch nicht in Sicht. Nach zehn Minuten beschloss Carlos schließlich, an Land zu gehen. Er konnte sich nicht konzentrieren, wenn ihm jemand zuschaute. Mit ausgebreiteten Armen und Beinen flach auf dem Wasser liegen, das kühle Nass in den Nasenlöchern spüren, den Blick unbeweglich auf den blauen Himmel gerichtet, bis die Augen tränen – das alles war ein wichtiger Bestandteil seiner Badezeremonie; doch die Zeremonie konnte nur in der Einsamkeit zu Ende geführt werden. Oder in Gesellschaft von Freunden wie Guiomar oder María Teresa.

Carlos streifte ein T-Shirt über und setzte sich Danuta gegenüber. Sie plauderten eine Zeit lang über das Wetter: Ja, es war nicht mehr so heiß wie an den vorangegangenen Tagen, der Himmel war klarer. Zwischendurch ging ihnen der Gesprächsstoff aus, und sie schauten beide schweigend vor sich hin. Während einer solchen Pause legte sie das Buch in den Schoß und zeigte auf die Badeverbotstafeln, die rings um die Banyera aufgestellt waren.

»Ich würde auch dem Gesetz zuwiderhandeln. Hier zu baden ist sicher viel aufregender als im Swimmingpool des Hotels«, sagte sie und rollte dabei die R. Als Carlos sie aus der Nähe betrachtete, bestätigte sich der Eindruck, den er von ihr im Fernsehen gehabt hatte. Ja, die Frau hatte etwas Aristokratisches an sich, sie war eine adrette Oma, ein Porzellanfigürchen. Sie war sorgfältig geschminkt und trug mauvefarbenen Lidschatten; ihre Ohrringe waren zwei grüne, in Silber gefasste Tränen.

»Sehe ich gut aus?«, fragte Danuta plötzlich und setzte sich breit lächelnd in Positur wie für ein Foto. Carlos war etwas verwirrt. Er hatte Danuta wohl länger gemustert, als es sich schickte.

»Sehr gut. Ein sehr hübscher Hut. Und auch Ihre Ohrringe sind sehr hübsch«, antwortete er. Seine Stimme klang ruhig, doch die Situation war ihm etwas peinlich. Danutas Verhalten überraschte ihn. Frauen in einem gewissen Alter, die ihm bisher begegnet waren, hatten nie solche Fragen gestellt.

»Bloß billiger Modeschmuck. Sie wissen ja, wir leben sehr bescheiden in Polen und können uns den Luxus von echtem Schmuck nicht leisten.«

Während sie das sagte, legte ihm Danuta einen ihrer Ohrringe in die Hand. Er war federleicht.

»Sie sind viel hübscher als viele echte«, beteuerte Carlos und gab ihr den Ohrring zurück.

»Ja, sie sind wirklich hübsch. Doch übertreiben wir nicht: echte Smaragde, das wäre etwas ganz anderes. Aber was ist denn mit Ihren Armen los? Sie sind ja ganz zerkratzt.«

»Ich habe gestern Dornen ausgerissen. Ist nicht weiter schlimm.«

Die Hunde begannen erneut zu bellen, dann hörten sie einen Pfiff, und sie rannten zum Pfad hinüber. Ein paar Sekunden später tauchten Guiomar und Pascal auf. Guiomar mit einem Weidenkorb am Arm, Pascal mit einer Doppelleine für die Hunde in der Hand.

»Guiomar will anscheinend picknicken«, sagte Danuta. Sie legte ihr Buch auf einen Stein und stand zur Begrüßung auf. Das Buch war von einem Autor namens Cyprian Kusto, es handelte sich offenbar um einen Gedichtband.

»Dreierlei belegte Brote, Bier, ein paar Früchte und acht Tassen schön heißen Kaffee in der Thermosflasche. Genügt das, um Polens Sieg zu feiern? Weil jemand hier noch nicht gefeiert hat«, erklärte Guiomar, während er den Korb auspackte. Er war wie meistens guter Laune. »Wo hast du dich herumgetrieben, dass deine Arme so zugerichtet sind?«, fragte er Carlos mit einem Blick auf die Kratzer. Er bekam die gleiche Antwort wie Danuta.

»Und ich? Ich will auch feiern«, sagte Pascal. Doch die Hunde waren interessanter als die belegten Brote, und er lief hinter ihnen her, ohne auf Antwort zu warten.

Belle und Greta mochten es überhaupt nicht, an die Leine genommen zu werden. Sie waren schneller als das Kind und flohen vor der Doppelleine; sie entwischten zwischen den großen Steinen und den Büschen, die den Weiher säumten. Doch Pascal ließ nicht locker, und die Hunde brachten sich in der Nähe der Abzugsrinne in Sicherheit. Greta – eher im spielerischen Übermut ihrer zwei Jahre als aus Angst vor den Schreien und Drohungen des Jungen – sprang auf den Felsen direkt über dem Abfluss und ging die äußerste Kante entlang. Einen Moment lang beobachteten alle Anwesenden – Carlos, Danuta, Guiomar, ja auch Belle und Pascal – mit angehaltenem Atem die Bracke: Ein falscher Schritt, und der Wasserfall, der sich genau an dieser Stelle aus dem Weiher ergoss, würde sie in die Tiefe reißen.

»Greta«, rief Carlos und hielt ein belegtes Brot hoch. Greta antwortete mit zwei Sprüngen und landete auf sicherem Grund, flitzte mit zehn weiteren Sprüngen an Pascal vorbei und erreichte die Gruppe.

»Ein intelligenter Hund stürzt sich kaum in einen Abgrund«, meinte Carlos, nachdem er der Bracke das halbe belegte Brot gefüttert hatte. »Greta ist allerdings nicht besonders intelligent. Belle hingegen ist sehr intelligent, daher ist sie ihr nicht gefolgt. Nicht wahr, Belle?«

Belle schluckte hastig die andere Hälfte des belegten Brotes. Carlos gab den Hunden ein Zeichen, und sie entfernten sich von der Decke, die Guiomar ausgebreitet hatte, und legten sich in den Schatten. Sie hatten ihr Futter bekommen, bevor sie zur Banyera aufgebrochen waren, daher gehorchten sie bereitwillig.

An der Banyera de Samsò würde also wieder Stille einkehren. Die drei würden sich ruhig miteinander unterhalten, so angenehm und ernsthaft, dass es Carlos fast seltsam anmutete. Zuvor mussten sie sich aber eine geschlagene halbe Stunde dem Jungen widmen: erstens, damit er sich vom Schrecken mit Greta erholte und aufhörte zu heulen. Dann, damit er ein belegtes Brot aß. Anschließend, damit er die Hunde in Ruhe ließ. Schließlich schaffte es Guiomar, dass das Kind sich neben die Hunde in den Schatten legte und einschlief. Der Moment für ein ungestörtes Gespräch war gekommen.

Während des Essens war es Danuta gewesen, die am meisten geredet hatte, vor allem durch Guiomar ermuntert, der sie über die Fußballer ausfragte, die sie nach Barcelona begleitet hatte, über Boniek, über Lato, über Mlynarczyk. Als sie sich die erste Tasse Kaffee aus der Thermosflasche einschenkten, nahm das Gespräch einen vertraulichen Ton an. Alles regte zum Reden an, sowohl die vom Weiher aufsteigende Kühle als auch das Murmeln des Wassers oder das Blau des Himmels.

»Natürlich habe ich mich bis jetzt nur ganz allgemein über unsere Fußballer geäußert«, sagte Danuta nachdenklich. Sie hielt die Kaffeetasse zwei Zentimeter von ihren Lippen entfernt. »Doch wenn man das Thema ernsthafter erörtert ... Nun, Sie wissen ja, dass das Kaffeearoma die Offenheit zwischen Freunden fördert ... Ja, dann würde ich sagen, dass sie schlicht und einfach Schweine sind.«

Carlos und Guiomar blickten bei dieser unerwarteten Feststellung überrascht auf, denn Danuta hatte ganz sachlich, ganz ruhig gesprochen. »Schweine!« Die Bezeichnung verwandelte sich in ihrem Mund in ein melancholisches Wort.

»Ja, die meisten von ihnen sind im Grunde primitive Menschen«, fuhr Danuta fort, den Blick auf das Wasser gerichtet. »Nicht, weil der Sozialismus ihnen egal ist, sondern überhaupt. Sie schnüffeln immer auf der Erde herum. Manchmal sehe ich, dass sie Sorgen haben und bereit sind, um etwas zu kämpfen, aber ihr Ziel ist letztlich immer materieller Art, etwas Gewöhnliches, etwas, worum auch ein Schwein kämpfen würde. Es ist mir unbegreiflich, dass diese Jungs aus der gleichen Nation stammen wie Rosa Luxemburg. Kennen Sie Rosa Luxemburg? Sie ist eine der bedeutendsten Frauen, die Polen je gehabt hat.«

»Nicht besonders gut«, antwortete Guiomar. Carlos schüttelte verneinend den Kopf, obwohl er sich schwach erinnerte, etwas von ihr über das Nationalitätenproblem gelesen zu haben.

»Pascals Mutter sagt, dass Lenin die Situation der kleinen Nationen besser verstanden habe als Rosa Luxemburg und dass sie unter den Katalanen und den Basken sehr wenig Anhänger hat. Möglich, ja, man müsste das näher untersuchen, nicht wahr? Natürlich, die Situation zu Anfang des Jahrhunderts war besonders, ganz anders als die heutige. Nichtsdestotrotz, Rosetta war groß, sie war eine Jeanne d'Arc der sozialistischen Revolution; mehr als das, sie war eine sehr komplexe Persönlichkeit und außergewöhnlich geistreich. Ich erinnere mich zum Beispiel – als Beweis für meine Behauptung – an einen Brief, den sie einer Freundin geschrieben hat.«

Danuta schloss die Augen, als ob sie angestrengt nachdächte. Einen Moment lang hörte man das an den Steinen am Ufer plätschernde Wasser. Im Buschwerk um den Weiher herum herrschte Stille. Die Insekten schienen eingeschlafen zu sein wie Pascal und die Hunde.

»Als die Aufstände von 1906 ausbrachen«, fuhr Danuta nach einer Pause fort, »befand sich Rosa Luxemburg nicht in Polen, und als man ihr von den Vorfällen berichtete, schrieb sie einen Brief mit mehr oder weniger folgendem Inhalt: *Man schreibt mir übrigens, dass dort jetzt direkte Lebensgefahr auf Schritt und Tritt droht (was mich natürlich juckt, sofort hinzufahren! Es ist zehnmal interessanter als in diesem schläfrigen Petersburg, wo kein Mensch auf der Straße erkennen wird, dass es eine Revolution gibt).*[1] Wie findet ihr das?«, fragte Danuta mit einem Lächeln, das ihr Gesicht verwandelte und sie jünger erscheinen ließ. »Mit geistreich beziehe ich mich auf die Stelle: *... dass dort jetzt Lebensgefahr auf Schritt und Tritt droht (was* *mich natürlich juckt, sofort hinzufahren! ...)* Ist das nicht eine wunderbare Einstellung?«

Guiomar schob seine Brille zurecht.

»Gewiss, ja«, meinte er, »doch Ihr Urteil erstaunt mich. Ich glaube nicht, dass man von Boniek oder von Lato verlangen kann, dass sie ihr Leben für die Revolution riskieren. Man verlangt von ihnen, was man eben von ihnen verlangt, nämlich dass sie gut Fußball spielen, und es ist ungerecht, sie dann mit Rosa Luxemburg zu vergleichen. Zudem sind sie patente Kerle, soweit ich das beurteilen kann. Ich habe ihnen ein Tischtennisturnier mit dem Hotelpersonal vorgeschlagen, und alle haben spontan zugesagt. Die Spieler der spanischen Mannschaft wären ganz bestimmt nicht dafür zu haben gewesen.«

Guiomar war etwas verärgert. Er hatte zwar seit kaum einer Woche mit den polnischen Spielern zu tun, doch das genügte ihm, um sich eine Meinung zu bilden. Solange die Weltmeisterschaft dauerte, waren Piechniczeks Männer seine Mannschaft, und er war bereit, ihren Ruf vor wem auch immer zu verteidigen. Auch vor der Dolmetscherin, die diese Mannschaft begleitete.

»Ich glaube, du hast Danutas Bemerkung zu wörtlich genommen«, beschwichtigte Carlos. Er hätte der Frau gern länger zugehört. Es war selten, jemand zu begegnen, mit dem man sich so ernsthaft unterhalten konnte wie mit ihr.

»Nun ja, ich weiß nicht, vielleicht hat Guiomar recht; vielleicht habe ich sogar seine Offenheit missbraucht ...«

»Also trinken Sie noch etwas Kaffee. Je mehr Kaffee, desto größer die Offenheit«, beruhigte sie Guiomar und schenkte ihr Kaffee aus der Thermosflasche ein.

Danuta nickte dankend.

»Sie haben recht; möglich, dass ich gegenüber den Spielern meines Landes eine gewisse Aggressivität empfinde, gegenüber diesen Jungs, die Sie für patente Kerle halten, Guiomar, und die es vielleicht tatsächlich sind. Womöglich steckt gar kein Geheimnis dahinter und auch keine philosophischen Überlegungen, womöglich hat meine Aggressivität bloß mit meiner Eigenschaft als Dolmetscherin zu tun. Sie haben keine Ahnung, was es heißt, als Dolmetscherin einer Fußballmannschaft zu arbeiten. Nur ein Beispiel: Wie oft wohl habe ich heute Morgen wiederholt, dass Russland eine ausgezeichnete Verteidigung hat und dass es beim Spiel vom Sonntag schwierig sein wird, ein Tor zu schießen? Mindestens fünfundzwanzigmal. Damit ist alles gesagt, oder?«

Danuta zog ein Päckchen Zigaretten aus ihrer Handtasche. Sie rauchte Marlboro, die gleiche Marke wie Jone. Ein banales Detail, doch dieser Zufall überraschte Carlos.

»Sie wundern sich, dass ich rauche? Natürlich rauche ich. Nicht viel, aber ich rauche«, erklärte sie, als sie Carlos' erstaunten Blick bemerkte.

»Nein, ich habe etwas anderes gedacht. Ich habe gedacht, dass ich ebenfalls Lust auf eine Zigarette habe. Die erste seit zwei Monaten.«

»Carlos hat viel Willenskraft, er raucht so viel, wie er sich vornimmt. Eine Zigarette im Monat, dann eine Zigarette. Fünf Zigaretten, dann fünf. Ich bringe das nicht fertig«, stellte Guiomar fest. Er rauchte bereits, aber dunklen Tabak.

»Um auf das Thema von vorhin zurückzukommen, wissen Sie, was mich wirklich wütend macht? Was ich nicht ertrage?«, nahm Danuta das Gespräch wieder auf. Sie wirkte heiterer denn je, ein Widerspruch zu dem, was sie zu erklären versuchte. »Dass diese Spieler, dass im Großen und Ganzen alle jungen Menschen in Polen derart unempfänglich sind. Sie sind während des Sozialismus zur Welt gekommen, sind vom Sozialismus geschult worden, verkörpern also eine neue Generation, eine andere Generation, und dennoch haben sie nichts aufgenommen. Wie ist das möglich? Für mich ist das ein Geheimnis. Du kratzt etwas an der Oberfläche und stellst fest, dass sie sich immer noch an ihren einfältigen Glauben klammern, an den Aberglauben ihrer Großeltern, und dass ihr Vorbild eben nicht Rosa

Luxemburg ist, sondern die Jungfrau von Tschenstochau. Und was ist das Resultat? Sie haben es gestern auf der Tribüne des Nou Camp gesehen: Die Reaktionäre vergolden sie.«

Danuta verstummte. Ihr Zorn wirkte aufrichtig. Sie nahm den Sonnenhut ab und fächelte sich damit Luft zu.

»Meiner Ansicht nach werden die Fußballer von allen missbraucht«, meinte Guiomar. »Auch Jaruzelski missbraucht sie ab und zu, wenn sich die Gelegenheit bietet, jedenfalls. Wenn die Mannschaft weiterhin ihre Rolle gut spielt, wird die polnische Regierung die Siege sich selbst zuschreiben. Und die von Solidarność versuchen es ebenfalls. Ich wüsste jedoch nicht, was Boniek und seine Kameraden dagegen tun könnten.«

»Danuta meint etwas anderes, Guiomar. Sie spricht vom Scheitern einer Revolution. Ich glaube, du komplizierst dir das Leben mit nebensächlichen Details«, fiel ihm Carlos ins Wort.

»Genau«, sagte Danuta nachdenklich, »das ist es, es handelt sich um ein Scheitern. Was ich sagen will, ist, dass sie die von unserer Generation übermittelte Botschaft nicht aufgenommen haben. Dass sie keine einzige Zeile von Rosa Luxemburg gelesen haben.«

»Das ist im Grunde doch normal«, sagte Guiomar etwas müde. Er wollte ganz offensichtlich die Diskussion abschließen. Ein gutes Gespräch in Ehren, aber er war müde. Die Feier hatte bis in die frühen Morgenstunden gedauert.

Danuta trank ihren Kaffee aus.

»Ja, sicher ist es normal. Doch wie auch immer, mir fällt es schwer, jeden Tag diese Jungs vor Augen zu haben, die das Scheitern meiner Generation verkörpern. Na ja, reden wir von etwas anderem«, seufzte sie und änderte den Tonfall. »Zudem gibt es keinen Kaffee mehr und somit auch keine Gewähr mehr für Offenheit. Doch ehrlich, es hat mir gutgetan, mich mit euch unterhalten zu können. Ich fühle mich wieder als Mensch, nachdem ich fünfundzwanzigmal das Verteidigungsspiel der Russen habe übersetzen müssen.«

Guiomar warf einen Blick auf seine Armbanduhr.

»Leute, ich muss gehen. Ich muss um fünf in Barcelona sein, um ein paar Besorgungen zu machen. Und muss vorher das Kind seiner Mutter übergeben.«

»Warum machen wir uns nicht langsam auf den Rückweg?«, schlug Danuta vor. »Wir können ja unterwegs noch etwas plaudern. Machen Sie sich keine Sorgen wegen des Kindes, ich kann es ebenso gut Laura übergeben. Die Journalisten kommen nicht vor neunzehn Uhr, bis dann habe ich sonst nichts zu tun.«

Guiomar und Carlos waren einverstanden und begannen zusammenzupacken. Das Klirren von zwei leeren Bierflaschen im Korb genügte, und schon lief Belle aus dem Schatten und umtänzelte Carlos, als ob sie es eilig hätte, ins Hotel zurückzukehren. Greta folgte ihr, jedoch etwas träger; sie ging zum Weiher, um zu trinken. Pascal seinerseits blickte weinerlich zu seiner »Oma« und zu Guiomar auf. Er wollte sich von ihnen nicht bei der Hand nehmen lassen; er wollte nicht aufstehen; er wollte nicht zu seiner Mutter und wollte auch nicht in der Hotelküche etwas Feines essen. Er wollte weiterschlafen.

»Bist aber schlecht gelaunt aufgewacht, Pascal«, sagte Guiomar, als sich das Quengeln des Kleinen in schrilles Weinen verwandelte.

»Gib ihm die Doppelleine«, riet Carlos.

Eine gute Idee. Das Kind nahm die Leine und lief hinter den Hunden her.

Der Pfad, der von der Banyera zum Hotel führte, war zu schmal, als dass die drei Erwachsenen hätten nebeneinander gehen können. Das Gespräch verstummte. Hin und wieder wandte sich Danuta um – sie ging zuvorderst und sah mit ihrem Buch von Cyprian Kusto unter dem Arm wie eine Lehrerin aus – und machte eine Bemerkung über die Büsche oder die Bäume entlang des Wegs, während Guiomar oder Carlos den Kommentar einsilbig ergänzten. Doch mit der Zeit lastete die Wärme auf ihnen, und sie schritten stumm hintereinander her.

»Ich hatte ganz vergessen, wie heiß es ist. Hier ist es drei oder vier Grad wärmer als am Weiher unten«, sagte Danuta, als sie an der Stelle anlangten, wo der Pfad enger wurde und zwischen Olivenhainen hindurchführte. Sie blieb stehen, um etwas zu verschnaufen. »Das ist nicht so schlimm. Schlimm ist hingegen, dass ich beim Abwärtsgehen übersehen habe, dass der Rückweg aufwärtsführt.«

Sie machte einen ziemlich erschöpften Eindruck; die Schminke war zerflossen, und sie wirkte jetzt – entgegen dem Bild, das Carlos noch bis vor ein paar Minuten von ihr gehabt hatte – eher wie die über sechzigjährige Frau, die sie tatsächlich war. Sie zog das Taschentuch und einen kleinen Spiegel aus der Handtasche und wischte sich das Gesicht ab.

»Wir sind gleich da«, tröstete sie Carlos und zeigte mit der Hand auf die zwei kleinen Gebäude, den Schuppen und das Backhaus, die man zwischen den Bäumen hindurch erkennen konnte.

Er hatte kaum zu Ende gesprochen, da tauchte Greta auf und gleich darauf die an einem Ende der Doppelleine festgemachte Belle.

»Bist ein kluger Hund, Belle, aber zu gutmütig«, sagte Guiomar, als er sah, dass das Kind sie an der Leine hielt.

»Sie hat es ihm wohl unseretwegen erlaubt. Damit wir in Ruhe nach Hause spazieren können«, sagte Carlos und machte den Hund los.

»Pfui, Carlos«, rief Danuta aus, »Sie sind wirklich bösartig.« Sie gab Carlos scherzhaft einen leichten Klaps auf den Arm.

Endlich oben angelangt, ging sie auf das zweite kleine Gebäude zu, während Carlos die Hunde in den Zwinger sperrte.

»Oh, das Brot!«, rief sie aus.

Sie atmete demonstrativ tief ein und wandte sich zu Guiomar um. »Hier wird also das wunderbare Brot gebacken, das im Restaurant serviert wird! Im Hotel selbst.« Sie ging auf die Tür zu und atmete nochmals geräuschvoll ein. »Ich habe diesen Brotduft seit Jahren nicht mehr gerochen.«

»Carlos ist unser Hausbäcker«, erklärte Guiomar.

Carlos trat aus dem Schuppen und ging zu den beiden hinüber, die vor dem Backhaus auf ihn warteten, während Pascal versuchte, die Tür gewaltsam mit Fußtritten zu öffnen. Er zögerte einen Moment, wusste nicht, ob Pascal mit einer Watsche zurechtweisen oder Guiomar gehörig die Meinung sagen. Eher Letzteres: Guiomar wusste genau, dass dies sein, Carlos', Territorium war, ein intimer, ein ganz besonderer Ort, und er wusste zudem ebenso genau, wie zuwider es ihm war, Fremden die Backstube zu zeigen. Im Übrigen wussten alle im Hotel Bescheid. Ugarte zeigte sich nie und Laura ebenfalls nicht. Die Einzigen, die das Backhaus von innen kannten, waren Guiomar und María Teresa. *Und was ist mit Beatriz?*, flüsterte plötzlich die Ratte und erinnerte ihn an die bittere Enttäuschung, die er vor Monaten in der Backstube hatte einstecken müssen. Die Enttäuschung ließ sich im letzten Satz der *bellissima Beatriu* zusammenfassen. »Bis jetzt bin ich nicht auf den Gedanken gekommen, meinen Mann zu betrügen, und falls ich beschließen sollte, es zu tun, dann bestimmt nicht mit dir.«

»Sagen Sie es offen, Carlos, missbrauche ich Ihr Vertrauen? Vielleicht ist es zu viel verlangt ...«, schreckte Danuta ihn aus seinen Gedanken auf. Sie stand neben ihm. Sie schien etwas aufgeregt zu sein, und jedes Mal, wenn sie den Kopf bewegte, hüpften die zwei grünen Tränen an ihren Ohrläppchen.

»Interessiert Sie die Backstube wirklich?«, fragte Carlos.

»Wie Rosa Luxemburg sagte: ›Mich interessiert alles, was mir Spaß macht.‹ Aber ehrlich, ich habe noch nie so gutes Brot wie Ihres gegessen. Und glauben Sie mir, ich bin weit herumgekommen. Ich kenne viele Länder, von unserem Polen abgesehen«, antwortete Danuta.

Danutas Verhalten beim Betreten der Backstube gefiel Carlos. Sie brach nicht in entzückte Rufe aus, sondern ging im Raum umher wie in einer Kapelle, schaute sich fast andächtig um, betrachtete alles aufmerksam: die Formen, die Mehlsäcke, die paddelförmige

Brotschaufel. Ihre Ruhe war ansteckend, sogar Pascal war still und begann mit der Ofenkurbel zu spielen. Danuta wusste offenbar – oder ahnte es – um das Besondere dieses Ortes: dass es sich nicht bloß um ein kleines Haus aus Backsteinen und Zement handelte, sondern dass über dem ersten Haus ein zweites Haus war, ein immaterielles, dessen Wände aus dem Duft des Brotes und des Mehls bestanden. Und dass sich dadurch – kleines Haus plus kleines Haus – der Ort in eine Zufluchtsstätte abseits der Welt der Lebenden verwandelte, jedoch unmittelbar mit den glücklichen Orten der Vergangenheit verbunden: mit der elterlichen Bäckerei, mit der Hütte in den Bergen, die er einst in Obaba mit seinem Bruder zusammen besaß, mit einem bestimmten abgelegenen Haus in einem französischen Dorf namens Brissac.

»Ich habe als Kind so viel Hunger gelitten, dass es für mich keinen wunderbareren Duft gibt als den des Brotes«, gestand Danuta. Sie stand neben der Tür. Carlos saß auf dem Fußboden, den Rücken an die Wand des Holzplatzes gelehnt. Auch Guiomar hatte sich hingesetzt, jedoch in der Ecke, wo die Mehlsäcke gestapelt waren. Danuta betrachtete das mit Reißzwecken an der Tür befestigte Blatt. Dann las sie laut. »Droben die kühlenden Höhn, die Schatten alle besuch ich und die Quellen; hinauf irret der Geist und hinab, Ruh erbittend; so flieht das getroffene Wild in die Wälder, wo es um Mittag sonst sicher im Dunkel geruht ... Darf ich weiterlesen?«, fragte sie. Carlos und Guiomar nickten. »... aber nimmer erquickt sein grünes Lager das Herz ihm, jammernd und schlummerlos treibt es der Stachel umher. Nicht die Wärme des Lichts und nicht die Kühle der Nacht hilft, und in Wogen des Stroms taucht es die Wunden umsonst. Und wie ihm vergebens die Erd ihr fröhliches Heilkraut reicht und das gärende Blut keiner der Zephire stillt.«

Danuta verstummte; sie zog einen Stuhl an den großen Arbeitstisch und setzte sich; ihre Bewegungen wirkten noch andächtiger. Carlos musste an Jone denken. Sie hatte dem Gedicht nicht die geringste Beachtung geschenkt. Die zwei Frauen rauchten zwar die gleiche Zigarettenmarke, doch das war die einzige Ähnlichkeit. Was machten wohl Jone und ihr Gefährte in diesem Moment? Genau unter ihnen. Schliefen sie? Schrieben sie einen Bericht? Lasen sie zum wiederholten Mal die Zeitungsberichte? Eine zweite Assoziation erinnerte ihn an Neptuno. Er würde, wie jeden Dienstag, um neunzehn Uhr im Hotel eintreffen und die Zeitungen aus dem Baskenland für die beiden mitbringen. Und er würde auch die Antwort der Organisation mitbringen, zustimmend oder ablehnend. Wenn sie zustimmend war, würde Neptuno das Paar am folgenden Tag mitnehmen.

»Wenn ich es mir genau überlege«, sagte Danuta leise, »ihr seid wirklich ein ungewöhnliches Team. Ehrlich, ich bin erstaunt, ich hatte das nicht erwartet in einem Hotel. Erstaunt und glücklich natürlich, denn der Aufenthalt hier ist für mich wie eine Oase betreten, eine Möglichkeit, die intellektuelle Wüste des Sportes zu vergessen. Ja, ihr seid ein sehr spezielles Team. Zuerst erfahre ich, dass Pascals Mutter eine feurige Leninistin ist. Dann sagt mir Pascal, er sei in Frankreich geboren, weil die Mutter dort im Exil war, und dass sein Vater ein paar Jahre im Gefängnis gewesen ist. Und jetzt lese ich das Gedicht an der Tür und stelle fest, dass das Blatt einen Gefängnisstempel trägt. Ehrlich, habt ihr alle die gleiche Vergangenheit wie Ugarte und Laura?«

»Mehr oder weniger«, antwortete Guiomar etwas missmutig. Er war müde nach dem Spaziergang zur Siestazeit. »Allerdings vermischt Pascal die Dinge. Er ist nicht in Frankreich geboren worden, sondern hier, kurze Zeit nachdem wir gemeinsam das Hotel übernommen haben. Nun ja, er trägt den Namen des Sohnes von Freunden, die uns in Frankreich aufgenommen haben.«

Er schaute zum Kleinen hinüber. Doch Pascal war damit beschäftigt, Holzscheite an der Hundeleine zu befestigen, und befand sich eindeutig in einer anderen Welt.

»Und Belle heißt aus einem ähnlichen Grund Belle, habe ich recht?«, schloss Danuta aus Guiomars Erklärung.

»Belle stammt aus Brissac, aus dem Dorf, wo wir eine Zeit lang gelebt haben. Wir haben sie dann mit nach Spanien genommen. Besser gesagt, Carlos hat sie mitgenommen!«, sagte Guiomar gähnend.

»Jedenfalls ist an unserem Team überhaupt nichts Besonderes«, meinte Carlos, »die meisten Basken unserer Generation haben irgendwann das Gefängnis oder das Polizeikommissariat kennengelernt. Während der Diktatur war das an der Tagesordnung im Baskenland. Es ist nicht der Erwähnung wert. Wer von uns die interessanteste Biografie aufzuweisen hat, ist Guiomar. Er ist in Kuba geboren, und als er sieben war, hat ihn Fidel Castro zum Teufel gejagt. Trotzdem ist er unbeirrbar ein glühender Verteidiger Fidel Castros geblieben.«

»Vaterland oder Tod! *Venceremos!*«, rief Guiomar scherzend mit erhobener Faust.

Danuta lachte.

»Tatsächlich? Ja? Dann wird es Sie bestimmt interessieren, dass auch ich in Kuba gelebt habe. Drei Jahre. Und noch etwas: Ich bin fast acht Jahre mit einem Kubaner verheiratet gewesen.«

»Ist das schon lange her?«, fragte Carlos.

»Sehr lange. Ich bin 1962 in Kuba angekommen, im Jahr der zweiten Erklärung von Havanna. Ich erinnere mich noch genau daran, denn an einem Tag war ich in Warschau bei einer Temperatur von fünfzehn Grad minus, und am nächsten Tag hörte ich bei fünfundzwanzig Grad Wärme Fidel Castros Rede. Es war einer der aufregendsten Momente meines Lebens.«

In der Backstube herrschten die fünfundzwanzig Grad Havannas plus mindestens zehn mehr; die Wärme machte Guiomar noch schläfriger. Er blinzelte hinter den Brillengläsern, und die Augen fielen ihm fast zu.

»Erzählen Sie weiter«, bat Carlos.

Danuta war verstummt, als sie festgestellt hatte, dass Guiomar am Einschlafen war.

Danuta erzählte jetzt fast flüsternd nur noch für Carlos. Sie sagte, sie habe ein sehr bewegtes Leben gehabt, sie kenne die schönsten und die schlimmsten Seiten des Lebens; sie habe Hunger gelitten, ja, aber sie habe auch in Paris im 3. Arrondissement gewohnt; sie sei manchmal sehr einsam gewesen, ja, es habe aber auch Zeiten gegeben, wo sie nicht einmal alle Einladungen habe annehmen können. Und auch an Unglück habe es in ihrem Leben nicht gemangelt, sie habe, unter anderem, einen Sohn verloren; doch die letzten Jahre seien sehr glücklich gewesen, weil sie in der Nähe ihres anderen Sohnes und ihrer Enkel lebe. Ihretwegen habe sie eingewilligt, als Dolmetscherin der polnischen Mannschaft hierherzukommen, nur deshalb, um etwas Geld für ihre Familie zu verdienen.

»Um auf das zurückzukommen, was Sie vorhin gesagt haben, dass ihr überhaupt kein besonderes Team seid ... Ich bin der gleichen Ansicht, ich glaube nicht, dass mein Leben besonders bewegt gewesen ist«, schloss Danuta und blätterte im Buch, das sie in der Hand hielt.

Währenddessen schlief Guiomar an einen Mehlsack gelehnt, und Pascal, immer noch in sein Spiel mit der Leine vertieft, murmelte vor sich hin. »Ich glaube, alle Leben sind auf irgendeine Weise besonders«, fuhr sie fort. »Doch im Allgemeinen bringen wir es auf einen sehr einfachen Nenner. In diesem Buch, das ich eben lese, steht etwas sehr Treffendes diesbezüglich.«

Danuta machte eine Pause und klappte das Buch zu.

»Ein interessanter Standpunkt«, sagte Carlos.

Danuta klappte das Buch wieder auf.

»Es ist von einem Lyriker namens Cyprian Kusto, einem der besten polnischen Dichter«, nahm Danuta das Gespräch wieder auf. »Er sagt, dass sich das Leben nicht auf der Erde abspielt, sondern auf dem Wasser. Dass wir uns irren, wenn wir es uns als eine Reise vorstellen, die an einem Punkt beginnt und an einem anderen Punkt endet, und dass wir uns ebenfalls irren, wenn wir die einzelnen Lebensabschnitte für glückliche, ruhige Momente auf einer Frühlingswiese halten oder, im Gegenteil, wenn uns Zeiten des Schmerzes wie ein Intervall in einem dunklen Wald erscheinen. Kusto sagt, dass das Leben viel gefährlicher ist als das alles, dass das Leben nicht den festen Grund hat, den alle diese Bilder voraussetzen, *als ob das Leben* – ich übersetze wortwörtlich –, *als ob das Leben zwei Füße habe und jeder Fuß seinen Schuh und jeder Schuh festen Boden unter der Sohle, auf dem man in jede Richtung gehen kann.* Soll ich weiterlesen?« Danuta schaute auf. Carlos nickte. »*Doch das Leben hat keinen festen Grund, wie jeder weiß, der rückwärts zu blicken vermag, und wir leben, als ob wir einsam im Meer schwämmen. Wir müssen immer auf der Hut sein, ohne uns auch nur eine Sekunde Rast zu gönnen. Denn eines Tages treibt uns die Strömung in die eine oder in die andere Richtung, und kurze Zeit später erfasst uns eine andere Strömung und treibt uns in wiederum eine andere Richtung. Also können wir nie beschließen: Ich gehe dorthin, wo ich will. Nein, es sind die Mächte des Meeres, die unsere Bewegungen bestimmen, unser Verhalten, unsere Wünsche, und wir können glücklich sein, wenn unser Wille es schafft, an irgendeiner Stelle unsere Bahn zu korrigieren.*«

»Wie spät ist es? Um fünf muss ich in Barcelona sein«, rief Guiomar plötzlich. Danuta zuckte zusammen; das Buch fiel ihr aus den Händen.

»Oh, entschuldigen Sie, Danuta. Ich glaube, ich bin eingeschlafen«, sagte er, bestürzt über ihre Reaktion.

»Es ist nichts. Ich habe mich ganz auf die Übersetzung der Betrachtungen in diesem Buch konzentriert«, antwortete Danuta. »Haben Sie ein paar Minuten ausruhen können? Und du, Pascal? Hast du nicht geschlafen?«, fügte sie hinzu, als sie sah, dass der Kleine die Leine weglegte und aufstand.

Pascal schüttelte den Kopf. Er war etwas benommen.

»Das sind die Folgen des gestrigen Festes, Pascal.« Guiomar fuhr ihm mit der Hand durch das Haar. »Wir zwei sind fast die Letzten gewesen, die das Fest verlassen haben«, erklärte er, während er sich den Schweiß von der Stirn wischte und den Staub von der Hose klopfte.

»Ich bin zwar nicht bis zum Schluss geblieben, werde mich aber trotzdem ein bisschen ausruhen. Wer weiß, wie viele Journalisten heute kommen. Juventus will Boniek unter Vertrag nehmen, und alle sind hinter Schlagzeilen her.« Danuta stand auf und nahm Pascal bei der Hand.

»Pascals Vater hat mir gestern davon erzählt. Es heißt, man wolle hundertfünfzig Millionen Peseten für ihn bezahlen«, meinte Carlos.

»Hundertachtzig!«, rief Pascal, als Danuta ihn hinter sich her aus der Backstube zog.

»Bleiben Sie hier, Carlos?«, fragte sie in der Tür.

»Ich muss den Teig durchkneten«, antwortete Carlos und zeigte auf den Marmortisch.

»Werden Sie mit uns essen heute Abend? Wenn ich ein junges Mädchen wäre, würde ich mich nicht getrauen, Sie zu bitten, doch eine sechzigjährige Frau darf sich gewisse Freiheiten erlauben. Auf der Terrasse herrscht jeweils viel Stimmung, nicht wahr, Guiomar? Die Fußballer und die Journalisten sitzen an separaten Tischen und wir an unserem ovalen Tisch. Kommen Sie nicht? Wir könnten eine Gesprächsrunde wie die von heute Nachmittag an der Banyera organisieren.«

»Ich weiß noch nicht. Vielleicht komme ich.«

»Carlos kennt den ovalen Tisch auf der Terrasse bestens«, erklärte Guiomar. »Früher aßen wir alle dort zu Abend. In letzter Zeit jedoch, und vor allem seit die Fußballspieler hier sind, haben wir diese Tradition aufgegeben. Nicht zuletzt wegen Carlos.«

»Mag sein, doch hin und wieder kann man ja eine Ausnahme machen«, sagte sie lächelnd an Carlos gewandt. Dann verabschiedete sie sich und verließ mit Pascal das Backhaus. Als sie die beiden an der Tür des Schuppens vorbeigehen hörten, begannen Greta und Belle zu bellen, verstummten aber schnell wieder.

Die Sonne stand steil über dem Hügelrücken; die Olivenbäume in der Nähe des Backhauses, die bereits schwer mit kleinen Oliven behangen waren, wirkten steinern: Sie sahen aus wie knorrige Felsen. Ihre Reglosigkeit übertrug sich auf die ganze Umgebung, und selbst die Sonne schien für ewig an das Stück Himmel über den zwei Gebäuden genagelt zu sein.

»Hast du Zeit, mir in Barcelona etwas zu besorgen?«, fragte Carlos Guiomar. Die zwei standen vor dem Backhaus.

»Ich denke schon. Was soll ich dir mitbringen?«

»Die Bücher von Rosa Luxemburg, wenn du sie findest.«

»Seit Danuta hier ist, ist Rosa Luxemburg Mode im Hotel. Laura zitiert sie noch viel mehr als früher. Sogar Ugarte erwähnt sie.«

Guiomar starrte nachdenklich auf die Hauswand.

»Eine seltsame Frau, diese Danuta. Sie ist zweifellos sehr belesen.«

»Laut Laura weiß sie alles über den Marxismus, bis in die kleinste Einzelheit«, fuhr er fort, ohne den Blick von der Wand zu wenden. »Ich für meinen Teil weiß nicht so richtig, was ich von ihr halten soll. Was sie an der Banyera unten über die Fußballspieler gesagt hat zum Beispiel ... Es klang voller Verachtung, findest du nicht auch? Meiner Meinung nach gehört sich das nicht für jemand, der für die Mannschaft arbeitet. Boniek und seine Kameraden verdienen diese Verachtung nicht.«

»Meinst du?«, Carlos zuckte die Achseln. Er sehnte sich danach, allein zu sein, er wollte über gewisse Dinge nachdenken, die ihn seit dem Gespräch vom Nachmittag beschäftigten. Zudem erschien ihm Guiomars Reaktion übertrieben. Schließlich, wie viel Bedeutung würden Boniek und die meisten Spieler der Meinung ihrer Dolmetscherin beimessen? Wahrscheinlich betrachteten sie sie schlicht als eine einfache Angestellte zu ihren Diensten.

»Ich sehe einen Widerspruch in dem, was Danuta gesagt hat«, fuhr Guiomar fort. »Sie behauptet, dass die Fußballer unempfänglich sind, dass sie nicht die geringste Spur des sozialistischen

Gedankengutes aufgenommen haben, obwohl sie im Sozialismus aufgewachsen sind. Genau besehen könnte man das Gleiche von ihr behaupten, oder? Warum hat sie die letzten Wochen unter Fußballern verbracht? Warum hat sie sich gründlich mit der Welt des Fußballs beschäftigt und hat offensichtlich ebenfalls nichts aufgenommen? Und nicht nur das, sie bringt nicht das geringste Verständnis für diesen Sport auf, hat die Schönheit nicht bemerkt, die dieser Welt innewohnen kann. Kurz, auch sie scheint unempfänglich zu sein und eine ziemlich dicke Haut zu haben.«

»Bist ein kluger Kerl, Foxi«, scherzte Carlos.

»Ich verstehe, was du damit meinst, und vielleicht ist tatsächlich der Moment gekommen, Foxi wiederaufstehen zu lassen. Nicht wegen Danuta, sondern deinetwegen. In letzter Zeit bist du unausstehlich. Alle wissen«, Guiomar schloss theatralisch die Augen, »dass du die Einsamkeit liebst, wie María Teresa es auszudrücken pflegt, doch dass du dir gestern das Fußballspiel nicht angesehen hast, ist starker Tabak. Merkwürdig, gelinde gesagt.« Guiomar drohte Carlos mit dem Zeigefinger. Schwierig zu erraten, ob er es ernst meinte oder im Spaß. Carlos klammerte sich an Letzteres.

»Ich habe geglaubt, dieser Punkt sei geklärt. Du weißt ja, *la nostra bellissima Beatriu* und alles andere ...«

»Was mich interessiert, ist alles andere«, sagte Guiomar schelmisch lächelnd. »Im Übrigen kann ich schwerlich glauben, dass du mit Beatriz zusammen gewesen bist. Zu dieser Zeit war Beatriz bei sich zu Hause. Und weißt du, warum ich das weiß? Weil sie heute Morgen ihren Kommentar über das Spiel abgegeben hat. Dass sie sehr beeindruckt war, auf dem Bildschirm Menschen zu sehen, mit denen sie täglich an der Rezeption zu tun hat. Das hat sie gesagt. Und dass sie sich das Spiel bei sich zu Hause angeschaut hat, während ihr Mann das Abendessen zubereitete. Ehrlich, Carlos, du bist weit und breit der Einzige, der das Spiel nicht gesehen hat.«

»Das Mädchen, das mit mir war, hat es auch nicht gesehen. Das sage ich dir ebenso ehrlich«, antwortete Carlos mit dem gleichen schelmischen Lächeln.

»Ich habe tatsächlich nicht geglaubt, dass du mir so wenig vertraust. Nun, was kann man da machen? Eines Tages werden wir die Wahrheit wohl erfahren.«

»Weißt du, was?«, schlug Carlos vor, um das Gespräch zu beenden. »Gestern hast du mir gesagt, dass auch du ein Geheimnis hast. Also, wenn du mir deines verrätst, werde ich dir meines verraten. In Ordnung?«

Guiomar fuhr sich mit der Hand übers Kinn.

»Wenn alles planmäßig verläuft, wird das morgen Nachmittag beim Tischtennisturnier der Fall sein. Bis dann werde ich das erfahren haben, was ich wissen will, und kann dir dann mein Geheimnis verraten.«

»Einverstanden. Wir spielen zusammen eine Partie Tischtennis, und wer verliert, gesteht als Erster.«

»Einverstanden. Und da die Angelegenheit jetzt geklärt ist, fahre ich nach Barcelona.«

»Vergiss bitte Rosa Luxemburgs Bücher nicht.«

Guiomar ging zur Hotelgarage hinüber; Carlos kehrte in die Backstube zurück und machte sich an das Kneten des Teiges. Es dauerte nicht lange, und er vergaß, was seine Hände taten, oder besser gesagt, die Bewegung seiner Hände – immer anders, jedoch immer gleich, wie das Plätschern eines Wasserstrahls oder das Flackern einer Flamme – half ihm, sich zu konzentrieren, und er dachte über das Gespräch des Nachmittags nach.

Es war eine interessante Unterhaltung gewesen. Trotz der Fragen und der Besorgnis Guiomars, die ihm Jon und Jone in Erinnerung riefen, schweiften seine Gedanken nicht bis in die Zone des Zweifels oder der Angst ab. Im Gegenteil, es waren angenehme Gedanken, weiße Wolken, die hin und wieder von Beklemmung durchdrungen waren und ganz langsam durch seinen Kopf zogen, ohne die Ratte zu wecken. Und in einer dieser Wolken erkannte Carlos die Gedanken des polnischen Dichters wieder, und er sagte sich, dass es ein zutreffendes Bild war, das Leben mit den Bewegungen eines Schwimmers mitten im Meer zu vergleichen, dass ihm genau dies widerfahren war: Eine Welle hatte ihn vor zwanzig Jahren ins Gefängnis geführt, ein einschneidendes Erlebnis, und die gleiche Welle hatte ihn dann in die Organisation getrieben. Und diese Welle war es gewesen, die dafür verantwortlich war, dass sich bei der Entführung eines Geschäftsmanns Komplikationen ergaben und dass er, Carlos, der Mann gewesen war, den die Organisation dazu bestimmte, die Geisel zu erschießen. Und es war ebenfalls eine Welle gewesen, die seinen Bruder mitgerissen hatte. Und eine Welle schließlich, die Jon und Jone ins Hotel geschwemmt hatte. Was konnte sein Wille tun, um den vorbestimmten Lauf der Dinge zu korrigieren? Sehr wenig, davon war er überzeugt. Er war an nichts schuld. Jener Teil seines Selbst, der mit Rattenstimme redete, behauptete natürlich das Gegenteil, doch die Vorwürfe beruhten nicht auf Wahrheit, bloß auf Schwäche, seiner Schwäche. Wenn er eine andere Kindheit und eine andere Erziehung gehabt hätte, hätte diese Stimme nicht genug Kraft, sich Gehör zu verschaffen.

Carlos griff geistesabwesend zum Päckchen Marlboro, das neben dem Ofenguckfensterchen lag. Wem gehörte es wohl? Es gab nur zwei Personen im Hotel, die diese Marke rauchten: Danuta und Jone. Ein bloßer Zufall; einer jener Zufälle, denen sein Bruder Kropotky Bedeutung beimessen würde. Er hingegen machte nicht viel Aufhebens von solchen Dingen. Er zog eine Zigarette aus dem Päckchen, zündete sie an und hing wieder seinen Gedanken nach, folgte der Wolke, die eben in seinem Kopf vorbeizog.

Er erinnerte sich an den Satz von Rosa Luxemburg, den Danuta zitiert hatte: Mich interessiert alles, was Spaß macht. Und er sagte sich, dass dies die richtige Einstellung war, und nicht die, die er nach seiner Ankunft in Barcelona angenommen hatte. Er hatte das Hotel in ein zweites Gefängnis verwandelt wie jemand, der es gewohnt ist, eingesperrt zu sein, und sich in großen Räumen nicht mehr wohl fühlt; er hatte es vorgezogen, der Welt den Rücken zuzukehren, anstatt sich in die Welt zu integrieren und ein normales Leben zu führen. *Eine typisch baskische Haltung. Erinnere dich an den Vergleich mit den Matrosen,* hörte er Sabino sagen; er bezog sich auf die Anekdote, die er jeweils den Aktivisten erzählte, die zum ersten Mal an seinen Ausbildungskursen teilnahmen.

»Bevor wir zu ernsteren Dingen übergehen, will ich euch eine Geschichte erzählen, die ihr euch merken solltet«, sagte Sabino mit gespieltem Ernst. »Es soll eine Studie über die Seeleute auf großen Schiffen geben, in der man unter anderem das Verhalten der Matrosen beim Landgang beobachtet hat. Dabei ist etwas sehr Interessantes herausgekommen: das unterschiedliche Verhalten der andalusischen, der galicischen und der baskischen Matrosen. Die Andalusier, die mehr oder weniger einen Monat auf See verbracht haben, gehen offenbar als Erste an Land. Und wenn sie an Land gehen, entfernen sie sich so weit wie möglich vom Hafen und tauchen in der Stadt unter. Die Galizier hingegen gehen ebenfalls an Land, bleiben aber möglichst in der Nähe und treiben sich im Hafen herum. Und die Basken? Nun, die Basken bleiben an Bord. Die einen bringen ihre Kleider in Ordnung, die anderen kochen etwas Besonderes, andere spielen Karten, doch wie auch immer sie sich die Zeit vertreiben, sie verlassen das Schiff nicht. Und was lehrt uns das? Dass der Baske sich auf engem Raum wohlfühlt, dass ihm zum Spazieren zehn Quadratmeter genügen. Mit anderen Worten – das ist es, was ihr euch merken müsst –, dass wir Basken von Natur aus auf die Gefängnishaft vorbereitet sind.«

Carlos lächelte bei der Erinnerung an Sabinos Worte: Die Anekdote enthielt einen Teil Wahrheit und erklärte das ruhige, zurückgezogene Leben, das er in den letzten Jahren geführt hatte. Er brauchte sich nur an das zu erinnern, was sein Bruder ihm in einem Brief geschrieben hatte, um einen weiteren Faktor zu erkennen, der zu seiner Einsamkeit beitrug: dass er keine wirklichen Freunde besaß, dass er die Grenze überschritten hatte, von der – um es mit der Dramatik seines Bruders auszudrücken – das folgende Epos handelte: *Lasst jede Hoffnung fahren, die ihr mich durchschreitet. Bis jetzt habt ihr Väter, Brüder, Freunde und Geliebte gehabt, und viele von ihnen hörten euch zu, sorgten sich um euch, bereuten die mit euch verbrachten Stunden nicht, die geteilten Nöte und Sorgen. Wehe, jetzt sind diese Zeiten vorbei. Ihr habt nun das Land-ohne-Freunde betreten. Von jetzt an behaltet eure Worte für euch, belästigt niemanden mit euren Nöten und Sorgen, und seid dankbar, wenn die Gleichgültigkeit, die euch umgibt, euch nicht bedrückt.*

Ja, er hatte diese Grenze überschritten und hatte das Land-ohne-Freunde betreten. Wo war sein Bruder, mit dem er viele Stunden geteilt hatte? Er war in einer psychiatrischen Klinik und weigerte sich seit zwei Jahren zu sprechen. Ausgerechnet er, der eine ungewöhnliche Redebegabung besessen hatte. Und Sabino? Sabino, sein Lehrer, sein Freund, war tot. Und Guiomar? Guiomar teilte mit ihm die Wohnung und war im herkömmlichen Sinn des Wortes immer noch sein Freund, doch Guiomar stellte keine großen Ansprüche an das Leben, und jedes Mal, wenn er mit ihm ein Problem erörtern wollte, antwortete er, er solle sich doch das Leben nicht unnötig erschweren. Und Doro? Doro liebte seinen Beruf über alles und war ein begnadeter Koch, doch er stammte aus einer anderen Welt, nicht nur wegen seines Alters. Das Gleiche widerfuhr ihm mit María Teresa, weil die Geschichte María Teresas – einer Emigrantin, die hart hatte arbeiten müssen, um es einigermaßen zu etwas zu bringen, Witwe überdies mit einem fast erwachsenen Sohn – wenig mit seiner Geschichte gemeinsam hatte. Und Ugarte? Ugarte war nichts weiter als ein Amnestierter, der tätige Reue getan hatte. Und Beatriz? Bis vor ein paar Monaten hatte er um sie geworben, hatte Vorwände gesucht, um an der Hotelrezeption vorbeizugehen, um – der Ausdruck stammte von Guiomar – ihr »weißes Ensemble« zu sehen, das heißt, was für einen Büstenhalter sie unter ihrer immer makellos weißen Bluse trug, wie deutlich man die sich unter dem dünnen Stoff abzeichnende Unterwäsche sah. Doch seit der Antwort, die sie ihm gegeben hatte – »Falls ich beschließen sollte, meinen Mann zu betrügen, dann bestimmt nicht mir dir« –, war sie ihm unendlich fern, so fern, dass er sie nicht einmal mehr in seine sexuellen Fantasmagorien mit einbezog.

Carlos drückte den Zigarettenstummel aus. Er wandte sich wieder dem Teig zu, beugte sich über den Marmortisch und sagte sich, dass sich etwas ändern musste. Ja, er würde dem Beispiel Rosa Luxemburgs folgen, er würde sich mit Dingen befassen, die ihm Spaß machten, und zwar auf systematische Art und Weise und überdies mit konsequenter Gründlichkeit. In der Praxis konnte sein Plan nur eines bedeuten: Er musste ein neues Leben beginnen.

Vor ihm auf dem Tisch war ein Mehlring mit etwas Wasser in der Mitte; das Mischen der beiden Substanzen beanspruchte einen Moment lang seine ganze Aufmerksamkeit. Doch dann begann er sich vorzustellen, wie dieses neue Leben konkret aussehen könnte. Zuerst einmal – das war unumgänglich – würde er öfter in die Stadt fahren. Oder noch besser, er würde eine Wohnung im Stadtzentrum von Barcelona mieten, für sich allein oder mit Guiomar zusammen, ja. Und in Barcelona würde er – warum nicht? – seinen wirklichen Namen wieder annehmen und mit der Zeit das Pseudonym Carlos ablegen, das Sabino ihm gegeben hatte und das seit dem Tod seiner Eltern der einzige Name war, unter dem ihn alle kannten. Die zweite Aufgabe bestand darin, wieder ins Kino zu gehen. Und dann würde er vielleicht anfangen, Katalanisch zu lernen, denn wenn er erst einmal die Sprache beherrschte, würde es einfacher sein, andere Kreise und andere Menschen kennenzulernen. Übrigens, er musste dieses neue Leben möglichst rasch in Angriff nehmen – sobald das Problem mit Jon und Jone gelöst war.

Was für eine Begeisterung!, hörte er die Ratte ausrufen. *Wie hübsch, deine Milchmädchenrechnung. Du hast doch nicht etwa Fieber?*

Carlos zog die Hände aus dem Teig und warf den Kopf in den Nacken. Nein, er hatte kein Fieber, fühlte sich aber ähnlich: Die Gedanken, die Erinnerungen, die Wünsche, alles vermischte sich in seinem Kopf, und das Kneten erschöpfte ihn. Sogar sein Herz pochte heftig, als ob er gerannt wäre. Er ging in der Backstube auf und ab und atmete tief ein und aus. *Ruhig, Carlos, ruhig,* sagte Sabino. *Du gehst in letzter Zeit zu wenig unter die Leute, das ist alles; das Gespräch von heute Nachmittag hat dich durcheinandergebracht. Zudem stehst du unter einem enormen Druck, seit Jone und ihr Gefährte hier sind.*

Das Aufundabgehen beruhigte ihn schließlich, doch seine Erinnerungen kreisten weiter um Sabino. Wie schon so oft tauchte zuerst ein Bild aus dem Ausbildungslager in seiner Erinnerung auf, eine humorvolle Erklärung seines Freundes während eines Kurses.

»Es gibt Situationen, wo die Füße schneller und klarer denken als der Kopf. Wenn sie sich unerwartet mit einer Gefahr konfrontiert sehen, fliehen die Füße, derweil der Kopf noch zögert. Und zudem sind sie realistischer, denn sie bleiben meistens fest auf dem Boden.«

In einem zweiten Bild – sein Gedächtnis arbeitete weiter – trug Sabino einen anderen Namen, Hemingway, sein Deckname, nachdem er seine Ausbildungstätigkeit aufgegeben und sich wieder in ein Kommando integriert hatte; er sah ihn auf dem Foto in einer Zeitung, wie er bäuchlings mitten auf einer Straße lag. *Hemingway aus dem Hinterhalt erschossen.* Über zehn Jahre war das her, doch Carlos erlebte jenen Moment in allen Einzelheiten wieder. Er sah sich selbst in einem Wintersportort, wohin er sich zurückgezogen hatte, um eine Entführung vorzubereiten, sah sich vor der Zeitung sitzen und um ihn herum Paare in glänzenden Skianzügen, während sich aus den Lautsprechern ein Schlager ergoss, der ihm wie ein Hohn vorkam: *Tombe la neige, et ce soir tu ne viendras ...*

Carlos schüttelte den Kopf, etwas erstaunt über die Erregung, die bei dieser Erinnerung von ihm Besitz ergriffen hatte, und er sagte sich, dass er sich zusammenreißen und – warum nicht? – den humorvollen Ratschlag befolgen musste, der ihm eben durch den Kopf gegangen war. Er würde sich von seinen Füßen leiten lassen. Er würde das tun, was sie für richtig hielten. Und zweifellos – er warf einen Blick auf die Uhr – würden seine Füße es für richtig halten, nach Neptuno zu suchen, um zu erfahren, was die Organisation hinsichtlich Jon und Jone beschlossen hatte. Es war bereits sechs; in kaum einer Stunde würde sein kleiner, mit Fischen beladener Kastenwagen in die Allee einbiegen, die zum Hotel führte. Es war wohl am klügsten, ihm einen Kilometer entgegenzugehen, an der Ausfahrt auf Neptuno zu warten und nicht im Hotel, wo Ugarte sie beobachten könnte.

Seine Füße stießen zuerst auf die Doppelleine, die Pascal auf dem Fußboden hatte liegen lassen, trugen ihn dann zum Schuppen, wo er Belle und Greta herausließ, liefen dann eilig in Richtung Landstraße, ließen aber die Allee links liegen und schlugen den Weg zwischen den Oliven- und Mandelhainen ein; bogen schließlich nach ungefähr einem halben Kilometer ab und hielten auf eine Steinmauer neben der Straßenkreuzung zu. Genau in dem Moment, eine Sekunde bevor sein Kopf irgendetwas wahrnehmen konnte, bremsten seine Füße – weiße Sandalen, die unter Jeans hervorschauten – abrupt, und Belle und Greta begannen zu bellen. Hinter der Steinmauer – sie war nicht sehr hoch, höchstens einen Meter – stand ein Polizist. Er hielt eine Maschinenpistole vor der Brust, die wie ein Kinderspielzeug wirkte.

»Still, Belle! Still, Greta!« Doch die Hunde waren keine Uniformen gewöhnt und gehorchten nur widerstrebend. Sie hörten auf zu bellen, setzten sich aber drohend knurrend neben ihn. »Ich gehöre zum Hotel, ich bin einer der Besitzer«, sagte Carlos mit beherrschter Stimme zu dem Polizisten.

Der Polizist, ein dicker Kerl mit wulstigen, hervorstehenden Lippen, nickte, aber nicht etwa, weil er sich mit Carlos' Erklärung zufriedengab, sondern um Zeit zu gewinnen und die Situation abzuwägen. Er richtete den Blick wieder auf die Sandalen und die Jeans. Nein, diese Aufmachung passte ganz und gar nicht zu einem Hotelbesitzer. Im Übrigen, warum kam er vom Hügel her und nicht durch die Allee?

»Ich muss ins Dorf Mehl einkaufen gehen und habe die Gelegenheit genutzt, die Hunde auf einen Spaziergang mitzunehmen. Ich backe das Brot für das Hotel«, erklärte Carlos dem Polizisten und ging einen Schritt auf die Mauer zu. Kopf und Füße funktionierten wieder im Einklang.

Der Polizist richtete mit einer mechanischen Geste die Mündung der Maschinenpistole auf Carlos. Dann nahm er die um seinen Hals gehängte Trillerpfeife und pfiff.

»Still, Belle! Dieses Schwein ist ein Idiot«, flüsterte Carlos dem winselnden Hund zu. Dann setzte er sich auf die Erde und wartete.

»Erkennen Sie mich nicht? Ich bin Lauras und Ugartes Teilhaber. Wir sind uns gestern im Hotel begegnet, bei der Sportsendung nach dem Fußballspiel«, sagte Carlos, während er aufstand und dem Patrouillenführer entgegenging. Es handelte sich um den Polizeileutnant, der sich mit Laura unterhalten hatte.

»Ach so, stimmt! Haben Sie sich schließlich mit Ihrem Partner geeinigt? Sie hatten offenbar eine Meinungsverschiedenheit«, sagte der Leutnant und reichte ihm die Hand über die Mauer hinweg. Was den Polizisten mit den wulstigen Lippen und die zwei anderen, die den Leutnant begleiteten, nicht davon abhielt, die Maschinenpistole im Anschlag zu haben. Carlos traute den Kerlen nicht. Sie erinnerten ihn eher an eine Spezialeinheit als an gewöhnliche Polizeibeamte, die für die Sicherheit einer Fußballmannschaft verantwortlich sind.

»Wir haben seit fünfzehn Jahren Meinungsverschiedenheiten«, antwortete Carlos und machte Anstalten weiterzugehen. Er wollte sich nicht auf ein Gespräch einlassen.

Nach diesem Zwischenfall war es klüger, nicht direkt an der Kreuzung auf Neptunos Lieferwagen zu warten; also nahm er Belle und Greta an die Doppelleine und schritt die Straße entlang bis zu einer Raststätte für Fernfahrer. Es war ein günstiger Ort: Ein Zubringer, der von der Autobahn oder von der Straße nach Barcelona hinaufführte, mündete dort in einen breiten Pannenstreifen.

»Still«, befahl er den Hunden. Das Dröhnen der Motoren erschreckte sie. Zu dieser Tageszeit herrschte reger Feierabendverkehr; die Pendler kehrten nach der Arbeit aus der Stadt zurück. Carlos zündete sich die dritte Zigarette des Tages an und wartete auf den Lieferwagen, einen weißen Volkswagen. Er musste jeden Moment kommen.

Neptuno bog ganz selbstverständlich wie ein Taxifahrer in den Parkplatz ein. Bevor er den Wagen neben Carlos zum Stehen brachte, bewegte er den Zeigefinger der rechten Hand im Scheibenwischersinn, was nein bedeutete, dass die Organisation ihm nicht erlaubt hatte, Jon und Jone aus dem Hotel zu schaffen.

»Was, nein?«, rief Carlos wütend aus. Das war eine schlechte Nachricht. »Fahr weiter bis zur Tankstelle«, befahl er Neptuno, dann machte er die Tür auf und hievte Belle und Greta auf den Sitz.

Neptuno blickte ihn durch die für sein Gesicht zu kleine Brille besorgt an. Sein Gesicht war etwas aufgedunsen, wie es bei vielen Leuten der Fall ist, die innerhalb kurzer Zeit zunehmen.

»Was ist los? Polizei im Hotel?«, fragte er.

»Die Üblichen, die für die Sicherheit der Fußballer verantwortlichen«, antwortete Carlos. Er streichelte beruhigend Belles und Gretas Kopf, weil der Fischgeruch im Wagen die Nervosität der Hunde noch steigerte.

Hinter der Tankstelle befand sich ein asphaltiertes Areal. Neptuno parkte dort zwischen zwei Sattelschleppern. Er handhabte das Lenkrad sicher, denn seine Arme waren, trotz seines schwammigen Aussehens, sehr muskulös.

»Wir brauchen uns überhaupt nicht verstecken, Mikel. Hättest nicht in dieser Lücke zu parken brauchen«, lachte Carlos und ließ die Hunde aus dem Wagen. Mikel war einer seiner früheren Decknamen. Der Name Neptuno war eine Erfindung Ugartes und erst ein paar Jahre alt.

»Ich habe ihn absichtlich im Schatten der Laster geparkt«, protestierte Mikel. »Ich bin die ganze Zeit in der Hitze gefahren, und der Fisch wird bald ohne Eis sein. Zuerst ohne Wasser, dann ohne Eis.«

Mikel lachte über seinen Witz. Die offensichtliche Ruhe Carlos' beruhigte ihn und versetzte ihn in gute Laune.

»Uns wird es bald ebenso ergehen«, meinte Carlos im gleichen scherzenden Ton. Auch sein Lachen klang unbeschwert.

»Also? Was ist los? Stehen die Dinge so schlecht? Ich verdufte wohl lieber von hier, was?«, rief Mikel mit gespieltem Ernst und tat so, als wolle er gleich wieder in den Lieferwagen steigen, dabei fielen ihm die Autoschlüssel aus der Hand und landeten auf dem Asphalt. Eine Sekunde später hielt sie Greta im Maul.

»He, Hund«, rief Mikel und packte den Hund am Nacken. Greta gab die Schlüssel her. Sie war etwas eingeschüchtert von seinen Pranken und verzog sich mit eingezogenem Schwanz.

Carlos ging auf der Suche nach Schatten zum Pinienwald hinter der Tankstelle. Die Temperatur betrug mindestens dreißig Grad. Die Hitze war wegen des unvermeidlichen Gestanks auf dem Tankstellenareal noch drückender.

»Du fährst morgen also leer zurück und lässt unsere Freunde hier«, sagte Carlos in einem anderen Tonfall, während er sich unter eine Pinie setzte. In der Ferne war der Himmel immer noch blau und klar, doch an der Stelle, wo ungefähr das Baskenland lag, schwebten sechs oder sieben Wolken. Eine der Wolken hatte die Form eines traditionellen Brotes mit den drei obligaten Einschnitten auf der gewölbten Seite.

Mikel breitete die Arme aus.

»Ich würde sie ja mitnehmen, aber ich darf nicht. Du musst das begreifen, Carlos. Ich weiß, was es für dich bedeutet, die beiden hierzubehalten, doch der Kerl von der Organisation hat gesagt, es sei unmöglich, es müsse zuerst etwas Gras über die Geschichte wachsen. Er hat recht, seit die Bombe den Jungen zerfetzt hat, stehen die Dinge schlechter denn je. Über vierzig Personen sollen gestern verhaftet worden sein. Zudem ist Jons und Jones Foto überall angeschlagen, es wurde sogar im Fernsehen gezeigt. Ehrlich, Carlos, sie sind bekannter als Boniek, und du weißt, es gibt viele, die für drei Millionen sogar ihre Mutter verkaufen würden.«

Carlos hörte Mikels hastigem Bericht gar nicht richtig zu. Er konzentrierte sich auf die an der Zapfstelle tankenden Autos: zwei Renaults und ein Citroën. Dann wandte er zerstreut den Blick der brotlaibförmigen Wolke zu. Einer ihrer drei Einschnitte verflüchtigte sich nach und nach.

»Lass mich jetzt reden«, sagte er schließlich, als er gewahr wurde, dass Mikel verstummt war. Er schilderte ihm kurz, was in den vergangenen Tagen passiert war, äußerte vor allem seine Bedenken gegenüber Ugarte. Ja, das größte Problem war Ugarte.

»Er wittert etwas und ist auf der Lauer. Du weißt ja, Ugarte liest drei oder vier Zeitungen am Tag und kennt Jons und Jones Fall bis ins kleinste Detail. Die Presse hat offenbar berichtet, dass die beiden sich womöglich in Barcelona aufhalten. Und er hat zwei und zwei zusammengezählt. Vielleicht deswegen oder vielleicht, weil er glaubt, festgestellt zu haben, dass wir uns anders verhalten als sonst. Ugarte ist nicht von gestern. Er ist ein Veteran, der genau weiß, wie solche Dinge ablaufen. Und natürlich gefällt ihm der Gedanke ganz und gar nicht. Er hat es mir gestern deutlich zu verstehen gegeben. Wenn er sicher wäre, dass sich das Paar im Hotel versteckt, ich weiß nicht, was er tun würde. Ich weiß es wirklich nicht.«

Der Ton, mit dem Carlos das »Ich weiß nicht« betonte, setzte gewisse Antworten voraus. Und unter den möglichen Antworten war auch das Gespenst des Verrats. Ja, Ugarte war durchaus in der

Lage, Jon und Jone zu verraten, aus verschiedenen Gründen, nicht nur, um seine Familie und das Hotel zu schützen oder wegen der drei Millionen Kopfgeld, sondern aus schlichtem Groll. Schließlich hatten sie beide die Entscheidung getroffen, die zwei Aktivisten zu verstecken, ohne sich mit den anderen zu besprechen, ein Vorgehen, das unkorrekt und unannehmbar war in Anbetracht der Beziehung, die sie in der Vergangenheit verbunden hatte und die zum Teil noch fortbestand.

Es war eine perverse Unterstellung, ja, eine Verleumdung bei jemand wie Ugarte, doch wenn er die Dinge nicht auf diese Weise darstellte – sagte sich Carlos –, wäre er gezwungen, Mikel von den zwei gefährlichen Zwischenfällen zu erzählen: von der Auseinandersetzung, die er in der Küche mit Nuria wegen der Tabletts mit dem Abendessen gehabt hatte, und von Jons und Jones nächtlicher Begegnung mit Pascal. Vom Standpunkt der Sicherheit aus war Letzteres nicht ratsam. Was er Mikel einschärfen musste, war der Gedanke an eine gewisse Gefahr; dass die Lage prekär war und dass möglichst schnell eine Lösung gefunden werden musste. Die anderen Details blieben lieber außerhalb seines Dickschädels.

»Ich habe genug von Ugarte, wirklich genug!«, schimpfte Mikel heftig gestikulierend, was die Hunde erschreckte, vor allem Greta. »Weißt du, was mit Ugarte los ist? Die Geschichte mit Laura hat ihm ganz schön zugesetzt. Das ist mit ihm los. Daher sucht er mit allen Streit. Doch er soll sich in Acht nehmen. Er soll sich sehr in Acht nehmen, sonst haue ich ihm den Kopf ab wie einem Thunfisch.«

»Red keinen Unsinn, Mikel«, beruhigte sich Carlos und setzte sich bequemer hin. »Ugarte möchte, was jedermann möchte: mit seinen Zeitungen und seinem Whisky in Ruhe und Frieden leben. Wer hat schon Lust, zwei Untergrundkämpfer in seinem Haus zu verstecken? Niemand, in Anbetracht der Situation. Ugarte ist klüger als wir.«

»Wenn er klüger wäre, wäre er für die Zelle verantwortlich gewesen, und nicht du. Ich glaube nicht, dass er klug ist. Bloß, dass er ein geschliffenes Mundwerk hat«, sagte Mikel finster. Dann lehnte er sich mit verschränkten Armen an einen Pinienstamm.

»Meiner Ansicht nach drängen sich zwei Dinge auf«, kam Carlos wieder auf das eigentliche Thema zurück. »Ich erledige das eine, du das andere.«

»Sag zuerst, was ich zu tun habe«, bat Mikel und ließ sich den Stamm entlanggleiten, bis er halb ausgestreckt auf dem Boden lag. Er begann die Müdigkeit nach der langen Fahrt zu spüren.

»Du musst mit denen von der Organisation reden. Du musst ihnen sagen, dass man in Barcelona über so viel Verspätung nervös ist und ...«

Carlos musste seine Ausführungen unterbrechen, denn der von der Straße herüberdringende Lärm übertönte seine Stimme. Die Autos fuhren in an- und abschwellenden Wellen vorbei, und das Dröhnen nahm in regelmäßigen Abständen zu, um dann in der Ferne zu verebben. In diesen Intervallen war die Luft von unwirklicher Stille durchdrungen, man hörte nur Gretas und Belles Hecheln ganz deutlich, und sowohl die Straße als auch die Tankstelle wirkten wie ein ausgestorbener Ort.

»Wenn sie möchten, dass wir sie in deinem Lieferwagen wegschaffen, dann in deinem Lieferwagen; wenn sie etwas anderes vorziehen, dann etwas anderes. Doch innerhalb von sieben Tagen muss das Paar weit weg vom Hotel sein. Sag ihnen, dass wir ihnen so viel Zeit lassen, eine Woche. Und wenn sie bis dann nichts unternommen haben, tragen sie sämtliche Verantwortung. Ich meinerseits habe bereits beschlossen, was ich tun werde. Ich hole sie aus dem Versteck und bringe sie auf einen Campingplatz in den Pyrenäen, auf einen in der Nähe der französischen Grenze, und setze sie dort ab. Von da ab ist es ihre Angelegenheit.«

»Das soll ich dem Kerl von der Organisation sagen? Dass du sie auf einem Campingplatz absetzt?«

»Sie können unmöglich länger als drei Wochen im Hotel bleiben, und zwei sind bereits vorbei. Es ist in jeder Hinsicht gefährlich.

Und seit Ugarte uns verdächtigt, mehr denn je. Wenn wir schon bei Ugarte sind ...«

Der Verkehr zwang ihn erneut, seinen Satz zu unterbrechen. Diesmal waren die Fernzüge an der Reihe, die einzigen Fahrzeuge, die in diesem Moment in beide Richtungen vorbeidonnerten. Mikel und Carlos starrten auf die Erde, während Belle und Greta unverwandt Carlos anschauten. Sie wollten den Pinienwald verlassen und deuteten jedes Schweigen ihres Meisters als Zeichen zum Aufbruch.

»Ugarte muss neutralisiert werden«, nahm Carlos zur großen Enttäuschung der Hunde das Gespräch wieder auf. »Das Beste wird sein, ihm eine kleine Lüge vorzusetzen. Ich werde ihm sagen, dass er recht gehabt hat, dass Jon und Jone tatsächlich im Hotel versteckt waren, dass sie jedoch unbemerkt flüchten konnten, dass sie nicht mehr da sind. Ich nehme an, dass er wütend sein wird, andererseits aber beruhigt.«

»Keine schlechte Idee. Doch was, wenn Ugarte dir nicht glaubt?«, warf Mikel ein und starrte weiter vor sich hin.

»Nun, das werden wir ja sehen. Ich muss ihn auf jeden Fall irgendwie beschwichtigen.«

Mikel hatte dem offenbar nichts mehr beizufügen, und Carlos nutzte den erneut anschwellenden Verkehr, um seinen Plan zu überdenken. Die der Organisation eingeräumte Frist war großzügig bemessen, doch es blieb nichts anderes übrig. Wenn die Organisation tatsächlich so schwach war, wie es den Anschein machte, war Eile fehl am Platz. Was Ugarte betraf, so hing alles davon ab, wie und wann er ihm die Lüge auftischte. Wenn er ihn dazu brachte, dass er ihm glaubte, würde das, was Nuria oder Pascal ihm erzählen könnten, keine Bedeutung mehr haben. Für Ugarte wären das alte Geschichten, bloß Erinnerungen an ein aus der Welt geschafftes Problem.

Du hast dich immer für besser als Ugarte gehalten, hörte er kurz darauf. Es war die Ratte. *Ugarte hat dich aber nie verraten. Er hat euer langjähriges gegenseitiges Vertrauen nie missbraucht, wie du es eben getan hast. Ehrlich, ich glaube, du solltest darüber nachdenken.*

»Was ist? Gehen wir?«, fragte Mikel und fuhr sich mit der Hand durch das Haar. »Ich bin erledigt. Ich habe um fünf Uhr morgens aufstehen müssen, und dazu kommt noch die Fahrt auf der Autobahn bei dreißig Grad Hitze.«

»Du arbeitest also nach dem gleichen Stundenplan wie die Bäcker«, meinte Carlos lächelnd und stand auf. »Vergiss nicht, was ich dir gesagt habe. Und bitte, Mikel, lauf nicht wie ein Trauerkloß im Hotel herum. Wenn Ugarte dich bedrückt sieht, wird er keine Sekunde an die Lüge glauben. Du musst fröhlich sein, als hättest du eine gute Nachricht bekommen. Einverstanden?«

»Einverstanden«, sagte Mikel. »Ich luchse Guiomar eine Flasche kubanischen Rum ab, und meine Probleme lösen sich in nichts auf.«

Sie gingen mit Belle und Greta, die von einem zum anderen tänzelten, zum Lieferwagen zurück. Die Enden der brotlaibförmigen Wolke am Himmel zwirnten sich, und nur einer der Einschnitte war noch klar zu erkennen. Die beiden anderen blähten sich auf, als ob dem Teig zu viel Hefe zugesetzt worden wäre.

»Los, zum Hotel«, rief Mikel und ließ den Motor anspringen. Er gab sich bereits fröhlich, wie Carlos ihm empfohlen hatte.

»Pass auf«, warnte ihn Carlos, als sie sich in die Fahrbahn einspurten. Doch es herrschte in dem Moment kein Verkehr, und sie fuhren in Richtung des Hotels.

Kaum waren sie an der Kreuzung in die Auffahrt eingebogen, stießen sie auf die Polizeikontrolle. Der Beamte, der sie anhielt, war der gleiche, der sich vor einer Dreiviertelstunde mit Carlos angelegt hatte.

»Beweg deinen Hintern etwas, Morros[2]«, flüsterte Mikel und brachte den Wagen zwei Meter weiter vorn zum Stehen. Es war einer seiner üblichen Späße, den er bei fast jeder Polizeikontrolle wiederholte. »Entschuldigen Sie, mein Schuh ist hängen geblieben, ich habe nicht schnell genug bremsen können«, sagte er mit übertriebener Unterwürfigkeit zum Polizisten, als dieser neben dem Wagenfenster auftauchte.

»Bitte machen Sie die hintere Tür auf«, sagte der Polizeibeamte. Er bewegte beim Reden seine Froschlippen kaum.

»Ich habe bloß Fisch geladen«, erklärte Mikel im gleichen gespielt unterwürfigen Tonfall. »Sehen Sie doch nach: Thunfisch, Seehecht, Seeteufel, Seezunge, Langusten, nochmals Seehecht, nochmals Langusten, Muscheln, von allem etwas. Den polnischen Spielern wird der viele Phosphor guttun. Finden Sie nicht auch? Ich denke schon, ehrlich.«

»Und das Mehl?«, fragte der Polizist.

»Was für Mehl?« Mikel kam etwas aus dem Konzept.

Carlos streckte den Kopf durch das Seitenfenster: »Das Mehl wird direkt vom Großverteiler angeliefert. Ich habe bloß die Bestellung aufgeben müssen.«

»Vorhin haben Sie gesagt, dass Sie Mehl einkaufen gehen«, beharrte der Polizist und ging um den Wagen herum.

»Ich habe mich vielleicht nicht genau ausgedrückt. Mit einer Waffe vor der Nase Fragen zu beantworten ist etwas schwierig, finden Sie nicht auch?« Carlos blickte ihm fest in die Augen. Die Maschinenpistole unter der Achsel des Polizisten war genau auf ihn gerichtet. »Ruhig, Belle.« Er streichelte dem Tier beruhigend den Kopf. Der Setter war aufgeregt.

»Sieh einer an, die Waffen machen Sie also nervös. Wer hätte das gedacht«, lachte der Polizeibeamte und änderte die Richtung seiner Maschinenpistole um fünfzehn Grad. Die Zähne hinter den wulstigen Lippen waren ungewöhnlich groß. Carlos dachte, dass er wahrscheinlich deswegen den Mund so wenig wie möglich aufmachte. »Das hätte ich nicht geglaubt, ehrlich. Man hat uns hübsche Geschichten über die Leute in diesem Hotel erzählt. Geschichten von Indianern und Cowboys«, konterte der Polizist.

»Wir sind vor fünf Jahren amnestiert worden. Ich nehme an, das hat man Ihnen auch erzählt, oder? Also, können wir jetzt weiterfahren? Wir müssen den Fisch ausladen.«

»Dringend. Und zudem bin ich heute Morgen um fünf aufgestanden. Ich kann nicht den ganzen Tag hier stehen bleiben«, unterstützte ihn Mikel von der anderen Seite des Lieferwagens her.

Der Beamte trat wortlos einen Schritt zurück und bedeutete ihnen mit der Maschinenpistole, sie sollten weiterfahren.

»Auf Wiedersehen, du Schwein«, schimpfte Mikel, als sie den Wachposten hinter sich zurückgelassen hatten.

»Ein echtes. Ein richtiges Schwein.« Carlos war etwas aus der Fassung geraten. Der Knoten, der sich seit seiner ersten Begegnung mit jenem Großmaul in ihm gebildet hatte, löste sich abrupt.

Er hasste Polizisten. Von den Überzeugungen, die er in der Vergangenheit gehabt hatte, waren in seinem Innersten nur ein paar, nur ein paar wenige, nicht zerstört worden, und eine davon war ebendiese. Er hasste Polizisten, und seine Meinung über sie war die gleiche wie vor zehn oder zwölf Jahren. Unter dem Vorwand, dass die Demokratie noch sehr jung sei, nutzte die Presse jede Gelegenheit, die Polizei zu loben, und erst recht in jenem Sommer anlässlich der Fußballweltmeisterschaft. Die Zeitungen behaupteten, die Polizei verteidige die Demokratie und habe mit dem repressiven Apparat während der Diktatur nichts zu tun; die Polizisten seien gewöhnliche Staatsbürger, Staatsbürger im Dienste anderer Staatsbürger. Das war eine Lüge! Die Polizei ließ sich nicht so definieren. Mikel definierte sie treffender, wenn er die Polizisten Schweine nannte. Alle wussten das, in Spanien und überall sonst. Doch Mikels Reaktion hatte nichts mit diesen Tatsachen zu tun. Um so zu reagieren, musste man mutig sein oder leichtfertig – oder dumm. Oder, was aufs Gleiche hinauskam, man musste ein Antidot gegen die Angst im Kopf haben. Doch dieses Antidot fehlte in den meisten Köpfen, darum fürchteten sich die Menschen vor der Polizei: Es war eine tiefe, stumme, dumpfe Angst, und die Lobhudeleien in den

Zeitungen waren nichts anderes als der schleimige Ausdruck dieser Angst. Der Versuch, diese Angst zu verstecken – wie beim Tintenfisch, der sich in einer blauen Farbwolke versteckt, doch die Wolke weist paradoxerweise auf die Wahrheit hin: dass sich der Tintenfisch im gefärbten Wasser versteckt, dass die Angst sich in den Herzen der Menschen versteckt.

Er erinnerte sich an die Zeilen eines Briefes, den sein Bruder Kropotky ihm ins Gefängnis geschickt hatte: *Eure große Revolution, sie wird nie triumphieren, und in diesem Teil Europas erst recht nicht. Bei uns fehlt ein fundamentales Element, das bei allen klassischen Revolutionen eine ausschlaggebende Rolle gespielt hat: die Verzweiflung. In früheren Zeiten waren die Menschen verzweifelt, weil sie Hunger hatten; oder weil sie gezwungen waren, in den Bergwerken zu arbeiten, bis sie verreckten; oder weil ein Tyrann sie knechtete, bis sie den Verstand verloren – wie Somoza vor noch nicht langer Zeit. Erinnere dich an die Fernsehbilder nach dem Erdbeben von Managua: auf der einen Seite das bitterarme Volk, die Menschen, die verschüttet in ihren Hütten starben; auf der anderen Seite Somoza unter einem Sonnenschirm sitzend, der Trauben aß, Beere um Beere. Wenn die Menschen verzweifelt sind, ist ihnen die Polizei egal, ist ihnen die Armee egal, denn sie sorgen sich nicht um ihr Leben: Nur so kann eine Revolution zu Ende geführt werden. Wenn die Menschen aber im Wohlstand leben, wenn auch nur in einem bescheidenen, und nur durch Ideen mobilisiert werden, hat die große Revolution, von der ihr redet, keinerlei Chance. Ich weiß, dass du und deine Freunde mich auslacht, doch letztlich bin ich realistischer als ihr. Auch ich strebe eine Revolution an, aber innerhalb einer kleinen Gruppe. Du wirst sehen, ich werde meine zu Ende führen, und ihr werdet eure nicht zu Ende führen.*

»Was ist? Bist du eingeschlafen?« Mikel stieß ihn mit dem Ellbogen an. Sie fuhren am Schwimmbad des Hotels vorbei; Belle und Greta saßen auf den Hinterbeinen und schauten durch die Windschutzscheibe. Sie wussten, dass sie wieder zu Hause waren.

»Nein, ich dachte an diesen Polizisten. Meinst du nicht auch, dass er zu einer Spezialeinheit gehört? Er ist nicht der übliche spanische Sancho Pansa«, meinte Carlos.

»Und ist bestens informiert. Morros hat uns beweisen wollen, dass er über unsere Vergangenheit Bescheid weiß.«

»Was mich nicht überrascht. Sie haben vor der Ankunft der Polen überall herumgeschnüffelt. Im Grunde ist das normal. Was mir nicht normal vorkommt, ist ihr Auftreten. Sie erinnern mich eher an eine Elitetruppe. Hast du Morros' Hände gesehen? Sie sehen aus wie die eines Karateka.«

»Sie haben offenbar die Tüchtigsten abbestellt«, meinte Mikel, während er den Kastenwagen gleich vor dem Lieferanteneingang auf der Rückseite des Hotels parkte. »Es steht viel auf dem Spiel bei dieser Fußballweltmeisterschaft. Stell dir vor, wenn einem Spieler etwas zustößt. Die ganze Welt würde mit dem Finger auf uns zeigen. In Barcelona halten sich Journalisten aus aller Welt auf.«

»Vielleicht habe ich zu sehr zurückgezogen gelebt und habe den Wandel nicht bemerkt, den die Polizei durchgemacht hat. Doch wie auch immer, wir müssen äußerst vorsichtig sein, wenn wir die zwei herausholen.«

»Keine Sorge, Carlos. Ich richte ein gutes Versteck im Lieferwagen her. Ich glaube nicht, dass Morros mich zwingt, alle Kisten auszuladen. Und wenn er es mir befiehlt, schmiere ich ihn mit zwei Langusten, und die Angelegenheit ist geritzt«, scherzte Mikel.

»Ich weiß nicht. Ich mache mir keine Sorgen, aber wir müssen uns alles gut überlegen. Nun, wir werden ja sehen.«

Mikel stellte den Motor ab. Er holte einen Plastikbeutel unter dem Sitz hervor und reichte ihn Carlos. »Baskische Zeitungen für unsere Freunde. Wie halten sie es im Versteck aus? Als ich sie dort untergebracht habe, waren sie sehr glücklich. Sie haben gesagt, dass sie den Brotgeruch mögen.«

»Inzwischen sind sie nicht gerade glücklich. Doch sie halten durch.« Carlos zog eine Zeitung aus dem Beutel. »Wie hat das mit dem Kind eigentlich passieren können?«, fragte er, während er die Schlagzeilen überflog.

»Die Bombe soll in einem auf der Straße deponierten Rucksack versteckt gewesen sein, und als der Junge ihm einen Kick gab, ist sie explodiert. In den Zeitungen stand, dass beim Notruf 091 zehn Anrufe eingegangen seien, damit man den Rucksack entfernt. Von denen, die ihn hingelegt haben, natürlich.«

»Tatsächlich?«

»Es stimmt wahrscheinlich schon, denn die dortige Polizei hat den Rucksack untersucht; ich glaube, sie haben ihn sogar mit Wasser übergossen, um zu sehen, was passiert. Als nichts passierte, ließen sie ihn liegen, wo er war. Und ein paar Stunden später geht der Junge vorbei, und der Rucksack explodiert. Die Organisation behauptet, sie sei es nicht gewesen, sie hätte die Bombe nicht gelegt.«

»Wer denn sonst?«

»Die Autonomen[3], die von der Iraultza[4], die von der Achten[5] oder die des baskisch-spanischen Bataillons[6]. Wie du siehst, im Baskenland wimmelt es von bewaffneten Gruppen. Wir haben ein sehr vielfältiges Menü zu bieten«, sagte Mikel und lachte über seinen Witz.

»Jon und Jone haben wenigstens neuen Gesprächsstoff. Ich habe den Eindruck, dass sie sich in letzter Zeit gegenseitig auf die Nerven gehen und sich wegen Lappalien streiten.«

»Zwei Wochen in diesem Loch, das ist bestimmt nicht lustig.«

Einen Moment lang sagte keiner etwas. Belle und Greta winselten; sie wollten aussteigen, der Lieferwagen war geparkt, der Motor abgeschaltet, und die Türen – das konnten sie nicht begreifen – waren trotzdem immer noch zu.

»Das Versteck ist sicher, oder?«, fragte Mikel leise.

»Absolut sicher«, antwortete Carlos und machte die Tür auf, um die Hunde hinauszulassen. Belle und Greta liefen, endlich befreit, schnurstracks ins Gebüsch hinter der Garage. Mikel hupte ein paar Mal.

»Noch etwas, bevor wir das Thema abschließen«, sagte Carlos, während er aus dem Lieferwagen kletterte. Er warf einen Blick in die Küche. Sie war leer, nicht einmal Doro war da.

»Keine Sorge, ich habs nicht vergessen. Ich werde im Hotel umherspazieren, als sei ich der fröhlichste Mensch der Welt.«

»Übertreib bloß nicht. Aber ich wollte eigentlich etwas anderes sagen: Nach unserer Version hat das Paar das Hotel gestern verlassen, während des Spiels zwischen Belgien und Polen. Ich habe mich während der Übertragung nicht gezeigt, also wird es ihnen glaubwürdig erscheinen.«

»Wirst du es Guiomar sagen?«

»Mal sehen. Ich habe noch nicht entschieden, wann ich es Ugarte sage.«

Das Gespräch war beendet. Sie standen in der Küchentür und warteten, dass jemand kam. Doch niemand erschien. Ohne das Klappern der Schüsseln und Teller, ohne die Stimmen der Menschen, die sonst hier arbeiteten, wirkte dieser Teil des Hotels trübselig. Die Tatsache, dass die Garage – das Reich von Doros Söhnen – ebenfalls ausgestorben war, verstärkte diesen Eindruck.

»Wo zum Teufel stecken sie denn alle? Ich will die Kisten möglichst schnell ausladen«, schimpfte Mikel ungeduldig. Er legte Zeige- und Ringfinger der linken Hand an die Lippen und pfiff durchdringend. Doch nur Belle und Greta liefen hinter der Garage hervor.

»Komm, ich helfe dir«, anerbot sich Carlos.

Sie luden den Großteil der Kisten aus und trugen sie in die Küche. Doch Mikel wiederholte, er sei um fünf Uhr morgens aufgestanden; er habe keine Lust, sich länger abzurackern. Als schließlich der Fisch nur noch in der Kühlkammer verstaut werden musste, öffnete er mit einem Tritt die Tür zwischen Küche und Speisesaal und ging entschlossen auf die Terrasse zu. Er war nicht gewillt, die Arbeit anderer zu erledigen. Carlos folgte ihm.

Das Speisezimmer hatte drei Fenster. Vor dem mittleren Fenster – jedoch auf der anderen Seite, auf der Terrasse – waren alle versammelt, die nicht bei ihrer Arbeit waren: Laura, Doro, seine zwei Söhne, sogar Beatriz. Sie umringten einen jungen Mann, der eine fuchsiarote ärmellose Weste trug. Carlos, der einen Moment lang beunruhigt gewesen war, atmete bei diesem Anblick erleichtert auf. Er betrachtete Beatriz, die ihm den Rücken zuwandte. Ihr Rücken war eine weiße Satinfläche, unter der sich in der Mitte die noch weißeren Träger des Büstenhalters kreuzten.

Mikel stolperte durch die Drehtür, die auf die Terrasse hinausführte, und lief gestikulierend auf die Gruppe zu. Konnte man erfahren, was los war? Musste er, der um fünf Uhr morgens aufgestanden war und eine sechsstündige Fahrt bei einer Affenhitze hinter sich hatte, den Fisch auch noch in die Kühlkammer einräumen? Waren sie vielleicht im Urlaub? Er unterstrich jede Frage mit ein paar Flüchen. Laura und der Kerl mit der fuchsiaroten Weste schwenkten ein Tonbandgerät und bedeuteten ihm aufgeregt, still zu sein. Anstatt einer Antwort zeigte Mikel auf seinen Hintern. Er solle sich das Aufnahmegerät gefälligst dorthin stecken. Als Beatriz und Laura erneut protestierten, wiederholte er die Geste, jedoch noch anschaulicher als vorher.

Carlos lachte heimlich über Mikels Reaktion. Mikel war kein gebildeter Mensch, und manchmal benahm er sich wie der Dorftölpel in den klassischen Witzen. Doch was andere von ihm denken mochten, war ihm absolut egal. Sein Unabhängigkeitsgefühl war beneidenswert. Wenn jemand mit übertriebener Höflichkeit auf eine seiner Unflätigkeiten reagierte – etwa wie »was für eine Art zu reden« –, hatte er auf der Stelle eine noch ordinärere Antwort parat. Carlos amüsierte sich über die Situation auf der Terrasse. Was dachte sich wohl Beatriz, etepetete, wie sie war?

Das Stimmengewirr auf der Terrasse wurde lauter. Alle dort Versammelten – der Mann mit der fuchsiaroten Weste, Laura, Beatriz, Doro, seine zwei Söhne – wiesen Mikel zurecht und zeigten mit gestreckten Armen und Fingern auf die Drehtür. Die

Auseinandersetzung würde bestimmt beruhigend auf Mikels Nerven wirken, dachte er und kehrte in die Küche zurück, um für die Hunde etwas zu fressen zu holen. Zuerst füllte er einen Napf halb mit Reis; dann suchte er ein paar Fleischstücke zusammen und vermischte das Ganze.

»Ein Interview! Wunderbar, ein Interview!«, schimpfte Mikel, der Carlos in die Küche gefolgt war. Er war beleidigt. »Der Kerl mit der roten Weste macht eine Reportage über die Unterkunft der polnischen Mannschaft und interviewt alle, die zum Hotel gehören. Und hält sie von der Arbeit ab, also muss ich den Fisch einräumen. Wie findest du das?«

Carlos zuckte die Schultern. Mikel schimpfte weiter und ahmte zwischendurch Stimme und Haltung der Interviewten nach. Eine eingebildete Bande allesamt, man brauchte bloß zu sehen, wie sie sich aufbliesen, vor allem Laura; man brauchte bloß zu sehen, mit was für einem dämlichen Ernst sie dem Kerl mit der roten Weste die gastronomischen Vorlieben der polnischen Spieler erklärte und wie die Madame zu Doros Söhnen gesagt hatte: »Nein, nein, ihr bleibt hier, ich bin es, die hier bestimmt, in der Küche befehle ich, nicht Neptuno.«

Carlos hörte ihm lächelnd zu. Nein, es war alles in bester Ordnung. Wenn er Dampf abgelassen hatte, würde er innerhalb von Sekunden seinen üblichen Humor wiederfinden.

»Wartet, ich helfe euch«, sagte Doro von der Tür her. Er kam zu ihnen hinüber und verteilte den Fisch auf die Wannen und Gefäße aus der Kühlkammer. Er war ungefähr fünfundfünfzig, schlank und knochig; er hatte in Amerika *Jai-Ali* – Pelote – gespielt und hatte in Barcelona ein Restaurant in der Nähe des Hafens geführt, bevor er als Küchenchef ins Hotel gekommen war. Er war ein wortkarger Mann. »Weil ihm das Gleiche passiert ist wie mir, er ist verwitwet; doch ihm hat es mehr zugesetzt. Seine Frau soll fünfzehn Jahre jünger als er gewesen sein«, hatte María Teresa erzählt.

»Du hättest nicht zu kommen brauchen, Doroteo. Wenn Mikel

sich tüchtig ausgeschimpft hat, ist er in Form«, meinte Carlos. Wenn sie untereinander waren, nannte ihn Carlos immer bei seinem vollen Namen: Doroteo. Die beiden mochten sich gegenseitig.

»Dieser Fischer ist wirklich ein Esel«, sagte der Koch und warf Mikel einen Blick zu. Er sprach mit ernster Stimme, als ob er über ein Kind redete.

»Wenn du damit meinst, dass ich wie ein Esel arbeite, da hast du recht«, antwortete Mikel. Er hob eine Kiste Langusten auf und trug sie in die Kühlkammer.

»Er begreift nicht«, fuhr der Koch fort, als hätte er Mikels Antwort nicht gehört, »dass es für die zwei Jungen etwas ganz Besonderes ist, im Fernsehen aufzutreten, und dass es sich lohnt, zwanzig Minuten zu warten, um den Jungen diese Freude zu lassen.«

»Ist der mit der roten Weste vom Fernsehen?«, fragte Carlos.

»Er soll der Sendeleiter sein; er muss das Terrain vorbereiten, bevor er die Kameraleute kommen lässt. Ich wollte damit sagen, Carlos, dass sich nicht jeden Tag eine solche Gelegenheit bietet. Im Übrigen, die Reportage mit den Polen und allem Drum und Dran, das ist doch eine gute Reklame für das Hotel, oder? Aber Esel begreifen nun einmal nichts.«

»Dürfen wir bleiben, Vater?«, fragte Juan Manuel in der Tür zum Speisesaal.

»Was soll ich tun, es ihm verbieten?«

»Natürlich nicht, Doroteo, lass sie beim Journalisten draußen.« Carlos bedeutete dem Jungen mit einer Handbewegung, er solle auf die Terrasse zurückkehren. »Und du kannst auch gehen. Wie du siehst, hat Mikel fast den ganzen Fisch verstaut.«

»In Ordnung, ich gehe mich inzwischen umziehen. Ich muss mit dem Vorbereiten des Festessens beginnen. Du kommst doch zum Essen herunter, oder? Man hat mir gesagt, dass du kommst.«

»Ich war unentschlossen, doch ich glaube, ja, ich komme.«

»Es wird ein schöner Abend werden. Vielleicht ein bisschen laut ...«

»Warum laut?«

»Boniek soll sich mit Juventus geeinigt haben. Und Żmuda ist von einem anderen Verein unter Vertrag genommen worden. Du weißt ja, wie sie sind: So etwas muss gefeiert werden. Alles in allem werden ungefähr dreißig Personen auf der Terrasse essen.«

»Darunter ich, selbstverständlich«, rief Mikel durch die Tür der Kühlkammer.

»Mit anderen Worten, nachdem du dich vorhin so unmöglich benommen hast, verlangst du auch noch, von mir zum Essen eingeladen zu werden? Dafür, dass du meinen Söhnen ein schlechtes Beispiel gegeben hast?«, antwortete Doro. Er behandelte ihn wie einen ungezogenen Jungen.

»Habe ich es verdient oder nicht?« Mikel hielt ihm demonstrativ seine mit Fischblut verschmierten und von der Kälte blauen Hände hin.

»Ja, du hast wirklich etwas verdient. Möchtest du ein Büschel Stroh?« Doro zwinkerte Carlos zu. Dann ging er zur dritten Küchentür, die zum Treppenhaus. Er wohnte mit seinen Söhnen im Stockwerk unter Carlos und Guiomar, im zweiten.

»Im Übrigen, glaubst du tatsächlich, dass deine zwei Söhne noch etwas lernen können?«, rief ihm Mikel nach. »Du bist naiv, Doro. Frag sie doch, frag deine zwei Söhne, was sie wissen und was sie nicht wissen. Was glaubst du denn? Dass sie nur Motorräder im Kopf haben?«

»Mach nur so weiter, und du hast dein Abendessen gesehen«, sagte Doro von der Tür aus. Und fügte an Carlos gewandt hinzu: »Weißt du, ob Guiomar aus Barcelona zurück ist? Er hätte Glühbirnen für das Treppenhaus mitbringen müssen. Heute Nachmittag sind alle gleichzeitig durchgebrannt. Ich weiß auch nicht, warum.«

»Ich hab ihn nicht gesehen. Falls ich ihn sehe, sag ich es ihm.«

»Danke, ich bin nicht gern im Dunkeln«, sagte Doro und verschwand.

Mikel schlug die Tür der Kühlkammer zu und drehte den Griff um neunzig Grad nach oben, dann ging er zum Spülstein und wusch sich die Hände. Einen Moment lang erfüllte das Plätschern des Wasserstrahls die Küche, dann, als Mikel sich die Hände trocknete, trat wieder Stille ein. Es war allerdings nicht mehr die Stille, die sie bei ihrer Ankunft angetroffen hatten; jetzt schienen alle Gegenstände in der Küche gespannt zu warten, bereit, in Aktion zu treten: Man ahnte die Flamme, die aus den Rosetten des Steiner-Kochherds aufleuchten würde; die Schränke und Schubladen warteten darauf, geöffnet zu werden; bald würde Dampf aus den Kochtöpfen und Wannen steigen. Nur die Fischkisten, die vor der Tür der Kühlkammer herumlagen, waren fehl am Platz. Sie störten das Bild; das zerstoßene schmelzende Eis bildete eine Lache auf dem Fußboden.

»Die Kisten können Juan Manuel und sein Bruder wegräumen«, sagte Mikel. »Ich möchte jetzt duschen und ein Nickerchen machen, bevor es Zeit zum Abendessen ist. Ich hoffe, mein Zimmer ist bereit.«

Mikel übernachtete fast jeden Dienstag und Freitag – an den Tagen, wo er den Fisch anlieferte – im Hotel.

»Natürlich ist es bereit«, antwortete Carlos und nahm den Napf für die Hunde. »Ich gehe auch. Ich muss noch in der Backstube vorbeischauen und dann den Hunden zu fressen geben. Wir sehen uns später.«

»Schau, sie warten auf dich.« Belle und Greta standen neben dem Lieferanteneingang und streckten den Kopf in die Küche.

»Es wäre gut, wenn du den gleichen aufgeräumten Ton beibehältst, Mikel. Wenn Ugarte dich so sieht, wird er denken, dass du bist wie sonst und offenbar keinerlei Sorgen hast.« Diese Rolle lag Mikel am besten. Er schlug ihm aufmunternd auf die Schulter.

Belle und Greta vor der Tür wedelten unentschlossen. Einerseits wollten sie den Napf nicht aus den Augen lassen, den Carlos in den Händen hielt. Andererseits hätten sie gern dem ihnen geltenden Pfiff Folge geleistet.

Carlos verließ die Küche. Es war María Teresa, die die Hunde rief.

»Gehst du nach Hause? Willst du dich nicht mit den Fernsehleuten unterhalten?«, begrüßte er sie. Die Frau trug Jeans und eine sommerliche, weiß-blau gestreifte Bluse.

»Ich wollte gerade gehen und habe die Hunde vor der Küchentür gesehen, also habe ich mir gedacht, dass du in der Küche bist. Und du? Wirst du dich mit den Journalisten unterhalten?«

»Ich habe zuerst gefragt«, antwortete Carlos und ging zum Wagen hinüber. Es war ein weißer Mini, Belle und Greta umkreisten ihn freudig wedelnd.

»Der Kerl hat mich auch rufen lassen, doch ich bin nicht hingegangen.« María Teresa verzog verächtlich den Mund. »Obwohl ich mehr über die Polen weiß als alle anderen zusammen im Hotel.«

»Ach so. Und woher?« Carlos' Verwunderung war echt.

»Weil ich es bin, die die Zimmer macht. Woher denn sonst?« María Teresa schaute ihn würdevoll an, als ob er aus Eifersucht gefragt hätte. »Wenn ich die Zimmer in Ordnung bringe, sehe ich halt eben so manches. Aber ich erzähle es nicht gleich herum. Ich überlasse das den Klatschmäulern.«

»Gut gesprochen, María Teresa.«

»Schau, wie uns Belle und Greta begrüßen. Für sie wenigstens ist unsere Beziehung offiziell.«

Sie standen neben dem Mini, die Hunde liefen nervös um sie herum und ließen den Napf in Carlos' Händen nicht aus den Augen.

»Ist etwas nicht in Ordnung?«, fragte Carlos.

Er glaubte, einen Schatten in María Teresas Gesicht zu entdecken. Ein Gedanke durchzuckte ihn blitzschnell wie ein geschleuderter Stein: Er verhielt sich ihr gegenüber mies. Er enttäuschte alle ihre Erwartungen und benutzte sie nur fürs Bett, wie eine Puppe.

»Danuta, Laura und die anderen haben heute Nachmittag über dich gesprochen. Danuta hat dich sehr gelobt und hat gesagt, du würdest heute Abend mit ihnen auf der Terrasse essen. Das ist alles.«

»Ach so. Wo ich doch eigentlich vorgehabt habe, mit dir im *La Masía* essen zu gehen.« Das *La Masía* war ein beliebtes Restaurant im Dorf am Fuß des Montserrat, wo vor allem Leute essen gingen, die das Wochenende in den umliegenden Siedlungen verbrachten. Vor ein paar Monaten hatten sie dort alle zusammen Doros Geburtstag gefeiert.

»Ich glaube dir nicht«, sagte María Teresa. Doch der niedergeschlagene Ausdruck von vorhin war aus ihrem Gesicht verschwunden.

»Wenn du es nicht glaubst, dann eben nicht, aber es ist so. Morgen kann ich nicht, wegen des Tischtennisturniers, das Guiomar organisiert hat, doch wir könnten übermorgen hingehen, wenn du möchtest. Einverstanden?«

In letzter Zeit machst du den Mund nur auf, um zu lügen, hörte er die Ratte. Aber Carlos vergaß den Vorwurf ebenso schnell, wie er ihn gehört hatte. Die schlechte Seite seines Gewissens ließ sich manchmal leise, manchmal lauter vernehmen; in dem Moment leiser als sonst.

»Meinst du es ernst?«

Carlos nickte, und María Teresa stellte sich auf die Zehenspitzen und küsste ihn auf die Wange.

»Absolut ernst«, beteuerte Carlos. Und erwiderte den Kuss.

»Du bist aber nett heute. Kommst mir vor wie ein anderer Mensch.« María Teresa war etwas erstaunt. Dann korrigierte sie sich: »Nicht etwa, dass du sonst nicht nett bist, gar nicht. Doch du hast dich irgendwie verändert, bist zärtlicher. Du verstehst, was ich meine? Ehrlich.«

»Natürlich verstehe ich, was du meinst. Also, abgemacht. Donnerstag um halb neun im *La Masía*. Vergiss es nicht.« Carlos nahm den Hundenapf vom Autodach.

»Wie könnte ich die erste Einladung in sechs Monaten vergessen«, rief sie ihm zu und setzte sich ans Steuer. Worauf sie den Mini, anstatt an der Rückseite des Hotels, am Haupteingang vorbeisteuerte. »Wenn ich mit meiner Arbeit fertig bin, bin ich ein Mensch wie die Gäste«, pflegte sie zu sagen.

Auf dem Weg zum Schuppen mit Belle und Greta, die ihm auf den Fersen folgten, überlegte Carlos, dass María Teresa recht hatte; auch er hatte das Gefühl, dass er sich verändert hatte, ja, dass er sogar gut gelaunt war. Worauf war diese Veränderung zurückzuführen? Was hatte sie ausgelöst? Den Abschnitt über das Meer und das Leben, den Danuta für ihn übersetzt hatte? Sein Plan, ein neues Leben anzufangen? Die Begegnung mit Morros?

Während er die Hunde fütterte und während er den Teig durchknetete – das dritte Mal an jenem Tag –, versuchte er, eine Antwort auf seine Fragen zu finden. Als es schließlich Zeit war, ins Hotel zurückzukehren, war er zu einer Schlussfolgerung gelangt.

Er hatte den Eindruck, dass alle Fragen positiv beantwortet werden konnten: Einerseits hatten ihn die Überlegungen im Buch von Cyprian Kusto beeinflusst, so wie ihn in seiner Kindheit die Geschichten beeinflusst hatten, die er in der Schule lernte, denn sie spiegelten genau seine Probleme wider. Wenn er die Geschichten gelesen hatte und in ihnen das Bild des Neidhammels in der Klasse erkannte, des Petzers, des Feiglings, des Lügners ... Was für ein Aufatmen! Was für eine Erleichterung! Manchmal war es, wie wenn man eine im Hals stecken gebliebene Gräte entfernte. Und das Gleiche widerfuhr ihm jetzt mit der Metapher des Meeres, die ihm auf die einfachste Art und Weise erklärte – so, dass selbst ein Kind es verstanden hätte –, was er jahrelang nicht hatte ausdrücken können. Andererseits aber – und das waren die anderen zwei Faktoren, die zu seinem Stimmungswechsel beitrugen – erregte ihn die Vorstellung, in Barcelona eine Wohnung zu mieten. Und zudem hatte ihn die Begegnung mit Morros in leichte Euphorie versetzt. Er fühlte sich jünger, und er spürte – das vor allem –, dass ihm eine Prüfung bevorstand. Wenn er fähig war, sie zu bestehen, dann ja, dann würde er ein neues Leben anfangen können.

Auf dem Weg vom Backhaus zum Hotel hing er weiter seinen Gedanken nach, doch er musste sich beeilen, seiner Schätzung nach würde das Essen auf der Terrasse in einer halben Stunde beginnen. Er betrat das Hotel und wollte in seine Wohnung hinaufgehen.

»Gib dir keine Mühe, Carlos«, hörte er sagen, als er auf den Lichtschalter drückte. Ugartes Stimme kam vom ersten Treppenabsatz. »Alle Glühbirnen sind futsch, und alle, die hier wohnen, müssen sich im Dunkeln die Treppe hinauftasten. Das heißt, dass wir aus dem einen oder anderen Grund ständig Pech haben.«

»Hat Guiomar keine neuen Glühbirnen besorgt?«, fragte Carlos. Er stieg die Treppe das Geländer entlang hoch. Drinnen war es viel finsterer als draußen, man konnte kaum etwas erkennen.

»Das frage ich mich auch, warum er die Glühbirnen nicht mitgebracht hat, damit sie das ganze Treppenhaus hell beleuchten. Du müsstest sehen, wie flott ich aussehe. Warte, ich mache die Wohnungstür auf, damit du mich sehen kannst ...«

Carlos hatte jetzt den Treppenabsatz erreicht, doch Ugarte packte ihn am Arm, um ihn am Weitergehen zu hindern. Er hielt ihn fest, bis er endlich die Tür aufgeschlossen hatte und Carlos ihn im Licht aus dem Flur begutachten konnte. Er trug einen dunkelbraunen, lose sitzenden Anzug und dazu ein gelbes T-Shirt.

»Wie findest du mich? Steht er mir gut? Du weißt, dass ich nicht viel Wert auf Kleidung lege, doch heute Nachmittag sind Laura und Nuria gekommen, ja, beide, und haben gesagt, dass die vom Fernsehen sich hier herumtreiben und eine Reportage drehen; und ich soll mich bitte anständig anziehen. Rührend, nicht wahr?«

»Doch, sicher. Aber lass mich los, ich höre dir auch so zu«, antwortete Carlos und befreite sich aus Ugartes Griff.

»Vielen Dank für dein Verständnis, Carlos. Ich bin dir wirklich dankbar, dass du mir zuhörst, denn was mir heute widerfahren ist, widerfährt mir nicht alle Tage. Ja, ich war zutiefst gerührt, dass mich die zwei Frauen tatsächlich für einen interessanten Mann halten. Ich war wirklich erstaunt, ehrlich. Stell dir vor, ich bin fast vierzig, wiege sechzig Kilo, habe eine ziemlich große Nase, und trotzdem halten mich die zwei Frauen für interessant. Ich habe bloß zu sagen brauchen, dass ich den braunen Anzug anziehen werde, um es bestätigt zu wissen: ›O ja‹, hat Laura gesagt, ›o ja, der Anzug steht dir sehr gut, du siehst aus wie ein Italiener in diesem Anzug.‹ Und Nuria hat diskret hinzugefügt: ›O ja, dieser Anzug steht dir bestimmt sehr gut.‹ Steht dir bestimmt sehr gut, verstehst du? Als ob sie keine Ahnung hätte, was los ist. Also habe ich zuerst gedacht, dass ich mich nicht umziehen werde, solange das Fernsehen sich hier herumtreibt ...«

»Fass dich bitte kurz, ja? Ich muss duschen. Und wie du weißt, lasse ich mir gern Zeit dazu«, sagte Carlos und ging zwei Stufen hoch.

»Und dich umziehen. Ziehst du dich nicht elegant an? Gut angezogen siehst du aus wie ein Schauspieler. Ehrlich.«

»Natürlich ziehe ich mich um.«

»Ja, Carlos, zieh dich um. Wenn die vom Fernsehen uns elegant angezogen filmen, werden die Leute sagen: ›Das ist doch unmöglich, dass diese elegant angezogenen Männer etwas mit den Terroristen zu tun haben, die in den vergangenen zwei Monaten über sieben Attentate begangen haben!‹ Wer käme schon auf einen solchen Gedanken. Wirklich, solche Kommentare wären ein riesiger Trost für uns alle, vor allem für unsere Familien. Darum, Carlos, zieh dich elegant an, damit das Fernsehen auch von dir ein paar gute Bilder dreht.«

»Wo du es erwähnst«, sagte Carlos möglichst gleichgültig, »Jon und Jone sind bereits weg. Sie haben sich kurz hier aufgehalten, doch ich habe sie gestern aus dem Hotel gebracht, während ihr euch das Fußballspiel am Fernsehen angeschaut habt. Es war eine Ausnahme, es wird nicht wieder vorkommen.«

Ugarte schwieg einen Moment lang.

»Warum belügst du mich? Gestern Abend hatte ich nur eine vage Vermutung, doch jetzt bin ich sicher«, sagte er schließlich. Er wirkte plötzlich müde.

»Du kannst unmöglich sicher sein. Und wenn du es bist, irrst du dich gründlich.«

»Ich verfüge über eine Information.« Ugarte senkte die Stimme.

»Die Dinge sind so, wie ich es dir eben gesagt habe. Lass es bitte dabei bewenden.«

Ohne auf eine Antwort zu warten, ging Carlos die Treppe bis zu seiner Wohnung hinauf. Er wusste nicht, auf was für eine Information Ugarte anspielte, ob auf die, die Nuria ihm gegeben haben mochte, oder Pascal, oder sonst jemand, den er in seinen Überlegungen nicht mit einbezogen hatte. Doch, wie Sabino zu sagen pflegte, der Aktivist, der nicht Schritt für Schritt vorwärtskommt, kommt nie vorwärts. Was Ugarte anbelangte, so war der erste vorgesehene taktische Schritt getan; der Moment für weitere Schritte war noch nicht gekommen. Er war nicht übermäßig besorgt, er würde auch die nächsten Schritte tun. Er war davon überzeugt.

Er ging mit dem Schlüssel in der Hand auf die Wohnungstür zu und fragte sich, ob er es schaffte, im Dunkeln das Schlüsselloch zu finden. Nach bloß einer Handbewegung rastete der Schlüssel in die Kerbe ein. Eine banale Leistung, dennoch freute er sich darüber. Ja, er würde die Prüfung bestehen. Alles würde gut ausgehen.

Als Carlos sich nach dem Duschen am Fenster abtrocknete, suchte er die brotlaibförmige Wolke am Himmel, doch inzwischen waren alle Wolken zerbröselt und hatten jetzt die Farbe von Weinflecken. Die Veränderung am Himmel bildete eine Ausnahme, alle anderen Dinge waren an ihrem Platz, zur richtigen Zeit, im richtigen Maß: Das Zirpen der Insekten in den Bäumen und im Buschwerk erfüllte wie immer die Nacht; die blauen und roten Lichter der Tankstelle blinkten mit der gleichen Intensität; die Kirche im Dorf am Fuß des Montserrat war bereits beleuchtet; der Berg war ein grauer Wall. Und als er das Fenster öffnete, um die Abendbrise hereinzulassen, bestätigte sich seine Feststellung: Ja, alles war an seinem Platz. Selbst die kleine Fledermaus, die mit der gleichen Behändigkeit die Straßenlampe umflatterte. Er würde ein neues Leben beginnen, koste es, was es wolle. Das Dickicht, das er würde durchqueren müssen, um zu seiner neuen Welt zu gelangen, erschreckte ihn nicht.

Als er in sein Schlafzimmer zurückkehrte, zeigte der Wecker auf dem Nachttisch fünf Minuten bis neun. Er musste sich beeilen. Wenn er zu spät zum Festessen kam, würde er sich vielleicht nicht neben Danuta setzen können, oder – was schlimmer war – er musste sich Ugarte oder Mikel gegenübersetzen. Er öffnete schnell den Schrank und suchte zuerst eine hellblaue Jeanshose und einen leichten, schwarzen Kammgarnsakko aus, dann nahm er ein dunkelviolettes kurzärmliges Hemd und schwarze Socken aus der Schublade.

Während er sich anzog, tauchten Bilder aus der Vergangenheit in seiner Erinnerung auf: Er sah sich am ovalen Tisch auf der Hotelterrasse, umringt von seinen Gefährten – Guiomar, Ugarte, Laura und Mikel – und von Bekannten, die aus dem Baskenland zu Besuch gekommen waren. Alle tranken und aßen mit der Gier von Menschen, die sich für die mühseligen Gefängnisjahre schadlos halten. Alle waren elegant angezogen, Ugarte und Guiomar trugen sogar eine Schmetterlingsbinde, und Guiomar hielt Ansprachen und improvisierte Trinksprüche an die Adresse der Gefängniswärter und Denunzianten: »Stoßen wir darauf an, dass sich Jiménez in eine Kröte verwandelt. Und wenn er in eine Kröte verwandelt ist, dass ihn ein Lastwagen auf der Straße plattwalzt. Und stoßen wir auf Luisillo an, dass er für immer gelähmt wird, gerade bevor er den nächsten Verrat begeht.«

Nein, er zog sich nicht für die Fernsehreportage an, sondern damit er sich wie bei jenem Festessen vor vier oder fünf Jahren fühlte. Ein Gefühl, das einer Definition seines Bruders Kropotky entsprach, dem *shâanti*, was laut seinem Bruder ein spiritueller Zustand der Energie und des Gleichgewichts war. *Du wirst diesen Zustand allerdings nie erreichen, Carlos. Du wirst diese Stille nie erreichen. Denn es handelt sich nicht um einen von Lärm befreiten Zustand, sondern um eine geistige Erfüllung.* Er fand die Mentalität seines Bruders lächerlich, er hatte sie immer lächerlich gefunden; er lehnte sie jedoch nicht mehr so entschieden ab – vielleicht weil so viel Zeit vergangen war, seit sie einander das letzte Mal gesehen hatten. Er konnte ruhig auf ein Wort wie *shâanti* zurückgreifen. Schließlich verfügte er über kein besseres.

Auf der Uhr hatten die Zeiger neun Uhr überschritten. Carlos verließ nach einem letzten Blick in den Spiegel die Wohnung und beeilte sich, wie er sich vorhin beim Duschen und beim Anziehen beeilt hatte. Kaum hatte er die Wohnungstür hinter sich zugezogen, warnte ihn im Dunkeln etwas im Treppenhaus: Flüstern, ein aufblitzender Lichtstrahl, doch dank seinem neuen Seelenzustand hielt er es nicht für notwendig, besonders vorsichtig zu sein, und ging das Geländer entlang die Treppe hinunter. Als er auf dem Absatz des zweiten Stockwerks anlangte und in den nächsten Treppenabschnitt abbog, wurden die Zeichen plötzlich deutlicher; Carlos sah ein leuchtendes Auge, das direkt auf ihn gerichtet war und langsam auf ihn zukam: ein Auge, das bloß eine Taschenlampe war, die er aber im ersten Schreck nicht hatte identifizieren können. Und genau in dem Moment, als das leuchtende Auge nur noch zwei oder drei Meter von ihm entfernt war, stieß er mit jemand zusammen, der die Treppe hinaufkam.

»Achtung!«

Guiomars Stimme beruhigte ihn auf der Stelle. Doch seine Füße waren schon im Begriff, blindlings auf die Seite zu springen. Und da sich nach dem ersten Sprung nichts rührte, mussten sie einen zweiten Sprung tun.

»Achtung«, rief Carlos seinerseits, als er die Taschenlampe direkt vor sich sah, prallte dann seitlich gegen die Wand und stürzte auf dem fliesenbelegten Treppenabsatz, während Pascal in Geheul ausbrach.

»Hast du dir wehgetan?«, fragte Carlos, er rappelte sich auf die Knie und wollte dem Kind die Hand reichen. Doch Pascal stieß ihn mit Fußtritten zurück und heulte nur noch lauter.

»Ruhig, Pascal. Ich komme gleich«, rief Guiomar und ging die letzten Stufen bis zur Wohnung hoch, machte die Tür auf und schaltete alle Lichter im Flur ein.

Dann wandte er sich wieder dem Kind zu.

»Hast du dir wehgetan, Pascal?«, fragte er.

»Geh weg«, heulte Pascal, als Guiomar ihm Arme und Beine beugte, um zu sehen, ob alles in Ordnung war. Seine Schreie waren wie Nadeln und schienen einem das Hirn zu durchdringen. Doch sie waren zum guten Glück grundlos, wahrscheinlich nur eine Reaktion auf den Schrecken. Er hatte nicht den kleinsten Kratzer abbekommen.

»Warum ist sein Kopf so nass? Ich habe zuerst gedacht, es sei Blut«, fragte Carlos, als alle wieder in der Wohnung waren. Nicht nur das Haar war nass, sondern auch der Hals und der vordere Teil des T-Shirts.

»Es ist bloß Wasser. Er hat wie immer am Brunnen unten gespielt«, antwortete Guiomar, ohne sich von der Wohnungstür zu rühren. Er wollte die Batterie der Taschenlampe kontrollieren, um das verweinte Kind abzulenken. »Ich bin zum Backhaus gegangen, um dich abzuholen«, fuhr Guiomar etwas verärgert fort. »Ich dachte, du seist immer noch dort, und unterwegs bin ich dem Kleinen begegnet. Und den Rest kennst du ja. Was für ein Pech, dass wir zusammengeprallt sind.«

Guiomar machte eine Pause, um zu prüfen, ob die Lampe brannte. Dann überreichte er sie dem Kind.

»Ja, und dann habe ich festgestellt, dass die Lichter im Treppenhaus nicht brennen und dass du die Wohnung verlässt, und Pascal und ich wollten dich zum Spaß verhaften. Der Detektiv und der Hund auf der Suche nach Carlos. Es tut mir leid.«

»Ich bin der Detektiv«, erklärte Pascal und knipste die Taschenlampe an und begann, die Wohnung zu durchsuchen. Die Tränen waren vergessen.

»Du hast das Ohr angeschlagen«, sagte Guiomar zu Carlos.

Tatsächlich. Er ging ins Badezimmer und stellte im Spiegel fest, dass das angeschlagene Ohr gerötet und etwas angeschwollen war. Nichts Schlimmes, doch beim Essen würde sich jedermann erkundigen, was ihm zugestoßen sei. Er fluchte leise, damit Pascal ihn nicht hörte, doch genügend laut, damit sich sein heiterer Seelenzustand etwas trübte – der sogenannte *shâanti* –, den er im Laufe des Nachmittags erlangt hatte.

»Schau, Carlos, vielleicht bist du dann wieder besserer Laune«, Guiomar stand in der Tür und hielt ihm das Buch hin, das er in Barcelona besorgt hatte, eine Sammlung von Rosa Luxemburgs Briefen an Luise Kautsky. »Es soll noch zwei weitere Bücher geben, doch sie sind vergriffen. Ich glaube, die von Danuta zitierten Stellen sind hier enthalten. Wirf einen Blick hinein, bis ich mich etwas zurechtgemacht habe.«

»Jetzt muss ich auch noch auf dich warten?« Carlos nahm mit einer ergebenen Geste das Buch entgegen. »Ich weiß, dass ich dir etwas schulde, weil du mir das Buch besorgt hast, doch ich möchte nicht zu spät zum Essen kommen.«

»Bloß drei Minuten, Carlos. Geh ins Wohnzimmer und lies ein paar Briefe Rosettas. So hat Danuta sie genannt, oder? Rosetta, als ob es sich um ihre Schwester handelt.«

Die Nachahmung von Danutas Stimme war ihm ziemlich gut gelungen; Guiomar zog verschmitzt lächelnd die Badezimmertür zu. Carlos betrachtete prüfend das Buch in seiner Hand. Die junge Frau auf dem Schutzumschlag schaute ihn an, ihr Blick war heiter: heiter, intelligent und unerschrocken. Es war der Blick eines Menschen, der im Zustand des *shâanti* fotografiert worden war.

»Wenn du keine Lust zu lesen hast, spiel mit Pascal Detektiv.« Guiomar streckte den Kopf zur Badezimmertür hinaus. Die eine Gesichtshälfte war mit Rasierseife eingeschäumt.

»In Ordnung, Foxi. Wenn es nicht anders geht, kommen wir eben zu spät«, rief ihm Carlos zu und ging ins Wohnzimmer.

Pascal brauchte niemand, um sich die Zeit zu vertreiben. Er

kroch auf dem Fußboden des Wohnzimmers umher und leuchtete mit der Taschenlampe unter den Tisch und die Sessel, er wirkte sehr konzentriert. Als Carlos eine kleine Lampe anknipste und ans Fenster trat, stand das Kind auf und begann, eines nach dem andern, die Schubfächer des Möbels zu inspizieren, auf dem die Lampe stand.

Carlos schlug das Buch aufs Geratewohl auf.

Über die Max-Geschichte habe ich mir mit wehmütigem Lächeln sagen müssen – las er, es war der Anfang eines Briefes, den Rosa Luxemburg 1904 aus dem Gefängnis von Zwickau geschrieben hatte –, *dass die Nemesis hier, wie so oft, nicht den Schuldigsten und Gefährlichsten, sondern den Ungeschicktesten trifft.* Seinem Vorsatz treu, einen Blick ins Buch zu werfen, blätterte er weiter. Sein Blick fiel auf den Text einer Postkarte, die die Revolutionärin während der Flucht geschrieben hatte. *Die Ostsee ist ein Wassertrog, und Kolberg ist ein Drecknest. Aber ich habe hier das Allerbeste gefunden, was zu haben war: ein ganz ruhiges Hotel am Park und am Strand. Ich bin etwas müde von der Lauferei.*

Als er das zweite Fragment gelesen hatte, erinnerte er sich an das erste und blätterte zurück. Doch das Buch enthielt viele Briefe, und es war schwierig, die betreffende Stelle wiederzufinden. Er versuchte, sich zu erinnern. Dass die Nemesis nicht den trifft, der es wirklich verdient, sondern den Ungeschicktesten, hatte Rosa Luxemburg in jenem Brief geschrieben. Er sagte sich, ja, dass jene Worte, auf die zufällig sein Blick gefallen war, eine Botschaft enthielten hinsichtlich der Prüfung, die ihm bevorstand, dass es ein Wink des Zufalls war, dass jene Botschaft ihm riet, mit Energie und Klugheit zu handeln. Einen Moment lang – seit dem Zusammenstoß im Treppenhaus war sein *shâanti*-Zustand nicht mehr der gleiche – machte sich die Ratte von ganz fern bemerkbar, sagte, dass Rosettas Worte keineswegs eine Botschaft beinhalteten, die seine Zukunft betraf, sondern dass sie das Echo eines Ereignisses aus der Vergangenheit waren, genauer gesagt, des Vorfalls mit seinem

Bruder Kropotky. Doch Carlos verwarf diese Interpretation, bevor sie an die Oberfläche seines Bewusstseins dringen konnte.

Als er Guiomar aus dem Badezimmer kommen hörte, legte er das offene Buch aufs Sofa und ging zu Pascal. Das Kind untersuchte immer noch die Schubfächer.

»Was suchst du, Pascal?«, fragte Carlos.

»Die Pistole der Frau«, antwortete das Kind, als handle es sich um die natürlichste Sache der Welt.

»Was meinst du damit«, stieß Carlos nach einer kleinen Pause hervor.

Pascal schaute zu ihm auf.

»Die Frau hat gesagt, dass sie die Pistole zuerst gefunden hat, aber dass sie Journalistin ist, und weil sie Journalistin ist, braucht sie sie nicht, und deshalb hat sie sie irgendwo vergraben. Ich habe überall gesucht, aber sie ist nirgends vergraben«, erklärte das Kind.

»Vergraben? Wo hast du denn überall gesucht?« Carlos überlegte fieberhaft, wie die Situation retten. Guiomar benötigte meistens nicht viel Zeit, um sich umzuziehen, er würde jede Sekunde erscheinen.

»Beim Brunnen«, antwortete Pascal.

»Beim Brunnen? Ein guter Gedanke, ja, wirklich ein guter Gedanke, beim Brunnen zu suchen«, sagte Carlos mit vorgetäuschter Überzeugung. Es war besser, wenn das Kind die Pistole an einem bestimmten Ort suchte, als dass es seine Nachforschungen auf das ganze Hotelgelände ausdehnte. »Aber beim Brunnen hat es viel Erde, du musst geduldig vorgehen. Das ist eine der zwei Eigenschaften, die ein guter Detektiv haben muss, die Geduld. Die Geduld ist eine der zwei Bedingungen.«

»Und die andere?«, fragte Pascal und schaute auf die zwei Finger, die Carlos ihm hinstreckte.

»Die andere, dass man ein Geheimnis bewahren kann. Wer kein Geheimnis bewahren kann, ist ein schlechter Detektiv, Pascal.

Ehrlich, das ist eine ganz wichtige Eigenschaft. Hast du jemand von der Pistole erzählt?«

Carlos erinnerte sich an das Gespräch mit Ugarte im Treppenhaus. Pascal zuckte die Schultern.

»Ich weiß nicht. Habs vergessen.«

»Wie auch immer, von jetzt an erzählst du niemand etwas davon. Rein gar niemand. So wirst du bald einmal ein Superdetektiv.«

»Wann?«

»In einem Jahr, vielleicht sogar vorher«, antwortete Carlos. »Einverstanden?«, fügte er hinzu, als er Guiomar aus dem Schlafzimmer kommen hörte.

»Einverstanden«, nickte der Junge.

Carlos atmete auf. Er hatte irgendwo gelesen, dass Kinder sich scheuten, ein Geheimnis zu verraten. Wenn das nur stimmte.

»Also, gehen wir den Thunfisch essen?«, fragte Guiomar hinter der spanischen Wand hervor. »Doro hat gesagt, dass Mikel einen prächtigen Thunfisch mitgebracht hat und dass er ihn nach der Art der Fischer in seinem Dorf zubereiten wird. Sie wollen das Festessen für das Fernsehen filmen, da will er sich natürlich ins beste Licht setzen.«

»Was? Die vom Fernsehen filmen das Essen?« Carlos war überrascht. Er hatte geglaubt, sie würden lediglich ein paar Interviews machen.

»Vergiss es. Ich bin nicht sicher. Ich weiß nur, dass sich alle in Schale geworfen haben, oder besser, dass ihr euch alle in Schale geworfen habt und dass unsere *bellissima Beatriu* strahlt wie eine Sonne«, sagte Guiomar und nahm Pascal bei der Hand. Er trug ein grau-schwarz kariertes Hemd und schwarze Jeans.

Carlos war nochmals erstaunt, als er hörte, dass auch Beatriz beim Festessen dabei sein würde, doch ihm wurde schnell klar, dass das von Danuta erwähnte Festessen inzwischen durch ein anderes ersetzt worden war, eines mit mehr Leuten und einem anderen Zweck. Wie auch immer, er glaubte nicht, dass die Fernsehleute ihn daran hindern würden, sich bei Tisch mit ihr zu unterhalten. Beruhigt verließ er die Wohnung und ging im Lichtschein von Pascals Taschenlampe hinter ihm her die Treppe hinunter.

Auf der Terrasse war kein einziger Tisch mehr frei. Die zu einer langen Banketttafel aneinandergereihten waren für die polnische Mannschaft und ihre Begleiter reserviert. Sie johlten, applaudierten, fotografierten sich gegenseitig mit Blitzlicht, prosteten einander mit Champagnergläsern zu – »*Na Zdrowje! Na Zdrowje!*« –, sodass durch das allgemeine Spektakel die zahlenmäßige Überlegenheit der Tischrunde noch viel größer erschien. Zwischendurch schwollen die Stimmen zu rhythmischen Hurrarufen an – »Boniek! Boniek! Żmuda! Żmuda!« Boniek und Żmuda hatten am selben Nachmittag – Carlos hatte es bereits von Doro erfahren – ihre Millionenverträge unterschrieben, der eine mit Juventus, der andere mit dem Fußballklub Verona.

»Das heutige Essen geht bestimmt auf Bonieks und Żmudas Rechnung«, meinte Guiomar, als sie unten an der Treppe zur Terrasse standen. Dann an Pascal gewandt: »Ein schönes Fest, nicht wahr?«

»Schau, die vielen Käfer«, antwortete der Junge und zeigte auf die Falter, die im Lichtkegel der Lampen über den Tischen flatterten. Im künstlichen Licht wirkten die Insekten weiß oder grau und erinnerten an taumelnde Schneeflocken.

»Sagen wir ihnen Guten Abend?«, fragte Guiomar den Jungen. Pascal, etwas verängstigt vom Stimmengewirr, nickte schüchtern.

»Komm, gehen wir. Ich will ihnen etwas sagen.«

Pascal drückte die Taschenlampe an die Brust – »Boniek! Boniek! Boniek!« –, als wolle er sie vor den lauten Rufen der Polen beschützen.

Guiomar winkte den Masseuren am Ende des Tisches kurz zu. »Sie sollen nur wissen, dass wir sie morgen beim Tischtennisturnier schlagen werden.«

Doch in dem Moment brach an den Tischen der polnischen Mannschaft ein ohrenbetäubender Tumult aus – »Boniek! Żmuda! Boniek! Żmuda!« –, sodass es sogar unmöglich war, sich mit Handzeichen zu verständigen. Guiomar gab es auf und folgte Carlos.

Die zwei einzigen nicht von den Polen besetzten Tische befanden sich zuhinterst auf der Terrasse, vor der Fensterfront des Speisesaals. Am ersten, in der Ecke, saßen drei Männer, die, ihrem Aussehen nach zu schließen – vor allem wegen ihrer Kameras und der Scheinwerfer –, zum Fernsehteam gehörten. Am zweiten, am ovalen Tisch gleich neben der Drehtür, unterhielt sich Danuta angeregt mit Beatriz; Ugarte, der zwischen den beiden Frauen saß, gab sich alle Mühe, den Journalisten mit der fuchsiaroten Weste zu verstehen, was nahezu unmöglich war, denn die vom Champagner angefeuerten Polen hatten ein Lied angestimmt. Beim Refrain angelangt, skandierten die dreißig Männer am langen Tisch ein rhythmisches »Ho-ho-ho-ha-ha-ha-he-he-he«. Und sowohl die drei Fernsehleute als auch Danuta und ihre Tischnachbarn mussten ihre Gespräche unterbrechen.

Danuta hieß sie übereifrig willkommen. »Guten Abend. Wo habt ihr denn so lange gesteckt?«, rief sie ihnen laut zu, doch den Gesang ihrer Landsleute zu übertönen war fast unmöglich. Sie stand auf und küsste Pascal.

Dann wandte sie sich Carlos zu und zeigte auf sein Ohr: »Was ist denn mit Ihnen passiert? Jedes Mal, wenn ich Sie sehe, Carlos, sind Sie verletzt. Einmal sind es die Arme, ein andermal das Ohr ...«

»Es ist nichts«, antwortete er ausweichend.

Beatriz' Anwesenheit schüchterte ihn, wie immer, ein, zumindest im ersten Moment. Und je gedemütigter er sich dadurch fühlte, desto aggressiver wurde er. Warum den Zauber dieser Frau nicht einfach mit einer tüchtigen Ohrfeige ein für alle Mal brechen? Ein absurder Gedanke natürlich.

»Wir sind im Treppenhaus gestürzt«, erklärte Guiomar und zündete sich hinter der vorgehaltenen Hand eine Zigarette an.

»Pascal wird es Ihnen ausführlich erzählen. Nicht wahr, Pascal? Du bist doch der Detektiv im Fall Treppenhaus?«

Das Kind nickte und erklärte eifrig mit kaum hörbarer Stimme, was vorgefallen war. Inzwischen begrüßte Carlos den Journalisten mit der fuchsiaroten Weste, der Ugarte gegenübersaß. Er hieß Stefano.

»Meine ganze Familie ist italienischer Herkunft, aber ich bin in Barcelona geboren«, präzisierte dieser mit betont jovialer Stimme.

Er sah überhaupt nicht südländisch aus. Er hatte kleine, sehr blaue Augen; sein spärliches, wie bei einem Clown oder einem Zauberer über den Ohren gebauschtes Haar war kupferrot, Ton in Ton mit seiner Weste. Von Nahem wirkte er älter als vorhin. Er musste über fünfzig sein, obwohl er daherkam wie ein Dreißigjähriger. Carlos nutzte die durch den explodierenden Refrain am Schluss des polnischen Liedes – »ho-ho-ho-ha-ha-ha-he-he-he« – entstandene Pause und verglich ihn mit Doro: Kaum zu glauben, dass die beiden der gleichen Generation angehörten.

Obwohl ihm die zuckersüße Art des Journalisten zuwider war, beschloss er dennoch, sich rechts neben ihn zu setzen statt neben Danuta. Von seinem Platz aus überschaute er die ganze Terrasse. *Ein Aktivist darf sich nicht hinsetzen,* durchzuckte es ihn. Trotz des Lärms um ihn herum hörte er Sabinos Stimme ganz deutlich. *Er muss beim Flanieren denken, er muss seine Versammlungen im Gehen abhalten, er muss stehend auf seine Kontakte warten. Und wenn nicht anders möglich, muss er sich so hinsetzen, dass sein Rücken geschützt ist und er ein möglichst breites Blickfeld unter Kontrolle hat. Ein Mann, der einem den Rücken zukehrt und sein Gesicht versteckt, ist immer verdächtig. Zumindest in einer Diktatur.* Dieser Rat gehörte der Vergangenheit an, doch er hatte sich seinem Reaktionsvermögen eingeprägt wie eine körperliche Erinnerung. Der Körper verlernt das Schwimmen nie; und das während des bewaffneten Kampfes Gelernte ebenfalls nicht. *Fühlst dich wie ein richtiger Held, was?,* hörte er im gleichen Moment die Stimme der Ratte.

Dass Beatriz dir schräg gegenübersitzt und von deinem Platz aus gut sichtbar ist, hat wohl auch damit zu tun, oder?

Guiomar drückte ihm ein Bier in die Hand. Carlos schaute dankend zu ihm auf und warf einen Blick in die Runde. An ein ernsthaftes Gespräch mit Danuta war eindeutig nicht zu denken, wenigstens an diesem Abend nicht, weil die Stimmung auf der Terrasse – »*Na Zdrowje! Na Zdrowje!*«, prosteten die Polen einander mit dem erhobenen Champagnerglas ein ums andere Mal zu – ganz anders war als die an der Banyera. Überdies lud die Atmosphäre am Tisch dank Stefanos Anwesenheit und – das vor allem – durch Beatriz' Verhalten nicht gerade dazu ein. Sie beanspruchte Danutas Aufmerksamkeit voll und ganz; sie redete auf sie ein, holte ein Paar Ohrringe aus einer Balenciaga-Handtasche und hielt sie Danuta hin, die sie unbedingt vor Pascal, Guiomar und Ugarte anprobieren musste. Danuta war ganz in Schwarz: schwarzer Rock und schwarze Seidenbluse. Beatriz ihrerseits hatte sich offenbar umgezogen: Sie trug einen gelben Bolero über der weißen Bluse.

»Sie werden es nicht glauben, Stefano, aber ihr vom Fernsehen habt ein richtiggehendes Wunder bewirkt«, rief Ugarte vom anderen Ende des Tisches herüber. »Ehrlich. Carlos trägt seit Jahren nichts anderes als T-Shirts, aber was für T-Shirts, solche, wie sie die Techniker bei Rockkonzerten tragen, mit dem Namen der Band vorn drauf oder irgendwelchen Obszönitäten. Und heute, was für eine Eleganz! Das hat bis jetzt tatsächlich noch keiner geschafft.«

In diesem Moment trat der junge Doro mit einem großen Tablett in den Händen durch die Drehtür.

»Achtung, das Essen kommt«, verkündete er.

»Unsinn«, wehrte Carlos an Stefano gewandt ab, während er dem jungen Doro half, die kleinen Pastetenterrinen auf dem Tisch zu verteilen, »wenn jemand elegant ist heute Abend, ist es mein Gegenüber, finden Sie nicht auch?«

Der Journalist nickte anerkennend. Er war gerade dabei, ein Stückchen Brot mit Pastete zu bestreichen. Carlos stellte mit einem

Blick fest, dass das Brot nicht so luftig war, wie es hätte sein müssen. Seit Jons und Jones Ankunft ließ die Qualität seines Brotes zu wünschen übrig.

»Warum haben Sie sich dorthin gesetzt, Carlos? Wollen Sie vielleicht nicht neben mir sitzen?«, fragte Danuta unerwartet, als ob sie den leeren Stuhl zwischen ihnen erst jetzt bemerkte.

Carlos sah einen violetten Pullover über der Rückenlehne des unbesetzten Stuhles; wahrscheinlich hatte ihn Laura hingelegt, um ihren Platz zu belegen. Eigentlich wollte er sich damit entschuldigen, dass der Stuhl schon besetzt sei, doch nach kurzem Zögern kam die Antwort wie aus der Pistole geschossen: »Ich wollte nicht Beatriz direkt gegenübersitzen. In letzter Zeit gehen wir einander aus dem Weg. Entschuldigen Sie, Danuta. Ihretwegen würde ich gern den Platz wechseln.«

»Ein furchtbares Geheimnis, Danuta. Stellen Sie bitte keine Fragen«, scherzte Guiomar, um die betretene Stimmung am Tisch aufzulockern. Pascal neben ihm schaute interessiert auf. Seine Mundwinkel waren mit Pastete verschmiert.

»Geheimnisse dürfen nicht verraten werden«, sagte das Kind laut.

Am langen Tisch brüllten ein paar Polen – »Boniek! Boniek! Boniek!« –, doch diesmal ohne ein ungestümes Echo auszulösen. Die Mannschaft war müde, und auch die Champagnerbläschen vermochten die Fröhlichkeit nicht wieder zum Überschäumen zu bringen.

»Arbeitgeber glauben nach einer gewissen Zeit unweigerlich, sich alle Freiheiten herausnehmen zu dürfen. Das ist bekannt. Man darf dem keine Bedeutung beimessen«, erklärte Beatriz Danuta. Sie war nicht die Art Frau, die sich von Männern einschüchtern lässt.

»Einer der Arbeitgeber, Beatriz, einer der Arbeitgeber«, präsisierte Ugarte.

Danuta und Stefano warfen sich einen Blick zu, offensichtlich etwas beunruhigt über die Wendung, die der Abend zu nehmen drohte. Sie waren Fremde in diesem Kreis und wussten nicht, ob ihre Tischnachbarn scherzten oder ob sie es ernst meinten. Deswegen wohl wurde Mikels Erscheinen mit freudigen Rufen begrüßt.

»Ruhe am Tisch und esst«, befahl Mikel und stellte eine Platte mit Riesengarnelen und Miesmuscheln auf den Tisch. Hinter ihm erschien Laura mit einer zweiten Platte.

»Doro ist der Größte, jawohl, mein Herr«, sagte Guiomar und legte eine Garnele auf Pascals Teller.

»Im Gegensatz zu anderen«, fügte Laura hinzu und setzte sich auf den Stuhl mit dem Pullover über der Lehne. Sie trug ein schwarzes Top mit Spaghettiträgern, das Arme und Schultern bloß ließ. Carlos dachte, dass Laura und Jone sich ähnlich kleideten und dass sie beide große Brüste hatten. Und auch Laura war wütend, wie es Jone in der Backstube gewesen war.

»Laura, bitte, respektieren wir den Seelenfrieden unserer Freunde und die Unschuld unseres Kindes«, sagte Ugarte.

Danuta und Stefano waren erneut beunruhigt. Der Wortwechsel verhieß nichts Gutes.

Am Tisch herrschte eisiges Schweigen.

»Merk dir eins, Ugarte«, drohte Laura, »ich lasse mich nicht erpressen. Wenn du verstehst, was ich damit meine, dann lass bitte Pascal aus dem Spiel.«

Als das Kind seinen Namen hörte, schaute es auf, wandte sich dann aber wieder der halb geschälten Garnele auf seinem Teller zu.

»Sie hat mich beim Ehebruch ertappt, besser gesagt, sie glaubt, mich ertappt zu haben«, erklärte Ugarte an die Adresse von Stefano. »Vor einer Stunde ungefähr. Sie war auf dem Weg zum Schwimmbad – und was hat sie am Eingang des Schwimmbads gesehen? Nicht mehr und nicht weniger als einen in der Auffahrt geparkten Wagen. Und im Wagen selbst mich und noch jemand.«

»Diese dickarschige Person, die er angeblich zu meiner Entlastung eingestellt hat«, erklärte Laura ihrerseits. Alle am Tisch konzentrierten sich betreten auf das Essen.

»Was sagt ihr dazu? Doro und alle anderen haben in der Küche alle Hände voll zu tun, während Nuria und er in einem Auto ...«

Laura ließ den Satz unvollendet und schaute zu Guiomar hinüber.

»Das würde mich auch auf die Palme bringen«, mischte sich Mikel ein. Er hatte sich inzwischen mit Laura versöhnt.

»Liebe Freunde, die ihr mit Engelsgeduld diese Auseinandersetzung über euch ergehen lasst, erlaubt mir, euch zu erklären, worum es sich handelt«, sagte Ugarte mit einem Glas Bier in der Hand, theatralisch, wie es seine Art war. Aber er wirkte ernster als sonst. »Es handelt sich darum, dass Nuria die Fahrprüfung ablegen will und ich ihr Fahrstunden gebe, hier, auf dem Hotelgelände, und nicht etwa in einer dunklen Höhle am Montserrat und auch nicht auf einem versteckten Waldpfad. Und so auch heute. Und dann erscheint meine Frau, eine feurige Leninistin, wie die meisten von euch wissen, und beschimpft mich vom ersten Wort an als Ehebrecher. Sie ist mir wie eine biblische Gestalt vorgekommen, wie eine Jüngerin Lenins. Aber natürlich«, und er schaute den Journalisten an, »interessiert Sie das Thema wahrscheinlich nicht im Geringsten, Stefano, weil Sie, soviel ich weiß, nicht die Absicht haben, eine Reportage über die Schwierigkeiten einer modernen Ehe drehen, sondern über Fußball und den Alltag der Spieler. Sie fragen sich bestimmt, warum wir nicht möglichst schnell zu diesem Thema übergehen.«

Stefano nickte zustimmend und machte Anstalten, seine Mitarbeiter am Tisch nebenan herbeizurufen. Doch Laura hielt ihn zurück.

»Der Einzige hier, der aus der Bibel zu stammen scheint, bist du, Ugarte. Du brauchst dich bloß an Noahs berühmtes Laster zu erinnern. Im Übrigen glaube ich nicht, dass meine Reaktion übertrieben ist.«

»Übertrieben nicht, nein«, sagte Ugarte gelangweilt. »Es ist die Reaktion jeder gewöhnlichen spanischen Hausfrau, was nicht weiter erstaunlich ist, denn in Spanien gibt es nämlich nur gewöhnliche Hausfrauen, müssen Sie wissen, Danuta. Nicht wie in Polen«, fügte er an die Dolmetscherin gewandt hinzu.

»Genug jetzt, ja?«, sagte Beatriz. Die Stimmung am Tisch war durch den Wortwechsel frostig geworden. Jeder starrte auf seinen Teller. Mikel schöpfte sich Garnelen und Muscheln nach.

»Es ist überhaupt nicht die Reaktion einer gewöhnlichen Hausfrau«, beharrte Laura. »Ich halte an meinen Idealen fest ... Im Gegensatz zu anderen. Und habe auch nicht vergessen, was die Leninisten darüber denken. Soll ich dich vielleicht hier und jetzt an das erinnern, was Alexandra Kollontai über die Beziehung zwischen Mann und Frau geschrieben hat?«

»Nein, bitte nicht.« Ugarte hob mit einer theatralischen Geste beschwörend die Hände. Lauras Reaktion beruhigte ihn offensichtlich nicht über Gebühr.

»Doch, bitte, erzähle, was unsere Alexandra geschrieben hat. Man hat nie ausgelernt«, scherzte Guiomar. Seine Haltung ließ die einstige Beziehung zwischen ihm und Laura während ihres Aufenthalts in Frankreich, nach der Entlassung aus dem Gefängnis, durchschimmern. Die Beziehung war jedoch nicht legalisiert worden, und schließlich hatte Laura Ugarte geheiratet. Manchmal machte es aber den Eindruck, als ob Guiomar immer noch mit Laura rechnete, und das erklärte manches an seinem Verhalten: auf sexueller Ebene – von einer Freundin war nichts bekannt – und auch auf praktischer Ebene, zum Beispiel sein immer wieder aufgeschobener Plan, eine Zeit lang nach Kuba zu gehen.

»Vielen Dank, Guiomar.« Laura legte ihre Hand auf die seine.

Aha, daher weht der Wind, dachte Carlos.

»Wenn du möchtest, erkläre ich es dir nach dem Essen. Wir können uns dann in Ruhe darüber unterhalten«, fügte sie hinzu.

»Zweifellos«, pflichtete Guiomar ihr bei.

»Zweifellos! Denn wenn wir auch noch anfangen zu zweifeln, machen wir heute hier keine Reportage, Stefano«, schloss Ugarte.

Danuta nutzte die eingetretene Pause: »Ich möchte mich beim Koch entschuldigen: Er hat uns ein köstliches Festessen zubereitet, und wir tun nichts anderes als uns über Bagatellen streiten.«

»Ganz gäänau, ich bin einvärrstanden, lassän wir die Nichtigkeiten bäiseite, und ärrweisen wirr däm Koch unsärren grrösstän Räspäkt«, ahmte Ugarte übertrieben Danutas Akzent nach.

»Sie sind mir einer«, lachte Danuta.

»Sehen Sie, Danuta, meinetwegen kann der da tun, wozu er Lust hat.« Laura zeigte mit dem Finger auf Ugarte. »Doch ich lasse mich in meinem eigenen Haus nicht lächerlich machen. Und das ist keine Bagatelle, Danuta. Es ist eine Frage der Würde.«

Carlos sah zu Guiomar hinüber. War dies vielleicht sein Geheimnis? Dass er und Laura wieder ein Paar waren? Lauras Verhalten bestärkte ihn in dieser Annahme.

»Wie auch immer ...«, mischte sich der Fernsehjournalist in einem frömmelnden Tonfall ins Gespräch ein, »wie auch immer, Danuta hat recht. Leider ist es nun einmal so, dass es in einer Ehe immer Probleme gibt, doch was Sie eben erzählt haben, ist doch unwichtig, oder? Wenn ich ein Kind wie eures hätte ...« Er machte eine Pause und sah sich nach Pascal um. »Wenn ich ein solches Kind hätte, wäre alles andere zweitrangig«, fügte er hinzu, als er feststellte, dass der Kleine am Tisch der Polen stand.

»Ich bin satt«, sagte plötzlich Mikel und zeigte auf seinen leeren Teller.

»Aber, aber, Neptuno! Schlingst alles hinunter ohne jegliches Schuldgefühl gegenüber deinen Untertanen«, rief Ugarte feierlich aus. Er hatte die Auseinandersetzung von vorhin offenbar schon vergessen. Alle am Tisch lachten, Carlos ausgenommen. Er überlegte sich, dass für ihn das Festessen zu Ende war. Er bereute es nicht, daran teilgenommen zu haben, weil er nun dank Lauras Reaktion Guiomar besser verstand und weil Beatriz dabei gewesen war. Laute, chaotische Feste waren ihm jedoch zuwider, vor allem in seiner gegenwärtigen Situation. Er blickte zu Pascal hinüber: Er saß immer noch ganz still hinter Boniek und verfolgte aufmerksam das Gespräch. Carlos konnte nicht hören, worum es ging. Ja, das eigentliche Problem war das Kind. Was Nuria erzählen mochte – sogar wenn sie es Ugarte erzählte –, war zu vage: dass sie ihn zweimal in der Küche überrascht hatte, wie er in der Küche Essen geholt hatte, kein Mensch wusste, wozu. Er aß häufig in seiner Wohnung oder in der Backstube oder an der Banyera unten. Die von ihr hinterbrachten Indizien würden sich schließlich als haltlos erweisen. Im Übrigen waren ihre Stunden im Hotel gezählt, denn Laura würde kein Erbarmen mit ihr haben. Pascal hingegen könnte zu einem sehr ernst zu nehmenden Informanten werden. Was er über Jon und Jone wusste, würde erlauben, ihr Versteck genauer zu orten: dass sie sich im Backhaus oder im Schuppen aufhalten mussten und nicht im Hotel selbst. Oder – wie er und Mikel zuerst geplant hatten – in einer Höhle in der Umgebung der Banyera. Das Schlimmste war, dass man den Jungen nicht im Auge behalten konnte. Würde er sein Versprechen halten und nichts von der Pistole erzählen? Selbst wenn er es sich ganz fest vorgenommen hatte, würde er es tatsächlich fertigbringen? Ja, sich auf das Kind verlassen bedeutete fast so viel wie dem Schicksal ausgeliefert sein. In Anbetracht der Situation entsprach die Frist von einer Woche, die er der Organisation würde einräumen müssen, einer Ewigkeit.

Das Geplänkel zwischen Mikel und Ugarte und das Stimmengewirr auf der Terrasse drangen nur gedämpft an sein Ohr – wie wenn er in der Banyera auf dem Wasser lag und das Nass in seine Ohren drang. Er betrachtete gedankenverloren die über dem Tisch der Polen flatternden Falter: Sie tauchten aus dem nächtlichen Dunkel auf und umkreisten die Lampen; manche wirbelnd, andere – große, mit einem Rumpf von der Größe des kleinen Fingers – schwerfällig, als ob sie sich durch die Luft schleppten. Wenn einer von Doros Söhnen an den Tisch trat oder wenn sich das »Hi-hi-ha-ha-he-he«-Gebrüll der Polen erhob – »Boniek! Żmuda!« –, wurde das Flattern unruhiger und verstärkte die Illusion, dass es auf der Terrasse schneite.

Tombe la neige et ce soir tu ne viendras... Er hörte in seiner Erinnerung das Lied wieder, doch unbeschwert und heiter und von weit weg, nicht mehr aus der Vergangenheit, aus dem Wintersportort, wo er die Nachricht von Sabinos Tod erfahren hatte, sondern aus einer anderen Welt. Ein zweites Bild schob sich plötzlich über das erste: Er sah Sabino vor sich, der ihm, ein Glas Wein in der Hand, gleichmütig erzählte: »Vor ein paar Tagen habe ich einen Artikel von Satrústegi[7] gelesen, der mir nicht mehr aus dem Kopf geht. Er handelte von einem Brauch in den Dörfern im Norden Japans. Es soll in jener Gegend sehr starke Schneefälle geben, und die Bewohner hatten früher oft nichts mehr zu essen, ja, manchmal liefen sie sogar Gefahr zu verhungern. Ihre Rettung war der Bär, besser gesagt, die Jagd auf die Bären, die auf der Suche nach Futter in die Täler hinabstiegen. Die Jäger nahmen manchmal die Jungen der Bären gefangen und zogen sie für den kommenden Winter auf. Und was passierte? Die aufgezogenen Bären gewöhnten sich an die Menschen, und die Menschen ihrerseits hingen an den Bären. Doch es wurde wieder Winter, die Vorräte gingen zu Ende, und es blieb keine andere Wahl, als die jungen Bären zu töten. Und das ist das Schöne an der Geschichte: wie sie sie töteten. Sie veranstalteten ein Fest und führten den Bären, mit Musik und Papierschlangen, in ihrer Mitte durchs Dorf, und solange das Fest dauerte, warfen die Kinder mit Spielzeugpfeilen nach ihm. Zuerst hatte der Bär Angst vor den Pfeilen. Doch nach und nach gewöhnte er sich daran. Und dann, wenn die Leute sahen, dass der Bär ruhig und zufrieden war, schoss ein eigens dafür ausgewählter Mann mit einem vergifteten Pfeil nach ihm, und der Bär starb, ohne es zu merken. Wie findest du das? Ist das nicht eine wunderbare Methode? Gewiss, sie töteten den Bären, aber ohne ihn physisch oder psychisch leiden zu lassen. Der Gedanke gefällt mir; ich möchte das Thema in den Ausbildungskursen behandeln, doch das wird nicht möglich sein, weil...« Sabino betrachtete das Glas Wein in seiner Hand. »Weil es von jetzt an keine Ausbildungskurse mehr geben wird. Vorhin hast du mich gefragt, was mit mir los ist, ob ich deprimiert sei. Ja, weil es keine Ausbildungskurse mehr geben wird. Die in der Führung haben gesagt, ich hätte eine überholte romantische Auffassung vom aktiven Kampf. Einer von diesen marxistischen Technokraten, der erst kürzlich der Organisation beigetreten ist, hat mir sogar vorgeworfen, ich sei ein Träumer! Tatsache ist, dass ich andere Aufgaben übernommen habe. Ich kann dir natürlich nicht verraten, um was für Aufgaben es sich handelt. Du weißt doch, gewisse an dieser Schule vermittelte Prinzipien, romantische meinetwegen« – Sabino lächelte spöttisch –, »haben nach wie vor Gültigkeit.«

Während Sabinos Lachen in seiner Erinnerung verhallte, beobachtete Carlos einen großen Schwärmer, der taumelnd vom Tisch der Polen zum Tisch der Kameraleute flatterte. Pascal folgte ihm hüpfend und beleuchtete mit der Taschenlampe den Weg des Insekts. Leider endete der Flug traurig. Als der Schwärmer den Nebentisch erreichte, flüchtete er sich – aus Erschöpfung vielleicht oder von einem bestimmten Duft angezogen – in ein breitrandiges Glas, das ein paar Sekunden später zu seinem Grab wurde, weil einer der Kameramänner das Glas über ihn stülpte. Carlos verfolgte aufmerksam den Todeskampf des Insekts: wie es zuerst versuchte, tastend die Grenzen seines gläsernen Gefängnisses zu erkunden, wie es oben und unten einen Ausgang suchte, wie es sich vorwärts schleppte, als es keine Luft mehr hatte, wie es über die Falten der Tischdecke stolperte, seinen Erstickungstod. Ja, Rosa Luxemburg hatte recht, Nemesis traf nicht die Gefährlichsten, sondern die Ungeschicktesten. *Nicht nur die Ungeschicktesten,* präzisierte Sabino lächelnd und zwinkerte ihm zu. Nein, nicht nur die Ungeschicktesten, gab ihm Carlos recht, weil Sabinos Tod nicht auf eine Ungeschicklichkeit zurückzuführen war, sondern auf die Borniertheit jener, die beschlossen hatten, seine Ausbildungskurse einzustellen, und ihn aus Eitelkeit zu gefährlicheren Aktionen drängten.

»Bitte«, hörte er eine Stimme. Danuta stand neben dem Tisch der Kameraleute. »Warum haben Sie das getan? Und erst noch vor dem Kind? Wirklich, die Art und Weise, wie Sie den Falter erstickt haben, widert mich an.«

Danutas Vorwürfe waren dem Kameramann offensichtlich peinlich. Er stand auf und entschuldigte sich: Er habe es nicht einfach so, aus Spaß, getan, sondern weil seine Schwester Biologie studiere und eine Arbeit abgeben müsse anstelle einer Prüfung.

»Und ich habe sie sagen hören, dass die Beschreibung eines eher seltenen Insektes zu einer guten Note beitragen könne.« Er hatte die Hand auf die Brust gelegt und redete im gleichen süßlichen Ton wie Stefano. »Deshalb habe ich den Falter mit dem Glas gefangen und nicht mit der Hand. Damit er unversehrt bleibt.«

Er war noch jung, wahrscheinlich noch nicht dreißig, und trug eine ärmellose Weste wie Stefano, doch eine im Safaristil, die ihm etwas zu groß war und an ihm herunterhing.

»Hätten Sie ihn nicht anderswo fangen können«, mischte sich Laura empört ein. »Bei der Hitze wimmelt es von Insekten. Überall. Sogar in Ihrem Zimmer, wenn Sie das Fenster offen lassen.«

»Nur wenn Sie nicht in unserem Hotel wohnen. In die Zimmer unseres Hotels verirrt sich nicht die kleinste Mücke«, fügte Ugarte mit erhobenem Zeigefinger hinzu.

»Verzeihen Sie, ich konnte nicht wissen, dass Sie sich so darüber aufregen. Ich habe gedacht, dass es sich um einen seltenen und ungewöhnlich großen Schwärmer handelt, also habe ich ihn gefangen, ohne mir dabei etwas zu denken. Wie auch immer, es war ein kurzer Todeskampf.«

Der junge Mann blickte Stefano an. Er wusste nicht, wie auf die Vorwürfe der zwei Frauen reagieren.

»Wie auch immer, Alfredo, es war nicht der geeignete Moment dazu.« Stefano war aufgestanden, offensichtlich bemüht, die Geschichte zu beenden. »Schön, wenn man an die Familie denkt und sich an eine Schwester erinnert, die Biologie studiert. Wir sind aber hier, um eine Reportage zu filmen.«

Carlos konzentrierte sich auf die an sein Ohr dringenden

Geräusche. Stefanos Stimme klang noch frömmelnder, als er seinen Untergebenen rügte. Wenn er es sich genau überlegte: War es nicht seltsam, dass die zwei Fernsehmänner im gleichen Tonfall redeten, in ebendiesem penetrant süßlichen Tonfall? Im Übrigen fingen sie beide die Sätze mit »wie auch immer« oder ähnlichen Floskeln an – als ob sie lange der gleichen Sekte angehört und sich gegenseitig mit bestimmten Angewohnheiten angesteckt hätten. Das war erwiesenermaßen in mehr oder weniger engen Gemeinschaften meistens der Fall: Die individuellen Eigenheiten lösen sich nach einer gewissen Zeit auf, und das Verhalten wird homogener. Vor allem, wenn sich – wie bei den Sekten der Fall – die Gemeinschaft einem strikten Reglement unterwirft. Ja, die meisten, die eng mit der Religion verbunden sind, tragen mit der Zeit einen Stempel oder ein bestimmtes Mal. Auch bei den Soldaten war das natürlich der Fall. Und wie bei den Soldaten – die Erkenntnis traf Carlos wie ein Blitz –, auch bei der Polizei!

Möglich, Carlos, möglich, dass es sich um Polizeibeamte handelt, sagte Sabino, der sich in Carlos' Bewusstsein wieder zu Wort meldete. Diesmal jedoch ganz nüchtern. Wie ein Lehrer.

Carlos senkte brüsk den Kopf und betrachtete die Quadratzentimeter Tisch vor ihm, als ob er dort etwas suchte: Das Tischtuch war aus weißem Leinen, und auf dem Weiß – Teller und Gedecke waren zum Teil bereits abgeräumt – umfassten seine Hände ein volles Bierglas. Das Bier war sehr hell; im Glas stiegen die sandkorngroßen Bläschen auf wie Perlenfäden; seine Hände hingegen sahen aus wie zwei schwitzende Fleischbrocken. Es kam ihm vor, als seien sie von den Knöcheln getrennt, als hätten sie die Verbindung mit seinem Nervenzentrum verloren. Carlos gab sich einen Ruck, er hob das Glas vom Tischtuch, führte es an die Lippen – jede Bewegung seiner Hände war in jenem Moment ein wesentlicher, beabsichtigter, in sich abgeschlossener Akt –, ließ die Flüssigkeit langsam in den Mund fließen. Er wollte sein Gesicht vor Stefano verstecken; er wollte sich seine Bestürzung nicht anmerken lassen. Wenn seine

Vermutung stimmte, war der Mann, der eben noch neben ihm gesessen hatte – im Widerspruch zu dem, was sein Aussehen eines Clowns oder eines Zauberers vermuten ließ –, womöglich sehr gefährlich für ihn, ein Bluthund, eine Schlange: einer der Leiter der Antiterrorbrigade.

Nein, Stefano konnte nichts bemerkt haben, einmal dank Carlos' Vorsicht, vor allem aber dank der Polen. Ihr Fest war zu Ende, und alle am ovalen Tisch, angefangen bei Stefano bis hin zu Ugarte, fühlten sich verpflichtet, jedem Einzelnen die Hand zu schütteln – »*Dobry Wieczòr! Dobry Wieczòr!*« –, bis endlich alle die Terrasse verlassen hatten. Genug Zeit für Carlos, um zu seiner üblichen Ruhe zurückzufinden.

»Alfredo«, rief Stefano seinem Kollegen zu. »Geh und stell die Lampen auf und alles Übrige. Wir nehmen zuerst die Nachspeisen auf.«

»Könnt ihr nicht warten, bis wir fertig gegessen haben? Ich esse gern in Ruhe«, sagte Mikel, Lauras empörten Tonfall von vorhin nachahmend.

»Ich möchte lieber gleich jetzt mit den Vorbereitungen anfangen, denn sonst wird es sehr spät. Natürlich nur, wenn ihr alle einverstanden seid. Wenn ihr später anfangen möchtet, fangen wir später an«, sagte Stefano und blickte fragend Ugarte an.

»Je schneller, desto besser. Ich habe meinem Mann versprochen, dass ich um eins zu Hause bin.« Beatriz warf Carlos einen Seitenblick zu. »Ich muss morgen nämlich arbeiten.« Sie warf Carlos einen zweiten Blick zu, doch auch diesmal erkannte sie nicht die kleinste Regung in seinem Gesicht.

»Ich möchte es ebenfalls möglichst schnell hinter mich bringen. Jedermann kann sich denken, wie viele Interviews ich morgen Vormittag wegen Bonieks und Żmudas Vertragsabschlüssen werde übersetzen müssen«, sagte Danuta.

»Bitte«, meinte Mikel, »wenn ihr ein Magengeschwür bekommt, seid ihr selber schuld. Was ist, Laura? Sehen wir nach dem zweiten Gang? Doros Söhne haben genug zu tun mit dem Abräumen des Polentischs.« Er zeigte auf Juan Manuel und seinen Bruder Doro. Mikel war liebenswürdig und hilfsbereit wie sonst selten.

Carlos überlegte, ob er Mikel nicht in die Küche folgen solle, um ihn über seinen Verdacht gegenüber Stefano und seinen Kollegen zu informieren. Nein, besser nicht. Mikel schien sich den Rat, den er ihm an der Tankstelle gegeben hatte, zu Herzen genommen zu haben: Er wirkte zufrieden und vergnügt. Die Nachricht könnte sich negativ auf ihn auswirken. Wie Ugarte gesagt hatte: Mikel war ein zu schlechter Schauspieler, um sich vor der Polizei zu verstellen.

»Stimmt, die Jungs haben eine gewaltige Arbeit geleistet«, sagte Guiomar nach kurzem Zögern. »Wenn ich richtig gezählt habe, haben sie fünfundzwanzig Flaschen Champagner herbeigeschleppt. Ich weiß nicht, Danuta, ich verstehe Piechniczek nicht. Er lässt es zu, dass sich seine Spieler vor einem so wichtigen Spiel wie das vom kommenden Sonntag betrinken.«

Er meinte es ernst. Guiomar sah es nicht gern, dass die Spieler tranken; in seinen Augen war das unprofessionell.

»Champagner macht nicht betrunken, Guiomar. Champagner verleiht einem Leben«, antwortete Danuta.

»Was ist? Kommt jemand die Teller holen? Ich brauche noch vier Hände«, rief Mikel in der Drehtür. Guiomar eilte ihm zu Hilfe.

»Da offenbar niemand aufzustehen geruht, bin ich wohl die Dritte«, seufzte Laura und folge Mikel und Guiomar in die Küche.

»Sehen Sie, was für tüchtige Leute wir in diesem Hotel haben, Stefano? Vorbildliche Leute, wirklich«, rief Ugarte aus.

Und dann, an den jungen Mann mit dem toten Schwärmer und an dessen zwei Kollegen gewandt: »Was ist? Wollt ihr nicht mit den Vorbereitungen für die Reportage anfangen?«

Stefano gab ihnen ein Zeichen, und die drei Männer schalteten die Lichter ein, stellten die Scheinwerfer am Geländer der Terrasse auf und darum herum ein paar wie mit Silberfolie belegte Schirme, die das Licht reflektierten. Dann hielten sie reihum jedem eine Mikrofonangel hin und machten Tonproben, während sich die Tischrunde an einer von Doros Spezialitäten, einem Thunfischgericht, gütlich tat. Stefano und seine Kollegen arbeiteten keineswegs so ungeschickt, wie Carlos erwartet hatte, im Gegenteil, sie wirkten, als ob sie ihr Metier recht gut verstünden, vor allem der dicke Hemdsärmelige. Die beiden anderen hingegen – jener, der den Schwärmer erstickt hatte, und der andere mit dem Kiffergesicht – trugen ärmellose Westen. »Dort, wo der Rücken seinen ehrenwerten Namen verliert«, hatte Sabino ihnen eingeschärft, »befindet sich für gewöhnlich der Arsch. Doch weil von der Polizei die Rede ist, befindet sich für gewöhnlich dort, wo der Rücken seinen ehrenwerten Namen verliert, eine kleine Pistole, meistens der Marke Astra.« Folglich könnte die Gruppe über drei Pistolen verfügen, die von Stefano mit eingerechnet. Auch der Dicke war womöglich ein Polizeibeamter, aber eher ein Spezialist, kein Inspektor.

»Tut mir leid, bitte keine Tonaufnahme von mir«, sagte Carlos möglichst höflich, als sie das Mikrofon ein paar Zentimeter über seinem Kopf schwenkten. »Ich weiß nichts über die Fußballer. Wirklich, ich möchte lieber nichts sagen.«

»Ich sage auch nichts. Vom Fernsehen bekomme ich Dünnschiss«, erklärte Mikel, das unschickliche Wort betonend.

»Dünnschiss«, wiederholte Pascal, der auf Guiomars Knien saß. Er stocherte im kleinen Teller herum, den seine Mutter ihm vorgesetzt hatte, und schlief schon halb.

»Neptuno, bitte!«, tadelte ihn Ugarte. »Ich hätte es nicht für möglich gehalten, dass der König der Meere eine solche Sprache redet. Zum Glück badet Pascal nicht gern im Meer, denn sonst müsste man sich nicht über die Manieren wundern, die er nach Hause bringt.«

»Bitte, bitte«, beschwor Stefano sie und stand verärgert auf. »Nicht schon wieder eine Diskussion. Ehrlich, ich habe noch nie Leute gesehen, die so leidenschaftlich gern diskutieren.«

Er schaute zuerst Carlos, dann Mikel an und hob ergeben die Arme.

»Bitte, Ruhe, bitte. Ich verstehe sehr gut, dass nicht alle etwas sagen möchten.«

»Ich würde schon etwas sagen, wenn ich mit den Fußballern zu tun gehabt hätte«, beteuerte Carlos, »zudem ist mein Ohr leicht geschwollen. Ich würde auf dem Bildschirm keine besonders gute Figur abgeben.«

Sein lädiertes Ohr schmerzte ein bisschen: ein guter Vorwand, um nach dem Kaffee in seine Wohnung zurückzukehren.

Der Dicke schaltete die Scheinwerfer ein.

»Gehen wir dort hinüber!« Stefano führte Danuta zum Terrassengeländer, an die von dem Dicken bezeichnete Stelle.

»Denkt daran, obwohl Danuta nicht daran erinnert zu werden braucht, da sie schon oft vor der Kamera gestanden hat ...«

»Allerdings nicht als Hauptperson«, antwortete Danuta verlegen kichernd. Sie war etwas nervös und legte mit Beatriz' Hilfe letzte Hand an ihr Make-up. »Wie seh ich aus? Seh ich gut aus?«, fragte sie die Umstehenden; auch Doros Söhne hatten sich inzwischen dazugesellt. Nur Carlos, Ugarte und Mikel saßen noch am Tisch.

»Gut, also, denkt daran, dass ihr euch kurz und präzise fassen müsst. Im Fernsehen läuft die Zeit schneller als auf der Uhr.«

»Wie oft hast du das schon wiederholt, seit du beim Fernsehen bist?«, rief Mikel, der andächtig mit einem großen Stück Brot den Teller auftunkte. Stefano hörte es nicht – oder tat so, als ob er es nicht hörte.

»Ruhig, Mikel, reg dich nicht auf«, flüsterte Carlos. »Wie findest du das Brot?«, fügte er gleich hinzu, um den durch seine Ermahnung irritierten Mikel abzulenken.

»Was ist damit? Mir schmeckt es«, sagte Mikel misstrauisch. Carlos' Ermahnung hatte ihn etwas aus dem Konzept gebracht.

»Ich glaube, es schmeckt nicht besonders.« Carlos wusste, ohne von dem Brot gegessen zu haben, dass es in jenem Stück zu viel Salz hatte.

»Meine Damen und Herren! Ich gehe pinkeln!«, verkündete Ugarte laut. Er war offensichtlich beschwipst. »Mir hat man gesagt, dass man pinkeln muss, bevor man im Fernsehen auftritt. Wenn man es nicht tut, kann man das einem am Gesicht ablesen. Habt ihr die merkwürdige Visage der Kerls von den Mittagsnachrichten gesehen?« Ugarte machte eine Pause. Niemand schenkte ihm Beachtung. Keiner antwortete. Alle hatten den Blick auf Danuta gerichtet. »Ehrlich, Carlos, er macht ein solches Gesicht, weil er nicht auf die Toilette geht, bevor er sich vor die Kamera setzt«, beharrte er und ging schwerfällig ein paar Schritte auf Carlos zu.

»Das nächste Mal schauen wir genauer hin«, meinte Mikel.

»Ja, genauer hinschauen, das ist vernünftig«, bestätigte Ugarte. Er legte die Hand auf Carlos' Schulter und beugte sich zu ihm hinunter. Dann senkte er die Stimme. »Nebenbei gesagt, habt ihr euch die Journalisten genauer angesehen?«, flüsterte er. »Nichts aufgefallen?«

»Aufgefallen? Was meinst du damit ...«, stotterte Mikel.

»Halt die Klappe, Neptuno«, fiel ihm Ugarte ins Wort. »Was glaubst du eigentlich? Dass es überall so friedlich zugeht wie in deinen tiefen Meeresgrotten, was? Du irrst dich, mein Freund. Also, ein bisschen Diskretion, Neptuno.«

Ugarte machte überhaupt keinen betrunkenen Eindruck mehr, nein, er machte den Eindruck eines sehr besorgten Mannes.

»Wer sind sie? Polizei?«, flüsterte Carlos noch leiser. Der Dicke stand jetzt vor Danuta; auf der Terrasse herrschte andächtige Stille.

»Und ob. Und sie werden die Reportage zum Vorwand nehmen und alle aushorchen und überall herumschnüffeln und schließlich das Versteck unserer Freunde finden. Und wir landen alle in der Scheiße, und Pascal, dem *hereu* – nicht wahr, Carlos? – wird nichts mehr bleiben auf dieser Welt. Und alles wegen einer mehr als fraglichen Entscheidung, die du allein zu verantworten hast. Ehrlich,

Carlos, eine sehr fragliche Entscheidung, ohne vorher mit einem von uns Rücksprache zu nehmen. Doch ruhig, mach dir kein Gewissen daraus, im Gefängnis hat man wenig Gelegenheit, Geld auszugeben. Ich werde alles, was ich erübrigen kann, Pascal zukommen lassen.«

Ugarte schlug ihm ein paar Mal auf die Schulter und ging auf die Drehtür zu. Laura bedeutete ihm verärgert, doch endlich ruhig zu sein, Danuta würde gleich anfangen zu reden.

»Halt die Klappe, und alles wird bestens ausgehen«, wiederholte Mikel finster.

»Hör mir gut zu, Neptuno!« Ugarte war an den Tisch zurückgekehrt und beugte sich zu Mikel hinunter. Seine Stimme klang schneidend. »Eines Tages werde ich dir den Dreizack wegnehmen und ihn dir in den Arsch stecken. Wie findest du das?«

Mikel hielt Ugartes Blick nicht stand und starrte auf das Tischtuch. Seine Antwort klang drohend. »Du sollst die Klappe halten, hab ich gesagt.«

»Woher hast du die Information?«, fragte Carlos.

Stefano gab ihnen ein Handzeichen, sie sollten ihre Unterhaltung beenden, es werde jeden Moment gefilmt. Er stand neben dem Dicken und warf zwischendurch einen Blick durch den Sucher.

»Wenn du es genau wissen willst, Carlos: Als ich auf die Terrasse gekommen bin, habe ich festgestellt, dass dieses Pummerchen von einer Nuria ganz aus dem Häuschen war«, erklärte Ugarte tonlos, den Blick jedoch auf die Gruppe am Geländer gerichtet. »Ich habe sie gefragt, was los sei, und da hat sie mir 007s klassisches 00-Geheimnis verraten ...«

Ugarte kicherte über sein Wortspiel, doch als Stefano ihm einen Seitenblick zuwarf, fuhr er rasch fort. »Sie putzte offenbar gerade ein WC im Waschraum, als ein paar Männer hereingekommen sind, nicht ins WC natürlich, und eine Beratung abgehalten haben: Tragen wir die Pistole oder nicht? Und wer übernimmt die Koordination mit den bereits im Hotel anwesenden Sicherheitsbeamten und dergleichen mehr. Und wer war der Wortführer, wer? Stefano. Hat fast einen Herzanfall bekommen. Nuria, meine ich, nicht Stefano.«

»Daher hast du also deine Information.« Carlos warf Mikel einen Blick zu: Auf seiner Stirn und seinen Schläfen perlte Schweiß.

»Ja, einen Herzanfall.« Ugarte überhörte Carlos' Bemerkung. »Und genau aus diesem Grund habe ich sie mit ins Auto genommen, damit sie sich etwas beruhigt, und nicht, weil ich ein Ehebrecher bin. Natürlich bin ich ein Ehebrecher, aber nicht einer von denen, die vor dem Schwimmbad des eigenen Hauses parken und die Hose aufknöpfen.«

»Sehr gut, Ugarte. Du hast dich lange genug über das Thema ausgelassen. Wenn du eine Woche lang nichts mehr davon erwähnst, umso besser für alle. Wenn alles vorbei ist, werde ich dir meine Version der Dinge geben.«

»Aber natürlich, wann es dir beliebt. Es fehlte gerade noch«, feixte Ugarte und ging wieder auf die Drehtür zu.

Von dort aus – Danuta wollte eben zu sprechen beginnen – wandte er sich zur Gruppe um und schrie: »Habt ihr alle gepinkelt? Wenn ihr auf dem Bildschirm erscheint, ohne vorher gepinkelt zu haben, wird man es euch ansehen.«

Die anderen protestierten empört, und Ugarte verschwand im Speisesaal.

»Möchtet ihr auch Kaffee?«, fragte der junge Doro, der sich aus der Gruppe gelöst hatte und auf den Tisch zukam.

Sie bejahten, und er verschwand hinter Ugarte her durch die Drehtür. Ein paar Sekunden später folgte ihm sein Bruder Juan Manuel.

»Und jetzt?«, fragte Mikel, als sie wieder allein am Tisch saßen. Er hatte Angst.

»Zuerst warten wir ab, was unsere Freunde meinen. Wir unterhalten uns morgen um acht Uhr früh darüber und überlegen uns das weitere Vorgehen. Inzwischen, ganz ruhig.«

»Morgen um acht? Wo?«

»Warte vor der Garage auf mich. Wir frühstücken an der Tankstelle.«

Carlos stand auf und setzte sich etwas abseits auf eine Stufe. Mikel hingegen ging zu den anderen hinüber und drängte sich zwischen Laura und Guiomar.

Carlos hätte sich gern Danutas Erklärungen angehört, doch in seinem Kopf vermischten sich die Stimmen pausenlos und lenkten ihn ab. *Peinlich, peinlich, Carlos. Eine Katastrophe. Noch ein paar Tage, und du landest auf dem Kommissariat*, sagte die Ratte.

Ruhig, Carlos, die Lage ist nicht aussichtslos, überhaupt nicht, widersprach Sabino. *Lediglich eine unserer Voraussagen hat sich erfüllt, doch ohne jede Gefahr für dich, und nicht zuletzt, weil Ugarte ein zuverlässiger Mensch ist und niemals ein Verräter. Er wird schweigen. Und wird dafür sorgen, dass Nuria schweigt.*

Dann hörte er Kropotky. *Du akzeptierst dich nicht, Carlos, daher akzeptierst du auch die Welt nicht. Du bist von einem negativen Karma beherrscht. Darum gerätst du immer wieder in gefährliche Situationen.*

Dann sprach eine ungefähr vierzigjährige Frau. Sie sah aus wie eine Engländerin. *Du bist es gewesen, der meinen Mann entführt und anschließend umgebracht hat. Du sollst wissen, dass ich dir niemals verzeihe und dass auch meine Kinder dir nicht verzeihen. Wenn sie dich töten wie Ungeziefer, werden wir deinen Tod mit Champagner feiern, da kannst du ganz sicher sein, du Mörder, du widerlicher Mörder. Ich habe es dir durch die Zeitungen gesagt, und ich werde dich, wann immer nötig, daran erinnern.*

Und wieder die Ratte: *Ich wäre mir nicht so sicher hinsichtlich von Ugartes Schweigen. Schließlich muss er das verteidigen, was er in all den Jahren aufgebaut hat, und wäre es bloß wegen Pascal. Doch nehmen wir das Gegenteil an, nehmen wir an, dass er nichts sagt. Selbst dann, was ist mit Stefano und seinen Kollegen? Sie sind aus einem bestimmten Grund ins Hotel gekommen und werden nicht aufgeben, bis sie das gefunden haben, wonach sie suchen. Du kannst es drehen, wie du willst, Carlos, du hast dir etwas Gefährliches eingebrockt und wirst dafür mit deiner Haut bezahlen. Da kannst du Gift drauf nehmen.*

Und wieder Sabino: *Lass dich nicht aus der Fassung bringen, Carlos, vergiss deinen Verdacht gegenüber Ugarte. Wenn er etwas unternimmt, dann nur, um dir zu helfen, nicht etwa aus Zuneigung oder aus einem anderen metaphysischen Grund, sondern im ureigensten Interesse. Wenn sie Jon und Jone finden und die Hoteldokumente genauer unter die Lupe nehmen, könnte man die Herkunft eures Kapitals entdecken. Das ist es, wovor er Angst hat. Erinnere dich, was er dir am Montag nach dem Spiel gesagt hat. Daher, nicht die geringsten Bedenken seinetwegen. Vergiss Ugarte und konzentriere dich auf die Konfrontation mit Stefano, jedoch gelassen, ohne die Nerven zu verlieren. Schließlich wissen sie das Wesentliche nicht; daher haben sie dieses Theater aufgezogen, weil sie nicht wissen, wo genau sich Jons und Jones Versteck befindet. Sie können von irgendwem irgendwo versteckt werden, denn auch das wissen sie nicht, wer von euch die Organisation unterstützt. Ob du es bist oder Guiomar oder Ugarte selbst oder vielleicht Doros Söhne ... Sie wissen sehr wenig, Carlos. Jemand hat ihnen verraten, dass die beiden in der Umgebung des Hotels versteckt sind. Oder zumindest, dass sie hier waren. Deshalb haben sie Stefano hergeschickt, und deshalb haben sie vielleicht – ich bin zwar nicht ganz sicher – besonders gut ausgebildete Polizeibeamte zur Bewachung der polnischen Mannschaft abbeordnet. Doch darüber hinaus, Carlos, wissen sie nicht einmal, wo anfangen.*

Unsinn, warf die Ratte verächtlich ein. *Zweierlei Dinge sind eindeutig klar: erstens, dass jemand die Polizei informiert hat. Zweitens, dass du ein weiteres Mal im Kittchen landen wirst. Im besten Fall ...*

Stürmischer Applaus krönte Danutas Auftritt vor der Kamera; gleichzeitig verstummten alle Stimmen in Carlos' Kopf, als hätte der Lärm sie erschreckt. Er schaute auf und sah Guiomar an der Stelle, wo noch vor ein paar Sekunden Danuta gestanden hatte. Er saß auf einem Stuhl – vielleicht weil er zu groß war – und hielt Pascal auf den Knien.

Er hätte gern gehört, was sein Freund sagte, doch er war in dem Moment nicht Herr seiner Gedanken; es gelang ihm nicht, das Thema, das ihn beschäftigte, zu verdrängen. Schließlich, nachdem er die Worte der Ratte und die Sabinos gegeneinander abgewogen hatte, sagte er sich, dass seine Sorgen sich auf eine Frage reduzierten. Und die Frage lautete: Über wie viel Zeit verfüge ich? Wie viele Tage oder wie viele Wochen bleiben mir, um Jon und Jone aus dem Hotel zu schaffen? Das Versteck war ziemlich sicher; nur Guiomar und María Teresa kannten es von innen. Die anderen im Hotel wussten entweder nichts von dessen Vorhandensein oder glaubten – wie Juan Manuel und sein Bruder Doro, die ihm ab und zu in der Backstube halfen –, dass es sich lediglich um einen düsteren Keller handelte, wo die Mehlsäcke oder das Brennholz gelagert wurden. Die Frist von einer Woche, die er der Organisation einzuräumen gedachte, schloss in Anbetracht der Situation jegliche Sicherheitsmarge aus.

Was den Zeitpunkt anging, so blieben ihnen nur zwei Möglichkeiten, beide an Mikels Fahrten gekoppelt: Jon und Jone am nächsten Morgen aus dem Hotel bringen – oder drei Tage später, am Freitag. Würde er am nächsten Morgen genügend vorbereitet sein? Er könnte Jon und Jone an der Kontrolle vorbeischmuggeln; sie zuerst bis zur Banyera begleiten, dann auf dem alten Pfad bis zur Tankstelle. Wenn Mikel dort auf sie wartete, konnte die Operation gelingen. Allerdings – er blickte auf die Uhr – blieb ihm sehr wenig Zeit. Es war halb zwölf. Bis das Festessen fertig war und er sich mit Mikel verständigt hatte, würde es ungefähr eins sein. Und bis er Jon und Jone auf die Flucht vorbereitet hätte, wäre es zwei in der Früh. Wenn Mikel um acht wegfuhr, blieben sechs Stunden, um zu überprüfen, wo die Beamten patrouillierten und ob im Umkreis der Backstube die Luft rein war. Nein, das Ganze war zu überstürzt. Etwas Unvorhergesehenes, und alles war aus. Es war wohl besser, bis Freitag zu warten.

Als Guiomar seinen Auftritt beendet hatte, erhob sich auf der Terrasse eine weitere Applaussalve. Carlos hatte den absurden

Eindruck, dass der Beifall dem Entschluss galt, den er eben gefasst hatte. Er schüttelte den Kopf und schaute zu den Scheinwerfern hinüber. Ugarte war jetzt an der Reihe. Er erklärte, ohne die Miene zu verziehen, dass die Erfolge der Polen Beweis für die Tugenden des Alkohols seien. Dass er, obwohl er erwiesenermaßen ein Säufer sei, den Polen nicht das Wasser reichen konnte, wenn's ums Trinken ging, was wiederum die Cola-Cao-Lüge bewies. Ja, das war die reine Wahrheit: Das Produkt, das einem Sportler Kraft verlieh, war der Alkohol und nicht der Kakao. Alle Väter, die sich einen Sportler in der Familie wünschten, müssten sich das hinter die Ohren schreiben.

Natürlich hatte er die Lacher auf seiner Seite. *Er weiß selbstverständlich, dass diese Reportage nie gesendet wird,* sagte Sabino mit einer gewissen Sympathie für Ugarte. Carlos schloss daraus, dass er ihn nicht für fähig hielt, ihnen einen bösen Streich zu spielen. Nein, er würde sie nicht anzeigen. Weder aus Groll noch wegen der drei Millionen, die das Innenministerium für Jon und Jone ausgesetzt hatte, noch wegen sonst etwas. Nicht einmal, um sich die Probleme vom Hals zu schaffen, die ein unglücklicher Ausgang der Operation nach sich ziehen könnte. Eine Sache war, nichts mit der Organisation zu tun haben zu wollen. Eine ganz andere, sich in einen Verräter zu verwandeln. Wer ihnen hingegen in höchstem Maße schaden konnte, war der wirkliche Verräter, jener, der Stefano auf die Spur des Hotels gebracht hatte. Vorausgesetzt, dass es ein solches Individuum gab, denn die Anwesenheit der Polizei konnte ebenso gut mit der Vergangenheit der Gruppe im Zusammenhang stehen. Oder mit der Verhaftung eines Komplizen der zwei Gesuchten. Egal, was in jenem Moment am wenigsten zählte, war der Name des Spitzels. Was hingegen eindeutig zählte, war, dass Stefano und seine Mitarbeiter im Hotel herumschnüffelten und er dafür sorgen musste, dass sie schleunigst verdufteten.

»Was ich dem Publikum begreiflich machen möchte, ist, dass es sich um Spieler aus einem kommunistischen Land handelt«, sagte

Laura in die Kamera, als Stefano ihr das Zeichen gab, mit Reden zu beginnen. »Das muss einmal ganz deutlich gesagt werden, weil man aufgrund der meisten Fernsehübertragungen oder der Berichte in der Presse den Eindruck gewinnen könnte, dass alle Fußballer Solidarność angehören und von Lech Walesa nach Barcelona geschickt worden sind – oder besser gesagt, vom Papst, Wotela oder Wotila oder wie er heißt. Und das ist reine Manipulation. Diese Mannschaft ist vom Kommunismus beseelt, und wir, ich meine damit alle Kommunisten in diesem Land, freuen uns sehr über ihren Sieg.«

»Großartig«, applaudierte Ugarte. »Was mir am meisten gefallen hat, ist das Zögern beim Namen des Papstes. Es beweist, wie unendlich weit wir vom Katholizismus entfernt sind in diesem Land.«

Danuta an Ugartes Seite nickte diskret. Sie stimmte Lauras Worten zu. Guiomar seinerseits – er sprach leise, weil der Dicke eine weitere Tonprobe mit Beatriz machte – meinte, ihr Statement hätte ihm sehr gut gefallen, allerdings verhielten sich die Dinge leider etwas anders, sie müsse das doch zugeben, oder? Man brauche sich bloß an Bonieks Besuch bei der Jungfrau von Montserrat zu erinnern, gleich nach seiner Ankunft im Hotel.

»Lauter kindisches Zeug«, schloss Guiomar. »Aber im Großen und Ganzen stimmt es, was du gesagt hast. Die Haltung der spanischen Presse ist eine Schande. Sie erweckt den Eindruck, als ob Spanien während der letzten zweihundert Jahre ein demokratisches Land gewesen sei, und erdreistet sich, Polen Lektionen zu geben. Wo doch noch vor zehn Jahren die meisten rassereine Faschisten waren. Die meisten Journalisten, meine ich.«

Die Scheinwerfer waren auf Beatriz gerichtet, und der Dicke begann zu filmen. Ihre frische Bluse war nicht so durchsichtig wie sonst; man konnte den Büstenhalter darunter nicht erkennen, dafür war sie so tief ausgeschnitten, dass man den Brustansatz sah. Beatriz trug selten einen so tiefen Ausschnitt, und Carlos stellte fest, dass die Blicke aller auf der Terrasse anwesenden Männer ständig von ihren Augen zu ihrem Ausschnitt wanderten. *La nostra bellissima*

Beatriu... Wie schade, dass man die Hände – beide Hände – nicht in ihrem Ausschnitt versenken konnte. Aber es war seine Schuld, er war zu überstürzt vorgegangen. Etwas, was Sabino ihm tausendmal gepredigt hatte: Wer nicht Schritt um Schritt vorwärtsgeht, kommt nie voran.

»Ob irgendein Politiker ins Hotel gekommen ist?«, wiederholte Beatriz Stefanos zweite Frage. »Nun, es haben mehr Kirchenleute ihre Aufwartung gemacht als Politiker. Vorgestern zum Beispiel ist ein italienischer Bischof gekommen und hat der Mannschaft eine Botschaft des Papstes überbracht.«

Laura und Guiomar tauschten einen vielsagenden Blick, nahmen dann die Tabletts mit dem Kaffee, die Doros Söhne aufgetragen hatten, und verteilten sie auf die einzelnen Tische.

»Bravo, mein Junge, es genügt nicht, ein guter Kellner zu sein, man muss zudem entsprechend aussehen«, sagte Ugarte mit einem Blick auf Juan Manuels weißes Hemd und seine ebenso makellos weiße Hose.

»Vater hat gesagt, ich soll mich für das Fernsehen schön machen«, antwortete Juan Manuel lächelnd.

Carlos trank den Kaffee in zwei Schlucken aus, stand von der Stufe auf und verabschiedete sich mit einer Armbewegung. »Entschuldige, dass ich nicht bleibe, bis du an der Reihe bist«, sagte er zu Juan Manuel, »aber es ist spät für mich. Ich muss ins Bett.«

»Macht nichts, Carlos. Ich werde kaum etwas Vernünftiges sagen«, antwortete der junge Doro anstelle seines Bruders. Juan Manuel schubste ihn am Arm, und die zwei brachen in Lachen aus.

»Sie gehen schon? So schnell? Ich hatte gehofft, wir würden nach den Fernsehaufnahmen noch etwas plaudern.« Danuta war sichtlich enttäuscht.

»Wir sind gleich fertig. Fehlt nur noch Juan Manuel. Doch wenn Sie müde sind, gehen Sie lieber schlafen. Ich ginge auch gern schlafen.« Stefano kam auf ihn zu und reichte ihm die Hand. Seine runden, blauen Augen musterten ihn.

»Ich bin überhaupt nicht müde, aber mein Ohr schmerzt, und das trägt nicht gerade zu einem ungezwungenen Gespräch bei«, antwortete Carlos, den Blick erwidernd. Er hielt die Hände in den Hosentaschen und übersah geflissentlich Stefanos hingestreckte Hand.

»Darum, wegen Ihres Ohrs«, seufzte Danuta. »Darum sind Sie während des ganzen Essens so ernst und schweigsam gewesen. Ich bin beruhigt, Carlos. Ich habe gedacht, Sie seien böse mit mir.«

»Nicht mit Ihnen, mit mir ist er böse.« Beatriz kam auf sie zu. Im Licht der Scheinwerfer wirkte ihre Haut sehr glatt. Wie schade, dass er sie nicht nackt sehen durfte. *Und noch mehr schade, dass du den Kopf nicht zwischen ihre Schenkel legen darfst,* ergänzte Sabinos Stimme.

»Nein, er ist mit mir böse«, rief Pascal auf Guiomars Knien. Er war halb eingeschlafen.

»Er ist mit niemand böse«, griff Ugarte ein. »Carlos geht nicht ins Bett, wenn er schlafen sollte, wie meine Mutter vor Jahren sagte, und dann läuft er den ganzen Tag wie ein Schlafwandler herum. Ich glaube, er hat sich deswegen entschlossen, die Hotelbäckerei zu übernehmen, um einen Vorwand zu haben, sich zu unmöglichen Tages- und Nachtzeiten herumzutreiben. Jetzt zum Beispiel ist es ein Uhr morgens, zu dieser Zeit sollte Beatriz zu Hause bei ihrem Mann sein ...«

»Was? Schon so spät?«, unterbrach ihn Beatriz. »Ich gehe gleich. Wo sind denn meine Autoschlüssel schon wieder ...«

»Ich muss Ihnen noch die Ohrringe zurückgeben«, rief Danuta und führte die Hand zum Ohr.

»Das hat morgen auch noch Zeit«, beruhigte sie Beatriz.

»Nein, ich gebe sie Ihnen lieber jetzt zurück. Und nochmals vielen Dank. Ich glaube, ich habe ganz nett ausgesehen damit.«

»Um auf das von vorhin zurückzukommen«, fuhr Ugarte unbeirrt fort, während Danuta die Ohrringe abnahm, »jetzt ist es eins. Sag, Carlos, wann musst du morgen aufstehen?«

»Um fünf«, sagte Guiomar.

»Um fünf«, plapperte Pascal nach.

Carlos antwortete mit einem angedeuteten Lächeln und entfernte sich. Als er die Haupteingangstür aufmachen wollte, rief ihm Stefano von der Terrasse aus zu: »Entschuldigen Sie, Carlos. Mir ist eben ein Gedanke gekommen«, erklärte er, die Hände auf das Terrassengeländer gestützt.

Carlos wandte den Kopf. Die Falter flatterten jetzt im Lichtstrahl der Scheinwerfer, und die Schneeflockenwirkung ließ Stefano mit seiner toupierten Clownfrisur und seiner fuchsiaroten Weste wie eine Gestalt aus einem Märchen erscheinen. Er war aber überhaupt nicht eine Gestalt aus einem Märchen: Er war ein Polizist, der dort, wo der Rücken seinen Namen ändert, eine Astra-Pistole trug.

»Ich weiß nicht, vielleicht ist es doch keine so gute Idee ...«, zögerte Stefano.

»Nur los ...«

»Nun, ich habe mir gedacht, dass es vielleicht interessant wäre, ein paar Bilder von Ihnen zu zeigen, bei Ihrer Arbeit in der Backstube, meine ich. Nur zehn Minuten. Wenn Sie ablehnen, habe ich natürlich volles Verständnis dafür. Man hat mir gesagt, die Backstube sei Ihr ganz privates Territorium.«

»Warum nicht ...« Carlos zwang sich, möglichst normal zu reden. »Mir würde es am Sonnabend am besten passen«, fuhr er fort, bevor Stefano antworten konnte. »Samstagvormittag ist allgemeiner Putztag, die Backstube ist dann präsentabel. Geht das für Sie?«

Stefano dachte nach. Er stand einen Moment lang mit verschränkten Armen dort, den Blick starr auf den Fußboden gerichtet.

»Etwas spät ...«, meinte er schließlich.

»Warum? Sie machen doch eine Reportage, oder? Auf einen Tag mehr oder weniger kommt es gewiss nicht an? Wenn ich schon einmal im Fernsehen auftrete, möchte ich einen möglichst guten Eindruck machen. Vor allem vor meinen Freunden und Verwandten. Aber wenn es für Sie zu spät ist ...«

Carlos sagte sich, dass es klüger war nachzugeben; ein Kräftemessen könnte gefährlich sein.

»Nehmen Sie am Tischtennisturnier teil?«, fragte Stefano.

»Wer würde schon Guiomar einen Korb geben«, antwortete Carlos in einem Tonfall, der eher zum jungen Doro passte als zu ihm.

»Dann unterhalten wir uns morgen darüber«, schloss Stefano. Er winkte ihm mit der Hand Gute Nacht zu und trat vom Geländer zurück.

Jetzt ist Abend – las Carlos, als er zerstreut im Buch mit den Briefen Rosa Luxemburgs blätterte, das er vor ein paar Stunden aufs Sofa gelegt hatte. Er war langsam die Treppe zu seiner Wohnung hochgegangen und saß jetzt vor dem offenen Wohnzimmerfenster. Er hatte keine Lust, gleich schlafen zu gehen –, *und ein weiches Lüftchen weht von oben durch meine Fensterluke in die Zelle, bewegt leicht meinen grünen Lampenschirm und blättert leise in dem aufgeschlagenen Schiller. Draußen am Gefängnis vorbei wird ein Pferd langsam nach Hause geführt, und seine Hufe schlagen ruhig und rhythmisch in der nächtlichen Stille auf das Pflaster. Aus der Ferne kommen kaum vernehmbar die launischen Töne einer Mundharmonika, auf der irgendein Schusterjunge vorbeischlendernd einen Walzer »pustet«. Mir summt im Kopfe eine Strophe, die ich irgendwo neulich gelesen habe. »Eingebettet zwischen Wipfeln – liegt dein kleiner stiller Garten, – wo die Rosen und die Nelken lang schon auf dein Liebchen warten, – eingebettet zwischen Wipfeln – liegt dein kleiner Garten...« Ich verstehe gar nicht den Sinn dieser Worte, weiß auch nicht, ob sie überhaupt einen Sinn haben, aber ...*

Carlos schaute vom Buch auf. Seine Gedanken folgten dem Faden des Briefes nicht mehr, sondern waren, wie an einem Angelhaken gefangen, an der Bemerkung in der dritten Zeile hängen geblieben: *Draußen am Gefängnis vorbei...* Und sogleich überfielen ihn die Erinnerungen an andere Gefängnisse und an andere Briefe:

an die Gefängnisse, die ihm vertraut waren, und an die Briefe, die er geschrieben hatte. Er erinnerte sich vor allem an einen, den er vor zehn Jahren seinem Bruder Kropotky geschrieben hatte und den er in seinem alten Schreibmäppchen im Schreibtisch aufbewahrte, zusammen mit den Dingen, die ihm sein Bruder nach ihrem Streit zurückgeschickt hatte.

Er zögerte: Sollte er aufstehen und den Brief holen gehen oder weiterlesen? Schließlich ging er in sein Schlafzimmer, suchte den Brief im blauen Mäppchen und kehrte damit ins Wohnzimmer zurück.

Jetzt weiß ich, was es bedeutet, im Gefängnis zu sein – las er. Seine damalige Handschrift kam ihm schöner vor als seine jetzige. *Es geht nicht um das, was man draußen lässt; es geht nicht darum, dass man kein Fußballspiel direkt mitverfolgen kann oder, wie du sagst, dass man keine Möglichkeit hat, sich mit einem Mädchen zum ersten Mal zu treffen. Das bedeutet nichts für einen Untergrundkämpfer, der von seinen Idealen durchdrungen ist; zudem findet man immer einen Zeitvertreib, der die erwähnten ersetzt. Während unseres Hungerstreiks zum Beispiel empfand ich ein unsägliches Glücksgefühl, unglaublich, wirklich, wenn ich mir den köstlichen Thunfisch aus der Dose vorstellte, den ich nach dem Streik essen würde. Das Problem ist also nicht, was man verliert; mir erscheint es zumindest so. Und im Übrigen: Es ist kein metaphysisches Problem, sondern ein rein physisches. Nur physisch. Worunter wir hier wirklich leiden zum Beispiel, ist der Mangel an Raum. Die langsame, aber beklemmende Abnutzung, unter welcher der Körper leidet, ist auf diesen Mangel zurückzuführen. Denn unser Körper ist für Bewegung geschaffen, für viel Bewegung. Ich möchte behaupten, dass der zu enge Raum eine ebenso schlimme Folter ist wie die Tropfentortur, die die Chinesen angewendet haben sollen. Du weißt, auf was für eine Folter ich mich beziehe: Du bist an einen Pfosten gefesselt, und ein Tropfen fällt dir auf den Kopf, der erste Tropfen. Eine Minute später fällt der zweite Tropfen. Dann der dritte, der vierte, der fünfte ... Jeder Tropfen für sich allein betrachtet, ist weiter nicht schlimm. Doch nach dem ersten Tag sind bereits 1440 Tropfen auf deinen Kopf gefallen. Und wenn du nach einer Woche den Tropfen Nummer 10 080 erwartest, treibt dich diese Folter zum Wahnsinn, und der Tod kommt dir tausendmal begehrenswerter vor. Mit dem Mangel an Raum ist es mehr oder weniger das Gleiche. In diesem Gefängnis besteht die längste Strecke aus den 160 Schritten von einer Hofmauer zur anderen, und der freie Raum in den Zellen beträgt höchstens vier Quadratmeter. Natürlich gibst du dir normalerweise keine Rechenschaft darüber. Doch manchmal genügt ganz wenig, eine Bagatelle, und du wirst dir der Enge bewusst und spürst plötzlich die Tropfen auf dem Kopf. Eines Nachts vorige Woche zum Beispiel hat mein Zellennachbar, nennen wir ihn einmal Txori, angefangen zu husten. Zwei Stunden später hustete er immer noch. Und fünf Stunden später das Gleiche: chwoff, chwoff, chwoff. Zu allem Elend fielen die Tropfen mehr oder weniger in einem Abstand von einer Minute. Eine Minute und: chwoff, chwoff, chwoff. Eine weitere Minute und: chwoff, chwoff, chwoff. Zuerst verstopfte ich mir die Ohren, doch es nützte nichts. Nach kurzer Zeit taten mir die Ohren weh, ich nahm die Finger heraus und: chwoff, chwoff, chwoff. Ich brüllte Txori durch die Zellenwand hindurch zu, dass ich ihn am nächsten Morgen im Hof umbringen würde, wenn er nicht aufhörte zu husten. Und glaube ja nicht, dass ich das einfach so sagte: Ich war fest entschlossen. Schließlich schlug ich mit dem Kopf gegen die Wand. Ich war außer mir. Ich weiß nicht, ob ich mich daran gewöhnen werde. Wenn nicht, wird es sehr hart sein. Manchmal sage ich mir, dass es das letzte Mal ist, dass man mich ins Gefängnis steckt. Ich weiß inzwischen, was es bedeutet. Ich zöge alles andere vor, nur nicht hierbleiben ...*

Der Brief weckte in ihm das Bedürfnis nach einer Zigarette. Er erinnerte sich an das Päckchen Marlboro, das er in der Backstube gefunden hatte. Er ging wieder in sein Schlafzimmer, um das Hemd zu suchen, das er tagsüber getragen hatte. Seine tastende Hand fand aber noch etwas anderes. In der Hemdtasche war auch ein Blatt Papier. *Sie behaupten, dass das aus Francos Diktatur hervorgegangene politische System eine Demokratie sei* – las er –, *doch das Volk weiß, dass dies eine Lüge ist. Denn, kann ein Parlament, das sich aus den einstigen Meuchelmördern der Diktatur zusammensetzt, demokratisch sein? Und ist eine Polizei, die nach wie vor foltert, demokratisch? Und was den König angeht, ist es nicht der Diktator selbst gewesen, der ihn auf den Thron gesetzt hat?* Es handelte sich um das Blatt, das Jone auf das Tablett gelegt hatte. *Du hast das Flugblatt komplett vergessen*, tadelte ihn Sabino. *Jemand, der zwei Aktive versteckt, darf kein subversives Flugblatt in der Hemdtasche herumtragen. Das widerspricht jeglicher Sicherheitsregel.*

»Ich bin etwas aus der Übung gekommen«, flüsterte Carlos, als ob Sabino irgendwo in der Wohnung anwesend wäre und nicht auf dem Friedhof von Biarritz läge. Dann ging er in die Küche, zerriss das Blatt in kleine Schnitzel und warf sie in den Kehrichteimer.

Er ging wieder ins Wohnzimmer hinüber und stellte sich rauchend ans offene Fenster. Draußen ging die Welt ihren Lauf. Die vertrauten nächtlichen Lichter leuchteten in der Ferne: die blauen und roten der Tankstelle, die orangerötlichen der Wohnsiedlungen, die gelben der Dorfkirche. Doch Carlos sah sie nicht. So wie er auch den Mond am Himmel nicht sah – wenig – und die Sterne – viele –, und er spürte die Brise nicht, die durch das Fenster hereinwehte und, wie Rosetta gesagt hätte, leise im aufgeschlagenen Buch blätterte. In jenem Moment – nach all dem, was beim Festessen vorgefallen war – war das Hotel, und alles darum herum, nicht seine wirkliche Welt.

Er war bereits anderswo, in der Welt jener, deren Leben in Gefahr war. Seine Gefährten waren nicht mehr Guiomar, María Teresa oder Doro, sondern all jene, die in dieser Nacht einsam in Krankenhäusern in abgesonderten Zimmern schliefen; oder die Selbstmörder; oder die Alkoholiker. Oder jene, die in genau dem Moment ein Attentat vorbereiteten. Oder der Verbrecher, der jemand überfallen wird, wie auch das künftige Opfer des Verbrechers. Oder der Polizeibeamte, der sich auf der Straße den Kriminellen in den Weg stellen muss. Auch Stefano, Mikel, Jon und Jone waren seine Gefährten. Und in jener mächtigen Welt, von deren Vorhandensein gewöhnliche Leute keine Ahnung haben, gab es nur eine Gefahr, die Sabino »Herrin Angst« nannte; eine kaltblütige, hartnäckige Feindin, die andererseits durch ihre Entität den Kampf adelt. Aus diesem Grund sind alle so hochmütig, die sich diesem Kampf stellen, alle, die in dieser marginalen Welt leben, denn sie zumindest haben den Mut, dieser tödlichen Gefahr offen ins Gesicht zu schauen. Während es den Übrigen – denen auf der anderen Seite der Grenze – an Mut mangelt. Denen, die in ihren Fabriken und Kontoren den Kopf senken; denen, die seit ihrem zwanzigsten Lebensjahr nur eines anstreben, nämlich Beamter zu werden; denen, die sich nach dem Winter sehnen, um einen Vorwand zu haben, sich in ihrem Haus zu verkriechen; und den vielen anderen, die bloß feige, erbärmlich und unterwürfig sind. Aus diesem Grund war er, ein Heranwachsender noch, einer bewaffneten Untergrundorganisation beigetreten: um nicht Teil jener vulgären Masse zu werden. Während seine Schulkameraden mit den Priestern zelten gingen, übten sie sich – die vier oder fünf, die nach außen ein Gymnasiastenleben führten und gleichzeitig jener marginalen Welt angehörten – in den Bergen im Schießen oder nahmen an Sabinos *Kursen* teil, um den Überfall auf das Büro eines Hippodroms vorzubereiten. Die Überzeugung, dass sie anders waren, verlieh ihren Füßen und ihren Herzen Flügel.

Nichts in jener Welt war gleich. Vor allem die Zeit lief nicht gleich schnell. Stefano hatte gesagt, dass die Zeit im Fernsehen schneller läuft als die Uhrzeit. Das Gleiche, aber zehnmal vervielfacht, konnte man von allem sagen, was von Herrin Angst beherrscht wird. Der Kämpfer, der sich in Gefahr begibt, hat den Eindruck, dass die Zeit sprunghaft vorwärtsrückt, von Aktion zu Aktion – wie ein Tier, das einen Fluss von Stein zu Stein springend überquert. Was bedeutet, dass alle Intervalle keinen Zeitwert mehr haben, dass sie sich in tote Zeit verwandeln. Schlamm zwischen zwei Steinen. Oder zwischen zwei Aktionen.

Carlos ging in sein Schlafzimmer. Er setzte sich an den Schreibtisch und begann, ein Schema der ihm zur Verfügung stehenden Zeit zu zeichnen. Zuerst zeichnete er einen dicken Kreis am linken Blattrand, der den gegenwärtigen Moment darstellte: die Morgendämmerung des Dienstags. Dann zog er von diesem Punkt aus einen langen Strich bis zum anderen Seitenrand und fügte der Zeichnung drei Sternchen hinzu. Zwei gleich neben dem Ausgangspunkt, im gleichen Quadratzentimeter: Sie bezeichneten die Gespräche, die er mit Jone und Mikel führen musste, bevor die Nacht zu Ende war. Das dritte ungefähr zwanzig Zentimeter von den zwei anderen entfernt.

Er kehrte ins Wohnzimmer zurück, hob den Telefonhörer ab und wählte die Siebzehn, legte auf, wählte dann erneut. Nach dem fünften oder sechsten Klingeln antwortete Jone ganz verschlafen.

»Um sieben bin ich in der Backstube an der Arbeit«, sagte Carlos kurz.

»Um sieben Uhr von welchem Tag?«, fragte Jone, immer noch nicht ganz wach.

»Um sieben Uhr des heutigen Tages, in ungefähr sechs Stunden«, erklärte Carlos geduldig. »Wir müssen miteinander reden. Keine Aufregung, es ist alles in Ordnung.«

»Wirklich?«

Jones Stimme war stockend, wie wenn man eine gute Nachricht erfährt und die Freude einem den Atem nimmt. Doch in ihrem Fall handelte es sich nicht um Freude, sondern um Misstrauen oder Angst. Sie ließ sich nur schwer täuschen. Sie hatte bloß Carlos' beruhigende Bemerkung zu hören brauchen, um zu begreifen, dass ihre Situation eine bedenkliche Wendung genommen hatte. Niemand rief um ein Uhr morgens an, einzig um einem mitzuteilen, dass alles in Ordnung ist.

»Ehrlich. Es ist beschlossen worden, wann ihr hier weggeht«, antwortete Carlos, während er mit dem Filzstift das dritte Sternchen auf seiner Zeichnung nachzog. Über genau dieses Sternchen wollte er mit Jone reden, das heißt über Freitagabend oder Freitagnacht. Gemäß Carlos' Überlegungen und nachdem er die Ereignisse während des Festessens überdacht hatte, würde seine Reise durch das Reich der Angst an jenem Punkt zu Ende sein. Er musste Jon und Jone am Freitag aus dem Hotel schaffen.

»In Ordnung. Reden wir um sieben weiter«, sagte Jone und legte auf.

Carlos saß an seinem Schreibtisch und studierte die Zeichnung auf dem Blatt Papier. Am Anfang der Linie war alles klar, wenigstens vorläufig. Die fünfzehn Zentimeter zwischen den beiden ersten Sternchen und dem dritten jedoch, die einer toten Zeit von ungefähr zweieinhalb Tagen entsprachen, enthielten einen gefährlichen Schritt, der mit äußerster Vorsicht getan werden musste. Am klügsten war es, in dieser Zeit Stefano und seinen Kollegen möglichst aus dem Weg zu gehen, in der Wohnung zu bleiben oder sich an der Banyera aufzuhalten; so viel wie möglich schlafen, denn das war die beste Art und Weise, sich reglos, ohne die Nerven zu verlieren, dem Jäger zu entziehen. »Ein Untergrundkämpfer ist nie allein. Er kann jederzeit auf Morpheus zählen«, lautete eine von Sabinos Maximen.

Doch wie auch immer, er konnte diese Methode nur zeitweise anwenden. Er konnte nicht die ganze Zeit an der Banyera oder in der Wohnung verbringen, weil er gezwungenermaßen gewisse Verpflichtungen einhalten musste. Vor allem – er markierte die Linie auf der Zeichnung an der Stelle, die dem Mittwochabend entsprach – das von Guiomar organisierte Tischtennisturnier: ein gefährlicher Moment, gefährlich, weil Stefano, die Reportage zum Vorwand nehmend, auf der Bildfläche erscheinen würde. Am Tag darauf war das Essen mit María Teresa vorgesehen, doch außerhalb des Hotels, was eine gewisse Sicherheit gewährleistete. Zu guter Letzt die Filmaufnahmen, die Stefano in der Backstube machen wollte, obwohl der genaue Zeitpunkt noch nicht festgelegt war. Carlos zögerte: Er wusste nicht, an welchem Punkt diese Verabredung einzeichnen. Wenn Stefano mit seinem Vorschlag einverstanden war und am Sonnabend das Backhaus filmte, würde es keinerlei Probleme geben, denn der Sonnabend und alle darauffolgenden Tage lagen außerhalb seiner Zeichnung, also in der normalen Zeit: in der sicheren Zeit. Wenn er jedoch Pech hatte und Stefano Einwände vorbrachte und sagte, er käme mit seiner Reportage in Rückstand und wer weiß was, würde er sich mit Donnerstagvormittag einverstanden erklären müssen – mit Jon und Jone in ihrem Kellerversteck. Er fürchtete sich vor dieser Situation, doch es gab keine andere Lösung. Entweder er nahm die Gefahr des Besuches auf sich, oder er lief Gefahr, dass sich der Verdacht hinsichtlich des Backhauses erhärtete. Ersteres war weit weniger gefährlich.

Als er den Donnerstagvormittag an der entsprechenden Stelle markiert hatte, begann er unter den Sternchen aufzuschreiben, was er beim Gespräch mit Jone nicht vergessen durfte, was er ihr und was er anschließend Mikel einschärfen musste. Er listete die Anmerkungen am linken Blattrand untereinander auf, fügte dann eine zweite Spalte hinzu. Dann zeichnete er am rechten Blattrand fünf Rechtecke um das dritte Sternchen und notierte in jedem Rechteck eine Anmerkung, die sich auf die Flucht vom Freitag bezog: wie er sich an jenem Tag am besten verhielt, was er für das Gelingen des Planes berücksichtigen musste. Im größten Rechteck zeichnete er den besten Weg ein, um Morros' Wachsamkeit und der seiner Kollegen zu entgehen. Während er sich auf einen Punkt konzentrierte, schmückte er die Rechtecke mit Linien, und je weiter die Nacht vorrückte, verwandelten sich die Rechtecke in Schiffe mit Schornsteinen oder Takelage. Als ihm schließlich nichts mehr zu seinem Plan einfiel, zeichnete er weiter und verwandelte den rechten Blattrand in ein Meer, die Quadrate um die Sternchen in einen Hafen und die Sternchen selbst in Molen. Er zog noch fünf dicke Striche zwischen den Schiffen und den Anlegekais – und die Zeichnung war fertig. Er versorgte das Blatt in der Schreibtischschublade.

Er betrachtete eine Zeit lang das blaue Mäppchen auf dem Schreibtisch, in dem er Kropotkys Briefe und andere Dokumente aus der Vergangenheit aufbewahrte. Dann griff er entschlossen nach einem zweiten Mäppchen und begann, einen an Guiomar gerichteten Brief zu schreiben: *Guiomar, nehmen wir einmal an, mir stößt etwas zu und ich kehre viele Jahre lang nicht mehr ins Hotel zurück. Oder andersherum: Nehmen wir einmal an, mir stößt etwas zu und ich betrete eine andere Welt* – schrieb er, nachdem er den oberen Blattrand mit dem Datum versehen hatte. Nicht eine andere Welt, Carlos. Meine Welt, meine Welt, hörte er Sabinos Stimme.

Für den einen oder anderen Fall setze ich dich als Testamentsvollstrecker ein: Du sollst über mein ganzes Vermögen verfügen. Ich überlasse die Wahl des Verwendungszwecks in der Hauptsache dir. Mach damit, was du für das Beste hältst. Wenn du es zugunsten von Kuba einsetzen willst zum Beispiel, bist du frei, es zu tun. Ich bin damit einverstanden. Ich weiß, dass wir nach unserer Reise nicht gleicher Meinung waren, aber möglicherweise war dein Standpunkt der richtige. Allerdings, ein Teil meines Vermögens muss für meinen Bruder zurückgelegt werden. Du weißt, dass er gesetzlich nicht in der Lage ist, ein Erbe anzutreten, aber alle seine Auslagen, welcher Art auch immer, müssen weiterhin gedeckt werden wie bis jetzt. Das ist die einzige Verpflichtung, die ich dir auferlege. Noch etwas: Wenn du beschließt, endgültig nach Kuba zu gehen, beauftrage vor deiner Abreise eine glaubwürdige Person, die sich um alles kümmert, was Kropotkys Wohlergehen betrifft. (Ich habe dich allerdings heute beim Festessen beobachtet, oder besser, ich habe euch beobachtet: Ich glaube nicht, dass dich Laura nach Kuba gehen lässt.) Du findest die entsprechenden Unterlagen und alle sonstigen Dokumente im Schreibtisch in meinem Schlafzimmer. Das ist alles. Ich umarme dich.

Carlos unterschrieb den Brief und überlegte, ob er noch etwas hinzufügen solle. Warum nicht ein Postskriptum mit einer Liste von Begünstigten? Ja, warum nicht seinem Dorf ein Legat hinterlassen, wie es früher die reichen Rückwanderer zu tun pflegten? Damit sie das Schwimmbad instand setzen oder einen Tennisplatz am

Fluss bauen konnten? Oder er könnte sich seinen Freunden aus der Kindheit gegenüber großzügig zeigen. Oder jenen, die mit ihm im Gefängnis gesessen hatten. Nein, auch wenn ihm diese Gesten bedenkenswert erschienen, auch wenn sie vielleicht dazu angetan waren, alle Kluften der Vergangenheit zu überwinden, waren sie nicht aufrichtig gemeint, waren es Lügen. Das neue Obaba von 1982 hatte nichts mit dem Ort gemeinsam, den er als Kind gekannt hatte, hatte aber – das ja – mit jenen Menschen etwas gemeinsam, die seinen Bruder Kropotky geschmäht und gequält hatten. Nein, er schuldete dem neuen Obaba nichts. Und nicht nur das: Er verabscheute sein Heimatdorf! Es wäre also absurd, ihm einen Teil seines Geldes zu spenden. Fehlte gerade noch, dass jene, die jede Gelegenheit genutzt hatten, seinen Bruder zu prügeln, jeden Sommer mit ihren Kindern ein von ihm gestiftetes Schwimmbad benutzten. Und die Freunde aus seiner Kindheit? Ja, warum nicht ihnen ein Geschenk zukommen lassen? Doch wenn er es sich genau überlegte, was verband ihn – von Guiomar abgesehen – noch mit ihnen? Nicht das Geringste. Die zwei Mädchen, die ihm ins Gefängnis schrieben, zum Beispiel, Anita und Esther, waren verheiratet und hatten Kinder und, um ehrlich zu sein – *wie wenig weiß der Geliebte von der Liebe, wenn die Liebe zerrinnt* –, es war ihm egal, was aus ihnen geworden war.

Carlos konnte sich eines Lächelns nicht erwehren angesichts des mageren Resultats, das die Erforschung seiner Vergangenheit ergeben hatte. Er fühlte sich, als ob diese Bilanz und alles, was sie umfasste – die Zeit, die er außerhalb der normalen Welt verbracht hatte und die, eine logische Folge, den Übergang zum Reich der Angst bedeutete –, Bitterkeit in ihm geweckt hätte. Kurz darauf hörte er es leise an die Tür seines Schlafzimmers klopfen. Er steckte hastig den Brief in den Umschlag, auf den er vor ein paar Minuten mit großen Buchstaben den Namen *Guiomar* geschrieben hatte.

»Komm herein«, sagte Carlos und schob den Brief in die Schreibtischschublade.

»Bist du immer noch wach?«, fragte Guiomar, als er ins Zimmer trat. Er warf einen Blick auf die Uhr. Er wirkte müde, die Augen hinter den Brillengläsern glänzten.

»Was? Schon so spät?« Carlos blickte ebenfalls auf die Uhr. Es war halb fünf in der Früh.

»Möchtest du eine?«, Anstatt seiner üblichen starken Zigaretten hielt ihm Guiomar ein Päckchen Winston hin, Lauras Marke. Carlos zog eine heraus und zündete sie an.

»Falls du es noch nicht wissen solltest«, fuhr Guiomar fort und setzte sich steif auf den Bettrand, »Alexandra Kollontai unterscheidet zwei Arten Eros, den geflügelten Eros und den ungeflügelten Eros. Ihrer Ansicht nach kann die proletarische Ideologie den ungeflügelten nicht billigen, das heißt, eine Beziehung, die nur die sexuelle Befriedigung zum Zweck hat.«

»Was du nicht sagst. Und warum nicht?«, fragte Carlos. Er lehnte sich mit dem Rücken an den Schreibtisch und atmete langsam den Rauch ein.

»Nun, weil eine derartige Beziehung auf Abhängigkeit beruht, was wiederum bedeutet, dass sich die Frau dem Mann unterordnet und unter solchen Bedingungen keine echte Kameradschaft entstehen kann. Als Laura es mir erklärt hat, ist mir das ganz logisch erschienen, aber jetzt habe ich Mühe, mich an die Begründung zu erinnern. Ich bin erschöpft. Und mehr oder weniger betrunken. Zum Glück kann ich mindestens rauchen. Das Rauchen hält mich auf den Beinen.«

»Wo bist du so lange gewesen? Mit den anderen auf der Terrasse? Oder mit Laura zusammen?«

»Mit Laura, ohne die andern. *C'est l'amour, mon ami.* Ich glaube, wir empfinden füreinander wieder das Gleiche wie vor fünf Jahren. So etwas kommt vor.«

»Ist doch schön, oder?«, meinte Carlos, obwohl es ihm lächerlich dünkte, dass ein fast vierzigjähriger Mann solche Sentimentalitäten von sich gab. Doch wer weiß, vielleicht war er der

Lächerliche, weil er dazu unfähig war. »Habt ihr mit Ugarte gesprochen?«

»Wir sind bekanntlich keine Engländer, und es ist uns etwas peinlich. Aber wir werden es ihm in den nächsten Tagen sagen. Ich glaube nicht, dass er Schwierigkeiten macht. Schließlich hat er ein Verhältnis mit Nuria. Laura glaubt es zumindest.«

Er zog nachdenklich an seiner Zigarette.

»Das war also das Geheimnis«, sagte Carlos.

»Nein, nicht das.« Guiomar verneinte zusätzlich mit dem Zeigefinger der rechten Hand. »Du wirst bis morgen warten müssen, um mein wirkliches Geheimnis zu erfahren.«

»Einverstanden. Morgen nach dem Tischtennisturnier.«

»Und du, was hast du am Schreibtisch gemacht?«

Carlos überlegte sich rasch ein paar mögliche Antworten, legte sich die vagste und trivialste Erklärung zurecht. Hatte er nicht vor ein paar Minuten das Bedürfnis verspürt, Guiomar gegenüber möglichst aufrichtig zu sein? Also gestand er ihm einen Teil der Wahrheit: Er habe einen Abschiedsbrief geschrieben, das sei im Übrigen sein Geheimnis. Er solle ihm bitte verzeihen, dass er es ihm vorzeitig verraten habe. *Lügen, immer nur Lügen,* hörte er in sich eine Stimme. *Du nimmst dir vor, die Wahrheit zu sagen, und eine Sekunde später lügst du schon wieder.* Die Ratte sammelte in ruhigen Stunden Kraft.

»Was ist los? Warum brauchst du einen Abschiedsbrief zu schreiben? Um ehrlich zu sein, in letzter Zeit verstehe ich überhaupt nichts mehr«, protestierte Guiomar. Er strengte sich sichtlich an, um eine angemessene Antwort auf Carlos' überraschendes Geständnis zu finden. Vergeblich. Er war todmüde; er konnte kaum mehr denken. Schließlich stand er vom Bettrand auf und drückte die Zigarette im Aschenbecher auf dem Schreibtisch aus.

Carlos zog kurz die Schublade auf.

»Schau, das ist der Brief«, sagte Carlos.

»An mich adressiert, soviel ich sehen kann.«

»An wen denn sonst? Bitte, Guiomar, wach einen kurzen Moment auf. Und vergiss vor allem nicht, dass der Brief in dieser Schublade liegt. Hast du verstanden, oder soll ich dich morgen nochmals daran erinnern?«

Guiomar nickte, ja, er habe verstanden, Carlos brauche seine Anweisungen nicht zu wiederholen.

»So sag doch endlich, was ist los mit dir?« Er ging zum Fenster und lehnte sich an den Rahmen, als wolle er Carlos Zeit für eine Antwort lassen.

»Vor ein paar Tagen habe ich einen Traum gehabt«, sagte Carlos, während er eine neue Zigarette ansteckte und den Stummel neben Guiomars Kippe im Aschenbecher ausdrückte. »Ich habe von einem Eismeer geträumt, das wie eine weiße Wüste aussah. Ich sah das Eismeer von oben. Zuerst, als sei ich ein Planetoid. Dann, als sei ich eine Riesenfledermaus. Und beide Male hatte ich den Eindruck, dass das Meer mich lockte, dass es mich rief, ich solle mich in ihm verstecken. Und das Seltsame war, dass ich mich darüber freute, dass ich mich am liebsten in dieses Meer hätte fallen lassen, um für immer zu verschwinden. Ich hatte zudem den Eindruck, dass das Wasser unter der Eisschicht angenehm warm war.«

»Ja und?« Guiomar betrachtete ihn skeptisch.

Das Thema Träume behagte ihm seit seinen ersten marxistischen Lektüren nicht besonders.

»Ich bin mit der Gewissheit erwacht, dass ich bald sterben werde, daher habe ich den Brief geschrieben. Für alle Fälle.«

»Sterben?« Guiomar stützte sich mit den Händen aufs Fensterbrett und schaute in die Nacht hinaus. Das Geständnis seines Freundes hatte ihm die Sprache verschlagen.

»Richtig«, antwortete Carlos.

Er log, aber irgendwie folgte seine improvisierte Erklärung einer eigenen Logik. Die Geschichte stimmte vielleicht nicht, das Ende aber? Ja, das Ende wahrscheinlich schon. Er hatte auf dem gefährlichen Weg von Sternchen zu Sternchen Land betreten, wo die

Wahrscheinlichkeit, mit heiler Haut davonzukommen, gering war. Er war aus der Übung gekommen, er hatte seit Jahren keine Pistole mehr in der Hand gehalten. Stefano und seine Kollegen hingegen waren hartgesotten, professionell, ganz anders als die komplexbehafteten Polizeibeamten, mit denen er es in seiner Jugend zu tun gehabt hatte. Man ließ heute keinen sogenannten Terroristen mehr ungeschoren davonkommen. Es hieß, die Polizei sei gegen die von der neuen demokratischen Regierung erlassene Amnestie gewesen und wolle mit allen Mitteln verhindern, dass sich die Geschichte wiederholte.

Diese Überlegungen erleichterten ihn. Er hatte sich soeben selbst die Wahrheit gestanden, und dank der Gelassenheit, die durch dieses Geständnis von ihm Besitz ergriff, würde er es mit der Herrin Angst aufnehmen können. Es ist mir egal, ob ich sterbe, dachte er. Ein wohliger Schauer lief ihm über den Rücken; es war eine Illusion, eine auf die Erschöpfung und den Schlaf zurückzuführende Lüge – es war fünf Uhr morgens –, doch er klammerte sich an diesen Satz wie ein Geizkragen an ein Geldstück und prägte ihn sich ein.

Guiomar hob entmutigt die Arme. »Ich verstehe dich nicht, Carlos. Du redest wie dein Bruder«, sagte er endlich. »Du wirst mir nicht etwa weismachen wollen, dass du an Vorahnungen glaubst? Ich bitte dich, Carlos, der Letzte, der eine echte Vorahnung gehabt hat, war Nebukadnezar.«

Er begann, im Zimmer auf und ab zu gehen, wusste nicht, wie das Thema angehen. Er fühlte sich fast ein wenig verletzt. Carlos' überraschendes Geständnis hatte die Wirkung seines eigenen Geständnisses abgeschwächt, es erfüllte ihn aber gleichzeitig mit Sorge.

»Wer weiß, vielleicht haben wir sie im Blut. Die metaphysische Veranlagung, meine ich.« Carlos lächelte müde.

Guiomar ließ es dabei bewenden. Sie schwiegen beide. Carlos' Gedanken kreisten um das Fernsehgerät in der Backstube: Das Gerät stand nicht an seinem gewohnten Platz, an einem Ende der Ofenkonsole, sondern war im Versteck unten, bei Jon und Jone.

Das musste er in Ordnung bringen. Stefano konnte womöglich die kleine Antenne auf dem Dach entdeckt haben und anfangen, Fragen zu stellen. »Haben Sie kein Fernsehgerät mehr? Wie schade, ich hätte Sie gern gefilmt, wie Sie Brot nach traditioneller Art backen und einen Fernseher danebenstehen haben. Das wäre ein hübscher Kontrast, die Antenne hat mich auf den Gedanken gebracht. Doch nun ist das Gerät nicht mehr da, also müssen wir eben darauf verzichten. Wenn es nicht geht, geht es eben nicht.« Ja, alles musste an seinem Platz stehen. Er musste mit Jone darüber reden.

Guiomar zündete sich eine weitere Zigarette an.

»Ich nehme mir nicht das Recht heraus, dir was auch immer zu raten, aber du solltest dein Leben ändern. Ich meine es ernst«, nahm er schließlich das Gespräch wieder auf. »Wie oft bist du ausgegangen, seit wir das Hotel übernommen haben? Du bist seither kaum zehnmal in Barcelona gewesen, oder? Und im Baskenland nur einmal, als du deinen Bruder besucht hast ...«

»Zweimal«, korrigierte ihn Carlos.

»Meinetwegen, aber das ist zu wenig. Du solltest deinen Bruder öfter besuchen. Wenn du willst, gehen wir im September zusammen hin. Ich habe schon lange die Absicht, Pascal mit ins Baskenland zu nehmen. September ist die beste Jahreszeit dafür.«

»Laura ist doch vor zwei Monaten mit ihm hingefahren?«

»Stimmt, doch die Kinder vergessen schnell. Zudem will ich mit ihm und meinen Neffen die Herbstjahrmärkte besuchen. Es tut ihm gut, mit anderen Kindern zusammen zu sein.«

»Ja, hier treibt er sich immer allein herum.« Carlos musste an Pascals Begegnung mit Jon und Jone denken.

»Also, was hältst du davon? Gehen wir im September?«

Carlos machte eine vage Handbewegung: ja, vielleicht. Schließlich war September weit weg – weit weg von der auf dem Blatt Papier dargestellten Zeit. Dennoch, er freute sich über Guiomars Vorschlag. Er war der Zuverlässigste von ihnen allen, wie Ugarte immer sagte. Selbst wenn alles schiefging, die Zukunft seines Bruders war gesichert. Und erst recht, wenn Guiomars Beziehung zu Laura wieder enger wurde.

»Ich habe mir kürzlich überlegt, dass wir eine Wohnung in Barcelona kaufen könnten«, sagte Carlos und machte das Fenster auf. Der Zigarettenrauch ballte sich an der Zimmerdecke.

»Stell dir vor, ich habe mir gerade heute das Gleiche überlegt. Wenn sich meine Beziehung zu Laura festigt, und es sieht ganz danach aus, brauchen wir eine Wohnung in der Stadt. Aus Diskretionsgründen, du weißt ja … Kurz, ich kenne einen seriösen Liegenschaftsmakler, ich kann ja anrufen, wenn du meinst.«

Guiomar stand in der Tür. Er wollte in sein Schlafzimmer gehen. Er konnte die Augen nur noch mit Mühe offen halten und blinzelte ständig.

»Borgst du mir Rosa Luxemburgs Buch bis morgen?«, fragte er Carlos. »Ich möchte vor dem Einschlafen einen Blick hineinwerfen.«

»Es liegt auf dem Sofa drüben. Doch mir scheint, dein Blick wird nur kurz sein.«

»Das glaub ich auch«, antwortete Guiomar. Er nahm die Brille ab und rieb sich die Augen. »Und du? Was machst du? Es ist schon fünf Uhr vorbei.«

»Ich fange bald mit dem Brot an. Und wenn die Arbeit in der Backstube fertig ist, gehe ich an die Banyera schlafen.«

Als sie sich voneinander verabschiedeten, hörten sie Motorengeräusch vor dem Hoteleingang und gleich darauf ein lautes »*Świnje!*« Jemand protestierte lautstark. Es war, als ob der Lärm alle anderen Geräusche in der Umgebung entfesselt hätte, als ob die Insekten ihr durchdringendes Gezirpe wiederaufnähmen, als ob der Verkehr von der Straße herüberdröhnte, als ob die Lichter in den sechzig Hotelzimmern angingen und als ob alle, die dort schliefen, rufend ans Fenster träten. Doch die Nacht war wie immer, und die

Stimmen – »*Świnje! Świnje!*« – wurden immer schwächer und lösten sich schließlich in der Stille auf.

»Boniek?«, fragte Guiomar.

»Ich weiß nicht. Wir werden es gleich erfahren.« Carlos ging zum Wohnzimmerfenster.

Es war nicht Boniek gewesen, sondern Masakiewicz, einer der Verteidiger. Er und Banat – der Ersatztorwart der Mannschaft – standen, von Polizeibeamten umringt, mit erhobenen Armen vor dem Haupteingang. Ein paar Meter von der Gruppe entfernt gestikulierte Piechniczek, der Trainer der Mannschaft; er versuchte offenbar einem Mann in einem Peugeot 505 etwas zu erklären.

»Der im Wagen hat Funk, oder?«, fragte Carlos und machte das Fenster halb auf. Gleich darauf drang das Pfeifen eines Funkgeräts bis zu ihnen. Richtig, der Peugeot 505 war ein getarnter Polizeiwagen.

»Nicht schwer, sich vorzustellen, was passiert ist.« Guiomar seufzte, als ob diese Erkenntnis ihn traurig stimmte.

»Haben wohl etwas zu lange gefeiert«, fügte Carlos nachdenklich hinzu. Die Szene, die sich vor ihren Augen abspielte, war ein eindeutiger Beweis für das Sicherheitsdispositiv um das Hotel herum. Es handelte sich um eine strenge Überwachung und hatte nichts mit dem Schutz der Fußballer zu tun. Wenn es darum ginge, die Mannschaft zu schützen, wären Banat und Masakiewicz – egal, was sie angestellt hatten – nicht wie Verbrecher von Polizeibeamten umringt.

»Sie sind bestimmt stinkbesoffen und haben irgendwelche Dummheiten angestellt. Es wäre nicht das erste Mal, dass die polnischen Spieler Alkoholprobleme haben. Vor Jahren ist das Gleiche mit Mlynarczyk passiert«, sagte Guiomar und drückte die Zigarette aus. »Ehrlich, ich verstehe das nicht. Sie spielen am Sonntagnachmittag gegen Russland. Wenn sie Russland schlagen, stehen ihnen die Türen zum Endspiel offen.«

»In dieser Beziehung musst du Danuta recht geben«, sagte

Carlos scherzend. »Diesen Spielern fehlt der richtige Geist, wie sie sagt. Das musst du doch zugeben, Foxi?«

»Das glaubst du ja selber nicht«, konterte Guiomar ernst. Er war zu müde, um den ironischen Tonfall in Carlos' Stimme herauszuhören.

Carlos überhörte die Antwort seines Freundes.

»Sie spielen also am Sonntag. Und am Freitag? Wer spielt am Freitag?«

»Um fünf oder um neun?«

»Um neun.«

»Spanien gegen Deutschland. Doch das spannendste Spiel wird das von fünf Uhr sein, zwischen Brasilien und Argentinien. Stell dir vor, was für eine Partie: Maradona, Zico und alle anderen. Ich würde um alles in der Welt gern hingehen. Wirklich.«

»Tatsächlich ein außergewöhnliches Spiel«, stimmte ihm Carlos zu. Ich habe Glück, dachte er. Das Spiel Spanien–Deutschland vom Freitag um neun Uhr abends würde den Plan auf dem Blatt mit den Sternchen begünstigen.

»Es ist schon längst ausverkauft.«

»Schau, wahrscheinlich haben sie sie deswegen festgenommen«, meinte Carlos, das Thema wechselnd. Er zeigte auf die zwei Mädchen, die eben aus dem Peugeot stiegen und sich schnell entfernten.

»Scheinen sehr jung zu sein, findest du nicht auch?«

»Ja, sehr jung.«

Die zwei Mädchen – sie trugen Miniröcke und Stöckelschuhe – kehrten plötzlich zum Auto zurück und beugten sich auf der Seite, wo der Fahrer saß, zum Autofenster hinunter.

»Aber sie sind über achtzehn«, stellte Carlos fest, als der Mann im Wagen ihnen die Personalausweise zurückgab. Eines der Mädchen trug das Haar ganz kurz geschnitten; es erinnerte ihn an Jone.

In der Szene, die sie wie von einer Loge aus beobachteten, hatte der letzte Akt begonnen. Der Mann stieg aus dem Peugeot und redete auf Piechniczek ein; zwischendurch wandte er sich mit Gesten, die offenbar »dass sich das nicht nochmals wiederholt« oder etwas Ähnliches bedeuteten, an die zwei Spieler. Dann verschwanden die Spieler und der Trainer im Hotel, und alle anderen, die Polizeibeamten und die zwei Mädchen, fuhren die Auffahrt hinunter.

»Das wärs«, stellte Guiomar fest.

»Überhaupt nicht. Piechniczek ist offensichtlich außer sich gewesen. Das wird noch Folgen haben.«

Carlos hatte recht. Kaum waren sie im Hotel, forderte Piechniczek Rechenschaft von den zwei Spielern, und sein Gebrüll – verstärkt durch die aufgeregten Stimmen der anderen Polen, die aus ihren Zimmern in der Halle zusammengelaufen waren – widerhallte noch eine Zeit lang im Treppenhaus. Dann trat endlich Ruhe ein im Hotel.

»Ich gehe zu Bett«, sagte Guiomar. Er stand gähnend neben dem Wandschirm.

»Willst du nicht noch etwas lesen?«, fragte Carlos und reichte ihm Rosa Luxemburgs Buch.

»Mir fallen die Augen zu. Lies du es. Wer weiß, vielleicht inspiriert es dich, jetzt, wo wir uns vorgenommen haben, ein anderes Leben anzufangen. Übrigens, wann gehen wir nach Barcelona auf Wohnungssuche? Gleich morgen, was meinst du?«

»Wir unterhalten uns noch darüber. Ich weiß noch nicht. Morgen habe ich allerdings keine Zeit.«

Guiomar bedeutete ihm hinter dem Wandschirm hervor mit einem Handzeichen, dass er einverstanden sei, er solle ihm sagen, wann er nach Barcelona wolle. Dann ging er laut gähnend in sein Zimmer.

»Schlaf gut«, rief ihm Carlos nach. Er trat vom Fenster zurück. Er musste sich umziehen.

Er machte drei Schritte auf den Wandschirm zu, kehrte dann wieder ans Fenster zurück. Die Dunkelheit hüllte das Hotel ein – der feuchte Nordostwind blies, es war eine stille Nacht, schwach erhellt von der dünnen, von Sternen umgebenen Mondsichel – und zog ihn unwiderstehlich an, so wie ihn das Wasser der Banyera anzog. Oder besser, wie ihn das Eismeer in seinem Traum angezogen hatte. Ja, so kam ihm diese Nacht vor, wie eine flüssige Masse, die ihn einlud, sich darauf auszustrecken und sich auszuruhen. Carlos schloss die Augen und lehnte sich an den Fensterrahmen, um sich ganz diesem Gefühl hinzugeben.

Als er die Augen aufschlug, war ihm, als habe er geschlafen, und sowohl die Uhr - sie zeigte drei viertel sieben - als auch Rosa Luxemburgs Buch auf dem Teppich bestätigten seine Vermutung. Dann - inzwischen ganz wach - schaute er erneut zum Fenster hinaus. Es tagte bereits. Vor dem Fenster umflatterte die kleine Fledermaus immer noch eine der Straßenlampen am gegenüberliegenden Ende der Esplanade. Wenn sie höher flog, zeichnete sie sich gegen den aufhellenden Himmel ab, der sich an zwei Stellen langsam rosa färbte.

Carlos riss sich von seinen Träumereien los. Seine Glieder fühlten sich schwer an, und das reglose Stehen ermüdete ihn. Er hob das Buch vom Teppich auf und ging in sein Schlafzimmer. Er musste sich aufraffen und sich möglichst schnell in die Backstube begeben.

Dennoch und trotz seiner Eile vermochte er dem Wunsch, einen letzten Blick ins Buch zu werfen, nicht zu widerstehen. Er legte es auf den Schreibtisch und schlug es zerstreut auf.

Es lag eine weihevolle Stille der Morgenstunde über der Trivialität des Pflasters – las er. Es handelte sich um einen Abschnitt aus einem Brief, den Rosetta aus dem Zwickauer Gefängnis geschrieben hatte. *Oben in den Fensterscheiben glitzerte das Frühgold der jungen Sonne, und ganz oben schwammen rosig angehauchte duftige Wölklein, bevor sie im grauen Großstadthimmel zerflossen. Damals glaubte ich fest, dass das »Leben«, das »richtige« Leben, irgendwo weit ist, dort über die Dächer hinweg. Seitdem reise ich ihm nach. Aber es versteckt sich immer hinter irgendwelchen Dächern.*

Rosa Luxemburgs Morgenstunde und seine Morgenstunde waren Schwestern. Carlos lächelte. Er dachte, dass dieser Zufall bestimmt Gutes verhieß. Dann, als er seine Arbeitskleidung angezogen hatte – verwaschene Jeans, Bäckerjacke aus melierter Baumwolle, weiße Sandalen –, beschloss er, das Buch mitzunehmen. Er steckte es in die Tasche, denn alle Reisenden sollten einen Talisman mit sich tragen; die gesammelten Briefe Rosa Luxemburgs würden sein Glücksbringer sein, bis er – von Sternchen zu Sternchen, von Gefahr zu Gefahr – an die Schwelle eines neuen Lebens gelangte.

In der Schlafzimmertür zögerte er einen Moment, kehrte dann wieder zum Schreibtisch zurück; er nahm den an Guiomar gerichteten Brief aus der Schublade, zog ihn aus dem Umschlag und fügte eine Nachschrift hinzu: *Wenn der Moment gekommen ist, mein Vermögen zu verwalten oder zu verteilen, vergiss Pascal nicht.* Dann nahm er das Blatt mit dem Plan und den Sternchen und steckte es in die Hosentasche.

Wo hast du denn die Zeitungen hingelegt, die Mikel für Jon und Jone mitgebracht hat?, fragte er sich, erinnerte sich dann, dass er sie vor dem Abendessen in die Backstube gebracht hatte. Seine Uhr zeigte inzwischen sechs. Er löschte alle Lichter in der Wohnung und ging die Treppe hinunter. Zwei Stockwerke tiefer sagte er sich plötzlich, dass er eigentlich gar keine Lust hatte, Brot zu backen, und dass er sich einen freien Tag nehmen würde. Besser noch, er würde Urlaub machen bis zu dem Moment, wo er das Reich der Angst verließ und wieder ins gewöhnliche Leben zurückkehrte.

Wieder in der Wohnung, hob er den Telefonhörer ab und wählte die Nummer, die auf einem am Gerät klebenden Zettel notiert war. Es war die Nummer einer Bäckerei in Barcelona.

»Wie läuft das Geschäft?«, fragte er, als eine Stimme antwortete.

»Was ist los? Sind die Polen dein Brot satt?«, fragte der Mann am anderen Ende der Leitung mit gespieltem Ernst.

»Im Gegenteil. Ich denke, sie werden mir sogar eine Medaille verleihen für das Brot, das sie bis jetzt gegessen haben. Aber ich mache ein paar Tage frei, du musst in die Lücke springen. Die Polen werden den Unterschied bestimmt merken, doch mir bleibt keine andere Wahl.«

»Das glaube ich gern, dass sie den Unterschied merken. Wenn sie erst einmal unser Brot gegessen haben, werden sie dir drei Medaillen geben, nicht nur eine.«

Der Mann am anderen Ende der Leitung lachte. Er gehörte, wie Mikel, zu denen, die gern über ihre eigenen Witze lachen.

»Wie viele Brote brauchst du diesmal? Wie immer?«, fügte er hinzu.

»Weniger. Im Hotel sind gegenwärtig nur die Polen. Hundertzwanzig genügen. Wann lieferst du sie?«

»Um neun?«

»Lieber um halb neun. Die Spieler frühstücken um neun, das Brot muss dann auf dem Tisch stehen.«

»Keine Sorge, um halb neun ist es dort. Wir möchten keinesfalls, dass sich die Polen beschweren müssen.«

»Du brauchst nicht an die Polen zu denken. Denk lieber an Doro. Du weißt ja, wie gewissenhaft er ist.«

»Wir brauchen an überhaupt niemand zu denken. Wir sind ebenfalls gewissenhaft. Die Bestellung wird heute um halb neun Uhr morgens wunschgemäß erledigt.«

»Bestens. Mal sehen, ob es klappt.«

Nachdem er aufgelegt hatte, nahm Carlos einen Zettel und schrieb eine Mitteilung für den Hotelkoch: *Doro, von heute an und für ein paar Tage liefern die aus Barcelona das Brot, weil ich mich etwas überarbeitet fühle und beschlossen habe, ein wenig auszuspannen. Ich habe hundertzwanzig Brote auf halb neun bestellt. Wenn sie sich verspäten, ruf sie an. Und noch etwas: Ich hole mir in der Küche etwas zu essen, Früchte oder sonst etwas. Beschuldige nicht etwa Juan Manuel.*

Er überlegte kurz, ob sich nochmals umziehen oder die Arbeitskleidung anbehalten. Schließlich sagte er sich, dass es klüger sei, nicht auf den Schutz der Bäckerjacke und der verwaschenen Jeans zu verzichten. Wenn er sich in der Umgebung der Backhauses aufhielt, war es besser, wenn er die Arbeitskleidung anbehielt. Also verließ er die Wohnung – im Vorbeigehen schob er die Mitteilung für Doro unter die Tür im zweiten Stockwerk – und machte sich daran, den Schritt, den das erste Sternchen auf seinem Plan bezeichnete, zu Ende zu führen.

Die Kirschen in der Kühlkammer waren eiskalt. Er nahm nur wenige Kirschen aufs Mal, manchmal nur eine, dann nochmals eine, bis er den Plastikbeutel gefüllt hatte, denn er wollte das angenehm prickelnde Gefühl auskosten, das ihn bei der Berührung der Früchte durchströmte. Zudem waren die Kirschen nicht nur köstlich zum Anfassen, sondern – wie er beim Betrachten der einzelnen durch seine Finger gleitenden Früchte feststellte – keine glich der anderen, jede war rund, doch jede anders, alle rot, aber jede in einem anderen, einem helleren oder dunkleren Rot, sodass auch ihr Anblick eine Lust war. Er betrachtete die Kirsche in seiner Hand etwas länger. Sie war klein und hellrot mit einer Kerbe zwischen den zwei Bäckchen.

Die Kirsche erinnerte ihn an die Vagina einer Frau; diese spontane Assoziation gefiel ihm, sie lenkte seine Gedanken in eine angenehme Richtung. Natürlich trug der Schlafmangel oder die Schwere seiner Glieder oder die Trägheit seiner Gefühle dazu bei, trotzdem, der physische Zustand erklärte nicht alles. Die Welt war in Wirklichkeit – die Kirschen waren der Beweis dafür – voll Besonderem und Unendlichem, obwohl die Menschen sich selten die Mühe nahmen, die tiefere, den Dingen innewohnende Wirklichkeit wahrzunehmen. Und er? Warum hatte er bloß die Früchte mit den Fingern zu berühren brauchen, um zu dieser Erkenntnis zu kommen? Was war der Auslöser gewesen? Hatte seine Müdigkeit dazu beigetragen und die Stille, die zu jener Tageszeit in der Küche herrschte? Eine reine, klare Stille, die den Eindruck vermittelte, als würden die Töpfe und Platten auf den Regalen leise atmen. Doch abgesehen von alledem, der Hauptgrund war woanders zu suchen: in der Gefahr. Wer das

Reich der Angst betrat, wessen Stunden vielleicht gezählt waren, betrachtete die Welt auf besondere Art und Weise. Angesichts der Gefahr, alles zu verlieren, drängte es einen, wenn möglich nichts zu verlieren, auch nicht die unwesentlichste Kleinigkeit, und so bekam auch das kleinste Detail eine außergewöhnliche, unvergessliche Bedeutung. Die Kranken wussten das. Oder die der Heimat verwiesen. Oder seine bereits toten Freunde: Sabino, Otaegui, Beraxa. Und auch Kropotky wusste es. »Wünschst du dir etwas, bevor du in die Klinik gehst?«, hatte er ihn gefragt. Und die Antwort seines Bruders: »Ich möchte aus diesem Fenster schauen, nur das.«

Bereits auf dem Weg zum Backhaus – schrilles Vogelgezwitscher kündigte das Morgengrauen an – erinnerte sich Carlos an ein Wort, das sein Bruder oft erwähnt hatte: *contemplación*. Ja, er glaubte endlich verstanden zu haben, was damit gemeint war, und sich ihr dadurch einen weiteren Schritt zu nähern. War die *Betrachtung* doch nichts anderes als die aufmerksame Beobachtung jeder Einzelheit, ohne zu abstrahieren; die Wahrnehmung jedes Gegenstands – selbst des kleinsten, unscheinbarsten – in seiner Unverwechselbarkeit. Eine so große, so unbegrenzte Beschäftigung wie die Betrachtung eines Beutels voller Kirschen konnte Gegenstand eines ganzen Lebens sein.

Carlos nahm eine Handvoll Kirschen aus dem Plastikbeutel, der Anlass zu seinen Überlegungen gegeben hatte, legte ihn dann auf den Backstubentisch und ging in Gedanken versunken zum Schuppen hinüber. »Du redest wie dein Bruder«, hatte Guiomar gesagt. Ja, vielleicht lag ihnen der Hang zur Metaphysik im Blut, vielleicht hatte er mehr Ähnlichkeit mit Kropotky, als er glaubte. Seine Betrachtungsweise hatte sich jedenfalls in letzter Zeit gewandelt: Gewisse Ansichten seines Bruders kamen ihm nicht mehr so albern vor.

Als er Belle und Greta zu einer so ungewohnten Tageszeit herausließ, begrüßten sie ihn noch stürmischer als sonst, liefen dann übermütig den Kirschkernen nach, die er in hohem Bogen ausspuckte.

»Wir gehen zum Brunnen, Belle. Ich muss mich etwas erfrischen.«

Belle rannte, ohne auch nur eine Sekunde zu zögern, den Abhang hinunter, Greta hinter ihr her, holte sie ein und biss ihr spielerisch in die Ohren. Die Hunde waren ausgeruht und liefen fröhlich und behände vor ihm her, wichen im letzten Moment den Oliven- und Mandelbäumen aus und setzten mit eher ungestümen als präzisen Sprüngen über Wurzeln und Steine. Carlos folgte ihnen mit dem Blick: Wenn ein paar Kirschen Gegenstand vertiefter Betrachtung werden konnten, was ließ sich dann über Belle und Greta sagen? Ein ganzes Jahrhundert hätte man damit zubringen können, solche Tiere zu betrachten.

Vorsicht, Carlos, du schläfst ja im Stehen. Spar deine Betrachtungen für später auf, wenn alles vorbei ist. Du solltest jetzt an andere Dinge denken, hörte er sagen. »Ich weiß, Sabino, darum gehe ich zum Brunnen«, antwortete er, als hätte Sabino mit ihm die Wohnung verlassen und verstecke sich nun irgendwo in der Nähe hinter einem Baum.

Kaum hatte er den Kopf ins kalte Wasser des Brunnens getaucht, befolgten seine Gedanken Sabinos Rat, und er überlegte sich, auf welchem Weg Jon und Jone aus dem Hotel gebracht werden konnten. Gemäß dem Zeitplan, den er sich vorhin an seinem Schreibtisch zurechtgelegt hatte, musste das Paar zuerst zur Banyera hinunter und von dort aus auf dem alten Pfad den Hang zwischen dem Hotelgelände und der Autostraße hinauf. Wäre es nicht klüger, die Strecke zu überprüfen? Warum sich nicht vergewissern, in was für einem Zustand der alte Pfad war? Es war der einzige Wegabschnitt, wo Schwierigkeiten auftauchen konnten, er hatte ihn allerdings schon seit Monaten nicht mehr begangen. Es war genau die richtige Tageszeit dafür. Bis zur Verabredung mit Jone, um sieben Uhr in der Backstube, blieben ihm noch vierzig Minuten. Ja, er würde sich umsehen. Auch wenn er zu spät kam, die Mühe lohnte sich, er durfte nichts außer Acht lassen.

Als er zum Schuppen zurückkehrte und dann in Richtung der Banyera abbog, hatte sich der Himmel gewissermaßen in zwei Hälften geteilt: auf der einen Seite die Helle, auf der anderen das Dunkel. Das Dunkel war eine reine, gleichmäßig schwarze Fläche; die Helle hingegen war eine große, perlmutterne Folie mit rötlichen und rosafarbenen Rändern. Die Morgendämmerung breitete sich gleichzeitig auch auf der Erde aus, jedoch unauffälliger als am Himmel; die Steine, die Bäume, die Hunde traten aus der Dunkelheit hervor und nahmen langsam Gestalt an: Die Blätter und Äste an den Oliven- und Mandelbäumen wurden wieder zu Blättern und Ästen; auf den Steinen waren bereits die Moosflechten zu erkennen; auf dem Fell der Hunde hoben sich das Weiß und die Farben – das Rotbraun Belles und Gretas Perlgrau – immer deutlicher ab.

Als sie den Hang hinuntergingen, der sich bis zum Ufer der Banyera hinzog, gab Belle an; es war kein eigentliches Bellen, sondern klang eher wie ein Niesen. Sie wedelte unentschlossen mit dem Schwanz und blickte flehentlich zu Carlos auf. Die Ausgelassenheit, die sie bis jetzt an den Tag gelegt hatte, war verschwunden.

»Was ist, Belle? Was willst du mir sagen?«, sagte Carlos und trat zu ihr hin.

Belle zögerte. Sie hatte etwas gerochen oder gesehen, was Anlass zu lautem Bellen gewesen wäre, doch sie traute sich nicht, ihrer Regung nachzugeben. Zu den Verboten, die Carlos ihr eingeschärft hatte, gehörte, dass die Stille der morgendlichen Spaziergänge nicht gestört werden durfte. Schließlich klärte Greta die Situation. Von anerzogenem Gehorsam unbelastet – sie war viel jünger, und ihrem Gedächtnis mangelte noch die Willensstärke –, drang sie etwa zehn Meter ins Gebüsch vor und stürzte sich, wütend die Zähne bleckend, auf eine Gestalt mit einer Baseballmütze auf dem Kopf.

»Greta!«, rief Carlos.

Die im Gebüsch versteckte Gestalt verjagte den Hund mit einem Fußtritt und kam näher: Es handelte sich um den Polizeibeamten, den Mikel Morros getauft hatte.

»Aha, Sie haben einen neuen Posten bezogen, wie ich sehe«, sagte Carlos im Vorbeigehen und schritt ungezwungen weiter wie ein Bauer, der aufs Feld geht.

»Belle! Greta!«, rief er dann, um die Hunde zum Schweigen zu bringen. Ihr Bellen widerhallte in der Senke der Banyera, und man hatte den Eindruck, dass es bis im Hotel zu hören war.

»Ruhig«, sagte Morros leise. Die Maschinenpistole klirrte ebenso leise. »Auch Sie haben offenbar den Posten gewechselt. Was machen Sie zu dieser Tageszeit hier?«

Er mauschelte immer noch zwischen den Zähnen. Während der Pausen wiegte er langsam den Körper hin und her. Und hinter ihm wiegte sich das Gebüsch im Morgenwind.

»Ich gehe oft spazieren. Die Hunde müssen laufen, um in Form zu bleiben.«

Carlos strengte sich an, in einem möglichst normalen Tonfall zu reden. Dennoch, seine Worte klangen, wegen der Müdigkeit vielleicht, unbeteiligt, übertrieben gleichgültig.

»Stecken Sie sich die Hunde in den Arsch«, sagte Morros mit einem schiefen Lächeln.

»Noch eine solche Unverschämtheit, und ich wende mich an Ihren Vorgesetzten. Und wenn das nicht reicht, an den Stadtkommandanten von Barcelona. Ich habe Ihnen schon voriges Mal gesagt, dass ich einer der Hotelbesitzer bin«, antwortete Carlos scharf. Er sagte sich, dass bei einem solchen Schläger Höflichkeiten überflüssig waren. Oder schlimmer noch, sie konnten gefährlich sein.

Er konzentrierte sich auf Morros' Kehle. »Haben Sie mich verstanden, oder muss ich es Ihnen wiederholen?«, sagte er im entsprechenden Tonfall.

»Sie machen mich noch krank«, sagte der Polizeibeamte. Sein Gesicht lief rot an vor Zorn. Dann murmelte er eine Verwünschung und zog sich ins Gebüsch zurück.

»Vergesst nicht, die meisten Polizeibeamten verhalten sich wie Knechte«, pflegte Sabino zu sagen. »Wenn es etwas gibt, was sich ihnen bis ins Mark eingeprägt hat, so ist es die Rangordnung. Wenn ihr mit ihnen zu tun habt, gebt ihnen klar zu verstehen, dass ihr über ihnen steht, dass ihr reich seid oder aus einer vornehmen Familie stammt. Ihr Sinn für die Hierarchie erledigt alles Übrige.« Das mochte stimmen, doch mit Knechten wie Morros musste man vorsichtig sein.

Carlos setzte seinen Weg zur Banyera fort und versuchte, die Hintergründe seiner Begegnung mit dem Polizeibeamten zu analysieren. Erstens – das lag auf der Hand – war die Überwachung des Hotels verschärft worden und beschränkte sich jetzt nicht nur auf die Hotelzufahrt und das umliegende Gelände. Zweitens waren auch die Männer ersetzt worden, denn Morros und seine Kollegen gehörten ganz zweifellos einer Elitetruppe an. Und alle diese Änderungen waren mit Stefanos Auftauchen erfolgt. Die Polizei verfügte eindeutig über eine gezielte Information – wahrscheinlich im Zusammenhang mit der Pistole, die Pascal gesehen hatte –, daher Stefanos Anwesenheit, daher das von heute auf morgen geänderte Überwachungsdispositiv. Er musste die von Anfang an auf tönernen Füßen stehende Hypothese, dass es sich um präventive Ermittlungen handelte, aufgeben. Es handelte sich nicht darum, dass sich die Polizei lediglich wegen der Vergangenheit der Hotelbesitzer etwas umgesehen hatte. Im Gegenteil, Stefano und seine Kollegen waren da, um zuzuschlagen: um die zwei Aktivisten in ihrem Versteck gefangen zu nehmen. Wie die Dinge lagen, würden Jon und Jone einen anderen Weg nehmen müssen, um aus dem Hotel zu entkommen.

Und wie könnte die Alternative aussehen?, hörte er in sich eine Stimme. Er saß inzwischen auf einem Stein am Ufer der Banyera.

»Durch Amazonien hinauf und geradewegs auf die Autostraße zuhalten«, antwortete Carlos. Sabino war immer noch an seiner Seite.

Guiomar hatte den Hügel, der sich vom Brunnen – eigentlich vom *Riera Blanca* aus – bis zur Autostraße hinaufzog, Amazonien getauft. Denn es handelte sich, wie der Spitzname besagte, um ein mit Buschwald überwuchertes Gelände ohne Pfade oder Schneisen, das nur mühsam durchquert werden konnte. Stefano konnte seine Männer unten postieren oder auf der Autostraße, aber nicht auf dem Hang selbst. Von daher konnte das Gelände als praktisch sicher angesehen werden, vor allem, wenn er den Weg mit einem Farbspray markierte. Wenn Jon und Jone den Wegzeichen folgten, konnten sie innerhalb kürzester Zeit an die Autostraße gelangen, sogar nachts.

Er dachte, dass Morros wahrscheinlich eine gewisse Zeit brauchte, um sich abzuregen, also blieb er am Ufer der Banyera sitzen, überprüfte die Zeichnung mit den Sternchen und bereinigte den Fluchtplan. Die Spraydose war kein Problem: Im Schuppen bewahrte er eine mit weißer Farbe, für alle Fälle, auf, doch er wusste nicht, welches der beste Zeitpunkt war, die Markierungen anzubringen. Heute Nachmittag vor dem Tischtennisturnier? Morgen, bevor er mit María Teresa essen ging? Mit dem immer noch hängigen Besuch Stefanos war es nicht einfach, die von Sternchen zu Sternchen führende Linie mit einer neuen Randbemerkung zu versehen. Schließlich ließ er die Frage unbeantwortet und zeichnete einen Mond über dem letzten Sternchen. In der Nacht zum Freitag würde der Mond schon fast im zweiten Viertel stehen, bei Jons und Jones nächtlicher Durchquerung Amazoniens würde es also genügend hell sein.

Er steckte das Blatt Papier wieder in die Hosentasche und stand auf, denn er wollte Jone nicht zu lange warten lassen.

»Ja, Greta. Wir gehen ja«, sagte er zu der Hündin, als diese anfing zu bellen. »Was ist? Hast du's so eilig?«

Ja, sie hatte es eilig. Als sie sah, dass sich Carlos auf den Rückweg machte, lief sie hügelaufwärts voraus. Sie war der Meinung, dass der unerwartete Spaziergang selbstverständlich auch unerwartetes Futter nach sich zog.

»Was glaubst du? Bekommst du zu fressen oder nicht?«, sagte

Carlos zu Belle, die folgsam bei Fuß ging. Dann schaute er auf die Uhr und beschleunigte den Schritt. Er hingegen hatte es wirklich eilig: Es war fünf vor sieben.

Als sie an der Stelle vorbeikamen, wo vorhin Morros gestanden hatte, bellten weder Belle noch Greta. Der Rückweg verlief ohne Zwischenfälle. Der Himmel war inzwischen mit Schraffen überzogen, die rosa und rötlichen Ränder hatten sich während der vergangenen halben Stunde vervielfacht; es waren jetzt fünfzehn, zwanzig, fünfundzwanzig, und alle glühten rot. Kurze Zeit später stieg die Sonne am Horizont auf, eine Sonne, rund und rot wie eine Kirsche, die größte, die leuchtendste Kirsche der Welt. Es war nicht die zarte Morgenröte, die Rosa Luxemburg vom Zwickauer Gefängnis aus betrachtet hatte, aber sie war dafür voller Kraft und gab ihm Mut.

»Warte hier, Belle. Und behalte Greta im Auge«, sagte Carlos, als sie am Schuppen vorbei zum Backhaus gingen. Die beiden Hunde legten sich mitten auf den Weg.

Er wollte die Backstubentür aufstoßen, doch sie sperrte; beim zweiten Versuch ging sie einen Spaltbreit auf. »Droben die kühlenden Höhn, die Schatten alle besuch ich und die Quellen; hinauf irret der Geist und hinab, Ruh erbittend«, hörte er gleich darauf. Jone stand dicht hinter der Tür und las das Gedicht. »So flieht das getroffene Wild in die Wälder ...«

Sie ließ ihn hinein.

»Ist das ein schönes Gedicht?«, fragte sie im Tonfall eines Menschen, der bereit ist, jede Ansicht zu akzeptieren. Sie hielt Kirschen in der Hand und führte sie ganz langsam zum Mund. Wie eine Schlafwandlerin, dachte Carlos.

»Mein Bruder hat es mir ins Gefängnis geschickt. Daher habe ich es aufbewahrt. Ihm gefiel es sehr.«

»Wann ist er gestorben?«, fragte Jone mit leicht lallender Stimme, als hätte sie getrunken. Sie hielt eine Kirsche spielerisch am Stiel hoch und ließ sie über ihrer Oberlippe baumeln. »Sie sind wunderbar süß und wunderbar kalt, vielen Dank«, sagte sie zu Carlos und steckte die Kirsche in den Mund.

»Wie? Wann er gestorben ist?«, fragte Carlos erstaunt.

»Ist er denn nicht gestorben, dein Bruder? Du hast von ihm gesprochen, als ob er tot sei; mir ist es wenigstens so vorgekommen.« Jones Stimme klang gleichgültig. »Ehrlich. Die Kirschen schmecken wunderbar nach den ewigen Büchsen.«

Carlos betrachtete sie. Sie schien nicht mehr die gleiche Person zu sein, die sich mit ihm über den Zwischenfall mit dem Jungen gestritten hatte. Sie wirkte irgendwie kindlich und sorglos. Und fragte im Übrigen auch nicht, was die Organisation beschlossen hatte. Das war ebenfalls merkwürdig.

»Wo ist er denn, wenn er nicht gestorben ist?« Sie wandte sich ab, ging zum Tisch und nahm eine weitere Handvoll Kirschen aus dem Beutel. Ihr Körper roch immer noch nach Schweiß.

»Warum unterhalten wir uns nicht über unsere Angelegenheit?«, sagte Carlos trocken. Er versuchte, die auf ihn einstürzenden Erinnerungen zu verscheuchen. Vergeblich: Anstelle der weißen, von den ersten Sonnenstrahlen rötlich gefärbten Wand der Backstube sah er den Garten der psychiatrischen Klinik vor sich. »Du lässt mich hier?«, sagte sein Bruder in jenem Garten zu ihm und lachte und entblößte dabei seinen zahnlosen Mund. »Wenn du mich hier einsperrst, werden alle glauben, ich sei gestorben. Ist aber gar nicht so übel hier.« Kropotky kicherte hämisch. »Brauchst kein schlechtes Gewissen zu haben, weil du mich hier einsperrst. Ich werde ausruhen. Habe ich dir schon einmal von der Welt ohne Freunde erzählt?« Und als Carlos nickte, fuhr er fort: »Seit ich in dieser Welt lebe, fühle ich mich sehr müde und möchte nur noch schlafen, schlafen.« In jenem Moment kam ein Arzt auf seinen Bruder zu und hielt ihm den Arm hin. »Herr Doktor, kennen Sie die Welt ohne Freunde?«, fragte sein Bruder und stützte sich auf den hingestreckten Arm.

Jone versuchte linkisch, die Hand in den Beutel zu stecken. Schließlich zog sie eine Hand voll Kirschen heraus und ließ sie durch die Finger gleiten. Carlos stellte fest, dass ihre Augen geschwollen waren.

Er fragte sie: »Nimmst du Schlaftabletten?« Ging dann zum Tisch hinüber und beugte sich zum Wasserkanister hinunter.

»Ja, mir ist etwas duselig«, antwortete sie.

Zweifellos, die Schlaftabletten versüßten den Übergang zum Reich der Angst; vor allem im Fall von Jon und Jone, die stunden-, tagelang in ihrem Versteck ausharren mussten. Sie lösten ein Übermaß an Optimismus aus, eine Art Trunkenheit, die allerdings auch die Teilnahmslosigkeit verstärkte.

Für Carlos zählte bloß die zweite Wirkung. Er ging auf Jone zu und goss ihr Wasser über den Kopf.

»He, was fällt dir ein?«, schrie sie auf.

»Ruhig! Man kann dich bis zum Hotel hören.«

»Und du? Stell den Kanister weg! Einer deiner üblichen Späße, was? Frauen mit Wasser zu übergießen.« Jone spielte wohl auf das gemeinsame Bad am Brunnen an. Sie war immer noch wütend, doch ihre Stimme klang wieder einigermaßen normal.

»Wenigstens bist du jetzt wach. Vielleicht erinnerst du dich, wer du bist und in was für Nesseln du dich gesetzt hast. Oder besser gesagt, in was für Nesseln wir uns alle gesetzt haben«, herrschte er sie an, doch er hatte sich nicht ganz im Griff. In seiner Stimme schimmerte die Erschöpfung durch. Wegen des Schlafmangels? Wegen der Begegnung mit Morros? Ob das eine oder andere, er musste unbedingt auf dieses Detail achten. Er durfte sich mit dieser Stimme nicht mit Stefano unterhalten.

»In Ordnung«, sagte Jone anstelle anderer Antworten, die ihr wahrscheinlich durch den Kopf gegangen waren. Dann legte sie die Kirschen auf den Tisch zurück, verschränkte die Arme und blickte Carlos an. Ihr schwarzes T-Shirt klebte klitschnass am Körper, darunter zeichneten sich ihre vollen Brüste ab. »Was hat die

Organisation gesagt?«, fügte sie hinzu. Sie war wieder die, die sie immer gewesen war.

»Es ist noch nicht alles genau festgelegt. Wenn jedoch nichts dazwischenkommt, geht ihr am Freitag, übermorgen. Im letzten Moment.«

»Wirklich? Es passiert also etwas. Endlich!«, seufzte sie. Dann ging sie ans Fenster und schaute einen Moment lang hinaus. Draußen war alles in Sonne getaucht, sowohl das Laub an den Bäumen als auch das Metall der Straßenlampen und die Fensterscheiben des Hotels. »Die Polizei ist uns auf den Fersen, nicht wahr?«, fragte sie, ohne sich umzuwenden.

Einmal mehr staunte Carlos über den Scharfsinn dieser Frau. Ja, wenn es sich darum handelte, ein winziges Zeichen im Gesicht ihres Gegenübers abzulesen, war ihr Gehirn so empfindlich wie die Fingerspitze, die eine Oberfläche abtastet. Sie war in der Lage, jede Geste zu interpretieren, jeden Blick, jede in einer Stimme mitschwingende Unsicherheit. Auch diesbezüglich – das Päckchen Marlboro, das Jone in dem Moment aufriss, brachte ihn auf diesen Vergleich – glich sie Danuta Wyca. Bloß, dass die zwei Frauen auf verschiedenen Meeren gingen und dass ihrer beider Leben von verschiedenen Wellen und Strömungen bestimmt worden waren. Ansonsten waren sie sich ähnlich, zwei Schwestern.

In der Backstube herrschte vollkommene Stille. Carlos setzte sich auf den einzigen vorhandenen Stuhl.

»Wenn es am Freitag klappt, ist die Sache gelaufen. Sie wissen sehr wenig«, sagte er schließlich.

Jone verschränkte die Arme. »Ich vertraue auf dich, alles wird gut gehen.« Sie redete leise, wie jemand, der vor einer weißen Wand steht und keine Spuren auf der Wand hinterlassen will.

»Ich tue, was ich kann und so gut ich kann«, sagte Carlos mit der gleichen Stimme. Er zog das Blatt Papier mit der Sternchenzeichnung aus der Tasche.

Sie zog an der Zigarette, die sie sich eben angezündet hatte, und deutete mit dem Zeigefinger der freien Hand auf den Fußboden. »Ich will damit sagen, dass Jon vielleicht nicht der gleichen Ansicht ist. Er ist noch sehr jung und hat eine Höllenangst. Er sagt, dass die gegenwärtige Leitung der Organisation beschlossen hat, uns zu liquidieren, und dass sie nichts unternehmen werden, um uns hier herauszuholen. Alles Unsinn natürlich, doch in dieser Situation würde jedermann nervös. Das ist der zweite Grund, warum ich Schlaftabletten nehme. Ehrlich, ich komme mit ihm nicht zurecht. Jedes Mal, wenn er den Mund aufmacht, bringt er mich in Rage.«

»Als ich im Gefängnis war, erging es mir gleich«, beruhigte sie Carlos, während er die Randbemerkungen unter dem ersten Sternchen durchging. »Wenn der Kerl in der Zelle nebenan zu husten anfing, wurde ich wahnsinnig. Das ist normal in solchen Situationen, eine Folge der engen Raumverhältnisse. Hast du die Geschichten von den Ratten nie gehört?«

»Ich habe nicht so viel für Geschichten übrig wie du«, lächelte Jone etwas bitter. Sie lehnte sich an die Wand, bereit, ihm zuzuhören.

»Wenn man eine Ratte allein in einen Käfig einsperrt, so stirbt sie, wie man weiß, vor Langeweile. Wenn sie zu zweit sind, leisten sie sich gegenseitig Gesellschaft und überleben. Wenn es zwanzig sind, gehen sie aufeinander los und beißen sich zu Tode.«

»Ist diese Geschichte nicht etwas tendenziös? Die Geschichte mit den zwei Ratten, die sich gut verstehen, kommt mir gar zu sehr als Propaganda für die Ehe vor. Und im Übrigen, Jon und ich, wir sind zwar zu zweit, leisten uns aber überhaupt nicht Gesellschaft.«

»Ich finde die Geschichte gut, der letzte Punkt zumindest stimmt.«

»Der erste ist auch ganz nett.«

»Wie dem auch sei, es handelt sich um Rattengeschichten«, schloss Carlos und erinnerte sich natürlich einen Moment lang an die lästige Stimme seines Gewissens. Die Ratte schien zwischen seinen Eingeweiden begraben und endgültig verstummt zu sein. Doch er irrte sich. Und wusste es.

»Die Presse hat im Übrigen von uns behauptet, wir seien Ratten. Feige Ratten«, sagte Jone flüchtig lächelnd.

Carlos erinnerte sich an die Zeitungen, die Mikel mitgebracht hatte.

»Nur ein Nachbeter kann so etwas geschrieben haben«, folgerte er. Er sah die Tüte auf einem Regal liegen, und seine erste Reaktion war, sie zu holen und Jone zu übergeben. Doch es war schon halb acht, und er überlegte sich, dass sie zuerst, vor allem anderen, die Einzelheiten der Flucht festlegen mussten.

»Wie gehen wir vor?« Jone hatte seine Gedanken erraten.

»Ich werde alle notwendigen Vorbereitungen treffen. In der Gegend kenne ich mich bestens aus, es wird also nicht weiter schwierig sein, euch bis zur Autostraße zu bringen. Sie haben jede Menge Beamte zur Bewachung der Fußballspieler postiert, trotzdem ...«

»Wie viele Beamte sind ungefähr im Hotel?«, unterbrach sie ihn.

»An die dreißig, nehme ich an.«

Jone stieß einen leisen Pfiff aus.

»Eine ganze Menge«, meinte sie dann und drückte nachdenklich ihre Zigarette aus.

»Ihr bleibt ganz ruhig. Um das Hotel richtig abzuriegeln, braucht es mindestens hundert Polizeibeamte. Trotzdem, wir müssen sehr vorsichtig sein.«

Carlos machte eine Pause und überflog die verschiedenen Punkte auf der Zeichnung.

»Ist es nicht gefährlich, Notizen auf sich zu haben?«, fragte sie. »Vor ein paar Tagen hast du mir vorgeworfen, dass ich zu viele Fragen stelle und die Sicherheitsregeln nicht beachte. Aber wenn dich jemand anhält und durchsucht und diesen Plan findet, guten Abend, Freunde.«

Jones Stimme klang, trotz ihres Vorwurfs, freundlich. Sie hatte sich wieder den Kirschen zugewendet; sie war offenbar nicht weiter beeindruckt von der Anzahl Polizeibeamter im Hotel.

»Während ich aktiv war, und ich bin es ziemlich lange gewesen, habe ich immer Notizen auf mir getragen. Eine Zeit lang nannte man mich deswegen sogar *Papelito*. Schwierigkeiten hat es deswegen nie gegeben. Ich habe ein ganz persönliches System, mir Notizen zu machen.«

Carlos reichte ihr das Blatt Papier. »Mal sehen, ob du daraus klug wirst.«

»Was für hübsche Zeichnungen«, rief Jone aus und bewunderte die am letzten Sternchen festgemachten Schiffchen.

Dann kniff sie die Augen zusammen und versuchte, die mit winzigen Buchstaben geschriebenen Anmerkungen zu entziffern.

»Ich verstehe nichts.«

»Du nicht und auch sonst niemand. Es ist verschlüsselt. Eine sehr einfache Verschlüsselung, doch weil die Hinweise ganz knapp sind, würde die Polizei einen Monat benötigen, sie zu entschlüsseln.«

»Ich habe noch nie etwas Ähnliches gesehen. Du bist ein Romantiker, wirklich. Du schaust nicht so aus, aber du bist es«, lachte Jone.

Obwohl ihm die Bezeichnung missfiel – hatten sie nicht auch Sabino als Romantiker bezeichnet? –, antwortete Carlos mit einem Lächeln. Ihre gegenseitige Beziehung war in Anbetracht der Situation erträglicher geworden. Sie waren weit voneinander entfernt: er an einem Ende des Tunnels, sie am anderen. Beweis dafür war, dass Jone ihre Pamphlete – wie das mit dem Titel *Diese Demokratie ist bloße Fassade* – ernst nahm. Ihm kamen sie eher wie eine kindische Karikatur einer politischen Analyse vor. Davon abgesehen war zwischen ihnen eine Art Kameradschaft entstanden, zumindest bis die durch die Zeichnung mit den Sternchen dargestellte Zeitspanne hinter ihnen lag. Sie befanden sich beide auf der anderen Seite der Grenze: im Reich der Angst. Zudem wuchs seine Achtung vor Jone in ihrer Eigenschaft als Militante von Mal zu Mal. Er hielt sie nicht mehr für leichtsinnig und schlecht ausgebildet, wie bei ihrem ersten Treffen nach Jones unglücklicher Begegnung mit Pascal.

»Von nun an müsst ihr äußerst wachsam sein«, kam Carlos wieder auf das eigentliche Thema zurück. »Ich bekomme demnächst Besuch, hier, in der Backstube. Ein paar Fernsehleute, die zwei, drei Szenen drehen wollen. Geräusche könnten gefährlich werden. Und noch etwas: Bring bitte mein Fernsehgerät wieder herauf. Jemand könnte die Antenne am Fenster dort sehen und anfangen, Fragen zu stellen ...«

»Diese Journalisten sind Bullen, nicht wahr?« Jone betrachtete die Kirsche in ihrer Hand.

»Fast hundertprozentig sicher.«

»Das macht mir etwas Angst. Ich habe nicht vermutet, dass sie uns so dicht auf den Fersen sind.«

Sie legte die Kirsche auf den Tisch zurück und ging zum Fenster. Draußen erwachte die Welt. Neben dem Zirpen der Insekten und dem schrillen Gezwitscher der Vögel hörte man jetzt das Hupen der Autos drüben auf der Straße nach Barcelona oder vor dem Hotel.

»Sie wissen nichts Genaues und schnüffeln bloß herum. Du weißt ja, die Bullen schnüffeln ständig irgendwo herum«, beruhigte er sie.

»Sie wissen nichts Genaues, aber sie wissen ziemlich viel. Sie treiben sich nicht von ungefähr hier in der Gegend herum. Der Junge hat bestimmt geplaudert. Ich habe es gleich geahnt. Und so ist es auch herausgekommen. Pech, dass er die Pistole gesehen hat, verdammtes Pech.«

Jone ging leise fluchend in der Backstube auf und ab und schlug zornig mit der Faust gegen die Wand. Carlos drehte die Handflächen nach unten und bedeutete ihr, sich zu beruhigen.

»Reg dich nicht unnötig auf. Vielleicht ist es tatsächlich, wie du sagst. Oder die Polizei hat in den Akten nachgesehen und hat festgestellt, dass fast alle in diesem Hotel ehemalige Aktive sind.«

Er war sicher, dass diese Vermutung falsch war, doch er wollte nicht, dass sich Jones ohnehin schon labile Gemütsverfassung verdüsterte.

»Stimmt das wirklich? Wie viele von euch haben zu der Organisation gehört?«, fragte Jone nach einer Pause.

»Vergiss es. Und vergiss auch die Geschichte mit dem Spitzel. Das Einzige, was uns jetzt zu beschäftigen hat, ist, wie wir euch hier herausbringen.«

Carlos spürte einen Moment lang Panik in sich aufsteigen. Im Reich der Angst war das normal: Der Wunsch, mit größter Vorsicht zu handeln, konnte zu groben Fahrlässigkeiten in Bezug auf diese Vorsicht führen. Jone wusste jetzt einiges: dass sie sich in einem Hotel befand und dass alle Hotelbesitzer ehemalige Aktivisten waren. In den Händen der Polizei bedeuteten diese Informationen den Finger auf einen Punkt auf der Landkarte legen. Doch auch er musste Vertrauen haben: Die Polizei würde Jone nicht finden, Jone würde ihn nicht verraten, alles würde ein gutes Ende nehmen.

»Soll ich den Fernseher heraufholen?«, unterbrach sie seine Gedanken.

»Ja, bring ihn herauf. Dann fülle ich den Holzplatz auf, und wir verabschieden uns voneinander bis Freitagnacht.«

»Nimm bitte keine zu großen Holzscheite«, sagte Jone und klappte die im Fußboden eingelassene Falltür hoch: »Staple so viel Holz, wie du willst, doch lass den Ausgang so weit frei, dass wir die Tür aufstoßen können. Ich ersticke allein schon bei der Vorstellung, dass ich total eingeschlossen bin. Dass ich kaum aus diesem Loch herauskann, hat mir in den letzten Tagen am meisten zugesetzt. Ich habe ständig das Gefühl gehabt, dass in der Nähe ein Brand ausbricht und wir da unten verbrennen.«

Sie bückte sich und begann hinunterzusteigen. Doch als sie den Fuß auf die dritte Stufe setzte, wandte sie sich um und schaute zu Carlos auf.

»Darf ich dir eine Frage stellen? Die letzte. Eine etwas persönliche ...«

Carlos blickte auf die Uhr.

»Bitte, aber die Zeit ist knapp.«

»Warum hast du dieses Versteck da unten eingerichtet? Warum hast du es so eingerichtet, meine ich.«

»Es ist ein Zimmer. Ich habe nicht die Absicht gehabt, ein Versteck einzurichten.«

»Genau deswegen frage ich dich. Weil es ein Zimmer ist. Ein etwas besonderes Zimmer, oder? Ohne Tür, mit Teppichen und Kissen anstelle eines Bettes, mit der unverputzten Steinmauer als einzige Aussicht ... Das ist mir gleich aufgefallen, als ich zum ersten Mal die Treppe hinuntergegangen bin.«

»Eine Marotte von mir, ganz einfach.«

»Warte einen Moment, erklärs mir näher, wenn ich das Fernsehgerät geholt habe«, sagte sie und verschwand in der dunklen Öffnung.

Carlos sagte sich, dass Jon wohl schlief und daher unten kein Licht an war.

»Was soll ungewöhnlich daran sein?« Carlos stellte das Fernsehgerät, das sie heraufgebracht hatte, auf den breiten Ofensims. »Der Raum war bereits vorhanden; der Bäcker, der früher für das Hotel arbeitete, benutzte ihn als Lager. Ich habe ihn dann etwas hergerichtet. Dass es kein Bett hat, ist einfach zu erklären: Eines die enge Treppe hinunterzutransportieren ist nämlich gar nicht so einfach. Also habe ich Teppiche und Kissen ausgelegt.«

»Du bist mir einer«, seufzte Jone, als ob sie total erschöpft sei. Dann ging sie zum Fenster und schaute einen Moment lang hinaus. Sie sah Bäume; sie sah zwei Jagdhunde; sie sah über die Dächer des Hotelgebäudes flitzende Schwalben. Doch das alles gehörte zu einer anderen Welt.

»Was willst du damit sagen?« Carlos fühlte sich etwas unbehaglich. Er war über Jones Reaktion erstaunt. Sie wirkte wie ein deprimierter Teenager.

»Ich will damit sagen, dass das Zimmer da unten aussieht wie ein Burgverlies; und es sieht nicht zufällig so aus, sondern du hast es ganz bewusst so eingerichtet. Doch du wirst mir den Grund nicht sagen. Zwischen uns ... nun, zwischen uns war etwas, und wahrscheinlich reden wir zum letzten Mal allein miteinander. Obwohl dir das wahrscheinlich egal ist. Du bist ein Mensch, der nie über sich selber spricht.«

»Willst du es unbedingt wissen?« Carlos war todmüde, er wollte schlafen gehen. »Ich kann nicht in einer gewöhnlichen Umgebung mit einer Frau schlafen, besser gesagt, es erregt mich nicht. Das ist des Rätsels Lösung.«

Jone lächelte, und alle Muskeln, Adern und Linien in ihrem Gesicht waren wieder an der üblichen Stelle.

»Das habe ich mir gedacht, als wir uns am Brunnen ins Gras gelegt haben. Doch was genau sind deine sexuellen Fantasien? Vergewaltigen? Dich als mittelalterlicher Fürst fühlen, der in seinem Verlies gefangene junge Frauen liebt?«

Was für ein interessantes Gespräch, Carlos. Wie aufrichtig du einer Frau gewisse Dinge gestehst. Wirklich, du kommst mir verjüngt vor, hörte er eine Stimme. Die Ratte lauerte immer noch.

»Genug geplaudert jetzt. Ich muss gehen.« Es war zehn vor acht, er musste schnellstens das zweite Sternchen des Morgens treffen. Wenn er nicht rechtzeitig zur Stelle war, würde Mikel beunruhigt sein.

»Ich weiß nicht, warum du so ungern über deine Fantasien sprichst. Soll ich dir von meiner erzählen?«, sagte Jone, und ohne ihm Zeit zu lassen, den Mund aufzumachen, fügte sie hinzu: »Nein, du willst nicht, doch ich erzähle es dir trotzdem. Ich mag die letzte Sesselreihe im Kino.«

Carlos lächelte flüchtig. Der Moment war gekommen, sich voneinander zu verabschieden.

»Wer weiß, vielleicht beggenen wir uns eines Tages zufällig in dieser letzten Reihe.« Seine Worte waren von irgendwo aus seinem tiefsten Innern an die Oberfläche geschwemmt worden. »Wir sehen uns jedenfalls nächsten Freitag. Wenn nichts dazwischenkommt, begleite ich euch bis zur Tankstelle.«

Jone stellte sich auf die Zehenspitzen und küsste ihn. Dann nahm sie den auf dem Tisch liegenden Beutel mit den Kirschen und wandte sich zum Gehen. Carlos holte die Zeitungen auf dem Regal und übergab sie ihr.

»Hier, das ist für euch.«

Jone hielt mit einer Hand die Falltür über ihrem Kopf hoch.

»Was ist das? Die Zeitungen?«

»Ja, die Zeitungen aus dem Baskenland. Die Organisation bestreitet, die Bombe gelegt zu haben, die das Kind in die Luft gejagt hat. Sie behaupten, sie seien es nicht gewesen.«

»Eine erfreuliche Nachricht«, meinte sie bloß.

»Also, bis Freitag. Ich denke, ich werde um neun hier sein. Und ein paar Minuten später: alle an der Tankstelle.«

»Um neun? Hast du vorhin nicht eine spätere Uhrzeit genannt? Wäre es nicht sicherer, zwei oder drei Stunden später aufzubrechen? Wenn es ganz dunkel ist, meine ich.«

»Ich glaube nicht. Die Weltmeisterschaftsübertragungen finden um fünf Uhr und um neun Uhr statt, und am Freitag um neun spielen Spanien und Deutschland. Ich nehme an, die Sicherheitsbeamten vor dem Hotel werden etwas beschäftigter sein als sonst. Zudem ist diese Uhrzeit für Martín günstig.« Martín, das war Mikels Deckname für die bevorstehende Operation.

»In Ordnung«, sagte Jone. »Du kennst dich aus. Wir tun, was du befiehlst.«

»Nehmt am Freitag keine Schlaftabletten. Wenn ihr einmal aus dem Versteck seid, müsst ihr laufen, und zwar schnell.«

»Und du leg nicht zu viele Holzscheite auf unseren einzigen Fluchtweg.« Dann zog Jone die Falltür hinter sich zu und war verschwunden.

Carlos ging zum Marmortisch und hob das weiße Tuch über dem Teig. Er war hart, aber er roch noch nicht und war nicht schimmlig.

Er steckte schnell – er würde zum Treffen mit Mikel rennen müssen – die Hände in die harte Masse und knetete den Teig durch. Doch dann gab er es auf. Die Mühe war sinnlos. Früher oder später würde der Teig endgültig verdorben sein. Also nahm er den Teigklumpen, steckte ihn in einen Kehrichtsack und warf ihn in den Mülleimer.

Kaum hatte er die Tür des Backhauses aufgemacht, kamen ihm Belle und Greta langsam, mit hängender Zunge entgegen. Die Sonne brannte schon ziemlich heiß.

»Kommt ihr mit? Ich gehe ins Hotel«, sagte Carlos zu den Hunden. Das war jedoch nicht ihre bevorzugte Richtung, sie zogen den Buschwald vor und zeigten daher keine allzu große Begeisterung. Schließlich verzog sich Belle unauffällig unter das Schuppenvordach und Greta in den Schatten eines Olivenbaums.

»Hütet euer Haus«, rief Carlos ihnen zu und ging weiter.

Mikel saß im Führersitz des Kastenwagens und las eine Zeitung, die aufgeschlagen auf dem Lenkrad lag. Sie Sonne spiegelte sich in der Windschutzscheibe wider.

»Wie bist du so früh zur Morgenzeitung gekommen?«, fragte Carlos. Er streckte den Kopf durchs Seitenfenster und warf einen Blick auf die Überschriften. Für gewöhnlich war es María Teresa, die die Zeitung brachte.

»Jener Kerl hat sie mir gegeben«, antwortete Mikel. Seine Augen hinter der zu kleinen Brille waren leicht gerötet. »Dann hat er Doros Söhne gefragt, ob er eine Runde mit der Montesa fahren dürfe, und die drei sind zusammen weggefahren. Er fährt offenbar gern Motorrad.«

»Von wem redest du?«, fragte Carlos misstrauisch.

»Von dem Kerl vom Fernsehen, du weißt doch ...« Mikel unterbrach den Satz und machte Anstalten, aus dem Wagen zu steigen.

»Stefano?« Carlos legte ihm die Hand auf die Schulter und drückte ihn auf den Sitz. Dann ging er um den Wagen herum, stieg auf der anderen Seite ein und setzte sich neben ihn. »Fahr mich bitte ins Dorf. Ich muss einen Tisch im *La Masía* reservieren. Morgen Abend gehe ich mit María Teresa essen.«

Während er redete, legte er unauffällig den Zeigefinger an die Lippen, hieß dann Mikel mit einer Handbewegung, schnellstens loszufahren.

»Mit María Teresa? Was feiert ihr denn?«, fragte Mikel, ließ den Motor anspringen und bog in die Auffahrt ein. Er war wirklich eine Nummer für sich. Anstatt über Carlos' vertrauliches Geständnis zu witzeln, platzte er mit einer eines Showmasters würdigen Frage heraus. Nein, Mikel war entschieden nicht zum Schauspieler geboren.

»Nichts Besonderes«, sagte Carlos und schaltete das Radio ein.

»Die Hitze wird auch heute auf über fünfunddreißig Grad ansteigen«, kündigte der Nachrichtensprecher als Prolog zum Wetterbericht an. Carlos schaute zum Fenster hinaus, als halte er nach Stefano Ausblick. Doch er war nirgends zu sehen, und Doros Söhne ebenso wenig. Wahrscheinlich machten die drei mit ihren Motorrädern die Straßen in der Umgebung des Montserrat unsicher. Danach würde Stefano sie zu ein paar Bier einladen und würde ihnen ganz beiläufig ein paar Fragen stellen, vor allem Juan Manuel. Und Juan Manuel würde unschuldig auf alles antworten. Würde Stefano ihn über das Backhaus ausfragen? Vielleicht nicht bei dieser ersten Begegnung, aber früher oder später bestimmt. Und das konnte gefährlich sein, obwohl Carlos nicht wusste, ob sich Juan Manuel überhaupt an den alten Mehlkeller erinnerte, und auch nicht, ob sein Bruder ihn überhaupt reden ließ. Der junge Doro war nicht besonders gesprächig, wie sein Vater. Zudem hing er an Carlos und würde ihn warnen, wenn ihm etwas an Stefanos Verhalten merkwürdig erschien: »Carlos, hier treibt sich einer herum, der etwas zu viele Fragen stellt«, würde der junge Doro, im Tonfall der Burschen aus den Bergen seines Heimatdorfs, sagen.

Er musste jedenfalls doppelt vorsichtig sein. Stefano kam rasch voran, und es sah ganz danach aus, als ob er vorhabe, ihn im Wettlauf von Sternchen zu Sternchen zu überholen. Carlos unterdrückte einen Fluch.

Als sie am Schwimmbad vorbeifuhren, entdeckten sie eine ganze Reihe paarweise postierter Polizeibeamter, die einen auf der rechten Seite der Allee, die anderen auf der linken. Das letzte Paar hielt den Lieferwagen an.

Mikel gehorchte ohne Widerrede.

»Heute bist du eindeutig nicht zu Witzen aufgelegt«, murmelte Carlos. Er wollte die Spannung lockern, unter der sein Freund vermutlich stand.

Mikel kurbelte das Fenster herunter. »Soll ich hinten aufmachen?« Die Beamten nickten wortlos. Ihr lakonisches Auftreten wirkte professionell, eindeutiges Merkmal ihrer Ausbildung in der Antiterrorbrigade.

»Jetzt folgen die Sportnachrichten. Und wie jeden Tag, seit die Fußballweltmeisterschaft begonnen hat, wird auch heute der größte Teil unserer Sendung dem Fußball gewidmet sein«, sagte der Radiosprecher in ebendem Moment. Mikel stieg aus und machte die Hecktür auf. »Wie die meisten unserer Hörer wahrscheinlich bereits wissen, finden diese Woche jede Menge wichtiger Sportereignisse statt. Einmal das am Freitag in Madrid ausgetragene Spiel zwischen Spanien und Deutschland und gleichzeitig die epochale Begegnung zwischen Brasilien und Argentinien im Sarriá-Stadion in Barcelona. Es ist bestimmt nicht übertrieben, von einem epochalen Spiel zu reden, winkt doch der Siegermannschaft der Weltmeistertitel. Selbstverständlich werden wir die Übertragung mit Kommentaren zum dritten Spiel beginnen, dem Spiel vom nächsten Sonntag zwischen Polen und Russland ...«

»In Ordnung?«, fragte Mikel, nachdem er die leeren Fischkisten umgestapelt hatte. Dann knallte er die Tür zu und setzte sich wieder ans Steuer. »Verschwinden wir von hier«, flüsterte er. Der anspringende Motor übertönte seine Worte.

»Wir fahren am besten zuerst zur Tankstelle«, sagte Carlos, obwohl die Benzinuhr einen noch halb vollen Tank anzeigte. »Das mit dem *La Masía* kann warten.« Dann bedeutete er Mikel nochmals, still zu sein. Er befürchtete, Stefano könnte eine Wanze im Lieferwagen angebracht haben, vielleicht, als er Mikel die Zeitung gab, vielleicht vorher. Er wusste nicht, ob die spanische Polizei über so raffinierte Geräte verfügte, doch möglich war alles. Die Polizei hatte offenbar große Fortschritte gemacht im Vergleich zu den Zeiten der Diktatur. Laut Presseberichten arbeitete sie im Kampf gegen den Terrorismus mit der deutschen Polizei zusammen, und die deutsche Polizei benutzte Wanzen und Computer. *Laut Presseberichten, laut Presseberichten,* höhnte die Ratte. *Eine seltsame Art von Terrorismusbekämpfung. Gib es zu, Carlos, dass du zu einem drittrangigen Aktivisten geworden bist.*

»Wir müssen gestehen: Die Fußballweltmeisterschaft überschwemmt uns geradezu mit Informationen«, sagte das Radio, während Mikel auf die Tankstelle zusteuerte. »Hier ist die neueste: Masakiewicz und Banat sollen den Sieg gegen Belgien über Gebühr gefeiert haben; sie sind gestern Nacht, als sie mit allen Anzeichen einer Alkoholvergiftung in ihr Hotel zurückkehrten, der Polizei in die Arme gelaufen ...«

Sie bogen in das Areal hinter der Tankstelle ein; Carlos schaltete das Radio aus.

»Sie haben nicht den Sieg gegen Belgien gefeiert, sondern Bonieks und Żmudas Vertragsabschlüsse«, sagte Carlos an die Adresse des Sprechers. »Du hältst dich wohl für besonders schlau, was? Du Klugscheißer.«

»Ist das wahr?«, wunderte sich Mikel und sperrte die Augen weit auf. Sie waren fast nicht mehr gerötet, und die Hornhaut war wieder weiß.

»Ja, es stimmt. Hast du den Lärm nicht gehört letzte Nacht? Guiomar und ich haben alles mitverfolgt. Masakiewicz hat gebrüllt wie ein Verrückter.«

»Wie spät war es?«, fragte Mikel und stellte den Motor ab. Er kam aus dem Staunen nicht heraus.

»So gegen vier Uhr morgens.«

»Um vier Uhr morgens?« Mikel warf einen Blick auf die Uhr neben dem Tachometer auf dem Armaturenbrett. »Und jetzt ist es erst zwanzig nach acht. So schnell verbreiten sich die Nachrichten?«

»Hier geht alles schnell«, stimmte ihm Carlos zu. Er öffnete die Tür und stieg aus.

Die Auto- und Lastwagenkolonnen in Richtung Barcelona rissen nicht ab, doch an der Tankstelle war kaum etwas los; die Angestellten kehrten den Fußboden und wischten mit einem Lappen die Zapfsäulen ab. Am Himmel stieg langsam die Sonne auf und schien zusehends wärmer. Um neun Uhr würde das Thermometer fünfundzwanzig Grad erreicht haben.

»Möchtest du einen Eistee mit Zitrone?«, fragte Carlos, als sie in das Pinienwäldchen hinter dem Areal traten. Er zeigte mit der Hand auf den Getränkeautomaten auf der einen Seite der Tankstelle. »Sie verkaufen ihn jetzt in Dosen, wie das Bier.«

»Hier können wir reden, oder?«, fragte Mikel und sah sich nach allen Seiten um. Wegen seiner zu kleinen Brille blieb der Schweiß in seinen Augenbrauen hängen.

»Natürlich. Und im Wagen sehr wahrscheinlich auch. Beruhige dich, ich erkläre dir gleich alles. Ich hole dir zuerst etwas zu trinken.«

Während er die Münzen in den Getränkeautomaten steckte, musterte Carlos aus dem Augenwinkel die Tankwarte. Es waren drei, und alle drei sehr jung. Ihrer Geschäftigkeit nach zu schließen, schien es sich nicht um Polizeibeamte zu handeln, sondern um tatsächliche Angestellte, Teilzeitangestellte vielleicht. *Pass auf, Carlos. Es ist gefährlich, die Polizei zu unterschätzen, aber glauben, sie sei allmächtig, kann ebenso gefährlich sein,* hörte er eine seiner inneren Stimmen. »Ich weiß, Sabino, aber ich fühle mich wie damals vor meiner ersten Aktion. Ich sehe überall Gefahren.«

Die Dosen waren eiskalt und brannten in den Händen. Er kehrte schnell zum Pinienwäldchen zurück.

»Ich glaube, der Automat funktioniert nicht richtig; sie sind zu kalt«, sagte er zu Mikel und stellte die Dosen an die Sonne.

Mikel überhörte seine Bemerkung.

»Was machen wir jetzt?«, fragte er.

»Wir müssen unseren Plan etwas umstellen. Keine Aufregung, die Situation ist halb so schlimm.«

Carlos' Stimme drückte nicht die kleinste Regung aus. Er stand ruhig, mit verschränkten Armen da, betrachtete zerstreut die sich auf der Eisteedose bildenden Tropfen.

»Sie wissen alles?« Auch auf Mikels Stirn bildeten sich Tropfen, Schweißtropfen jedoch.

»Wenn sie alles wüssten, hätte dir Stefano nicht die Zeitung gegeben. Er hätte dir etwas ganz anderes gegeben anstelle der Zeitung.«

»Eine Kugel in den Bauch.«

»Übertreiben wir nicht, Mikel. Kommen wir zur Sache. Aber setzen wir uns zuerst. Wenn wir so dastehen, sehen wir aus wie Verschwörer«, ermahnte ihn Carlos mit fester Stimme.

Er setzte sich in den lang gezogenen Schatten einer Pinie und Mikel ungefähr einen Meter weiter weg ihm gegenüber. Die Eisteedosen zwischen ihnen tropften nicht mehr, waren aber weißlich beschlagen.

»So ist es bequemer; wenn du ein Mädchen wärst, würde man uns für ein verliebtes Pärchen halten«, scherzte Carlos.

»Und da wir Männer sind, wird man uns ebenfalls für ein Paar halten, das zum Fummeln hierhergekommen ist«, meinte Mikel im gleichen scherzenden Tonfall. Er fand zu seinem gewohnten Humor zurück.

»Glaubst du, dass er Gelegenheit gehabt hat, eine Wanze im Lieferwagen anzubringen? Stefano, meine ich.« Carlos war wieder ernst.

»Meines Erachtens nicht. Er hat mir die Zeitung gegeben, und wir haben noch etwas geplaudert, dann bin ich eingestiegen.«
Mikel stieß einen Fluch aus. »Verdammt, ich verstehe das alles nicht. Wie sind sie uns überhaupt auf die Spur gekommen?«

Mikel unterstrich seine Wut mit einem weiteren Fluch.

»Er hat einen Hinweis bekommen, das ist eindeutig. Doch frag mich nicht, woher; ich weiß es wirklich nicht. Ich weiß nur, dass es nicht Ugarte gewesen ist. Du hast ja gesehen, wie er versucht hat, uns zu helfen gestern Abend.«

»Vielleicht. Aber wer hat das Thema Backstube angeschnitten, wer? Und Stefano hat sich natürlich die Gelegenheit nicht entgehen lassen. Hat er nicht gesagt, dass er dich dort besuchen will?«, schnaubte Mikel.

»Daran habe ich gar nicht gedacht. Du hast recht. Trotzdem, ich glaube nicht, dass ...«

Carlos starrte einen Moment lang nachdenklich vor sich hin.

»Nein, ich glaube es nicht. Doch das ist im Moment nicht von Bedeutung. Und wie nahe an der Wahrheit Stefano und die anderen sind, ist relativ. Wenn sie Jons und Jones Versteck entdecken, dann sind sie sehr nahe dran. Wenn nicht, sehr weit weg davon entfernt. Wenn sie nichts entdecken, kommt es letztlich auf dasselbe hinaus, ob sie hier oder in China ermittelt haben.«

Carlos schaute auf und betrachtete die Anhöhen auf der anderen Seite der Autostraße. Auf der einen waren die weißen Mauern des Hotels zu sehen. Auch das Dach des Backhauses war zu erkennen, jedoch nur undeutlich.

Mikel blickte zum Kastenwagen hinüber: »Deiner Ansicht nach laufen sie also mit Wanzen und sonstigem Schnickschnack herum?«, fragte er.

»Ich weiß nicht. Ich habe wirklich keine Ahnung. Was hat Stefano dich gefragt?«

»Mich gefragt?«

»Ich meine, worüber habt ihr geredet?«

»Er hat vor allem geredet. Dass er lieber früh aus Barcelona herausfährt, um nicht in den Stau zu geraten, und ...«

Mikel war drauf und dran, ihm die Unterhaltung mit dem Polizeibeamten in allen Einzelheiten wiederzugeben. Carlos winkte ab. Die Müdigkeit machte sich bei ihm wieder bemerkbar; er wollte möglichst schnell an die Banyera und dort bis in den Nachmittag hinein schlafen.

»Was ich wissen will, ist, ob er irgendetwas erwähnt hat, was direkt mit unserer Angelegenheit zu tun hat.«

»Natürlich hat er das.« Mikel starrte dann nachdenklich auf seine Füße.

Die zwei Dosen waren inzwischen nicht mehr beschlagen; sie glänzten und hatten die Farbe des Tees. Carlos nahm eine in die Hand und zog den Deckel am Aluminiumring auf. Das zischende Geräusch der Kohlensäure ließ ihn zusammenschrecken.

»Die stehen aber unter Druck«, rief er aus. Er hörte das Dröhnen des Verkehrs auf der Straße wieder, als ob er plötzlich aufgewacht sei.

»Er hat mir die Fotos von Jon und Jone gezeigt«, murmelte Mikel. »Du weißt ja, die Anzeige mit den ausgesetzten drei Millionen Kopfgeld. Er hat hinzugefügt, dass die beiden wahrscheinlich in einer ungemütlichen Lage sind und ob die Geschichte mich als Basken nicht beschäftige. Er würde sich an meiner Stelle jedenfalls Gedanken machen.«

Carlos trank einen Schluck Tee aus der Dose.

»Aus menschlicher Anteilnahme für Jon und Jone natürlich«, lachte er spöttisch.

Mikel riss seine Dose ebenfalls auf und nahm einen großen Schluck. Seine Kehle war trocken.

»Ja, dann hat er mich gefragt, ob ich zufrieden sei mit meiner Arbeit und ob ich nicht genug davon hätte, ständig zwischen Barcelona und dem Baskenland hin- und herzufahren, und wie viele Fahrten ich wöchentlich mache. Und das Schlimmste ist, dass ich es ihm gesagt habe. Dass ich zweimal wöchentlich fahre, am Dienstag und am Freitag.«

Carlos lachte erleichtert: Er hatte Stefano überholt. Was würde er daraus folgern?

»Mach dir keine Sorgen, Mikel. Was hättest du tun sollen? Eine so gewöhnliche Frage nicht beantworten? Das allerdings hätte ihn bestimmt misstrauisch gemacht. Bist du nervös gewesen, als er dich angesprochen hat?«

»Ja, aber ich hab ihm gesagt, es sei wegen meiner Augen. Dass sie gerötet sind und brennen.«

»Sehr gut. Freut mich, dass deine Angewohnheit, im Schlafzimmer zu rauchen, gewisse Vorteile hat. Wenn du allerdings in Zukunft vor dem Schlafengehen nicht lüftest, wirst du noch erblinden.« Carlos zog das Blatt mit den Sternchen aus der Tasche. »So, jetzt müssen wir noch den Plan besprechen.«

»Gut«, nickte Mikel und verschränkte die Arme.

»Ich habe vorhin angedeutet, dass wir anders vorgehen müssen. Ich erkläre es dir kurz.«

Mikel hörte ihm zu und trank dabei die Eisteedose schlückchenweise leer. Also, Jon und Jone würden am Freitag nachts das Hotel verlassen; seine wichtigste Aufgabe bestand darin, die Organisation entsprechend zu informieren. Das müsse möglichst rasch geschehen, sobald er im Baskenland zurück war. Wenn die Organisation damit einverstanden war und bereit, sie zu unterstützen, gut. Wenn nicht, würde er Jon und Jone auf einen Campingplatz bringen, genau, wie er gestern gesagt habe.

»Wir können keine weitere Woche warten. In der Lage, in der wir uns befinden, können wir unmöglich länger als bis übermorgen zuwarten.«

»Ich denke, dass sie diesmal einlenken und mir helfen. Ich werde heute noch mit der Kontaktperson reden und ihr von Stefano berichten.«

»Ihre Infrastruktur kann unmöglich so schlecht sein. Ich nehme an, sie haben bestimmt irgendwo einen Unterschlupf, der noch nicht aufgeflogen ist.«

»Und sonst ein Campingplatz!«

»Und sonst ein Campingplatz!« Carlos überflog die Anmerkungen unter dem zweiten Sternchen. »Zum nächsten Punkt, Mikel. Ich habe beschlossen, die zwei hierherzubringen. Du kannst sie nicht im Hotel selbst übernehmen, wie wir zuerst gedacht haben. Du hast ja selbst gesehen, wie streng die Zufahrt bewacht wird.«

»Zur Tankstelle?«

»In dieses Pinienwäldchen. Wir treffen uns hier.«

»Und der Zeitplan? Hast du den Zeitplan schon aufgestellt?«

»Warte mal«, unterbrach ihn Carlos. »Mir ist soeben etwas anderes eingefallen. Und wenn wir uns wie Marokkaner kleiden? Was hältst du davon? Wäre das nicht eine gute Tarnung? Ich weiß aus Erfahrung, dass Verkleidungen immer nützlich sind. Eine alte Methode zwar, aber bewährt.«

»Eine gute Idee. Zu dieser Jahreszeit wimmelt es auf Spaniens Straßen von Marokkanern.«

Carlos überlegte: Ja, das war eine gute Idee, eine Verkleidung würde ihnen bei der Flucht gute Dienste leisten. Überdies bot dieser Punkt der Operation keine praktischen Schwierigkeiten, denn im Versteck unter der Backstube waren ein paar Tuniken vorhanden, die als Dschellaba angesehen werden konnten; nicht etwa, weil seine sexuellen Fantasien sich im Mittelalter bewegten und Verliese und gefangene Frauen zum Gegenstand hatten – wie Jone vermutete –, sondern weil sie sich an einem Film aus seiner Jugendzeit entzündeten, in dem außer römischen Soldaten auch junge Araberinnen und Afrikanerinnen auftraten.

»Wir müssen uns auch die genaue Uhrzeit überlegen«, sagte Carlos.

Mikel trank den Rest Eistee aus und meinte dann: »Was mich am meisten interessiert, ist der Zeitplan.«

Carlos hielt ihm seine Dose hin.

»Nimm, ich habe keinen Durst.«

Dann wiederholte er den Zeitplan, den er Jone vorgelegt hatte. Das Spiel zwischen Spanien und Deutschland war der Angelpunkt; die Flucht musste am Freitag um neun Uhr abends beginnen, um neun oder um Viertel nach neun.

»Also, um sieben bei der Autobahnzahlstelle; um acht lädst du den Fisch im Hotel aus, um neun parkst du an dieser Tankstelle. In Ordnung?«

»Alles klar. Was das angeht, keine Sorge.«

»Kannst du dir einen anderen Kastenwagen besorgen? Anstelle deines, meine ich?« Carlos zeigte auf den hinter der Tankstelle geparkten Wagen.

»Wenn ich ihn zur Inspektion in die Werkstatt bringe, geben sie mir einen anderen. Warum meinst du? Weil eine Wanze angebracht sein könnte?«

»Nein, nicht deswegen. Es könnte ja sein, dass Stefano dich überwachen lässt. Vielleicht hat er dir deswegen so viele Fragen gestellt. Wenn du den Lieferwagen wechselst, muss er sich zusätzlich den Kopf zerbrechen...«

»Ich kann mich doch auch als Marokkaner verkleiden, oder? Mit einem Turban auf dem Kopf schüttle ich sämtliche Polizeibeamte ab«, lachte Mikel.

Carlos lächelte flüchtig über den Witz und warf einen Blick auf die Uhr.

»Wir müssen gehen. Es ist schon spät; ich muss unbedingt schlafen gehen«, sagte er und stand auf.

»Ja, für heute haben wir genug geredet. Warten wir's ab, ob wir etwas Glück haben.«

»Wir werden Glück haben. Viel Glück sogar. Glaub mir. Jedenfalls mehr als die meisten marokkanischen Einwanderer.«

Carlos streckte ihm die Hand hin und zog ihn hoch. Dann gingen sie nebeneinander zum Lieferwagen.

Die Straße in Richtung Barcelona führte gleich nach der Tankstelle abwärts; die meisten Autos gaben an dieser Stelle Gas und rasten wie auf einer Rennbahn hinunter. Sie hatten es eilig, in die Autobahn einzuspuren. Und dann hatten sie es eilig, in Barcelona anzukommen. Und in Barcelona angekommen, eilten sie zu ihren Büros und ihren Arbeitsplätzen.

»Und wenn die vielen Autos nirgendwohin gehen?«, überlegte sich Carlos beim Anblick des dichten Verkehrs. »Wenn sie bloß von einer schnellen Wasserströmung mitgerissen werden? Wenn sie wie Geröll und Baumstämme in einem Hochwasser führenden Fluss unaufhaltsam und immer schneller auf eine Mauer zutreiben und dort zerschellen? Oder in einem Strudel in die Tiefe gerissen werden? Und als Vergleich«, Carlos richtete den Blick auf die Felsen des Montserrat, »wie viele Jahrtausende hatte das Wasser gebraucht, um jenen Berg zu meißeln? Was für eine Ruhe, die Ruhe des Wassers, das tausend Jahre braucht, um einen einzigen Stein zu zerreiben!«

Du hast tatsächlich eine philosophische Ader, Carlos. Ehrlich. Wenn du wieder im Gefängnis bist, solltest du dich voll und ganz dem Studium widmen. Die Ratte lachte ihn aus.

Als er wieder in der Sonne stand, überkam Carlos das Bedürfnis, an die Banyera schlafen zu gehen. Seine Erschöpfung – er brauchte nur ein paar Minuten zu stehen, um sie zu spüren – war groß. Aber das Blatt mit den Sternchen war immer noch in der Tasche seines Baumwollhemds, und das, obschon geringfügige, Gewicht dieses Stücks Papier zwang ihn, seiner Müdigkeit nicht nachzugeben. Er würde an die Banyera schlafen gehen, ja, aber zuvor musste er alle Einzelheiten der Operation miteinander verknüpfen.

»Wenn du mit denen von der Organisation geredet hast, ruf im Hotel an«, sagte er zu Mikel. Sie standen neben dem Lieferwagen.

»Geht in Ordnung«, sagte Mikel. Dann ging er zu dem ein paar Schritte entfernten Kehrichteimer am Rand des Parkplatzes und warf seine leere Dose hinein. Die andere, die von Carlos, hatte er durchs Fenster auf den Sitz gestellt.

»Ruf nicht mich an. Kann sein, dass die Telefonanschlüsse im Hotel abgehört werden. Wann rufst du gewöhnlich Doro an? Wegen der Fischbestellung, meine ich.«

»Ich rufe ihn öfter an. Mindestens drei- oder viermal die Woche.«

Carlos verschränkte die Arme und konzentrierte sich auf ein Rad des Lieferwagens. Er hatte Mühe, sich zu konzentrieren. Die Gedanken drangen nur undeutlich, wie Nebelschwaden, bis in sein Bewusstsein vor, und er hörte sie auch nicht. Das Dröhnen der pausenlos vorbeifahrenden Fahrzeuge legte sich darüber.

»Was meinst du? Dass sie in der Lage sind, die internen Telefonanschlüsse abzuhören? Wenn man von meiner Wohnung aus die Backstube anwählt zum Beispiel ...«, brachte er schließlich mühsam hervor.

»Ich glaube nicht. Wenn es kein Anruf von außer Haus ist ...«

»Nein, klar, von draußen können sie die internen Gespräche nicht abhören. Aber im Hotel selbst, wenn sie sich zum Beispiel in die Telefonzentrale des Hotels einschalten ...«

Die Telefonzentrale befand sich hinter der Rezeption, und es war Beatriz, die sie bediente, *la nostra bellissima Beatriu*. Die Polizei konnte die Telefonleitung ohne ihre Einwilligung nicht anzapfen. Wäre Beatriz imstande, sich mit der Polizei abzusprechen? In Carlos' Erinnerung tauchte das Bild jenes Tages auf, an dem sie sich vorgestellt hatte: eine dreißigjährige Frau, die das *gute Auftreten,* das in der Zeitungsannonce verlangt wurde, durch ungewöhnlich blaue Augen vervollständigte. »Sie erfüllen alle Anforderungen. Sie haben ein gutes Auftreten, gute Sprachkenntnisse und ein PR-Diplom. Unsererseits steht daher einer Anstellung nichts im Wege. Wenn Sie wollen, können Sie die Stelle haben. Ungewöhnlich ist eher, dass Sie sich darum bewerben. Als Hotelrezeptionistin verdienen Sie einiges weniger als Air-Hostess.« Und sie hatte geantwortet: »Ich habe mich beworben, weil ich vom Fliegen genug habe. Als ich noch ledig war, hat mir die Arbeit gefallen, aber inzwischen bin ich verheiratet, und wenn ich weiterhin als Hostess arbeite, würden mein Mann und ich einander nur selten sehen.« Auf dem Bild, das seine Erinnerung wiedergab, trug Beatriz ein strenges graues Kostüm, das eher zu einer Direktorin einer katholischen Bank passte als zu ihr, allerdings den Eindruck erweckte, als ob sie nichts darunter trage, nicht einmal einen Büstenhalter.

Nein, Carlos glaubte nicht, dass Beatriz sich mit der Polizei die Hände beschmutzen würde, auch wenn Guiomar behauptete, sie sei eine Frau mit einem teuren Geschmack und gebe allein für die Maniküre Unmengen Geld aus. Nein, sie hatte zu viel Klasse. *Das ist nicht das Problem,* hörte er die Stimme der Ratte. Der widrige Teil seines Gewissens änderte den Tonfall nie. *Das Problem ist nicht ein möglicher Verrat Beatriz' oder ihr möglicher Beitrag zur Verhaftung von Jon und Jone im Austausch gegen die drei Millionen; das Problem ist, ob die Polizei sie um Unterstützung gebeten hat oder nicht. Wenn sie sie darum gebeten hat, bist du verloren. Warum? Nun, in erster Linie, weil die Polizei nicht du scherzen pflegt und es unmöglich ist, ihr eine Bitte abzuschlagen. Und zweitens, weil Beatriz und María Teresa sich voneinander unterscheiden. María Teresa würde dir sofort hinterbringen, was die Polizei ihr erzählt. Beatriz jedoch nicht, weil –* die Ratte kicherte –, *weil es Beatriz egal ist, was dir zustößt oder nicht zustößt ...*

Bitte, Carlos, ruhig, unterbrach Sabino die Ratte. *Hätten sie die internen Telefonanschlüsse kontrolliert und deine Gespräche mit der Siebzehn abgehört, wäre das Fest schon längst vorbei, und du wärst anstatt an dieser Tankstelle bei einem Verhör. Geh schlafen und ruh dich aus. Sonst hast du dich nicht mehr unter Kontrolle.*

»Woran denkst du?«, fragte Mikel.

»An deinen Anruf. Wie du mir die Antwort der Organisation zukommen lassen kannst.« Carlos ging neben dem Kastenwagen auf und ab. Er musste sich wach halten.

»Am besten durch Doro, denke ich.«

»Ja, ich denke auch. Ich weiß nicht, sag ihm ...«

Carlos starrte auf die Erde. Der Verkehrslärm störte seine Gedanken wieder, noch mehr als vorher.

»Sag ihm, du hättest einen Kraken aufgetrieben. Einen großen Kraken, wie ich ihn mir gewünscht hätte«, sagte er schließlich. »Das bedeutet, dass die Organisation meine Nachricht erhalten hat und mit unserem Vorgehen einverstanden ist. Doro wird nicht vergessen, es mir zu bestellen. Und wenn er es vergisst, spielt es keine Rolle. Ich werde ihn danach fragen.«

»Und wenn es keinen Kraken gibt? Wenn die Organisation Nein sagt? Was mache ich dann? Erwähne ich die Geschichte mit dem Campingplatz?«

Auch Mikel starrte vor sich hin.

»Sicher. Ich habe mich doch klar ausgedrückt? Verdammt. Soll ich vielleicht alles nochmals wiederholen?«

»Und wenn sie die beiden erwischen? Dann sind wir schuld daran«, sagte Mikel besorgt, ohne vom Boden aufzuschauen.

»Nicht wir sind schuld daran«, platzte Carlos heraus. Er fluchte und unterstrich jeden Fluch mit einer heftigen Armbewegung. »Mikel, ich bitte dich, bist du dir überhaupt bewusst, in was für einer Lage wir uns befinden? Habe ich dir nicht gesagt, dass wir uns die beiden nie mehr vom Hals schaffen, wenn wir sie nicht diesen Freitag aus dem Hotel bringen? Und vergiss nicht, wenn Jone und der andere sich lediglich die vereinbarten paar Tage im Hotel versteckt hätten, hätten wir jetzt keine Probleme!«

Carlos trat zwei, drei Meter vom Wagen zurück und schaute zum Pinienwäldchen hinüber. Seine Lippen zitterten.

»Reg dich nicht so auf, Carlos«, bat Mikel. Er lehnte sich mit der Schulter an die Autotür, doch er starrte weiter düster vor sich hin. »Vielleicht bin ich an allem schuld. Ich bin bis jetzt zu nachgiebig gewesen. Ich habe mich wie ein Untergebener der Organisation verhalten, sie die Herren und ich der Untergebene ...«

»Wir alle sind gleichermaßen schuld. Vergessen wir das Ganze«, schloss Carlos und kam wieder auf das Fahrzeug zu. Er wollte das Gespräch beenden, das zweite Sternchen auf der Zeichnung abhaken.

»Weißt du, wie mir zumute ist?«, fuhr Mikel fort, als ob er zu sich selbst spreche. »Seit ich aus der Organisation ausgetreten bin, fühle ich mich voller Komplexe. Ich komme mir vor, als sei ich ein Spießer geworden, ein Konformist, weil ich Geld verdiene ... Dass sie die Kämpfer sind und jetzt die Fackel tragen. Ich weiß nicht, vielleicht hältst du mich für kindisch, aber ich fühle mich eben so.«

»Komm schon, vergiss das Ganze. Ich bin nicht auf dich wütend, ich bin auf die ganze Welt wütend«, beruhigte ihn Carlos und legte ihm den Arm um die Schulter. Und dann, um dem Gespräch eine andere Wendung zu geben: »Deine Sorgen sind nicht alltäglich, Mikel. Ehrlich. Die Leute haben üblicherweise banalere Sorgen. Unsere Leute ebenfalls. Ist dir nichts aufgefallen gestern beim Abendessen?«

»Stefanos Auftreten, meinst du?«

»Nein, ich rede nicht von unserem Problem. Ich meine etwas anderes.« Mikel lächelte, weil auch Carlos lächelte, doch er schaute eher ratlos drein. »Offenbar haben sich die sentimentalen Beziehungen verschoben. Oder verschieben sich demnächst.«

In Mikels Gesicht zeichnete sich Überraschung ab. Die Liebe zwischen Guiomar und Laura war also wiederaufgeflammt. Gleichzeitig wurden Ugartes Besuche bei Nuria immer häufiger.

»Und das ist nicht alles. Guiomar hat mir vor ein paar Tagen angedeutet, dass er ein Geheimnis hat und dass er es mir heute Nachmittag beim Tischtennisturnier verraten wird.«

»Ich bin wohl dümmer, als ich geglaubt habe. Ich merke auch gar nichts.« Mikel kratzte sich am Kopf.

Die Sonne stieg weiter am Himmel auf, und es wurde immer heißer. Der Dunst trübte das Grün der Bäume und der Sträucher in der Ferne. Carlos schaute auf die Uhr.

»Neun«, sagte er. In diesem Moment läutete die Glocke der

Dorfkirche die Stunde. Doch die Glockenschläge gingen im Verkehrslärm unter.

»Soll ich dich an der Kreuzung absetzen?«, fragte Mikel.

»Nein, ich gehe lieber zu Fuß. Ich muss etwas nachprüfen.«

»In Ordnung, Carlos, aber bitte, geh möglichst schnell schlafen. Und mach dir keine Sorgen. Ich werde den Kraken fangen, und wenn ich den hintersten Winkel im Meer absuchen muss«, rief ihm Mikel zu und stieg in den Lieferwagen. Er war fest entschlossen, Wort zu halten.

»Hast du dir alles gut hinter die Ohren geschrieben?«

»Um sieben an der Zahlstelle, um acht den Fisch im Hotel ausladen, um neun hier ...« Mikel streckte den Kopf durchs Wagenfenster und fuhr langsam rückwärts zur Parklücke hinaus. »Bis übermorgen«, verabschiedete er sich. Dann fädelte er vor einem langsamen Brummer in den Zubringer nach Barcelona ein.

Aber er geht nicht nach Barcelona, dachte Carlos, als der Lieferwagen in der Straßensenke verschwand. Natürlich nicht. An der Autobahneinfahrt würde Mikel in Richtung Atlantik abbiegen; sechs Stunden später würden vor ihm die grünen und blauen Berge des Baskenlandes auftauchen. Carlos war seit über einem Jahr nicht mehr dort gewesen. Wie würde sein Heimatdorf aussehen in diesen Spätjunitagen? Würden die Apfelbäume im Garten der Familie Ibargai mit Früchten behangen sein? Und die Pflaumenbäume bei Lanbitegui? Und waren die Hauswände um den Hauptplatz herum frisch getüncht, jetzt, wo die Zeit der Dorffeste nahte? Er wusste es nicht; konnte es nicht wissen; er war hier, sechshundert Kilometer weit entfernt, unter der harten, gnadenlosen Mittelmeersonne am Rand einer fremden Straße, und kein anderer Geruch in der Luft als der von Benzin; ohne Familie, ohne einen echten Freund, ohne eine richtige Gefährtin. Gab es etwas Traurigeres als das Exil? Abgesehen vom Gefängnis, abgesehen vom Tod vielleicht, konnte es nichts Traurigeres geben.

Er hatte den Eindruck, als ob sich ein Abgrund unter seinen

Fußsohlen öffnete und er darin versank. Doch es war nur ein flüchtiges Unwohlsein. Er brauchte bloß den Kopf zu schütteln und ein paar Schritte zu gehen, um sich wieder zu fassen.

Er beschloss, auf dem Weg zurückzukehren, den er für die Flucht vorgesehen hatte, ging zuerst den bewachsenen Hang hinunter, den sie Amazonien nannten, und dann durch das trockene Flussbett des *Riera Blanca* bis zum Brunnen. Ja, seine Entscheidung war richtig. Sicher, der Pfad führte stellenweise durch dichtes Strauchwerk, sicher würde man hangaufwärts mehr Zeit brauchen als hangabwärts, aber die Strecke schien sicher zu sein und nicht so unwegsam, wie er sich vorgestellt hatte. Zumindest nicht so unwegsam, wie der Name Amazonien glauben ließ.

Der Hügel, der vom Brunnen zum Hotel hinaufführte, war sanfter als der, den er eben hinabgestiegen war, und Carlos gelangte kurz darauf zum Schuppen. Er ging hinein und kontrollierte, ob die Sprühdose immer noch auf einem der Regale stand.

»Belle! Greta!«, rief er dann. Als er schon fast beim Hoteleingang war, liefen die Hunde hechelnd herbei, als ob sie von weit hergerannt wären. Speichel lief aus ihrem Maul, vor allem bei Greta.

»Wo seid ihr gewesen?«, begrüßte sie Carlos. »Ich befehle euch, in der Nähe des Backhauses zu bleiben, und ihr geht stattdessen auf die Jagd. Gehört sich das?«

Belle senkte den Kopf.

Greta blieb auf halbem Weg stehen, wusste nicht recht, wie sich verhalten.

»Jetzt gehe ich in die Küche und hole etwas zu essen. Ihr merkt dann schon, ob es sich lohnt, auf mich zu warten oder nicht«, sagte Carlos mit gespielter Strenge.

Die Hunde verstanden trotzdem genau und folgten ihm freudig wedelnd.

»Wartet hier. Anschließend gehen wir zur Banyera.«

Als er die Tür öffnete und durch die Eingangshalle auf die Küche zuging, dachte er, er könnte kurz bei Beatriz vorbeischauen und dabei die Telefonzentrale unter die Lupe nehmen, um zu überprüfen, ob jemand daran herumgebastelt hatte. Doch kaum hatte er den ersten Schritt in die Richtung getan, verwarf er den Gedanken wieder. Er durfte sich nicht selbst belügen: Der Grund, der ihn zum Empfangstresen trieb, hatte weder mit der Sicherheit noch mit dem Fluchtplan für Jon und Jone zu tun, sondern entsprang einem viel niedrigeren Bedürfnis: Er war nicht der erste Mann, der sich einen billigen Vorwand ausdachte, um sich einer hübschen Frau zu nähern.

Carlos schüttelte energisch den Kopf und berichtigte den ersten Schritt in die falsche Richtung. Er machte kehrt und ging auf die Küchentür zu.

»Haben sie das Brot noch nicht gebracht, Doroteo? Sie haben mir heute Morgen versprochen, dass sie es bis spätestens halb neun liefern würden«, begrüßte er den Koch. Er vermisste in der Küche die hundertzwanzig Brote, die er bei der Bäckerei in Barcelona bestellt hatte.

»Sie werden sie schon noch bringen, Carlos. Es hat Zeit«, beruhigte ihn der Koch. Er war von Kopf bis Fuß weiß gekleidet und hielt eine große dampfende Kaffeetasse in der Hand. Er war so sauber und gepflegt und sorgfältig gekämmt, dass er eine gewisse Unschuld ausstrahlte: wie ein frisch gebadetes und in sein Bettchen gelegtes Baby. Nein, Doro war kein gewöhnlicher Mann. Viele Menschen bewahren auch noch als Erwachsene Gesten oder eine Verhaltensweise aus der Kinderzeit bei, jedoch nur ganz wenige strahlen die Unschuld der ersten Tage aus. Dank Doros Ausstrahlung verwandelte sich sogar die Küche in einen ganz besonderen Ort.

»Sind die Polen noch nicht heruntergekommen? Ich habe gedacht, sie frühstücken um neun.«

»Sie haben eben andere Sitten, die Fußballspieler mindestens. Vor zehn lassen sie sich kaum blicken.«

»Sie haben recht«, meinte Carlos.

»Natürlich haben sie recht. Nicht wie unsereiner«, pflichtete

Doro ihm bei und betrachtete den Dampf, der aus seiner großen Tasse stieg.

»Spielst du etwa auf mich an? Dass ich nicht recht habe?«

Carlos roch nicht nur den Kaffeeduft, sondern auch den einer Rasierlotion. Es war eine alte Marke, die in den ländlichen Gegenden des Baskenlands weit verbreitet war. Wilkinson? Möglich. Sie gehörte jedenfalls zum Bild, das er vom Friseursalon in Obaba bewahrt hatte: ein enger Raum mit zwei Spiegeln, einem Schrank, einer Holzbank, auf der ein Stapel Sportzeitungen lag, und einem Regal voller Fläschchen. Und auf einem der Fläschchen – dessen war er fast sicher – der Name Wilkinson.

»Du weißt, dass ich aktive Menschen mag, Carlos«, sagte Doro in freundschaftlichem Ton zu ihm. »Doch du übertreibst. Heute zum Beispiel wolltest du dir einen freien Tag machen, ja? Und schau dich mal an! Läufst in der Arbeitskleidung herum und siehst total übernächtigt aus.«

»Um ehrlich zu sein, ich habe mich erst im letzten Moment entschlossen freizumachen, als ich mich bereits umgezogen hatte. Und nachher war ich zu faul, mich nochmals umzuziehen.«

»Du spannst zu wenig aus«, fuhr Doro fort, den Blick auf die Tasse gerichtet, als ob er die richtigen Worte im Kaffeesatz suchte. »Ich weiß, dass du ein robuster Kerl bist, aber trotzdem, so kannst du nicht weitermachen. Der Körper braucht Ruhe. Das ist eine Lektion, die ich bei den *Jai-Alai*-Meisterschaften in Florida gelernt habe.«

»Ich fahre demnächst in Urlaub, Doroteo«, sagte Carlos lächelnd. Dann nahm er einen Plastikbeutel und ging zur Kühlkammer.

»Du solltest ein paar Monate Urlaub machen«, rief ihm der Koch nach; er setzte die Tasse ab und forderte ihn mit einer Handbewegung auf, ihm den Beutel zu geben. »Ich habe dir schon oft gesagt, dass das Haus meiner Eltern leer steht. Du solltest hinfahren und dir ein paar schöne Wochen am Meer machen.«

Er nahm Carlos den Beutel aus der Hand und ging in die Kühlkammer.

»Was packe ich dir als Proviant ein?«, fragte er in der Tür.

»Vor allem Kirschen. Die, die ich mir heute Morgen geholt habe, schmeckten köstlich.«

»Die Leute rühmen jene Mittelmeergegend sehr«, erklärte Doro in der Kühlkammer. Er redete laute, damit Carlos ihn hörte. »Auch Floridas Strände sind berühmt, aber sie sind nichts im Vergleich zu unserer Küste.«

Doro seufzte geräuschvoll, und vor Carlos tauchte unvermittelt ein neues Bild auf. Er sah Doros Elternhaus und vor dem Haus einen Strand und am Strand das blaue, mit Gischtkrönchen überzogene Meer. Der ideale Ort, um auszuspannen.

»Ich bin der gleichen Ansicht«, sagte Carlos, während er einen großen Kühlschrank aufmachte und nach ein paar Brocken Fleisch für Belle und Greta suchte. Er füllte gerade einen zweiten Plastikbeutel, als er Doro die Melodie eines bekannten Volkslieds pfeifen hörte: *El bonito barco blanco está dentro del puerto, el bonito barco blanco está sobre el auga, el bonito barco blanco, tan silencioso, tan callado ...*[8] Die Kühlkammer wirkte wie ein Resonanzkasten und verstärkte die bis in die Küche dringenden Noten.

Carlos stand reglos da. Die Melodie durchdrang ihn wie eine Flamme, steckte zuerst ein Organ an, dann ein anderes und schürte das Heimweh, das ihn an der Tankstelle gepackt hatte, bis ins Unerträgliche. Es war allerdings eine dunkle Flamme, sie ließ nur die Trümmer einer verlorenen Zeit und eines verlorenen Lebens zurück. *No quiero, no quiero, no quiero llorar. Hay una estrella en el cielo por la parte del mar.*[9]

Die Erschöpfung und der Schlaf machten sich wohltuend bemerkbar. Sie bereiteten seinem Körper einen angenehmen, fast süßen Schmerz; sie entwirrten zudem die Fäden seines Gedächtnisses und schwemmten seine geheimsten Erinnerungen weg, jene, die er immer in den geschütztesten Häfen seines Gedächtnisses bewahrt hatte. *El bonito recuerdo blanco está dentro del puerto, el bonito recuerdo blanco está sobre el agua.*[10]

Eine schöne Erinnerung: der Friseursalon in seinem Heimatdorf mit dem typischen Duft nach Wilkinson-Lotion und der Holzbank mit dem Stapel Sportzeitungen; er sitzt auf der Bank und hört den Bauern zu, die sich gegenseitig Witze erzählen, während er einen Bericht über Pelé oder Garrincha liest. Eine andere schöne Erinnerung: die Hauptstraße seines Dorfes an einem Regentag und beiderseits der Straße die von schmutzigem Wasser überfließenden Straßengräben; und ein paar Jungen – er selbst, sein Bruder und seine Freunde –, die Regatta spielen und bunte Holzstücke im strömenden Wasser schwimmen lassen. Und noch eine Erinnerung: Der Regen an den Fensterscheiben und seine Tante Miren, die im Hof Kastanien röstet und dabei trällert: *El bonito barco blanco está dentro del puerto, el bonito barco blanco está sobre el agua ...*

Nein, er konnte nicht bei der erstbesten Gelegenheit diesen Erinnerungen freien Lauf lassen, weil sie ihn durcheinanderbrachten und weil sie durch einen chemischen Prozess, den er nicht kannte, in ihm Ekel vor der Gegenwart auslösten, als ob sein wirkliches Leben in jener weit zurückliegenden Vergangenheit geblieben wäre, im Regen, der die Straßengräben zum Überlaufen brachte, oder im Friseursalon, wo er Berichte über Pelé oder Garrincha las. Als ob seine Gegenwart – lediglich ein Anhängsel jener Tage, ein ungelenkes Flickwerk jener Vergangenheit – keinerlei Bedeutung mehr hätte. Ja, diese Erinnerungen waren ähnlich wie Schlangenspeichel: Sie enthielten Gift.

»Sind Juan Manuel und Doro zurück? Ich habe sie heute Morgen mit Stefano weggehen sehen, mit dem Journalisten«, fragte er Doro, als dieser aus der Kühlkammer trat.

»Ja, sie sind zurück. Allerdings nicht sehr begeistert.«

»Warum?«

»Was weiß ich. Doro sagt, dass er dem Kerl nicht traut. Wahrscheinlich, weil er ihn um das Motorrad gebeten hat. Doro ist nichts so sehr zuwider, wie eines seiner Motorräder auszuleihen. Doch du weißt ja«, seufzte er, »Juan Manuel kann nicht Nein sagen.«

»Ich gebe ihm recht, dieser Stefano ist ein hinterhältiger Kerl«, meinte Carlos. Was er eben gehört hatte, freute ihn. Der junge Doro würde es ungern sehen, wenn Stefano sich in der Garage herumtrieb, und er würde ihm auch nicht erlauben, seinen Bruder auszufragen.

»Schinken, Käse, Kirschen, ein paar Bier und noch ein paar Kleinigkeiten. Sollte reichen, oder?« Doro händigte ihm den Plastikbeutel aus.

Carlos warf einen Blick in den Beutel.

»Klar reicht das. Zum Glück hast du noch Kastenbrot.«

»Reg dich nicht auf. Sie bringen das Brot noch. Und wenn sie es nicht bringen, werden wir uns irgendwie behelfen.«

»Ich beneide dich um deine Ruhe, Doroteo. Ich hätte sie bereits angerufen und ihnen Beine gemacht.«

»Geh eine Zeit lang ins Baskenland, und du wirst sie haben, die Ruhe. Du weißt gar nicht, wie gut man in meinem Haus schläft, mit dem Plätschern der Wellen am Strand.«

»Vorläufig gebe ich mich mit der Banyera zufrieden. Aber wir reden noch darüber.«

»Also, auf Wiedersehen«, verabschiedete ihn Doro und schob ihn sanft zur Tür. Carlos trat mit den zwei Beuteln in der einen Hand – seinem und dem für die Hunde – auf die Terrasse hinaus. Lief rennend mit den zwei neben ihm hertänzelnden Hunden die zweihundert Meter zwischen dem Schuppen und dem Backhaus zurück. Er wollte den Schlaf verscheuchen. Und mit dem Schlaf den Refrain, der ihm hartnäckig durch den Kopf ging: *El bonito barco blanco está dentro del puerto, el bonito barco blanco está sobre el agua, el bonito barco blanco tan silencioso, tan callado...*

Die Melodie verflüchtigte sich schließlich, doch nicht so sehr wegen seines Laufs, sondern wegen der Hunde, die ihn freudig umsprangen, als sie sahen, dass er sie nicht einsperrte. Sie versuchten übermütig, ihm um jeden Preis das Gesicht zu lecken, und er musste sich abwenden und sie wegstoßen, um sich ihren stürmischen Liebkosungen zu entziehen. Es war fast unmöglich, auf den Weg zu achten.

»Aber ja! Natürlich gehen wir«, sagte Carlos. »Als ob hundert Jahre vergangen wären seit unserem letzten Picknick am Weiher unten.«

Belle und Greta ließen von ihm ab und blickten ihn fragend an. In ihrem Gedächtnis war nicht viel Platz, sie konnten die tausend Einzelheiten eines Lebens nicht darin aufbewahren und auch nicht die winzigen Abstufungen zwischen dem Jetzt, dem Vorher und dem Nachher. Für sie war jede Zeitspanne groß oder riesig. Eine Nacht: lang. Ein Monat: endlos.

»Riechen gut, die Tüten, was?«, fragte er sie, während er eine Hängematte von einem Haken nahm. Es war ein Geschenk Guiomars aus der Zeit, als Carlos begonnen hatte, sich von den anderen abzusondern, und oft den ganzen Tag an der Banyera verbrachte. »Ich überreiche dir eine Errungenschaft der Zivilisation«, hatte sein Wohnungsgefährte gesagt. »Denk über diese Hängematte nach, bevor du dich ganz in die Wildnis zurückziehst.«

Die Hunde schnüffelten aufgeregt an den Beuteln herum; Carlos nahm die Doppelleine und schwenkte sie in der Luft, worauf sich Belle unverzüglich hinter einem Gerät versteckte, das zum Einfüllen von Tomaten diente; Greta hingegen lief schnurstracks zur Tür und legte sich blinzelnd in die gleißende Sonne.

Carlos war etwas ruhiger; er zog das Arbeitshemd aus und streifte ein rotes T-Shirt über, ein Geschenk der polnischen Mannschaft an die Hotelbelegschaft. Dann nahm er ein großes weißes Badetuch und legte es sich um den Hals.

Pass auf, Carlos, hörte er dann. Es war Sabino. *Vergiss das Blatt mit den Sternchen nicht in der Hemdtasche. Und vergiss auch das Buch von Rosa Luxemburg nicht; es ist doch dein Talisman.*

Und die Leine?, dachte Carlos und ging die Zeichnung mit den

Sternchen und Rosa Luxemburgs Buch holen. Er steckte das eine in die Hosentasche, das andere zwischen die gefaltete Hängematte.

Ich würde sie mitnehmen, antwortete Sabino spontan. *Wenn Belle und Greta frei sind, werden sie sich wieder auf diesen Morros stürzen. Und der kocht bereits ziemlich. Es ist besser, ihr lasst ihn diesmal in Ruhe.*

Einverstanden, dachte Carlos und wickelte die Leine um die Hand.

Es war fast zehn; die Sonne tauchte die Büsche und Bäume in metallenes Licht, das zusammen mit dem über der Landschaft liegenden Dunst den Tag entstellte.

»Belle! Bleibst du hier?«, sagte er zum Setter, der sichtlich keine Lust hatte, den Schuppen zu verlassen. Er wollte offenbar lieber dableiben als an der Leine gehen.

Um die Hunde an die Leine zu nehmen, musste Carlos die eine Hand frei haben, also nahm er seine Siebensachen in die andere Hand. Doch mit der wie eine Jacke über dem Arm gelegten Hängematte und den Proviantbeuteln in der Hand war das Gehen beschwerlich, vor allem, weil das um den Hals gelegte Badetuch zusätzlich wärmte. Er änderte daher seine Meinung: Bis zu der Stelle, wo Morros das Gelände überwachte, würde er die Hunde frei laufen lassen, so hatte er beide Hände frei.

»Fuß, Belle! Und du auch, Greta!«, rief er. Die Hunde näherten sich ihm misstrauisch. »Hört mir gut zu«, sagte er und hielt die Beutel mit dem Essen hoch. »Ich nehme euch jetzt noch nicht an die Leine. Doch wenn ihr nicht auf der Stelle kommt, wenn ich euch rufe, gibt es nichts zu fressen. Verstanden?«

Die zwei Hunde wedelten langsam mit halb eingezogenem Schwanz.

»Also, gehen wir. Los, laufen wir ein bisschen.«

Die Hunde – Belle zuerst, dann Greta – sprangen kurz freudig an ihm hoch, machten dann kehrt und verschwanden zwischen den Olivenbäumen. Carlos schaute ihnen zufrieden nach: Ja, sie würden sich auf dem ganzen Spaziergang so benehmen, rennen, die Vögel in den Baumnischen oder im Gebüsch jagen und immer wieder zu ihm zurücklaufen. Er war sicher, dass sie sich nicht zu weit entfernten. Sie würden sich an das erinnern, was er ihnen gesagt hatte. Belle zumindest würde sich erinnern.

Er ging langsam den Weg entlang, die Hängematte und die vollen Plastikbeutel behinderten ihn; er benötigte über eine Viertelstunde, bis er an die von Morros überwachte Stelle gelangte. Er stellte seine Ladung ab, legte zwei Finger an die Lippen und pfiff. Er brauchte nicht ein zweites Mal zu pfeifen. Belle und Greta tauchten auf der Stelle hechelnd auf, in ihrem Fell klebten ein paar Disteln.

»Brav, so ist gut«, lobte er die Hunde, während er sie an die Leine nahm. Belle leckte ihm die Hand. Ja, der Setter verstand fast alles, was man ihm sagte. Und nicht nur das. Manchmal verstand er sogar das, was man ihm nicht sagte, als habe er die Gabe, Gedanken zu lesen.

Er ging in Richtung des Weihers weiter und dachte unterwegs über Belles Fähigkeit nach und erinnerte sich an etwas, was sein Bruder ihm einmal erzählt hatte, von einem Fall, an dem sich laut Kropotky die telepathischen Fähigkeiten der Tiere beweisen ließ. Es handelte sich um einen Hund namens Ajax.

»Es ist erwiesen, dass jener Hund mit seinem Meister in telepathischer Verbindung stand«, hatte sein Bruder ihm erzählt, als er ihn nach der Entlassung aus dem Gefängnis besuchte. »Er war zum Beispiel in der Lage, Rechenaufgaben zu lösen. Wenn man ihn fragte, wie viel zwei und drei war, schlug er fünfmal mit der Pfote auf den Boden. Wenn man ihn fragte, wie viele Tage die Woche hatte, klopfte er siebenmal. Und wenn man ihn fragte, was zehn minus zehn gab, begann er zu scharren, weil er damit die Null bezeichnete. Das sagte ihm natürlich alles der Meister. Es war der Meister, der die Lösung fand und sie dann auf telepathischem Weg dem Hund mitteilte. Ich weiß, du lächelst darüber, doch das ist mir egal. Ich kenne meine Hunde und weiß, dass sie mit mir in Empathie leben wie Ajax. Meine Hunde spüren die kleinste Gemütsschwankung, wissen, wenn ich etwas trauriger bin als sonst oder etwas fröhlicher. Sie können nur nicht sprechen und können ihre Gefühle nicht ausdrücken wie Ajax die Zahlen. Doch wenn sie es könnten, würden wir staunen über das, was aus ihrem Mund kommt.«

Carlos beobachtete Belle und Greta. Sie gingen nur widerstrebend an der Leine, einmal wegen der Hitze, dann, weil sie es nicht gewohnt waren. Sie ließen die Zunge aus dem halb offenen Mund hängen, und von ihren Lefzen tropfte Speichel. Nein, es war unwahrscheinlich, dass dieses Maul wundersame Dinge von sich geben konnte. Die Theorien seines Bruders waren absurd. Über diese oder jene ließ sich vielleicht diskutieren, ja, man konnte sie vielleicht sogar teilweise akzeptieren, im Allgemeinen jedoch deprimierten sie ihn. Es fiel ihm immer noch schwer, die schmerzliche Entwicklung seines Bruders zu verstehen.

Er schüttelte den Kopf. Nein, er wollte nicht an seinen Bruder denken, weil sein Bild ihn sonst verfolgte.

Er warf einen Blick auf die Büsche am Wegrand. Er konnte nichts Ungewöhnliches erkennen: Steine, Dornengestrüpp, dunkelgrünes Laub, weißliche Blumen, Fetzen blauen Himmels. Sonst nichts. Beruhigt ging Carlos in Richtung des Weihers weiter, bis er an die Stelle kam, wo man bereits die Kühle des Wassers spürte. Er glaubte sich in Sicherheit, also ließ er die Hunde wieder frei.

Als er sich zu Belle hinunterbeugte und sie am Halsband festhielt, spürte er die Spannung. Sie knurrte drohend und blickte unsicher ins dichte Gebüsch. Carlos verstand: In der Blicklinie des Hundes erkannte er in zehn oder fünfzehn Meter Entfernung eine Baseballmütze. Und unter dem Mützenschild zwei Augen, die jeder seiner Bewegungen folgten. Und unter den Augen die Nase und dicke, wulstige Lippen und das Kinn, den Hals, die Brust. Und auf Brusthöhe eine auf ihn gerichtete Maschinenpistole, die aussah wie ein Kinderspielzeug. Und unter der Maschinenpistole den Bauch eines Mannes und seinen Penis und die schweißverklebten

Schamhaare um den Penis herum; und er sah zwei fleischige weiße Schenkel und zwei narbige Knie und die Waden, die Knöchel, die Füße, die Zehennägel. Doch in Carlos' Vision stand Morros nicht mehr zwischen dem dunkelgrünen Laub und den weißlichen Blüten, sondern lag auf dem Marmortisch eines Leichenschauhauses. *Ruhig, Carlos, bleib ganz ruhig,* befahl ihm Sabino. *Er wird dich doch nicht einfach erschießen. Lass dich aber keinesfalls auf Diskussionen ein wie heute Morgen.*

»Ruhig, Belle! Gehen wir weiter«, befahl er dem Hund. Er hielt ihn am Halsband fest, den Blick geradeaus auf den Pfad gerichtet. Der Setter knurrte immer drohender und wollte sich losreißen, um sich auf die versteckte Gestalt zu stürzen.

»Was will dieses Schwein eigentlich? Warum ist er ständig hinter mir her?«, fragte er Sabino im Weitergehen. Morros' Verhalten ließ sich nicht einfach mit einer Charakteranlage oder einer persönlichen Animosität erklären. Wahrscheinlich handelte es sich um einen besonders misstrauischen und aggressiven Beamten, dennoch, sein Eifer war übertrieben – es sei denn, Morros wusste, dass er, Carlos, es war, der mit Jon und Jone in Verbindung stand. Nicht Guiomar, Ugarte oder sonst jemand, sondern er.

Nein, du irrst dich. Der Mann weiß nichts Konkretes, meldete sich Sabino wieder kategorisch. *Übertreib die Gefahr nicht, Carlos. Es stimmt, dass sie viel wissen und auf der richtigen Spur sind, aber nicht so nahe dran, wie du in deiner Angst glaubst.*

Auf dem ganzen Weg bis zum Weiher spürte er den durchbohrenden Blick des Polizeibeamten in seinem Rücken, und als er die Hängematte zwischen zwei Sträucher spannte und sich zum Baden auszog, verstärkte sich dieser Eindruck noch. Er wollte eben ins Wasser, als ungefähr fünf Meter von der Stelle entfernt, wo er stand, etwas Seltsames geschah: Eine Handvoll Sand wirbelte vom Boden auf und wurde ans Ufer des Weihers geweht. Was ist das gewesen?, dachte Carlos. Die Hunde schnellten hinter der Sandwolke her. Es dauerte nur ein paar Sekunden, bis er begriff: Ein Projektil hatte den Sand aufgewirbelt; der Knall war im Rauschen des Wassers untergegangen, das durch die Abflussrinne in die Tiefe stürzte.

Warum hat er auf mich geschossen?, fragte sich Carlos verblüfft und lief auf die Hängematte zu. Aber es war nicht mehr wie früher: Zwischen den zusammengelegten Kleidern auf der Hängematte war keine Pistole. Nur sein Talisman lag dort, Rosa Luxemburgs Buch.

Er blieb einen Moment ratlos dort stehen. Dann erinnerte er sich an Sabinos Worte – *Dieser Beamte weiß nichts Konkretes* –, und er ging langsam rückwärts auf das Ufer des Weihers zu. Man hörte nur das Wasser: das Rauschen, bevor es sich in die Tiefe ergoss, das Plätschern an den Steinen am Ufer. Es war, als ob das Projektil, das eben durch die Luft geschwirrt war, alle anderen Geräusche gelöscht hätte.

Wenn er gezielt hätte, hätte er kaum danebengetroffen, oder?, sagte Sabino etwas ratlos. Carlos ging zwei Schritte weiter, bis das Wasser ihm bis zu den Knien reichte. Zum Geräusch des Wassers – dem Rauschen, dem Plätschern – kam jetzt sein Herzklopfen. Belle jaulte leise. Greta stieß ein Bellen aus.

Er hat einen dummen Fehler begangen, sagte Sabino. *Er ist zornig auf dich, und als er dich nackt gesehen hat, ist er aggressiv geworden. Er wird nicht nochmals auf dich schießen, sicher nicht. Sein Vorgehen wird Folgen haben für ihn. Er wird sich vor seinen Vorgesetzten rechtfertigen müssen.*

»Du hast recht«, sagte Carlos etwas erleichtert. Dann ging er weiter ins Wasser und tauchte unter.

Morros' Verhalten war gar nicht so ungewöhnlich, überlegte sich Carlos. Nein, es war nicht weiter erstaunlich, dass ein Polizeibeamter sich zu einer sinnlosen Tat hinreißen lässt. Auch sie leben im Reich der Angst, und es ist anstrengend, in Kleinkram herumwühlen zu müssen und sich den Regeln unterzuordnen, die das Leben gewöhnlicher Bürger bestimmen. Polizeibeamte, vor allem Spezialbeamte wie Morros – jene, die eine militärische Ausbildung durchlaufen haben –, leiden unter der Monotonie des Alltags und beschließen eines schönen Tages, russisches Roulette zu spielen oder einen Überfall zu begehen. Oder auf einen Mann zu schießen, der nackt in einem Weiher badet. Natürlich mussten sie manchmal dafür bezahlen. Morros zum Beispiel würde sich für das Projektil verantworten müssen, das im Magazin seiner Maschinenpistole fehlte. Und wenn er keine Erklärung dafür fand oder wenn der für die Operation Verantwortliche – Stefano persönlich oder wer auch immer – erfuhr, was in Wirklichkeit geschehen war, würde er vielleicht einen Monat sitzen müssen: weil er einen Terroristen mit einem unnötigen Schuss gewarnt und dadurch das Gelingen einer streng geheimen Aktion gefährdet hatte. Trotzdem, weder Morros noch sonst jemand, der im Reich der Angst lebte, schert sich um den zu bezahlenden Preis. Solchen Menschen ist es unmöglich, vorsichtig vorzugehen. Den Finger am Abzug zurückziehen? Unmöglich. Wenn er den Finger am Abzug hat, muss er abdrücken, egal, ob das vernünftig ist oder nicht.

Carlos lag jetzt reglos auf dem Wasser, spürte die Wärme der Sonne auf den Lidern. Er ließ sich von der Strömung auf die Abflussrinne zutreiben. Er dachte: Wenn Morros wüsste, was es mit diesem Weiher auf sich hat; dass das vom Grund aufsteigende Wasser in die Höhle fließt; dass ihm nichts zustieße, wenn er in diesem Moment einen Schuss auf mich abgäbe; dass weder Blut noch sonst eine Spur von mir im Wasser zurückbliebe, sondern, im Gegenteil, dass mein Körper durch die Spalte verschwände und nie mehr an die Erdoberfläche gelänge. Wenn er das wüsste, würde er mich ganz bestimmt erschießen. Doch er weiß es nicht, also geht er das Risiko nicht ein.

Die Strömung im Weiher wurde zusehends stärker, und sein Körper wurde sanft hin und her getrieben. Wie viele Meter waren es noch bis zum Abfluss? Dem Sog des Wassers nach zu schließen, ungefähr zehn Meter. Wenn er weiter reglos auf dem Rücken liegen bliebe, würde das Wasser ihn in die Tiefe reißen. Er durfte sich nicht weiter vorwagen; die Strömung war in den paar Metern vor dem Abfluss so stark, dass selbst ein guter Schwimmer nicht mehr umkehren konnte.

Belle bellte ihm vom Ufer aus zu. Wie konnte Belle wissen, dass es gefährlich war, in jenem Teil des Weihers zu schwimmen? Durch Telepathie? Nein, nicht durch Telepathie. Doch die Frage blieb: Warum wusste sie es und versuchte, ihn mit ihrem Bellen davon abzuhalten, sich näher an die Abflussrinne treiben zu lassen? Manchmal zögerte er das Spiel bis zum letzten Moment hinaus, dann stürzte sich der Hund ins Wasser, um ihn ans Ufer zu ziehen. Wie Guiomar zu sagen pflegte: »Belle ist zu sensibel, sie wird viel leiden müssen auf dieser Welt.«

Als auch Greta zu bellen anfing, machte er die Augen auf und kehrte sich auf den Bauch.

»Keine Angst, ich komme schon«, rief er den Hunden zu. Dann tauchte er den Kopf unter Wasser und schwamm ans Ufer. »Habt Hunger, was? Und ich habe geglaubt, ihr bellt meinetwegen«, scherzte er mit den Hunden, während er sich abtrocknete, denn kaum war er aus dem Wasser gestiegen, hatten sich die zwei Hunde neben die Proviantbeutel gesetzt. »Sicher, ich hätte beinahe geglaubt, dass ihr meinetwegen bellt, weil ihr um mich Angst habt.« Er langte in einen der Beutel und schichtete die Fleischbrocken zu zwei Häufchen auf. Die mitgebrachten Bierflaschen legte er zum Kühlen ins Wasser. Am Ufer kauernd, beobachtete er einen Moment lang das Gebüsch am gegenüberliegenden Ufer. Er spürte keinen Blick auf sich ruhen. Ja, der Polizeibeamte war gegangen. Endlich war alles wieder am richtigen Platz: Er hatte die zwei ersten Sternchen auf der Zeichnung überschritten. Er befand sich in der toten Zeit zwischen dem zweiten und dem dritten Sternchen. Der Augenblick war gekommen, sich in die Hängematte zu legen und zu schlafen.

Er hievte sich in die Hängematte und deckte sich mit dem Badetuch zu.

Liebste, hier ist es sehr schön – las er. Es handelte sich um einen Brief, den Rosa Luxemburg in Warschau während des Generalstreiks im Januar 1906 geschrieben hatte. *Jeden Tag werden zwei bis drei Personen in der Stadt von Soldaten erstochen, Verhaftungen kommen täglich vor, sonst ist es aber sehr lustig. Trotz Kriegszustand geben wir unseren* Sztandar *täglich heraus, und er wird auf den Straßen verkauft. Sobald der Kriegszustand aufgehoben wird, erscheint wieder die legale Tageszeitung* Trybuna. *Jetzt muss man den Druck des* Sztandar *täglich mit Revolvern in der Hand in den bürgerlichen Druckereien erzwingen.*

Carlos ließ den Blick wieder zur ersten Zeile des Briefes schweifen: *Liebste, hier ist es sehr schön. Jeden Tag werden zwei bis drei Personen in der Stadt von Soldaten erstochen.* Ein Kitzel stieg ihm vom Magenmund aus in die Kehle und verwandelte sich in ein unbezwingbares Lachen. *Hier ist es sehr schön. Jeden Tag werden zwei bis drei Personen in der Stadt von Soldaten erstochen.* Jedes Mal, wenn er den Satz wieder las, packte ihn erneut das Lachen. Es war das erste Mal seit Langem, dass er so herzlich lachte. Ja, es tat ihm gut, Rosettas Buch auf sich zu tragen. Alle, die sich im Reich der Angst bewegten, sollten sich am Humor dieser Frau ein Beispiel nehmen.

Ich träume nämlich unausgesetzt – so eitel bin ich geworden, denk dir bloß! – von einem neuen, schönen, reichlich mit Tressen besetzten Kleide! Man zeigt mir hier den Grabhügel Kościuszkos, die Grüfte der polnischen Könige, die alte Alma Mater Krakaus und ähnliche höchst vaterländische Gegenstände, ich aber denke dabei unausgesetzt im Geheimen: »Oh, wie möchte ich hier und da und dort Tressen haben!«[11]
Die Buchstaben verschwammen vor Carlos' Augen; er legte das aufgeschlagene Buch auf die Brust. Um ihn herum nahmen plötzlich alle Geräusche an Intensität zu. Er hörte nur noch das regelmäßige metallische Zirpen der Insekten und im Hintergrund das Rauschen des Wassers, das zwischen den Felsen in die Tiefe stürzte. Eine Sekunde später übermannte ihn der seit dem Vorabend angestaute Schlaf.

Sein Schlaf war voller Albträume. Im letzten erwartete ihn sein Bruder vor der Tür eines einfachen Blockhauses in den Bergen, begleitet von den fünf oder sechs Menschen, aus denen zu der Zeit, in der sich der Traum abspielte – im Oktober 1977 –, seine Gemeinschaft bestand. Während er das Gelände um das Blockhaus herum abschritt, bellte und kläffte eine Meute Hunde auf der anderen Seite des Gitterzauns, der das Grundstück abgrenzte. Er fürchtete sich nicht vor den Hunden, mit Ausnahme von zwei gefährlich aussehenden Dobermännern, die die Meute anführten. Sie bleckten die Zähne und sprangen am Gitter hoch und hätten es beinahe heruntergerissen.

»Ruf die Hunde zurück!«, rief er seinem Bruder zu, als er vor dem Gatter im Zaun stand. Von dort bis zum Haus waren es ungefähr dreißig Meter. »Ruf sie«, wiederholte er. Er war nicht sicher, ob sein Bruder ihn überhaupt hörte.

Dennoch, sein Bruder schien ihn trotz der Entfernung und des Gebells gehört zu haben. Er stieß einen Pfiff aus, und alle Hunde – zwanzig? fünfundzwanzig? – liefen auf den Dachvorbau zu. Dort angelangt, bellten sie weiter, ohne ihn eine Sekunde aus den Augen zu lassen.

»Ich komme schon«, sagte Carlos, als er feststellte, dass sein Bruder und die meisten seiner Gefolgsleute ihm bedeuteten, näher zu kommen.

Bevor er das Gatter aufstieß, nahm er einen dicken Stock, der im Gras lag. Er traute den Dobermännern nicht.

Nichts geschah. Er ging ruhig den Fußweg entlang, der durch die Wiese führte, und gelangte ohne Zwischenfall zum Haus. Die Hunde bellten jetzt so laut, dass sein Bruder und er sich gegenseitig nicht verstehen konnten. Dennoch befahl ihnen niemand, still zu sein; im Gegenteil, alle Anwesenden – Kropotky vor allem – lächelten. Es sah ganz aus, als ob sie sich am Gekläffe freuten.

Er wartete, bis er sich mit seinem Bruder verständigen konnte, und Carlos' Blick – er war erst kürzlich aus dem Gefängnis entlassen worden – schweifte verwundert über das Tal, das sich vor dem

Blockhaus erstreckte. Er sah das Dorf Obaba – genau an der Stelle, wo das Tal endete, und dahinter, wo die Talstraße sich hinaufwand, die Berge, die Carlos so sehr liebte und die aus der Ferne blau zu sein schienen und aus der Nähe grün waren.

Carlos' Betrachtungen wurden unterbrochen. Die Hunde vor der Tür des Blockhauses verstummten, und sein Bruder umarmte ihn, als hätte er auf dieses Zeichen gewartet, und hieß ihn willkommen.

»Glückwunsch, Carlos. Die ganze Gemeinschaft freut sich, dass du aus dem Gefängnis entlassen worden bist.«

»Ihr hütet jetzt also Hunde«, sagte Carlos.

»Du weißt ja, unsere braven Landsleute können nicht auf ihren Urlaub verzichten, und die Hunde sind ihnen im Weg. Wir lesen die Hunde auf, die sie einfach zurücklassen, als handle es sich um Müll. In dieser Hinsicht sind wir Anhänger Chazals[12]: *Wenn der Schmerz unerträglich wird, vertauschen sich die Rollen. Der Mensch schreit wie das Tier, während die Tiere schreien wie menschliche Wesen.* Was bedeutet, dass die Tiere sich gar nicht so sehr von den Menschen unterscheiden. Wie könnten wir also einfach zusehen, wie sie in den Bergen wahnsinnig werden und hungers sterben? Solange es in unserer Macht steht, werden wir das nicht zulassen.«

Carlos empfand Mitleid für seinen Bruder, keinen Ärger oder Scham wie einst, vor der Gefängnishaft. Von Kropotkys Arroganz war nichts übrig geblieben, und ebenso wenig von seinem hochmütigen Blick und seiner physischen Schönheit. Er war fast zahnlos, und er redete ganz leise, mit einer Stimme, die zerbrechlicher klang als eine Spinnwebe. Bloß seine Augen – blau und glänzend – waren die von einst.

»Da du erst kürzlich aus dem Gefängnis gekommen bist, musst du voller negativer Energie sein«, fuhr Kropotky fort, während seine Gefährten ihn verehrend anblickten. »Daher ist es besser, wenn du dich zurückziehst und eine Zeit lang allein in der Einsamkeit lebst. Lass dich nicht dazu hinreißen, in den üblichen Kreisen zu verkehren und über die Demokratie und andere Themen zu diskutieren. Wenn du es tust, verdoppelt sich deine negative Energie und dann ...«

Kropotky wurde von Hundegebell unterbrochen. Doch es war keiner der Hunde vor dem Blockhaus in den Bergen, der bellte, sondern Greta. Carlos schlug die Augen auf und sah sie. Und auch Belle.

Und Danuta.

Die Dolmetscherin saß etwa fünf Meter weiter entfernt und las in einem Buch.

»Sie haben eindeutig ein großes Schlafbedürfnis. Die Hunde haben nicht aufgehört zu bellen, und Sie sind trotzdem nicht aufgewacht«, begrüßte ihn Danuta lächelnd und legte das Buch in den Schoß. Sie trug ein schlichtes, aber elegantes hellgraues Kleid.

Carlos schaute auf die Uhr. Es war zwanzig nach vier. Rosa Luxemburgs Buch lag auf der Erde.

»Ich habe von Hunden geträumt«, sagte er benommen und schob das Badetuch zurecht, mit dem er sich zugedeckt hatte. Belle und Greta kamen auf die Hängematte zu und stellten sich wedelnd auf die Hinterpfoten.

»Ich weiß wirklich nicht, warum sie mich so angebellt haben. Mittlerweile sollten sie mich doch kennen?« Danuta zeigte auf die Hunde und machte Anstalten aufzustehen. Belle und Greta beantworteten ihre Frage mit erneutem Bellen.

»Weil sie Hunger haben. Sie glauben, Sie hätten die Absicht, ihnen das Futter wegzunehmen.«

Die Situation war etwas peinlich. Er wusste nicht, wie aus der Hängematte steigen. Er wollte sich Danuta nicht nackt präsentieren.

»Ich habe heute tatsächlich nicht viel gegessen«, seufzte Danuta mit einer ihrer Gesten, die sie jünger erscheinen ließen. »Aber ich habe kein bisschen Hunger. Also werde ich baden, solange ihr esst. Und nach dem Baden erkläre ich Ihnen alles, warum mir der Hunger vergangen ist und warum ich Ihr Vertrauen missbraucht habe und nochmals hierhergekommen bin. Wenn Sie einverstanden sind, natürlich.«

»Gut«, sagte Carlos.

Danuta schlüpfte aus dem Kleid und ging zum Weiher. Sie trug einen weißen Badeanzug und sah ein bisschen aus wie eine Tennisspielerin. Sie streckte zuerst einen Fuß ins Wasser und prüfte mit den Zehen die Temperatur, dann sprang sie kopfüber in den Weiher und begann mit leichten, geschmeidigen Armbewegungen zu schwimmen.

»Sehr gut«, murmelte Carlos. Er schätzte die Diskretion der Frau, so konnte er sich wenigstens in aller Ruhe anziehen. Im Übrigen schätzte er es, in Ruhe zu essen, ohne sich mit jemand unterhalten zu müssen.

Er schlüpfte in seine Kleider, warf dann mit einer raschen Handbewegung die in einem der Beutel übrig gebliebenen Fleischstücke in ein Binsengebüsch hinter dem Sandufer; Belle und Greta stürzten sich darauf und waren ganz mit der Futtersuche beschäftigt. Danach holte er die Bierflaschen, die er zum Kühlen ins Wasser gelegt hatte, setzte sich im Schneidersitz auf einen flachen Stein und konzentrierte sich aufs Essen. Er hatte Hunger, daher aß er zuerst eine Scheibe Brot und anschließend ein Schinkenbrot.

Nach einer Weile hörte Danuta auf zu schwimmen. Sie watete zu einer untiefen Stelle und legte sich auf die Steine auf dem Grund, als handle es sich um eine richtige Badewanne. Um sie herum vergoldete die Sonne die sich sanft kräuselnde Oberfläche des Wassers; in der Luft, in den Büschen zirpten die Insekten ihr ewiges, monotones, metallisches Lied. Ja, auch die Banyera war von der Außenwelt geschützt; Danutas Anwesenheit störte seltsamerweise die Ruhe nicht. Nein, ein Gespräch mit ihr würde die Stimmung nicht zerstören, auch in seiner Situation nicht. Im Gegenteil, es würde dazu beitragen, die tote Zeit zwischen dem zweiten und dritten Sternchen etwas aufzuheitern.

»Schade, dass ich keinen Kaffee in der Thermosflasche mitgenommen habe. Sonst würden wir Kaffee trinken«, sagte Carlos eine Viertelstunde später zu ihr. Sie saßen inzwischen einander gegenüber; er aß Kirschen, und sie legte die grünen Ohrringe wieder an.

Belle und Greta schliefen etwas weiter weg im Schatten eines Gebüschs.

»Tatsächlich, auch mir täte einer gut. Doch wie die Dinge liegen, müssen wir eben darauf verzichten. Wenn Guiomar im Hotel wäre, gäbe es vielleicht noch Hoffnung, aber er ist heute Nachmittag abwesend. Er ist mit Laura und Pascal nach Barcelona. Sie sind in *Peter Pan* gegangen, glaube ich.«

»Die ganze Familie«, sagte er scherzend.

»Was gibt es da zu lächeln?«, fragte Danuta und bot ihm eine Zigarette an. Auch sie lächelte.

Sie weiß es bestimmt auch, dachte Carlos. Laura hat ihr bestimmt etwas erzählt. Er zog eine Zigarette aus dem Päckchen, das sie ihm hinhielt, und meinte leichthin: »Einfach so. Das Wort Familie ist mir plötzlich amüsant vorgekommen.«

»Wir alle, die Alexandra Kollontai gelesen haben, wissen, dass die traditionelle Familie gestorben ist«, sagte Danuta. Sie lächelte wieder und steckte ihre Marlboro an Carlos' Zigarette an. »Und zusammen mit der Familie ist auch die Versklavung der Frau gestorben, dadurch ist die Ehe zu einer freien Verbindung zweier Menschen geworden, die sich lieben und sich gegenseitig Treue halten. Entweder ist es das ... oder nichts.«

Sie war zweifellos auf dem Laufenden über die sentimentalen Neuregelungen im Hotel. Laura und sie hatten sich vor Kurzem unterhalten.

»Was haben Sie vorhin gesagt? Dass Sie nicht gegessen haben?« Carlos setzte sich in den Sand und lehnte sich an einen großen Stein. Er rauchte selten, daher löste der Rauch der ersten Zigarette ein mulmiges Gefühl in seinem Magen aus.

»Ach so, ja. Das Bad hat mich entspannt, und ich habs ganz

vergessen, aber es ist tatsächlich so. Ich habe einen schrecklich anstrengenden Vormittag hinter mir. Wissen Sie, was heute Nacht passiert ist?«

»Was?«

Danuta berichtete ihm vom Zwischenfall mit Masakiewicz und Banat und von den entsprechenden Folgen. Piechniczek, der Trainer, sei außer sich gewesen und habe den zwei Spielern gedroht, sie nach Hause zu schicken. Worauf – eine Wiederholung des Vorfalls vor ein paar Jahren mit dem Torhüter Mlynarczyk – Boniek zugunsten seiner zwei Kameraden interveniert und gesagt habe, dass er sich weigern würde, gegen Russland zu spielen, wenn die Drohung wahr gemacht werde.

»Das ist aber nicht alles«, fuhr Danuta fort und blickte dem Rauch ihrer Zigarette nach. »Żmuda und Lado haben Boniek vorgeworfen, er nehme Masakiewicz und Banat in Schutz. Sie haben gesagt, dass, wer sich so kurz vor einem so wichtigen Spiel betrinkt, nicht mit der Mannschaft solidarisch sei und daher auch nicht die Solidarität der anderen verdiene. Am Schluss sind sich alle in die Haare geraten.«

»Der Haussegen hängt also schief.«

»Und wie! Denn das Problem mit der Polizei ist überhaupt noch nicht geregelt.«

»Was für ein Problem?« Carlos runzelte theatralisch die Stirn. Die Geschichte amüsierte ihn.

»Offenbar hat einer der Sicherheitsbeamten die Absicht, wegen Körperverletzung zu klagen. Er behauptet, Masakiewicz habe ihm einen Fußtritt gegeben, als er die Personalausweise verlangt habe. Haben Sie den Lärm nicht gehört heute Nacht? Es ist zu einer riesigen Rauferei vor dem Hotel gekommen. Wenn Piechniczek nicht interveniert hätte, säße Masakiewicz jetzt auf dem Kommissariat. Und Banat ebenfalls, als Komplize.«

»Er hat also dem Polizeibeamten einen Fußtritt gegeben«, rief Carlos belustigt und hätte beinahe laut gelacht. »Bravo, das hat er gut gemacht, finden Sie nicht auch? Ehrlich, ich muss Masakiewicz gratulieren.«

Seit wann drückt ein Aktivist seine wirklichen Gedanken vor Fremden aus?, hörte er gleich darauf. Sabinos Stimme klang strenger als sonst. Carlos hüstelte, um die Verlegenheit zu verbergen, die Sabinos Vorwurf hervorgerufen hatte.

»Ich bin das Rauchen nicht gewöhnt«, sagte er zu Danuta und zeigte auf die Zigarette.

»Zuerst habe ich mich auch darüber amüsiert, aber nur so lange, bis die Journalisten gekommen sind«, fuhr Danuta mit ihrem Bericht fort. »Wissen Sie, wie oft ich habe übersetzen müssen: ›Nein, ich glaube nicht, dass der Vorfall von heute Nacht Folgen für das Spiel vom Sonntag haben wird‹? Mindestens fünfundzwanzigmal. Schließlich hat mir Piechniczek bloß noch ein Handzeichen gegeben, und ich habe den Journalisten auswendig geantwortet.«

Zwischendurch hörte man Belles und Gretas lautes Hecheln, wenn sie die sich in ihrem Körper angestaute Hitze herausließen; und wenn sie verstummten, kehrten an der Banyera die gewohnten Geräusche zurück: das Zirpen der Insekten, das Rauschen des in die Tiefe stürzenden Wassers. In dieser Umgebung klang Danutas Stimme tiefer, und ihre Worte tauchten aus der Stille auf und verschwanden wieder, langsam und friedlich, als ob sie weder Eile noch einen Grund hätten, irgendwohin zu gelangen. Selbst im Freien verlieh Danutas Stimme jedem Gespräch Intimität.

»Ich gestehe ...«, nahm Danuta das Gespräch wieder auf. Sie hatte die Zigarette ausgedrückt und ließ den Blick über den Weiher schweifen. »Ich gestehe es Ihnen und mir: Ich hasse diese Fußballspieler. Ich wünschte mir, es wäre nicht so, aber ich kann nicht anders. Ich habe es schon vor ein paar Tagen gesagt, hier, an dieser Stelle. Für mich sind sie samt und sonders der Beweis, dass alle progressiven Bestrebungen gescheitert sind.«

Danuta schwieg; Carlos nutzte die eingetretene Pause, um seine Zigarette auszudrücken. Man hörte wieder Gretas Hecheln.

»Guiomar wäre verärgert, wenn er mich hörte, aber ich glaube, was ich vor ein paar Tagen gesagt habe, stimmt«, fuhr Danuta fort. »Sie sind oberflächlich. Sie interessieren sich nur fürs Geld. Fürs Geld und alles, was man mit Geld kaufen kann. Und sie bilden keine Ausnahme im heutigen Polen, glauben Sie das ja nicht. Die meisten Menschen fühlen und denken wie diese Spieler. Ich habe vorhin gesehen, dass Sie Rosa Luxemburgs Buch mitgenommen haben ... Glauben Sie etwa, dass in diesem gleichen Moment in Polen jemand Rosa Luxemburg liest? Nein, das gibt es nicht; Rosetta wird nicht gelesen. Man liest Groschenromane, und unser größter Held ist Boniek. Wenn das nicht das Scheitern progressiver Ideale bedeutet, was ist es denn sonst?«

Sie dachte einen Moment nach, fuhr dann lächelnd, aber entschlossener fort: »Ehrlich! Manchmal denke ich an all das zurück, woran wir in unserer Jugend geglaubt habe, und ich würde am liebsten laut lachen. Soll ich Ihnen etwas erzählen? In Polen trafen wir uns jeweils am Sitz der Revolutionären Frauen, um Rosa Luxemburgs und Alexandra Kollontais Schriften – oder die anderer Revolutionärinnen – zu lesen und darüber zu diskutieren. Und, es klingt unglaublich, keine der Anwesenden hat jemals die praktische Anwendung dieser Theorien infrage gestellt. Nie hat jemand gefragt: ›Aber sind denn diese Ideen nicht gänzlich irreal? Sind die Ziele unseres Kampfes nicht Luftspiegelungen? Verhalten wir uns nicht wie Kinder auf der Suche nach dem Schlaraffenland?‹ Ich weiß nicht, ob diese Fragen einer von unseren Frauen überhaupt jemals durch den Kopf gegangen sind, doch wäre das tatsächlich der Fall gewesen, hätte sich keine getraut, sie auf den Tisch zu legen. Klar, jene, die die Sinnlosigkeit dieser Versammlungen ahnten, hätten sich nie getraut, den anderen ihre Zweifel zu gestehen. Es ist sehr schwierig, die eigenen Zweifel zu gestehen, wenn deine Zweifel nicht geteilt werden. Nicht von ungefähr bringt man den Boten um. Man bringt ihn um, weil er eine einsame Wahrheit verkündet; weil er die Wahrheit verkündet, die zwar alle vermuten, aber niemand anerkennen will. Die Menschen wollen nicht aufwachen, sie mögen sich nicht von der Lüge lösen, so liegen die Dinge. Was natürlich albern ist, denn schließlich löschen jene, die hinter den Luftspiegelungen herlaufen, ihren Durst ebenso wenig wie jene, die nur Sand sehen. Und was ist das Resultat? Auf der einen Seite Boniek, auf der anderen Walesa und über allem der Papst mit der Jungfrau von Tschenstochau in den Armen.«

Danuta verstummte; ihre Worte verflüchtigten sich mit Belles und Gretas Hecheln in der Luft. Carlos blickte nachdenklich vor sich hin, versuchte, die Gedanken festzuhalten, die durch seinen Kopf zogen. Es handelte sich um die gleichen Gedanken – um die gleichen Wolken –, die ihm während des Teigknetens durch den Kopf gingen. Doch jetzt, in Anbetracht von Danutas Überlegungen, hätte er sie gern in Worte gefasst und sich nicht nur darauf beschränkt, sie vorbeiziehen zu lassen.

»Kürzlich habe ich im Fernsehen eine Sendung über die Bräuche der Menschen aus dem Paläolithikum gesehen«, sagte er schließlich zögernd. Während des Redens versuchte er, seine Gedanken zu ordnen. »Jene Menschen vor 40 000 Jahren sollen jede Mühsal auf sich genommen haben, um eine Muschel namens *Nassa reticulata* zu finden. Und wissen Sie, warum sie diese Muschel brauchten?«

»Um sie zu essen?«, fragte Danuta. Sie folgte Carlos' Worten aufmerksam, jedoch mit ihrer gewohnten Ruhe.

»Sehen Sie, darin besteht das Wesentliche der Geschichte: dass sie die Muscheln nicht brauchten, um sie zu essen, sondern um daraus Halsschmuck zu machen. Sie litten Kälte, sie quälten sich ab, sie setzten vielleicht sogar ihr Leben aufs Spiel, und das alles einer Laune wegen, um ihre Eitelkeit zu befriedigen, um sich zu schmücken.«

Danuta hörte ihm aufmerksam zu. Carlos zögerte, wusste nicht genau, in welche Richtung seine Gedanken entwickeln. Doch plötzlich – mit der Erleichterung, mit der man ein Wort findet, an das man sich nicht erinnern konnte – trafen die drei oder vier Worte, die ihm durch den Kopf gingen, aufeinander, und er konnte fortfahren: »Wissen Sie, an was mich die Geschichte mit den Muscheln sofort erinnert hat? An die Reise nach Kuba, die Guiomar und ich zusammen gemacht haben.«

Danuta sah ihn erstaunt an und fragte, wo auf der Insel er denn gewesen sei. Doch noch bevor er antworten konnte, bedeutete sie ihm mit einer Handbewegung fortzufahren: »Ich möchte nicht, dass Sie den Faden verlieren.«

»Guiomar verließ das Gefängnis unversehrter als ich.« Nicht nur Danuta, auch Belle und Greta blickten ihn gespannt an. »Ich will damit sagen, er kam mit seinen alten Überzeugungen aus dem Gefängnis. Und in Kuba war es genauso, er trug seine Überzeugungen vor sich her. Wenn ich etwas bemängelte, die ständige Präsenz der Geheimpolizei zum Beispiel, fiel er mir gleich ins Wort: ›Einverstanden, doch schau, was sie alles erreicht haben. In diesem Land leidet niemand Hunger; in diesem Land können alle zur Schule und auf die Universität; in diesem Land können sich alle das Krankenhaus leisten ...‹«

»Die Errungenschaften des Sozialismus! Wie Castro in seinen Reden sagte.«

»Genau. Jedenfalls verlief die ganze Reise so. Wenn ich einmal nebenbei die schlechte Bedienung in einem Restaurant erwähnte, leierte Guiomar Zeile für Zeile das ganze Repertoire der sozialistischen Errungenschaften herunter. Damals – vor ungefähr fünf Jahren ist das gewesen, kurz nachdem wir beide aus dem Gefängnis entlassen worden waren –, damals pflichtete ich seinen Argumenten bei: Es gab Mängel in Kuba, gewiss, doch das System hatte eine Antwort auf die wirklich wesentlichen Fragen. Heute sehe ich das allerdings anders. Der Sozialismus – jede revolutionäre Bewegung, wenn Sie so wollen – tut nichts anderes, als auf die wirklich wesentlichen Fragen zu antworten. Er muss aber auch eine Antwort auf die unwichtigen Fragen haben, auf die Banalitäten und alles andere. Wenn nicht, ist er verloren, kann er nicht überleben.«

»Worauf wollen Sie hinaus? Auf den Halsschmuck der Menschen aus dem Paläolithikum?«, fragte Danuta unsicher. Sie nahm das Päckchen Marlboro und hielt es Carlos hin. Er zog eine Zigarette heraus und fuhr fort: »Möglich, dass ich mich irre. Aber meiner Ansicht nach beweist diese Episode etwas ganz eindeutig: was für eine Bedeutung das Unwichtige hat.«

Er lachte kurz über seine Schlussfolgerung, steckte dann seine Zigarette an Danutas brennender an.

»Die Banalitäten sind wichtig, sehr wichtig. Leider, werden Sie einwenden, aber sie sind von Bedeutung. Als wir in Kuba waren, sah Guiomar die Krankenhäuser und die Schulen, aber er sah den Jungen nicht – oder maß ihm keine Bedeutung bei –, der für eine Jeans alles hergegeben hätte. Oder die jämmerliche Qualität der Fischgerichte in den Restaurants. Doch wie lagen die Dinge in Wahrheit? Dass alle, die ihre Wünsche nicht befriedigen konnten, den Sozialismus verachteten.«

»Kein System ist in der Lage, sämtliche Wünsche der Menschen zu befriedigen!«, widersprach Danuta vehement. »Und das aus zweierlei Gründen: erstens, weil die Wünsche zahllos sind, und zweitens, weil viele Wünsche sich gegenseitig widersprechen. Ich weiß nicht, ob ich richtig verstanden habe, was Sie meinen.« Danuta zog kurz an ihrer Zigarette. »Doch fahren Sie fort, bitte, fahren Sie fort. Ich fühle mich wie in Warschau am Sitz der Revolutionären Frauen. Ehrlich, ich bin Ihnen für diesen Gedankenaustausch unendlich dankbar. Nachdem ich die ganze Zeit mit Boniek und den andern zusammen bin, sind diese Gespräche für mich wie die Luft zum Atmen, ich habe es Ihnen schon vor ein paar Tagen gesagt.«

Carlos blickte auf die Erde, um die Verlegenheit zu verbergen, die Danutas Dankbarkeit hervorrief, dann murmelte er ein paar Worte, ja, dass diese Art von Unterhaltung wohltat, dass dies selten möglich war, dass auch er sich über eine Gesprächspartnerin wie sie freute. Dann legte er ihr mit gesteigerter Überzeugung seine

Schlussfolgerung dar: »Ich gehe mit Ihnen einig: Es gibt kein System, das sämtliche Wünsche und Launen befriedigen kann. Daher waren alle Utopien, die wir in unseren Pamphleten öffentlich verkündeten, nichts als Märchen. Märchen oder, wie Sie sagen, Luftspiegelungen.«

»Darf ich das Gespräch kurz unterbrechen?« Danuta stand ganz plötzlich auf. Belle und Greta standen ebenfalls auf.

»Aber natürlich. Ist etwas nicht in Ordnung?«, antwortete er etwas erstaunt.

»Nein, es ist alles in Ordnung. Ich muss bloß auf die Toilette. Ich glaube, das Plätschern des Wassers hat eine diuretische Wirkung auf mich.«

Danuta schaute mit größter Natürlichkeit auf ihn herab, ihm hingegen war es etwas peinlich. Die älteren Frauen, die er kannte, drückten sich im Allgemeinen nicht so ungezwungen aus.

»Die Gegend hier ist voller natürlicher WCs«, murmelte er schließlich, als Danuta auf das Gebüsch zuging. Worauf er sich dank einer Gedankenassoziation wieder an sein Heimatdorf erinnerte und an die Frauen, die er dort gekannt hatte. Wie hätte seine Tante Miren reagiert, hätte sie sich in der Banyera befunden? »Was meint sie damit? Dass sie pinkeln muss?« – »Ja, Tante, das hat sie gemeint.« – »Was für eine Schlampe! Hat man schon so etwas gehört? Eine Dame in einem Alter, wo sie Großmutter sein könnte, und das Wort ›Pflaume‹ in den Mund nimmt!« Natürlich war er nicht wie seine Tante, doch die Erziehung wog schwer, und in seinem Geist bewahrte er immer noch – so wie die Eingeweide die Abfallprodukte eines Nahrungsmittels zurückbehalten – das peinliche Echo von Worten wie »Schlampe« oder »Pflaume«.

»Belle! Greta! Kommt her«, rief er, als die Hunde Danuta folgen wollten.

Carlos richtete den Blick auf den Hang, von wo aus Morros geschossen hatte. Das Licht der Sonne lag über der Landschaft, vor allem auf den Blättern und Disteln, wo es sich verdichtete und noch goldener leuchtete. Der strahlend blaue Himmel war wolkenlos.

Und mein Kopf auch, dachte Carlos. Nach dem langen Gespräch mit Danuta fühlte er sich leer, als ob er den Faden seiner Gedanken verloren hätte. Er zog an der Zigarette und betrachtete den Weiher: Die Strömung rippelte das Wasser, die Sonne vergoldete die Rippeln, die Rinne verschluckte den goldenen Widerschein.

Die meisten Revolutionen in der Vergangenheit verdienen diesen Namen nicht, erinnerte er sich plötzlich. Der Satz stammte aus einem anderen Brief, den sein Bruder ihm ins Gefängnis geschrieben hatte und der den Kern einer Denkweise umriss, die er zu jener Zeit vehement abgelehnt hatte. Doch was sagte Kropotky noch? Ohne den Blick vom Wasser abzuwenden, strengte er sich an, die Zeilen des Briefes wieder aneinanderzufügen: *Wenn sich ein Vater auflehnt, der für seine Kinder nichts zu essen hat, und sich gegen den Arbeitgeber erhebt, was sagen wir dann? Dass es sich um einen revolutionären Akt handelt? Und wenn ein anderer, der dafür bestraft worden ist, weil er seine Sprache gesprochen hat, zu einem Feind des Diktators wird, was sagen wir dann? Dass er die Revolution unterstützt? Sind die Vietnamesen, die jetzt versuchen, sich vom Stiefel der Yankees zu befreien, vielleicht Revolutionäre? Ihr sagt Ja. Ich aber sage dir Nein. Selbst ein Hund würde sich auflehnen, wenn sein Meister ihn zuerst verhungern lässt und ihn dann ankettet; das würde allerdings kein revolutionäres Tralala auf der Welt zur Folge haben. Meiner Ansicht nach darf sich die Revolution nicht auf die primären Bedürfnisse beschränken, sondern muss sich auf der folgenden Stufe bewähren, wenn besagte Bedürfnisse befriedigt sind. Dann erst beginnt der Einsatz zugunsten einer anderen Welt. Aber die meisten Menschen wollen nicht auf diese Karte setzen, weil sie sich in der alten Welt wohlfühlen, weil sie sich die bürgerlichen Werte angeeignet haben und als ihre Errungenschaft betrachten. Was für eine gewaltige Enttäuschung euch bevorsteht, Carlos! Warts ab, und du wirst sehen, was euer Volk sagt:* »*Die Revolution? Was für eine Revolution? Wir fühlen uns wohl, so wie wir sind.*«

Das ungefähr waren vor sechs oder sieben Jahren die Ansichten seines Bruders gewesen, und Carlos kamen sie – in jenem Moment, während er das Wasser betrachtete – viel vernünftiger vor als damals, als er sie im Gefängnis gelesen hatte. Er war nicht in der Lage, alle Folgen abzuleiten, die diese Theorien nach sich ziehen konnten, aber eines war er sich sicher: Was nach den primären Bedürfnissen kam, und sei es auch nur eine Bagatelle oder sonst etwas, war der Schlüssel jeder Revolution.

Belle und Greta entfernten sich etwa zehn Schritte, und gleich darauf tauchte Danuta aus dem Gebüsch auf. Sie schnalzte mit den Fingern, aber nicht um die Hunde herbeizurufen, sondern um ihr weißes Kleid zu schützen.

»Was würden Sie tun, Danuta, um sich einen ausgefallenen Wunsch erfüllen zu können?« Danuta saß wieder ihm gegenüber. Er wollte weiter über das Thema reden. »Vorhin habe ich Ihnen erzählt, was die Menschen aus dem Paläolithikum auf sich genommen haben, um sich einen Muschelhalsschmuck zu beschaffen. Was würden Sie für ein Paar kostbare Ohrringe tun? Für echte Smaragde zum Beispiel?«

Danuta berührte mit den Händen die Ohrringe und reagierte, als hätte man ihr eine Ohrfeige gegeben. Sie schloss plötzlich die Augen, alle ihre Gesichtsmuskeln erschlafften, und in ihrem Gesicht lag abgrundtiefe Trostlosigkeit.

»Habe ich etwas Ungebührliches gesagt?«, fragte Carlos verwirrt. Greta stieß ein Bellen aus. »Still, Greta«, rief er ihr zu.

»Nein, das ist es nicht«, sagte Danuta nach einer Pause. »Aber ich kann mich einfach nicht an die Armut gewöhnen, und wenn ich daran erinnert werde, tut es weh.«

»Aber die Tatsache, keine Smaragde kaufen zu können, macht einen doch nicht zu einem armen Menschen. Die meisten Menschen leben ohne Smaragde, oder?« Carlos' Stimme zitterte. Er fühlte sich unbehaglich und wusste nicht, was tun. Er fluchte innerlich. Worauf war Danutas Reaktion zurückzuführen? Auf eine unbeabsichtigte Beleidigung oder auf eine chemische Veränderung in ihren Eingeweiden?

Beim Pinkeln hat sie festgestellt, dass die Monatsblutung früher als sonst eingetreten ist, und das hat sie verstimmt. Oder dann sind es vielleicht die Wechseljahre, hörte er in sich eine Stimme. Sabinos Kommentar steigerte sein Unbehagen. Das Wort Monatsblutung – so wie es ihm vorhin mit den Wörtern »Schlampe« und »Pflaume« ergangen war – hatte die Rückstände seiner Erziehung aufgewühlt.

»In Polen leben wir unter sehr ärmlichen Verhältnissen, und ich bin ein sehr stolzer Mensch«, sagte Danuta nach einer langen Pause.

»Ich verstehe nicht. Haben wir nicht von einer Laune gesprochen? Gut, ich bin es gewesen, der weiter über dieses Thema reden wollte.« Ihre absurde Reaktion hatte ihn aus der Fassung gebracht; er konnte seinen Ärger nur mühsam verbergen. »Im Übrigen, jetzt weiß ich, warum ich Ihnen diese Frage gestellt habe ...« Carlos ließ den Satz in der Schwebe, stand auf und ging zur Hängematte hinüber, um das Buch mit Rosa Luxemburgs Briefen zu holen. Es lag immer noch auf der Erde, und daneben – Carlos wurde blass – lag etwas, was aussah wie eine goldene Eichel. Es war ein Projektil aus einer Maschinenpistole.

Ich denke, du hast genug geredet; es ist Zeit, deinen Geschäften nachzugehen. Warum markierst du nicht Jons und Jones Fluchtweg mit weißer Farbe? Auch Sabino war offenbar verärgert. Carlos las das Buch und das Projektil auf – zuerst das Buch, dann das Projektil – und kehrte zu Danuta zurück.

»*Ich träume nämlich unausgesetzt – so eitel bin ich geworden, denk dir bloß! – von einem neuen, schönen, reichlich mit Tressen besetzten Kleide –«,* las er laut im Stehen und machte keinerlei Anstalten, sich wieder zu setzen. Belle und Greta lauerten auf jede seiner Bewegungen, warteten auf den Befehl, zum Hotel zurückzukehren. »*Man zeigt mir hier den Grabhügel Kościuszkos, die Grüfte der polnischen Könige, die alte Alma Mater Krakaus und ähnliche höchst vaterländische Gegenstände, ich aber denke dabei unausgesetzt im Geheimen: ›Oh, wie möchte ich hier und da und dort Tressen haben!‹* Sehen Sie? Auch Rosa Luxemburg war vor Koketterie nicht gefeit. Sie brauchen sich nicht zu schämen, weil Sie sich echte Smaragde wünschen.«

»Sie haben recht.« Danuta lächelte verlegen. »Ich habe mich wirklich albern benommen. Die unerträglichen Interviews von heute Morgen haben mir mehr zugesetzt, als ich geglaubt habe. Ich bin schlicht müde, darum habe ich so hysterisch reagiert. Es tut mir leid.«

»Schwamm darüber.« Carlos blickte auf die Uhr. »Wir müssen unser Gespräch ohnehin unterbrechen; ich habe noch etwas zu erledigen, bevor ich zu Guiomars Tischtennisturnier gehe.«

Vereinzelte Gedanken zogen durch seinen Kopf wie ziellose Fetzenwolken. Eine Wolke: dass Danuta ein Snob war, dass sie sich aus reiner Ästhetik dem Kommunismus verschrieben hatte; dass sie aus genau diesem Grund die Fußballspieler verachtete, aus reinem Klassendünkel. Andere Wolke: wie tief die Kluft zwischen ihm und dieser Frau war. Dritte Wolke: wie sehr er sich geirrt hatte, als er sie als Gesprächspartnerin gewählt hatte. Diese Gedanken belasteten ihn jedoch nicht weiter. Er fühlte sich ruhig und gelassen. Er brauchte keine Gesprächspartner.

»Ich muss auch zurück. Es stehen mir noch ein paar Interviews bevor«, sagte Danuta. Sie stand auf und half Carlos, die Hängematte zusammenzulegen. Belle und Greta liefen ungeduldig von einem zum andern.

»Los, gehen wir! Lauft!« Carlos hatte nicht die Absicht, die Hunde an die Leine zu nehmen. Wenn sie Morros Angst einjagen wollten, bitte ...

Der Beamte, der jetzt den Pfad bewachte, war ein blonder Bursche, fast noch ein Junge und liebenswürdiger als sein Kollege; er hob die Maschinenpistole an die Schulter, grüßte, pfiff dann den Hunden und spielte mit ihnen. Carlos sagte sich, dass also nicht alle

Polizeibeamten in der Umgebung des Hotels so aggressiv waren wie Morros, das war beruhigend.

»Darf ich noch kurz auf das Thema zurückkommen, über das wir uns vorhin etwas ereifert haben?«, fragte Danuta, als sie an der Stelle anlangten, wo der Weg schmaler wurde. Der Schuppen und das Backhaus kamen bereits in Sicht.

»Wenn Sie möchten ...«, sagte Carlos, obwohl er überhaupt keine Lust dazu hatte. Nachträgliche Rechtfertigungen unerquicklicher Gespräche waren ihm zuwider.

Mit Beatriz würdest du eine Ausnahme machen, nehme ich an. Ihr, ja, ihr würdest du es freudig zugestehen, nicht wahr? Carlos schüttelte den Kopf, um den Kommentar der Ratte zu verscheuchen. Er nahm das um den Nacken gelegte Badetuch in die Hand. Hier oben musste der Temperaturunterschied zur Banyera mindestens drei Grad betragen.

»Es ist zwar kein besonders originelles Argument, doch für mich waren die ersten Zeiten der Revolution die schönsten. Die Zeiten Rosa Luxemburgs, als die Menschen Rosa oder Karl Liebknecht gewidmete Hymnen sangen ...«

Danuta summte leise die ersten Takte einer Melodie. Belle und Greta schauten verwundert zu ihr auf.

»Ich habe diese Anfänge miterlebt, nicht sehr lange, aber ich habe sie miterlebt. Für mich ist dies das Wichtigste, jene Zeit. Die späteren Jahre waren manchmal gut, manchmal weniger gut, kein einziges war jedoch mit den ersten vergleichbar. In unserer Jugend gingen wir nicht auf der Erde. Man beobachtete die Menschen auf der Straße, und man hatte das Gefühl, dass sie schwebten.«

»Sie haben recht, gute Zeiten sind meist von kurzer Dauer«, pflichtete ihr Carlos bei.

Danuta wandte sich zu ihm um.

»Wissen Sie, wie lange Adam und Eva im Paradies waren?«

»Nein.«

»Wenn Dante nicht irrt, bloß sieben Stunden. Von sechs Uhr

morgens bis eine Stunde nach Mittag. Adam selbst hat es Dante gestanden.«

»Tatsächlich? Ich hätte nicht geglaubt, dass es nur so kurz war.« Carlos war ehrlich erstaunt.

»Sehen Sie ...«

»Diese Geschichte hätte meinem Bruder gefallen«, sagte Carlos unvermittelt.

»Warum?«

Carlos hatte sich spontan an eine Zeitungsmeldung erinnert, die Ugarte ihm im Gefängnis vorgelesen hatte: »Carlos, hör mal, was hier steht; diese Meldung erinnert dich bestimmt an etwas: *Am vergangenen Samstag hat das Oberhaupt einer orientalistischen Gemeinschaft in einer Ortschaft unserer Provinz anlässlich des regionalen Jahrmarkts gratis mit LSD-Pulver versetzten Orangensaft verteilt, was einen großen Aufruhr ausgelöst hat. Der Vorfall ist zum Glück ohne schlimme Folgen geblieben. Viele Bewohner der umliegenden Dörfer mussten ärztliche Hilfe in Anspruch nehmen, um den durch die Einnahme der Droge ausgelösten Schock zu überwinden. Der Täter ist verhaftet worden; in Bezug auf seinen Geisteszustand bestehen gravierende Zweifel.*«

Es hatte sich um eine Aktion gehandelt, die in direktem Zusammenhang mit Kropotkys Vorstellung vom Kampf gegen das System stand: der radikalen Veränderung einer Situation während einer bestimmten Zeit. Ja, sie hätte ihm gefallen, diese Geschichte vom Paradies, das bloß sieben Stunden gedauert haben soll.

Danuta sah ihn fragend an.

»Er las sehr viel und war von Abwegigem fasziniert«, sagte er schließlich.

»Verzeihen Sie, irre ich mich? Haben Sie in der Vergangenheitsform von Ihrem Bruder gesprochen? Ist ihm etwas zugestoßen?«

»Er ist vor fünf Jahren gestorben, 1977.«

Im ersten Moment war er über seine Antwort selbst verblüfft; sie war von seiner schlechten Laune diktiert, weil er keine Lust hatte, sich weiter mit Danuta zu unterhalten. Überhaupt, was ging sie das an? Es war ihm zuwider, Erklärungen geben zu müssen. Überdies war die Antwort nicht ganz falsch.

»Oh, das tut mir leid.« Danuta richtete den Blick auf den Boden. Dann setzte sie stumm ihren Weg fort.

»Ich bleibe hier«, rief ihr Carlos zu, als sie in der Nähe des Schuppens und des Backhauses anlangten.

»Ich muss bis zum Hotel weiter. Sie wissen ja, die Interviews.«

»Gut. Dann also auf bald.«

»Wir sehen uns später. Wenn ich Zeit habe, komme ich zum Tischtennisturnier.« Danuta zögerte einen Moment, als wolle sie noch etwas hinzufügen, winkte ihm dann kurz zu und ging in Richtung des Hotels weiter.

Belle und Greta umsprangen ihn freudig wedelnd, als sie feststellten, dass der heutige Spaziergang noch nicht zu Ende war und Carlos – er trug wieder die Bäckerkluft und hatte den weißen Farbspray an der Stelle versteckt, *wo der Rücken seinen ehrenwerten Namen verliert* – kurz darauf hangabwärts zum Brunnen lief.

»Geht nicht neben mir her. Das hier schadet den Augen«, befahl er den Hunden, als er am Brunnen vorbei das trockene Flussbett abschritt – den *Riera Blanca* –, das den unteren Teil Amazoniens entlangführte. Er sprühte ein erstes Mal, und sowohl Belle als auch Greta schnüffelten sofort am Gebüsch herum, das den ersten weißen Klecks abbekommen hatte. Er brachte fünf weitere Marken längs des Flussbetts an und nahm nach etwa vierzig Metern den Aufstieg in Angriff.

Er ging zuerst äußerst vorsichtig zu Werke und versteckte den Farbspray jeweils gleich nach Gebrauch, denn er vergaß keine Sekunde das Projektil in der Tasche seiner Jeans; und auch nicht, was dieses Projektil bedeutete. Doch je näher er an die Autostraße kam, desto sicherer fühlte er sich: In diesem Dickicht würde kein Polizeibeamter vor ihm auftauchen. Er behielt die Sprühdose in der Hand, und es gelang ihm sogar – das vor allem –, den Schatten Stefanos aus seinen Gedanken zu verdrängen und sie in eine andere Richtung zu lenken. Als er sich die Szene mit Danuta in Erinnerung rief, verwünschte er sich selbst. Er täuschte sich immer. Ja, in seinem Innern war irgendein schwacher Punkt, und dieser schwache Punkt veranlasste ihn, sich anderen unbedacht anzuvertrauen, einem fremden Menschen wie Danuta seine intimsten Gedanken zu enthüllen. Ein kindisches Verhalten. Zu wenig Zurückhaltung, wenn er sich mit jemand anfreundete.

Er blieb mit der Sprühdose in der Hand stehen und wandte den Kopf der am Horizont untergehenden Sonne zu. Doch er sah sie nicht. Er sah bloß die von seinen Gedanken ausgelösten Bilder. Ja, sein Bruder hatte recht: Von einem gewissen Moment an war es unmöglich, jemand zu finden, mit dem man reden konnte; sein erneutes Versagen, so unbedeutend es sein mochte, war der Beweis für die Gegenstandslosigkeit seiner Pläne. Er würde sein Leben nicht ändern. Er würde sich keine Wohnung in Barcelona suchen. Er würde sich nicht in einen Katalanischkurs einschreiben. Die Wellen des Meeres würden ihn vielleicht an einen Strand spülen; oder in die Tiefe reißen; oder würden ihn dort lassen, wo er war. Aber sie würden ihn nicht an den neuen, unbekannten, angenehmen Ort führen, von dem er hin und wieder träumte. Seine gestrigen Pläne kamen ihm heute lächerlich vor. Wirklich erstaunlich, die Macht der Illusion. Tausend Illusionen gingen unter, verglühten wie ein Funkenregen, doch unverzüglich stiegen neue, als Realität maskierte tausende auf. Irgendwo, im Hirn vielleicht, vielleicht im Blut oder in den Eingeweiden, musste eine Substanz vorhanden sein, die in einem fort Illusionen produzierte. *Ein Trost, dass du manchmal lichte Momente hast. Es ist stets nützlich, die eigenen Schwächen zu erkennen,* hörte er. Die Ratte war ausnahmsweise mit ihm einig.

Als sie oben auf dem Hügel anlangten und von Weitem die Tankstelle erkannten, setzten sich Belle und Greta bocksteif auf die Hinterläufe: Das Dröhnen der auf der Straße vorbeirasenden Fahrzeuge verschreckte sie.

»Ruhig, wir kehren nicht auf der Straße zurück, wir gehen auf dem gleichen Weg nach Hause.« Er warf die Sprühdose in ein Gebüsch und deutete mit dem Arm in die Richtung, woher sie gekommen waren. Die Hunde stürmten hügelabwärts, traten auf das gleiche Gras und auf die gleichen Steine wie beim Aufstieg. Sie brauchten keinen Plan und keine weißen Wegmarken.

Auf dem Rückweg spann Carlos den Gedankenfaden weiter. Die Sache mit dem schwachen Punkt erinnerte ihn an eine Geschichte, die er im Gasthaus seiner Eltern in Obaba gehört hatte: die Geschichte von der Glocke, die vom Kirchturm gestürzt war. Die Glocke hatte vom Aufprall einen Sprung bekommen und hatte ihren Klang verloren, daher sahen sich die Leute genötigt, sie in Stücke zu schlagen, um sie in die Werkstatt transportieren zu können, wo sie eingeschmolzen und neu gegossen werden sollte. »Doch keiner im Dorf schaffte es«, fuhr in seiner Erinnerung der Erzähler fort, ein Gast in der Wirtsstube seiner Eltern. »Sie versuchten es auf jede erdenkliche Weise, mit Rammklötzen, mit Brechstangen, mit allem, doch auch den kräftigsten Männern gelang es nicht, den Sprung in der Glocke auch nur um einen Millimeter zu verbreitern. Als es schließlich alle im Dorf aufgegeben hatten, erschien ein Glockengießer mit einem kleinen Hammer, einem ungefähr zwanzig Zentimeter langen Hämmerchen; er trat zur Glocke, betrachtete sie von allen Seiten und schlug kurz mit dem Hämmerchen zu, nur einmal. Worauf die Glocke wie durch ein Wunder in lauter Scherben zerbrach. ›Die Glocke hat einen schwachen Punkt, auf den muss man schlagen‹, erklärte der Glockengießer den staunenden Dorfbewohnern.«

Ja, alle Glocken hatten einen schwachen Punkt, wie die Menschen auch, das war wahrscheinlich die Erklärung für das unglückliche Gespräch an der Banyera. Seine Frage, auch wenn in aller Unschuld gestellt, hatte Danutas wunden Punkt getroffen. Warum? Er konnte es nicht erraten. Doch was tats, Danuta gehörte einer anderen Generation und einem anderen Kulturkreis an, und – wie

Ugarte zu sagen pflegte – es war unmöglich, Menschen aus anderen Ländern ganz zu verstehen. Und erst recht nicht, wenn es sich um eine Frau handelte. »Zuerst glaubt man, dass es kein Problem ist«, hatte Ugarte erzählt, »zuerst glaubt man, dass Brigitte oder Samantha oder Masako nicht anders sind als unsere Mädchen zu Hause, doch dem ist nicht so. Nie. Ein Beispiel: Als ich einmal in London einen Englischkurs besucht habe, bin ich kurze Zeit mit einer jungen Japanerin ausgegangen. Als wir uns das dritte oder vierte Mal getroffen haben, sind wir in einem Park spazieren gegangen, haben uns auf eine Bank gesetzt und *fish and chips* gegessen, ja da hat sie mich auf einmal gefragt: ›Und du, hast du heute schon gekackt?‹ Ehrlich, es hat mir die Sprache verschlagen. Ich habe plötzlich begriffen, wie bunt die Welt ist.«

Ugartes Worte beendeten Carlos' Betrachtungen. Er trat aus dem Dickicht Amazoniens und ging durch das trockene Flussbett des *Riera Blanca* zum Brunnen. Er würde wieder das Territorium betreten müssen, über dem seit gestern Stefanos drohender Schatten lag.

»So, jetzt müsst ihr halt hierbleiben. Nachher bringe ich euch das Abendessen«, sagte er zu den Hunden, bevor er sie in den Schuppen einsperrte. Sie schauten ihn mitleiderregend an, besonders Greta. »Ich muss zum Tischtennisturnier, dorthin könnt ihr mich nicht begleiten. Im Übrigen, Greta«, die Bracke spitzte die Ohren, »erinnerst du dich nicht mehr, was dir dort passiert ist, als du noch kleiner warst? Erinnerst du dich nicht, dass Pascal dich in den Swimmingpool geworfen hat und du beinahe ertrunken wärst?«

Sie erinnerte sich nicht und verstand auch den Tonfall von Carlos' Stimme nicht. Sie schaute unverwandt auf einen unsichtbaren Punkt an der Wand, als ob sie darauf wartete, dass die Dinge eine andere Wendung nähmen. Als sie jedoch begriff, dass die Wendung nicht eintrat, und überdies feststellte, dass Belle in ihre Ecke ging und sich auf den Jutesack legte, ergab sie sich ihrem Schicksal und ging hinein.

»Brav, Greta. Du bist heute lange genug herumgerannt.«

Carlos zog die Tür hinter sich zu und ging in seine Wohnung, um sich umzuziehen. Er hatte eigentlich keine Lust, Tischtennis zu spielen, aber er wollte Guiomar nicht enttäuschen.

»Was machst du, Pascal?«, fragte Carlos, als er vor dem eingezäunten Schwimmbadgelände stand. Das Kind stand in einer seltsamen Stellung da: Tief nach vorn gebeugt, steckte es den Kopf zwischen die gegrätschten Beine und beguckte sich die Welt von unten.

»Hook«, rief der Mund verkehrt herum. Pascal stand neben dem Eingang, mitten auf dem Gehweg längs der Auffahrt, als ob er die Vorübergehenden überwachte.

»Klasse«, sagte Carlos mit gespielter Bewunderung. »Wer bist du denn jetzt? Eindeutig nicht mehr d'Artagnan. Und auch nicht Boniek. Wer also? Bist du vielleicht Käpten Hook?«

Der Kleine versuchte, mit dem Kopf zu verneinen, verlor dabei das Gleichgewicht und purzelte in den Straßengraben.

»Nein! Ich bin nicht Hook! Ich bin Peter Pan«, erklärte er etwas beleidigt. Er ahmte die abgehackten, mechanischen Gesten aus dem Zeichentrickfilm nach, den er am Nachmittag gesehen hatte, und war sehr stolz auf seine Rolle.

»Entschuldige, Peter Pan. Ich wiederhole meine Frage: Was machst du da, Peter Pan? Hat Guiomar gesagt, du sollst auf mich warten?« Carlos schaute auf die Uhr. Er hatte sich verspätet.

Der Kleine zögerte, wusste nicht, ob es sich lohnte, einen Moment lang wieder Pascal zu sein und zu antworten.

»Boniek ist nicht zum Tischtennisspielen gekommen«, sagte er schließlich. Und da er nun den Grund für seine Überwachung erklärt hatte, schlüpfte er gleich wieder in die Gestalt Peter Pans und entfernte sich, mit einem imaginären Zweihandschwert nach allen Seiten Hiebe austeilend.

Der Tag ging auf den Abend zu; die schräge Sonne vergoldete die Bäume nur auf der einen Seite; die Zypressen – weil in dieser

Gegend die Zypressen vorherrschen – überragten die Oliven- und die Mandelbäume um fünf oder sechs Meter und sahen aus wie halb hellgrüne, halb dunkelgrüne Helmbüsche, schattig und leuchtend zugleich. Den Blick auf die Helmbüsche gerichtet, folgte Carlos dem Jungen und betrat das eingezäunte Gelände.

Eine Metallschranke trennte den Zugang vom eigentlichen Schwimmbad; Carlos blieb einen Moment dort stehen und betrachtete das sich vor ihm ausbreitende Bild: den Rasen, das blaue Schwimmbecken, die Liegestühle und die orangeroten Segeltuchhängematten, den Tischtennistisch, dessen Grün gelblicher war als das Gras.

Niemand weit und breit. Niemand ruhte sich in den Liegestühlen oder in den Hängematten aus, niemand schwamm im Swimmingpool, vor allem aber absolute Stille um den Tischtennistisch herum. Die Einzigen, die zum Turnier erschienen waren, saßen vor dem kleinen Barpavillon: Guiomar und Laura in der vordersten Tischreihe, Ugarte und Stefano in der letzten, als hätten sie sich absichtlich von den anderen abgesondert.

Pascal rannte hinter dem Pavillon hervor.

»Hook!«, schrie er. Er hielt einen Stock in der Hand und schwenkte ihn wie ein Schwert.

»Nicht so laut, Peter Pan«, ermahnte ihn Carlos und setzte sich zu Laura und Guiomar. Guiomar begrüßte ihn mit einer Kopfbewegung, Laura lächelte, Ugarte hielt eine kleine Bierflasche hoch, Stefano winkte ihm höflich zu.

»Etwas spät. Es ist bereits halb neun.« Guiomar warf einen Blick auf seine Armbanduhr. Er wirkte bedrückt.

»Ich habe gedacht, ihr wärmt euch zuerst etwas auf. Was ist passiert? Warum ist es hier so ruhig?«

Laura, die viel aufgeräumter war als sonst, antwortete anstelle von Guiomar. »Piechniczek hat alle Spieler unter Hausarrest gestellt. Es hat ziemlich Ärger gegeben.«

»Nein, es hat keinen Ärger gegeben. Es hätte welchen geben

können! Letztendlich ist nichts passiert. Im Übrigen weiß Carlos Bescheid.«

Laura überhörte Guiomars Richtigstellung und schilderte ihm den Vorfall mit Banat und Masakiewicz von vergangener Nacht, fügte aber eine Neuigkeit hinzu: Sie würden nicht wegen Gewalttätigkeit gegenüber einem Polizeibeamten angeklagt werden, und der Vorfall würde nicht an die Öffentlichkeit gelangen.

»Sonst müssten sie angezeigt werden. Daher: Stillschweigen«, präzisierte Guiomar.

»Dass die zwei stockbesoffen waren, ist bereits durchgesickert. Es wurde heute Morgen um neun schon im Radio gemeldet.« Carlos blickte Guiomar an, doch dieser erwiderte seinen Blick nicht.

»Das Ganze hat ziemlich Staub aufgewirbelt. Laut Stefano hat die polnische Botschaft intervenieren müssen.«

Laura trug eine gehäkelte, silberdurchwirkte Weste und eine rosafarbene Bluse; ihre schwarzen Augen wirkten durch die stark geschminkten Lider und Wimpern noch dunkler. Man sah sie selten so herausgeputzt, so lächelnd, so gesprächig. Carlos sagte sich, dass sich die Liebesirrungen und -wirrungen im Hotel wohl endgültig in Minne aufgelöst hatten und dass sich von nun an ihre Gruppe wieder mehr oder weniger wie einst verteilte: Guiomar und Laura an einem Tisch, Ugarte mit einer vierten Person an einem andern, mit Nuria vielleicht. Einen Moment lang kreisten seine Gedanken um diesen Namen. Wo war sie in diesem Augenblick? Hatte Stefano mir ihr gesprochen? Er war jedoch nicht in der richtigen Stimmung, um darüber nachzudenken; seine Gedanken schweiften von Nuria ab und beschäftigten sich mit Pascal. Das Kind stand wieder an ihrem Tisch und zog Guiomar am Ärmel.

»Moment, Pascal. Wir gehen gleich.« Dann wandte er sich an Carlos. »Er will ein kleines Haus am Brunnen unten bauen, eines wie jenes, das Peter Pan und die Zwillinge für Wendy gebaut haben. Nicht wahr, Pascal?«

Wenn er mit dem Kind sprach, klang seine Stimme liebevoll, sein Gesicht blieb jedoch düster. Bei Guiomar war das ungewöhnlich. War es wegen des ausgefallenen Tischtennisturniers? Carlos wusste, wie viel Wert Guiomar auf solche Dinge legte, dennoch, seine Reaktion kam ihm übertrieben vor.

Hat er dir nicht gesagt, dass er ein Geheimnis hat? Vielleicht sind die Dinge schiefgelaufen. Seltsam, dass Laura bester Laune ist, im Gegensatz zu ihm, kam ihm Sabino zu Hilfe.

Das mit der guten Laune war augenfällig. Laura summte soeben Pascal ein Lied aus dem Film vor:

> Ich wünsche mir ein hübsches Haus,
> Ganz winzig, winzig klein.
> Die Wände rot und grün das Dach,
> Ein Haus für mich allein.

Während sie sang, kitzelte sie das Kind. Eindeutig, dachte Carlos bei diesem Anblick, verliebt zu sein, ob reine Illusion oder nicht, ist wie eine Neugeburt und aktiviert die Atome, die jahrelange Monotonie nach und nach haben absterben lassen. Im Gefängnis sagte man: Ein Gefangener in seiner Zelle träumt jede Nacht, Nacht um Nacht, er sei ein König und sei von allen Annehmlichkeiten eines Königs umgeben. Weit, weit vom Gefängnis entfernt träumt ein König den gegenteiligen Traum, er träumt, dass er ein Gefangener ist und in einer Zelle darbt. Wer von den beiden ist glücklicher? Und die Antwort: im Winter der Gefangene, im Sommer der König. Dieses Märchen besagte, dass die objektive Wahrheit keine Bedeutung hat. Hauptsache, man ist glücklich, egal, ob der Grund besagten Glücks real oder irreal ist. Carlos beobachtete Laura: Sie stellte sich keine Fragen, sie sorgte sich nicht um die Zukunft. Allein schon zu spüren, dass sich die Atome in ihr wieder belebten, machte sie glücklich.

Eine Hand schlug ihm auf die Schulter. Carlos schreckte aus seinen Gedanken auf.

»Die Organisatoren des heutigen Tischtennisturniers sind dir sehr dankbar, Carlos.« Ugarte stand hinter ihm. »Ehrlich, wir sind dir überaus dankbar, dass du dich umgezogen hast und im Trainingsanzug erschienen bist, denn ein Turnier, an dem ein Spieler in einem Trainingsanzug teilnimmt, ist immerhin ein ernst zu nehmendes Turnier, sogar wenn es nicht stattfindet. Mit anderen Worten, Carlos, tausendfachen Dank, weil du das Turnier gerettet hast.«

Ugarte streckte ihm mit gespielter Feierlichkeit die Hand hin. Aber bevor Carlos den Mund aufmachen konnte, stolperte Ugarte über seine eigenen Füße und taumelte zwei Schritte rückwärts. Er hatte anscheinend mehr getrunken als sonst.

»Pascal? Warum zeigst du mir den Hintern? Was ist das schon wieder für ein Fimmel?« Ugarte ging auf das Kind zu, das zwischen den Beinen hindurch zu ihm aufschaute. Stefano lächelte, aber es war ein unaufrichtiges Lächeln.

»Das hat er von Peter Pan gelernt, falls du es nicht wissen solltest. Wenn er so dasteht, besiegt er alle Wölfe. Nicht wahr, Pascal?«, erklärte Laura ruhig.

Pascal versuchte zu nicken; er bewegte mühsam den Kopf hin und her; er erstickte fast dabei und war ganz rot im Gesicht.

»Die Wölfe? Pascal, bitte, seien wir vernünftig. Wo gibt es hier Wölfe?«, fragte Ugarte.

Das Kind schwankte; seine Augen – in dieser Stellung wirkten sie größer – blickten verkehrt herum von einem zum andern.

Dann bewegte er die Lippen über den Augen und zeigte auf Stefano.

»Der dort«, rief er.

Alle lachten, außer Stefano und Guiomar. Stefano war etwas verlegen, suchte offenbar nach einer geeigneten Antwort. Guiomar seinerseits nahm sich eine Zigarette und rauchte stumm, ohne das Gesicht zu verziehen.

»Wir werden gleich sehen, ob das stimmt«, sagte Ugarte zum Kind.

»Jetzt langts«, griff Laura ein. »Du hältst dich wohl für besonders originell, was?«

»Verehrter Herr Stefano, der Moment ist gekommen, um zu erfahren, ob Sie ein Wolf sind«, fuhr Ugarte unbeirrt fort. »Wir werden Sie einem unfehlbaren Test unterziehen. Heben Sie bitte dieses Haarbüschel und zeigen Sie uns Ihre Ohren.«

Stefano tat gezwungen lächelnd, wie ihm befohlen, und entblößte seine Ohren. Sie waren zu klein im Verhältnis zum Kopf und eher Frauenohren. Vielleicht trug er deswegen das Haar wie ein Zauberer oder ein Clown.

»Gratuliere, Stefano. Sie haben keine spitzen Ohren, also sind Sie kein Wolf.« Ugarte reichte Stefano die Hand.

»Ich habs gewusst, dass er keiner ist. Die Wölfe gehen auf vier Beinen.« Pascal hatte sich wieder aufgerichtet. Sein Gesicht war rot angelaufen, und Laura musste ihn festhalten, damit er nicht umfiel, denn ihm war ganz schwindlig von seinen Kunststücken.

»Du hast mich also angelogen vorhin«, rief Ugarte mit gespielter Empörung. Und zu Stefano gewandt: »In was für einer Welt leben wir denn? Sogar die Kinder lügen.«

»Und Betrunkene ebenfalls«, stellte Laura ruhig fest.

»Gehen wir ins Hotel, Stefano. Dort gibt es wenigstens Whisky, in diesem Saftladen bekommt man nicht einmal etwas Anständiges zu trinken.«

»In Ordnung, Ugarte, aber vorher ...«

Carlos war auf der Hut. Während Stefano sich angeblich über Ugartes Späße amüsierte, hatte er die ganze Zeit auf diesen Moment gelauert, daher hatte er Mühe, seine Frage in einem ganz natürlichen Tonfall zu stellen.

»Erinnern Sie sich, Carlos? Wir haben uns gestern kurz über die Filmaufnahmen unterhalten, die ich gern in der Backstube drehen möchte, leider ist der Sonnabend ...«

»Dann also gleich morgen«, fiel ihm Carlos unbekümmert ins Wort.

»Morgen? Morgen ist Donnerstag ...« Stefano war auf Widerstand oder eine Ausrede gefasst gewesen, die seinen Verdacht erhärtet hätten.

»Ja, gleich morgen, so gegen elf. Ich habe ein paar Tage freigenommen und stehe spät auf ...«, kam Carlos seinem Einwand gelassen zuvor.

»Wunderbar, morgen um elf, abgemacht«, stammelte Stefano. Er zögerte, als ob er noch etwas hinzufügen wollte. Schließlich änderte er seine Meinung und wandte sich zum Gehen, ohne auf Ugarte zu warten.

Ugarte hob kurz den Arm, um sich von den andern zu verabschieden. Er blickte plötzlich sehr ernst.

»Der Hotelbäcker macht also Urlaub«, sagte er dann. »Ein schlechtes Zeichen, ein sehr schlechtes Zeichen. Und ein ebenso schlechtes Zeichen, dass ich betrunken bin, richtig betrunken, meine ich. Und Guiomar macht ein Gesicht, als hätte ihm jemand in die Suppe gespuckt; auch das ist ein schlechtes Zeichen. Und meine Frau macht ein fröhliches Gesicht, und dieses Zeichen, nun, das ist vielleicht kein schlechtes Zeichen, aber trotzdem auffällig. Und ich frage mich: Was wird mit diesem Hotel passieren? Was wird passieren, Carlos? Was wird passieren, Guiomar? Was wird ...?«

»Geh endlich zu deinem Whisky. Du gehst einem langsam auf die Nerven«, unterbrach ihn Laura.

»... was wird mit dir passieren, Pascal?«, beendete er seinen Satz. Aber das Kind überhörte die Frage; es war ganz mit seinem Schwert beschäftigt.

Ugarte blickte Carlos an: »Wäil ich glaubä, Carrlos, äs passierrt das, was Piechniczek sagt, dass die Ärgäbnisse ausgäzeichnät sein wärrdän, wänn sie gut spilän. Ich fir mäinen Teil bin gaanz rruig, ich glaubä, ich tuä gutä Arrbäit. Ohnä Ball natirrlich, abärr ich haltä Hintärrtiren offän.«

Er schloss seine Erklärung mit einem breiten Grinsen und trabte zur Abschrankung, wo Stefano auf ihn wartete. Er lief schneller als beabsichtigt, weil das Gelände leicht abschüssig war und er anscheinend seine Beine nicht in der Gewalt hatte. Er war natürlich nicht mehr und nicht weniger betrunken als sonst, er tat nur so, wie meistens. Nach dem, was er eben gehört hatte, wusste Carlos Bescheid.

Die Umgebung des Schwimmbads war jetzt voller Schatten, auch die Wipfel der Zypressen leuchteten nicht mehr im letzten Licht der Sonne. Die sich verdunkelnden Farben verstärkten die Abendstimmung: Das Wasser im Swimmingpool war jetzt grünlich, nicht mehr blau; die Hängematten wirkten braun; der Tischtennistisch war nur noch ein dunkles Rechteck mit einer weißen Linie in der Mitte. Während Carlos die Veränderungen um sich herum betrachtete, rief er sich Ugartes letzten Satz in Erinnerung: »Ich glaubä, ich tuä gutä Arrbäit. Ohnä Ball natirrlich, abärr ich haltä Hintärrtiren offän.« Wenn er diese Worte richtig interpretierte, wollte Ugarte damit sagen, dass er sich auf seine Weise mit Stefano befasste, »ohne Ball«, das hieß, dass er sich selbst verdächtig machte und wenn immer möglich Stefano auf die falsche Spur lenkte. Weil auch er Interesse daran hatte, dass das Ganze gut ausging? Ja, deswegen wahrscheinlich. Jedenfalls hatte Ugarte ihm soeben eine Lektion erteilt. *Mercucho war schon immer ein intelligenter Bursche und diszipliniert. Er war es früher und ist es heute noch. Ein disziplinierter, intelligenter Militanter,* sagte Sabino. Mercucho, das war einer der Decknamen, die Ugarte im Untergrund benutzt hatte.

»Wir gehen auch. Ich muss dem Kind zu essen geben«, sagte Laura, als Ugarte und Stefano in Richtung Hotel verschwunden waren.

Guiomar stand auf und zeigte auf Carlos.

»Sag, Laura, hast du etwas dagegen, wenn Carlos und ich noch eine kleine Partie spielen? Geh du mit Pascal voraus, ich komme später nach.«

»Warum soll ich etwas dagegen haben? Aber ist es nicht bereits zu dunkel? Ihr seht ja den Ball nicht mehr.«

»Doch, man sieht schon noch etwas. Nur eine kleine Partie.«

Guiomar küsste Laura auf die Wange. Ihr Verhältnis würde demnächst allgemein bekannt sein.

»Gehen wir, Pascal.« Laura nahm den Jungen bei der Hand. Pascal leistete keinen Widerstand.

»Hast Hunger, nicht wahr?« Der Junge nickte. »Also, rennen wir. Doro hat uns sicher etwas Leckeres gekocht.«

Pascal rannte zum Eingang und zog Laura hinter sich her. Ein paar Sekunden später waren sie verschwunden.

Guiomar und Carlos holten sich Schläger und Bälle, gingen dann zum Tischtennistisch – ohne Eile, langsam, wie die Teilnehmer einer Prozession und nicht wie zwei Tischtennisspieler, die noch das letzte Tageslicht möglichst nutzen wollen. Nein, es würde keine Partie zwischen ihnen geben, nur ein Gespräch über ein Thema, das Carlos unbekannt war.

Guiomar starrte stumm vor sich hin. Carlos lehnte sich an den Tischtennistisch und wartete, konzentrierte sich ganz auf seine Augen und sein Gehör: Seine Augen sahen die grünliche Oberfläche des Wassers im Swimmingpool und dahinter drei dunkle Zypressen und noch weiter dahinter die schwarze Felsmasse des Montserrat, die demnächst mit dem Schwarz des Himmels verschmelzen würde. Seine weniger empfindlichen Ohren nahmen nur das Rauen in den Zweigen wahr: ein leises Rascheln wie der Klang einer Kinderklapper.

Nach einer Weile hob sich Guiomars Stimme vom Rascheln ab. »Zuerst verrate ich mein Geheimnis«, begann er feierlich. »Wir sind nicht nur wegen *Peter Pan* nach Barcelona gegangen. Wir waren zudem beim Augenarzt, weil Laura festgestellt hat, dass mit den Augen des Kindes etwas nicht ganz in Ordnung ist. Man hat uns gesagt, dass Pascal eine Hornhautverkrümmung hat. Er hat rechts einen Astigmatismus von ungefähr zehn Grad.«

Ein Gedanke, so leicht wie die Brise in den Ästen, durchzuckte Carlos. Doch er schwieg.

»Aber nicht nur das«, fuhr Guiomar fort. »Pascal ist groß für sein Alter. Du hast selten mit Kindern zu tun, daher ist dir das wahrscheinlich gar nicht aufgefallen. Aber er ist erst fünf ...«

»Kurz, er gleicht dir. Er ist groß und hat schlechte Augen«, folgerte Carlos. Seine Vermutung war also richtig gewesen. »Das ist aber eine Überraschung, ehrlich. Bist du ganz sicher? Nun, ich bin schließlich auch großgewachsen ...«

Carlos stieß sich kopfschüttelnd vom Tisch ab. Was Guiomar eben gesagt hatte, kam für ihn nicht unerwartet, aber er strengte sich an, dieser Nachricht die gebührende Bedeutung beizumessen: damit Guiomar weiterredete, die frohe Botschaft mit Einzelheiten ergänzte. Doch – war das alles? In Guiomars Gesicht lag immer noch der finstere Ausdruck von vorhin.

»Bis jetzt waren wir nicht ganz sicher. Natürlich haben wir es vermutet, denn du weißt ja, dass Laura und ich damals in Frankreich eine Zeit lang ein Verhältnis miteinander gehabt haben, wir waren aber nicht ganz sicher ... Jetzt hingegen gibt es keinerlei Zweifel mehr. Nicht, weil das Kind groß ist, sondern wegen der Augen. Hornhautverkrümmung ist immer erblich.«

»Du hast also eine Hornhautverkrümmung. Ich habe immer geglaubt, du seist kurzsichtig.«

»Beides. Kurzsichtig und eine Hornhautverkrümmung. Und rechts einen Astigmatismus von ungefähr zehn Grad. Im Ernst, es bestehen keinerlei Zweifel. Du kannst dir gar nicht vorstellen, wie sehr ich mich freue. Du weißt doch, wie sehr ich mich in den vergangenen Jahren um das Kind gekümmert habe. Eigentlich wollte ich aber ...« Guiomar ging mit verschränkten Armen ein paar Schritte auf den Swimmingpool zu. Er betrachtete stumm die Zypressen und suchte offenbar nach den richtigen Worten. »Eigentlich wollte ich aber mit dir über etwas anderes reden.«

»Schieß los, ich höre«, half ihm Carlos mit einer Stimme, die seine innere Spannung verriet: Er ahnte, dass ihm eine schlechte Nachricht bevorstand.

»Wir sind also zum Kino gegangen, wo *Peter Pan* läuft, und Laura ist die Eintrittskarten holen gegangen, in der Zwischenzeit sind Pascal und ich auf dem Gehsteig spaziert. Und da sind wir an den Fotos von den zwei Aktivisten vorbeigekommen, Jon und Jone, wie man sie getauft hat: Ich bin stehen geblieben, um den Anschlag zu lesen. Ohne besonderen Grund, aus reinem Zeitvertreib. Da hat der Junge plötzlich mit dem Finger auf diese Jone gezeigt und hat ganz ruhig gesagt: ›Diese Frau da hat mir versprochen, dass sie die Pistole vergräbt. Ich habe dort gesucht, wo Onkel Carlos mir gesagt hat, aber ich habe sie noch nicht gefunden.‹ Genau so. Wortwörtlich. Ich weiß jetzt, was hier im Gang ist. Du brauchst mir dein Geheimnis nicht mehr zu verraten.«

»Ich verstehe. Darum hast du vorhin so ernst dreingeschaut.«

»Ist das alles, was du dazu zu sagen hast?«, fragte Guiomar vorwurfsvoll.

»Was meinst du damit?« Carlos biss sich auf die Oberlippe und verschränkte ebenfalls die Arme.

»Ich meine nichts damit. Warum sind die beiden im Hotel? Das ist das Einzige, was ich wissen will. Und wer dir erlaubt hat, sie hierherzubringen. Eine solche Entscheidung hätte von uns allen getroffen werden müssen.« Guiomar konnte seine Stimme nur mühsam beherrschen.

»Du irrst dich in der Zeit. Wir sind keine Gruppe mehr, und unsere Entscheidungen sind ebenso wenig kollektiv. Es sind persönliche Entscheidungen.«

»Ich sehe das etwas anders, Carlos.« Guiomar hatte sich wieder gefasst. »Dieses Hotel hier gehört uns allen. Und wenn in diesem Hotel etwas passiert, bezahlen wir alle dafür. Mit unserer Haut zudem. Was ist schon dabei, nicht wahr? Zwei Typen zu verstecken, die an ich weiß nicht wie vielen mörderischen Attentaten beteiligt gewesen sind. Ich verstehe dich nicht, Carlos, ehrlich. Was willst du eigentlich? Wieder im Gefängnis landen? Ich für meinen Teil will jedenfalls nicht wieder ins Gefängnis.«

Er zündete sich eine Zigarette an, doch er vermochte das Streichholz nur mühsam an die Zigarettenspitze zu halten.

»Die beiden sind hier gewesen, doch jetzt sind sie nicht mehr da. Ich habe sie während der Fußballübertragung weggebracht, als alle vor dem Fernseher gesessen haben. Daher bin ich erst später dazugekommen.

Wunderbar, Carlos, jetzt lügst du auch noch deinen besten Freund an, sagte in ihm eine Stimme.

»Bist du sicher?« Guiomar blies mit einer enttäuschten Geste den Zigarettenrauch aus. »Ugarte ist offenbar anderer Ansicht. Er hat es vorhin deutlich zu verstehen gegeben, oder? ›Was wird mit dem Hotel passieren?‹ Und dann noch etwas, Carlos: Alle hier wissen darüber Bescheid, nur ich nicht. Falls du dich erinnerst«, Guiomar zeigte mit dem Finger auf ihn, »habe ich dich nicht zuerst in der Wohnung, dann in der Backstube gefragt, warum du in letzter Zeit so seltsam bist? Und du, was hast du mir geantwortet? Dass du ein Geheimnis hast. Schönes Geheimnis! Ehrlich, Carlos, ich habe mich über das mit Pascal so gefreut, jetzt aber ...«

Carlos murmelte einen Fluch, ging dann auf Guiomar zu. »Bitte, reden wir von etwas anderem. Ich habe dir gesagt, dass die beiden nicht mehr da sind. Das Hotel ist seit zwei Tagen sauber.«

»Bist du ganz sicher? Bist du ganz sicher, dass ich niemand im Keller antreffe, wenn ich mich im Backhaus umsehe?«

Guiomar schaute ihm durch seine Brillengläser fest in die Augen. »Du musst auf deiner Position beharren, Carlos, sonst verlierst du an Autorität. Vergiss nicht, dass du für die Gruppe verantwortlich warst.«

»Was ist mir dir, Guiomar?«, erwiderte er frostig; seine Stimme verriet nichts von seiner inneren Erregung. »Warum verlangst du Rechenschaft von mir? Was geht dich das an, wenn ich den beiden geholfen habe? Wenn es schiefginge, wer würde dafür bezahlen müssen? Du? Du nicht, Guiomar. Ich würde dafür bezahlen müssen. Also, lass mich in Ruhe damit, ja?«

Beide schwiegen, und man hörte wieder das Rascheln in den Bäumen. Guiomar zog an seiner Zigarette.

»Willst du wirklich wissen, was mit mir ist?«, sagte er dann. Auch seine Stimme klang jetzt ruhig, aber eine Spur müde. »Nun, ich habe jetzt einen Sohn. Ich bin zwar schon vorher immer viel mit Pascal zusammen gewesen, doch jetzt ist es anders. Ich weiß, dass du das für trivial hältst, aber ein Sohn ändert alles. Und wenn du mir nicht glaubst, erinnere dich, was unser Freund Tolosa gesagt hat: Dass wir alle ein schlummerndes Gen besitzen, und wenn man Vater wird, erwacht es. Bei mir ist es endlich erwacht.«

Sie schwiegen wieder. Carlos sammelte die auf dem Tischtennistisch liegenden Schläger und Bälle ein.

»Gehen wir? Wir haben genug geredet.« Er drehte die Bälle in der Hand herum. Sie waren noch neu, wahrscheinlich hatte sie Guiomar am selben Nachmittag gekauft.

Guiomar warf die Zigarette ins Gras und trat sie aus.

»Gehen wir. Aber vorher hör mir gut zu: Ich will keine Schwierigkeiten. Und schon gar nicht wegen Leuten, die zu unserer einstigen Organisation gehören. Habe ich mich deutlich ausgedrückt?«

»Verstanden. Ich für meinen Teil möchte dir etwas anderes sagen. Mach, was du willst, aber kein Wort mehr von Jon und Jone. Weder mit mir noch mit jemand sonst. Ich weiß nicht, wer diese Jon und Jone sind. Und du weißt es auch nicht. Verstanden?«

»Verstanden«, antwortete Guiomar.

Die Dunkelheit wischte alle Konturen aus. Man konnte die Helmbüsche der Zypressen nicht mehr von den Felsen des Montserrat oder von den Wolken am Himmel unterscheiden. Nur das Raunen in den Zweigen deutete auf ihr Vorhandensein hin.

»Was hältst du von dem Zwischenfall mit Banat und Masakiewicz? Meinst du, das wird Folgen für das Spiel von Sonntag haben?«, fragte Carlos, als sie auf das Hotel zugingen.

Doch Guiomar beantwortete die Frage nicht, und sie legten die zweihundert Meter bis zum Hotel schweigend zurück. Auf der

Terrasse verabschiedeten sie sich mit einem Handzeichen voneinander. Guiomar ging zum Tisch, wo Laura und Pascal saßen. Carlos in Richtung Küche.

Als er die Küche betrat, rief ihm Doro zu: »Seit wann magst du Kraken, Carlos?« Er stand vor dem Grill und briet Fleisch für das Abendessen der Polen.
»Hat Mikel angerufen?«
»Ja, er hat angerufen. Er hat gesagt, dass er einen Kraken besorgt hat, du sollst dir keine Sorgen machen. Sag, warum hast du nie etwas davon gesagt? Du weißt doch, ich hätte dir mit größtem Vergnügen einen Kraken zubereitet.«
»Ich weiß, Doroteo, vielen Dank. Aber bis jetzt habe ich nie besonders Lust darauf gehabt.«
»Alles ändert sich mit dem Älterwerden, alles, auch der Geschmack. Schau Pascal: Er isst nur Schleckzeug. Doch wenn er erst einmal so alt ist wie ich, wird er einen gut gebackenen Seeteufel vorziehen.«
Doro wendete die Fleischstücke auf dem Grill.
»Jedenfalls, das mit dem Kraken ist so eine Sache«, fuhr er verschmitzt lächelnd fort. »Wärst du eine Frau, nun ja, aber da du ein Mann bist ...«
»Was hat das denn damit zu tun?«
»Geschichten, die meine Mutter erzählte. Meine Mutter untersagte meinen Schwestern, Kraken zu essen. Sie sagte, man werde davon mannstoll. Stell dir vor, was dann mit uns passieren würde: ans Meer gehen, um Kraken zu fischen, und dann sämtliche Mädchen aus dem Dorf zum Essen einladen.«
Sie lachten.
»Gut zu wissen«, meinte Carlos, holte sich dann ein Tablett von einem Regal. »Wir müssen María Teresa warnen, man weiß ja nie.«
»Sie weiß Bescheid. Sie war hier, als Mikel angerufen hat, und wir haben uns darüber unterhalten. Doch du weißt ja, wie

María Teresa ist. Sie hat gesagt, dass sie ihn ganz allein aufessen würde.«

Sie lachten wieder.

»Isst du oben?«, erkundigte sich Doro dann. Noch bevor Carlos bejahen konnte, nahm er ihm das Tablett aus den Händen, stellte drei Teller darauf und deckte sie mit einer weißen Serviette zu.

»Wann haben sie es geliefert?« Carlos zeigte auf den Brotkorb in der Ecke.

»Fünf Minuten nachdem du weggegangen bist. Die Jungs haben gesagt, ihr Lieferwagen habe eine Panne gehabt und sie hätten sich daher verspätet.«

»Mal sehen, was morgen los ist. Wetten, dass sie eine andere Ausrede haben.«

»Spielt keine Rolle, Carlos. Die Polen interessieren sich nicht besonders fürs Essen, und erst recht nicht beim Frühstück. Heute Morgen habe ich ihnen geröstetes Kastenbrot vorgesetzt, und sie waren begeistert. Die einzige Feinschmeckerin in dieser Mannschaft ist diese Frau, die Dolmetscherin.«

»Danuta?«

»Ja, Danuta. Heute hat sie mich gefragt, warum ich für die Paella keinen indischen Reis nehme, er eigne sich viel besser dafür. Ich habe ihr gesagt, dass ich nicht einmal wüsste, wo indischen Reis auftreiben. Und weißt du, was sie geantwortet hat? Wenn Juan Manuel und Doro sie nach Barcelona führen, würde sie welchen finden. Also sind alle drei losgefahren.«

»Wahrscheinlich wollte sie keine Interviews mehr übersetzen.«

»Das habe ich mir auch gedacht«, pflichtete ihm Doro bei. Er stand wieder neben Carlos und zeigte ihm, was er auf dem Tablett angerichtet hatte. »Was meinst du? Tomatensalat, gegrilltes Fleisch mit Zitronensoße und Käse mit Quittenbrot.«

»Wunderbar, Doroteo, aber das ist zu viel. Die Hälfte würde genügen. Wirklich, ich habe fast keinen Hunger.«

Carlos wollte den Teller mit dem Fleisch vom Tablett nehmen, aber Doro ließ es nicht zu.

»Nimm alles mit, Carlos«, sagte er in einem Tonfall, der keinen Widerspruch duldete. »Im Ernst, Carlos, mit dir stimmt etwas nicht. Zuerst die Geschichte mit dem Kraken, und jetzt zierst du dich wegen dem bisschen Fleisch.«

»Du hast recht. Ich weiß nicht, vielleicht ist mein Stoffwechsel durcheinander.«

»Geh, geh hinauf, bevor das Fleisch erkaltet ist.« Doro machte für ihn die Tür zum Treppenhaus auf.

»Haben sie das Licht in Ordnung gebracht, oder muss ich im Dunkeln die Treppe hoch?«

»Ich habe die Glühbirnen selbst ausgewechselt«, antwortete Doro und wandte sich wieder dem Grill zu. Carlos wünschte ihm Gute Nacht und verschwand treppaufwärts.

Er ging gleich ins Wohnzimmer, stellte das Tablett auf den niederen Tisch vor dem Sofa und schaltete das Fernsehgerät ein. Er wollte an nichts denken, während er aß. Besser gesagt, er wollte Guiomars Worte und Sätze aus seinem Kopf verdrängen. Er würde später darüber nachdenken, in seinem Schlafzimmer.

»Ich möchte nochmals auf meinen vorhin formulierten Standpunkt zurückkommen«, hörte Carlos in der Kitchenette, wo er ein Bier holen gegangen war. Es war eine dozierende Stimme, die es gewohnt war, im Fernsehen zu reden. »Das Eheleben ist wie ein Feuer, das ständig geschürt werden muss. Das Feuer muss ständig unterhalten werden. Mit einer Kleinigkeit, mit Bagatellen, aber Tag für Tag. Viele glauben, die Ehe sei so etwas wie eine Beamtenlaufbahn: Wenn man erst einmal bestallt ist, sind alle Probleme gelöst, und man kann ruhig schlafen. Das ist aber ein großer Irrtum ...«

Wieder im Wohnzimmer, sah sich Carlos den Mann auf dem Bildschirm genauer an: zweifellos ein Psychologe, zweifellos katholisch.

»Sie sind also der Ansicht, dass dies eine tägliche Aufgabe ist«, sagte die Moderatorin. Es handelte sich um eine Gesprächsrunde, an der, abgesehen von der Frau, vier Männer um die fünfzig teilnahmen.

»Genau«, bekräftigte der Psychologe. »Aus diesem Grund lehren wir die Paare, die zu uns in die Beratungsstelle kommen, wie mit bestimmten konkreten Punkten umgehen. Zum Beispiel: Wenn ich nicht zum Abendessen nach Hause komme, rufe ich an und teile mit, dass ich nicht komme ...«

Carlos drückte auf eine Taste, und der Ton verstummte; dann streckte er die Hand aus und hob den Telefonhörer ab. Er wählte die Siebzehn, legte auf und wählte erneut. Jone antwortete sofort.

»Ihr schlaft offenbar noch nicht.«

»Was ist, gehen wir übermorgen?«

»Ja, alles wie besprochen. Ich habe den Fluchtweg mit Sprayfarbe markiert. Es wird keinerlei Schwierigkeiten geben.«

»Was, du hast den Weg markiert?« Ihre Stimme klang schneidend. »Und wenn die Bullen die Zeichen entdecken? Das kann sehr gefährlich sein.«

Carlos schwieg. Er hatte keine Lust, sich auf eine Diskussion einzulassen.

»Sie werden sie nicht entdecken. Und selbst wenn sie sie entdecken, was soll schon passieren? In der Gegend des Montserrat wimmelt es von Wegzeichen. Sie werden annehmen, dass sie für die Bergwanderer bestimmt sind«, sagte er schließlich.

»Da bin ich mir nicht so sicher.«

Carlos machte eine zweite Pause.

»Und wenn ich euch nicht begleiten kann? Was dann?« Er strengte sich an, seiner Stimme einen barschen Tonfall zu verleihen, doch seine Kehle gehorchte ihm nicht. Er hüstelte, um seine Unsicherheit zu vertuschen. »Wie kommt ihr bis zur Tankstelle, wie? Um an die Straße zu gelangen, muss man einen Hügel hinauf. Nach neun Uhr abends ist es bereits ziemlich dunkel.«

»Als ich hergekommen bin, habe ich weit und breit keinen einzigen Hügel gesehen«, beharrte Jone. Es war die für ein Kommando Verantwortliche, die sprach.

»Hör mir gut zu«, Carlos war verärgert, und seine Stimme klang plötzlich wieder bestimmt. »Vielleicht hast du es vergessen, aber die Verantwortung für die Flucht habe ich übernommen. Also, pfusch mir bitte nicht ins Handwerk, verstanden?«

»Wie käme ich dazu. Im Übrigen, deine Zeichen lassen sich wohl kaum mit einem Schwamm abwischen«, seufzte Jone.

»Noch etwas: Die vom Fernsehen kommen morgen früh. Denk daran!«

»Ja, wir vergessen es nicht«, sagte Jone mürrisch und legte auf.

Carlos' Verwünschung blieb in der Telefonleitung hängen. Er mochte den Fernsehton nicht wieder einschalten, also wandte er sich erneut seinem Abendessen zu. Er schob die Tomaten an den Tellerrand und machte sich ans Fleisch, doch er hatte keinen Hunger. Er legte sich aufs Sofa, schloss die Augen und dachte nach. Hatte Jone vielleicht recht? War die Idee, den Weg zu markieren, vielleicht eine Falle, die die Angst ihm gestellt hatte? Es kam oft vor, dass ein verängstigter Mensch sich von einer Luftspiegelung täuschen ließ und den Weg der Rettung mit dem des Verderbens verwechselte. Jones Reaktion hatte bei ihm Zweifel hinsichtlich der Zweckmäßigkeit seines Vorgehens geweckt. Nein, Jones Befürchtungen waren unbegründet. Der beste Weg, um aus dem Hotel zu kommen, führte durch Amazonien, und wenn man den Hang hinauf und geradeaus bis zur Straße wollte, konnten sich die Wegzeichen als unentbehrlich erweisen. Er durfte gar nicht erst Zweifel aufkommen lassen. Letztendlich, die Situation war gar nicht so gefährlich. Natürlich kamen die im Hotel umherstreunenden Wölfe immer näher, doch wie ein altes Sprichwort sagt: Die Wölfe und die Füchse wissen vielerlei, der Igel aber das Wesentliche und Entscheidende. Wo Jon und Jone waren, wo genau sie waren, das wussten seine Feinde nicht.

Er erinnerte sich an das, was Guiomar im Schwimmbad gesagt hatte: »Bist du sicher? Bist du sicher, dass ich niemand im Keller antreffe, wenn ich mich im Backhaus umsehe?« Ja, Guiomar kannte ihn sehr gut und vermutete die Wahrheit. Die ganze Wahrheit. Und das konnte für ihn gefährlich sein. Es wäre ihm nie eingefallen, an der Aufrichtigkeit seines Freundes zu zweifeln. Doch der neue Guiomar, der Vater, in dem nun das schlummernde Gen erwacht war, was war das für ein Mann? Wie weit würde er gehen, wenn es um Pascals Sicherheit ging? Selbst Ugarte hatte gesagt: »Ich möchte Pascal nicht zu sehr enttäuschen, ich möchte nicht, dass dem *hereu* nichts mehr bleibt auf dieser Welt.« Und Guiomar würde ein viel verantwortungsbewussterer Vater sein als Ugarte.

Er öffnete die Augen und gab dem Fernsehgerät die Stimme zurück in der Hoffnung, seine Gedanken zum Verstummen zu bringen. Und wieder sah er den Psychologen vor sich.

»Um schlüssig über dieses Thema diskutieren zu können, müsste man auf Statistiken zurückgreifen können«, sagte der dem Psychologen gegenübersitzende Bärtige, »aber wir verfügen noch über keine aussagekräftigen Studien. Tatsache ist, dass die gegenseitige Kommunikation das A und O einer Partnerschaft ist, und wie ich vorhin gesagt habe, es ist sehr wichtig...«

Carlos legte das Stück Käse weg, an dem er lustlos geknabbert hatte, und drückte eine andere Taste. Auf dem zweiten Sender gingen die Nachrichten zu Ende.

»... die Waldbrände, die jeden Sommer vor allem Galicien und die Mittelmeerregionen heimsuchen. Besonders bedenklich ist die Tatsache, dass die meisten dieser Brände nicht von selbst entstehen, sondern von krimineller Hand gelegt werden«, kommentierte der Sprecher die Bilder eines brennenden Waldes. »Es ist anzunehmen, dass sich morgen die Brandgefahr verringert, weil mit zunehmender Bewölkung zu rechnen ist. Doch das wird Ihnen unser Meteorologe ausführlicher erklären.«

Auf dem Bildschirm erschien ein Satellitenbild der Erde; ein elegant gekleideter Mann erklärte die Entwicklung der Wolkenfelder. Aber Carlos hatte seine eigenen Wolken im Kopf, er musste sein persönliches Problem analysieren, sodass er, trotz seines Verlangens nach Ablenkung, den Ausführungen des Meteorologen nicht zu folgen vermochte. Nein, Brände entstanden nicht von selbst, und auch die Polizei erschien nicht von selbst auf der Bildfläche.

Lass dieses Thema, Carlos, und ruh dich aus, unterbrach Sabino seine Gedanken, es war ihm jedoch unmöglich, den Rat zu befolgen: Die Wolken – Gewitterwolken – ballten sich in seinem Kopf.

Nein, die Polizei war nicht von selbst auf der Bildfläche erschienen, sondern weil sie einen Anruf bekommen hatte, einen Anruf von einer Person, die im Hotel ein und aus ging. Das war eindeutig. Stefano war hinter ihm her; er wusste, dass er, Carlos, der Verbindungsmann zu Jon und Jone war; er war auf der Lauer und wartete auf eine falsche Bewegung von seiner Seite, die ihn zum Versteck führte. Weil bekanntlich die andere Methode, um zu erfahren, was man wissen will – nämlich die Folter –, in einem Staat, der eben die Demokratie eingeführt hatte, nicht angewendet werden konnte. Und nicht nur Stefano, auch Morros und die anderen Sicherheitsbeamten wussten höchstwahrscheinlich Bescheid. Anderseits, was war mit dem von Morros in der Banyera abgegebenen Schuss? Offenbar lebte auch er im Reich der Angst, und seine Reaktionen waren von anderen Prämissen diktiert. Dennoch, warum diese Aggressivität ihm gegenüber? Hätte Morros diesen Schuss riskiert, wenn er nichts wüsste? Wahrscheinlich nicht. Und das Schlimmste war, dass durch die unberechenbare Zutraulichkeit Pascals jeder davon wissen konnte. Er stellte sich vor, wie sich das Kind vor einen Sicherheitsbeamten hinstellt und sagt: »Ich habe auch bald eine Pistole wie deine.«

Carlos schüttelte den Kopf, um sich von seinen Gedanken zu befreien, und richtete den Blick wieder auf den Bildschirm. Sabino hatte recht, er musste die Frage nach dem Denunzianten vergessen. Jedes Mal, wenn er sich den Kopf darüber zerbrach, verdächtigte er schließlich jedermann und hatte das Gefühl, als ob sich alle gegen ihn verschworen hätten. Das war nicht gut. Verdächtigungen führten zu keinem brauchbaren Schluss, sie schütteten nur den Weg auf, den er noch bis zum dritten Sternchen zurücklegen musste.

»Abgesehen vom Spiel Spanien–Deutschland sind es vor allem zwei Spiele, denen das Interesse der Fußballfreunde gilt. In erster Linie das Spiel von übermorgen zwischen Brasilien und Argentinien«, sagte jetzt ein anderer Sprecher. Der letzte Teil des Tagesjournals war den Sportmeldungen vorbehalten. »Wir sehen überdies mit Spannung dem Spiel vom kommenden Sonntag zwischen Polen und Russland entgegen. Einmal in rein sportlicher Hinsicht, aber auch wegen der sich abzeichnenden politischen Brisanz. Wie wir gehört haben, sollen die Gewerkschaftsvertreter von Solidarność die Absicht haben, dieses Sportereignis zu nutzen, um die Freilassung ihres Führers Lech Walesa zu fordern. Auf der anderen Seite ist aber auch das Interesse des Vatikans zu vermerken. Der Papst hat nämlich wissen lassen, dass er das Spiel am Fernseher verfolgen wird, um Polen anzufeuern natürlich, sodass das Spiel von Sonntagnachmittag schließlich zu einem Duell zwischen Katholizismus und Kommunismus werden könnte. Wer wird gewinnen? Wir haben dazu ein paar Fans befragt.«

Auf dem Bildschirm defilierten Ordensbrüder vorbei, einer greiser als der andere, und jeder erklärte – nachdem sie alle gestanden hatten, dass sie nichts von Fußball verstanden –, dass er, könnte er wählen, es lieber sähe, wenn Polen siegte. Der Nachfolger Petri war schließlich ein Pole.

»Unsere Zuschauer haben sicher gemerkt, dass es sich um einen kleinen Scherz gehandelt hat, mit allem Respekt gegenüber der Kirche und den Ordensmännern natürlich«, sagte der Moderator nach der Reportage. »Hören wir uns jetzt aber die Erklärung eines direkt Betroffenen an. Piechniczek, der Trainer der polnischen

Nationalmannschaft, wird zum Spiel Stellung nehmen. Nicht aber Beschkow, denn leider war es unmöglich, ein Statement von ihm zu bekommen. Die Türen der Villa, in der die Russen einquartiert sind, sind schon seit ein paar Tagen für Journalisten geschlossen. Die Russen sind es ganz offensichtlich nicht gewohnt, sich offen gegenüber der Presse zu äußern.«

»Schleimer«, brummte Carlos.

Auf dem Bildschirm erschien der Swimmingpool des Hotels, und die Kamera zeigte ein paar Großaufnahmen von Boniek: wie er ins Wasser tauchte, schwamm, aus dem Wasser stieg, sich mit einem weißen Badetuch abtrocknete. Das nächste Bild zeigte Piechniczek und neben ihm Danuta, beide saßen auf Segeltuchsesseln.

»Wir wissen, dass ganz Polen das Spiel am Fernseher verfolgen wird, und wenn wir gewinnen sollten, wird das ein Freudentag für unser Volk sein«, übersetzte Danuta mit ihrem typischen rollenden R. »Wahrscheinlich gewinnt die Mannschaft, die das erste Tor schießt. Was für uns bedeutet, dass wir Blochin überwachen müssen. Wenn wir Blochin ausschalten, wird es nicht schwer sein, zu gewinnen oder unentschieden zu spielen. In Anbetracht der Tatsache, dass uns ein Unentschieden genügt, bin ich überzeugt, dass wir uns für das Viertelfinale werden qualifizieren können.«

Carlos schaltete den Fernseher aus. Er wollte nichts mehr von Fußball hören; und schon gar nicht über das Spiel Polen–Russland.

Er ging in die Küche, um sich einen Kaffee zu machen, doch dann änderte er die Meinung. Er hatte Magenschmerzen, von seinen quälenden Gedanken und weil er schon lange nicht mehr anständig gegessen hatte. Oder vielleicht war es umgekehrt, vielleicht waren die Magenschmerzen zuerst gewesen. Nein, er würde keinen Kaffee trinken, sondern eine große Tasse warme Milch mit Valium. Die Milch würde dem Magen guttun; die Tablette würde seinen Kopf etwas beruhigen.

Man kann nicht behaupten, du seist konsequent, Carlos. Hast Jone vorgeworfen, dass sie Tabletten nimmt, und jetzt tust du es auch, hörte er in sich eine Stimme, als er die Küche betrat. Doch er schenkte der Ratte keine Beachtung und konzentrierte sich darauf, die Milch in einen Topf zu gießen.

Er ging mit der Milchtasse in der einen Hand in sein Schlafzimmer und schob den Riegel vor. Wenn später Guiomar kam und mit ihm reden wollte, würde er einfach die Tür nicht aufmachen.

Weißt du, was ich gerade vorhin gemacht habe? – las Carlos, nachdem er die in der Schreibtischschublade aufbewahrte Valium-Tablette geschluckt hatte. Es handelte sich um einen Brief, den sein Bruder ihm ins Gefängnis geschrieben hatte, einen der letzten. *Ich lag auf dem Fußboden meines Zimmers und konzentrierte mich auf meine inneren Organe, nicht etwa auf das Herz oder die Lungen und auch nicht auf den Magen, das heißt nicht auf die Organe, die wir hören können, sondern auf die Leber, die Bauchspeicheldrüse, die Gallenblase, kurz, auf alle Organe, die still funktionieren. Nachdem ich mich eine Stunde lang konzentriert hatte, gelang es mir schließlich, sie zu visualisieren, und ich sah sie alle vor mir, wie sie die Flüssigkeiten filterten, die Substanzen mischten, chemische Reaktionen auslösten ... Von allen war zweifellos die Leber am schönsten: ein majestätisches, vornehmes, ein herrliches Organ. Beim Anblick von so viel Schönheit versank ich in Meditation, und ich stellte mir vor – obwohl alle diese Organe mir gehören und obwohl sie von mir abhängig sind und eigenständig funktionieren, ohne sich darum zu kümmern, was ich wünschen oder verlangen könnte, und sie so lange funktionieren, bis sich eines durch den Schmerz bemerkbar macht, um mit der Sprache der Krankheit zu reden –, dass ein Organ eines Tages sagt: »Schau mich an: Ich bin nicht mehr wie bisher, etwas ist schiefgelaufen; dir bleibt also nichts anderes übrig, als diese Veränderung zu akzeptieren.« In dem Moment wandte ich mich von den Organen ab, weil das Visualisieren mich erschöpft hatte, und konzentrierte mich auf die Zimmerdecke. Und ich versank wieder in Meditation. Ich dachte, dass es nicht nur die inneren Organe sind, die am Rand unseres Willens oder unserer Wünsche wirken; dass sich das Gleiche in unserem Geist abspielt; dass es auch in unserem Geist Organe wie die Leber oder die Bauchspeicheldrüse gibt, Organe, die zum Beispiel Illusionen auslösen und sie aufrechterhalten; Organe, die ebenfalls eigenständig arbeiten und Veränderungen eigenmächtig entscheiden.*

Die lauwarme Milch tat ihm gut, seine Magennerven beruhigten sich. Carlos – er hatte wieder Lust auf eine Zigarette – stand auf und suchte das Päckchen Marlboro, zuerst in den Schreibtischschubladen, dann in den Taschen seiner Kleider, die er auf das Bett geworfen hatte. Er musste plötzlich lächeln: Seine Finger hatten einen kalten, spitzen Gegenstand berührt. Ja, es war noch da, das Projektil, das er in der Banyera vom Boden aufgelesen hatte. Und auch – beides in der Hemdtasche – das Päckchen Marlboro und das Blatt mit der Sternchenzeichnung waren noch da. Er legte alles auf den Schreibtisch, das Geschoss senkrecht vor sich hingestellt. Dann zündete er die Zigarette an und las den Brief seines Bruders weiter. Seltsam, viele Gedanken seines Bruders kamen ihm plötzlich überdenkenswert vor. Nicht nur das: Er stellte fest, dass viele seiner eigenen Erkenntnisse in Wirklichkeit Kropotky, seinem Bruder, gehörten, wie zum Beispiel die über die Illusionen.

Stellen wir uns einen dreißigjährigen Mann – oder eine dreißigjährige Frau – vor – las er nach den ersten drei Zigarettenzügen. *Dieser Mensch glaubt, dass er sich nicht grundlegend verändert hat, dass er der gleiche ist wie mit achtzehn oder zwanzig, Verfechter bestimmter Ideen und mit einer entsprechenden oder ähnlichen Sensibilität ausgestattet. Als es eines Tages darum geht, einen Plan in die Tat umzusetzen, äußert er sich im Kreis von Freunden über diesen Punkt. In der Zwischenzeit haben seine inneren Organe bereits ihre stille Arbeit geleistet, sie haben sich verändert und überdies in eine Richtung verändert, die allem, was er aufrichtig glaubt – oder glaubt, er sei aufrichtig –, entgegenläuft. Und eines Morgens steht dieser Mensch auf und spürt einen ungewöhnlichen Schmerz: Es handelt sich um eines seiner geistigen Organe, um ein Organ, das sich auflehnt, das inzwischen nicht mehr an die ursprünglichen Ideale glaubt, das sich inzwischen keine Illusionen mehr über jene Pläne macht, das sich beim Anhören des Liedes langweilt, das ihn vor zehn oder fünfzehn Jahren zu Tränen gerührt hat. Du wirst mir antworten: Ich bin dreißig, und bis jetzt ist mir nichts Derartiges widerfahren. Warts ab. Vor ein paar Tagen habe ich in einem Traktat ein Foto vom Tag eurer Verurteilung gesehen, alle mit erhobener Faust und – laut der Legende unter dem Foto – das Lied des baskischen Soldaten singend:* Eusko gudariak gara Euskadi askatzeko, gerturik daukagu odola bere alde emateko ...[13] *Glaub mir, der Tag wird kommen, an dem dieses Lied für dich allen Glanz verloren haben wird. Heute bist du überzeugt, dass dies unmöglich ist. Doch du brauchst bloß an die Weihnachtsbäume zu denken, Carlos. Du siehst die mit ihren Lichtern und ihrem Glitzerschmuck behangenen Weihnachtsbäume. Wer würde glauben, dass sie zwei Wochen später im Müll landen? Mit euren Liedern und euren Ideen wird es das Gleiche sein. Also, sei vernünftig und schreib keine so arroganten Briefe mehr. Meine Ideen sind nicht absurder als deine. Meine sind zudem vergnüglicher.*

Diese Zeilen seines Bruders oder andere ähnliche machten ihn wütend, als er sie damals im Gefängnis las, und sie waren einer der Gründe für den Bruch zwischen ihnen beiden gewesen. In jener Nacht des 30. Juni 1982 jedoch – vielleicht wegen der Melancholie, die die Valium-Tablette in sein Blut hatte einfließen lassen – kamen sie ihm wie die Beschreibung seines bisherigen Lebens vor. Keine vollständige Beschreibung, denn hinter dem Lied des baskischen Soldaten tauchten geliebte Freunde wie Sabino, Beraxa oder Otaegui auf. Oder die Bilder der Selbstmordbataillone, die sich 1937 gebildet hatten, um Bilbao gegen den Faschismus zu verteidigen. Doch von diesen Einzelheiten abgesehen, fühlte er sich, wie sein Bruder es vorausgesagt hatte. Wenn nicht noch schlimmer, hatte doch die Veränderung seiner geistigen Organe die Geburt der Ratte zur Folge gehabt, die an ihm zehrte und ihn in lächerliche Situationen trieb. Lächerlich wie seine Gefühle gegenüber Beatriz zum

Beispiel, vergleichbar mit der hysterischen Scheinträchtigkeit, die Belle und Greta manchmal befiel.

Er stand vom Schreibtisch auf, ging zum Fenster und öffnete es. Er schaute kurz zum Himmel hinauf. Er war sternenlos, der Mond beschien eine riesige Wolke. Wie im Fernsehen angekündigt: Der morgige Tag würde grau sein. Aber ihm war das gleichgültig. Sein Plan für den morgigen Tag bestand darin, eine zweite Valium-Tablette zu nehmen und so viel wie möglich zu schlafen. Er musste mit Morpheus' Hilfe die tote Zeit zwischen der ersten und der zweiten Eintragung beschleunigen, zwischen Stefanos Besuch und dem Essen mit María Teresa.

Er kehrte zum Schreibtisch zurück und suchte in seinem blauen Mäppchen, bis er ein zerknittertes Blatt Papier fand. Es handelte sich um ein Flugblatt, das er vor elf Jahren verfasst hatte. Er drückte die Zigarette aus und las: *Der von den Arbeitern und allen anderen sozialen Schichten unseres Volkes geführte Kampf hat nur ein Ziel: ein freies, sozialistisches Euskadi, Vaterland aller Basken.* Er hielt das Flugblatt in den auf dem Schreibtisch aufgestützten Händen. *Daher müssen unsere Aktionen gegen alle Feinde unseres Volkes gerichtet sein, vor allem gegen die herrschende Klasse, die es unterdrückt und ausbeutet. Das Gebäude des Golfklubs in Bilbao ist zerstört worden. Ein bewaffnetes Volkskommando hat diese Aktion erfolgreich durchgeführt. Wir werden diesen Weg weitergehen, bis Euskadi frei, frei und sozialistisch sein wird.*

Seine Finger waren von der Wirkung der Valium-Tablette empfindungslos, und er hatte Mühe, das Flugblatt wieder ins Mäppchen zu schieben. Aber er hatte sich vorgenommen, alte Papiere zu entstauben, also zog er unbeholfen ein mit rotem Kugelschreiber beschriebenes Blatt heraus. Es war ein Brief Esthers, eines der Mädchen, die ihm ins Gefängnis geschrieben hatten. *Qué tal, gudari?*, fragte sie ihn in der ersten Zeile. *Wie geht es dir, baskischer Soldat?*

Carlos warf zornig das Blatt und das *Qué-tal-gudari* über die

Schulter, und der Rest der roten Buchstaben landete neben der Tür auf dem Fußboden. Er brachte es nicht über sich, diesen Brief zu lesen. Er stammte von einem anderen Planeten, aus einem anderen Jahrhundert. Wie das Flugblatt, das er vor elf Jahren geschrieben hatte. Sie miteinander vergleichen – wie sollte er das ausdrücken? – entsprach vielleicht einer gewissen Logik, ja, waren doch in seiner Jugend beide Gefühle – das gegenüber den Frauen und das gegenüber der Heimat – eng miteinander verbunden gewesen: Die von seiner Liebe zu Esther oder Anita inspirierten Worte und Taten verwandelten sich schließlich in Worte und Taten, die Euskadi galten. *Euskal Herri nerea, ezin zaitut maite, baina non biziko naiz zugandik aparte*[14], hieß es in einem Lied aus jenen Jahren, und er – er erinnerte sich genau – hatte Esther geschrieben: *Esther nerea, ezin zaitut maite, baina non biziko naiz zugandik aparte.*[15]

»Bah!«, rief er plötzlich aus und riss den Faden seiner Gedanken entzwei. Dann stand er auf und hob Esthers Brief vom Fußboden auf. Einen Augenblick später war der Brief wieder im Mäppchen, und er hielt ein anderes Blatt Papier in der Hand: die Zeichnung mit den Sternchen. Ja, das war das einzige Blatt Papier im Schreibtisch, das aktuell und wirklich war.

Stefano, Bäckerei, elf Uhr, stand unter der Anmerkung, die den Vormittag von morgen darstellte. Aber er würde nicht um elf dort sein. Er würde um elf Uhr dreißig dort sein. Um dieses widerliche Schwein nervös zu machen.

Carlos zog sich langsam aus; er konnte die Augen kaum mehr offen halten. Als er bereits im Bett lag und schon fast eingeschlafen war, erinnerte er sich plötzlich an die Hunde: Er hatte vergessen, ihnen ihr Futter zu bringen. Er würde ihnen morgen eine zusätzliche Portion geben.

Als er zum Backhaus kam – halb zwölf war schon vorbei –, warteten Stefano und seine Kollegen bereits auf ihn. Sie trugen alle Sonnenbrillen und Westen wie immer; sie lehnten sich an die Hauswand oder an Baumstämme, wie es richtige Journalisten niemals getan hätten. Wie die Prostituierten hatten auch Polizeibeamte ihre typische Art, wartend herumzustehen.

»Ich komme gleich, muss zuerst den Hunden zu fressen geben«, rief ihnen Carlos vom Schuppen her zu und hielt den Plastikbeutel hoch.

»Bitte, Carlos, wir sind bereits spät dran«, sagte Stefano, ohne seine Sonnenbrille mit den grünen Gläsern abzunehmen. Er war ungeduldig, doch man spürte seine schlechte Laune weder an der Stimme noch am Gesichtsausdruck, sondern nur an der Art, wie er die Worte betonte. Sein Lächeln war unbeirrt freundlich.

Wie vor ein paar Tagen bei ihrer ersten Begegnung fiel Carlos auch heute seine sanfte, honigsüße, frömmelnde Art zu reden auf, was ihm einen Kommentar Sabinos in einem seiner Kurse ins Gedächtnis rief: »Die meisten spanischen Polizisten kommen vom Land. Die einen tauschen ihr Dorf gleich gegen die Polizeikaserne, andere hingegen – der Großteil der Kommissare oder ›Geheimen‹ – durchlaufen zuerst das Priesterseminar. Wenn ihr also jemand mit dem untilgbaren priesterlichen Stigma begegnet: aufgepasst! Entweder handelt es sich um einen echten Priester ... oder um einen Polizeibeamten. Oder – ja was dann? – es ist einer aus unserer Organisation, weil es, ha, ha, in unserer Organisation viele gibt, die ursprünglich die gleiche Laufbahn eingeschlagen haben!«

»Was ist denn so lustig?«, fragte Stefano frostig. Carlos hatte über Sabinos Kommentar lächeln müssen.

»Nichts. Es ist mir bloß etwas in den Sinn gekommen. Räumen Sie mir noch eine Minute ein?« Carlos blickte direkt in die grünen Sonnenbrillengläser.

»Wenn es nicht anders geht, einverstanden«, willigte Stefano seufzend ein. Dann nahm er endlich die Sonnenbrille ab und blinzelte ostentativ, als blende ihn die Sonne, obwohl der Himmel bewölkt war. Carlos sagte sich, dass er wohl wenig geschlafen hatte;

vielleicht hatten er und seine Kollegen eine Nachtsitzung mit ihren Vorgesetzten gehabt, um die einzelnen Fortschritte der Operation auszuwerten. War das vielleicht der Grund, warum Polizeibeamte gern Sonnenbrillen tragen? Weil sie wenig schlafen? Oder um ihre Gesichtszüge zu verbergen? Oder beides zusammen?

Belle und Greta empfingen ihn ungestüm wie immer, als hätten sie einander schon eine Ewigkeit nicht mehr gesehen; das Fleisch im Plastikbeutel interessierte sie im ersten Moment gar nicht. Doch als er ihre Näpfe füllte, vergaßen sie ihn auf der Stelle.

»Keine Angst, ich lasse die Tür offen; in spätestens einer halben Stunde bin ich zurück«, beruhigte sie Carlos, als sie ihr Futter hastig hinunterwürgten, um ihn dann begleiten zu können. Anschließend ging er zum Backhaus hinüber und ließ Stefano und seine drei Begleiter hinein.

Carlos roch das Mehl, aber nicht den Duft von frisch gebackenem Brot. Ohne diesen Duft war die unsichtbare Wand, die das Backhaus beschützte, sehr dünn und nicht mehr in der Lage, die Welt und ihre Probleme draußen zu halten. Seine intimste Zuflucht, die Backstube, die bisher nur ganz wenige besucht hatten, wurde von vier Polizeibeamten betreten.

»Droben die kühlenden Höhn, die Schatten alle besuch ich und die Quellen; hinauf irret der Geist und hinab, Ruh erbittend; so flieht das getroffene Wild in die Wälder ...«, las Stefano auf dem mit Reißzwecken an der Tür befestigten Blatt. Der Dicke mit der aufnahmebereiten Kamera stand neben ihm.

»Interessant. Sie sind im Gefängnis gewesen?« Stefano tippte mit dem Zeigefinger auf den Stempel über dem Gedicht.

»Richtig«, antwortete Carlos und riss das Blatt von der Tür und steckte es in die Tasche. Er wollte nicht, dass Stefano diese Zeilen las, die sein Bruder ihm ins Gefängnis geschickt hatte. Er sah das Bild einer Schlange vor sich, die über das Blatt Papier glitt und eine Speichelspur hinterließ. Ja, Stefano hatte mehr Ähnlichkeit mit Reptilien als mit Wölfen.

»Keine Sorge. Wir hatten nicht vor, den kompromittierenden Stempel zu filmen.«

Stefano pufftte ihn ein paar Mal in die Rippen. Hinter der Maske seines Lächelns erriet man jetzt Anspannung anstelle der Gereiztheit von vorhin.

»Ist schon gut«, sagte Carlos und schluckte, was er zuerst hatte sagen wollen: dass er es als eine Ehre empfand, während der Diktatur im Gefängnis gesessen zu haben, dass der Stempel für ihn keineswegs kompromittierend war. Ja, es war klüger, sich nicht arrogant zu zeigen. Im Übrigen, Stefano versuchte eindeutig, ihn zu provozieren; provozieren oder ablenken, damit seine Begleiter – der junge Mann, der den Schwärmer gefangen hatte, und der mit dem Kiffergesicht – in aller Ruhe die Backstube durchsuchen konnten. Ihren forschenden Blicken nach zu schließen, konzentrierte sich ihr Interesse auf das Innere des Backofens. Schade, Jon und Jone waren nicht im Backofen.

»Ach, Sie schauen während der Arbeit fern?« Stefano zeigte auf das Gerät auf dem Ofensims. Einen Augenblick später schweifte sein Blick zum Holzplatz. Sein Geruchssinn war zweifellos schärfer als der seiner Begleiter.

»Ab und zu«, antwortete er ruhig und beglückwünschte sich gleichzeitig zu seiner Voraussicht hinsichtlich des Fernsehgeräts. »Wenn wir schon beim Fernsehen sind, worauf warten wir? Wann beginnen wir zu filmen? Ich muss vor dem Essen noch mit den Hunden laufen gehen.«

»Selbstverständlich. Wir verlieren unnötig Zeit. Wie filmen wir ihn?« Stefano wandte sich an den Dicken mit der Kamera.

»Am Tisch, oder? Beim Brotteigkneten«, meinte der Dicke.

»Nicht am Ofen? Wäre es nicht besser, ihn zu filmen, wie er die Brote in den Ofen schiebt?«, fragte der Schwärmermörder. Er klammerte sich an den Gedanken, den er gleich beim Betreten der Backstube gehabt hatte: dass Jon und Jone im Ofen versteckt waren – hinter einer Doppelwand vielleicht –, dass er bloß Feuer zu machen brauchte, und, schwupps, die zwei Terroristen würden schleunigst herauskriechen.

»Nein, Alfredo, besser am Tisch beim Teigkneten. Wir sind schneller fertig«, befahl Stefano.

Der erste Schritt für die Zubereitung des Teigs besteht darin, das Mehl auf dem Tisch zu häufen. Der zweite, einen kleinen Krater in den Mehlhaufen zu drücken und nach und nach das am Brunnen geholte Wasser einzumengen, bis der Teig die richtige Konsistenz hat. Der dritte und letzte Schritt schließlich, dem frischen Teig ein Klümpchen des Teigs vom Vortag beizufügen, um die Gärung einzuleiten. Üblicherweise führte Carlos diese Schritte sehr gewissenhaft aus, mit der Sorgfalt eines Kalligrafen, der schöne, saubere Buchstaben malt; doch an jenem Morgen mit Stefano und den drei anderen Polizeibeamten, die ihn beobachteten, knetete er hastig und verschmierte den Tisch mit Wasser und Mehl. Einen Moment lang dachte er daran, alles hinzuschmeißen und auf das Filmen zu verzichten. Doch das Blatt mit den Sternchen in seiner Hemdtasche – neben dem Gedicht, das er von der Tür abgerissen hatte – gab ihm die Kraft, gute Miene zum bösen Spiel zu machen. Die Entfernung bis zum dritten Sternchen wurde immer kürzer. Noch eineinhalb Tage, und das Paar würde im Pinienwäldchen hinter der Tankstelle stehen und auf den Kastenwagen warten und nicht mehr unter dem Fußboden, auf dem die Polizeibeamten mit ihren Schuhen voller Scheiße herumtrampelten.

»Das reicht«, sagte Stefano zum Dicken mit der Kamera, als der Teig genügend gelockert war. Inzwischen hatten der gewisse Alfredo und der mit dem Kiffergesicht alles durchsucht, Ritze für Ritze. Ohne jegliches Resultat.

»Ich gehe jetzt«, sagte Carlos und schaute auf die Uhr.

»Wenn Sie vor dem Essen mit den Hunden laufen gehen wollen, haben Sie gerade noch Zeit. Was, schon so spät? Ich sollte schon längst in Barcelona sein. Darf ich vielleicht kurz anrufen?«

Ihr habt vergessen, das Telefon hinaufzubringen. Ihr hättet es hinaufbringen müssen, nicht nur den Fernseher, hörte er Sabinos Stimme. *Was bist du doch für ein Esel,* doppelte die Ratte vergnügt nach.

»Sie werden vom Hotel aus anrufen müssen. Ich habe schon seit etlicher Zeit kein Telefon mehr hier«, antwortete Carlos. Seine Stimme zitterte kein bisschen. Er nahm ein weißes Tuch und deckte den frischen Teig zu.

»Ach so. Beatriz hat mir etwas anderes gesagt. Sie hat doch heute Morgen in meiner Anwesenheit hierher angerufen«, lächelte Stefano und setzte die Sonnenbrille mit den grünen Gläsern wieder auf. In der Backstube herrschte plötzlich Stille. Der Kameramann und die anderen beiden starrten Carlos an.

»Beatriz? Was hat Beatriz?« Carlos hob fragend die Augenbrauen.

»Wo ist das Telefon?«, fragte Stefano wieder. Es war die Frage eines Polizeibeamten, nicht die eines Journalisten.

»Falls Sie es nicht wissen sollten, die Beziehung zwischen Beatriz und mir ist schon vor Monaten in die Brüche gegangen«, erklärte Carlos ungehalten, während er offen in die zwei grünen Brillengläser blickte. Es gelang ihm, seine Stimme zu kontrollieren. So zu tun, als ob die Erwähnung dieses Namens ihn verärgerte. Ja, das war eine gute Idee. »Früher hatte ich eines hier, um mit ihr zu plaudern natürlich, doch nachher habe ich es in die Wohnung genommen. Es ist ein tragbares Gerät. Ich weiß wirklich nicht, was das mit Ihrer Reportage zu tun hat. Sagen Sie, was geht Sie das eigentlich an, was ich mit meinem Telefongerät mache?«

Einen Moment lang herrschte Stille. Carlos dachte: Es ist so weit; als Nächstes wird er mir seine Polizeimarke vor die Nase halten, und dieser Alfredo, der hinter mir steht, gibt mir einen Schlag auf den Kopf und überwältigt mich.

Stefanos Vermutungen gingen aber in eine andere Richtung, vielleicht war er nicht auf diese Antwort gefasst gewesen – er kannte ja die *bellissima Beatriu* auch, daher seine Überraschung und daher, wer weiß, vielleicht auch eine Spur Eifersucht. Oder vielleicht – diese Annahme war wahrscheinlicher –, weil er immer noch nicht wusste, wo Jon und Jone sich versteckten, sodass ihm wie beim Wolf und beim Igel nichts anderes übrigblieb, als das Spiel weiterzuspielen.

»Entschuldigen Sie, Carlos. Ich glaube, ich bin etwas nervös.« Stefano hatte wieder seine lächelnde Maske aufgesetzt.

»Sehr praktisch, die tragbaren Telefongeräte. Sie würden Ihnen gute Dienste leisten bei Ihrer Arbeit. Man kann sie in Barcelona am Hafen ziemlich günstig kaufen«, sagte Carlos, während er etwas Wasser aus dem Kanister über seine Hände goss. Auch er musste das Spiel weiterspielen.

»Wahrscheinlich kaufe ich mir eines. Vielen Dank für Ihre Mühe, Carlos.« Stefano streckte ihm die Hand hin. »Wenn die Reportage fertig ist, schicken wir Ihnen eine Kopie.«

Der Schweiß von Carlos' Hand vermischte sich mit dem Schweiß von Stefanos Hand, und alle – der Dicke mit der Kamera und die beiden anderen – verließen hintereinander die Backstube. Der Himmel war immer noch mit Wolken in allen Grauschattierungen überzogen.

Carlos pfiff den Hunden, lief dann mit ihnen zum Brunnen hinunter und warf sich ins Gras. Er hätte am liebsten laut herausgeschrien. Als nach ein paar Sekunden Belle und Greta auftauchten, ließ er sie zuerst näher kommen, packte sie dann und begann mit ihnen zu balgen. Greta rollte überrumpelt fast bis zum Brunnen, während Belle ihm mit einem Satz rückwärts geschickt auswich. Die Hunde verstanden die Botschaft und sprangen übermütig bellend und schnappend um ihn herum.

»Genug jetzt«, befahl er plötzlich.

Er hatte den Eindruck, dass ihn jemand beobachtete. Er wandte den Kopf und erblickte ein Augenpaar, das ihn verkehrt herum zwischen zwei gegrätschten Beinen hindurch anstarrte.

»Bist du schon lange da? Ich hab dich gar nicht gesehen, Peter

Pan«, rief Carlos, und die Hunde rannten nach kurzem Zögern zum Kind hinüber und leckten ihm das Gesicht. Pascal verlor das Gleichgewicht und landete mit einem Purzelbaum auf der Erde. »Ich habe ein kleines Haus gebaut«, erklärte er dann. Er deutete auf eine Stelle hinter dem Brunnen.

»Zeigst du es mir?«

Das kleine Haus stand im trockenen Bett des *Riera Blanca* – gleich neben der ersten weißen Wegmarke, die er mit der Spraydose angebracht hatte. Es bestand aus zwei großen, von Stecken umgebenen Steinen mit einem Dach aus beblätterten Olivenzweigen.

»Was für ein hübsches Haus, Pascal. Ich kann mir nicht vorstellen, dass das von Peter Pan schöner ist.«

Das Kind stellte sich taub. In seinen Augen war dieses hier Peter Pans Haus. *Man kann nicht behaupten, dass du geschickt bist im Umgang mit Kindern,* sagte in ihm eine Stimme.

»Tschau, Pascal. Ich gehe noch etwas spazieren«, verabschiedete er sich und folgte den Wegmarken. Das Kind antwortete nicht, es war bereits wieder in seine Hütte gekrochen.

Carlos erinnerte sich nur schwach an die Geschichte von Peter Pan, und während er durch Amazonien aufwärtsstieg, versuchte er sich zu erinnern. Er wusste, wer Wendy und wer Tinker Bell war, erinnerte sich aber nicht, in was für einer Beziehung sie zu Peter Pan standen. Die Szenen mit Käpten Hook hingegen sah er ziemlich deutlich vor sich: Es handelte sich um einen Piraten, der sich vor einem Krokodil fürchtete; das Krokodil schwamm immer um das Schiff herum, in der Hoffnung, der Kapitän würde ins Wasser fallen, damit es ihn mit Haut und Haar auffressen konnte. Am Schluss rettete sich Hook dank einer Uhr, weil das Krokodil eine Uhr verschluckt hatte und das Ticktack den Kapitän warnte.

Als er etwa vierzig Meter von der Stelle entfernt war, von wo aus man die Tankstelle sehen konnte, blieb er abrupt stehen; Belle und Greta schauten erstaunt zu ihm auf. Er konnte nicht weiter über das Märchen nachdenken. Hinter Wörtern wie Peter Pan oder Hook hörte er andere Wörter und Sätze, die wegen des Vorfalls in der Backstube wirr durcheinander auf ihn einredeten. *Bist verloren, der Fehler mit dem Telefon wird dich wieder einmal ins Gefängnis bringen, und vorher, du weißt ja, die Folter! Die gleichen Foltermethoden, die sie vor etwas mehr als einem Jahr bei Arregui angewendet haben. Schlechte Aussichten, sehr schlechte. Und alles wegen eines widerlichen Denunzianten. Du müsstest unbedingt die Person finden, die dich verraten hat, und sie erschießen.* Es war fast unmöglich, das murmelnde Stimmengewirr zum Verstummen zu bringen.

Verlier nicht gleich die Nerven, Carlos, Sabinos Stimme klang heiter und gelassen. *Ich glaube nicht, dass das rote Alarmsignal schon blinkt. Sie wissen nicht, wo Jon und Jone sind, und das ist das Wichtigste. Du musst dich an diesen Gedanken klammern, um durchzuhalten. Sie haben inzwischen bestimmt festgestellt, dass du kein Halbwüchsiger bist, den man mit ein paar Püffen ins Bockshorn jagen kann; sie werden es nicht riskieren, dich zu verhaften. Denn mal sehen, was passiert, wenn sie dich verhaften und du zwei oder drei Tage den Mund nicht aufmachst. Was dann? Sie würden mit leeren Händen dastehen und Jon und Jone immer noch nicht haben. Vergiss nicht, dass die beiden ihr wichtigstes Ziel sind. Nein, ich glaube, dass sie weiterhin auf der Lauer bleiben. Eine Zeit lang wenigstens. Du hast Stefanos Reaktion wegen der Sache mit dem Telefon gesehen. Er hat einen Rückzieher gemacht. Andererseits, vergiss nicht, es dauert nicht mehr lange. Noch eineinhalb Tage, und ihr seid alle gerettet. Wenn Jon und Jone erst einmal weg sind, haben sie keinerlei Beweise gegen dich.*

Carlos ließ den Blick über den zurückgelegten Weg schweifen: den Schuppen, den Olivenhain zwischen dem Backhaus und dem Brunnen, das trockene Bett des *Riera Blanca,* der hinter dem Brunnen verlief, die in Abständen markierte Linie, die vom Flussbett bis zur der Stelle hinaufführte, wo er sich befand. War die Entscheidung, den Fluchtweg zu markieren, Wahnsinn gewesen? Möglich, ja. Möglich, dass sowohl diese Entscheidung als auch die

Nachlässigkeit mit dem Telefon das Resultat der Wühlarbeit von Herrin Angst waren.

Er lief, so schnell er konnte, wieder den Abhang hinunter, Belle und Greta, von seiner Unruhe angesteckt, folgten ihm auf den Fersen. Er wollte nicht mehr über dieses Thema nachdenken, nicht einmal mit Sabinos Hilfe. Er wollte in seine Wohnung zurück und schlafen, irgendwie die tote Zeit verkürzen, die er bis zum dritten Sternchen noch zurücklegen musste. Doch es dauerte nicht lange, und der Gedanke an das Telefon überfiel ihn wieder. Er überlegte sich, dass Stefano vielleicht das Gleiche tun könnte wie er, die Siebzehn wählen, auflegen und nochmals wählen. Und wenn Jone antwortete? Was dann? Er wäre verloren. Von Panik erfasst, lief Carlos immer schneller, und als er am *Riera Blanca* unten anlangte, rannte er, so schnell ihn die Beine trugen.

»Tschau«, sagte Pascal, als er an Peter Pans kleinem Häuschen vorbeikam. Carlos hob bloß die Hand und lief weiter.

»Schnell, hinein.« Er schob Belle und Greta ungeduldig in den Zwinger. Die Hunde wollten draußen bleiben und gehorchten nur widerwillig, nur ein paar Sekunden lang, denn sie kannten ihren Meister und wussten dem Tonfall seiner Stimme nach sofort, ob er gut oder schlecht gelaunt war.

»Was ist mir dir los?«, fragte María Teresa, als sie am Hoteleingang zusammenstießen. Sie trug bereits ein schwarzes Kleid und ein weißes Schürzchen für den Mittagsservice auf der Terrasse. Sie blickte Carlos mit einer Mischung aus Sorge und Heiterkeit an. »Bist ja ganz verschwitzt«, fügte sie hinzu und zeigte auf seine nasse Hemdbrust.

»Ich habe Lust auf einen tüchtigen Lauf gehabt, das ist alles.« Carlos küsste sie auf die Lippen und lief die Treppe hinauf.

»Ich weiß, warum du mich geküsst hast: um keine Zeit zu verlieren. Ein Gespräch dauert länger«, rief ihm María Teresa nach.

»Ein Kuss ist ein Kuss«, erklärte er und blieb kurz auf der siebten Stufe stehen.

»Du hast es etwa nicht vergessen, oder? Wir haben eine Verabredung heute Abend. Um neun, wenn ich mich richtig erinnere«, fügte sie schelmisch lächelnd hinzu und stieß die Küchentür auf.

»Um halb neun, wenn ich bitten darf«, korrigierte sie Carlos und bemühte sich, ihr Lächeln zu erwidern.

»Gott sei Dank weißt du es noch. Ich freue mich. Und jetzt geh in deine Wohnung, du hast es offensichtlich sehr eilig.« María Teresa zwinkerte ihm zu und verschwand in der Küche.

Er atmete tief auf, als er seine Wohnung betrat. Sie war nicht wie das Backhaus, sie hatte keine unsichtbare Wand und auch keine beschützende Aura, die sie von der Welt abschirmte. Trotzdem, sie war auch nicht allen Blicken ausgeliefert wie die Terrasse oder das Hotelschwimmbad. Er ließ sich im Wohnzimmer aufs Sofa fallen und griff nach dem Telefon. Er wählte die Siebzehn, legte auf und wählte erneut.

»*Diguim?*«, antwortete eine Stimme am anderen Ende der Leitung.

»Bist du es?«, fragte Carlos misstrauisch.

»Ja, ich bin es. Ich habe auf Katalanisch geantwortet, für alle Fälle«, erklärte Jone.

»Hat jemand angerufen?«

»Ja, zweimal. Aber wir haben nicht abgenommen. Das erste Mal haben sie dreimal klingeln lassen und haben dann aufgelegt. Das ist mir seltsam vorgekommen. Bist du es gewesen?«

»Nein. Ich bin es nicht gewesen.« Carlos atmete auf. Stefano kam immer näher, wusste aber zum Glück das Wesentliche nicht. Er hatte das mit dem Telefoncode erraten, aber nicht den Code selbst. Der Code war: einmal klingeln und auflegen.

»Wie stehen die Dinge?«, fragte Jone kühl. Carlos sah sie vor sich: wachsam, mit der Pistole in Reichweite, aber die Nerven unter Kontrolle.

»Sie sind nahe dran, wissen aber nicht, wie die letzte Karte ausspielen.«

»Setzen sie dir sehr zu?« Jone senkte die Stimme zu einem Flüstern. Es kam ihm vor, als ob eine ältere, besorgte Schwester mit ihm spreche.

»Ja, aber ich werde heil am äußersten Ende der Linie ankommen.« In seiner Vorstellung hatte dieses äußerste Ende die Form eines Sternchens.

»Ich denke schon. Ich war wütend, als du mir erzählt hast, dass du den Weg mit weißer Sprayfarbe markiert hast. Das war dumm von mir. Du machst deine Arbeit gut. Ehrlich, ich bin dir sehr dankbar. Und die Organisation wird dir auch dankbar sein.«

Jone unterhielt sich weiter flüsternd mit ihm; ihr Gespräch klang jetzt nicht nur intim, sondern auch feierlich. Wie ein Gespräch zwischen Selbstmördern; oder zwischen Kranken, die unter dem Mantel der Nacht von Bett zu Bett miteinander reden. Ja, sie waren beide in einem fremden Land, dem Land jener, die sich in Todesgefahr befinden, und diese miteinander geteilte Heimat verband sie, verbrüderte sie.

»Noch etwas, Jone. Nehmen wir an, dass ich morgen nicht komme. Dass es neun schlägt und ich noch nicht gekommen bin. Dann zieht ihr die Dschellaba an und geht beide entlang dem markierten Weg bis zur Tankstelle. Ihr benötigt dazu zwanzig oder fünfundzwanzig Minuten. Ihr werdet unterwegs keinerlei Gefahr begegnen. Höchstens vom Backhaus bis zum Brunnen könnte es kritisch sein.«

»Wir warten bis halb zehn. Auf eine halbe Stunde mehr oder weniger kommt es nicht an, denke ich, zudem wird es dann dunkler sein. Du weißt ja, dass ich die Dunkelheit vorziehe. Die Bullen haben Schiss, wenn sie nicht wissen, woher die Schüsse kommen.« Jone lachte kurz auf über ihr unfreiwilliges Wortspiel.

»Abgemacht.«

»Und was die Kleider angeht, mach dir keine Gedanken.« Jone

lachte nochmals. »Ich habe die Dschellaba bereits an, sie ist viel bequemer. Jon findet das auch. Er meint sogar, dass ich darin hübscher aussehe.«

»Du weißt also, was du von jetzt an zu tun hast.«
»Was den Lieferwagen angeht, alles gut eingefädelt?«
»Natürlich. Es wird keine Schwierigkeiten geben.«
»Nein, alles klar. Dann also bis morgen.«
»Bis morgen.«
»Wenn du mich aus irgendeinem Grund anrufen musst, benütze einen neuen Code. Lass es beim ersten Mal dreimal klingeln, bevor du auflegst. Der Kerl, der vorhin angerufen hat, wird es mit einem anderen Code versuchen.«
»Richtig.«
»Bis morgen. Und sei unbesorgt, alles wird wie am Schnürchen laufen.«
»Gleichfalls.«

Carlos blieb einen Moment auf dem Sofa sitzen. Jone spielte ihre Rolle gut, sie war wachsam und souverän, ihre ganze Art drückte die Sicherheit aus, die für ein Kommando Verantwortliche immer auf die anderen übertragen müssen.

Zuerst ging er in die Küche ein Glas Milch holen, dann in sein Schlafzimmer. Fünf Minuten später lag er im Bett; der Wirkstoff der Valium-Tablette zirkulierte durch seine Adern und trug den Schlaf in alle seine Glieder.

Heute bin ich um halb fünf aufgestanden – las Carlos in dem durch die Jalousienritzen dringenden Licht. Es handelte sich um die ersten Zeilen eines Briefes, den Rosa Luxemburg aus dem Breslauer Gefängnis geschrieben hatte –, *habe lange die weißgrauen Morgenwölklein hoch am blauen Himmel betrachtet, den stillen, noch schlafenden Gefängnishof; dann habe ich meine Blumentöpfe sorgfältig inspiziert, mit frischem Wasser versehen, die Vasen und Gläser, die stets voller Schnitt- und Feldblumen stehen, anders geordnet, und jetzt, um 6 Uhr früh, sitze ich am Schreibtisch, um dir einen Brief zu schreiben. Ach, meine Nerven, meine Nerven, ich kann gar nicht schlafen. Auch der Zahnarzt, den ich neulich besuchte, machte plötzlich, obwohl ich mich wie ein Lamm benehme, die Bemerkung: »Na, die Nerven sind wohl ganz herunter?« Aber das ist ja »wurscht«.*[16]

Der durch seine Adern zirkulierende Valium-Wirkstoff schläferte seine Gedanken ein. Er wollte schlafen, nur schlafen. Wie gern hätte er bis zum Nachmittag des folgenden Tages geschlafen. Aber er konnte nicht, einmal wegen seiner Verabredung mit María Teresa, aber auch, weil er sich verhalten musste wie sonst, um keinen Verdacht zu wecken. Er erinnerte sich an das *La Masía*. Er hatte schließlich vergessen anzurufen, um einen Tisch zu reservieren. Das war nicht weiter schlimm, unter der Woche würden sie bestimmt einen Tisch bekommen.

Über die Max-Geschichte – las er weiter, nachdem er im Buch geblättert hatte – *habe ich mir mit wehmütigem Lächeln sagen müssen, dass die Nemesis hier, wie so oft, nicht den Schuldigsten und Gefährlichsten, sondern den Ungeschicktesten trifft.*[17]

Er stieß zum zweiten Mal auf diese Zeilen, doch diesmal entdeckte er darin eine neue Bedeutung. In der Situation, in der sie sich alle befanden, wen würde Nemesis treffen? Ihn? Stefano? Jone? Jon, der, laut ihr, hysterisch war? Die anderen im Hotel? Schwer zu sagen. Und zudem fiel es ihm schwer zu denken; er schlief schon halb. Das Buch fiel ihm aus den Händen.

Gleich darauf – oder wenigstens kam es ihm vor, als sei er eben eingeschlafen – weckte ihn das schrille Klingeln des Telefons im Wohnzimmer. Es klingelte andauernd, als ob es darauf beharrte, dass die Verbindung zustande kam, koste es, was es wolle. Carlos sprang aus dem Bett, glaubte, dass Jone am anderen Ende der Leitung war. Vielleicht war etwas passiert, etwas Unvorhergesehenes und Unerfreuliches.

»Habe ich dich geweckt? Ich habe gedacht, du seist unter der Dusche, und habe es deshalb klingeln lassen«, hörte er eine Männerstimme, als er den Hörer ans Ohr hielt. Es war Guiomar.

»Warum sollte ich unter der Dusche sein? Im Bett ist mir wohler«, antwortete Carlos vergnügt. Er fühlte sich beschwingt, wie nach einem angenehmen Traum, obwohl er sich nicht erinnerte, was er geträumt hatte.

»Wegen María Teresa. Sie hat mir gesagt, sie sei mit dir zum Abendessen verabredet und gehe nach Hause, um sich schön zu machen. Daher habe ich angenommen, du seist unter der Dusche.«

»Zum Abendessen? Wie spät ist es denn?«, fragte Carlos erstaunt.

»Viertel vor acht.«

»Schon?« Carlos war ehrlich erstaunt. Die Zeit, die ihm wie ein kurzer Moment vorgekommen war, hatte sechs Stunden gedauert.

Sie plauderten noch kurz über Belanglosigkeiten, aber nur um herauszufinden, wie es um ihre gegenseitige Beziehung stand. Als sie feststellten, dass die Auseinandersetzung von gestern im Schwimmbad ihrer Freundschaft nichts angehabt hatte, erklärte ihm Guiomar endlich den tatsächlichen Grund seines Anrufs.

»Wir fahren morgen nach Barcelona, wenn du nichts anderes vorhast«, erklärte er schnell, damit Carlos keine Zeit hatte, ihn zu unterbrechen. »Am Morgen gehen wir zum Immobilienmakler und erkundigen uns nach einer geeigneten Wohnung. Du kannst dir sicher vorstellen, wie dringend ich eine Absteige in Barcelona brauche. Möglich, dass auch ich mein Leben ändern muss. Hängt davon ab, wie sich die Dinge entwickeln ...«

Und wie Ugarte reagiert, dachte Carlos, doch er sagte nichts, weder zu diesem Thema noch über die Absicht, ein neues Leben anzufangen. Was ihn betraf, war ein Neuanfang unmöglich. Er war sich dessen ganz sicher.

»Und am Nachmittag gehen wir zu einem Fußballspiel. Ich habe zwei Karten für das Spiel Brasilien–Argentinien auftreiben können. Wunderbar, was? Tribünenplätze.« Guiomar kicherte.

»Tribünenplätze?«

»Danuta hat sie besorgt. Für uns zwei.« Guiomar senkte die Stimme, als handle es sich um ein Geheimnis. »Eigentlich waren sie für Piechniczek und noch jemand aus der polnischen Mannschaft bestimmt, doch weil sie alle untereinander verkracht sind, sind die Karten schließlich bei Danuta gelandet. Was sagst du dazu? Das wird ein großartiges Spiel werden.«

»Ganz zweifellos. Maradona, Zico und alle andern, das ist tatsächlich ein Ereignis«, stimmte Carlos ihm zu. Das Spiel fand um fünf Uhr nachmittags statt: Es fügte sich perfekt in den Zeitplan der Flucht ein.

»Also, was sagst du dazu?«

»Wunderbar.«

»Prima, gehen wir zum Fußballspiel. Im Übrigen ...« Guiomar zögerte einen Moment, »wenn du schon ins Gefängnis musst, dann wenigstens nach einem solchen Megaspiel.«

»Genau. Aber ich glaube nicht, dass es so weit kommt. Sag, um wie viel Uhr willst du nach Barcelona fahren?«

»Gegen zehn, wenn dir das passt. Wir frühstücken in der Stadt, leisten uns wie Touristen im *Zurich* eine *ensaimada*[18]. Schließlich gibt es wahrscheinlich eine ganze Menge Touristen, die Barcelona öfter besuchen als du. Darf man vielleicht wissen, wann du das letzte Mal dort gewesen bist?«

»Vor einem Jahr, mehr oder weniger ... eher weniger.«

»Genau deswegen bin ich aufs *Zurich* gekommen. Von jetzt an, Carlos ...«, Guiomar suchte nach den richtigen Worten, »von jetzt an müssen wir die Dinge ganz anders anpacken, meinst du nicht auch? Mal sehen, ob wir eine schöne Maisonette finden und tatsächlich das neue Leben anfangen, von dem wir kürzlich gesprochen haben.«

»Du hast es ja schon angefangen, oder?«

»Sieht ganz so aus. Jedenfalls habe ich jetzt mehr Sorgen.«

Er lachte, verstummte dann wieder, als ob er dem Echo seiner Worte lauschte. Wahrscheinlich sah er Pascals Bild.

»Bis morgen, Guiomar. Um zehn, abgemacht.«

»Einverstanden. Wir treffen uns in der Garage, weil ich vor dir aus der Wohnung gehe. Pascal hat mir erzählt, dass er Peter Pans kleines Haus fertig gebaut hat, und ich will es mir mit ihm ansehen, bevor ich wegfahre.«

»Geht in Ordnung. In der Garage also. Welchen Wagen nehmen wir?« Er sah das kleine Haus im trockenen Flussbett vor sich.

»Den kleinen. Für die Stadt eignet sich der R5 besser. Also, bis morgen. Viel Spaß mit María Teresa.«

»Warte, noch etwas«, Carlos räusperte sich, »heute bringe ich ... ich will sagen, María Teresa wird heute bei mir schlafen. Wenn du nichts dagegen hast.«

»Zum Glück hast du dich korrigiert. Das *bringen* hat mich etwas erschreckt. Als ob du von einem Koffer sprichst«, scherzte Guiomar.

»Du weißt ja, ich lese bekanntlich nicht genug Alexandra Kollontai.«

»Brauchst es nicht zu betonen. Und zu deiner Frage: Bist nicht du es gewesen, der darauf bestanden hat, dass keine Mädchen aufs Zimmer mitgenommen werden dürfen? Mir macht es nichts aus.«

Guiomar machte wieder eine Pause, die dritte. Carlos schwieg ebenfalls.

»Laura und ich würden uns auch gern in der Wohnung treffen«, sagte er schließlich. »Doch ich glaube, es wäre nicht korrekt. Ich habe keine Lust, mich mit Ugarte zu zerstreiten. Wir haben uns noch nicht an einen Tisch gesetzt, um über das Ganze zu reden.«

»Mach dir keine Gedanken. Morgen finden wir die zweigeschossige Maisonette«, tröstete ihn Carlos mit Betonung auf »zweigeschossig«. »Doch entschuldige mich jetzt, ich muss duschen.«

»In Ordnung.« Guiomar hatte wieder einen scherzenden Ton angenommen. »Mal sehen, ob du weniger als eine Stunde dafür brauchst. Ist zwar ganz einfach. Wer in Havanna geboren ist, schafft es sozusagen spielend.«

»Das hast du mir schon oft gesagt. Ohne Erfolg allerdings.«

»Weißt du, warum du so viel Zeit unter der Dusche verbringst?«, fragte jeweils Guiomar, wenn er auf Carlos warten musste. »Nun, aus dem einfachen Grund, weil ihr, du und alle, die zwischen Bergen aufgewachsen sind, einen atavistischen Respekt vor dem Wasser habt und nie ohne vorangehendes Ritual ins Wasser steigt. Darum brauchst du allein schon eine Viertelstunde, bis du in der Badewanne sitzt; nicht etwa, weil du die Wassertemperatur regelst, sondern weil du die bösen Geister verjagst, die sich im Badezimmer verstecken könnten. Und das Schlimmste ist, dass du dir nicht einmal Rechenschaft darüber gibst.«

Carlos kehrte in sein Schlafzimmer zurück und schaute auf die Uhr. Es war zehn vor acht. Wenn er zu Fuß ging – ja, das würde ihm guttun –, benötigte er zwanzig Minuten bis zum *La Masía*. Also blieben ihm nur noch knappe zwanzig Minuten zum Duschen, Rasieren und Anziehen. Das war sehr wenig für ihn, denn, wie Guiomar gesagt hatte, er liebte es, ausgiebig zu duschen, sich dann zu rasieren und dabei die Radionachrichten zu hören. An diesem Abend machte es ihm jedoch nichts aus, dass er sich beeilen musste. Er fühlte sich ganz beschwingt. Die von den sechs Stunden Schlaf bewirkte Heiterkeit durchströmte ihn mit dem in seinem Körper zirkulierenden Blut – immer wieder, wie ein Fluss, der Sand in die Mäander schwemmt – und hinterließ angenehme, aufmunternde Worte in seinem Kopf. Worte, die sich langsam zu kleinen Dünen aufhäuften: *Morgen ist alles vorbei; die Geschichte wird einen glücklichen Ausgang nehmen; du neigst dazu, die Probleme zu ernst zu nehmen, auch diesmal ist es so; sollte es trotzdem schief herauskommen, kannst du immer noch die sexuelle Anziehung ins Feld führen; dass du Lust hattest, Jone anzutörnen, und du dich deshalb auf das Ganze eingelassen hast. Kannst es ihnen genau so erklären: dass du Lust hattest, sie anzutörnen. Das klingt sehr überzeugend.*

Während die Wassertropfen über seinen Körper rannen, häuften sich die angenehmen, aufmunternden Worte fröhlich an, und

Carlos fühlte sich immer sicherer. Seine Sicherheit war allumfassend, sie bezog sich daher sowohl auf das konkrete Problem mit Jon und Jone als auch auf seine intimen Probleme. Er verspürte zum Beispiel nicht das Bedürfnis zu masturbieren, wie sonst meistens, wenn er vorhatte, mit einer Frau zu schlafen. Nein, er freute sich, mit María Teresa zu schlafen, und nahm eine vorzeitige Ejakulation in Kauf.

Er rasierte sich schnell, ohne den Schaum auf seiner Haut einwirken zu lassen, und anstatt das Radio anzuschalten, betrachtete er seine und Guiomars Toilettenaccessoires auf der Konsole vor dem Spiegel. Seine unterschieden sich sehr von denen seines Freundes. Die Zahnbürste und die Zahnpaste Guiomars zum Beispiel konnte man in jedem Supermarkt kaufen; seine hingegen hatte er sich in einer Apotheke besorgt. Guiomars Kölnischwasser und bonbonfarbige Lotionen kosteten nicht viel und wurden in großen Plastikflaschen verkauft. Sein Toilettenwasser und seine Rasierlotion hingegen trugen den Namen einer teuren Marke und waren in zwei elegante dunkelgrüne Glasflakons abgefüllt. Carlos las auf dem Etikett: *Paco Rabanne, pour homme, Eau de Toilette Paris 100 ml. 3,4 Fl.oz. Paco Rabanne pour homme, baume après-rasage Paris 100 ml. 3,4 Fl.oz.* Natürlich wiesen diese Gegenstände den Weg zu seinem Innersten. Wie Rosa Luxemburgs tressenbesetztes Kleid; wie im Fall von Danuta die Ohrringe und wie der Wunsch der Kubaner, ins Ausland reisen zu dürfen. Wie auch die Vorliebe für Muschelhalsschmuck der Menschen aus dem Paläolithikum. Auf den ersten Blick schien es sich lediglich um Eitelkeiten zu handeln. Doch nein: Wenn es stimmte, dass jeder Mensch ein wesentliches Geheimnis besitzt, so entsprachen diese Eitelkeiten der Zahlenkombination am Sicherheitsschloss eines Tresors: Man braucht sie bloß zu kennen und die Zahlen entsprechend aneinanderzureihen, um in das Innerste eines jeden Menschen zu gelangen.

Als er sich fertig rasiert hatte, setzte Carlos seine Betrachtungen, während er sich anzog, fort. So wie die Flakons seines Eau de Toilette waren auch die Schuhe, Sandalen, Hosen, Sakkos und die übrigen Kleider in seinen Schlafzimmerschränken der Schlüssel zu seinem Geheimnis: Sie bildeten eine neue Zahlenkombination an seinem Tresor. Zwischen diesen vielen Dingen – allein die Schuhe und Sandalen füllten einen ganzen Regalschrank – gab es kein einziges einer gängigen Marke. »Bourgeoise Manien«, spottete Guiomar. »Jemandem, der wie unsereiner aus gutem Haus kommt, merkt man irgendwann die Herkunft an, egal, was für Ansichten er vertritt oder welcher politischen Gruppierung er sich anschließt. In deinem Fall erkennt man an der Gutgläubigkeit und am blinden Respekt, den du teuren Dingen entgegenbringst, dass du in einem Dorf geboren bist. In meinem Fall, und wie bei den meisten, die im Vedado-Viertel rund um den Plaza de la Revolución in Havanna geboren sind, erkennt man die Herkunft an unserer Indolenz, an unserer Trägheit, wenn du dieses Wort vorziehst.« Guiomar hatte natürlich recht, doch sein Standpunkt walkte ein Problem nur aus, so wie man eine Kugel Brotteig auswalkt, bis er dünn ist wie ein Kuchenboden. Doch Auswalken ist nicht Vertiefen.

Er machte den Schrank auf und suchte ein Paar leichte Camper-Schuhe aus. Dann – sich von unten nach oben ankleidend – ein paar schwarze Baumwollsocken, eine – ebenfalls schwarze – Levi's-Jeans, ein grünes, grau gestreiftes Hemd und einen schwarzen Leinensakko. »Bourgeoise Manien«, wiederholte er, als er ins Badezimmer zurückkehrte und sich im Spiegel betrachtete. »Bourgeoise Manien«, diese Bemerkung amüsierte ihn jetzt. *Ihr seid stramme, brave Jungen; ihr werdet hübsch ausschauen auf dem Klassenfoto,* hörte er eine Frauenstimme. Und er sah sich in Begleitung seines Bruders vor dem Spiegel in der guten Stube seines elterlichen Hauses, sie trugen beide Anzug und Krawatte, und hinter ihnen stand Tante Miren mit dem Kamm in der Hand. Carlos schüttelte lächelnd den Kopf. Ja, er wusste nun, woher sein Optimismus rührte, zweifellos von der zweiten Valium-Tablette, die er vor sechs Stunden geschluckt hatte. Die Tabletten veränderten offenbar das Funktionieren seiner geistigen Organe. Ein angenehmes Gefühl.

Vielleicht wäre es besser gewesen, aus eigener Kraft zu einem ähnlichen Geisteszustand zu gelangen, ohne die Realität zu verlassen, aber trotzdem ein angenehmes Gefühl.

Dann ging er wieder in sein Schlafzimmer, zog die Schreibtischschublade auf und nahm die Valium-Packung unter dem an Guiomar adressierten Umschlag hervor. Auf dem Beipackzettel war vermerkt, dass die Hauptsubstanz der Tabletten *Diazepam* hieß, die sowohl eine anxiolytische als auch eine sedative und amnestische Wirkung hatte. Der Name war hässlich, das stimmte, aber die Substanz war hervorragend, der Welt geschenkt, um Gutes zu tun. Sie bewies es in ebendiesem Moment: Sie tat ihm gut. Vor allem dank ihrer amnestischen Wirkung. Natürlich erinnerte er sich immer noch an vieles; er erinnerte sich zum Beispiel an den Inhalt seines für Guiomar bestimmten Briefes, doch das beschäftigte ihn im Moment nicht. Es kam ihm vor wie etwas, was keine besondere Bedeutung hatte.

Kaum hatte Carlos die Wohnungstür hinter sich zugezogen, riss der Faden seiner Gedanken ab. Er machte sich auf den Weg zum *La Masía* und schritt mit einem beschwingten Gefühl der Schwerelosigkeit die Auffahrt hinunter. Es war ihm, als ob seine Füße den Boden nicht berührten; dass er sich würde zwingen müssen, um nicht mehr zu schweben. Und zu diesem Gefühl gesellte sich bald ein zweites: Seine Augen waren klarer und sahen besser als je zuvor. Das Massiv des Montserrat kam ihm wie ein blasser Wall vor, obwohl die Blässe nicht nur daher rührte, dass die Spitzen des Berges – wie Spargelspitzen, dachte er – in Violett getaucht waren. Die Fenster der Wohnsiedlung zwischen dem Wall und der Allee trugen mit ihrem gelbmöglichsten Licht zum nächtlichen Bild bei und die Zypressen im Schwimmbadareal mit der tiefsten Dunkelheit. Der Bewegungsfluss hingegen konzentrierte sich auf die Straße und die vorbeifahrenden Autos und – auf einer anderen Ebene – auf die Fledermaus, die geräuschlos über der Auffahrt hin und her flog. War es die gleiche, die sonst die Lampe vor dem Hotel umflatterte? Er wusste es nicht. Er erinnerte sich nicht, beim Verlassen des Hauses eine Fledermaus gesehen zu haben. Doch hatten die Lampen überhaupt gebrannt? Auch daran erinnerte er sich nicht. Er hatte nicht gegessen und war hungrig, obwohl seine Eingeweide ruhig waren: Alles war am richtigen Platz, zur richtigen Zeit, im richtigen Maß.

Als er am Eingang zum Schwimmbad vorbeiging, erblickte er eine Gruppe Sicherheitsbeamte und zwei Jeeps am Bordstein. Fast gleichzeitig hörte er den Motor eines Autos, das sich ihm von hinten näherte. *Jetzt verhaften sie dich,* sagte die Ratte matt, denn der in seinen Adern zirkulierende Wirkstoff hatte auch ihre Stimme geschwächt. Er wandte sich um und sah einen alten Citroën und darin eine junge Frau. Beatriz hatte Feierabend und fuhr nach Hause.

»Wohin gehst du? Soll ich dich ein Stück weit mitnehmen?« Sie bremste und kurbelte das Fenster hinunter. Sie war heute ausnahmsweise schlicht gekleidet, trug Jeans und ein weißes T-Shirt mit über der Brust aufgedruckten Zahlen.

»Zu einem Rendezvous mit einer Frau, wenn du es genau wissen willst.« Carlos bückte sich zu ihr hinunter. Der Tonfall seiner Stimme gehörte nur teilweise ihm. Es war eher Ugartes Stimme, besser gesagt, die von ihm bevorzugte Art zu reden. »Daher ist es besser, ich gehe zu Fuß. Ich kann nicht mit einer Frau wie dir zu einem Rendezvous kommen. Frauen wie du machen anderen Frauen Komplexe.«

Beatriz' Hand schlug kurz auf das Lenkrad, ihre Lippen verzogen sich zu einem matten Lächeln, obwohl Carlos' Komplimente sie offensichtlich amüsierten.

»Wie du willst«, meinte sie schulterzuckend und wollte eben wieder starten. Doch dann zog sie kurz die Handbremse und wandte sich nochmals Carlos zu. »Noch etwas: Seit wann hast du kein Telefongerät mehr in der Backstube? Was ist mit dem internen Anschluss siebzehn passiert?«

Carlos schwieg einen Moment lang, um sich eine glaubwürdige Antwort zurechtzulegen. Die Fledermaus, die über der Auffahrt hin und her flog, umkreiste zweimal den Citroën.

»Müssen Air-Hostessen zur Armee?«, fragte er schließlich.

»Fahr bitte fort. Ich beantworte deine Frage gleich.« Beatriz verschränkte lächelnd die Arme.

»Nein, natürlich nicht. Daher kennt ihr auch die Kasernenbräuche nicht. Also, einer dieser Bräuche verlangt, dass, wenn ein Gewehr von selbst losgeht und jemand tötet oder verletzt, es unverzüglich ins Kittchen gesteckt wird. Eingesperrt. Und das Gleiche passiert mit den Lkws und den Autos. Wenn sie einen schweren Unfall verursachen, wandern sie direkt ins Gefängnis. Für immer oder für ein paar Jahre, je nach der Schwere ihrer Tat.«

Er schwieg und blickte zu den zwei Polizeijeeps hinüber. Sie waren ungefähr fünfzig Meter entfernt.

»Ist das wahr?«, wunderte sich Beatriz. Sie blickte ebenfalls zu den Jeeps hinüber.

»Absolut wahr.«

»Und was hat das mit deinem Telefon in der Backstube zu tun?«

»Es hat sehr viel damit zu tun. Das Telefon hat mir einen bösen Streich gespielt«, erklärte Carlos mit dem größten Ernst. Seine Worte waren mehr denn je von Ugartes Art geprägt. »Es hat mir eines schönen Tages Dinge aus deinem Mund übermittelt, und sie mir auch noch in einem unfreundlichen Ton übermittelt, hat mir Dinge zu verstehen gegeben, die nicht wahr sein dürfen, und hat mich zu einem falschen Schritt getrieben. Aus diesem Grund, weil es die größte Liebesenttäuschung zu verantworten hat, die mir in den letzten Jahren widerfahren ist, habe ich es aus der Backstube entfernt und in meiner Wohnung in einer Schublade eingesperrt.«

Beatriz schloss die Augen und tippte mit dem Zeigefinger an die Schläfe, was bedeuten sollte: Du spinnst. Aber sie spielte trotzdem Carlos' Spiel mit, stieß ihn nicht mit giftigen Sätzen wie »Jetzt redest du wie Ugarte« oder ähnlichen zurück. Carlos las die Zahlen auf dem T-Shirt, die von der einen Brust zur anderen führten: 3, 7, 9, 1, 5, 3, 6, 4, 1 ... Ein Durcheinander von Zahlen, ein spontanes

Durcheinander. Was für eine Zahlenkombination führte zu Beatriz' nacktem Körper? 9-1-5-9-3? 7-7-6-1-1? Er glaubte, zwei der Zahlen zu kennen, aber die anderen drei fehlten. Wer weiß, vielleicht würde er sie eines Tages finden.

»Ich weiß nicht, ob dieser Stefano die Erklärung akzeptieren würde. Auch so ein Spinner, dieser Journalist. Heute Mittag hat er mich angebrüllt und mich als unfähig beschimpft. Er hat mir vorgeworfen, ich hätte ihn falsch über dein Telefon informiert. Wäre Ugarte nicht dazwischengetreten, ich weiß nicht, was er mir noch an den Kopf geworfen hätte.« Beatriz runzelte die Stirn. Sie war immer noch verärgert über den Zwischenfall vom Mittag.

»Was hat Ugarte ihm gesagt?«

»Dass du ein Eigenbrötler bist und dass du in letzter Zeit eine misanthropische Phase durchmachst und dass du daher das Telefon aus der Backstube entfernt hast, um möglichst ungestört zu sein. Zum Glück wusste er nichts von deinem Rendezvous heute Abend ...«

Beatriz blickte ihn spöttisch an.

»Weißt du, was du ihm das nächste Mal sagst? Zu Stefano, meine ich?« Carlos freute es zu hören, dass Ugarte zu seinen Gunsten interveniert hatte, es machte ihn geradezu euphorisch. » ›Stefano, weißt du, was? Du kannst mir ...‹ Genau so. Und wenn er sich despektierlich aufführt, erzählst du es mir. Und ich schmeiße ihn auf der Stelle aus dem Hotel, diesen Bastard.«

Ruhig, Carlos, mahnte Sabino.

»Ich muss allerdings zugeben, dass er sich nachher bei mir entschuldigt hat«, sagte Beatriz.

»Das glaub ich gern. Er ist ein Bastard, aber ein hinterhältiger.«

»Was meiner Meinung nach aufs Gleiche herauskommt.«

Carlos strengte sich an, damit dieser neue Tonfall in ihm nicht Oberhand gewann. Doch paradoxerweise schien Beatriz daran Gefallen zu finden. Er musste darüber nachdenken. Vielleicht, wer weiß, lag die dritte Zahl genau in diesem Tonfall.

»Du musst weiter, ich auch.« Carlos schaute auf die Uhr. Es war fünf vor halb neun.

»Also, bis bald. Viel Spaß beim Abendessen«, verabschiedete sich Beatriz und löste die Handbremse.

Als der Citroën an den Sicherheitsbeamten vorbeifuhr, blinkten die Hecklichter rot auf, eine Sekunde später gingen sie wieder aus. Noch bevor er zehn Schritte gegangen war, war der Wagen die Allee hinuntergefahren und in die Straße nach Barcelona eingebogen.

Als dann Carlos an den Jeeps vorbeischritt, musterten ihn die Sicherheitsbeamten aus dem Augenwinkel. Es waren ungefähr zehn, alle jung und stämmig, Uniformen und Waffen schienen noch ganz neu zu sein. *Du wirst dir etwas einfallen lassen müssen, um sie abzulenken*, hörte er sagen. Es war Sabino. *Wenn alles gut geht, in Ordnung, doch was machst du, wenn etwas Unvorhergesehenes passiert? Nehmen wir an, dass morgen Nachmittag diese Sicherheitsbeamten und alle, die sich im Hotel herumtreiben, Befehl erhalten, das ganze Gelände zu durchsuchen? Natürlich, es kann sein, dass sie nicht merken, was die weißen Zeichen bedeuten, obwohl ...* Sabino unterbrach einen Moment lang seine Überlegungen ... *obwohl Jone nicht ganz unrecht hat, weil die hier keine gewöhnlichen Polizeibeamten sind; das sind allesamt Wölfe im Schafspelz. Doch auch wenn dem nicht so wäre, du kannst nicht riskieren, zwei oder drei von ihnen zu begegnen. Jone oder ihr Gefährte könnten einen oder zwei liquidieren, doch selbst dann wärt ihr verloren. Also musst du dir etwas anderes einfallen lassen, um die Kerle vom Backhaus fernzuhalten. Ich weiß, dass um diese Uhrzeit das Spiel Spanien–Deutschland im Fernsehen übertragen wird, doch das erscheint mir nicht sicher genug. In einer normalen Situation, ja, doch mit dem, was sie alles wissen ... Ich glaube nicht, dass sie die Maschinenpistolen weglegen und sich das Spiel ansehen gehen, überhaupt nicht, Morros und seine Kollegen sind hartgesottene Profis.*

Er war am Ende der Allee angelangt und konnte wegen des Verkehrslärms Sabinos Stimme nur noch undeutlich hören. Doch der Gedanke hatte sich in ihm festgesetzt. Er ging entlang der Straße ein

Stück weiter und blieb dann stehen, als ob er auf einen günstigen Moment wartete, um die Straße zu überqueren; währenddes sah er sich das Gelände zu seiner Linken genauer an, wo ein Arm des *Riera Blanca* vorbeiführte, der an dieser Stelle eher wie ein Graben als wie ein trockenes Flussbett aussah. Auf der einen Seite grenzte er an die Straßenböschung, auf der anderen mündete er in Ödland, wo früher Weingärten gestanden hatten.

Er ging den Graben entlang bis zu einer Stelle, die als Müllablagerung benutzt wurde. Ja, das war eine ideale Stelle, um einen Brand zu entfachen. Notfalls konnte Mikel mit einem Benzinkanister in einem Kehrichtsack oder mit sonst einem Täuschungsmanöver hinunterklettern. Vielleicht sahen ihn die Sicherheitsbeamten, die in dem Moment die Auffahrt zum Hotel überwachten, doch sie würden sich wahrscheinlich nichts weiter denken. Auch von einem anderen Standpunkt aus betrachtet, schien die Operation ziemlich ungefährlich zu sein, denn sowohl die Straße als auch das Ödland würden als Brandmauer dienen und somit jegliche Gefahr für das Hotel und die umliegenden Wohnsiedlungen abwenden. Natürlich würden das Dornengestrüpp und der Müll im Graben eine Menge Rauch und große Flammen auslösen, aber es würde jedenfalls ein Brand sein, der die Polizei ein paar Stunden beschäftigte, weiter nichts.

Zufrieden über seine schnelle Reaktion auf Sabinos Einwände, überquerte er die Straße und schlug den Weg zum Dorf ein. Würden sie ihr Ziel erreichen? Der Einsatz war jedenfalls groß; alle Polizeibeamten im Umkreis des Brandes würden eingesetzt werden müssen. Wenn die Taktik funktionierte, würde er das Blatt mit den Sternchen zerreißen und das Reich der Angst verlassen. Wenn er scheiterte ... Nein, er wollte nicht an diese Möglichkeit denken. *Ich glaube aber, dass du sie bedenken müsstest. Das* Diazepam *in deinem Blut macht dich langsam schlapp. Du wirst schon sehen, was für eine schöne Zukunft du vor dir siehst, wenn die Wirkung der Tablette nachgelassen hat,* hörte er eine Stimme. Er schüttelte nochmals den

Kopf. Er wollte nicht denken. Wenigstens nicht, bevor das Abendessen vorbei war.

Entgegen dem, was man dem Namen nach hätte schließen können, war das *La Masía* in Wirklichkeit nicht eine als Restaurant eingerichtete Meierei, sondern ein altes Postpferderelais, das kürzlich auf seiner letzten Etappe in einen Treffpunkt für die Bewohner der umliegenden Wohnsiedlungen oder der Landhäuser in der Gegend des Montserrat umgewandelt worden war. Als Erinnerung an die Vergangenheit hatte das Haus die dicken Steinmauern und den großen Vorhof beibehalten, wo Pferde abgezäumt wurden. Die anderen Räume, sowohl die im englischen Pub-Stil gehaltene Bar gleich neben dem Flur als auch der Speisesaal und die Küche, waren vor zwei oder drei Jahren renoviert worden.

»Die Einrichtung ist etwas pompös, aber das Essen ist sehr gut«, erklärte er, nachdem er sich bei María Teresa für seine Verspätung entschuldigt hatte.

»Ich finde es sehr hübsch hier«, erwiderte sie. Sie saß an der Bar und trank einen Martini. Sie trug ein beigefarbenes tailliertes Kostüm.

Carlos küsste sie auf die Lippen. »Schön siehst du aus.«

»Pass auf, du zerstörst mein Make-up«, lächelte María Teresa.

»Das Make-up und noch ganz andere Sachen. Lass mir etwas Zeit«, erwiderte Carlos und winkte den Kellner hinter der Bar herbei. »Auch für mich einen Martini.«

»Soll ich ihn mixen?«, fragte der Kellner.

Carlos nickte. Er nahm einen Schluck aus ihrem Glas, fragte dann etwas zerstreut: »Was gibt es Neues, María Teresa?«

Er fühlte sich nicht mehr so gut wie vorher, als er das Hotel verlassen hatte; nicht schlecht, aber nicht mehr so gut. Das Blut zirkulierte immer noch in seinem Körper, ließ aber auf seinem Weg keine aufmunternden Worte mehr zurück wie vor einer Stunde. Im Gegenteil, die kleinen Dünen aus Sätzen wie »Alles wird gut ausgehen« lösten sich langsam auf. Egal, dann würde er eben das *Diazepam* durch Alkohol ersetzen. Er wollte, dass die Realität draußen blieb, dass alle inneren Stimmen verstummten, dass nur María Teresas Geplauder in seine Ohren drang.

María Teresa erzählte ihm eben von den Schwierigkeiten ihres Sohnes. Offenbar mochte ihn ein Lehrer nicht und verweigerte ihm das »sehr gut«, das er eindeutig verdient hatte. Als Folge davon war die Durchschnittsnote sieben Zehntel zu tief, und der Junge hatte sein Stipendium gesehen.

»Das ist viel Geld. Ein Stipendium haben oder keines, das macht einen schönen Unterschied aus. Für Leute wie dich nicht«, lächelte sie, »aber für eine einfache Angestellte wie mich schon.«

»Ich verstehe das sehr gut.«

»Lassen wir die Probleme«, sagte María Teresa und griff nach dem Glas. »Weißt du, es ist ein ganz besonderer Tag für mich. Es ist das erste Mal, dass du mich zum Essen einlädst«, fügte sie hinzu und legte ihre Hand auf die seine.

»Verzeihung«, sagte der Kellner leise, vielleicht betrübt, María Teresas zärtliche Geste oder deren Fortsetzung zerstören zu müssen. Er stellte Carlos' Martini hin und überreichte ihnen zwei Speisekarten. Wünschten die Herrschaften die Gerichte auszusuchen? So würden sie am Tisch weniger lange warten müssen.

»Gut, wir sehen sie uns gleich an. Vielleicht gehört es sich nicht, das zu sagen, aber ich habe heute noch gar nichts gegessen und habe einen Riesenhunger.« Carlos nahm einen großen Schluck Martini. Er war stark und ließ ein Gefühl von Wärme in der Kehle zurück, das sich bis zum Magen ausbreitete. »Warum gehört es sich nicht zu sagen, dass man Hunger hat?«

Carlos wählte Spinat mit Pinienkernen und ein Fleischgericht an einer schwarzen Pfeffersoße. María Teresa eine kalte katalanische Spezialität namens *escalibada*[19] und Forelle mit Schinken.

»Und als Nachspeise nehme ich einen Teller *músico*. Ich weiß, dass er viele Kalorien hat, aber das ist mir gleich.« María Teresa legte die Speisekarte weg. Sie meinte mit *músico* ein typisch katalanisches Dessert aus Nüssen, Weinbeeren und Dörrfrüchten, zu dem ein Glas Muskatellerwein getrunken wird. »Weißt du, warum man es so nennt?«

»Ich habe es einmal gewusst, habs aber vergessen.« Carlos legte die Speisekarte ebenfalls auf den Tisch. »Wie war die Geschichte schon wieder?«, fügte er hinzu und winkte den Kellner herbei.

»Also, früher sollen die Musiker sehr arm gewesen sein, und sie hatten kaum genug Geld, um zu essen. Daher bestellten sie anstelle eines Hauptgerichts dieses Dessert, weil es viele Kalorien hat.«

»Stimmt, jetzt erinnere ich mich wieder«, lachte Carlos. Dann wandte er sich an den Kellner, der auf sein Zeichen hin herbeigeeilt war. »Könnten Sie uns Oliven bringen? Ich muss etwas essen, sonst steigt mir der Martini zu Kopf.«

»Ich kann Ihnen auch etwas Butter bringen. Ein bisschen Fett im Magen soll gut sein. Um die Wirkung des Alkohols abzuschwächen, meine ich.« Der Kellner sprach mit der gleichen matten Stimme von vorhin. Er war ein etwas schwermütiger Mann.

»Danke, die Oliven reichen.«

»Sicher. Ein kleiner Schwips gehört zu einem schönen Abend«, lachte María Teresa und zeigte auf ihren Martini. Der Kellner lächelte zweifelnd.

»Und wenn Sie bitte die Bestellung aufnehmen möchten«, sagte Carlos. Der Kellner nickte höflich.

Eine Viertelstunde später – die Martinis waren ausgetrunken, das Tellerchen mit den Oliven leer – gingen sie in den Speisesaal hinüber. Sie durchquerten den Flur, und als sie an der Küchentür vorbeikamen, rief jemand: »María Teresa!«

»Nuria!«

Die zwei Frauen küssten sich auf die Wange und begannen ein angeregtes Gespräch. Nuria erzählte, was ihr in den vergangenen Tagen widerfahren war. Sie habe Glück gehabt, dass sie gleich am

Tag, nachdem man sie im Hotel entlassen habe, im *La Masía* habe anfangen können. Trotzdem, Lauras Verhalten sei ein Skandal. Ja, alle im Hotel seien mehr als sonderbar; es sei augenfällig, dass alle einmal im Gefängnis gesessen hätten und im Oberstübchen nicht mehr ganz richtig seien.

»Ich warte drinnen auf dich«, unterbrach Carlos kurz ihr Gespräch. Es war ihm unbehaglich, den gehässigen Blicken Nurias ausgesetzt, im Flur herumzustehen.

Der Speisesaal war sehr geräumig, und die Dekoration – nicht nur wegen der Holzsäulen – war eher winterlich als sommerlich. Carlos ging an den drei besetzten Tischen vorbei bis zu der dem Eingang gegenüberliegenden Wand und setzte sich neben den offenen Kamin.

»Schade, dass es nicht Winter ist. Wenn es kalt ist und das Feuer brennt, ist es an diesem Tisch sehr angenehm«, sagte die Geschäftsführerin. Sie war ungefähr fünfzig und wirkte sehr energisch, im Gegensatz zum Kellner in der Bar.

»Im Sommer ist es auch ganz gemütlich«, meinte Carlos.

»Soll ich Ihnen etwas zu trinken bringen, damit wir nicht so ganz allein hier sitzen?«, fragte die Dame und zückte Kugelschreiber und Bestellblock. »Was für ein Wein darf es sein?«

»Nun, ich weiß nicht.« Carlos war etwas verwirrt. Warum redete die Dame so vertraulich mit ihm? Was für ein Restaurant war das denn? Ein Ort für Pärchen? Ihre Art zu reden passte eher zu einer *madame* als zu einer Geschäftsführerin.

»Ugarte bestellt meistens einen baskischen Wein, weil man nicht alle Bande mit der Heimat zerreißen darf.« Die Dame lächelte freundlich.

Aha, das erklärte alles. Ugarte war offenbar Stammgast in diesem Lokal, daher empfingen sie auch ihn wie einen alten Freund. Die Dame verfügte zweifellos über ein gutes visuelles Gedächtnis. Es war mindestens fünf Monate her, seit Doro, Ugarte, Guiomar und die ganze Hotelbelegschaft hier zu Abend gegessen hatten. An Doros fünfundfünfzigstem Geburtstag war das gewesen.

»Gut, und weil ich das Gegenteil von Ugarte bin, bringen Sie mir einen katalanischen. Sie könnten sicher einen besonders empfehlen.«

»Dann bringe ich Ihnen unseren Hauswein. Er wird Ihnen bestimmt schmecken.«

Die Dame nahm zwei weitere Bestellungen auf, zuerst am Tisch eines nicht mehr ganz jungen Paares, anschließend an dem eines einzelnen Herrn, verschwand dann durch die Tür zur Küche. Carlos ließ seinen Blick durch das Lokal schweifen. Er musterte die anderen Gäste im Saal. Nein, es schien sich nicht um Polizeibeamte zu handeln, weder bei dem Herrn ohne Begleitung noch bei dem Paar. Am dritten Tisch, an der gegenüberliegenden Wand des Speisesaals, saß eine Familie, die Eltern und drei kleine Kinder. Kein Grund zur Sorge also.

María Teresa erschien in der Tür und sah sich suchend um. Die Geschäftsführerin ging auf sie zu und bedeutete ihr mit einer Handbewegung: »Dort ist er«, und die zwei Frauen durchquerten den Speisesaal bis zu Carlos' Tisch.

»Ich habe dich hoffentlich nicht zu lange warten lassen«, entschuldigte sich María Teresa und setzte sich. Die Kellnerin schenkte Carlos ein wenig Wein ein.

»Schmeckt er Ihnen?«, fragte sie. Carlos bejahte.

»Ich bringe Ihnen gleich die Vorspeisen. Spinat und *escalibada*, nicht wahr?«

Sie nickten, und die Dame verschwand wieder in Richtung Küche. Carlos füllte die Gläser.

»Uff! Nuria ist stinkwütend«, berichtete María Teresa.

»Was hat sie dir erzählt? Dass ich ihr eine gehauen habe? Nun, sie hat nicht gelogen. Letzten Montag habe ich ihr mit der Küchentür einen Schlag versetzt.«

»Ich habs erfahren.«

»Nicht absichtlich natürlich. Ich habe geglaubt, dass sie zur Seite geht.«

»Du brauchst dich doch nicht zu entschuldigen.« María Teresa schob lächelnd ihren Arm unter seinen. »Komm, worauf trinken wir?«

»Trink du auf etwas.«

»Gut, aber im Stillen.« María Teresa hob das Glas.

»Dann ich auch.«

Dass die Flucht morgen gelingt, dachte Carlos. Kaum hatte er diesen Wunsch formuliert, regte sich sein schlechtes Gewissen. Er hob das Glas nochmals und blickte der Frau in die Augen.

»Auf dass du reich und glücklich seist.«

»Mal sehen, ob sich das erfüllt.«

Carlos trank sein Glas aus.

»Warum nicht? Solche Dinge passieren manchmal tatsächlich.« Er hatte eben beschlossen, sein Testament zu ändern. Er würde ihren Namen neben Pascals Namen setzen.

»Aber weißt du, Nuria ist gar nicht auf dich böse. Sie hat einen Zorn auf Laura ...« Und María Teresa erzählte ihm den jüngsten Hotelklatsch: Laura und Ugarte, die seit Mai in getrennten Betten schliefen, als Test gewissermaßen, bevor sie sich zu einer Scheidung entschlossen, hätten sich zwei Tage vor Ablauf dieser Bedenkzeit gestritten. Und das, weil Laura herausbekommen hatte, dass Ugarte auf Nuria scharf war. Und da hatte sie ungeachtet der kurzen Frist, die noch blieb, bis jeder seine Freiheit wiedererlangte, einen Skandal heraufbeschworen und hatte Nuria fristlos entlassen, ohne sich auf irgendwelche Erklärungen einzulassen.

»Ich nehme an, Laura hat die Situation genutzt, um den letzten Schritt zu tun«, sagte Carlos, während er mit der Gabel einen Pinienkern aus dem Spinat auf dem Teller vor ihm fischte und ihn zum Mund führte. »Ich bin doch dabei gewesen an jenem Festessen und habe den Eindruck, dass Laura das ganze Theater nur inszeniert hat, damit jemand anders es hört.«

»Du meinst, damit Guiomar es hört.«

»Du weißt also von der Geschichte zwischen Laura und Guiomar.«

»Wir haben es alle vermutet. Alle außer dir, meine ich.«

»Und was hältst du davon?«, fragte Carlos. Er nahm einen Schluck Wein und wartete. Er wollte nur eines an diesem Abend, sich langsam betrinken, während er über belanglose Dinge plauderte.

»Ich glaube, das mit dem Test und dem ganzen Theater ist ein Unsinn. Ein Paar kommt miteinander aus oder kommt nicht miteinander aus. Und wenn einmal der Wurm drin ist, ist es sehr schwer, später wieder gut miteinander auszukommen. Zudem, diese Geschichte, zwei Monate lang mit niemand zu schlafen ... Gut, wenn man verliebt ist und der eine weit weg wohnt, dann ist es verständlich. Doch im Fall von Laura und Ugarte ... Also, für mich ist es eigentlich normal, dass Ugarte etwas mit Nuria angefangen hat. Nuria lebt schließlich auch von ihrem Mann getrennt.«

»Seit in Spanien die Demokratie eingeführt worden ist, sind offenbar alle vollauf beschäftigt«, scherzte Carlos. Der Alkoholpegel in seinem Blut stieg. »Und was weißt du über die Fußballer?«, fragte er, das Thema wechselnd. »Nach dem, was ich vorgestern gesehen habe, waren Masakiewicz und Banat in Begleitung von zwei Mädchen. Sag, gehen Frauen in den Hotelzimmern ein und aus?«

María Teresa setzte ein ernstes Gesicht auf und kaute ein Stück Aubergine, bevor sie antwortete. Inzwischen warf Carlos einen Blick auf die Gäste, die in dem Moment den Speisesaal betraten: Nachbarn aus einer der umliegenden Wohnsiedlungen wahrscheinlich, die dem Lärm der Fußballweltmeisterschaft entfliehen wollten.

»Ich halte mich nie länger als nötig in den Zimmern auf. Ich mache die Betten, mache kurz im Badezimmer sauber und fertig«, erklärte María Teresa schließlich.

»Alles sehr professionell, mein Herr!« Carlos hob sein Weinglas und prostete ihr ein zweites Mal zu. »Aber zwischendurch wirst du dich doch in einem Zimmer ausruhen, oder? Also kennst du bestimmt dieses oder jenes Geheimnis. Ich hoffe, du ruhst nicht etwa in Bonieks Zimmer aus, oder?«

Er fühlte sich seltsam. Sowohl das *Diazepam* als auch der Alkohol wirkten sich auf seine Stimme aus. Dank dem Alkohol nahm sie eine Tonlage zwischen der Guiomars und der Ugartes an.

»Falls du es genau wissen willst, ich ruhe mich am liebsten in Danutas Zimmer aus. Und weißt du, warum? Weil sie eine ganze Menge Modemagazine herumliegen hat. Ich ziehe es nämlich vor, einen Blick in Modemagazine zu werfen als auf Bonieks Unterhosen.«

Sie mussten ihr Gespräch kurz unterbrechen, weil der Kellner – der gleiche, der ihnen an der Bar die Martinis serviert hatte – den Hauptgang auftrug.

»Wünschen die Herrschaften noch eine Flasche Wein?«, fragte er Carlos. In der ersten waren nur noch vier Fingerbreit.

»Ja, bringen Sie noch eine.«

»Bis wir fertig gegessen haben, sind wir tatsächlich betrunken.« María Teresa legte die Hände auf ihr Gesicht. Ihre Wangen waren ganz rosig.

»Ist weiter nicht tragisch, Sie wohnen ja ganz in der Nähe«, sagte der Kellner in einem unerwartet vertraulichen Ton. Er wusste bereits auch, dass sie Freunde von Ugarte waren.

»Mir ist schrecklich warm. Ist es denn so warm hier? Oder ist es der Wein?«, fragte María Teresa, als der Kellner gegangen war.

»Das ist vom Wein. Aber zieh doch die Jacke aus, wenn dir so warm ist.«

»Ich kann doch die Jacke nicht ausziehen. Hier wenigstens nicht. Das würde einen Skandal geben.« María Teresa beugte sich etwas nach vorn, legte den Kopf auf die Schulter und blickte mit gekräuselten Lippen in einer für sie typischen Geste zu ihm auf.

Carlos schaute in ihren Ausschnitt. Sie schien kein Unterhemd unter dem Kostüm zu tragen.

»Hast du nichts darunter an? Nicht einmal einen Büstenhalter?« Carlos unterstrich seine Frage mit den Augen.

»Wer es genau wissen will, wird mir die Jacke ausziehen müssen.« Carlos schenkte den letzten Rest Wein ein.

»Du verwandelst dich demnächst noch in einen Vamp.«

»Es wird noch so weit kommen müssen.« Sie nippte am Glas. Der Alkohol trug zu ihrer Antwort bei.

»Was meinst du damit?«

»Weil man von Weitem sieht, dass du mich nicht mehr begehrst. Ich bilde mir das nicht etwa ein, nein, das ist die Wahrheit.« Jetzt redete auch María Teresa in einem nicht ganz ernsten Tonfall, aber auch nicht in einem scherzenden. »Denk einmal nach, Carlos, wann sind wir das letzte Mal in unserer Katakombe gewesen? Es sind mindestens zwei Wochen her. Zum Glück haben wir uns vor ein paar Tagen am Brunnen getroffen.« Katakombe, so nannte María Teresa das Versteck unter der Backstube.

»Was du dir nicht alles einredest. Es war in den letzten Tagen einfach ständig etwas los, das ist alles.«

»In welcher Beziehung ständig etwas los?«

Er konnte in den Gedanken der Frau lesen, als ob sie ein Plakat hochhielte. Ein Plakat, auf dem stand: »Du hast eine andere Frau kennengelernt und nimmst sie in die Katakombe mit oder auf die Wiese am Brunnen, und diese Frau gefällt dir besser als ich und ist zudem bestimmt jünger als ich.« Seltsamerweise hatte María Teresa bis zu einem gewissen Grad sogar recht. Aber nur bis zu einem gewissen Grad: Jone gefiel ihm nicht besser als sie.

»Und wenn ich dir sage, dass wir auch heute nicht in die Katakombe gehen?«

»Nein?« María Teresa schluckte leer.

»Heute gehen wir nämlich in meine Wohnung«, fügte Carlos gleich hinzu. Er wollte María Teresa nicht unnötig leiden lassen.

»Wirklich?«, fragte sie ungläubig. Sie hüstelte, als ob ein Brotkrümel ihr im Hals stecken geblieben wäre. Sie schob den Teller mit der Forelle weg und blickte ihm fest in die Augen.

»Halt, halt. Du musst aufessen.« Carlos stellte den Teller wieder vor sie hin. Er war etwas erschrocken über das, was er, ebenso deutlich wie auf dem Plakat, in ihren Augen las. María Teresas Blick sagte: »Ich deute deine Einladung als Beweis echter Liebe. Bis jetzt habe ich geglaubt, ich sei bloß ein Zeitvertreib für dich, eine Geliebte, nicht mehr; vor allem, weil wir weder finanziell noch bildungsmäßig auf der gleichen Ebene sind und weil ich bloß eine Angestellte bin; eine Angestellte, die zudem Witwe ist und einen siebzehnjährigen Sohn hat. Doch jetzt nimmst du mich mit zu dir nach Hause; du würdest das nicht tun, wenn das, was ich eben gedacht habe, stimmte oder wenn es in deinem Leben eine andere Frau gäbe.«

»Nachdem ich gehört habe, was ich soeben gehört habe, kann ich keine Forelle essen. Und auch keinen *músico* zur Nachspeise. Ich kann nur Kuchen essen. Ein riesiges Stück Biskuittorte mit Sahne.«

Carlos richtete sich in seinem Stuhl auf und gab ihr einen leichten Klaps auf die Wange. Ja, sie war eine kluge Frau. Sie konnte sich beherrschen und hatte Humor, wie das mit der Torte bewies.

»Glaub nicht, dass mir etwas an der Katakombe liegt«, sagte María Teresa, als sie die Nachspeise umbestellt hatte. Sie starrte einen Moment lang auf die Flasche, die der Keller gerade auf den Tisch gestellt hatte. »Mir gefallen einfach die Spiele ... das Theater, das wir zwei spielen, weil diese Dinge neu sind für mich. Mein verstorbener Mann ... wie soll ich das sagen? Nun, er kam, wie ich auch, aus einem kleinen Dorf. Wir hatten beide keine Erfahrung in sexuellen Dingen. Aber ich deute deine Einladungen, zuerst die zum Essen, dann die in deine Wohnung, als Beweis, dass du mich achtest.«

María Teresa hob das Glas und trank einen Schluck. Carlos prostete ihr kurz zu. Er wusste nicht, was darauf antworten. Ihm war bewusst, dass sich ein Missverständnis anbahnte, und ihm war ebenso bewusst, dass die Missverständnisse größer und größer werden wie Schneebälle, wenn man ihnen Zeit lässt. Doch was konnte er tun? In jenem Moment nichts.

»Seltsam, das mit der sexuellen Erfahrung«, sagte er schließlich. Er spürte, dass seine Ohren glühten und dass er ein bisschen beschwipst war, doch sonst fühlte er sich wohl. »Weißt du, woher ich meine Erfahrung habe? Von wem ich das Wenige gelernt habe, das ich weiß? Von einem Instruktor, den ich während meiner Zeit als Aktivist gehabt habe. Er hieß Sabino. Später wurden wir Freunde.«

María Teresa nickte, doch ihre Gedanken waren ganz woanders.

»Jetzt weiß ich, aber natürlich ...«, unterbrach sie ihn, »darum hat dieser Journalist mit seiner Clownvisage versucht, mir die Würmer aus der Nase zu ziehen, weil ihr alle Politische gewesen seid. Oh, ich habe ihm kein Sterbenswort verraten.« María Teresa machte eine verächtliche Handbewegung. Stefano gefiel ihr nicht. Sie hatte überhaupt etwas gegen Männer mit schleimigen Manieren.

»Aha. Und was wollte er wissen?«, fragte Carlos gelassen. Stefano würde sich beeilen müssen, wollte er Jon und Jone erwischen. Bis zum dritten Sternchen fehlten nicht einmal mehr vierundzwanzig Stunden. *Vorsicht, Carlos, rede nicht zu viel,* warnte ihn eine innere Stimme.

»Er wollte Informationen. Ob ihr Besuche habt, ob ihr immer noch die gleichen Ideen wie früher habt, lauter solche Dinge. Dass ihr alle Einwanderer aus dem Baskenland ausweisen wollt, ja, auch das hat er gesagt. Weil ich auch eine Emigrantin bin, natürlich. Ich habe ihm gesagt, dass ich ihm nicht glaube. Jetzt, wo ich es mir überlege ... seine Art, einen auszufragen, erinnerte eher an die eines Polizeibeamten.«

»Kein sehr vertrauenswürdiger Mensch. Das ist sicher.«

»Du hast recht, das glaub ich auch.«

»Um auf das von vorhin zurückzukommen: Sabino hatte eine Theorie. Er sagte, dass die meisten Militanten, die sich der

Organisation anschlossen – er meinte damit vor allem uns und die Basken im Allgemeinen –, in Sachen Sex ziemliche Komplexe hatten, ja, dass dies unsere Achillesferse sein könnte. Wenn zum Beispiel die Polizei Frauen in unsere Umgebung einschleuste, so würde dies das Ende bedeuten, denn eine einzige Geheimagentin könnte mehr Schaden anrichten als zehn männliche Agenten. Eine erfahrene Frau würde uns problemlos hereinlegen. Und weißt du, was er mit uns gemacht hat?«

Carlos musste lachen bei der Erinnerung. Er schenkte sich noch ein Glas Wein ein; er hatte das Bedürfnis, sich noch mehr zu betrinken.

»Die alte Geschichte: auf ins Puff, Jungs.«

»Nein, eben nicht. Sabino war viel origineller. Er ging mit uns in Pornofilme, in einem Kino in Biarritz. Vor einer politischen Versammlung sind wir immer alle ins Kino gegangen. Auch Ugarte. Guiomar nicht. Guiomar hat sich erst später der Organisation angeschlossen.«

Der Kellner stellte zwei Stück Torte auf den Tisch, riesige, mit einer dicken Sahneschicht überzogen.

»Bringen Sie uns noch zwei Kaffee? Nach Süßigkeiten trinke ich gern einen Kaffee«, sagte Carlos zum Kellner. Dann fuhr er mit seiner Geschichte fort.

»*La Cooperative de l'amour, Putain de temps* hießen die Filme. Wir waren damals ungeheuer beeindruckt. Ehrlich. Mehr als von den Schießübungen.«

»Und deine Lieblingsfilme waren die mit den Römern, mit den römischen Zenturien, die junge Christinnen vergewaltigen und ähnliche Dinge.« María Teresa legte wieder den Kopf auf die Schulter und schaute schelmisch lächelnd zu ihm auf.

»Nein, das rührt von früher her. Aus den Zeiten, als man uns in *Ben Hur* mitgenommen hat, in *Quo vadis* oder ähnliche Filme. Und jetzt ...«, er hob den Kuchenlöffel, »konzentriere ich mich auf diesen Kuchen. Ich glaube, ich rede zu viel.«

María Teresa nahm kleine Bissen, mischte sorgfältig Biskuit und Sahne im richtigen Verhältnis. Carlos war vor ihr fertig mit seinem Stück.

»Hast du Familie? Du hast mir nie von deiner Familie erzählt«, fragte sie schließlich beiläufig, doch es war klar, dass sie sich während seines Schweigens überlegt hatte, wie die Frage formulieren. *Jetzt siehst du es selbst, das Missverständnis wächst. Unglaublich, du machst alles verkehrt,* hörte er eine der Stimmen.

»Kaum. Ich habe nur noch einen Bruder, Kropotky.«

»Wie bitte? Kropotky?«, wiederholte María Teresa. Sie beugte sich zu ihm und hielt die Hand ans Ohr »Verzeih, Carlos. Du hast nie über deine Familie gesprochen, daher kommt mir der Name so fremd vor.«

Carlos trank einen Schluck Wein.

»Ja, Kropotky. Seit er vierzehn war, kennen ihn alle unter diesem Namen, Kropotky.« Er verspürte plötzlich Mitleid mit María Teresa. Vielleicht musste er das Missverständnis aufrechterhalten. Mit allen Folgen. Er würde sie nicht heiraten, nein, aber er würde ihr Verhältnis formalisieren, würde sich mit ihr in der Öffentlichkeit zeigen. *Wie großmütig, Carlos,* spottete die Ratte und begann ein bekanntes Volkslied zu trällern: *Si bebo vino me emborracho, si fumo en pipa me mareo ...* Trinke ich Wein, bin ich betrunken, rauche ich Pfeife, wird mir schlecht ...

»Ein ziemlich ungewöhnlicher Name«, meinte María Teresa etwas verlegen.

»Soll ich dir die Geschichte meines Bruders erzählen?« Mal sehen, was die Ratte dazu sagte.

»Beim Kaffee, ja? Nur wenn du magst, natürlich«, sagte sie, denn der Kellner brachte eben die zwei Tassen.

»Nun, als er vierzehn war, schenkte ihm ein Arbeiter ein Buch. Der Mann logierte in unserem Gasthaus«, fuhr Carlos fort, als die Tasse Kaffee vor ihm stand. »Er arbeitete auf einer Straßenbaustelle, wenn ich mich richtig erinnere, denn er war anscheinend kurze Zeit vorher aus dem Gefängnis entlassen worden und fand daher keine andere Arbeit. Unsere Tante hatte uns das zumindest gesagt. Und weil dieser Mann sah, dass mein Bruder ein unruhiger Geist war und alles las, was ihm unter die Hände kam, schenkte er ihm also ein Buch von einem russischen Revolutionär namens Kropotkin, *Der Wohlstand für alle* lautete der Titel. Mein Bruder war begeistert von dem Buch und redete von nichts anderem mehr: Kropotkin hat dies gesagt, Kropotkin hat das gesagt; schließlich – du weißt ja, wie das in kleinen Ortschaften ist – haben wir ihn alle nur noch Kropotky genannt. Und bis heute ...«

»Bis heute?«

Erklär ihr doch, wo er heute ist, Carlos. Und erklär ihr auch, warum er dort ist, hörte er eine innere Stimme. *Mach, was du für richtig hältst, Carlos. Bist ein freier Mensch und hast Anrecht darauf, dich deinem Karma entsprechend zu verhalten,* hörte er gleich darauf die Stimme Kropotkys. Sein Kopf war schwer, es kostete ihn Mühe, vom Tisch aufzuschauen. Doch sonst fühlte er sich bestens. Sein Gedächtnis zum Beispiel: Ihm schien, als würden seine Erinnerungen überfließen. Es war so einfach, sich zu erinnern; einfach wie in einen Sack voller Äpfel greifen.

»Mein Großvater besaß Häuser«, nahm er den Faden einer dieser Erinnerungen auf, »ein paar davon in einem Viertel unseres Dorfes. Und 1965, als die Leute aus Andalusien auszuwandern begannen, ließen sich ein paar dieser Auswandererfamilien in den Häusern unseres Großvaters nieder und bezahlten ihm Miete. Mein Bruder und ich waren damit beauftragt, jeden Monat die Mieten einzunehmen. Und eines schönen Tages geht mein Bruder hin und ruft alle Nachbarn zusammen und organisiert eine Versammlung: ›Genossen, die Häuser, in denen ihr wohnt, gehörten nicht meinem Großvater. Nicht er hat sie gebaut. Arbeiter wie ihr haben sie gebaut, getüncht und eingerichtet. Und das Geld, das mein Großvater dafür ausgegeben hat, war ebenfalls nicht seines. Dieses Geld hatte er damit verdient, dass er seinen Arbeitern nur den vierten

Teil bezahlte ...<, und so weiter. Schließlich erklärte er ihnen, dass sie nicht verpflichtet seien, Miete zu bezahlen. Und wir kehrten beide ohne eine Pesete nach Hause zurück. Mein Bruder sagte dem Großvater, wir hätten das Geld verloren. Ich war erstaunt, aber ich konnte ihn ja nicht verraten. Er war älter als ich und ... sagen wir es einmal so, er war der Intellektuellere von uns beiden. Natürlich hatte er diese Theorie, dass man keine Mieten bezahlen müsse, aus Kropotkins Buch.«

»Und was geschah dann?«

»Nun, einer der Mieter hat gepetzt, und der Großvater hat uns eine Tracht Prügel verpasst. Kropotky, weil er ihn angelogen hatte, und mich, weil ich nichts sagte.«

Carlos schwieg einen Moment nachdenklich. María Teresa trank einen Schluck Kaffee. Sie hielt die Tasse vor die Lippen und betrachtete ihn stumm.

»Ich glaube, er hat es nur getan, damit er vor den Leuten reden konnte, damit er alle die Auswanderer um sich versammeln konnte und sie ihm mit offenem Mund zuhörten. Er redete sehr gern öffentlich. Einmal hat man ihn deswegen ins Gefängnis gesteckt. In Guernica wurde der Tag der Baskischen Heimat gefeiert, ein strengstens verbotenes Fest in jenen Jahren, und er stieg aufs Podium und begann, ein Gedicht zu rezitieren. Ich sehe ihn heute noch vor mir: ›*Baum Guernicas! Wie kannst du Blüten und Blätter tragen in dieser Zeit der Zerstörung? Welche Hoffnung, welchen Trost bringen die Sonne, die leichte Brise vom Atlantischen Ozean, der Morgentau, der sanfte Aprilregen?*‹ An jenem Tag hat es ein paar besorgte Stimmen gegeben, und er hat viel Applaus bekommen.«

»Hat er lange im Gefängnis gesessen?«

»Keineswegs. Kropotky war zwar etwas verschroben, aber keineswegs dumm. Er erklärte, er habe keine Proklamation verlesen, er habe ein Gedicht eines englischen Dichters aus dem 19. Jahrhundert vorgelesen. Mit anderen Worten: Mein Bruder hatte viele Ideen, aber er hatte zu wenig Mut, sie in die Tat umzusetzen.«

Der Sack seiner Erinnerungen war immer noch voll, und es war ihm, als ob für jede Erinnerung, die er herausgriff, zehn andere auf dem Boden des Sackes auftauchten. Doch an der Spitze all dieser Erinnerungen – wie der oberste rote Apfel im Sack – sah er nun das Bild seines Bruders am Eingang der psychiatrischen Anstalt: »Du lässt mich hier?«

»Jedenfalls wurde er mit der Zeit immer wirrer, und wir haben uns schließlich zerstritten. Lassen wir das. Reden wir von etwas anderem. Ich glaube, ich bin müde. Ich habe schon lange nicht mehr so viel geredet.«

»Wirklich«, sagte María Teresa und legte ihre Hand auf die seine. »Entspann dich. Jetzt bin ich an der Reihe. Du hast mich vorhin nach den Fußballspielern im Hotel gefragt, ja? Natürlich weiß ich eine ganze Menge Dinge über sie. Ob du es glaubst oder nicht, der Ordentlichste von allen ist der Trainer, Piechniczek ...«

Und María Teresa erzählte ihm, was sie alles in den Hotelzimmern gesehen hatte: wer Familienfotos auf dem Nachttisch stehen hatte, wer ein Pornoheftchen, wer eine Whiskyflasche im Schrank versteckt ... Carlos hörte ihr nur mit halbem Ohr zu, hörte die vielen von ihr aufgezählten Namen – Kupcewicz, Jalocha, Boniek, Lato, Banat –, lauter Tropfen, die auf seinen Kopf fielen, doch die Tropfen blieben auf der Oberfläche, drangen nicht tiefer ein – wie Wassertropfen, die über den Körper rinnen. Er fühlte sich rundum wohl: Der hohe Alkoholspiegel in seinem Blut schläferte ihn ein. María Teresas Geplauder wiederum verschnürte den Sack seiner Erinnerungen und erfüllte ihn mit Ruhe.

»So, genug geredet«, sagte sie plötzlich, »sonst schläfst du noch ganz ein. Bist ja nahe dran.«

»Du hast recht. Seltsam, gestern und heute habe ich praktisch nur geschlafen.« Carlos richtete sich in seinem Stuhl auf.

»Mir geht es manchmal auch so: Je mehr ich schlafe, desto müder bin ich.«

Der Speisesaal war bereits leer; die Geschäftsführerin saß an einem Tisch neben der Küchentür und blätterte in einer Zeitung. Carlos blickte auf die Uhr. Es war zehn vor zwölf.

»Und wenn wir nach Hause gingen?«

»Ja«, antwortete María Teresa mit einem gespielten Frösteln.

»Wir müssen deinen Mini nehmen, ich bin zu Fuß gekommen.«

Sie standen beide auf und gingen zum Ausgang.

»Wenn du nichts dagegen hast, verabschiede ich mich noch kurz von Nuria, während du bezahlst.«

»Gut, aber beeil dich. Ich will wissen, was unter dieser Jacke ist. Es ist langsam Zeit«, flüsterte ihr Carlos ins Ohr. Ein paar Minuten später standen beide auf dem Parkplatz des Gasthauses.

Die Nacht war angenehm warm. Eine sanfte Brise blies, und sowohl die Lichter des Dorfes wie die in der Umgebung – die der auf der Straße vorbeifahrenden Autos, die der Wohnsiedlung, die des Hotels – leuchteten, als hätte sie jemand poliert. Bevor Carlos in den Wagen stieg, schaute er zur Kirche hinüber, die er so oft vom Fenster seiner Wohnung aus betrachtet hatte: Sie war ärmlich, aus schlichtem grauem Stein erbaut, und in der Turmuhr war ein Riss oder vielleicht ein strahlenförmiger Fleck. Trotzdem war es eine schöne Kirche, eine einladende Zuflucht. Der Eindruck, den er ein paar Tage zuvor gehabt hatte, bestätigte sich: Wenn sich eines Tages ein Pterodactylus in jenem Himmelsstrich verirrte, würde er sich bestimmt jenen Turm aussuchen, um zu rasten.

»Wie friedlich unser Haus aussieht«, sagte María Teresa, als sie die alte Straße hinunterfuhren und das Hotel vor ihnen auftauchte. Ja, alles war friedlich.

Als sie die Kreuzung überquerten und in die Hotelauffahrt einbogen, trafen die Scheinwerfer des Mini auf ein Stoppschild. Eine Sekunde später erblickten sie einen Polizeibeamten mit einer Taschenlampe in der Hand, der ihnen befahl anzuhalten.

»Wir gehören zum Hotel, keine Angst«, sagte María Teresa fröhlich; der Beamte erwiderte ihr Lächeln und bedeutete ihnen weiterzufahren.

Kaum ein paar Meter weiter tauchte auf der gegenüberliegenden Seite der Auffahrt ein zweiter Beamter auf und brüllte ihnen zu, sofort stehen zu bleiben.

»Stellen Sie den Motor ab«, befahl er María Teresa. Es war Morros, er sperrte entgegen seiner Gewohnheit den Mund weit auf, und es machte ganz den Anschein, als habe er die Absicht weiterzubrüllen.

»Was ist hier eigentlich los?« María Teresa runzelte die Brauen und machte keine Anstalten, dem Befehl nachzukommen.

»Ich habe gesagt, Sie sollen den Motor abschalten«, wiederholte Morros drohend. Ohne María Teresa Zeit zu lassen, streckte er den Arm durchs Fenster und griff nach dem Zündschlüssel. Der Motor des Mini verstummte. Plötzlich war es ganz still.

»Aussteigen.« Seine Stimme klang wieder wie sonst. Er warf die Wagenschlüssel in María Teresas Schoß. Zwei weitere Beamte tauchten neben dem Wagen auf.

»Was fällt dir eigentlich ein? Dein Kollege weiß, dass ich hier arbeite«, begehrte María Teresa auf, aber sie gehorchte und stieg aus.

»Auch er weiß es, María Teresa. Los, komm und beruhig dich«, sagte Carlos auf der anderen Seite des Wagens. Der Alkohol in seinen Adern hinderte ihn keineswegs, Besonnenheit zu zeigen, im Gegenteil, er verlieh ihm die Kraft, die Besonnenheit in die Tat umzusetzen.

»Stellen Sie sich hierher und Hände hoch«, befahl Morros. Er leuchtete mit seiner Taschenlampe auf die Mauer zwischen der Auffahrt und dem Olivenhain.

»Ich will mit Ihrem Vorgesetzten sprechen«, sagte Carlos ganz ruhig.

»Der Leutnant sitzt im Hotelsaal drüben vor dem Fernseher«, sagte Morros und schickte sich an, sie zu durchsuchen. »Sie geben die Aufstellung der spanischen Mannschaft bekannt. Es wird gemunkelt, dass kein einziger Baske gegen Deutschland spielen wird.«

Die anderen Beamten lachten.

»Da sind die Basken bestimmt ganz froh.« Carlos konnte sich ein Lächeln nicht verkneifen.

»Hände hoch, habe ich gesagt.« Morros stieß ihm mit der Lampe in die Rippen.

María Teresa wandte sich um.

»Was fällt dir eigentlich ein? Wer bist du überhaupt? Ein widerlicher Schlägertyp«, schrie sie Morros an.

»Soll ich Ihnen eine runterhauen«, fauchte Morros und musterte sie von oben bis unten.

»Ruhe bitte.« Der Beamte, der sie zuerst angehalten hatte, stellte sich zwischen María Teresa und Morros. »Ruhe, Ruhe«, wiederholte er, als er sah, dass sein Kollege die Frau weiter anstarrte. Schließlich nahm er ihn am Arm und zog ihn von der Mauer weg.

»Ist genug jetzt, oder?«

»Sie ist betrunken. Daher hat sie zu schreien angefangen«, sagte Morros verächtlich. Dann verschwand er hinter einem Jeep.

»Bist ein ekelhafter Kerl, nur dass du es weißt. Kannst sicher sein, dass ich mit dem Leutnant rede«, rief sie ihm nach.

Carlos dachte, sie werde demnächst in Tränen ausbrechen.

»Komm, María Teresa, gehen wir ins Hotel. Gehen wir, und vergessen wir das alles«, bat er.

Sie legten das letzte Stück bis zum Hotel schimpfend zurück und fragten sich, ob es richtig sei, noch in derselben Nacht mit dem Leutnant zu reden. Schließlich aber gab María Teresa nach – sie war es, die Morros anzeigen wollte. Ja, er hatte recht: Wenn sie Morros' Vorgesetzten aus dem Hotelsaal holten, würde die Nacht vorbei sein.

»Darf ich noch eine Zigarette auf der Terrasse rauchen?«, fragte sie, nachdem sie den Mini vor der Garage geparkt hatte. Sie betraten gemeinsam die Küche. »Wahrscheinlich sitzt noch jemand draußen.«

»Seit wann rauchst du?«

»Üblicherweise rauche ich nur auf Hochzeiten. Doch dieser Schlägertyp hat mich aufgeregt, und ich habe das Bedürfnis, etwas Dampf abzulassen, bevor ich in die Wohnung hinaufkomme. Im Ernst, ich will nicht so nervös zu dir hinaufkommen. Natürlich...«, sie stieß zögernd die Tür zwischen Küche und Speisesaal auf, »ich weiß schon, was sich alle denken werden, wenn sie mich so spät im Hotel sehen. Doch das ist mir jetzt egal.«

Die Küche sah auch zu dieser Nachtzeit wie eine Kapelle aus. Sie war blitzsauber und still, und alle metallenen Gegenstände – vom Steiner-Herd bis zu den großen Suppentöpfen – glänzten matt. María Teresa stand reglos in der Tür.

»Mir ist es auch egal. Und erst recht, seit ich gesehen habe, wie du mich verteidigt hast.« Wenn er ihre Beziehung formalisieren musste, warum nicht gleich jetzt damit beginnen?

Sie küsste ihn auf die Wange.

»Ich komme gleich nach.«

Mach nur so weiter, mach nur so weiter und lass das Missverständnis größer und größer werden. Morgen wirst du es bereits bereuen, sagte eine seiner inneren Stimmen. *Nein, ich glaube nicht, dass du dich wegen dieses Berserkers Gedanken machen musst,* hörte er eine andere. *Er kann dich auf den Tod nicht leiden, das ist offensichtlich, aber er hat nichts gegen dich in der Hand. Ich will damit sagen, dass er sich so aufführt, weil die Schwingungen zwischen euch beiden schlecht sind, nicht weil er dich für den Verbindungsmann zu Jon und Jone hält.* Dann hörte er eine dritte Stimme, die von Kropotky: *Jedenfalls ist die Lage ernst. Schlechte Schwingungen laden die Luft mit negativer Energie.* Und eine vierte: *Wir sind aufseiten der Polizeibeamten.* In Carlos' Erinnerung tauchte ein Pressefoto auf. Aus diesem Foto starrte ihn die Familie des Geschäftsmanns, den er entführt und umgebracht hatte, hasserfüllt an.

»Danuta lässt dich grüßen und wünscht dir viel Vergnügen für morgen mit Maradona und den anderen Brasilianern.« María

Teresa war in die Küche zurückgekehrt. »Und Guiomar hat mir aufgetragen, dir zu bestellen, dass du morgen um zehn bereit sein sollst und dass er die Hunde gefüttert hat.«

»Tatsächlich, ich habe die Hunde ganz vergessen.«

»Keine Sorge, Guiomar hat sich um sie gekümmert. Möchtest du eine Zigarette? Ich habe für alle Fälle gleich zwei mitgebracht.«

Carlos nickte. Er nahm die Streichhölzer, die auf dem Steiner lagen, und zündete die Zigaretten an.

»Wer ist alles draußen?«

»Fast alle. Guiomar, Laura, Danuta, Pascal und Doro und seine zwei Söhne, eine ganze Runde.«

»Und Stefano? Ich meine den Journalisten mit der Clownvisage?«

»Nein, der ist nicht dabei. Und Ugarte auch nicht.« María Teresa lächelte verschmitzt.

»Ugarte ist nicht draußen?« Carlos horchte auf.

»Warum soll er hier sein? Er ist wahrscheinlich im *La Masía*«, meinte sie mit einem vielsagenden Lächeln.

»Glaubst du? Wir hätten ihn doch gesehen? Er ist uns jedenfalls nicht über den Weg gelaufen.«

»Nuria hat mir gesagt, dass er jeweils gegen zwölf auf einen Drink vorbeikommt. Wohin er dann geht, hat sie allerdings nicht gesagt. Keine Ahnung. Vielleicht zu Nuria nach Hause. Nuria ist ja auch in Scheidung.«

»Ja, das hast du mir vorhin erzählt.«

Sie rauchten stumm, zogen zuerst hastig an ihrer Zigarette, dann in immer größeren Abständen.

»Hast du dich etwas beruhigt?« Er warf den Stummel in einen Kehrichteimer und führte seine Hand an ihr Ohr.

»Ja. Ziemlich.« María Teresa warf ihre Zigarette ebenfalls in den Eimer. »Nicht hier, Carlos«, flüsterte sie zurückweichend. Carlos hatte seine Hand in ihren Ausschnitt gesteckt.

»Wir fangen hier an und machen oben weiter«, flüsterte er

und schob seine Hand unter die Jacke. »Ich spüre keinen Büstenhalter ...«

»Und wenn einer von Doros Söhnen hereinkommt, was ...« Doch Carlos' Finger berührten schon ihre Brustwarze, und sie ließ den Satz in der Schwebe.

Er öffnete um drei Uhr morgens die Augen, plötzlich, als sei er ohne Intervall vom Schlaf zum Wachzustand übergegangen. Er lag reglos da und erforschte die Dunkelheit: Ja, er war in seinem Schlafzimmer, und die Frau, die ruhig an seiner Seite schlief, war María Teresa. *Ruhig, Carlos, alles in Ordnung. Jedes Ding an seinem Platz, zur richtigen Zeit, im richtigen Maß,* hörte er. Sabinos Stimme in ihm klang wie eine Tonbandaufnahme. *Schließ die Augen wieder und schlaf. Du brauchst den Schlaf. Der morgige Tag wird entscheidend sein, der Countdown hat bereits begonnen, zehn, neun, acht, sieben, sechs, fünf ...*

»So schnell wiederum auch nicht«, unterbrach er die Stimme. Er hatte einen schalen Geschmack im Mund und im Hals und einen Druck im Magen. Dank eines erhöhten Alkoholspiegels die Realität umgehen hatte eindeutig seinen Preis.

»Zehn, neun, acht, sieben ...«, hörte er jetzt. Doch diesmal war es nicht Sabino, der den Refrain anstimmte, sondern eine Gruppe Kinder in einem Schulzimmer. Carlos schüttelte den Kopf und stand vom Bett auf. Er schlüpfte in die Pyjamahose und ging möglichst geräuschlos ins Wohnzimmer. In der Wohnung herrschte Stille, im Hotel herrschte Stille, und über allen lebenden und nichtlebenden Kreaturen draußen vor dem Fenster – dem Backhaus, dem Schuppen, den Bäumen, den Insekten, der Tankstelle, dem Dorf, dem finsteren Wall des Montserrat – lag tiefe Stille. Auf der Esplanade umflatterte die kleine Fledermaus unbeirrt die Straßenlampe. War es die gleiche, die er vor ein paar Stunden in der Nähe des Schwimmbads gesehen hatte? War es ihre Schwester? War sie ihr Kropotky? Carlos hielt die Hand an die Stirn: Hatte er Fieber?

Nein, seine Stirn fühlte sich kühl an. Die heftige Erregung, die von ihm Besitz ergriffen hatte, war nicht physiologischer Natur, sondern hatte mit seiner Situation zu tun. Der letzte Moment nahte, und der Druck der Angst machte sich immer stärker bemerkbar. *Was hast du denn geglaubt? Dass er niemals kommen würde, dieser Moment?*, sagte die Ratte. *Du hast es ja gehört, oder? Der Countdown hat bereits begonnen: zehn, neun, acht, sieben, sechs, fünf...*

Er ging in die Küche und machte Milch warm. Danach kehrte er ins Schlafzimmer zurück, tastete in der Dunkelheit nach dem Schreibtischstuhl und setzte sich, die Tasse in der Hand. Er lauschte angestrengt, aber er hörte das Kinderlied mit dem Zahlenrefrain nicht mehr. Er hörte nur das langsame, regelmäßige Atmen María Teresas. Sie schlief ruhig, und auch Guiomar im Zimmer nebenan schlief ruhig; und Laura, Pascal, Boniek, Lato, Piechniczek, Danuta – alle schliefen ruhig und tief. Nein, das stimmte nicht ganz. Stefano schlief wahrscheinlich auch nicht; er saß vielleicht wach in seinem Schlafzimmer über einem Plan des Hotels gebeugt, und daneben lag die Information über Jon und Jone. Und wenn er es sich genau überlegte, auch Jon und Jone waren wahrscheinlich wach, es sei denn, sie hätten Schlaftabletten geschluckt. Und Mikel? Mikel wälzte sich wohl in seinem Bett, überlegte sich, ob er alles Notwendige im Lieferwagen verladen hatte, den er in der Autowerkstatt gegen seinen getauscht hatte. *Etwas ungewöhnlich, dass du dich in dieser Gruppe befindest, oder?* Die Frage der Ratte klang eine Spur ironisch. *Warum befindest du dich in der Gruppe jener, die wach sind? Dass Jon und Jone darunter sind, einverstanden, weil sie zur Organisation gehören. Und dass auch Stefano darunter ist, einverstanden, weil das zu seiner Arbeit gehört; und dass Mikel darunter ist, nun, auch einverstanden, weil Mikel so einfältig ist und gar nicht merkt, in was er hineintappt. Aber du?*

»Schläfst du nicht, Liebster?«, fragte plötzlich María Teresa und hob kurz den Kopf aus dem Kissen. Es war das erste Mal, dass sie ihn mit einem Kosewort anredete.

»Ich komme gleich wieder ins Bett ...« Doch sie schlief bereits wieder.

Er wusste nicht, warum er sich in der Gruppe von Jone, Stefano und seinen Kollegen befand. Er hatte doch gar keinen besonderen Grund dazu. »Ich schäme mich, Carlos, ich komme mir vor, als sei ich ein Spießer geworden«, hatte Mikel gesagt. Ja, vielleicht hatte es damit zu tun, denn in seinem Innersten war ihm ähnlich zumute. Es war ihm nicht gleichgültig, was Jon und die anderen der Organisation von ihm dachten; er wollte nicht, dass sie ihn für einen Feigling hielten. Wer weiß, vielleicht war das der Schlüssel, seine Unterwürfigkeit. Dass er sich darüber Gedanken machte, war der Beweis dafür. Wäre es ihm gleichgültig gewesen, was andere von ihm halten, hätte er sich niemals auf dieses Spiel eingelassen. Andererseits, Entscheidungen wie die, Jon und Jone zu verstecken, werden nicht mit Besonnenheit getroffen, man muss sie augenblicklich, auf der Stelle treffen. Es war nicht ein langsamer, bedächtiger, steiler Aufstieg, wo man genügend Zeit hat, die Anstrengung und die entsprechenden Risiken abzuwägen. Nein, wenn es um eine solche Entscheidung geht, verlangen die Fragen rasche Antworten. Mikel hatte gesagt: »Was machen wir? Wenn wir ihnen nicht helfen, werden sie sie an der Wand zerquetschen wie Fliegen.« Und er: »Wie lange müssen wir sie verstecken?« Mikel: »Eine Woche höchstens.« Und er hatte die Entscheidung getroffen. »Wenn es nicht länger als eine Woche ist, los. Eine aufregende Woche in Erinnerung an die alten Zeiten.« Wie viele Minuten hatte es gedauert? Zwei? Drei? Und innerhalb dieser drei Minuten waren die Würfel gefallen.

Er sah ein Foto vor sich, das im Rathaus von Obaba hing. Darauf sah man einen jungen Burschen aus Obaba, der in Russland gefallen war. »Warum ist er nach Russland gegangen, um mit der Blauen Division zu kämpfen? War er Faschist?«, hatten er und sein Bruder Tante Miren gefragt. Und sie hatte geantwortet: »Er hatte bei einer Hochzeit zu viel getrunken. Und beim Verlassen des Gasthauses begegneten sie einer Gruppe Falangisten, die Männer für

Russland rekrutierten. Die meisten Hochzeitsgäste bemerkten sie gar nicht, aber er und noch zwei, euphorisch, wie sie waren von dem vielen Alkohol, beschlossen, sich einzuschreiben. Und dann konnten sie nicht mehr zurück. Sie mussten nach Russland und an der Seite der Deutschen kämpfen. Und dort ist er geblieben, bäuchlings im Schnee, der Ärmste.«

Carlos stellte die leere Milchtasse auf den Schreibtisch. Er fühlte sich besser und beschloss, sich wieder neben María Teresa ins Bett zu legen. Kurz darauf war er eingeschlafen.

Er war mitten in einem tiefen Traum, als das Telefon klingelte. Genau wie vor fünf Tagen, als er vom Eismeer träumte, wusste Carlos, dass der angeschwollene gelbe Fluss vor ihm nur ein Traumbild war und dass die Bachstelzen, die am Ufer des Flusses tanzten, zu jenem unwirklichen Bild gehörten. Und er wusste auch, dass das durchdringende Schrillen, das an sein Ohr drang, Guiomars Anruf war und nicht – unmöglich – der Pfiff eines Schiedsrichters, der auf einem Fußballfeld in der Nähe des Flusses ein Foul anzeigte. Die Bachstelzen im Traum – seine Lieblingsvögel seit der Zeit, als Kropotky und er an den Flüssen Obabas umherstreiften – beanspruchten den Teil seines Gehirns, der sich immer noch dem Diktat seines Bewusstseins entzog. Carlos vergrub den Kopf unter dem Kissen und versuchte weiterzuschlafen. Es half nichts: Das Telefon klingelte weiter, bis es alle Bilder aus Carlos' Kopf ausgelöscht hatte.

»Du wirst auch heute schnell duschen müssen. Es ist Viertel nach zehn«, sagte Guiomar, als Carlos endlich ins Wohnzimmer lief und den Hörer abhob.

»Ich glaube, ich hab verschlafen«, sagte Carlos mit einem Blick durchs Fenster.

»Ich befürchte, ja«, bestätigte Guiomar.

»Wie viel Zeit räumst du mir ein?«

»Fünf Minuten. Ich möchte nämlich vor dem Essen noch ein paar Besorgungen machen. Beeil dich.«

»Und wenn wir in einer Cafeteria in der Nähe des Immobilienmaklers frühstücken anstatt im *Zurich?* Wie viel Zeit gibst du mir dann?«

»Eine Viertelstunde. Was bedeutet, dass ich um halb elf mit laufendem Motor vor dem Hotel warte.«

»Sehr gut, Fangio.«

Carlos duschte rasch und stellte sich dann zum Rasieren vor den Waschtisch. *Ein dicker, dicker Kuss,* las er. María Teresa hatte mit ihrem Lippenstift eine Nachricht auf den Spiegel geschrieben. Er wischte die Worte mit einem Kleenex weg und seifte sich das Gesicht ein. Er drückte den Schalter, und das Radio sagte: »Es folgen die Zehn-Uhr-dreißig-Nachrichten. Die Meldungen vom Tage: ETA hat sich zum Bombenattentat bekannt, dem ein zehnjähriger Junge zum Opfer gefallen ist. Zudem ist heute bekannt geworden, dass das zweite Opfer dieses Attentats ein Kommandomitglied der Terrororganisation ETA war. Xabier Zabaleta, Jatorra, ein zweiundzwanzigjähriger Mann, ist gestern Nacht im Krankenhaus von Bilbao gestorben.«

Carlos schaltete das Radio aus und versuchte, die Nachricht zu vergessen. Eine Sekunde später jedoch sah er Jones Bild vor sich. Nein, es war zwecklos, das Problem verdrängen zu wollen. Der Moment war gekommen: Mikel würde um sieben Uhr abends an der Autobahnzahlstelle sein, um acht im Hotel, um neun an der Tankstelle. Es fehlten noch Millimeter bis zum letzten Sternchen.

»Zehn!«, rief er seinem Spiegelbild zu. Die Zahlen hatten sich in Bewegung gesetzt. Bei Null würde alles vorbei sein.

Er schlüpfte in die Kleider vom Abend zuvor, ging nochmals kurz ins Bad und schickte sich an, die Wohnung zu verlassen. Er stand bereits in der Tür, als er sich an einen am gestrigen Abend gefassten Vorsatz erinnerte. Er kehrte in sein Schlafzimmer zurück, zog den an Guiomar adressierten Umschlag aus der Schublade und fügte dem Brief ein zweites Postskriptum hinzu: *So wie Pascal vermache ich auch María Teresa einen Teil meines Erbes:*

mindestens einen Betrag, der die Kosten für das Studium ihres Sohnes deckt.

Jawohl, mein Herr, wie ich dir gestern gesagt habe, du hast ein goldenes Herz. Selbst in den kritischsten Momenten vergisst du deinen Nächsten nicht, spottete die Ratte. Er legte den Umschlag in die Schublade zurück, schlug die Tür hinter sich zu und lief die Treppe hinunter.

Guiomar machte einen zufriedeneren Eindruck als am Telefon. Kaum war Carlos eingestiegen, trat Guiomar auf das Gaspedal und lenkte den Wagen die Auffahrt hinunter.

»Wie in alten Zeiten«, sagte Carlos.

»Schöner«, bestätigte Guiomar. Er saß etwas nach vorn gebückt auf dem Sitz und umfing mit seinen langen Armen das Lenkrad. »Früher war ich aus beruflichen Gründen Fahrer, bei den Überfällen und so. Heute bin ich es aus reinem Vergnügen, und daher fahre ich besser. Man macht alles besser, wenn man keine Verantwortung trägt. Und wenn wir schon beim Vergnügen sind, schau dort, schau, wie wunderbar.«

»Meinst du die dort?«, fragte Carlos, als sie vor der Kreuzung an den diensthabenden Sicherheitsbeamten vorbeifuhren.

»Bestimmt nicht.«

Morros war nicht am Kontrollposten. Wahrscheinlich würde er die Nachtwache übernehmen. Musste er sich seinetwegen Gedanken machen? In Wirklichkeit war es ihm ziemlich egal, ob er ihm begegnete oder nicht. Polizeibeamte waren Polizeibeamte; und Maschinenpistolen Maschinenpistolen. Das eine wie das andere war, je nachdem, gefährlich.

»Ich habe sie mir gestern besorgt«, sagte Carlos, als sie die Kontrolle passiert hatten. Er zeigte auf zwei Postkarten auf dem Armaturenbrett mit den Mannschaften Argentiniens und Brasiliens darauf.

Carlos nahm die Postkarten in die Hand.

»Die besten Spieler der Welt«, meinte er anerkennend. »Und die Eintrittskarten? Du hast sie hoffentlich nicht vergessen ...«

»Es sind Einladungen, keine Eintrittskarten. Wir müssen sie im Stadion am Schalter 5 abholen. Eine halbe Stunde vor dem Spiel reicht.«

»Wunderbar. Und wie war es mit Pascal? War wohl ein ganz besonderer Spaziergang, oder?«

»Besonders?«, wiederholte Guiomar die Frage und dachte einen Moment lang über die Antwort nach. Währenddes schweifte Carlos' Blick von den Gipfeln des Montserrat zu den dicht bebauten Ausläufern bis zur entgegengesetzten Fahrbahn. Der Belag glitzerte stellenweise in der Sonne.

»Ja, ganz besonders. Du wirst es natürlich nicht glauben, aber es ist so. Vor allem heute. Gestern Abend haben wir mit Ugarte gesprochen, ja, und wir sind übereingekommen, die Dinge wie zivilisierte Menschen zu erledigen. Ich bin wirklich froh, ehrlich.«

»Wie schnell sich doch gewisse Dinge in unserem Hotel verändern.« Carlos legte die Postkarten wieder aufs Armaturenbrett. Der Tonfall in Guiomars Stimme warnte ihn: Er wollte nicht über Familienangelegenheiten reden. Es war nicht der geeignete Tag dazu.

»Heute Morgen haben wir Peter Pans kleines Haus besichtigt. Pascal hat hinter dem Brunnen ein hübsches kleines gebaut. Er ist ein sehr intelligentes Kind, weißt du? Aber er hat zu viel Fantasie.«

Carlos enthielt sich sowohl eines Kommentars über Pascals kleines Haus als auch des Kommentars, den Guiomar vielleicht von ihm erwartete: »Ja, er hat viel Fantasie; ehrlich, glaub mir, was er dir von der Pistole erzählt hat, ist zu achtzig Prozent ebenfalls seiner Fantasie entsprungen. Und zudem, ich habe es dir bereits im Schwimmbad gesagt, Jon und Jone sind schon seit Tagen weg.« Er lehnte sich zurück und konzentrierte sich auf die Straße. Ein paar Autos kamen ihnen entgegen, sie überholten wiederum andere. Der R5 fuhr mit großer Geschwindigkeit auf die Autobahn zu. Am Steuer der meisten Wagen erblickte Carlos Menschen wie Guiomar; Menschen, die an ihre Kinder dachten. Gab es darunter jemand wie ihn? Jemand, der im Reich der Angst lebte? Er sah einen Mann mit Brille am Steuer eines Mercedes; dann zwei junge Burschen in einem Opel, anschließend eine Brünette in einem Dyane. Er rechnete sich aus, dass es alle zusammen auf sechs oder sieben Kinder bringen mochten. Sich in seiner Situation befinden war vielleicht bedrückend – doch Teil jener Masse sein? Wie alle anderen? Genau gleich wie alle anderen? *Du bist Guiomar gegenüber ungerecht,* hörte er Sabinos Stimme, *es klingt ein bisschen verbittert, findest du nicht auch? Aber letztlich kommt es dir sehr gelegen, dass er sich so blenden lässt. Du kennst ja die Geschichte des Diebes, der auf den Markt ging und das Gold stahl. Er sah allerdings vor lauter Gold die Leute nicht! Nun, mit Guiomar ist es ähnlich. Er getraut sich nicht, dich offen nach Jon und Jone zu fragen. Deine Lüge ist ihm lieber, und er wird alles tun, damit er sich daran festklammern kann. Das Einzige, was er jetzt will, ist an seine neue Familie denken.*

»Schau, der Weg nach Hause«, rief Guiomar aus, als sie in die Autobahn einspurten, und zeigte mit dem Arm schräg von Barcelona weg in die Richtung, wo das Baskenland lag.

»Blödmann«, antwortete Carlos und schlug ihm mit der Faust auf den Vorderarm.

»Ich habe es dir ja gesagt. Wenn du willst, fahren wir im September hin.« Guiomar reihte den R5 in die rechte Fahrspur ein. Auf der Autobahn nützten ihm seine Fahrkünste wenig, alle stärkeren Wagen überholten ihn.

»Ich weiß nicht. Im Grunde habe ich gar keine große Lust dazu.«

»Bist nicht ganz im Schuss heute.«

»Ich habe bloß zu wenig geschlafen. Ich komme schon wieder in Schuss, keine Angst.«

»Das will ich hoffen. Wirst in Schuss kommen müssen. Gehen wir vielleicht nicht nach Barcelona, um ein Haus zu suchen und ein neues Leben anzufangen? Zudem hat man nicht jeden Tag Gelegenheit, Argentinien–Brasilien live zu sehen.«

»Du hast recht.«

Guiomars gute Laune vermochte ihn nicht anzustecken. Zudem löste die Extravertiertheit seines Freundes eine gewisse Aggressivität bei ihm aus, was ihm wiederum das Gefühl gab, ein mieser Kerl zu sein. Aber er war nicht allein schuld an seiner Seelenverfassung. Auch die Angst trug ihren Teil dazu bei. Je mehr man sich den Grenzen ihres Reichs nähert, desto stärker wird der Druck der Angst.

»Doch nicht etwa wegen dieser Geschichte mit Jon und Jone, oder? Dass du so niedergeschlagen bist, meine ich.« Guiomar hatte es endlich über sich gebracht, das Thema direkt anzusprechen.

»Ich vermute, sie sind bereits in Frankreich«, antwortete Carlos und folgte mit dem Blick einem in die entgegengesetzte Richtung fahrenden Sattelschlepper.

»Umso besser.«

»Komm, vergiss es. Ich habs dir ja schon gesagt, ich habe schlecht geschlafen und bin ziemlich grantig aufgestanden. Vielleicht habe ich gestern zu viel getrunken. Du weißt ja, María Teresa und ich sind zusammen essen gegangen.«

»Alles in Ordnung, oder?«

Guiomar suchte weiter nach möglichen Gründen. Es war doch nicht normal, dass auf dem Weg zu einem Fußballspiel zwischen Brasilien und Argentinien eine so trübselige Stimmung im Auto herrschte. Ausgerechnet jetzt, wo sie vorhatten, ein neues Leben anzufangen.

»Nicht ganz. Zwischen uns ist ein Missverständnis entstanden. Um ehrlich zu sein, ich bin etwas ratlos«, fuhr Carlos fort. In den folgenden Minuten schälte er die Einzelheiten dieses Missverständnisses heraus und hob vor allem den Aspekt hervor, der ihm am einleuchtendsten erschien. Er war kein nebensächliches Problem. María Teresa rechnete mit einem Heiratsversprechen, und er fragte sich, wie sie reagieren werde, wenn er sie würde enttäuschen müssen.

»Glaub mir, je schneller du das Missverständnis aufklärst, desto besser. Doch zerbrich dir nicht zu sehr den Kopf darüber. Mit Ugarte wegen Pascal zu reden, das war wirklich eine heikle Angelegenheit, aber schließlich haben wir uns prima geeinigt.«

»Ugarte, das ist etwas anderes. Er hat mehr Lebenserfahrung. Nun, es wird sich schon eine Lösung finden. Ich weiß nicht, warum ich mir so viel Gedanken mache. In letzter Zeit rege ich mich wegen jeder Bagatelle auf.«

Sie waren inzwischen in Barcelona angelangt: Zu ihrer Rechten breitete sich längs der Autobahn ein in grauen Dunst gehülltes Dächermeer aus.

»Mal sehen, ob wir ein neues Leben anfangen, wenn wir eine Maisonette finden«, schloss Guiomar, während er in die mittlere Fahrspur in Richtung Diagonal einfädelte. »Viertel nach elf«, stellte er mit einem Blick auf die Uhr fest. »Ich habe uns beim Immobilienmakler für halb zwölf angemeldet. Was machen wir? Von einer Telefonzelle aus anrufen, dass wir etwas verspätet sind?«

»Ist es weit von hier?«

»Nein, ganz in der Nähe, am Ende der Calle Aribau. Nur wegen des Frühstücks, meine ich.«

»Gehen wir doch direkt hin. Ich werde dort in der Nähe einen Kaffee trinken.«

Carlos beobachtete die Wagenlenker in der Kolonne neben ihnen. Sie sahen alle aus wie ganz gewöhnliche Menschen, Familienväter und Mütter, Studenten, Büroangestellte. Unter jenen, die er auf der Strecke bis zur Calle Aribau beobachtete, befanden sich vielleicht höchstens vier, die wie er im Reich der Angst waren: ein schlanker Typ mit einer Verbrechervisage, ein Junkiepärchen und der Verwundete oder der Kranke in einer Ambulanz mit heulender Blaulichtsirene. Er dachte, dass dieses magere Ergebnis nicht das Resultat seiner düsteren Laune war, sondern schlicht der Wahrheit entsprach.

Du weißt doch, was für eine Person du darstellst, oder?, hörte er etwas später, als er neben dem Immobilienmaklerbüro einen Kaffee trank. *Den Narren, zweifelsohne. In der Gruppe jener, die im Reich der Angst vor sich hin vegetieren, gibt es immer eine Untergruppe von Narren, und du gehörst zweifelsohne dazu.*

Die Ameisen kamen in einer langen Kolonne durchs Küchenfenster herein, zogen bis zum Spülstein hinunter und dann in entgegengesetzter Richtung wieder hinauf: vom Spülstein bis zur Marmorabdeckung über dem Geschirrspüler, von der Marmorabdeckung um eine Steckdose herum wieder zum Fenster hinaus. Die Uhr an der Wand zeigte zwanzig nach acht. Aber sie stand still. In Wirklichkeit war es zwölf Uhr dreißig mittags.

Carlos rauchte eine Zigarette und betrachtete das Kommen und Gehen der Ameisen, während Guiomar und die Angestellte des Immobilienmaklers sich im oberen Geschoss der Maisonettewohnung unterhielten. Je weiter der Morgen fortschritt, desto mehr Mühe hatte er, mit seinem Freund Schritt zu halten. Er konnte auf eine geistreiche Frage mit einer ebenso geistreichen antworten, er konnte sich sogar zu einem zusätzlichen Scherz aufraffen, doch dann zog er es vor, unter irgendeinem Vorwand am Rand zu bleiben.

»Ich habe Durst, ich gehe in die Küche Wasser trinken. Und wenn du mir eine Zigarette gibst, rauche ich sie in aller Ruhe unten. Du lass dir von der Dame alles genau erklären.«

Sein Durst war vorgetäuscht, der Durst der Ameisen aber nicht. Sie liefen hastig um die vom tropfenden Hahn gebildete Lache, stiegen übereinander und drängten sich gegenseitig weg. Das chaotische Gewimmel dauerte nur kurz, und jede fügte sich wieder in ihre Kolonne ein, kaum hatte sie den Muldenwinkel des Spülsteins bezwungen. Wie wussten die Ameisen, dass es dort Wasser gab? Von wie weit weg kam die Karawane, um hier den Durst zu löschen? Wie viele waren es? Carlos – er konnte nur diese eine Frage beantworten – zählte etwa vierzig im Spülstein selbst und schätzte etwa dreihundert in den abwärts- und aufwärtsziehenden Kolonnen. Die

Karawane stoppte nicht am Küchenfenster; sie glitt in ein Abflussrohr an der Wand des Patios und zog von dort aus aufwärts. Bis zum Dach? Wahrscheinlich, weil die Wohnung zuoberst lag und es vom Fenster bis zum höchsten Punkt des Gebäudes rund fünf Meter waren.

Carlos' Blick folgte dem Rauch seiner Zigarette zum Fenster, zum Dach, zum blauen Himmel Barcelonas. Vom Küchenfenster aus sah man den grauen Dunst nicht, den er auf der Autobahneinfahrt bemerkt hatte. Und man hörte auch den Lärm der Autos nicht, die in diesem Moment zu Tausenden durch die Stadt zirkulierten; das Einzige, das bis zu ihm hinaufdrang, war ein unbestimmtes Geräusch, manchmal entfernt, manchmal nah. Ja, die Dinge schienen an ihrem Platz zu sein, zur richtigen Zeit, im richtigen Maß. Vor allem, was die Ameisen betraf. Die Regelmäßigkeit ihrer Bewegungen war bewundernswert. Mit einem Auge dem Sekundenzeiger seiner Armbanduhr, mit dem andern der Ameisenkarawane folgend, berechnete er die Geschwindigkeit des Ameisenzuges: Sie benötigten sechsundvierzig Sekunden bis zur Lache, zwei oder drei Sekunden mehr für den Weg zurück.

Er wusste nicht, wohin mit dem Zigarettenstummel, also ging er auf die Terrasse hinaus. Von dort aus sah man die Dächer der Altstadt; und wo die Dächer aufhörten, erblickte man einen länglichen blauen Flecken: das Mittelmeer. Er steckte die Kippe in die Erde eines Tontopfes mit einer Konifere und forschte im Blau nach einem Schiff. Nichts, nur der weiße Schatten eines schlanken Gebäudes, das von da aus betrachtet eine gewisse Ähnlichkeit mit dem Leuchtturm von Biarritz hatte. Ein Gedanke durchzuckte ihn: Wenn der heutige Tag ein gutes Ende nahm und er es schaffte, heil davonzukommen, würde er nach Biarritz gehen und Sabinos Grab besuchen.

Neun, Carlos, neun, hörte er jetzt, *die Zahlen laufen unaufhaltsam rückwärts. Und von Zahl zu Zahl schneller.* Sabinos Stimme klang besorgter als je zuvor.

»Was meinst du, Carlos?« Guiomar stand hinter ihm. »Das obere Geschoss gefällt mir ganz gut. Es sind drei Zimmer. Etwas klein allerdings.«

Carlos wandte den Kopf.

»Es ist eine sehr hübsche Wohnung, finde ich. Kaufen wir sie.«

»Ohne weitere zu besichtigen?« Guiomar schmunzelte. Er nahm eine Zigarette und zündete sie hinter den gewölbten Händen an.

»Diese Maisonette ist doch in Ordnung, oder? Sie hat genug Zimmer und erst noch eine Terrasse, wo Pascal spielen kann. Was wollen wir mehr? Sag der Dame, dass wir morgen mit der verlangten Anzahlung vorbeikommen, und die Sache ist geritzt.«

»Es macht Spaß, mit einem Befehlsgewohnten einkaufen zu gehen. Man erspart sich eine Unmenge Zeit«, meinte Guiomar.

»Schrecklich, diese Küche«, seufzte die Dame vom Immobilienmaklerbüro. »Es wimmelt von Ameisen. Ich weiß nicht, woher sie kommen. Ich habe den Wasserhahn zugedreht, aber morgen werde ich mit einer Flasche DDT vorbeikommen müssen.«

»Lassen Sie sie in Frieden. Wir kaufen die Maisonette samt den Ameisen. Oder besser gesagt, wenn Sie die Ameisen töten, kaufen wir sie nicht«, sagte Carlos.

Die Frau schaute ihn verblüfft an.

»Ich habe aber schon ein paar getötet.« Zur Verblüffung kam leichtes Erschrecken.

Als sie wieder auf die Straße hinaustraten, brannte die Mittagssonne auf den Asphalt, und das Thermometer zeigte fünfunddreißig Grad. Hinzu kam, dass sowohl die Autos als auch die Menschen die subjektive Empfindung von Hitze noch verstärkten: Erstere, weil sie sich vor den Verkehrsampeln stauten und fast pausenlos hupten, die Zweiten – junge Männer und Frauen, die es eilig hatten –, weil sie sich auf dem Gehsteig drängten und einem die Luft zum Atmen nahmen. Carlos war etwas schwindlig.

»Du bist es nicht mehr gewöhnt. Hier ist es nicht so still wie an der Banyera. Du wirst dich daran gewöhnen müssen. Du musst mindestens dreimal die Woche nach Barcelona kommen. Sonst lasse ich dir keine Ruhe.«

»Wie bist du mit der Ameisenvernichterin verblieben?«

»Sie will mit dem Eigentümer reden und uns dann anrufen. Ich glaube, es geht in Ordnung. Ich erkundige mich morgen, ob die Wohnung nicht belastet ist. In solchen Dingen kann man nicht vorsichtig genug sein.«

Guiomar ließ sich seine gute Laune nicht verderben und betrachtete lächelnd die Welt von seinen zwei Metern Höhe aus. Für ihn – und noch mehr als für jemand sonst – waren die Dinge an ihrem Platz, zur richtigen Zeit, im richtigen Maß.

»Wohin gehen wir jetzt? Es ist fast eins«, fragte Carlos, als sie an einer Ampel stehen blieben. Er las aus dem Augenwinkel die Schlagzeilen auf einer Zeitung, die an einem Kiosk auf dem Gehsteig ausgehängt war. *Bange Stunden für die Palästinenser in Beirut. – Das zweite Opfer des Attentats war Mitglied der ETA. – Argentinien–Brasilien um 17.15 Uhr. Spanien–Deutschland um 21 Uhr.*

»Wohin ich gehe, das weiß ich«, sagte Guiomar spitzbübisch lächelnd. »Zu einem Juwelier nämlich, eine Brosche für Laura kaufen«, erklärte er. »Ich würde ihr gern einen Ring kaufen, aber es ist wohl noch zu früh dafür. Ich möchte Ugarte nicht verletzen. Wenn auch nur Pascals wegen, müssen Ugarte und ich uns vertragen.«

»Sicher. Am besten, ihr benehmt euch wie Spießer«, antwortete Carlos und schaute einem Kastenwagen nach, der in dem Moment an der Ampel vorbeifuhr. Ja, auch Mikels Kastenwagen war wahrscheinlich bereits unterwegs. Er hatte das Baskenland bereits hinter sich gelassen. Und Jon und Jone, hatten sie ihre Reisetasche schon gepackt? Und Stefano? Wo trieb sich diese Schlange wohl herum? Er konnte es sich nicht vorstellen, und das bereitete ihm Unbehagen.

»Um einer Frau eine Brosche zu kaufen, braucht man nicht ein

Spießer zu sein«, sagte Guiomar und trat auf die Fahrbahn hinaus. Die Ampel hatte auf Grün geschaltet.

»Wenn du eine teure kaufst, nicht, denn dann ist es eine durch und durch bourgeoise Geste. Oder aristokratische, was weiß ich.«

Er war wieder ungerecht, in seinen Worten schwang wieder Bitterkeit mit. Doch Guiomar war nicht in der Stimmung, den Unterton herauszuhören, und interpretierte den Kommentar als simplen Scherz.

»Du hast sogar recht. Der Juwelier, den ich im Auge habe, gehört zu den teuren. Wir sind gleich dort, am Paseo de Gracia.«

Ein paar Minuten später standen sie davor. Das Schmuckgeschäft hatte drei schmale, rechteckige Schaufenster, und sowohl das Fensterglas als auch das Holz der Eingangstür waren gepanzert.

Ein Tresor voller Tresore, dachte Carlos. Guiomar drückte auf einen Knopf neben der Tür.

»Ich komme nicht mit hinein. Ich warte lieber draußen.« Carlos warf einen Blick auf die im mittleren Schaufenster ausgestellten Schmuckstücke. Auf einem kleinen dunkelvioletten Samtkissen funkelten Diamanten. Die grünen Smaragde bildeten ein kleines, mit goldenen Strichen und Kreisen umgebenes Sternbild. Die Rubine und Saphire ... Es war zwecklos, die Augen hatten Mühe, sich auf die aus Edelsteinen gefertigten Ringe, Colliers und Ohrgehänge zu konzentrieren, und schweiften zerstreut von einem Schmuckstück zum anderen, ohne sie wirklich zu sehen. Und ebenso mühsam war es, den Preis der Preziosen zu lesen, dessen Zahlen – zwei Millionen Peseten, eineinhalb Millionen, drei Millionen – auf winzigen Schildchen vermerkt waren.

»Willst du mir nicht helfen, die Brosche auszusuchen?«

»Du weißt, dass ich mich nicht gern in persönliche Angelegenheiten mische. Nein, geh allein hinein und übernimm die ganze Verantwortung«, scherzte Carlos. »Schau, du hast die Prüfung bestanden und bist als Kunde zugelassen«, sagte er, als von der Tür her leises Summen ertönte.

»Es wird eine gewisse Zeit dauern, bis ich die schönste ausgesucht habe. Wenn dir langweilig ist, kauf eine Sportzeitung und lies Maradonas Prognosen.« Und Guiomar stieß die Tür auf.

»Eine Sportzeitung?«

»Wir müssen doch Bescheid wissen, oder?«

Zwischen dem Schmuckgeschäft und dem nächstgelegenen Kiosk waren es ungefähr fünfzig Meter. Carlos spazierte langsam darauf zu, die Hände in den Hosentaschen vergraben. Auf den breiten, baumbestandenen Gehsteigen des Paseo de Gracia war die Hitze nicht so drückend. Er las nochmals die Überschriften des Tages, auf einer Madrider Zeitung diesmal. *Bange Stunden für die Palästinenser in Beirut. – Das zweite Opfer des Attentats war Mitglied der ETA. – Argentinien–Brasilien um 17.15 Uhr. Spanien–Deutschland um 21 Uhr.* Unmöglich, etwas anderes zu lesen, da sich die Überschriften praktisch auf sämtlichen Zeitungen wiederholten. Plötzlich stellte er sich – als handle es sich um ein Spiel – die fetten Schlagzeilen auf den morgigen Zeitungen vor: *Spektakulärer Erfolg der Polizei.* Und darunter in kleineren Lettern: *In der Nähe von Barcelona wurden zwei Mitglieder des Kommandos verhaftet, das kürzlich einen Obersten ermordete. Jon und Jone versteckten sich in der Hotelresidenz, wo die polnische Mannschaft logiert.* Vor seinem inneren Auge sah er neben den Worten ein Foto: das von Danuta Wyca. Und unter dem Foto die Legende: *Diese Verhaftung hätte ohne die Mithilfe der Dolmetscherin der polnischen Mannschaft nicht erfolgen können.*

Carlos kaufte hastig die Sportzeitung und kehrte zur Auslage des Schmuckgeschäfts zurück. Ein Smaragd – einer vor allem – fesselte seine Aufmerksamkeit. Er schmückte einen goldenen Ring und sah aus wie ein durchsichtiges Pfefferminzbonbon. Er suchte in seiner Erinnerung nach den Worten ihres ersten Gesprächs mit Danuta an der Banyera: »Ihre Ohrringe sind sehr hübsch«, hatte er gesagt. »Bloß billiger Modeschmuck. Sie wissen ja, wir leben sehr bescheiden in Polen«, hatte Danuta geantwortet. »Sie sind viel hübscher als viele echte«, hatte er beharrt. Und Danuta: »Ja, sie sind wirklich hübsch. Doch übertreiben wir nicht: Echte Smaragde, das wäre etwas ganz anderes.« Ihm fiel es wie Schuppen von den Augen!

Er rief sich weitere Einzelheiten ins Gedächtnis zurück. Und alle deuteten in die gleiche Richtung: Von Guiomar abgesehen – wer hatte in der vergangenen Woche am meisten Zeit mit Pascal verbracht? Zweifelsohne Danuta. Ja, er glaubte endlich die Zusammenhänge zu erkennen. Er war jetzt so gut wie sicher, dass Danuta etwas von Pascal vernommen hatte: »Ein Frau hat mir gesagt, dass sie die Pistole vergräbt« zum Beispiel. Und sie – sie war schließlich eine intelligente Frau – hatte die Frau mit der Frau auf den Fotos in den Zeitungen und mit den drei Millionen Kopfgeld in Zusammenhang gebracht. Und er war so gut wie sicher, dass Danuta zur Polizei gegangen war, um zu erzählen, was sie wusste. Und nicht nur das, was Pascal gesagt hatte, sondern auch was sie von Laura in der Küche oder auf der Terrasse gehört hatte. Natürlich hatte ihre Information Stefano und die ganze Antiterrorbrigade blitzartig auf den Plan gerufen.

Sein Gedächtnis zeigte ihm eine andere Szene an der Banyera. »Was würden Sie tun, Danuta, um sich einen ausgefallenen Wunsch erfüllen zu können?«, hatte er gefragt. »Vorhin habe ich Ihnen erzählt, was die Menschen aus dem Paläolithikum auf sich genommen haben, um sich einen Muschelhalsschmuck zu beschaffen. Was würden Sie für ein Paar kostbare Ohrringe tun? Für echte Smaragde zum Beispiel?« Und anschließend, nach Danutas unerwarteter Reaktion, hatte er weitergefragt: »Habe ich etwas Ungebührliches gesagt?« Warum hatte in ihrem Gesicht abgrundtiefe Trostlosigkeit gelegen? Und sie, mit dem schmerzlichen Ausdruck jemandes, der sich nicht über eine Ohrfeige hinwegsetzen kann: »Nein, das ist es nicht. Aber ich kann mich einfach nicht an die Armut gewöhnen, und wenn ich daran erinnert werde, tut es weh.« Carlos lachte in sich hinein. »O nein, Danuta, das war nicht der Grund.« Er trat vom Schaufenster zurück und ging wieder den Gehsteig auf und ab.

»Du hast geglaubt, ich sei dir auf die Spur gekommen. Daher bist du blass geworden. Du hast plötzlich geglaubt, du hättest deine drei Millionen verloren. Und, wer weiß, vielleicht hast du auch geglaubt, dass dein Leben in Gefahr war.«

Ein echter Polizeispitzel, diese Danuta, hörte er darauf Sabinos Stimme. *Denn es geht nicht nur um das, woran du dich erinnerst. Diese Frau hat dich von allem Anfang an überwacht. Daher hat sie sich an dich herangemacht. Daher hat sie versucht, dich mit ihren Theorien und ihren Revolutionsgeschichten zu beeindrucken. Um dein Vertrauen zu gewinnen. Und als das nicht mehr funktionierte, hat sie weiterhin auf miese Art und Weise kollaboriert. Erinnerst du dich an die Geschichte mit dem Reis? Dass sie indischen Reis beschaffen werde, wenn Juan Manuel und Doro sie im Auto nach Barcelona fahren? Unsere Bewunderin Rosettas wollte dem Jungen das entlocken, was Stefano von ihnen nicht erfahren hatte. Sie will ihre drei Millionen, koste es, was es wolle.*

Bring die Alte um, Carlos. Gönn dir diese Rache, selbst wenn du nachher ins Gefängnis musst, kicherte die Ratte.

Wenn man es sich genau überlegt, so ist es nicht weiter verwunderlich, Carlos. Es war wieder Sabino. Er redete wie ein Bruder, wie als sie abends zusammen essen gingen. *Du wiederholst es selber ständig: Wir alle brauchen unseren Halsschmuck aus* Nassa reticulata. *Wir alle kämpfen, um eine Eitelkeit befriedigen zu können.*

»Schau, sie haben sie mir sogar vornehm eingewickelt, ich kann dir die Brosche leider nicht zeigen.« Guiomar war aus dem Schmuckgeschäft gekommen. Er hielt ein dunkelviolettes Päckchen in der Hand.

»Ich werde sie zur gegebenen Zeit bewundern«, meinte Carlos.

Guiomar steckte das Päckchen in die Tasche und nahm ihm die Sportzeitung aus der Hand. »Was schreiben sie über das Spiel?«

»Ich habe noch nicht einmal einen Blick hineingeworfen. Ich habe den Verkehr beobachtet. Wirklich, ich hatte vergessen, wie viele Autos es auf der Welt gibt.«

»Und Mädchen? Die vielen Mädchen? Ist das nicht erstaunlich?« Sie lachten beide.

Sie standen auf dem Gehsteig und berieten, wohin sie als Nächstes gehen wollten. Schließlich, weil sie nicht mehr viel Zeit hatten – es war bald zwei, und sie mussten vor fünf Uhr beim Stadion sein –, steuerten sie auf eine nahe gelegene Pizzeria zu.

Acht, Carlos, hörte er jetzt, *es dauert nicht mehr lange.*

»Weißt du, was man von der Bevölkerungsdichte Barcelonas behauptet?«, fragte Guiomar, während sie sich durch die Menge schlängelten. »Dass Barcelona nach Hongkong die am dichtesten bevölkerte Stadt der Welt ist. Was sagst du dazu?«

»Ich glaubs dir«, antwortete Carlos mit einer Stimme, die nicht gerade zu einem Gespräch ermunterte. Guiomar war ganz aufgekratzt und redselig. Carlos' Kopf hingegen war voller Stimmen, und es kostete ihn große Anstrengung, auf das zu achten, was um ihn herum vor sich ging. Wenn Guiomar doch nur aufhörte zu reden.

Die behauptete Dichte Barcelonas kam ihm zu Hilfe. Die Pizzeria war bis auf den letzten Platz besetzt, sodass sie – nachdem sie auf einem Kärtchen die gewünschte Pizza angekreuzt hatten – in eine Wartezone verwiesen wurden. Dort entdeckte er einen freien Stuhl.

»Schau, ein freier Platz.« Carlos schob Guiomar zum Stuhl. »Setz dich und lies Maradonas Interview. Ich warte vor der Tür.«

Diese Trennung verschaffte ihm fast eine halbe Stunde Luft. Carlos nutzte sie, um die Ereignisse zu überdenken.

Mikel pflegte zu sagen: »Der Hase schlägt immer den gleichen Weg ein. Wenn es von seinem Bau bis zur Wasserstelle fünfundzwanzig Schritte sind, geht er immer in der gleichen Richtung. Willst du also einen lebenden Hasen fangen, musst du zuerst seine Spuren an der Wasserstelle suchen und sie dann bis zu seinem Bau zurückverfolgen.« Genau das hatte er vor, alle Ergebnisse von einem zum anderen zurückverfolgen, bis zum Ausgangspunkt, um so einen Gesamtüberblick der Situation zu gewinnen. Doch die Gedanken verhaspelten sich in seinem Kopf wie ein im Zeitraffer abgespulter

Film. Je mehr er versuchte, sich zu konzentrieren, desto weiter weg rückte sein Ziel. So war es immer: Wenn er so weit gekommen war, hinderte ihn die Angst am Denken. Selbst die Hasen fanden ihren Weg nicht mehr, wenn der Jäger ihnen auf der Spur war.

Als der Kellner ihn zu ihrem Tisch rief, atmete er erleichtert auf.

»Das wird ein phänomenales Spiel heute Abend«, sagte Guiomar, als sie sich setzten. »Und weißt du, was? Eigentlich bin ich mehr gespannt, Sócrates spielen zu sehen als Maradona. Es heißt, er sei ein sehr eleganter Spieler!«

»Brasilien wird wahrscheinlich gewinnen, oder? Nicht nur wegen Sócrates. Da sind ja auch noch Zico, Falcao, Eder ...«

»Eder zerfetzt den Ball. Er hat einen Mordswumms.«

»Mal sehen, wie sie spielen. Es ist über ein Jahr her, dass ich bei einem Fußballspiel gewesen bin!«

»Habe ich dir gesagt, dass wir zwei Tribünenplätze haben?«

»Ja, du hast es mir gestern gesagt. Nicht übel. Wirklich, Danuta hat sich übertroffen«, sagte Carlos lächelnd.

»Napolitana und Steinpilze, richtig?«, fragte eine Serviererin mit einer umgebundenen rot-weißen Schürze.

Guiomar hob die Hand.

»Steinpilze für mich. Aber wo ist unser Bier, Fräulein?«

»Ich habe nur zwei Hände; ich bringe sie gleich«, antwortete die Serviererin und eilte zum Büfett.

»Hübsch, aber ein bisschen dumm«, meinte Guiomar, während er mit dem Messer ein Kreuz in die Pizza ritzte und sie dann in vier gleich große Portionen schnitt. Dann schnitt er eine Portion in kleinere Stücke und spann das Thema Frauen weiter. Zuerst sprach er über die Frauen im Allgemeinen, dann über jene, die er näher gekannt hatte. Später ging er dazu über, seine Beziehung zu Laura ausführlich zu erklären: dass Ugarte und Laura eine Probezeit vereinbart hatten, die Geschichte mit Nuria, das Leben, das sie drei – Ugarte, Laura und er – von nun an führen würden, »aus Rücksicht auf Pascal mit so wenig Änderungen wie möglich ...«

Carlos nickte zwischendurch und versuchte weiter, seine Gedanken zu ordnen, die sich aufgeregt in seinem Kopf drängten. Mikel würde Punkt sieben an der Autobahnzahlstelle sein, um acht würde er im Hotel ausladen, um neun würde er an der Tankstelle warten. Um diese Zeit, um neun Uhr abends, würde das Spiel Spanien–Deutschland beginnen, und zur gleichen Zeit würde er die Falltür unter dem Holzplatz aufklappen, um Jon und Jone herauszulassen. Um halb zehn mussten die beiden im Lieferwagen sein. Doch war das alles? Carlos war nicht imstande, über diesen gerafften Ablauf hinauszusehen. Er war nicht imstande, weitere Einzelheiten zu erkennen. Und vermochte Stefano immer noch nicht einzugliedern.

»Und wie hast du all die Jahre durchgehalten?«, beantwortete Carlos Guiomars Blick. »Ich meine, es muss hart gewesen sein, fünf Jahre in deiner Situation. Oder in eurer Situation, in Lauras Situation und deiner?«

»Mir hat es genügt, in ihrer Nähe zu sein, ehrlich. Ich glaube, dass in einer solchen Lage die Fantasie eine grundlegende Rolle spielt. Wie die Medusen, weißt du? Bei den Medusen sind nur zehn Prozent organisch, der Rest ist Wasser, und sie leben trotzdem. Mit der Liebe ist es das Gleiche, glaub ich. Zehn Prozent Substanz genügen, um zu überleben.«

»Interessant, das mit den Medusen. Ich muss das Mikel erzählen.«

»Ich weiß, du glaubst nicht an solche Dinge, doch es stimmt. In meinem Fall und während der vergangenen fünf Jahre ist es genau so gewesen, ein Teil Realität und der Rest Wasser: die Geschichte, die ich mir in meinem Kopf zurechtgelegt habe. Am Anfang, als Laura sich für Ugarte entschieden hat, ist es mir schwergefallen, daher habe ich immer davon geredet, nach Kuba zurückzukehren. Doch mit der Zeit habe ich mich daran gewöhnt. Und jetzt, du siehst ja...«

»Glücklich.«

»Es klingt vielleicht lächerlich, aber es ist so. Und wenn wir beim

Glücklichsein sind, ich möchte das Glück nicht verpassen, das Maradona und Konsorten uns bereiten werden. Es ist wohl besser, wir brechen auf. Wir brauchen bestimmt eine halbe Stunde bis zum Stadion, und Danuta hat gesagt, dass wir, für alle Fälle, die Karten eine halbe Stunde vor Spielbeginn abholen müssen.«

»Nehmen wir ein Taxi, was meinst du?«

»Selbstverständlich. Der R5 ist im Parkhaus sicherer aufgehoben.«

Guiomar ging an die Kasse zahlen.

Sieben!, hörte Carlos jetzt.

Im Taxi bekamen sie einen Vorgeschmack auf die Stimmung, die sie im Stadion antreffen würden. Der Fahrer hatte wegen der Hitze das Fenster ganz heruntergekurbelt, was ihn wiederum zwang, wegen des Lärms auf der Straße das Radio auf volle Lautstärke einzustellen. Im Radio – obwohl das Spiel erst in einer Stunde begann – schrie ein Reporter ins Mikrofon und forderte die Fans auf, ihre Prognosen telefonisch durchzugeben. Doch dann – sie fuhren inmitten hupender Autos wieder den Diagonal hinunter – trat ganz plötzlich Stille in Carlos' Kopf ein.

Sechs!, hörte er jetzt deutlich. Schon?, dachte er. *Gewisse Zahlen bewegen sich schneller, mein Freund*, sagte Sabino.

Die Zahl beruhigte seine sich überschlagenden Gedanken, so wie ein Tropfen Öl eine brennende Brandwunde beruhigt. Jetzt, jetzt war es ihm möglich, über den gerafften Ablauf hinaus zu erkennen, was er zu tun hatte, und er fühlte sich imstande, alle notwendigen Schritte zu überprüfen. *Denkst du an das Gleiche wie ich?*, hörte er ein paar Minuten später. Seine Handflächen klebten vor Schweiß. Ja, darum ging es, endlich kam etwas Licht in seine Gedanken. Ja. Genau. Er war zur gleichen Erkenntnis gekommen wie Sabino. Denn … Wer war der Denunziant? Danuta. Wer hatte ihnen gesagt, sie sollten die Einladungen im Stadion am Schalter 5 abholen? Danuta. Wo war Stefano? Stefano stand neben dem Schalter 5 und erwartete sie.

»Wir können nicht zum Fußballspiel, Guiomar«, sagte Carlos niedergeschlagen. Doch Guiomar hörte ihn nicht, denn wegen des Gebrülls aus dem Taxiradio verstand man sein eigenes Wort nicht mehr.

»Ich habe gesagt, dass wir nicht zum Fußballspiel gehen können«, wiederholte Carlos.

Jeder Muskel in Guiomars Gesicht, jede Faser, jede Linie erschlaffte mit einem Schlag, und der Ausdruck der Muskeln, Fasern und Linien in seinem Gesicht, der bis vor einer Sekunde der eines glücklichen Mannes gewesen war, der angestrengt Radio hört, verschwand hinter einer starren Maske. Guiomar nahm die Brille ab und senkte den Kopf bis auf die Knie.

»Ich erkläre dir gleich alles«, sagte Carlos. Sie waren bereits in der Nähe des Stadions angelangt; das Taxi überholte die ganze Strecke entlang Menschenscharen, die brasilianische oder argentinische Fahnen schwenkten.

»Du brauchst mir nichts zu erklären.«

Guiomars Gedanken waren weit entfernt von Jon und Jone gewesen, doch er brauchte nur eine Sekunde, um den Faden aufzunehmen und die Wahrheit zu begreifen. Er wusste, dass Carlos ihn angelogen hatte. Er wusste, dass das Paar im Keller unter der Backstube und in höchster Gefahr war; er wusste, dass sie alle Komplizen und somit ebenfalls in einer fatalen Lage waren. Nein, es war ungerecht: Weder Laura noch Pascal hatten das verdient. Und auch er nicht.

»Setzen Sie uns hier ab«, hieß Carlos den Fahrer. Guiomar setzte sich die Brille wieder auf und stützte den Kopf in die Hand.

Tausende von Menschen drängten sich in den Straßen und vor den Eingängen zum Stadion, die gelben Trikots der Brasilienfans beherrschten das Bild. Es war immer noch drückend heiß, und der Lärm, obwohl ohrenbetäubend und von Pfiffen dominiert, klang fröhlicher und erträglicher als das Gebrüll im Taxi.

»Es hat ein Problem gegeben; die Dinge haben eine andere Wendung genommen.« Carlos stand hinter einem Baum, um sich von der Menschenmenge nicht mitreißen zu lassen. Guiomar hielt eine Zigarette in der Hand.

»Wahrscheinlich hat es mehr als nur ein Problem gegeben«, antwortete er. »Und ich habs gewusst, wenn ich ehrlich bin. Ich wollte es nicht wissen, doch es ist zwecklos. Die Probleme vergessen einen nicht.« Er fluchte leise vor sich hin, er fühlte sich elend, und seine für gewöhnlich schon abfallenden Schultern waren jetzt gebeugt. Er schien nur noch gerade genug Kraft zu haben, den Zigarettenrauch auszuatmen.

»Schau, Guiomar, ich will jetzt nicht diskutieren«, erklärte Carlos nach kurzem Schweigen. Wie immer, wenn er mit jemand anderem sprach, fühlte er sich sicher; sicherer, als wenn er mit sich selbst sprach. »Ich habe ein Problem. Hörst du? Ich! Ich habe das Problem. Du bist in Sicherheit. Und wenn ich dir nichts erzähle, bist du weiterhin sicher. Hast du verstanden?«

Guiomar schaute einem Polizeibeamten nach, der zu Pferd vorbeiritt. Er war zum Stadion unterwegs und überragte die gelben und die weiß-blauen Fahnen.

»Wenn du mir nichts erzählst …«, rief er dann verzweifelt aus. »Und was ist mit dem, was ich bis jetzt weiß?«

»Du weißt nichts. Pascal hat dir etwas von einer Pistole erzählt, doch du hast dem keine Bedeutung beigemessen und hast es vergessen.« Die Erwähnung des Kindes löste einen Schwall Flüche bei Guiomar aus.

»Hör mir gut zu, Guiomar. Wenn du willst, vergewissern wir uns«, seufzte Carlos. »Ich mache einen Test, nur um zu sehen, ob meine Vermutungen richtig sind oder nicht. Du wartest hier. In zehn Minuten bin ich zurück. Und beruhige dich bitte inzwischen. Glaub mir, du hast kein Problem, nicht das Geringste.«

Carlos schritt auf das Stadion zu, ohne auf Guiomars Antwort zu warten. Der Lärm, den er während des Gesprächs nicht mehr wahrgenommen hatte, drang wieder an seine Ohren. Die Menschen um ihn herum waren aufgeregt; das Schrillen der Pfeifen und das Tuten der Plastiktrompeten erfüllten die Luft. Was die Farben anging, so herrschte immer noch die brasilianische vor: Auf jede weiß-blaue Fahne Argentiniens kamen zehn gelbe. Ein Junge, der ebenfalls Gelb trug, stellte sich vor ihn hin.

»Haben Sie übrige Eintrittskarten?«

»Nein«, antwortete Carlos und ging weiter.

Als er den Schalter 5 erblickte, blieb er stehen und analysierte die Lage. Etwa vierzig Meter vom Schalter entfernt war ein Metallzaun, der das Stadiongelände von der Straße abgrenzte. Wenn er sich hinter den Zaun auf die Zehenspitzen stellte, konnte er alles überblicken, was in unmittelbarer Nähe des Schalters vor sich ging. *Brauchst nicht zu rennen, Carlos, mit all den Menschen hier erwischen sie dich unmöglich,* riet ihm Sabino.

»Haben Sie Eintrittskarten?«, fragten ihn zwei ungefähr fünfundzwanzig Jahre alte Burschen in normaler Stadtkleidung. Sie trugen beide eine Bierdose in der Hand.

»Ich habe meine bereits. Aber am Schalter 5 liegen zwei weitere unter dem Namen Carlos und Guiomar.«

Die zwei Burschen starrten ihn verständnislos an.

»Zwei Freunde von mir. Aber sie haben einen Unfall an einer Ampel gehabt, und die Schutzleute lassen sie nicht laufen. Ich weiß nicht, aber wenn ihr zum Schalter geht und man sie euch gibt, könnt ihr sie haben. Sagt, ihr wäret Carlos und Guiomar. Ich glaube nicht, dass es irgendwelche Schwierigkeiten gibt.«

Die beiden bedankten sich und liefen zum Schalter, um ihre Karten abzuholen. Als Carlos hinter dem Metallzaun Posten bezog, waren sie bereits von einem Dutzend Männern in gelben Trikots umringt und steckten die ersten Knüppelhiebe ein. Stefano stand etwas weiter entfernt; er trug seine ewige fuchsiarote Weste und fuchtelte brüllend mit den Armen.

Carlos überquerte die Straße und ging Guiomar suchen; zuerst rannte er ein kurzes Stück, denn er war aus der Übung und hatte seine Füße nicht mehr ganz unter Kontrolle.

»Hast du etwas herausbekommen?«, fragte Guiomar. Die Frage ließ einen letzten Rest Hoffnung durchschimmern.

»Es gibt tatsächlich ein Problem«, antwortete Carlos, blieb aber nicht stehen.

Die Menschenmasse auf dem Gehsteig wälzte sich in die entgegengesetzte Richtung; die vom bevorstehenden Spiel hervorgerufene Spannung ließ sich in den Gesichtern ablesen, in den Gesten, in den Rufen. An einem derart heißen Nachmittag die Fahnen schwenken war anstrengend. Viele der Fußballfans waren schweißüberströmt.

Carlos bog in eine Querstraße ein und blickte kurz über die Schulter. Guiomar folgte ihm.

»Los, Foxi, mach kein solches Gesicht.«

Guiomar antwortete nicht. Mit den Händen in den Hosentaschen und der verrutschten Brille auf der Nase wirkte er etwas belämmert.

Die Leute, die etwas Gelbes oder etwas Weiß-Blaues trugen, wurden spärlicher. Als sie etwa eine halbe Stunde stumm nebeneinander gegangen waren, bogen sie schließlich wieder in den Diagonal ein und kamen zu einer großen Cafeteria. Im Lokal saßen nur ein paar Leute, offenbar alles Stammgäste. Es gab dort allerdings keinen Fernseher.

»Hier wird es dir etwas leichter fallen, das Spiel zu vergessen«, sagte Carlos, als er die Tür aufstieß.

Guiomar setzte sich wortlos an ein Tischchen.

»Kaffee?«

»Ja, aber in einer anständigen Tasse und nicht in einem dieser Glastässchen.« Guiomar zündete sich eine Zigarette an.

»Ich denke, das Beste wird sein, du bleibst hier. Ich habe es mir überlegt und ...«

»Du bist für die Zelle verantwortlich gewesen, und wir tun, was du befiehlst«, fiel Guiomar ihm ins Wort. Er schaute auf die Straße hinaus, doch seine Augen nahmen das Leben draußen nicht wahr.

Sie starrten unverwandt auf eine Ampel. Carlos brummte eine Verwünschung.

»Bitte, Guiomar, sei jetzt bitte nicht böse auf mich. Ich weiß, dass ich dir den Tag verdorben habe, ausgerechnet heute, doch versuch, es zu vergessen. Mach es mir nicht noch schwerer, bitte.«

»Wie stehen also die Dinge? Soweit ich es erfahren darf, natürlich.« Er war immer noch verbittert, doch bereit, das festgefahrene Gespräch wieder in Gang zu bringen.

»Es ist ein Problem aufgetreten, ein Denunziant, und die Polizei ist uns auf den Fersen«, erklärte Carlos. Auch er zündete sich eine Zigarette an. »Und die Geschichte hat sich nach und nach aufgebläht und wäre heute um ein Haar geplatzt. Was bedeutet, dass in diesem Moment wahrscheinlich ein paar Polizeibeamte Ugarte und die anderen im Hotel mit Fragen durchlöchern. Laura natürlich auch. Doch ruhig, die Polizei weiß mittlerweile genau, dass euch keinerlei Schuld trifft. Ein bisschen die Hölle heiß machen, und damit hat es sich.«

»Der Kaffee.« Der Kellner stellte zwei Tassen auf die Theke.

»Ein paar Fußtritte, ein paar Fausthiebe, Laura wird ein paar Schikanen über sich ergehen lassen müssen und sonst noch ein paar Belästigungen, und damit hat es sich.«

Carlos trug die zwei Tassen zum Tisch.

»Nicht doch, Guiomar, bitte. Nur ein paar Fragen.«

»Du weißt ebenso gut wie ich, wie die Polizei sich in letzter Zeit aufführt. Seit der Amnestie sind sie wie scharfe Hunde. Ehrlich, Carlos, es fällt mir schwer, dir zu glauben. Und da ist ja auch noch Pascal. Was geschieht mit Pascal, wenn sie Laura und Ugarte nach Barcelona auf ein Kommissariat bringen? Ich weiß gar nicht, ob Danuta im Hotel ist.«

»María Teresa ist bestimmt dort und Doro und seine Söhne auch. Sie werden sich um das Kind kümmern, beruhige dich. Kommen wir auf das von vorhin zurück: Ich glaube, es ist besser, du kehrst nicht ins Hotel zurück, bevor es dunkel ist. Ich glaube es nicht nur, ich bin sicher. Erstens einmal, um der Polizei aus dem Weg zu gehen, und dann, weil ich dort etwas erledigen muss und du vielleicht ein Alibi brauchst. Vielleicht brauchst du gar keines, doch für alle Fälle. Wenn du heute Abend ins Hotel kommst und die Polizei anfängt, Fragen zu stellen, sagst du, dass ich die Karten für das Spiel holen gegangen und nicht zurückgekehrt bin.«

»Und so weiter. Mach dir meinetwegen keine Sorgen. Ich bin ganz ruhig, und die mutmaßlichen Belästigungen regen mich nicht sonderlich auf. Aber ich möchte ins Hotel zurück.«

Carlos führte die Kaffeetasse an die Lippen. Als er sie wieder auf den Tisch stellte, war sein Gesicht sehr ernst.

»Schau, Foxi, sei nicht halsstarrig. Wenn du jetzt oder etwas später ins Hotel zurückkehrst, werden sie dich nach mir fragen, wo ich stecke und was weiß ich was alles. Wenn du ihnen etwas sagst, ist das schlecht für mich. Wenn du ihnen nichts sagst, ist das schlecht für dich. Du machst das Ganze nur noch schlimmer.«

Guiomar drückte ergeben seine Zigarette aus.

»Wie du willst. Und jetzt? Was machen wir jetzt?«

»Wenn du mich bis zum Wagen begleiten willst, komm mit. Wir haben jede Menge Zeit, noch etwas durch die Stadt zu bummeln.«

»Um wie viel Uhr hast du dich mit Mikel verabredet?«, fragte Guiomar und schob die Brille zurecht.

»Mit Mikel? Warum hätte ich mich mit Mikel verabreden sollen?«

»In Ordnung. Bezahl den Kaffee, und gehen wir. Ich muss mich etwas bewegen.«

Obwohl er auf dem Weg zum Stadion den Eindruck gehabt hatte, dass die ganze Stadt dort zusammengeströmt war, drängte sich die Menge nach wie vor auf den Straßen, die zum Parkhaus führten. Nein, die ganze Bevölkerung Barcelonas war nicht auf dem Stadiongelände und saß auch nicht vor dem Fernsehgerät. Die Menschen, denen sie unterwegs begegneten, hatten ganz andere Sorgen als Maradonas oder Zicos Spiel. Guiomar schritt schweigend neben ihm her, und Carlos nutzte sein Schweigen, um die Menschen zu betrachten. Was für Sorgen hatte jene ältere Dame mit dem gekonnten Make-up, die sie eben überholt hatten?

Und woran dachte die junge Frau mit den zwei Kindern, die vor einer Buchhandlung stand und die in dem Moment, als sie an ihr vorbeigingen, auf ein Buch zeigte – »Schau, David, schau, Ana«?

Und der Bursche mit der Brille, der eine Gitarre unter dem Arm trug? Und der dunkelhäutige Mann mit dem buschigen Schnauzbart und dem Baby auf dem Arm?

Und der Radfahrer, der an der Ampel wartete und eine Mütze mit der Aufschrift Richi trug?

Neben einem Taxi stand eine blonde Frau und sagte zu einer kraushaarigen Frau: »Hast du die Papiere mit, Margarita?« Und die andere antwortete: »Ja, Silvia, hier sind alle.« Was für Pläne hatten die zwei Frauen?

»Was für eine Note hast du in Geschichte bekommen, Peru?«, fragte die eine der zwei Frauen mit breitrandigen Hüten, die weiter vorn auf der Terrasse eines Kaffeehauses saßen. Gab es unter all diesen Menschen jemand, der ähnliche Sorgen hatte wir er? Jemand, der wie er im Reich der Angst lebte? Wahrscheinlich nicht. Jon, Jone, Mikel, das waren seine Brüder. Zumindest, bis er beim dritten Sternchen angelangt war. Mikel musste im Übrigen inzwischen bereits fast in Barcelona sein.

»Hier ist es wenigstens schattig«, sagte Guiomar, als sie in eine ruhigere Straße einbogen. Die Sonne ging langsam unter und brannte nicht mehr senkrecht auf die Gehsteige.

»Uff«, atmete Carlos auf, als er die ausgestorbene Straße sah.

»Warum hast du dich in die Geschichte hineinziehen lassen?« Guiomars Stimme klang nicht mehr verbittert, aber er wirkte sehr müde. »Ich bin erstaunt. Oder besser gesagt, ich bin sehr erstaunt. Je länger ich darüber nachdenke, desto weniger kann ich's verstehen. Ich hatte geglaubt, dass wir nichts mehr zu tun haben mit jenen Leuten, weder ideologisch noch privat. Wenn es die von einst gewesen wären, die von der Achten[20] zum Beispiel, gut, das hätte ich noch verstehen können. Im Übrigen bist du es gewesen, der mir in den letzten Jahren ständig gesagt hat, dass du an nichts glaubst und dass unser Kampf vergebens war. Und jetzt gehst du hin und versteckst ein Paar in unserem Hotel, das etliche Kadaver im Baskenland zurückgelassen hat, und bringst uns alle in Gefahr. Denn, das kommt noch hinzu, wenn die Polizei beginnt, in unseren Hotelpapieren herumzuschnüffeln, und fragt, woher wir das Startkapital gehabt haben, wenn sie die Sache mit dem Hotel entdecken, gute Nacht, Freunde. Ehrlich ...« Guiomar blieb nachdenklich stehen. Auch Carlos blieb ein paar Schritte weiter vorn stehen. »Ehrlich, je länger ich darüber nachdenke, desto schlimmer kommt mir die ganze Geschichte vor. Du hast nicht das Recht gehabt, diese Entscheidung zu treffen, ohne dich mit uns zu beraten.«

»Du übertreibst, Guiomar. Wie Ugarte vor ein paar Tagen. Ihr macht ein Theater wegen Pascals Zukunft. Aber wo ist die Gefahr?« Carlos hob die Stimme, und eine elegante ältere Frau, ähnlich jener, die er eine Viertelstunde vorher gesehen hatte, schaute ihn misstrauisch an. »Ich werde kein Wort verraten, auch nicht, wenn sie mich einsperren und mich danach fragen. Zudem wird mich die Polizei nicht über etwas verhören, was vor fünf Jahren war. Sie werden mich über Jon und Jone verhören. Und wenn ich nicht rede, von wem könnten sie es sonst erfahren? Von meinem Bruder? Du weißt, dass Kropotky ihnen nichts wird erzählen können.«

Ob du redest oder nicht, das wird man zum gegebenen Zeitpunkt wissen. Mal sehen, ob du noch so aufgeblasen daherkommst, wenn sie dir den ersten Tritt in die Eier geben, hörte er eine der Stimmen.

»Ich weiß, dass Kropotky nicht reden kann, aber wer mir Sorgen macht, bist du, nicht dein Bruder.«

Sie standen einen Moment lang auf dem Gehsteig. Guiomar auf eine Erklärung Carlos' wartend, und Carlos stumm.

Fünf!, hörte er jetzt. Sie standen an einer Straßenecke, von wo aus man die blaue Blechfassade des Parkhauses sehen konnte. Ja, die

Zahlen liefen unaufhaltsam auf die Null zu. Er musste unbedingt Mikel an der Autobahnzahlstelle abfangen, bevor er zum Hotel fuhr.

»Weißt du, ich bin immer der Ansicht gewesen, dass du das schlechte Los gezogen hast in unserer Gruppe«, meinte Guiomar schließlich. Er wirkte abgespannter denn je.

»Warum meinst du das? Ich habe nicht das Gefühl, dass es mir schlechter geht als Ugarte zum Beispiel.«

»Nein, ich meine es nicht so.« Guiomar hatte Mühe, seine Gedanken in Worte zu fassen. »Was ich sagen will, ist, dass du immer die schwersten Lasten hast tragen müssen. Ich habe immer gedacht, dass du die Geschichte mit jenem Geschäftsmann nie überwunden hast ...«

»Die Organisation hat ihn erschossen, nicht ich. Die Organisation hat einen Befehl gegeben, und ich war eben für jene Aktion verantwortlich. Ich habe das Einzige getan, was ich tun konnte. Doch das ist eine alte Geschichte ...«

»Ich weiß. Aber es gibt auch Geschichten, die nicht so alt sind. Die mit deinem Bruder zum Beispiel. Die Gruppe hat eine Entscheidung getroffen, und du warst es, der seinen Bruder in eine psychiatrische Klinik einliefern lassen musste.«

»Lassen wir das alles. Im Ernst. Es ist nicht der geeignete Moment dafür.«

Sie standen vor dem Parkhaus. Carlos streckte Guiomar die Hand hin.

»Ich muss gehen. Entschuldige, dass ich dich ohne Wagen stehen lasse.«

»Ich nehme ein Taxi.«

»Vergiss nicht, dass du nicht vor zehn zurück sein darfst!« Guiomar drückte ihm die Hand.

»Und was machst du? Mit ihnen abhauen?«

»Ich glaube, wir sehen uns in nächster Zukunft weiterhin.«

»*Ojalá,* möge dem so sein.«

»Wie auch immer, vergiss nicht, dass mein Testament, oder was dafür gelten kann, in der Schreibtischschublade liegt.«

Guiomar nickte.

»Morgen erstatte ich dir das Geld für das Taxi zurück«, rief ihm Carlos zu, verschwand dann im Tor des Parkhauses.

Auf dem Diagonal kam der Verkehr nur stockend vorwärts, sodass Carlos Punkt halb sieben in die Autobahn einspurte. Wenn nichts mehr dazwischenkam und er mit einer Durchschnittsgeschwindigkeit von hundertzwanzig Stundenkilometern fuhr, müsste er zehn Minuten vor sieben an der Zahlstelle sein. Von daher keine Probleme. Und auch vonseiten Mikels würde es keine geben, war Mikel doch ein Mensch, dessen ganze Militanz auf der Pünktlichkeit beruht hatte. Wahrscheinlich war er bereits auf dem Rastplatz vor der Zahlstelle, um zur vereinbarten Zeit an der vereinbarten Stelle zu sein, keine Minute zu früh, keine Minute zu spät. Und Stefano? Was machte Stefano in diesem Moment? Würde er ins Hotel zurückkehren? Carlos musterte die Fahrzeuglenker in den ihn überholenden Autos: Nein, keiner hatte Ähnlichkeit mit Stefano. Er schaltete das Radio an: »Das Spiel ist entschieden«, hörte er. Der Reporter dehnte die Vokale und psalmodierte bestimmte Worte: »Ja, meine Damen und Herren, der bisherige Weltmeister Argentinien ist vor Brasilien in die Knie gegangen. Brasilien führt mit drei zu eins, meine Herren, das Spiel wird jeden Moment abgepfiffen. Was für ein Spiel ... Falcao zu Eder, Eder zu Serginho, Serginho nach vorne, und ein Freistoß, es ist das Aus für Argentinien ...«

Vor ihm tauchte der Wall des Montserrat auf. Aus der Ferne erinnerte er an eine mittelalterliche Burg. Ja, auch der Montserrat war ein schöner Berg, ein seltsamer, ungewöhnlich geformter, er hatte noch nie einen ähnlichen gesehen. Kein Wunder, dass die Schiffe sich nach ihm orientierten; er war wie ein riesiger steinerner Leuchtturm. Die Matrosen konnten mit einem Blick erkennen, wo sie sich befanden.

»Brasilien liegt mit drei zu eins in Führung«, wiederholte der Reporter. »Und wenn es bei den noch verbleibenden Partien spielt wie heute, wird es schwierig sein, den Cariocas den Pokal zu entreißen. Für Argentinien hingegen, was für ein trauriger Tag, meine Damen und Herren, und noch trauriger für Diego Maradona, den argentinischen Star, der, wie unsere Hörer wissen, wegen seines unsportlichen Verhaltens vom Feld verwiesen worden ist. Ja, ein schlechter Start für Maradonas Aufenthalt in Spanien. Denn Maradona wird nach Abschluss der Weltmeisterschaft nicht nach Argentinien zurückkehren, er wird in Barcelona bleiben, wie unsere Hörer bestimmt wissen. Meine Damen und Herren, der Schiedsrichter blickt auf die Uhr, und in diesem Moment ...« Die Stimme des Reporters überschlug sich und verwandelte sich in einen lang gezogenen Schrei. »... in diesem Moment ist die Partie mit einem klaren Sieg Brasiliens zu Ende gegangen.«

Carlos versuchte, einen Musiksender zu finden, da erblickte er eine Tankstelle am Straßenrand. Er ließ den Schalter los und bog in das Tankstellenareal ein, parkte aber nicht vor den Zapfsäulen, sondern neben einem Angestellten, der gebannt einen kleinen Transistor ans Ohr hielt.

»Könnten Sie mir zwei von diesen Kanistern mit Benzin füllen?« Er zeigte auf eine Kiste mit gebrauchten Kanistern.

»Möchten Sie nicht lieber einen mit fünf Litern? Ich habe drinnen einen bereits abgefüllten«, sagte der Angestellte.

»Wunderbar. Vielen Dank. Aber schnell, bitte. Ich bin Arzt und muss zu einem Kranken in einem Dorf hier in der Nähe. Das Benzin ist für den Wagen der Angehörigen des Kranken.«

»Wir haben Brasiliens Spiel gesehen, doch wie wird Spanien spielen?«, hörte Carlos aus dem Radio, als er wieder ins Auto stieg. Er schaute auf die Uhr: Es war zehn vor sieben. Mit der bisherigen Geschwindigkeit würde er in ein paar Minuten an der Zahlstelle sein. »Was meint unser heutiger Gast?« – »Also, meiner Ansicht nach wird Spanien schlecht spielen, und Deutschland wird uns blamieren«, antwortete der Gast frostig. »Unsere Spieler sind müde, unsere Spieler haben Komplexe, und als ob das nicht genug wäre, werden ein paar von unseren Spielern von der Presse und von gewissen Funktionären skrupellos und ungerecht behandelt. Viele hätten lieber geschwiegen.« Und der Reporter: »Sie meinen damit die baskischen Spieler, oder?« – »Richtig. Es ist in letzter Zeit immer wieder behauptet worden, dass die baskischen Spieler die spanischen Farben ablehnten und darum schlecht gespielt hätten. Das ist eine Verleumdung, ja, eine Ungeheuerlichkeit.« Und wieder der Reporter: »Diese Geschichte mit den Stutzen unseres Torhüters und …« – »Genau, ganz genau …«, empörte sich der Gast. »Wer kommt schon auf den Gedanken zu behaupten, der Torhüter hätte die Stutzen ausgezogen, weil sie das spanische Emblem tragen? Da würde er ja auch Shorts und Trikot nicht mehr anziehen. Bitte, müsste er dann ganz in Schwarz daherkommen wie die Schiedsrichter? Oder nackt vielleicht?« Darauf der Reporter: »Und wenn wir, um das Unrecht an den baskischen Spielern gutzumachen, für sie ein Lied aus ihrer Heimat auflegen?« – »Sehr gut.« – »Also, hören wir uns ein baskisches Lied an. Wir setzen unser Gespräch nachher fort.«

Er erblickte die Zahlstelle am Ende eines abschüssigen Straßenabschnitts und davor die Ausfahrt, die zum Hotel führte. Er verzog das Gesicht: Das baskische Lied, das im Radio gesendet wurde, war ein vulgäres Kneipenlied. Er schaltete den Blinker ein und reihte sich in die rechte Fahrspur ein. Noch bevor das Lied zu Ende war, hatte er die Autobahn verlassen.

Er parkte am Straßenrand, direkt an der Ausfahrt für die aus der entgegengesetzten Richtung kommenden Fahrzeuge, neben einer Unterführung. Noch fünf Minuten bis sieben. Mikel würde jeden Moment erscheinen, und er würde ihn direkt auf ihn zufahren sehen.

Ein leichter Wind blies, und die Papierfähnchen an der Ausfahrt flatterten sanft. Carlos lehnte sich an die Kühlerhaube und versuchte aus lauter Zeitvertreib zu erraten, zu welchen Ländern sie gehörten. Das erste, von rechts nach links am Seil direkt gegenüber, gehörte zur Bundesrepublik Deutschland; das zweite zu Italien; das dritte zu Spanien; das vierte zur Schweiz; das fünfte zu Großbritannien. Dann kam Schweden, anschließend Norwegen, Polen, die Niederlande und Katalonien. Das elfte – weiß-blau mit Kreuz und Balken – war ihm unbekannt; das zwölfte, das hübscheste vielleicht, war das Japans; das dreizehnte das Frankreichs; das vierzehnte das der USA; das fünfzehnte das Portugals; das sechzehnte – er zögerte – das Mexikos; das siebzehnte – mit einem roten Rand und einem ebenfalls roten Blatt auf weißem Grund –, er wusste nicht, was für ein Land das war. Dann hörte er hupen, und der schwarze Kastenwagen mit Mikel am Steuer fuhr unter den Fähnchen hindurch. Auf dem Sitz neben Mikel saß eine dicke, weißhaarige Frau in einem grauen Kleid.

»Sieht ein bisschen wie ein Leichenwagen aus, findest du nicht auch?«, begrüßte er Mikel, als der ausstieg. Dann hob er die Hand und begrüßte die Frau, die im Wagen sitzen geblieben war. Sie mochte um die sechzig sein.

»Was ist das Gegenteil von Weiß? Schwarz, oder? Also gut, anstatt meines weißen Lieferwagens ein schwarzer.« Mikel schlug ihm auf die Schulter.

»Keine schlechte Idee.«

»Reiner Zufall. Sie hatten keinen anderen in der Werkstatt.«

»Und die Oma? Was ist, ist sie aus Stein?«

»Sie ist wahrscheinlich ein bisschen nervös. Um ehrlich zu sein, sie hat mich schließlich auch ganz nervös gemacht. Sie hat während der ganzen Fahrt kein Wort gesprochen.«

»Das meine ich ja. Sie sieht aus wie eine Statue. Sie hat sich bis jetzt überhaupt nicht gerührt.«

»Sie sieht schlecht.«

»Ach so, deswegen.«

»Ihre zwei Söhne sind beide im Gefängnis. Und die von der

Organisation sind der Ansicht, es sei besser, wenn sie mich begleitet. Du weißt, mit einer alten Oma im Auto fällt man weniger auf. Wenn man uns an einer Straßenkontrolle anhält, sage ich, sie sei meine Tante und ich hätte sie wegen ihrer Augen nach Barcelona gefahren.«

Carlos öffnete die Tür des Kastenwagens.

»Oma, wie gehts? Wie war die Fahrt?«, fragte er laut.

»Ich bin nicht schwerhörig. Nur ein wenig blind«, antwortete die Alte und wandte ihm den Kopf zu. Ihre Stimme klang barsch.

»Also frage ich Sie nochmals: Wie war die Fahrt?«

»Wenn sie gut endet, gut. Wenn sie schlecht endet, schlecht.«

»Sie wird gut enden.«

»So Gott will.«

Carlos machte die Tür wieder zu und trat zu Mikel.

»Hast recht, sie ist nicht besonders gesprächig. Wie heißt sie?«

»María, hat man mir gesagt.«

Carlos schaute zur Frau hinüber. Über ihr – von ihm aus betrachtet etwa zehn Zentimeter über dem Wagendach – flatterten fröhlich die Fähnchen Deutschlands, Italiens und Spaniens. Je weiter der Abend vorrückte, desto kräftiger würde der Wind blasen. Er musste sich möglichst schnell mit dem Brand befassen, der die Polizisten ablenken sollte. Bei starkem Wind konnte das Feuer bis zum Hotel vordringen.

Vier!, hörte er jetzt. Sogar Sabinos Stimme klang eine Spur nervös. *Je mehr ihr euch beeilt, desto besser. Nicht nur wegen des Windes. Wenn ihr euch verspätet und Stefano Zeit lasst, eine neue Strategie zu entwickeln, werdet ihr tausend Polizeibeamte im Hotel vorfinden. Pass auf, Carlos, von da an laufen die Zahlen sehr schnell.*

»Mikel, hör mir gut zu. Es hat Schwierigkeiten gegeben, und wir müssen das Ganze innerhalb einer Stunde über die Bühne bringen.«

»In Ordnung.« Mikel nahm die Brille ab und putzte die Gläser mit einem Zipfel seines T-Shirts. Was er eben gehört hatte, schien ihn nicht aus der Ruhe zu bringen.

»Soll ich es dir erklären oder nicht?« Carlos musste sich anstrengen, kaltes Blut zu bewahren. Er war bis aufs Äußerste angespannt.

»Wie du willst. Das Einzige, was mich interessiert, ist, was wir jetzt machen. Oder besser gesagt, was ich zu tun habe.«

»Du musst einen Brand legen«, erklärte Carlos trocken.

»Einen Brand?«

»Es bleibt nichts anderes übrig.«

Jetzt allerdings blickte ihn Mikel hinter seinen zu kleinen Brillengläsern fragend an, und Carlos erklärte ihm schnell, was vorgefallen war: Der Hinweis sei von Danuta gekommen, und Stefano und seine Kollegen wüssten sozusagen alles. Vor zwei Stunden hätten sie ihn beinahe erwischt.

Und er fügte hinzu, um Mikels Fluchsalve zu unterbrechen: »Daher müssen wir einen Brand legen, um die Beamten abzulenken. Wenn wir Stefano einen Vorsprung lassen, rettet uns auch der größte Brand der Welt nicht.«

Mikel fluchte weiter.

»Mikel, ich weiß nicht, ob du begreifst.« Carlos' Stimme klang jetzt befehlend. »Uns bleibt überhaupt keine Zeit, nicht einmal zum Fluchen! Steig ein und fahr hinter mir her bis zur Kreuzung. Dort, an der Abzweigung der Allee, legen wir das Feuer.«

»Und das Benzin?«

»Im Kofferraum ist ein Fünf-Liter-Kanister.«

Er wendete seinen Wagen und schaltete das Radio an. »Die Fehler im spanischen Fußball sind nicht dieses Jahr und auch nicht voriges Jahr begangen worden«, sagte der Gast mit der frostigen Stimme. Er wirkte zorniger als vorhin auf der Autobahn. »Es handelt sich um Strukturprobleme, und genau deswegen blamieren wir uns regelmäßig, wenn wir uns mit den besten Mannschaften der Welt messen müssen.« – »Und werden wir uns auch heute blamieren?«, fragte der Reporter etwas verärgert. »Und ob. Die Leute behaupten, ich sei ein Schwarzmaler, ich würde die Erwartungen zerstören, die in den letzten Tagen geweckt worden sind; für mich ist diese Euphorie aber eine Sommerwolke, die der Wind verweht. Wenn Sie meine Prognose wollen: Deutschland schlägt uns zwei zu null. Wir werden es nicht schaffen, das deutsche Mittelfeld zu knacken.«

Der Reporter entschuldigte sich bei den Hörern, die vielleicht über die soeben in der Sendung geäußerten Ansichten erzürnt sein könnten, und versuchte, die Prognose zu widerlegen. Carlos achtete nicht mehr auf den Radiokommentar und konzentrierte sich auf die Wipfel der Bäume längs der Straße. Ja, dort war der Wind, der gemäß dem Gast mit der frostigen Stimme die Sommerwolken verwehte, der Wind, der in ein paar Minuten das Feuer anfachen würde. Er warf einen Blick in den Rückspiegel. Mikel folgte ihm in ungefähr zehn Metern Abstand, als ob er Angst hätte, den Kontakt mit ihm zu verlieren. Die Oma an seiner Rechten wirkte versteinert. Es musste weiß Gott schlecht bestellt sein um die Organisation, dass sie auf eine alte Frau zurückgreifen musste. *Ojalá,* wenn sie ihnen nur nicht im Weg stand.

»Ich verstehe Ihre Einwände, aber ich wiederhole, was ich vorhin gesagt habe: Das Versagen des spanischen Fußballs ist struktureller Natur«, sagte der Gast. »Und was das angeht, muss ich nochmals auf die baskischen Klubs zurückkommen. Ihre Arbeit mit den Nachwuchsmannschaften ist beispielhaft ...« – »Ich bin absolut mit Ihnen einverstanden«, fiel der Reporter dem Gast ins Wort. »Die baskischen Klubs nehmen sich der Spieler schon sehr früh an, päppeln sie auf, bereiten sie vor und erwarten vor allem keine kurzfristigen Resultate; ich will damit sagen, dass sie nicht vorgehen wie die Bauern mit den Pinien, die heute die Bäume pflanzen und sie am nächsten Tag fällen ...«

Er schaltete das Radio aus, fuhr langsamer und parkte kurz vor der Kreuzung, an der Stelle, wo die alte Straße zum *La Masía* abzweigte. Ein paar Sekunden später hielt der schwarze Kastenwagen neben dem R5 an.

»Hier«, sagte Carlos zu Mikel.

Sie schauten in Richtung des Hotels. Von dieser Stelle aus konnte man das Hotel nicht sehen, weil die Zypressen um das Schwimmbad herum die Sicht verwehrten. Auf der Straße fuhren pausenlos Autos und Lastwagen vorbei.

»Wo meinst du? Im Graben dort unten?«

»Genau. Du steigst die Böschung hinunter und begießt alles mit Benzin, Müll und Strauchwerk. Hast du einen Plastikbeutel? Du solltest den Kanister verstecken.«

»Ist das nicht gefährlich?«

Mikel schaute wieder zum Hotel hinüber. Carlos ging zum Wagen und öffnete den Kofferraum des R5.

»Ich habe keinen Plastikbeutel mit.« Er schnalzte verärgert mit der Zunge. »Was meinst du mit gefährlich? Für die Beamten, die die Auffahrt bewachen? Ja und?«

Er schwieg einen Moment. Er musste sich den Gedanken einprägen, der ihm eben durch den Kopf gegangen war.

»Die Alte soll das machen«, beschloss er. Eine gute Idee.

»Aber wenn sie doch fast nichts sieht!«

»Du begleitest sie eben. Die Beamten werden denken, dass ihr Mutter und Sohn seid und dass ihr etwas sucht. Wenn sie euch sehen. Aber sie müssten euch eigentlich nicht sehen.« Er sprach hastig und hatte Mühe, die Wörter zu artikulieren.

»Gut, bereite sie gleich darauf vor. Aber ich habe eine andere Gefahr gemeint. Wenn wir den Graben anzünden, könnte sich das Feuer nicht ausbreiten? Der Wind weht...«

»Was meinst du?«

»Ich weiß nicht. Nicht in diese Richtung jedenfalls. Aber in die andere? Schwer abzuschätzen.«

»Im alten Weingarten hat es bloß Steine. Sie werden vermutlich eine Art Brandmauer bilden. Und im Übrigen, mit all den

Polizeibeamten um das Hotel herum. Ich nehme an, es wird ihnen nichts ausmachen, zur Abwechslung ein paar Stunden Feuerwehr zu spielen.«

»Ich nehme es auch an.« Mikel erwiderte grinsend Carlos' Lächeln. »Warte einen Moment. Mal sehen, was die Oma dazu meint.«

Es wurde langsam Nacht; die Hälfte der Fenster der Wohnsiedlung waren beleuchtet. Die Zeit drängte. Die Operation musste vor Einbruch der Dunkelheit beendet sein.

Drei!, hörte er jetzt. Der Countdown bestätigte seine Überlegungen.

»Die Oma ist einverstanden. Sie wird den Kanister in einem Einkaufskorb verstecken. Schau, schau doch, wie energisch sie ihren Einkaufskorb auspackt.«

»Sie hat wie versteinert ausgesehen, aber sie ist es eindeutig nicht, überhaupt nicht.«

Die Bewegungen der Frau waren flinker, als man hätte vermuten können. Dann kletterte sie aus dem Kastenwagen und kam blinzelnd.

»Hier, für den Kanister«, sagte sie und streckte ihnen den Einkaufskorb entgegen.

»Moment, Oma.« Mikel nahm ihr den Einkaufskorb aus der Hand und trat zum Kofferraum des R5. »Passt perfekt hinein«, meinte er dann.

»Komm schon«, sagte die Oma. Auch sie hatte es eilig.

»Mikel, hör mir jetzt gut zu.« Carlos unterstrich jedes seiner Worte mit einer Handbewegung. »Den ersten Teil kennst du bereits. Der zweite ist ganz leicht: Ihr parkt auf dem Areal hinter der Tankstelle und wartet im Pinienwäldchen auf mich. Rührt euch nicht von der Stelle, bis ich komme.«

»Keine Sorge. Wir werden dort warten.«

Du hast befürchtet, die Oma könnte im Weg stehen, doch sieh nur, was für eine Arbeit sie euch abnimmt. Die Polizei wird sich nicht für eine alte Frau interessieren, die im Müll wühlt, flüsterte Sabino.

»Fangt an, wenn ihr wollt. Ich gehe auf meinen Posten. Wir treffen uns spätestens in einer Dreiviertelstunde.«

»Meine Tochter hat ihn mir aus Portugal mitgebracht«, sagte plötzlich die Frau und zeigte auf den Einkaufskorb.

»Wenn er verbrennt, kaufe ich Ihnen einen neuen, Oma«, sagte Carlos.

»Wer nimmt mich beim Arm? Ihr wisst ja, dass ich schlecht sehe, ich möchte nicht, dass mich ein Auto überfährt.«

»Keine Sorge, ich führe Sie«, versicherte Mikel.

»Los, gehen wir! Je schneller wir fertig sind, desto besser«, drängte die Frau.

Mikel führte sie zuerst bis zum Straßenrand, und dann – Carlos beobachtete sie im Rückspiegel – stiegen sie vorsichtig die Böschung hinunter bis an den Rand des Grabens. María sah aus wie eine alte dicke Frau, der es unterwegs schlecht geworden und die ausgestiegen war, um etwas frische Luft zu atmen – bloß, dass sie den Einkaufskorb mit beiden Händen vor dem Bauch hielt.

Carlos parkte den Wagen auf dem Tankstellenareal, lief in großen Schritten über die Straße und stand ein paar Sekunden später neben der ersten weißen Marke. Die Abzweigung und der Graben lagen zu seiner Linken; das Hotel vor ihm. Im Hotel konnte er nichts Ungewöhnliches feststellen. Am Bett des *Riera Blanca* auch nicht. Der Wind raschelte in den kleinen Blättern an den Sträuchern.

Zwei!, hörte er jetzt.

Und genau in dem Moment stieg eine gewaltige Rauchsäule auf. Es sah aus wie ein aus dem Graben ragender Schlot, wie eine unterirdische Fabrik, die plötzlich gewaltige Rauchschwaden ausspuckte. Der Rauch stieg rasch zum Himmel, einmal war er schwarz, einmal weiß.

Ruhig. Rühr dich nicht von der Stelle!, schrie ihm Sabino zu, als Carlos' Füße hangabwärts flüchten wollten. Er gehorchte und blieb stehen, aber er musste sich zwingen, nicht wieder loszurennen. Inzwischen ballte sich der Rauch mächtig. Die Säule, die im ersten Moment senkrecht in den Himmel gestiegen war, wurde ständig auseinandergerissen.

Er stellte Bewegung auf der Hotelesplanade fest, und gleich darauf rasten zwei Motorräder die Auffahrt hinunter. Doros Söhne? Ja, wahrscheinlich schon, es tönte wie ihre MONTESAS. Ein paar Minuten später ertönte ein Pfiff – viel schriller als das Pfeifen der Schiedsrichter –, und die Beamten, die die Auffahrt bewachten, riefen und gestikulierten. Auf der Straße nahm das Hupkonzert zu.

Ein schmutziger schwarzer Rauch hüllte jetzt die Brandstelle ein. Es sah aus, als brannten Reifen, und nicht Gras und Gebüsch.

Ruhig. Ganz ruhig!, befahl ihm Sabino, als er sich wieder in Bewegung setzen wollte. *Setz dich hin und bleib so lange sitzen, bis du eine Zigarette geraucht hast.*

Er setzte sich auf die Erde und versuchte, sich auf den Dornenstrauch vor ihm zu konzentrieren, als suche er Käfer auf den kleinen Blättern. Aber es kostete ihn große Anstrengung, den Brand zu vergessen. Der Wind wehte zwischendurch den Geruch von verbranntem Gras herüber und manchmal, damit vermischt, den widerlichen Gestank von geschmolzenem Gummi. Auch der Lärm schwoll jetzt an. Die Rufe übertönten das Gehupe und die Motorengeräusche und erinnerten paradoxerweise an das Stimmengewirr eines Volksfestes. Und die Insekten? Ja, auch die Insekten waren da, überall. Ihr Zirpen war das einzige vertraute Geräusch.

Als er die Zigarette fertig geraucht hatte und aufstand, sah er die ersten Flammen: Sie waren orangerot und loderten entlang dem Graben. Der Moment war gekommen, zum Backhaus zu gehen. Ja, alle waren jetzt bestimmt in der Nähe der Brandstelle. Die Polizeibeamten ebenfalls.

Aber langsam, Carlos. Nicht überstürzt, sagte Sabino. Dennoch, und auch wenn seine Vernunft ihm das Gleiche riet, liefen seine

Füße schneller und schneller. Schließlich rannten sie sogar in großen Sätzen den Hang hinunter.

Schau dich um, ob irgendwo ein Polizist ist, sagte Sabino, als Carlos das trockene Bett des *Riera Blanca* überquerte. Doch die Stimmen, das Gehupe, die Pfiffe, alles drang von weit her bis zu ihm, und er sagte sich, dass bestimmt keine Polizeibeamten in der Nähe waren. Er lief am Brunnen vorbei und spurtete bis zum Backhaus aus Angst, eine Baseballmütze zwischen den Olivenbäumen rechts und links vom Weg auftauchen zu sehen. Doch nein, auch hier war niemand. Hatte er Stefano vielleicht überschätzt? Hatte dieser es sich anders überlegt? Denn es machte ganz den Eindruck, als ob die Polizeibeamten keine besonderen Befehle hätten und alle zum brennenden Graben hinübergelaufen wären.

Ich glaube auch. Das mit dem Brand ist eine sehr gute Idee gewesen. Doch sei auf der Hut, bis alles vorbei ist, Carlos. Lass dich nicht von der Euphorie mitreißen.

Dennoch, er hatte Mühe, sich von der Euphorie nicht mitreißen zu lassen, und er stieß die Backstubentür ohne jegliche Vorsichtsmaßnahme auf. Da! Plötzlich richtete sich ein Mann mit einem Clowngesicht und einer Maschinenpistole in der Hand vom Holzplatz auf... Doch nein, es war bloß ein Trugbild. Auf dem Holzplatz lagen große Klötze und Reisig; auf dem Marmortisch das weiße Tuch, mit dem er den Teig zudeckte; auf dem Ofensims das Fernsehgerät. Es duftete nicht mehr nach Mehl oder Brot; stattdessen roch man sogar hier den verbrannten Gummi und das verbrannte Gras. Aber die meisten Dinge waren an ihrem Platz, zur richtigen Zeit, im richtigen Maß.

»Los, kommt hinauf. Wir gehen«, rief er, nachdem er die Falltür aufgeklappt hatte. Jone erschien auf der Stelle.

»Jetzt schon?«, fragte sie erstaunt.

»Alles läuft wie am Schnürchen, aber es ist klüger, wenn wir uns so schnell wie möglich auf den Weg machen«, stieß Carlos hastig hervor.

»Jon! Bring unsere Sachen hinauf!«, rief Jone. »Ach so, ihr habt den Buschwald angezündet«, fügte sie hinzu, als sie den in der Luft liegenden Geruch identifiziert hatte.

»Wie gehen wir? Als Marokkaner verkleidet oder nicht?«, fragte eine heisere Stimme im Keller unten.

Carlos bedeutete Jone mit einer Handbewegung, dass keine Zeit blieb, sich umzuziehen.

»Wie gehen wir?«, wiederholte die heisere Stimme und tauchte dann neben Jone auf. Sie gehörte einem knochendürren Jüngling. Sein Adamsapfel war ungewöhnlich groß.

»So, wie ihr seid. Es hat ein paar Änderungen gegeben, die Kleidung spielt jetzt keine Rolle.«

»Sicher?«, fragte der Junge misstrauisch.

»Sicher. Und bitte tu, was ich dir gesagt habe. Hol die Taschen«, wiederholte Jone streng.

Dann trat sie aus dem Holzplatz hervor und ging Carlos entgegen. »Reg dich nicht auf, ich habe dich nicht einmal begrüßt«, murmelte sie. »So ist er halt. Zum Glück werde ich ihn eine Zeit lang aus den Augen verlieren.«

»Mal sehen, ob du es schaffst.«

»Wie viel Zeit haben wir?«, fragte Jone. Sie trat zum Fenster und warf einen Blick hinaus.

»Genügend. Alles ganz ruhig. Ich glaube, wir haben einen Volltreffer gelandet mit dem Feuer.«

Was für eine Überheblichkeit!, hörte er eine Stimme sagen.

Sie liefen im Gänsemarsch zur Tankstelle, jeder mit sich selbst beschäftigt, und blieben nicht stehen, bis sie am Riera Blanca vorbei das erste Stück Weg durch Amazonien zurückgelegt hatten. Die Stimmen, die vom Graben herüberdrangen – und immer noch an ein Volksfest erinnerten –, begleiteten sie auf der ganzen Strecke, doch das umliegende Gelände war ebenso ausgestorben wie bei Carlos' Kommen. Ja, die Operation würde gelingen. Er konnte es kaum fassen, denn er war der Überzeugung – obwohl er mit äußerster Vorsicht vorgegangen war –, dass die Wahrscheinlichkeit eines glücklichen Ausgangs eher gering war. *Wegen der Erziehung, die wir genossen haben, Carlos. Eine freudlose, fatalistische und repressive Erziehung,* hörte er die Stimme seines Bruders. Auch Kropotky war also auf seiner Seite und unterstützte ihn.

»Wartet einen Moment. Ich kann fast nicht mehr«, sagte der Knochendürre, als sie die Hälfte des Weges zurückgelegt hatten. Er schmiss die Tasche auf den Boden und kniete sich hin. »Überall Rauch. Ich kann kaum atmen.«

»Nach so langer Zeit in dem Loch unten sind wir nicht gerade in Form«, keuchte Jone. »Aber wir müssen weiter. Ich habe den Eindruck gehabt, dass in der Nähe des Brunnens jemand war.«

»Wo?«, rief der Junge und stand schnell auf. Er steckte die Hand in die Tasche und zog eine Pistole hervor. Sie ist kleiner als die, die ich seinerzeit benutzt habe, dachte Carlos.

»Ruhig. Wahrscheinlich ein Tier. Sämtliche Tiere und Käfer weit und breit fliehen vor unserem Feuer.« Und er zeigte auf den Himmel über ihnen, der eine einzige Rauchwolke war.

»Ein ziemlich großer Brand, oder?«, meinte Jone.

»Ich weiß nicht. Hundert Meter weiter oben werden wir es sehen.«

»Los, vorwärts, das Feuer macht mir mehr Angst als die Polizei.«

»Ja, schnell weiter«, scherzte Carlos, »wenn wir schnell weiterkommen, dann nicht zuletzt wegen der Wegmarken, die ich angebracht habe, nehme ich an. Es gibt hier nämlich keinen brauchbaren Weg, wie du siehst.«

»Einverstanden. Es war kein so großer Fehler«, antwortete Jone im gleichen Tonfall, ohne stehen zu bleiben.

Als sie die nächsten hundert Meter zurückgelegt hatten, spürte Carlos in ihm die Gewissheit wachsen, dass alles ein gutes Ende nehmen werde, und diese Gewissheit war ebenfalls ein Feuer, das sich in seinen Organen ausbreitete und die Sekretsubstanzen läuterte. Ja, endlich war sein neues Leben in Reichweite; er würde nach

Barcelona gehen; er würde die Maisonette benützen und würde anfangen, Katalanisch zu lernen; und er würde einmal im Monat ins Baskenland fahren und seinen Bruder besuchen; und er würde zuerst einmal in Doros Dorf gehen und eine Zeit lang am Meer verbringen ... Plötzlich sah er die Bilder eines wirklichen Lebens vor sich, jenes Lebens, das die Angst ihm bis jetzt vorenthalten hatte. Er fühlte sich je länger, je mehr wie ein Kranker, der sich von einer schweren Krankheit erholt. Und er wurde sich plötzlich aller Lügen bewusst, die er sich in den vergangenen Tagen selbst erzählt hatte: Sterben ist mir egal ... Jon und Jone aufzunehmen war keine Dummheit ... Die Operation bringt meine Freunde im Hotel nicht in Gefahr. Er würde in Kürze das Reich der Angst verlassen, und die Zeit der Lügen würde für immer vorbei sein.

»Das Feuer kommt in diese Richtung«, stellte Jone fest, als sie fast oben waren.

»Ja, der Wind bläst in diese Richtung; es breitet sich stärker aus, als wir angenommen haben.«

Die Flammen, die anfänglich am Rand des Grabens gelodert hatten, rückten jetzt durch den *Riera Blanca* auf den Brunnen zu, und zwar in der entgegengesetzten Richtung des Flussbetts. Trotzdem, sie würden sich nicht bis zum Hotel ausbreiten. Wenn das Feuer irgendwelchen Schaden anrichtete, dann nur in Amazonien.

»Das trockene Flussbett funktioniert wie eine Esse mit einem gewaltigen Zug«, sagte Jon. »Wenn wir hier stecken bleiben, werden wir am Ende noch geröstet.«

»Kaum«, sagte Carlos trocken. »Aber wir sind schon fast zu weit. Die Tankstelle ist gleich dort drüben.«

»Je schneller wir von hier wegkommen, desto besser«, sagte Jone.

Der Verkehr war zum Stehen gekommen; die Autofahrer hatten ihre Wagen verlassen und beobachteten gestikulierend die Feuersbrunst. Die Tankstelle auf der gegenüberliegenden Straßenseite schien verwaist zu sein, als seien alle Angestellten geflohen.

Mikel und die Alte saßen ruhig am Rand des Pinienwäldchens und tranken aus einer Dose, als ginge sie das ganze Spektakel nichts an.

Carlos winkte ihnen zu, und die beiden – ihre Ruhe war nur äußerlich – stürzten zum schwarzen Kastenwagen.

»Gut. Sehr gut«, rief Mikel aus, als sie alle beieinanderstanden. Er fluchte kurz, um seiner Freude freien Lauf zu lassen. »Hat alles sekundengenau funktioniert.«

»Wir steigen schon mal ein«, sagte Jone und machte die Hecktür auf. Sie war noch immer äußerst angespannt.

»Und was erwartet uns jetzt? Würde mich nicht wundern, wenn wir euretwegen nicht noch in eine Polizeikontrolle geraten«, murrte der Junge gehässig.

»Steig endlich ein«, befahl ihm Carlos und stieß ihn unsanft gegen die Fischkisten.

Ruhig, Carlos. Deine Arbeit endet hier, hörte er jetzt.

»Du sollst mich nicht anrühren, hast du gehört?«, schrie Jon und stieg wieder aus und stellte sich vor Carlos hin.

Carlos hatte den Eindruck, als ob die Fische in den Kisten ihn anblinzelten und auf seine Reaktion lauerten. Und am neugierigsten beobachtete ihn ein Krake. Würde er dem Jungen mit einem Faustschlag die Nase zerschmettern? Würde er ihn am Kragen packen und ihm den Adamsapfel zerquetschen? *Ruhig, Carlos. Er ist aggressiv, weil er so lange im Keller gewesen ist, und du bist auch aggressiv, weil du eine so harte Zeit hinter dir hast. Aber es wäre unklug, wenn ihr euch jetzt prügelt,* sagte Sabino.

Weißt du, der arme Kerl hat sehr schlechte Schwingungen, das ist alles, sagte Kropotky.

»Was ist? Bleiben wir noch stundenlang hier? Mir ist ganz schlecht von dem vielen Rauch.« Die Stimme kam von der Führerkabine.

»Ruhig, Oma, wir fahren gleich los«, beschwichtigte Mikel die alte Frau. Dann trat er zu Carlos und nahm ihn am Arm. »Du wirst es nicht glauben, aber sie ist es gewesen, die das ganze Benzin ausgekippt hat. Eine Wucht, diese Frau.«

Jone kletterte über die Fischkisten.

»Jon, steig bitte ein.«

Der magere Jüngling starrte Carlos noch ein paar Sekunden an, fügte sich dann schließlich in sein Schicksal und verschwand zwischen den Fischkisten.

Jone ging am Rand der Ladepritsche in die Hocke.

»Leb wohl, Yul Brynner. Millionen Mal Dank für alles. Bis zum nächsten Mal.«

»Gute Reise. Mal sehen, ob dir die Organisation einen anderen Kameraden zur Seite stellt.«

Sie beugte sich vor, und sie küssten sich. Dann schlug Mikel die Hecktür zu. Von ihrem Standpunkt aus war es an der Tankstelle und auf dem umliegenden Areal ruhig, weit und breit keine Spur von Polizeibeamten. Von allen anderen Standpunkten aus war es eine Katastrophe. Der Brand breitete sich offenbar mächtig aus, und dem Sirenengeheul nach zu schließen, waren sämtliche Löschzüge Barcelonas ausgerückt.

»Ich widme den Brand Stefano«, sagte Mikel.

»Lass die Widmungen und fahr los. Es ist schon Nacht, und du hast noch eine lange Fahrt vor dir.«

»Ich glaube nicht, dass es unterwegs Schwierigkeiten gibt. Ich werde im Übrigen nicht die Autobahn nehmen, sondern auf Nebenstraßen fahren. Sollte es trotzdem Probleme geben, Carlos, mach dir keine Sorgen. Ich übernehme die ganze Verantwortung. Ehrlich.«

»Jetzt gehe ich erst einmal in die Backstube und entferne alle Spuren, die die zwei hinterlassen haben. Danach und mit deiner Erklärung kann ja nichts mehr passieren«, scherzte Carlos.

»Kannst ganz sicher sein.« Und Mikel hüpfte mit einem Satz in den Wagen. Er wirkte wie ein glücklicher Mann. »Wir sehen uns nächsten Dienstag und gehen zusammen essen!«, rief er Carlos zu und bog in die einzige freie Fahrbahn ein.

Als er wieder durch Amazonien abwärtsstieg, dachte Carlos weiter über seine Pläne und sein neues Leben nach, das ab jetzt vor ihm lag, um dadurch die Härte dieses letzten Stücks Weg durch das Reich der Angst zu mildern. Doch der Brand hatte inzwischen ein solches Ausmaß angenommen, dass er sich nicht konzentrieren konnte. Das Feuer rückte immer weiter im Bett des *Riera Blanca* vor, war schon fast beim Brunnen angelangt, und sogar in Amazonien brodelten Rauchschwaden kaum vierzig Meter links vom weißmarkierten Weg. Das Schlimmste war aber nicht der Rauch, sondern die Hitze. Wie heiß war es wohl? Fünfzig Grad? *Der heutige Tag wird der heißeste dieses Sommers sein.* Die Ratte hatte ihren üblichen Humor nicht verloren.

Eins!, hörte er jetzt. Es war, als hätte man ihm einen Schlag in den Rücken gegeben.

Lauf, Carlos! Sonst kommst du nicht mehr auf die andere Seite des Flussbetts, drängte ihn Sabino. Aber seine Füße liefen bereits in großen Sätzen hangabwärts und setzten über alle Hindernisse hinweg.

Als er unten anlangte, hatte das Feuer den Brunnen bereits hinter sich gelassen und die erste weiße Wegmarke erreicht. Die Luft glühte, die Flammen hatten auf die Blätter der Olivenbäume übergegriffen.

Carlos blieb einen Moment stehen, um die glimmenden Sprenkel zu betrachten: Hätte es sich um einen anderen Baum gehandelt, würde er bereits lodern und das Backhaus und den Schuppen bedrohen. Doch ein Olivenbaum fing nicht so leicht Feuer.

Links von ihm, auf Höhe der ersten Wegmarke im trockenen Flussbett, bewegte sich etwas; von der vierten Wegmarke aus, in etwa zwanzig Metern Entfernung, erschien es ihm wie ein Tier, das, vom Feuer umzingelt, verzweifelt versuchte aufzustehen, um aus seinem Bau zu flüchten, aber immer wieder hinfiel. War es Greta?

Er hatte die Hunde fast zwei Tage nicht gesehen. Wahrscheinlich hatten sie Doros Söhne aus dem Schuppen befreit. Belle war klug, aber Greta ...

Er lief zwischen den Olivenbäumen zum Schuppen und öffnete die Tür. Die Hunde stürzten gleich auf ihn zu. Sie waren aufgeregt und vom unbekannten ätzenden Geruch verängstigt, verschreckt von den Stimmen und den heulenden Sirenen. Jedenfalls waren die beiden am Leben. Da ...

»Pascal«, hörte er plötzlich rufen. Es war Juan Manuels Stimme.

»Pascal«, rief gleich darauf Doro mit angsterfüllter Stimme.

Es durchzuckte Carlos wie ein Blitz: Pascal. Pascals Haus. Peter Pans Haus.

> Ich wünsche mir ein hübsches Haus,
> Ganz winzig, winzig klein.
> Die Wände rot und grün das Dach,
> Ein Haus für mich allein.

Was für einen Schutz konnte das kleinste Haus der Welt seinem Besitzer bieten? Nicht den geringsten. Der Hausherr lag tot hinter dem Brunnen ...

»Pascal! Pascal!«

Doro und seine Söhne riefen und riefen, doch Carlos achtete nicht mehr darauf. Seine Ohren hörten nicht, seine Augen sahen nicht, seine Nase nahm den Geruch des Rauches und des brennenden Mülls nicht mehr wahr: In seinem Kopf schwirrten die Stimmen.

Hast meinen Sohn getötet, hörte er.

Diesmal hast du dich blamiert, was?, hörte er.

Ja, es ist hart. Du bist nicht direkt schuld, aber auch so ist es hart, hörte er.

Die Schuld liegt auch bei mir, weil ich Stefano nicht die Wahrheit gesagt habe. Aber in Wirklichkeit, Carlos, bist du für uns alle ein Unglück gewesen, der Schlimmste in der Gruppe, hörte er.

Mein Sohn! Mein Sohn! Ich bring dich um, Carlos, hörte er.

Wir verstehen dich, Laura, oh, wir verstehen dich, er hat auch einen unserer Familienangehörigen getötet. Er hat ihn zwanzig Tage im Keller eines Kinos gefangen gehalten und hat ihn dann erschossen. Doch es ist auch deine Schuld, weil du dich mit diesem Gesindel eingelassen hast, hörte er.

Es gibt keine Schuldigen, wir sind nicht ganz Herr unseres Karmas, also sind wir nicht allein für unsere Handlungen verantwortlich, hörte er.

Carlos, ich kann es einfach nicht begreifen. Ich habe gesehen, dass du abgespannt und etwas niedergeschlagen warst, aber ich habe mir nicht denken können, dass du zu einer solchen Wahnsinnstat fähig sein könntest. Auch ich trage meinen Teil Schuld. Ich hätte darauf bestehen müssen, dass du einen langen Urlaub in meinem Haus am Strand verbringst. Dein Kopf hätte das gebraucht, hörte er.

Mein Vater hat gesagt, dass Pascal durch deine Schuld verbrannt ist. Aber du hast es doch sicher nicht gewollt, Carlos, oder?, hörte er.

Es war schrecklich, aber solche Dinge passieren eben.

Seine Füße liefen und liefen, wollten allen diesen Stimmen entfliehen. Belle und Greta bellten, warnten ihn, aber alles war vergeblich. In seinem Kopf vermischten sich die Stimmen und schwollen immer lauter an.

Laura er hat auch einen unserer Familienangehörigen getötet du hast meinen Sohn getötet es gibt keine Schuldigen ich habe nicht geglaubt, dass du zu einem solchen Wahnsinn fähig sein könntest es ist hart du hast dich blamiert in Wirklichkeit weil du Stefano nicht die Wahrheit gesagt hast wir sind nicht ganz Herr unseres Karmas schrecklich solche Dinge können passieren Pascal hast meinen Sohn getötet. Immer und immer lauter.

Als er an der Banyera anlangte, schmerzte sein Kopf von all den Stimmen. Seine Hände fuhren über seine Kleider, zogen ihm die Schuhe aus, die Socken, die Hose, den Leinensakko, das Hemd, die Unterwäsche, schließlich stand er nackt da. Seine Füße führten ihn schnell, schnell in den Weiher. Einmal im Wasser, führten Arme und Füße seinen Körper auf die Abflussrinne zu.

Am Ufer brach Belle in Bellen aus. Die Strömung unterstützte seine Arme und Beine und trieb ihn vorwärts, trieb ihn auf das Rauschen der Abflussrinne zu. Wenn er beim Schwimmen den Kopf ins Wasser tauchte, ließ der Schmerz der Stimmen etwas nach.

Belle bellte und bellte, Greta stimmte jetzt in ihr Bellen ein, und schließlich vermochten ihre Rufe sich einen Weg zwischen den Stimmen hindurchzubahnen und in sein Bewusstsein zu dringen. *Ich habe es dir schon vor langer Zeit gesagt, sterben ist einfach, und was du jetzt machst, ist nicht etwa eine Heldentat. Im Gegenteil, du bist zu feige, um der Situation ins Gesicht zu blicken,* sagte jetzt eine Stimme. Im gleichen Moment zwangen ihn seine Arme und Beine – wütend über die Vorwürfe der Ratte – umzukehren und zogen ihn ans Ufer. Ja, er war nicht mehr im Wasser, er war in der Dunkelheit der Banyera, und über ihm war der Himmel, an dem man nur einen Halbmond und ein paar Sterne erkennen konnte. Die Stimmen verstummten auch jetzt nicht und überschlugen sich: *Du hast dich blamiert ich bringe dich um Stefano hast meinen Sohn getötet nicht des Karmas mein Vater hat gesagt es ist natürlich hart ...*

Seine Füße vermochten seinen Körper nicht mehr zu tragen und führten ihn zu einem flachen Stein und setzten ihn hin. Belle jaulte leise. Kurz darauf jaulte auch Greta, aber laut.

»Schau, schau, wen haben wir denn da?«, sagte eine Stimme außerhalb seines Kopfes. Und die zwei Hunde begannen wild zu bellen.

»He, du«, hörte er. Er spürte den Strahl einer Taschenlampe auf dem Gesicht. Guiomars Stimme, Lauras Stimme und die vielen anderen Stimmen in seinem Kopf waren verstummt. Er hörte auch Belles und Gretas Bellen nicht mehr.

»Das ist der Kerl, den ich gemeint habe«, sagte die äußere Stimme.

Carlos hob den Blick. Etwa fünf Meter von ihm entfernt standen Morros und zwei andere Polizeibeamte. Hinter ihnen lagen Belle und Greta im Sand der Banyera. Tot.

Er spürte einen leichten Schmerz am Hals. Und in dem Moment – als ob er durch diesen Schmerz wieder zu sich kam – wusste er, dass er fliehen musste. Dass er dazu imstande war, weil es Nacht war und er sich im Buschwald hinter dem Weiher auskannte. Er sprang vom Stein auf und lief auf den alten Pfad zu, der zur Straße führte, und rannte und rannte und rannte um sein Leben, obwohl er nackt war, obwohl die Dornen ihn blutig kratzten. Er hatte das Gefühl, als ob die Männer hinter ihm zurückblieben, als ob Morros' Taschenlampe nur noch ein Lichtpunkt in der Dunkelheit war. Und er lief den Pfad entlang weiter, bis er an eine erhöhte Stelle gelangte. Da erinnerte er sich plötzlich an das Feuer und blickte zu Amazonien hinüber. Doch vom Brand war keine Spur mehr zu sehen. Nur Wasser. Überall Wasser. Hat die Feuerwehr vielleicht alles unter Wasser gesetzt?, fragte er sich.

Nein, Carlos, sagte Sabino, *du hast eine Halluzination gehabt.*

»Was ist mit mir los?«, fragte er. Warum konnte er sich nicht mehr bewegen?

Du liegst im Sterben und kommst mit mir. Das ist alles, Carlos, antwortete Sabino ganz ruhig.

Und Carlos wusste, dass das Wasser um ihn herum das Wasser der Banyera war und dass sein Freund die Wahrheit sagte.

Anmerkungen

1 Kuokkala, 26. August 1906, an Luise Kautsky. Aus *Rosa Luxemburg: Gesammelte Briefe,* herausgegeben von Georg Adler, erschienen in 6 Bänden, Dietz Verlag, Berlin 1982–1993. Die Briefe sind teilweise aus dem Polnischen, Russischen oder Französischen übersetzt. Sämtliche zitierten Textstellen sind dieser Quelle entnommen.
2 *morro,* span., dicke vorstehende Lippe, Ochsenmaul
3 CAA, *Comandos Autonomos Anticapitalistas,* Splittergruppe der ETA
4 Euskal Iraultzarako Alderdia, (linksnationalistische) Partei für die baskische Revolution, der ETA-Politico-Militar nahestehend
5 *La 8a Asamblea,* Splittergruppe der ETA
6 *Batallón V.-E.,* rechtsextremistische Terroristenorganisation
7 Mikel Satrústegi, ehemaliges Mitglied der *Cabras* (Grupo autonomo de ETA), einer 1966 gegründeten Guerillabewegung
8 Das schöne weiße Schiff liegt im Hafen, das schöne weiße Schiff schwimmt auf dem Wasser, das stille, stumme Schiff ...
9 Ich will nicht, ich will nicht, ich will nicht weinen. Ein Stern strahlt am Himmel über dem Meer.
10 Die schöne weiße Erinnerung liegt im Hafen, die schöne weiße Erinnerung schwimmt auf dem Wasser.
11 10. August 1905 aus Krakau an Luise Kautsky
12 Malcolm de Chazal, 1902–1981, Mauritius, frankokreolischer Dichter, Surrealist, Anhänger Swedenborgs
13 Wir baskischen Soldaten kämpfen um die Freiheit Euskadis; wir sind bereit, unser Blut dafür zu vergießen.
14 Mein Vaterland, ich kann dich nicht lieben, doch wo soll ich leben, wenn ich dich verlasse.
15 Esther mein, ich kann dich nicht lieben, doch wo soll ich leben, wenn ich dich verlasse.
16 25. Juli 1918 an Luise Kautsky
17 *Max-Geschichte:* Max Schippel. 20. September 1904 aus dem Zwickauer Gefängnis an Luise Kautsky
18 Schneckenförmig gerolltes Hefeteiggebäck
19 Gegrillte, marinierte Paprikaschoten, Tomaten, Zwiebeln, Auberginen
20 Siehe Anmerkung 5.

Bernardo Atxaga im Unionsverlag

Obabakoak oder Das Gänsespiel
Das entlegene Dorf Obaba, irgendwo in den baskischen Bergen, folgt seinen eigenen Gesetzen. Hier leben verwirrte Herzen, tote Buchstaben und starrköpfige Hühner. Hier stapelt sich das Tomatenkonzentrat in Rosies Eckladen, kriechen Gerüchte um das Haus der Hirten und Eidechsen in unachtsame Ohren. Wer nicht aufpasst, verliert sich auf den Bergpfaden oder hinter der Tür des Nachbarn. Bernardo Atxaga zaubert ein sinnliches Labyrinth, erzählt fantastisch Reales, sucht nach dem letzten Wort und nach Geschichten ohne Ende. Mit *Obabakoak* erobert er dem Baskischen einen Platz in der Weltliteratur.

Ein Mann allein
Carlos, ehemaliger Anführer einer militanten Gruppe, führt mit Freunden ein Hotel bei Barcelona, in dem die polnische Mannschaft während der Fußballweltmeisterschaft in Spanien 1982 wohnt. Ohne Wissen seiner Freunde versteckt er zwei Untergrundkämpfer, in Erinnerung an seine eigene aktive Zeit beim baskischen Widerstand. Doch im Hotel ist auch ein Verräter. Der Kreis von Polizisten zieht sich immer enger, die Bewachung der Polen wird zu einer Belagerung. Carlos will sich endlich von den bedrohlichen Schatten seiner Vergangenheit befreien und ein neues Leben beginnen – doch dafür muss er seine gesamte Existenz aufs Spiel setzen.

»Atxaga hat mit seinem großartigen, originellen literarischen Werk sowohl dem Baskischen als auch dem Spanischen zur Sichtbarkeit verholfen.« *Jury Liber*

Mehr über Autor und Werk auf *www.unionsverlag.com*

José Eduardo Agualusa im Unionsverlag

Das Lachen des Geckos
Félix Ventura geht einer ungewöhnlichen Tätigkeit nach: Er handelt mit erfundenen Vergangenheiten. Er erstellt neue Stammbäume, besorgt Fotografien von illustren Vorfahren und erfindet glückliche Erinnerungen. Ein Kunde ist von Venturas Schöpfung so fasziniert, dass er sich auf die Suche nach den Figuren seiner gekauften Vergangenheit begibt.

Die Frauen meines Vaters
Faustino Manso, ein berühmter angolanischer Musiker, hinterlässt sieben Frauen und achtzehn Kinder. Als seine jüngste Tochter Laurentina von ihrem leiblichen Vater erfährt, fliegt sie nach Angola, um mehr über ihn herauszufinden. Die Spurensuche führt sie auf eine abenteuerliche Reise, in eine Welt voller Musik, Poesie und Leidenschaft.

Barroco Tropical
Bartolomeu Falcato fällt eine Frau buchstäblich vor die Füße. Allerdings nicht aus heiterem Himmel, und nicht freiwillig – sie ist tot. Es folgt eine rasante Odyssee durch den Untergrund der angolanischen Hauptstadt Luanda. Vierundzwanzig Stunden, in denen Falcato in einen Strudel aus skrupelloser Gewalt, Liebe, Leidenschaft und Eifersucht gerät.

»Agualusa ist ein Virtuose vielfacher Perspektiven. Das Ergebnis ist ein gigantischer Schmelztiegel, aus dem der betörende Duft von Liebe und Tod aufsteigt, durchdrungen vom Schwung des südlichen Afrika.« *The Guardian*

Mehr über Autor und Werk auf *www.unionsverlag.com*